CAROLINE CHÉRIE

DU MÊME AUTEUR
CHEZ LE MÊME ÉDITEUR

Caroline chérie, tome 2 : 1794-1800, L'Archipel, 2013.

JACQUES LAURENT

(Cecil Saint-Laurent)

CAROLINE CHÉRIE

*

1789-1794

Avant-propos de Christophe Mercier

Préface d'Arnaud Le Guern

l'Archipel

www.editionsarchipel.com

Si vous souhaitez recevoir notre catalogue
et être tenu au courant de nos publications,
envoyez vos nom et adresse, en citant
ce livre, aux Éditions de l'Archipel,
34, rue des Bourdonnais 75001 Paris.
Et, pour le Canada, à Édipresse Inc.,
945, avenue Beaumont,
Montréal, Québec, H3N 1W3.

ISBN 978-2-8098-1041-7

AVANT-PROPOS

Jacques Bostan, Roland Charnaise, Max Brent, Maurice Cottier, Marc de Jolain, Jean d'Aunis, Luc d'Ébreuil, Claude Arnaud, Maxime Ambrège, Roland Jarnaise, René Salvet, Alain de Sudy, Gilles Bargy, Laurent Labattu. Et le peintre Dupont de Menat.

Avant de raccourcir son patronyme en Jacques Laurent lorsqu'il signe son premier roman, *La Mort à boire*, en 1947, Jacques Laurent-Cély a déjà usé bien des pseudonymes.

Il y aura encore Edgar Vuymont, J.-C. Laurent, Bunny O'Hara (pour *Demandez-moi n'importe quoi*, hilarante parodie de roman noir américain qui laisse loin derrière elle les laborieuses potacheries de Boris Vian), Alice d'Andernac (*La Petite Fille de la grande étoile*, un roman pour enfants), Laurent Seremaer (dans la presse), Albéric Varennes (un historien «sérieux»), mais, bien vite, tous s'effaceront devant Cecil Saint-Laurent, que Jacques Laurent «invente» en 1947 pour *Caroline chérie* et qui, peu à peu, prendra le pas sur tous ses autres pseudonymes.

Caroline chérie était destiné à être un best-seller (ce fut le cas), un *Autant en emporte le vent* français dont le succès devait permettre au romancier de terminer en paix *Les Corps tranquilles* (1948), son roman «inaugural» (et inaugural au point qu'il en «oubliera» *La Mort à boire*, dont il fera cadeau à Cecil Saint-Laurent pour une réédition dans les années 1970).

Cecil Saint-Laurent, connu comme un auteur de romans historiques, écrira aussi des romans policiers (*Sophie et le crime*, *L'assassin frappe avant d'entrer*, bien d'autres encore), des romans « coquins » en « Série blonde » (*Blondes en série, Un panier de souris*), des romans de mœurs (*La Bourgeoise,* un des meilleurs documents que l'on possède sur la France pompidolienne) et finira par accaparer toute la production romanesque de l'auteur. Entre *Le Petit Canard* (1954) et *Les Bêtises* (1971, qui marque son grand retour et obtiendra le prix Goncourt), Jacques Laurent ne signe de son nom aucun roman et abandonne à « Cecil » – pour des raisons contractuelles – des titres auxquels il tenait particulièrement, comme *Hortense 14-18* ou, plus tard, *La Bourgeoise* et *La Mutante*.

Ce n'est que dans les années 1980 que Jacques romancier reprend le dessus sur Cecil, définitivement abandonné après *Clarisse* (1980), un roman sur la Révolution russe qui n'est pas très bon.

Mais Jacques Laurent était conscient de la valeur de la plupart des titres signés Cecil – la série historique, bien sûr, mais aussi un certain nombre d'autres – et souhaitait qu'ils fussent réédités sous son véritable nom. Lui-même l'a fait pour *Croire à Noël* (signé Cecil en 1957, et Jacques Laurent, dans les « Cahiers rouges », en 1994). Voilà maintenant que Jacques se réapproprie *Caroline,* dans son texte intégral[1]. Et, espérons-le, ce n'est qu'un début…

Christophe MERCIER

1. Celui des Éditions Jean Froissart (1947), que l'on ne pouvait plus lire depuis l'édition en Livre de poche (un des titres les plus anciens, n°s 156-157 et 158-159, deux volumes aux couvertures kitch et flamboyantes, parus en 1956). Toutes les éditions ultérieures étaient amputées de plusieurs chapitres qui retrouvent ici, enfin, leur place.

Préface

LE DANDY QUI AIMAIT LES FEMMES

Il faut imaginer une époque où les best-sellers français ne ressemblaient en rien à des objets marketing. Il n'y avait pas d'études de marché pour sonder la lectrice cible. Il y avait des histoires et du style, la fameuse « petite musique » de l'artiste : *Les Racines du ciel* de Romain Gary, en 1956 ; *Bonjour tristesse* de Françoise Sagan, en 1954 ; *Caroline chérie*, quelques années plus tôt.

Nous sommes en 1947. Jacques Laurent est un jeune écrivain inconnu. On lui doit une poignée de romans policiers et sentimentaux, sous pseudonyme. La guerre, qu'il passa en eaux troubles, lui a laissé le goût de l'aventure, des amis et un long texte en chantier : *Les Corps tranquilles.*

Pour aller au bout de son futur chef-d'œuvre, Jacques a besoin d'argent. Dans un bar de la rue de la Bourse, Chez Mémène, il en parle avec Charles Frémanger, le patron des éditions Froissart. Ils boivent et fument, sans modération. Sartre, déjà, est dans le collimateur de Jacques Laurent. L'existentialisme et l'engagement, quelles conneries. Antoine Blondin, Pierre Boutang et Michel Déon – habitués du bistrot – sont d'accord. Avec Roger Nimier, on tient là une bande d'écrivains que Bernard Frank, dans *Les Temps Modernes,* nommera les « Hussards ». Ça ne voulait pas dire grand-chose, c'est resté : « Ils aiment les femmes (Stendhal, *Elle*), les autos (Buffon, *Auto-Journal*), la vitesse (Morand), les salons (Stendhal, Proust), les alcools (un peu tout le monde), la plaisanterie (leur mauvais goût). »

Chez Mémène, Frémanger soumet une idée à Jacques Laurent : écrire un gros livre à succès. Les éditeurs sont de drôles de zozos. D'un claquement de doigts, il faut décrocher le jackpot. Frémanger veut surtout réussir le hold-up parfait, à la manière d'*Autant en emporte le vent* de Margaret Mitchell et *Ambre* de Kathleen Winsor.

Jacques Laurent hésite. Il aime Alexandre Dumas et Balzac, l'histoire happée par le roman, les héroïnes et la liasse de billets promise par Frémanger. Mais il ne veut pas seulement être un « écrivain pour bonniches ». Il se procure quand même les deux pavés américains, les lit : pas terrible. Les femmes, pourtant, adorent. Elles ne jurent que par Scarlett et Ambre, paysanne devenue courtisane dans l'Angleterre de Charles II.

Jacques Laurent a compris : une jolie demoiselle, des soubresauts historiques, des rebondissements feuilletonesques et c'est gagné. Il annonce à Frémanger qu'il relève le défi : deux millions de signes, mille pages, un best-seller. Son héroïne s'appellera Caroline de Bièvre, une aristocrate tourangelle de seize ans. On la découvrira en juillet 1789, arrivant à Paris. Elle sera ravissante, frivole, passionnée. Elle traversera les troubles de la Révolution. Elle sera violentée. Elle se bagarrera comme une chiffonnière. Elle se sauvera des pires traquenards.

À partir d'avril 1947, Jacques Laurent passe ses matinées à la Bibliothèque nationale pour se documenter. L'après-midi, dans une chambre d'hôtel, il dicte. Sa secrétaire, Mme Jacquet, est une brune sensuelle aux yeux bleus. Le soleil pointant par la fenêtre, elle tape en short et pieds nus. Quand la température grimpe, elle déboutonne son chemisier. En août, Claude Martine prend sa suite. Claude Martine, bientôt, sera Mme Jacques Laurent. Caroline, c'est un peu elle : son visage, sa peau immaculée et ses remarques pertinentes sur la manière de se vêtir et de se dévêtir.

Dictant son roman, Jacques Laurent se prend au jeu. Caroline cherche toujours à retrouver son grand amour : Gaston de Salanches. Ça ne l'empêche pas de coucher à droite, à gauche, avec n'importe qui : girondins, montagnards, seigneurs chouans, sans oublier un mari falot et d'adorables jeunes filles. Son corps est son bien le plus précieux ; son cœur, d'une futilité irrésistible. La fin de l'histoire – « Encore une marche, et elle saurait » – augure de nouvelles aventures.

En janvier 1948, *Caroline chérie* paraît en librairie sous la signature de Cecil Saint-Laurent. Le pseudonyme sonne anglo-saxon et féminin, c'est parfait. Dans des journaux pas encore *people*, on évoque un haut fonctionnaire préservant son anonymat à cause des passages olé olé. Les lectrices, elles, semblent bouder. Frémanger s'angoisse : son hold-up sent le fiasco.

Un mois plus tard, grâce au bouche-à-oreille, les ventes du livre s'envolent. Caroline est sur toutes les lèvres. Elle enchante, amuse, fait grimper le désir des deux sexes. Un peu partout, on s'arrache la présence de Cecil Saint-Laurent, l'auteur mystérieux. On le veut en province, dans les palaces, dans les casinos, dans les halls de gare. L'argent remplissant ses poches trouées, il constate : « C'est en quittant un Paris encore engourdi dans l'hiver et en me réveillant devant la Méditerranée, où c'était presque l'été, que j'ai su que j'étais riche. »

Best-seller, *Caroline chérie* permet à Jacques d'achever *Les Corps tranquilles*, d'acheter les voitures de ses rêves (une Buick et une Chevrolet) et de devenir un cador du septième art. Des producteurs ont décidé, très vite, que Caroline devait se dévoiler sur grand écran. Les actrices se bousculent pour incarner l'héroïne. Dany Robin, vue chez Marcel Carné et René Clair, est bien placée. Problème : elle ne plaît guère à Jacques Laurent. Jacques est sous le charme d'une starlette : Martine Carol. Il lui envoie un exemplaire dédicacé de son roman : « À Martine Carol, Caroline chérie, en chair et en os. » La « Marilyn française » est blonde, voluptueuse. Elle n'a pas fait grand-chose mais, dès qu'elle apparaît, elle attire tous les regards : une BB d'avant *Et Dieu créa la femme*. Bardot, d'ailleurs, dira : « Vadim m'a créée, mais Martine Carol avait inventé son modèle. »

Caroline chérie, réalisé par Richard Pottier sur un scénario de Jean Anouilh, sort dans les salles en 1951. Si les critiques sont plutôt mauvaises, le triomphe est immédiat. Cecil et Martine posent à la une des magazines à couverture glacée. L'actrice et l'écrivain : un couple très glamour. Ça doit cacher quelque chose. Le 6 février 1967, fanée par les *sunlights*, l'alcool et les médicaments, Martine Carol est retrouvée morte dans sa chambre de l'Hôtel de Paris, à Monte-Carlo. Jacques Laurent a la gorge serrée et, dans la tête, une phrase de *Caroline chérie* : « Ma chérie, êtes-vous suffisamment sûre que vos seins sont les plus beaux du monde ? »

Oui, Martine Carol avait, dans les années 1950, les plus beaux seins du monde. Elle était le sex-symbol de la IVe République. Les messieurs la désiraient ; les femmes se paraient à son image. Il faut avouer, néanmoins, que le film fleure son après-guerre. Un *remake*, pourquoi pas, serait bienvenu. Les Américains devraient s'y intéresser. Amber Heard ferait, après ses prestations dans *The Informers* et *Rhum Express*, une exquise Caroline de Bièvre.

En attendant, lisons et relisons *Caroline chérie*. Les dialogues sont brillants ; les répliques fusent. On est à la fois au cœur de l'histoire et d'une éducation sentimentale, au plus près des courbes belles. Des poèmes ressemblent à des pastiches de Paul-Jean Toulet. On a envie de souligner des phrases. Quand Jacques Laurent décrit une dérive urbaine de Caroline : « Sans but, elle flânait. Elle rejoignit les quais de la Seine. La rivière était éclatante de lumière. Dans une pâtisserie, on vendait des sorbets. Elle y entra et dégusta avec plaisir la glace parfumée. » Quand il livre son spleen passager : « Je m'ennuie, je m'ennuie ; vais-je m'ennuyer ainsi toute mon existence ? » Quand son héroïne se révèle sous les caresses : « Elle découvrait une à une toutes les sources du plaisir inconnu que celait son propre corps et que lui révélaient les lèvres et les mains expertes de son ami. Avec un bel et joyeux appétit, elle s'offrait tout entière, n'esquissant aucun geste de défense, pas même lorsque son cavalier s'en prit à son corset qu'il essaya de dégrafer. Au contraire, se soulevant à demi, elle l'aida avec un rire frais : — Vous êtes le plus maladroit des garçons ! — Je ne le pense pas, ma chérie…, dit-il en mettant à nu la jeune et magnifique poitrine audacieuse qu'il couvrit aussitôt de savants baisers. »

Aujourd'hui comme hier, les best-sellers ne font pas le poids face à *Caroline chérie*. Il y a, dans l'art romanesque de Jacques Laurent, beaucoup plus que cinquante nuances de gris, plus sombres ou plus claires. Au hasard de n'importe quelle page, il sait esquisser la silhouette des femmes, leurs sentiments, leurs robes, leurs dessous chic. De ses mots, il prend du plaisir et aiguise les sens : un vrai dandy libertin, chic, toujours léger et profond. Le même qui, le 29 août 1970, toujours sous le pseudo de Cecil Saint-Laurent, publie dans *Paris Match* un reportage dilettante autour de naïades révélant leurs seins nus et bronzés sur les plages de Saint-Tropez. Le même encore qui, un an plus tard, obtient le prix Goncourt pour *Les Bêtises*. Le même enfin, après *Caroline*, qui nous rend fou d'héroïnes prénommées Hortense, Clotilde, Clarisse et, dans ces bijoux seventies que sont *La Bourgeoise* et *La Mutante* : Catherine et Charlotte.

Il est temps, donc, de (re)découvrir Jacques Laurent, *alias* Cecil Saint-Laurent, la plus belle plume de 1948 et de 2013.

Arnaud Le Guern

But ere the circle homeward hies
Far far must it remove;
White in the moon the long road lies
That leads me from my love.

Mais avant que le cercle ne coure vers la maison,
Il lui faut s'en éloigner, loin, très loin.
La grand-route gît toute blanche sous la lune,
Qui m'entraîne loin de mon amour.

A. E. HOUSMAN

PREMIÈRE PARTIE

1
L'emménagement

— Que regardes-tu ? demanda Henri qui venait d'entrer dans la chambre.

— Rien, une vieille bonne femme.

Caroline ajouta :

— Tu ne trouves pas que l'odeur qui traîne dans cette maison est vraiment infecte ?

Le jeune garçon huma autour de lui en reniflant avec affectation.

— Tu as peut-être raison, mais cette odeur ne me déplaît pas. Elle me rappelle celle de nos champignonnières.

Il s'interrompit :

— Mais regarde-la donc cette gourde ! Elle n'est pas partie. Elle tourne comme un ours devant la maison.

Il ouvrit la fenêtre. Dans la demi-obscurité de la rue, la vieille femme, appuyée sur deux bâtons, s'agitait et grommelait. Elle dut l'apercevoir, car elle lui fit signe avec l'un de ses bâtons.

— Elle a l'air de me menacer ! dit Henri.

— Mais non, idiot ! C'est une folle, ou bien peut-être connaissait-elle les domestiques de M. de Froissy et ignore-t-elle que nous avons emménagé aujourd'hui à sa place. Je la trouve drôle, moi. Elle ressemble à un faucheux.

Mais, pour le jeune garçon, tout événement insolite était une aubaine, aussi, malgré sa sœur, se précipita-t-il dans l'escalier pour tirer au clair l'incident qui l'intriguait. Caroline, après avoir hésité, se décida à le suivre parce que, après tout, dans l'ennui de ces obscurs appartements, encombrés de meubles hostiles, un petit tour dans la rue ne constituait pas une distraction négligeable.

Les deux enfants dévalèrent le perron et s'avancèrent vers la vieille femme d'un pas de moins en moins hardi à mesure qu'ils s'approchaient d'elle.

— Toutes mes révérences, ma gentille demoiselle et mon bon monsieur, dit-elle. C'est bien gentil à vous d'être descendus voir une pauvre vieille comme moi. On m'appelle la Mère l'Enfant dans le quartier. Les gens me nomment comme ça parce qu'ils ne savent pas mon vrai nom. Je ne suis pas née chez eux. Je suis née très loin.

Elle agita sa canne dans la direction du boulevard Saint-Germain.

— Voyez-vous, je suis née plus loin que la Bohême et l'Égypte.

— Mais pourquoi venez-vous gesticuler devant notre porte ? demanda Henri avec cette voix un peu rauque qu'il prenait lorsqu'il voulait montrer de la hauteur et de l'autorité.

— Pour votre bien, mon jeune seigneur. Nous ne sommes que quelques-unes à venir de mon pays et à savoir lire aussi facilement l'avenir dans les mains que l'apothicaire ses formules dans un livre. Combien me donnerez-vous pour que je vous raconte votre vie ?

Caroline, jusque-là, s'était tenue un peu en retrait, quelques pas derrière son frère. Elle se décida tout à coup à intervenir et, au milieu du bruissement de sa large robe blanche à volants, elle s'avança avec énergie.

— Nous n'avons pas d'argent sur nous, observa-t-elle d'une petite voix impérieuse en remuant sa chevelure blonde. Nous sommes arrivés cet après-midi seulement à Paris. Pendant le voyage, mon frère et moi avons dépensé tout ce qu'on nous avait donné.

Henri proposa timidement :

— Peut-être que maman…

— Non! Non! cria la vieille, il est inutile de parler de cela à vos parents. C'est à vous deux que je veux dire l'avenir, parce que tout à l'heure je vous ai vus descendre de la berline et entrer dans cette maison, et que vous m'avez paru gentils. Je vous renseignerai pour rien. Suivez-moi donc vers cette lanterne.

La vieille s'adossa au mur et leur fit tendre à chacun la main gauche, qu'elle regarda un bon moment tout en marmottant.

— C'est bizarre, dit-elle enfin, vous avez tous les deux les mêmes signes que nous autres gypsies : ceux des voyages et des rencontres.

— Je voyagerai beaucoup? s'écria Henri.

— Oui, et la petite demoiselle encore plus. Vous voyagerez à perdre haleine.

Elle ne leur cria même pas bonsoir et s'en fut, pagayant avec ses bâtons, projetant une ombre qui ressemblait de plus en plus à celle de ces faucheux que Caroline, dans sa chambre d'autrefois, trouvait, par les soirs d'été, gravissant les tentures de son lit avec leurs ridicules enjambées d'infirmes.

— Je vais la rattraper! cria Henri.

Mais la jeune fille l'arrêta en lui saisissant la main.

— Non, n'y va pas! Elle nous en a assez dit...

Comme ils se glissaient furtivement dans le couloir, Jeanne, la vieille femme de chambre, surgit, un bougeoir à la main.

— D'où venez-vous? Je vous ai vus ; il ne faut pas parler à ces sales sorcières. Celle-là s'est déjà présentée ici cet après-midi et je l'ai jetée dehors. Je me suis même renseignée sur elle : c'est une infâme voleuse, folle et mauvaise. Elle ne vous a rien dérobé au moins?

Machinalement Caroline tâta l'échancrure de sa robe. Le petit mouchoir de batiste qu'elle y portait avait disparu.

— Eh bien! Ce sera une leçon pour mademoiselle, conclut Jeanne. Mademoiselle n'est plus à Bièvre. Elle est à Paris. Et c'est une ville pleine de brigands et de coupe-jarrets.

*

De cette ville de Paris où Caroline venait d'arriver avec ses parents, elle n'avait longtemps su que ceci : le roi y habitait et elle se trouvait au-delà de Blois.

Quand elle était petite, ce n'était d'ailleurs pas pour elle une direction précise. Dans sa pensée, il n'y avait pas eu la route de Blois, se continuant après la Loire et conduisant les chevaux et les voitures vers la capitale. Non. Il y avait Blois d'abord, puis une région indéterminée qu'elle ne cherchait même pas à préciser, qu'elle ne rapprochait en rien des décors qui lui étaient familiers. C'était une sorte de Chine qui se serait étendue sur l'autre rivage de la Loire, composée non pas de maisons et de campagne, mais de palais aériens et de jardins suspendus. Les légendes orientales qu'on lui lisait lui avaient fourni les éléments confus de cet univers de rêve qui, pendant des années, pour elle, constitua Paris. Aussi n'imaginait-elle pas les palais à partir des châteaux si nombreux dans la campagne avoisinante, ni les jardins suspendus d'après la couleur de ses roses familières.

Jusqu'à douze ans, elle n'avait jamais pensé à Paris sans que ce mot évoquât pour elle de la nacre, c'est-à-dire une substance dont elle n'avait jamais rencontré le miroitement ailleurs que sur certains meubles fanés du salon.

En grandissant, elle s'était naturellement formée de Paris une image beaucoup plus proche de la réalité et, à quatorze ans, elle eût pu décrire aussi joliment une perspective de Versailles qu'une fête à la Cour ou une soirée à l'Opéra. Elle avait en effet écouté trop avidement les discours des gentilshommes de passage au château, interrogé trop passionnément sa gouvernante, Mlle de Tourville, qui prétendait avoir parlé au roi, regardé trop d'images, pour ne pas être persuadée de connaître à merveille tout ce qui touchait Paris. Néanmoins, cette Chine enfantine subsistait obscurément en elle. C'est ainsi que ce peuple de Paris, dont elle entendait parler de plus en plus souvent à propos des accès de mauvaise humeur qu'il manifestait, restait pour elle un gnome maléfique et malicieux, très barbu, un sosie de ce Merlin dont on lui avait lu les étranges tours. Si son père s'indignait parce qu'à la dernière promenade du roi le peuple avait été froid sur son passage, la jeune fille ne pouvait s'empêcher d'évoquer quelque allée déserte où elle voyait le roi, tout couvert de fer comme un chevalier, sa perruque blonde auréolant un visage d'estampe, croiser l'enchanteur sournois sans que celui-ci s'inclinât devant son cheval.

Ainsi le voyage en berline que Caroline venait de faire l'avait-il surtout émue parce qu'il détruisait une bonne fois son univers enfantin. Elle s'était gardée de faire part à ses parents de ce sentiment et n'avait avoué son étonnement que parce que, dans les campagnes qu'elle traversait, les vaches n'avaient ni la même allure ni les mêmes couleurs que dans son pays natal, ou parce que l'animation des routes, à mesure que la berline se rapprochait de la capitale, devenait plus extraordinaire encore qu'aux portes de Blois, le matin de la Foire-de-l'An.

Caroline connut ses premières déceptions à Châteaudun où sa famille et elle couchèrent dans une auberge qui, malgré son enseigne imposante aux blasons médiévaux, n'offrait à la jeune fille qu'une chambre sombre qu'elle partagea avec sa gouvernante, Mlle de Tourville, et Louise, sa sœur aînée. Elle prêtait en effet à tout ce qui, de près ou de loin, touchait Paris une magnificence qui souvent l'avait fait rougir de vivre comme une sauvageonne dans leur petit château de campagne. Et ce fut dans cette chambre d'auberge, sous les grossières solives, dans le carcan des murs enfumés et des rideaux sales de l'alcôve, que, pour la première fois, tandis que sa gouvernante la déshabillait, elle regretta les dalles sonores du château de Bièvre, son perron de craie sculptée en rosaces et en lionceaux, les tapisseries feutrées qui ornaient sa chambre, l'éclat amical des meubles trop connus, le parfum du lierre ou bien, selon les saisons, de labours ou de blés chauds, qu'elle respirait à sa fenêtre.

Tant que le voyage avait duré, elle avait encore pu se consoler en considérant ces petites laideurs comme autant d'épreuves infligées à ceux qu'une bonne fortune inespérée dirigeait sur Paris.

Mais, dans l'obscur hôtel que sa famille avait loué rue Saint-Dominique, il ne lui était plus permis de s'illusionner davantage. Toutes les pièces, les unes non meublées, les autres encombrées d'un mobilier sinistre, les escaliers exigus, les fenêtres sans horizon se refusaient à prêter à l'imagination le moindre support.

Une odeur moisie, un relent fétide et tenace imprégnaient toute la maison malgré les savants courants d'air organisés par la vieille bonne. Caroline, après avoir un instant médité les prédictions de la sorcière, était remontée au premier étage dans l'embrasure d'une fenêtre devenue son poste d'observation.

Un poste d'où elle ne distinguait d'ailleurs que de l'obscurité, à peine tachée par le halo tremblant des lanternes. D'ailleurs, l'ignoble odeur de la maison finissait par absorber totalement son attention. Plus tard, lorsqu'il lui arriva de rechercher, à travers sa vie, la première marque de désespoir vraiment profond, elle la retrouva dans cette odeur, dans ces heures passées devant la vitre d'une fenêtre à se répéter que pendant des années elle ne respirerait pas un autre air que celui qui imbibait les plafonds, les murs, les planchers de ce caveau humide qui, depuis quelques heures, était devenu sa maison.

Un instant, elle frémit parce qu'une odeur d'autrefois – avant-hier était déjà devenu autrefois – venait de lui parvenir. Mais cette résurrection fut brève. Elle cessa lorsque Jeanne, la vieille femme de chambre, eut fini d'agiter les draps qu'elle venait de sortir du coffre et que les lavandes de la Loire imprégnaient encore. Mais, dans une association fulgurante, cette saveur de lavande rallia tous les parfums parmi lesquels Caroline avait grandi sans y prendre garde. Elle reconnut au passage la réticence embaumée des chèvrefeuilles de septembre, comme l'amertume des premiers buissons d'aubépine, comme la saveur un peu lourde des bords de la Loire, les capiteuses fumées d'autrefois, l'indiscret effluve des foins coupés. Alors, des souvenirs précis et diffus à la fois fusèrent dans la tête de la jeune fille.

Elle a six ans. Elle porte une grande robe de taffetas qui a déjà servi autrefois à sa sœur mais qui est encore très jolie. Un panier monté sur un jupon à cerceau l'évase. Son corsage, d'un blanc éclatant comme la jupe, tout chiffonné de dentelles, laisse courir derrière ses épaules les mèches festonnées d'une petite écharpe.

Ce n'était pas là son costume usuel, mais, bien qu'il fût d'ailleurs passablement démodé, un costume de cérémonie. Et Caroline, le front penché, regarde la blancheur de tout ce taffetas miroiter au soleil comme un mur de craie. Elle est guindée dans ses vêtements, dont elle tortille l'étoffe avec ses doigts rageurs. Ses lèvres font une petite moue toute proche de la lippe enfantine.

— Eh bien, Caroline, voulez-vous me dire ce que signifie cette mauvaise humeur? Allons, obéissez, ma fille, un grand pas, deux petits pas… Eh bien, vous m'écoutez?

C'est la voix de Mlle de Tourville, assise sur un fauteuil de jardin. Elle s'impatiente, elle attend, elle exige que Caroline vienne à bout de sa révérence. La voix reprend:

— Et vous, Henri! La semaine dernière, vous vous en tiriez tout à votre avantage. Ne laissez pas le mauvais vouloir de votre sœur vous en imposer. Avancez. C'est le moment de saisir votre chapeau…

Dans l'étuve close de l'été, il y a l'inlassable chant des poules pondeuses, les lointains abois de deux chiens qui, tout seuls, chassent pour eux. Des coups de hache résonnent dans le parc où l'on doit abattre un arbre sous la surveillance de la marquise.

— Dépêchez-vous, soyez raisonnables ! Faites ce que je vous demande et vous irez jouer.

— Si je réussis ma révérence, demande Caroline, je pourrai ôter ma robe et retrouver mon fichu blanc et ma jupe de percale ? Et je pourrai aller à l'étang ?

Caroline a faussé compagnie à son frère. C'est un après-midi d'octobre. Elle longe la grande route, un petit sourire au ras des lèvres : pauvre Henri, il sera bien attrapé quand il descendra de la grange et ne me retrouvera pas ! Elle a cueilli difficilement un petit roseau qu'elle fait tourner avec entrain en imitant la chanson que le maréchal-ferrant siffle en forgeant. Le ciel est mat. Les feuilles mortes déferlent sur la route. Caroline se sent libre. Elle hâte le pas en approchant du village. Elle veut voir la diligence s'arrêter. C'est pour cela qu'elle a quitté Henri.

L'énorme voiture est immobile devant l'auberge. Les percherons grattent le sol. Les voyageurs sont descendus et se délassent un peu en faisant quelques pas.

Caroline pose son pied sur le rebord d'un mur et feint de renouer le lacet de sa chaussure. Elle entend une voix d'homme :

— Cette fillette a de bien jolies chevilles. Elle a aussi une tête ravissante.

Caroline a repris son roseau et son sifflotement. Elle rentre vers le château, heureuse d'avoir des chevilles ravissantes, malheureuse de ne pas pouvoir, elle aussi, s'enfuir dans cette diligence.

Jeanne est en train de desservir. Les rondeaux de peupliers se consument sous la corniche sculptée de la cheminée. Mme de Bièvre se consacre à sa tapisserie, à la lueur d'un flambeau posé sur la table. Mlle de Tourville lit une tragédie de Péréfix. Le père de Caroline penche son visage osseux, inexpressif, triste, sur le coffret d'ébène où est rangée sa collection de tabatières. Elle s'est augmentée le mois dernier d'une nouvelle pièce en porcelaine de Limoges.

La voix rêche et bien timbrée, la voix de la marquise, résonne sans que celle-ci d'ailleurs lève les yeux du Pollux dont elle est en train, sur la trame du canevas, de composer la chevelure avec des laines multicolores.

— Encore ces tabatières? Toujours tes tabatières? Curieuse passion.

Lui ne répond pas. La marquise n'attend d'ailleurs pas de réponse. Henri, près du feu, fabrique un navire dans un morceau de bois qu'il lime grâce à un outil que lui a prêté le fils du menuisier. Louise travaille, les yeux baissés sur son coussinet à dentelles.

Et l'oiseau bleu apparaît enfin et vient se poser sur le rebord de la fenêtre où l'attend la princesse prisonnière. Son livre posé sur ses genoux, Caroline, assise de l'autre côté de la cheminée, appelle son frère à voix basse :

— Henri ! Tu peux venir. J'en suis au passage où tu t'étais arrêté.

Et tous deux, joue contre joue, la chevelure brune du garçon mêlée aux mèches blondes et couleuvrines de la petite fille, suivent ensemble sur le livre aux sombres gravures la claire histoire contée pour eux par Mme d'Aulnoy.

— Ils doivent se demander ce que nous devenons?

Ils, ce sont les grandes personnes, le père, la mère, la gouvernante. Nous, c'est Henri et Caroline, c'est-à-dire deux têtes ruisselantes qui seules dépassent la surface tranquille de l'eau, agitée seulement par les doux mouvements de la nage.

Il semble que la terre brûle, que l'ombre elle-même, sous les peupliers trop effilés, n'est qu'un leurre. Dans leurs yeux, persiste la vision éclatante et abrutissante d'une grande campagne plate qui grille, peuplée de bestiaux agenouillés dans leur torpeur, d'essaims bruyants de mouches et de taons.

— C'est insensé, crie, de la plage herbeuse, une Louise qui leur apparaît ridicule dans son corsage serré et sa jupe bouffante. C'est insensé, cette fois-ci je le dirai. Je le dirai à maman, je le dirai à Mlle de Tourville.

Eux la narguent :

— Viens nous le dire ici, Louison ! Tu es trop loin, nous n'entendons pas très bien ce que tu nous expliques.

— Et c'est dommage, crie de son côté Caroline, car ce doit être au plus haut point intéressant.

Et elle ponctue cette raillerie d'un de ces entrechats qu'elle aimait exécuter parce qu'ils lui rappelaient une gravure représentant un dauphin à demi sorti de l'eau. Cet entrechat met à son comble la fureur de Louise.

— Vous savez, crie-t-elle, que ni maman ni mademoiselle n'admettent ces bains que vous prenez dans la Loire comme des paysans. Si encore vous acceptiez de vous vêtir d'une façon décente. Mais, cette fois-ci, je vais vous faire payer votre malséance !

Louise partage en effet l'irritation de Mlle de Tourville qui, à la rigueur, consentirait à ces bains, rehaussés à ses yeux par le fait que la Cour elle-même a parfois daigné s'en divertir, et que les dames les mieux nées ont consenti, vêtues de longues chemises blanches, à se plonger dans la mer ou dans le Loing, jusqu'à la hauteur des genoux, mais ne saurait admettre qu'à la simple façon des garçons et des filles du village Henri et Caroline se livrent aux joies de la natation, aussi nus que des poissons.

Cependant, Louise s'est mise en devoir d'exécuter sa menace et, sous le regard un peu inquiet des deux enfants, elle s'éloigne d'un pas rageur vers le chemin qui conduit au château. Elle ne marche d'ailleurs pas longtemps car elle se retourne et revient, courant aussi vite que le lui permet sa robe.

— J'ai trouvé beaucoup mieux ! Je ne dirai rien à maman ni à mademoiselle. C'est vous-mêmes qui vous en expliquerez avec elles.

Elle s'arrête sous le petit saule pleureur où sont restés les vêtements de son frère et de sa sœur, les ramasse rapidement, les entasse sous son bras et se sauve avec un :

— Amusez-vous bien !

Les deux enfants n'ont deviné que trop tard les intentions de leur sœur. Malgré leur rapidité, lorsqu'ils approchent du bord il n'est déjà plus temps de la rejoindre. Ni l'un ni l'autre n'ose sortir de l'eau. Couchés sur le sable, protégés par le miroitement du soleil sur l'eau qui les abrite encore, ils s'interrogent du regard. Puis Henri explose. Il voue sa sœur Louise à tous les traitements de l'Enfer. Une minute après, avec la versatilité d'une enfance indocile, tous deux rient aux larmes de la situation étrange où la méchanceté de Louise les a placés. Et puisqu'ils sont dans l'eau, autant en profiter. Pendant une heure ils jouent, nagent, s'éclaboussent avec un plaisir animal. Caroline commence à trembler et Henri, astucieux et chevaleresque, décide que, profitant de la légère pénombre bleue tombée sur le rideau d'arbres qui longent la rivière, dans le simple appareil où il se trouve réduit, il va courir jusqu'à la maison, assez voisine de Paul, le fils du passeur. Arrivé à une faible distance, il l'appellera et l'enverra au château chercher clandestinement parmi le linge de la buanderie de quoi les vêtir tant bien que mal.

Henri est parti. Son dos maigre et bronzé a disparu dans le feuillage des buissons, et Caroline a pu sortir de l'eau.

Comme un chien jeune et gai, pour se sécher, elle se roule dans le sable et les rayons encore tièdes du soleil déclinant achèvent de la remettre tout à fait à son aise. Pour attendre Henri, elle remonte doucement, presque en rampant, jusqu'à un petit buisson de sureau poussé en avant-garde sur le sable, et se blottit contre lui. L'air est doux, parfumé de toute la sueur végétale des champs. Une cloche sonne dans le lointain. Les hirondelles rasent la Loire. Le ciel est une poussière d'or. Lentement, comme pour jouir d'un plaisir défendu, le regard de la petite fille se promène sur son propre corps. Et c'est bien un plaisir défendu, car Mlle de Tourville a gardé du couvent un sens acéré de la bienséance et de la modestie et, selon elle, une petite fille ne doit pas même quitter sa chemise pour se laver. Caroline regarde ses cuisses maigres, mais qui, depuis l'année dernière, se sont déjà incurvées et creusées à la fois, fuselées, bien attachées à la rondeur du genou, où quelques cicatrices roses transparaissent, qu'on retrouve aussi sur les mollets tendres et brunis par le soleil et les bains. Elle regarde ses hanches, bien renflées, et déjà le galbe gonflé de sa poitrine qui, il y a un an encore, était pareille à celle d'Henri. Comme elle aurait caressé un animal, elle passe doucement sa main sur sa propre peau, à la fois émue par le plaisir de la paume et par celui de son flanc. Le cri d'un bouvier qui, à cent mètres de là, rassemble ses bêtes, puis longe le bosquet en les poussant devant lui, l'a surprise dans cette torpeur, mais elle s'étonne elle-même de sentir son sang battre plus vite dans tout son corps, plus agréablement, avec une résonance toute neuve, parce que, nue et masquée par les feuilles, elle regarde au loin l'homme disparaître à grands pas.

*

— Eh bien ! Caroline, on a sonné la cloche, on t'appelle, on te cherche partout et tu es là, à faire semblant de ne rien entendre.

— Je ne faisais pas semblant, dit Caroline. J'avais la tête ailleurs.

Louise haussa les épaules :

— Sans doute rêvais-tu aux prédictions de la vieille bonne femme ? Jeanne m'a tout raconté. Et tu t'es fait voler ton mouchoir. C'est bien fait.

Caroline suivit sa sœur et entra derrière elle dans la salle à manger où la famille de Bièvre était réunie pour le premier dîner qu'elle prenait à Paris, après tant de milliers de dîners pris toujours sur la même table dans le petit château.

En apprenant son départ pour Paris, Caroline s'était fort peu souciée des raisons qui avaient pu pousser sa famille à déserter le château et à louer dans le faubourg Saint-Germain un petit hôtel pour s'y installer à demeure. Or c'était un peu le Merlin de son enfance qui en était la cause. En effet, la réunion des États généraux avait été décidée, et c'était un ami très intime du marquis de Bièvre, le comte de Fondanges, qui avait été choisi comme député de la noblesse ; il s'était aussitôt rendu dans la capitale et avait bientôt incité son vieux camarade à venir l'y rejoindre, se faisant fort d'obtenir pour lui à la Cour une charge qui lui permette de tenir de nouveau le rang que les difficultés financières lui rendaient de plus en plus difficile à supporter.

La famille de Bièvre, dont Caroline était le plus jeune rejeton, se réclamait d'une origine lointaine. À la vérité, les seuls documents qui demeurassent au-dessus des contestations limitaient sa lignée au règne de Louis XIII qui, par lettres patentes, avait reconnu à la terre de Bièvre un titre de marquisat. Ce titre n'était d'ailleurs pas dû aux faits d'armes d'Henri-François, arrière-grand-père du marquis, car il ne s'était illustré en aucun combat et n'avait donné au roi que des preuves pacifiques de son loyalisme, dans l'administration intérieure de la Touraine. Certes, depuis cette époque, les Bièvre avaient conquis leurs armes, et la mort de l'un d'entre eux, Charles, oncle de la petite fille, à la bataille de Fontenoy, avait même servi de sujet à un tableau de Broussère, qui décorait le salon d'honneur du château.

Aussi le marquis de Bièvre pouvait-il espérer, lorsqu'il était encore un jeune homme, une brillante carrière. Elle n'avait pas eu lieu. Et aujourd'hui, âgé de cinquante ans, il n'arrivait pas à Paris avec l'arrogance conquérante d'un jeune homme qui pressent la vie à la mesure de son ambition. Ce voyage avait été pour lui une douloureuse évocation de celui qu'il avait accompli trente années plus tôt, lorsque, quittant son père pour marcher sur les traces de son frère aîné, il avait parcouru à cheval cette route qui lui semblait l'antichambre de la Cour et que, huit mois plus tard, il refit en sens inverse, vieilli par les déboires qu'il s'était attirés. Il ne se releva jamais de la série d'échecs et d'humiliations que représentait dans sa mémoire son séjour à la Cour. Revenu dans ses terres, il y devint aussi timoré qu'il avait été présomptueux, redoutant le monde, soupçonnant partout un de ces pièges où il était trop souvent tombé. Il avait vécu auprès de son père infirme, n'allant guère à Blois que pour les foires, et ne s'était marié que parce qu'une cousine, acharnée, l'avait attaqué à la tête de tout ce que la région comportait de jeunes filles avancées et désespérant du mariage, parmi lesquelles, presque au hasard, il avait choisi Anne de Cambes, fille de vieille noblesse, dont il avait eu trois enfants.

De cette femme il eût été difficile, maintenant, de dire qu'elle avait pu être dans sa jeunesse une de ces beautés éclatantes que la province aime à consacrer. Il eût été d'ailleurs aussi gratuit de lui prêter une laideur intéressante. Elle était pâle, froide, le visage légèrement rehaussé par la réticence triste de ses yeux d'un bleu très délavé. Elle méprisait franchement son mari qui représentait pour elle les déceptions successives de sa jeunesse. Elle ne lui pardonnait pas d'avoir été obligée de l'épouser, pas plus qu'elle ne lui pardonnait l'écrasante autorité qu'elle avait peu à peu prise sur lui. Incapable de prendre utilement la plus infime responsabilité, il lui avait abandonné le gouvernement du château, et elle, malgré la société des servantes, des filles de ferme et des métayers, malgré la pénurie d'argent, le rétrécissement continuel des terres, n'avait perdu ni le sens altier du commandement ni l'orgueil de sa caste, ni l'ambition vague de se retrouver un jour à sa place. Ce fut elle qui décida son mari à accepter les suggestions du comte de Fondanges. Elle prit même sur elle de faire vendre cinq têtes de bétail pour assumer les frais du voyage et de l'installation et elle sacrifia en même temps quelques diamants qui lui venaient de sa famille et que, malgré la rusticité de leur vie, elle aimait à voir scintiller sur ses doigts. Tandis que le marquis s'embarquait pour Paris dans la mortelle inquiétude d'un homme qui, ayant un jour mesuré ses forces, a une fois pour toutes renoncé à son étoile, la marquise, au contraire, s'étonnait d'avoir tant tardé à engager ce combat nécessaire au bout duquel elle entrevoyait la restauration de la gloire et de l'opulence passées de sa lignée.

Mlle de Tourville, la gouvernante des enfants, approuvait, elle aussi, cet emménagement. Elle prétendait descendre des Tourville de Flandres, très ancienne famille du diocèse de Tournay, anoblie en 1526 par Charles-Quint. La véracité de ces allégations était difficile à établir, les Tourville ayant été par la suite exilés d'Espagne et s'étant retirés en Amérique du Sud où l'on avait perdu leurs traces. Toute petite fille, elle avait été rapatriée des Antilles, sous ce nom de Tourville, élevée dans un couvent de Saint-Cloud, prise pour suivante par la comtesse de Chastenay, compromise dans un fâcheux scandale d'honneur et obligée d'accepter en pleine campagne, chez Mme de Bièvre, ce poste de gouvernante qui constituait dans le train de vie exigu du château le seul luxe dont la marquise pût encore se prévaloir. Aussi, bien que celle-ci n'eût jamais aimé la gouvernante, elle l'entourait de soins, lui manifestant des égards dus à une fille de bonne maison, et, comme l'origine flatteuse de sa gouvernante rehaussait le prestige de sa propre demeure, elle n'aurait pas souffert qu'on mît en doute la filiation de Mlle de Tourville, qu'elle était seule, avec l'intéressée, à prétendre directement issue de l'homme de guerre distingué par Charles-Quint.

Ne s'abusant pas sur la sincérité de la marquise, la gouvernante ne lui en était nullement reconnaissante et savait fort bien que, du jour où elle l'aurait quittée, celle-ci serait la première à traiter de faible la généalogie des Tourville. Néanmoins, l'ambition, l'appétit de respect qui dirigeaient l'une dirigeaient l'autre. La marquise avait intérêt à exalter la noblesse de sa gouvernante ; la gouvernante, elle, ne pouvait espérer trouver grâce aux yeux du monde qu'en amplifiant de son côté les mérites nobiliaires de la famille qu'elle servait. Aussi les enfants, malgré la vie de petits paysans qu'ils avaient menée, avaient-ils été entourés par deux femmes dont les préoccupations principales consistaient à se louer mutuellement de la grandeur de leurs origines et, précisément parce que la vie les avait nivelées à un train qui était devenu inférieur à celui de la bonne bourgeoisie, à écraser de leur mépris tout ce qui n'était pas noble.

Ce fut Louise, la fille aînée (elle avait dix-neuf ans, c'est-à-dire deux années de plus que Henri et trois de plus que Caroline), qui se montra la plus perméable à ce mode d'éducation. Obligée de parler plus souvent à des filles de basse-cour qu'aux rares filles nobles de la région, elle n'en était que plus férue de son titre, et jalouse des privilèges dont elle se croyait détentrice, plus ulcérée des contacts auxquels elle était obligée de condescendre.

Cet état d'esprit était également celui de Henri, mais sous une couleur différente. Il n'aurait pas échangé contre une fortune l'honneur d'être vicomte, mais, d'autre part, il ne se croyait pas du tout diminué par ses jeux avec les enfants des fermiers du voisinage. Très imaginatif, comme sa sœur cadette, il s'était borné à transformer la réalité en la magnifiant et, s'il ne souffrait pas d'échanger des horions avec un petit vacher, c'était tout simplement parce qu'en usant d'un pouvoir qui n'appartient qu'au roi, il l'avait, pour son usage personnel, anobli des plus hauts titres et que, peu à peu, il avait construit dans la petite campagne qui environnait le château une féodalité à sa façon dont de petits menuisiers, les fils du garde-chasse, des métayers, du maréchal-ferrant, étaient les princes, les ducs et les comtes, lui-même s'étant arrogé la royauté de ce fief. Cependant, cette fiction commençait à le lasser et, quoiqu'il dût y perdre le premier rang, il n'était pas fâché de se trouver à Paris, à la veille de paraître à la Cour parmi ses pairs, et se plaisait à imaginer, dans ses plus intimes détails, l'avenir glorieux qui l'attendait, un avenir qui ressemblait peut-être à celui que, trente ans plus tôt, son père s'était lui aussi formé.

Le repas qui les rassemblait tous fut silencieux. Ils étaient écrasés à la fois sous le poids de leurs espoirs et sous celui des souvenirs qui, malgré eux, les ramenaient vers Bièvre. En quelques heures, ils n'avaient pu s'habituer à ce singulier petit hôtel que M. de Fondanges avait retenu pour eux. Proche de l'hôtel de Broglie, faisant presque face à l'hôtel de Bourbon-Busset, il avait, outre l'avantage de la situation, celui d'être, si mal qu'il le fût, meublé. Son ancien propriétaire, M. de Froissy, attiré par la contestation d'un héritage dans ses terres du Languedoc, avait accepté de le sous-louer au marquis pour la somme annuelle de quatre mille francs, qui était d'ailleurs très lourde pour le budget des Bièvre. À table, ce soir-là, ce fut à ce sujet que le marquis se permit seulement de prendre la parole.

— Toute réflexion faite, je trouve ce loyer bien élevé. Sur les murs, les peintures s'écaillent, il faudra les refaire. Le premier et le deuxième étage ne sont certainement pas habités depuis cinquante ans. Tout y est pourri ! Je ne sais pas si cette habitation est…

— Vous n'y entendez rien ! s'écria Mme de Bièvre. Au rez-de-chaussée les pièces de réception sont magnifiques, et c'est cela seul qui importe. Je reconnais que le premier et le deuxième étage sont humides et peu pratiques à habiter. Mais nous n'y ferons jamais monter aucun visiteur, et notre hôtel sera jugé sur ses pièces de réception.

La conversation continua sans véritable conviction. On débattit de quelques problèmes qui restaient posés quant à la répartition des pièces. Mais Mme de Bièvre fit respecter son plan qui consistait à consacrer le deuxième étage tout entier aux domestiques, obligeant ainsi toute la famille à s'enfermer au premier, bien que les domestiques ne fussent que deux, et pour la simple raison qu'il fallait éviter leur promiscuité. Mme de Bièvre maintint ses autres décrets : la plus belle pièce du premier étage deviendrait un boudoir, la seconde demeurerait la chambre à coucher du marquis et de sa femme, les deux pièces de derrière, sombres et exiguës, continueraient d'abriter, l'une Henri, l'autre la gouvernante et ses deux filles.

*

« Est-ce que vraiment je voyagerai à perdre haleine ? » se demanda Caroline en s'endormant dans l'hostilité étrangère de son alcôve.

2
Le bal masqué

La maison, peu à peu, s'était sinon éclairée et embellie, du moins adaptée aux habitudes de ses nouveaux locataires. Mme de Bièvre avait fait venir du château quelques menus objets dont la présence était rassurante et familière aux enfants, notamment quelques tentures de Jouy, quelques tapis, des assiettes, un secrétaire en merisier et de petites coiffeuses en bois des Îles qu'elle avait reçues quinze ans plus tôt d'une cousine établie en Louisiane.

Caroline, peu à peu, oubliait le cadre de son enfance. Parfois, elle cherchait à reconstituer dans sa mémoire la chambre qu'elle avait occupée, le paysage qui entourait le château, mais ces visions devenaient de plus en plus floues et faisaient place au décor qui était actuellement le sien.

Presque tous les après-midi, Mlle de Tourville emmenait les enfants chez un vieux ménage dont la réputation de professeurs de danse était éprouvée. Ils y rencontraient des garçons et des filles de leur âge et notamment la fille de M. de Fondanges qui eût pu devenir pour Caroline une amie, car elle lui témoigna tout de suite la plus vive affection. Mais Caroline fut dès les premiers jours emportée d'une passion brûlante pour une autre élève, Charlotte Berthier, dont le joli visage clair, têtu, au petit front bombé, aux yeux narquois, aux lèvres presque toujours arquées par une petite moue grave et sérieuse, exerçaient sur elle un attrait obsédant et exclusif.

Mlle de Tourville n'avait pas été sans s'inquiéter de cette amitié naissante entre les deux jeunes filles. Elle avait représenté à Caroline la maladresse et l'incongruité dont elle témoignerait en s'attachant à une jeune fille qui, quelles que fussent ses qualités personnelles, n'était somme toute qu'une roturière et dont la société ne pouvait que l'incliner à ne pas tenir son rang et à se déprécier aux yeux des autres jeunes filles nobles qui fréquentaient le cours, et parmi lesquelles certaines étaient au contraire des relations puissantes et utiles. Mais, autant Louise était sensible à ces observations et s'en inspirait dans le choix de ses amies, autant Caroline se laissait aller avec fougue à l'emportement qui avait consacré pour elle son amie Charlotte comme la merveille des merveilles, qu'elle s'attachait à imiter en tout. La jeune fille semblait d'ailleurs rendre à Caroline l'affection que celle-ci lui témoignait, et ce fut elle qui prit un jour l'initiative de l'inviter à goûter chez ses parents.

Ce goûter provoqua dans le petit hôtel de la rue Saint-Dominique la première des crises, d'ailleurs beaucoup plus graves, qui s'y déroulèrent. En effet, Charlotte avait fait transmettre cette invitation par sa propre mère qui, étant un jour venue la chercher au cours, prit à part Mlle de Tourville pour la prier d'accompagner Louise et Caroline à la petite réception qu'elle donnait le mercredi suivant. Mlle de Tourville employa tout ce que sa morgue pouvait mettre à sa disposition de hauteur pour éluder l'invitation et faire entendre à Mme Berthier qu'il était bien présomptueux de sa part de convier chez elle des jeunes filles qui ne se trouvaient les compagnes de Charlotte que parce que le laisser-aller des mœurs et la décadence des coutumes toléraient maintenant dans les cours une promiscuité qui, trente ans plus tôt, eût semblé inconcevable à tout esprit sensé. Le soir, elle fit part à Mme de Bièvre des avances qui lui avaient été faites et de la façon dont elle les avait reçues. Elle ajouta que, si, en se rendant à ce cours pour accompagner les deux jeunes filles, elle devait désormais se savoir exposée à de semblables propositions, elle serait obligée d'y renoncer et de demander à ce que Jeanne fût chargée dorénavant de ce rôle de duègne qu'il lui était impossible de tenir plus longtemps, aux prises avec une roture insolente.

M. de Bièvre, dont la transplantation à Paris avait encore diminué l'agressivité, se borna à hocher la tête, cependant que la marquise reprochait vivement à sa fille le manque d'égards dont elle faisait preuve vis-à-vis de sa gouvernante qu'elle réduisait à soutenir des conversations aussi déplaisantes. Elle en profita pour lui intimer l'ordre de cesser ses relations avec la jeune Charlotte, qu'elle n'hésita pas à traiter de petite boutiquière.

— Nullement ! s'écria Caroline. Elle n'a rien d'une petite boutiquière. Elle est beaucoup plus gentille, beaucoup plus intelligente, beaucoup mieux habillée que toutes les filles que j'ai pu connaître en Touraine. Et, d'ailleurs, son père est un grand médecin qui approche le roi.

Mlle de Tourville fronça les narines, ce qui était chez elle un témoignage de dégoût sarcastique.

— Il approche peut-être le roi, mais en tant que fournisseur, tout comme son tailleur, ou son bottier. Moi qui ai vu le roi…

— Pardonnez-moi de vous interrompre, mademoiselle, dit M. de Fondanges qui, étant passé ce soir-là voir son ami, avait été retenu à dîner, pardonnez-moi, mais je crains que vous n'apportiez dans votre jugement sur les usages d'à présent une afféterie qui, aujourd'hui, n'est plus de mise qu'en province. Quant à cette jeune fille, son père est en effet un des médecins les plus fameux. Le roi apprécie beaucoup sa conversation, et je ne pense pas qu'il le confonde avec son bottier ou son serrurier. Je pense si peu que la société de Charlotte Berthier soit fâcheuse, que j'ai recommandé à ma fille d'être toujours aimable avec elle.

L'avis de M. de Fondanges était en tout point décisif rue Saint-Dominique, car pour Mme de Bièvre le gentilhomme représentait le seul intercesseur possible entre ses ambitions et les hauts personnages de la Cour dont elles dépendaient. Aussi la marquise adressa-t-elle à la gouvernante un sourire complice.

— Il faut nous mettre au goût du jour, ma bonne amie. Après ce que vient de nous dire M. de Fondanges, il y aurait mauvaise grâce à retenir plus longtemps Caroline contre le penchant qu'elle éprouve pour sa petite amie. Avez-vous refusé formellement l'invitation qui lui était faite ?

— Je ne m'en suis pas cru le droit, déclara Mlle de Tourville, d'un air pincé. J'ai simplement fait savoir à cette dame que vous n'étiez pas disposée à laisser vos filles fréquenter n'importe où et l'ai assurée que je transmettrai à votre appréciation l'invitation qu'elle me faisait.

— Voilà qui est parfait, dit Mme de Bièvre, je compte sur vous, ma chère, pour nous tirer habilement de là et faire savoir à la famille de cette jeune fille que Louise et Caroline sont très touchées d'une invitation à laquelle elles se feront un plaisir de se rendre.

*

Ce goûter modifia profondément le tour et le ton de l'amitié qui unissait Caroline et Charlotte, et qui, quoiqu'elle ne fût vieille que d'un mois, était déjà très solide. Mais jusque-là le penchant de Caroline avait été contrarié par Mlle de Tourville et avait de ce fait pris la tournure d'une affection interdite, presque coupable, ce qui était loin de déplaire à la jeune fille qui se rappelait combien tous ses plaisirs, les escapades, les courses dans les bois, les baignades, avaient eu pour elle la saveur du fruit défendu. Mais désormais elle pouvait tout à son aise bavarder avec son amie, la prendre à part pendant les cours, échanger avec elle de menus cadeaux qui la ravissaient.

Mme Berthier avait l'habitude de réunir chaque mercredi les amis de sa fille et de son fils Georges, de huit ans plus âgé que celle-ci. Les jeunes gens dansaient, organisaient des saynètes qu'ils jouaient dans le vaste jardin du quartier Saint-Paul où se trouvait le petit hôtel des Berthier. Si Louise trouva en général des prétextes inspirés par Mlle de Tourville, qui ne désarmait pas, pour ne point paraître à ces réceptions, Caroline en devint la plus fidèle habituée, et son frère Henri, qui y fut invité à son tour, l'y accompagna désormais régulièrement.

Les choses en étaient là lorsqu'une grande nouvelle fut un matin apportée par M. de Fondanges : il avait obtenu que M. de Bièvre et sa famille fussent invités avec lui au château. Il ne restait que huit jours avant le départ pour Versailles. La marquise les consacra à sa toilette et à celle de Louise. Quant à Caroline, elle était trop jeune pour paraître à la Cour et il fut décidé qu'elle resterait sous la garde des domestiques dans le petit hôtel de la rue Saint-Dominique.

L'animation que la perspective du départ faisait régner dans toute la maison fut bientôt partagée par la jeune fille lorsqu'elle apprit de sa mère que Mme Berthier lui avait rendu visite et lui avait demandé pendant son absence de lui confier Caroline qui, disait-elle, serait pour sa fille la plus douce et la plus exquise des compagnies et lui donnerait, à elle, l'illusion d'avoir une enfant de plus. Aussi, pendant que chacun préparait les assortiments et les toilettes destinés à plaire au roi et à suivre le train de la Cour, Caroline vivait-elle dans l'extase, s'imaginant déjà dans cette belle maison blanche, riche et calme, où toute la journée elle pourrait causer et se promener avec son amie. Le jour du départ arriva enfin. M. de Fondanges vint chercher la famille qu'il emmena dans son carrosse, tandis qu'un fiacre conduisait

Caroline et Mme Berthier, venue la prendre, vers le paradis dont elle rêvait.

Elle y passa les mois de juin et de juillet, occupant une petite chambre tendue de damas clair, meublée de sièges, de coiffeuses et de commodes brillant d'un éclat neuf. Cette chambre était attenante à celle de Charlotte, et tous les matins elles commençaient leur journée ensemble. En effet, Caroline, que son éducation campagnarde avait rendue plus matinale que Charlotte, allait dans la chambre de son amie où toutes deux prenaient leur petit-déjeuner. Elle se nichait sur l'édredon, aidant la jeune fille encore ensommeillée à sucrer son lait et à beurrer ses tartines. Puis toutes deux, blotties l'une contre l'autre, passaient parfois des heures entières à converser. Par la fenêtre ouverte parvenaient des chants d'oiseaux dont le petit jardin était rempli, et Caroline se croyait bien loin du pierreux faubourg Saint-Germain. Elles auraient certainement bavardé jusqu'à midi, si Mme Berthier, avec la simplicité d'une bonne mère de famille, n'avait eu l'habitude de venir les « reréveiller », comme elle disait en riant.

Les deux jeunes filles s'habillaient alors en chantonnant les romances à la mode, et plus particulièrement celle de M. de Faublas, dont le tour assez galant faisait un peu scandale dans la bourgeoisie. Dès qu'elles entendaient le pas de Mme Berthier ou d'une domestique, elles en modifiaient les paroles, puis reprenaient ensuite :

Garder son cœur et son troupeau,
C'en est trop pour une bergère ;
Qu'on est à plaindre lorsqu'il faut
Garder son cœur et son troupeau,
Quand tous les bergers du hameau
Et tous les loups vous font la guerre.

Avant le déjeuner, elles descendaient au jardin et s'installaient dans une petite closerie pour y faire de la tapisserie ou y lire. Charlotte avait développé chez son amie ce goût de la lecture que Caroline avait toujours eu, mais qui jusque-là s'était accommodé de livres faciles faisant davantage appel à l'imagination qu'à l'intelligence. Dans sa Touraine, elle n'avait jamais entendu parler de Voltaire ou de Rousseau qu'avec horreur, de Beaumarchais qu'avec persiflage. Seul parmi les nouveaux auteurs, Bernardin de Saint-Pierre conservait un peu de crédit parmi les beaux esprits de Blois. Aussi le domaine où la fraîche érudition de Charlotte entraînait la jeune fille était-il très nouveau pour elle. Elle essayait sa raison encore en jachère à résister aux théories des encyclopédistes, que lui exposait son amie. Il lui semblait monstrueux qu'on pût affirmer l'égalité des hommes, car tout ce qu'elle avait vu dans la réalité lui semblait démentir complètement cette proposition devenue entre les deux jeunes filles une source d'interminables discussions. M. Berthier, robuste vieillard, souriant mais peu communicatif, lorsqu'il les surprenait dans ces débats, s'en irritait en général.

— Il est dommage, disait-il, que nous n'ayons pas un Molière dans nos relations. Vous lui fourniriez deux beaux modèles pour peindre les Précieuses ridicules de 1789. Est-ce là une conversation pour des fillettes de votre âge? Parlez donc rubans, cela vaudra beaucoup mieux.

Leur naïf emportement vers la philosophie ne les empêchait d'ailleurs pas de parler rubans, pour employer l'expression du vieux médecin. Depuis son arrivée chez les Berthier, Caroline si elle s'était passionnée pour les lectures ardues, avait fait aussi une autre découverte : celle de la coquetterie. Jusque-là, la vie de sauvageonne qu'elle aimait excluait l'amour des taffetas, des guirlandes, des festons, qui brusquement venait de naître en elle. Mlle de Tourville avait fait autrefois de louables efforts pour inspirer à la petite fille le goût des bonnes manières, pour lui apprendre l'art de plaire, pour la persuader d'attacher à sa toilette des soins longs, minutieux et passionnés. Mais sa pédagogie avait été inutile et Caroline s'était obstinée à juger les robes qu'elle portait non en fonction de leur élégance, mais selon qu'elles étaient ou non pratiques pour courir, sauter et jouer.

La coquetterie toute neuve qui lui était poussée connut d'abord un premier stade : celui du déguisement. Dans les petites scènes que les enfants et leurs amis s'amusaient à représenter, Caroline fut amenée à jouer le rôle d'une princesse indienne. Pour cela, Mme Berthier lui prêta un immense châle de cachemire aux dessins en arabesques et aux couleurs chatoyantes. La fillette, avec l'aide de son amie, se composa une perruque compliquée où elle entortilla un assemblage de fleurs éclatantes. Autour de sa taille, elle noua en panier un morceau de tulle pailleté d'argent, et, lorsque, montée sur des cothurnes dorés, le visage maquillé et rehaussé comme celui d'une femme par deux mouches, elle apparut sur la petite estrade de bois qui constituait la scène, le murmure flatteur du jeune public la toucha. La pièce finie, elle ne voulut pas se rhabiller immédiatement et monta dans sa chambre où, pour la première fois de sa vie, elle entreprit d'évoluer devant la glace avec un plaisir tout neuf qui la poussa à s'adresser par l'intermédiaire du miroir ses plus séduisants sourires.

Le soir, Charlotte, en la félicitant de nouveau du succès qu'elle avait remporté, ajouta :

— Vous avez complètement séduit un de nos invités. Vous ne devinez pas lequel? Non? Il vous a pourtant dévorée des yeux et vous ne pouvez pas ne pas vous en être aperçue.

— Je n'ai rien remarqué.

— Petit masque! Pourquoi ne voulez-vous pas être franche avec moi? Vous l'avez très bien remarqué et, de votre côté, vous ne lui avez pas ménagé les sourires.

— Charlotte, je vous assure que je ne sais pas de qui vous voulez parler.

— Ah! c'est comme cela! Eh bien, je ne vous dirai pas ce qu'il m'a dit de vous. Je ne vous le dirai que si vous prononcez vous-même son nom.

Caroline était encore trop près de l'enfance pour ruser plus longtemps. Elle murmura :

— M. de Salanches!

— Tout de même! s'écria Charlotte. N'avez-vous pas honte de m'avoir menti et d'avoir essayé de me celer son nom et le plaisir que vous aviez éprouvé à en être admirée?

— Que vous a-t-il dit de moi?

— Ma foi, je ne me le rappelle plus très bien. J'ai sommeil, Caroline. Je meurs de sommeil. Laissez-moi me coucher. Nous reparlerons de tout cela demain matin.

En effet, la jeune fille venait de pénétrer frileusement dans son lit en simulant la béatitude d'une personne qui va s'endormir.

— Charlotte, je vous en prie. Ne soyez pas taquine! Vous m'aviez promis. C'est très mal de ne pas tenir votre promesse.

— Je vous avais promis de vous le dire, mais je ne m'étais pas engagée à vous en parler ce soir.

Furieuse, Caroline lui tourna le dos et se dirigea vers sa chambre.

— Gardez vos secrets pour vous. D'ailleurs ça m'est complètement égal.

Charlotte bâilla et chuchota en riant :

— S'il vous voyait dans cette tenue, petite Caro! Savez-vous que vous êtes ravissante?

Caroline ne put s'empêcher de jeter un coup d'œil de biais dans le miroir florentin posé sur la console, qui lui renvoya l'image de son corps menu, de sa poitrine haute et cambrée, de ses épaules rondes, de ses longues jambes embarrassées dans la légère chemise de nuit en linon qui moulait et dévoilait aussi agréablement ses formes. Oui, et elle retrouvait dans ce miroir l'image familière d'un visage dont l'attrait lui avait toujours paru indéniable et rassurant : éclat blond de la peau, nez fin, court, spirituel (« vous avez le nez mutin », lui avait dit un jour Charlotte), cheveux blonds, doucement bouclés, et dont la finesse irritait la jeune fille lorsqu'il s'agissait de les coiffer « à l'Anglaise », bouche aux lèvres lourdement ourlées dont Louise faisait aigrement remarquer « l'épaisseur » mais que Caroline savait attrayante, yeux enfin dont, petite fille, elle approchait des pervenches pour s'assurer « que c'était bien la même couleur », ce que niait son frère.

— Eh bien, mes enfants ! Vos chandelles brûlent toujours. Qu'attendez-vous pour dormir ? Vous parlerez philosophie demain matin.

— Nous ne parlons pas philosophie, maman, cria Charlotte, en se soulevant un peu sur son oreiller et en dirigeant son visage vers la porte que Mme Berthier ouvrait à ce moment.

— Et de quoi parliez-vous ?

— Je racontais à Caroline le sujet d'un opéra que M. Haydn va mettre en musique.

— Et quel est-il ?

— C'est l'histoire de deux bergères. Au début de l'opéra, l'une d'elles annonce à son amie qu'elle a été remarquée par un beau berger au cours d'une fête pastorale, mais refuse, pour la taquiner, de lui révéler ce que ce beau berger l'a chargée de lui dire. Puis, comme son amie insiste, elle finit par se laisser apitoyer et lui raconte comment, à l'issue de la fête, le jeune pâtre s'est enquis auprès d'elle de l'âge de son amie, de ses goûts, et lui a demandé de favoriser son amour en se chargeant de le faire pressentir à la bergère.

— Et la fin de l'histoire ?

— Ça s'arrange très bien. Ils se marient et pâtres et pastourelles viennent danser à leurs épousailles.

— Ce n'est pas très original, dit Mme Berthier. Vous feriez beaucoup mieux de dormir que de brûler des chandelles à raconter de pareilles fadeurs. Souffle la tienne, et vous, Caroline, rentrez dans votre chambre et dormez vite. Si votre maman apprend que je vous laisse veiller aussi tard, elle ne voudra plus jamais vous confier à moi et n'aura pas tort.

Durant les jours qui suivirent, la pensée de Caroline fut toute occupée par le visage, d'ailleurs fort agréable, de ce jeune chevalier de Salanches. Elle réunit sur lui le plus de renseignements possibles, non pas avec la précision intéressée qui eût été celle de sa gouvernante, mais avec un appétit vorace de connaître tout ce qui concernait le jeune homme. Elle apprit ainsi qu'il était noble, quoique de très petite noblesse, fils d'un conseiller au Parlement de Rennes qui avait été anobli par Louis XV peu de temps avant sa mort. Il paraissait à la Cour, se produisait beaucoup dans le monde, et, bien qu'il n'eût que vingt ans, jouissait d'une réputation déjà flatteuse due en partie à la galanterie de ses propos, au tour spirituel des madrigaux qu'il prodiguait autour de lui et surtout à la publicité favorable que lui faisait le monde féminin.

Ce dernier point ne manquait pas d'inquiéter beaucoup Caroline qui, quoiqu'elle fût bien incapable de définir ce sentiment, était tout bonnement dévorée par la jalousie. Caroline aimait d'ailleurs sans bien savoir ce que signifiait : aimer. Elle se laissait aller au penchant qui la poussait vers ce jeune homme comme, deux mois plus tôt, à celui qui l'avait fait s'éprendre de Charlotte. Elle ne distinguait que très vaguement ces deux sentiments l'un de l'autre. Elle constatait seulement que la présence de Gaston de Salanches la rendait heureuse, l'animait, la vivifiait, comme elle avait constaté aussi simplement le plaisir qu'elle éprouvait pendant les cours de danse à se trouver auprès de Charlotte. Certes, les livres qu'elle avait lus lui avaient appris à ne pas confondre complètement l'amour et l'amitié. Mais cette distinction était toute verbale. Les amants s'embrassaient, mais les amis ne s'en privaient pas non plus. Élevée à la campagne, elle avait assisté sans très bien les comprendre à des scènes qui tout au moins lui avaient appris comment les animaux procréaient. Sa promiscuité avec son frère lui avait également montré en quoi le corps des hommes était différent de celui des femmes. Mais il ne lui fût jamais venu à l'esprit d'associer ce qu'elle connaissait des mœurs animales et de la différence des sexes à ce beau nom d'amour qui l'avait toujours émue. Les romans de chevalerie, comme les tragédies de Racine, comme les plus humbles comédies, comme les chansons les plus rustiques, chantaient tous l'amour, mais rien dans leur lecture n'eût permis à Caroline de supposer qu'il pût y avoir dans cette passion d'autres pratiques que la tendre pression des mains, la douce caresse du regard, la joie de se trouver côte à côte. Aussi les succès féminins de Gaston ne l'irritaient-ils que parce qu'elle ne pouvait admettre que le regard du jeune homme se fût déjà posé avec la même tendresse et la même admiration sur une autre femme. Cette supposition lui paraissait même si inconcevable qu'elle accusa Charlotte de médisance lorsque celle-ci, qui tenait ce détail de son frère, lui dépeignit son admirateur comme « un bourreau des cœurs ».

Cependant, la vie continuait comme à son ordinaire dans la maison des Berthier. Le docteur n'apparaissait guère qu'aux repas, passant le plus clair de son existence à l'Hôtel-Dieu. Georges, qui était étudiant en droit, était également absorbé par son travail et menait une vie aussi studieuse que celle de son père. D'un caractère assez triste, assez renfermé, petit, de tendance maladive, vêtu avec une sobriété excessive, il laissait assez indifférente Caroline qui respectait néanmoins en lui une sorte d'autorité froide, d'intelligence acérée, de sourde énergie, qui contrastaient avec la bonne humeur légère, l'espièglerie badine des autres jeunes gens qu'elle rencontrait. À table, Georges prenait peu de part à la conversation, sauf lorsque celle-ci tombait par hasard sur un problème politique, et encore s'interrompait-il très vite, comme s'il n'eût pas voulu découvrir le fond de sa pensée. Aussi, les déjeuners et les dîners qui étaient servis sur une petite terrasse à l'italienne surajoutée et dominant le jardin étaient-ils surtout animés par la gaîté de Caroline, les saillies spirituelles de Charlotte, le bon sens cordial de Mme Berthier. Il arrivait assez souvent que le docteur ne descendît pas à table, soit parce que se déclarant fatigué il se faisait monter dans sa chambre quelques plats, soit que, sans qu'aucune explication en eût jamais été fournie à Caroline, le vieillard allât s'installer au fond du jardin derrière un buisson, où un domestique lui apportait son repas. Mais Caroline se souciait assez peu de ces bizarreries, surtout depuis que son esprit était occupé par le chevalier de Salanches.

Elle resta une dizaine de jours sans voir sans soupirant, après que celui-ci se fut déclaré auprès de Charlotte. Durant ces dix jours, par la vertu de l'absence, son penchant se cristallisa et elle en vint à n'avoir plus un sentiment, à n'accomplir plus un geste, sans le rattacher au jeune homme. Si elle s'occupait d'une robe, c'était pour lui plaire, si elle consentait à se coucher plus tôt, c'était pour lui montrer un teint plus frais, si elle continuait de discuter philosophie avec Charlotte, c'était, le cas échéant, pour lui faire honneur par son esprit. Elle consentait à aider les jardiniers dans la décoration des massifs et des pelouses qui entouraient les tréteaux du théâtre parce que ce lieu serait celui de leur prochaine rencontre, dont l'occasion devait être un nouveau bal costumé donné par Mme Berthier.

Charlotte avait décidé de s'habiller en bergère, Georges avait consenti à paraître costumé en pirate turc ; quant à la jeune fille, encore éblouie du succès que son accoutrement de princesse indienne lui avait valu, elle passait ses journées à préparer, sur le même thème, un costume qui, médité plus longuement et confectionné avec plus de soin, devait cette fois, lui semblait-il, porter à son comble la flamme de M. de Salanches.

Aidées par Minette, fille de chambre de Charlotte, renonçant momentanément à la harpe et à la tapisserie, les deux jeunes filles s'acharnèrent durant des après-midi à coudre, à découdre, à broder, à nouer et à essayer les voiles de tulle, les écharpes, les pièces de soie qui devaient composer leurs costumes. Lorsque ceux-ci furent très avancés, une couturière fut chargée par Mme Berthier de donner une tournure plus savante aux déguisements, tout en respectant les caprices personnels qui les avaient inspirés.

Bien que le bal, qui devait avoir lieu au soir tombé, ne commençât que vers neuf heures et demie, Caroline avait déjà revêtu son déguisement à l'heure du goûter et, se mirant de glace en glace, avait refusé, malgré les taquineries de Charlotte, de s'intéresser à autre chose qu'à la chute de sa jupe, aux plis de son châle, à l'édifice de sa perruque, au choix difficile qu'elle essayait de faire entre une dizaine de boucles d'oreilles dont elle se parait tour à tour sans parvenir à prendre une décision.

Son excitation était telle que, sans aucune retenue, elle courait à travers la maison, mendiant l'avis des femmes de chambre, harcelant Mme Berthier de questions sur l'opportunité de tel mouchoir de dentelle, ou sur la couleur de l'éventail qui serait le mieux en harmonie avec son châle, allant jusqu'à tourner devant les jardiniers pour essayer sur eux le succès de sa toilette.

Elle fit si bien qu'elle s'attira de la part de Georges qui, venant de rentrer de l'université, contemplait d'un air morne le dolman bariolé, le pantalon bouffant et le bonnet de nuit rouge et or dont il devait se revêtir, des remarques sèches et déplaisantes sur l'entrain qu'elle montrait à se grimer comme une fille de théâtre.

— Ne soyez pas aussi borné, mon cher Georges, lui répondit-elle. Laissez-moi me déguiser si j'y prends du plaisir. Je vous trouve peut-être ridicule de passer votre jeunesse à ânonner du latin, bégayer des formules juridiques ou à composer des constitutions imaginaires pour des pays qui ne le sont pas moins, mais je vous assure que cela me laisse bien indifférente et que je n'ai jamais eu envie de vous importuner par mes leçons ou par mes railleries.

Georges rougit. Son regard s'était brusquement enflammé, donnant à son visage une sorte de beauté cruelle qui effraya la jeune fille.

— Je vous dis cela pour rire, ne vous…

— Je vous en prie, ne revenez pas sur ce que vous venez de dire. Votre opinion sur moi m'est d'ailleurs indifférente.

Et il tourna les talons. Elle en conçut pour lui, tout le reste de l'après-midi, une espèce de haine mélangée d'autres sentiments qu'elle n'aurait su définir. Elle lui en voulait d'avoir par ses critiques gâté un peu l'enthousiasme dans lequel elle vivait, l'excitation où l'avait jetée l'approche du bal. En même temps, elle était furieuse et humiliée de lui être apparue comme une fille sotte, comme une enfant éblouie par un déguisement… Elle cherchait même comment elle pourrait retrouver l'estime du jeune homme. Puis, de nouveau furieuse contre lui, elle se persuadait que cette estime lui importait peu et s'irritait d'avoir dans l'esprit une autre image que celle de Gaston. Il lui semblait stupide que son attente fût troublée par des préoccupations aussi dérisoires et qu'en elle-même un personnage aussi ennuyeux, aussi revêche que Georges, pût disputer la place au souvenir enjoué et prestigieux de son danseur.

Cependant, elle eut beaucoup de mal à oublier cette scène. Il fallut une heure de bal, de musique, de danse et surtout l'incroyable succès qu'elle rencontrait pour que le rire menaçant de Georges cessât de hanter ses oreilles. Les couples évoluaient sur le petit terre-plein qu'on avait soigneusement battu pour qu'il devînt très propre à la danse. Caroline avait souhaité ardemment que le premier danseur qui l'inviterait fût Gaston de Salanches. Il n'en fut rien, et la jeune fille, dans les bras des cavaliers successifs qui lui échurent, en fut d'autant plus contrariée qu'elle ne voyait toujours pas paraître celui pour lequel elle avait voulu être ce soir-là particulièrement belle. Peu à peu, son naturel enthousiaste prit le dessus et, à force de danser, de causer, de rire avec des jeunes gens qui, pour la plupart, étaient très élégants et spirituels, elle se sentait consolée. Même, comme elle avait réussi à oublier les reproches de Georges, elle oubliait maintenant presque aussi bien que l'homme dont elle avait rêvé toute la semaine n'était pas là. Aussi faillit-elle ne pas comprendre, quand Charlotte, en passant près d'elle, murmura à voix basse : « Il vient d'arriver. »

Elle se trouva en effet face à face avec lui au moment où un de ses cavaliers l'amenait à la vaste table recouverte d'une nappe de toile écrue à la façon paysanne, où des sirops, des liqueurs, des pâtés et des gâteaux avaient été disposés. Il lui sourit avec l'audace tranquille de celui qui se sait attendu, et Caroline, brusquement reconquise, se sentit à la fois radieuse et troublée, car elle devina bien que, si l'attitude du jeune homme était aussi assurée, c'est qu'il avait dû se renseigner auprès de Charlotte et que celle-ci lui avait sans doute donné plus de certitude qu'il n'aurait convenu.

L'orchestre s'était arrêté, car on en était arrivé au moment le plus spectaculaire du programme : celui du feu d'artifice. Des jeunes gens s'étaient substitués aux domestiques et aux jardiniers qui devaient se charger d'enflammer les fusées, et bientôt, ponctuées par des acclamations, celles-ci jaillirent dans l'obscurité presque complète, les lumignons qui brûlaient dans le jardin ayant été éteints pour la circonstance.

La jeune fille se sentait véritablement heureuse. Gaston se tenait auprès d'elle et, protégée par l'obscurité, elle lui avait abandonné une main dont d'ailleurs il avait su s'emparer avec l'autorité d'un homme sûr de ne pas être éconduit. Chaque fusée illuminait le visage du jeune homme, allumant avec éclat ses prunelles d'un vert pâle, où le regard de Caroline, protégé par les longs cils cambrés de ses paupières, ne cessait de revenir avec une sorte de soif. Elle pensait : j'aimerais poser mes lèvres sur ses yeux. Elle ne s'étonnait même pas d'un désir si nouveau, qu'elle n'avait jamais ressenti jusqu'ici, et qui s'imposait à elle sans d'ailleurs qu'il lui parût coupable, et qu'elle cherchât en rien à le refréner. Soudain, son sourire se figea sur ses lèvres : une brûlure fulgurante venait de lui mordre la poitrine, le tulle de son corsage grésillait. Elle poussa un cri. Tout aussitôt, elle se sentit saisie à pleins bras par Gaston qui la serrait contre lui, et qui étreignait d'une main habile le corsage auquel une malencontreuse étincelle venait de mettre le feu.

La brûlure n'avait pas été bien grave et un peu de baume suffit pour en supprimer toutes traces douloureuses. Étendue sur son lit où elle se remettait de cette émotion, sous les regards déjà rassurés de Charlotte et de sa mère, Caroline continuait à garder les yeux baissés, feignant de ne pas être encore tout à fait rétablie, pour revivre intérieurement les minutes qu'elle venait de traverser : Gaston la portant dans ses bras jusqu'à sa chambre, lui ayant dégrafé son corset, la tenant serrée contre lui, une main appliquée contre son aisselle, et l'autre profitant du désordre de sa jupe et de ses dessous, la soutenant sous les genoux. Elle aurait voulu que cette course haletante vers sa chambre n'eût pas de fin, que sa joue continuât encore d'être posée sur l'épaule du jeune homme… Son corps tout entier vibrait encore au souvenir de l'instant où, pour éteindre les flammèches qui dansaient sur son corsage, la main du jeune homme avait étreint sa poitrine.

— Allez-vous mieux, Caroline ? demanda Mme Berthier. On dirait que le sang vous revient aux joues.

Le sang lui revenait en effet, battant son corps d'ondes chaudes et violentes qui lui rappelèrent involontairement l'émotion qu'elle avait ressentie, cachée dans un buisson, le jour où elle regarda passer un berger en attendant que son frère lui rapportât ses vêtements.

— Je suis tout à fait bien maintenant, dit-elle. Je veux redescendre.

Charlotte l'aida à remédier au désordre de sa toilette. Tandis qu'elle lui passait un autre corsage, elle ne put s'empêcher de s'étonner de la violence avec laquelle Caroline resserrait son corset autour de sa taille.

— C'est que je veux être belle ! s'écria-t-elle avec une hardiesse toute neuve.

Et, en redescendant l'escalier, elle pensait que décidément il n'y avait rien de plus doux sur terre, de plus émouvant, que le sentiment de plaire.

Son retour dans le jardin donna lieu à des acclamations bien disproportionnées avec le péril qu'avait pu courir la jeune fille. Mais celle-ci, nullement gênée d'être devenue le pôle de toute cette fête, sentit au contraire se décupler sa confiance en elle, son enthousiasme de vivre. Elle aurait voulu crier :

— J'aime la vie, j'aime la vie !

L'incident avait mis fin au feu d'artifice et la danse avait repris tous ses droits. Nul n'avait pu contester à Gaston le privilège de se faire son cavalier, et tous deux échangeaient à voix basse des paroles qui faisaient battre le cœur de la jeune fille.

— Savez-vous que c'est votre faute, mademoiselle, si vous avez manqué être brûlée vive ?

— Ma faute ?

— Bien sûr. Vous avez revêtu ce soir la toilette d'une princesse indienne. Ignoriez-vous que la coutume, là-bas, lorsqu'un prince meurt, est de brûler sa femme sur un bûcher pour qu'elle ne lui survive pas?

— En effet, je me le rappelle, j'ai dû lire cela quelque part. Mais il n'y avait ce soir aucune raison de me brûler vive, car je ne sache pas que…

Elle s'interrompit avec confusion.

— Vous voulez sans doute dire, reprit-il, que votre prince n'étant pas mort, rien n'eût justifié votre supplice. Mais, si jamais l'homme que vous aimiez périssait, accepteriez-vous de lui survivre?

— Je ne sais. Je ne me suis jamais posé la question. Mais je crois que lorsque j'aimerai un homme…

— Eh bien?

— Eh bien! ça ne vous regarde pas. D'abord, qui êtes-vous pour oser questionner ainsi la plus haute princesse de l'Hindoustani?

— Je ne suis certes qu'un très humble mortel, un berger indigne de lever les yeux sur vous et qui se sent encore confus qu'une catastrophe, qu'il bénit, lui ait permis de vous tenir dans ses bras.

Caroline profita de ce que la contredanse finissait pour se dispenser de lui répondre. Certes, il lui semblait que la bienséance exigeât une punition à ce compliment trop audacieux. Qu'eût pensé Mlle de Tourville? Mais la jeune fille avait été trop contente pour en vouloir beaucoup au coupable, aussi se borna-t-elle, durant le reste de la soirée, à éviter avec lui des tête-à-tête compromettants et même, parce qu'il lui semblait plus habile de jouer les inaccessibles, elle affecta vis-à-vis du jeune homme une soudaine hauteur, fronçant les sourcils, portant haut la tête, pinçant les lèvres, sans réussir à donner à son visage et à son port autre chose qu'un charme de puérile bouderie qui lui allait fort bien.

Au moment où le jeune homme prit congé, un des derniers, elle sentit sa main qui, profitant de l'obscurité, s'approchait de la sienne, et, avant qu'elle eut le temps de la retirer, un billet fut glissé entre ses doigts.

Ce soir-là, elle ne s'attarda pas avec Charlotte, se hâta de regagner sa chambre. Elle ne se décida à lire le billet qu'une fois couchée. Et encore, après l'avoir étalé sous le cône de lumière de la bougie, se donna-t-elle un nouveau sursis pour jouir plus longtemps du délicieux plaisir de l'attente, de cette émotion qui lui faisait battre le cœur.

Dès les premiers vers, car le message était composé de couplets, son émotion grandit encore et ne cessa point durant le temps où elle lut et relut ces vers qui, peu à peu, s'inscrivaient dans sa mémoire, et qu'elle n'oublia jamais :

Quoi ! J'aurais pu vous amuser,
Trop aimable princesse ?
Que ne puis-je me déguiser
Et vous parler sans cesse !

Tout mon esprit est dans vos yeux ;
Le désir de vous plaire
A mis deux fois au rang des Dieux
Un mortel ordinaire.

Cette courte nuit va finir
Ma brillante aventure ;
De mes plaisirs le souvenir
Deviendra ma torture.

Je vous verrai, fille des Dieux,
Au séjour du tonnerre ;
Vous allez remonter aux Cieux,
Je reste sur la terre.

Caroline eut beau souffler sa bougie, enfoncer sa tête sous les draps, appuyer ses poings sur les yeux, elle ne pouvait trouver le sommeil. La déclaration qu'elle venait de recevoir, les émotions de cette soirée, occupaient son esprit avec tant de vivacité qu'elle finit par renoncer à dormir. À travers ses paupières closes, elle recomposait le visage de Gaston, admirant ses beaux yeux verts, ses lèvres harmonieusement dessinées, leur sourire à la fois tendre et assuré. Elle ne pouvait s'empêcher de toucher la table de nuit pour y caresser le billet qui y était posé, comme s'il eût été la main du jeune homme. Elle regrettait amèrement de n'avoir pas répondu par une caresse à celle que la main de Gaston lui avait faite. Quand le reverrait-elle ? Un désespoir enfantin la submergeait. Il fallait que Gaston revienne, qu'il soit sans cesse auprès d'elle, que de nouveau il la prenne dans ses bras. Plus rien d'autre ne comptait.

Le jour éclairait déjà sa chambre sans que cependant elle ait réussi à dormir. N'y tenant plus, le besoin de confier sa joie et son émotion étant devenu plus fort que la pudeur de son secret, elle se leva, entra sur la pointe des pieds dans la chambre de Charlotte, s'assit sur le bord de son lit et, l'ayant doucement réveillée, entreprit de lui raconter sa soirée et, pour finir, lui fit lire le précieux poème.

Charlotte avait allumé sa bougie, et les deux jeunes filles, joue contre joue, se penchèrent ensemble sur le billet.

— Je ne pense pas que votre mère, dit enfin Charlotte, serait heureuse si elle apprenait que vous laissez les jeunes gens vous remettre des billets doux.

Caroline se mit à rire.

— Elle serait furieuse ! Et Mlle de Tourville le serait encore plus qu'elle. Les pauvres, elles ne savent pas ce que c'est que le plaisir de vivre, d'être jeune, d'aimer et d'être aimé.

Soulevant un peu la tête, Charlotte la regarda droit dans les yeux.

— Et vous, Caroline, êtes-vous sûre d'être si savante en la matière ? Je suppose, cependant, que vous n'ignorez pas qu'il y ait quelques risques pour une jeune fille à accepter trop vite des compliments dont les hommes sont prodigues parce qu'ils constituent pour eux le moyen d'arriver à leurs fins.

— À leurs fins ! s'écria la jeune fille en continuant de rire. Quelles fins ténébreuses supposez-vous donc ? Gaston m'aime, et qu'il ait envie de m'embrasser et de m'entendre lui avouer mon amour, c'est probable, mais je n'y vois pas grand mal.

— Je ne voudrais pas vous assombrir. Peut-être parce que j'ai toujours vécu à Paris, suis-je plus instruite que vous, mon amie. Mais il est possible que Gaston ne borne pas ses ambitions à quelques menus baisers. N'oubliez pas qu'une jeune fille dont la réputation est perdue, est perdue elle-même.

— Mais enfin ! que puis-je donc faire de mal avec lui ?

Cette naïveté amusa Charlotte mais l'intimida en même temps.

— Vraiment, lui dit-elle, vous ne vous en rendez pas compte ? Dans votre province, vous n'avez jamais entendu parler de filles qui tournent mal ? Moi-même, je sais mal ce dont je vous parle. Je ne suis guère faite pour vous instruire en la matière. Cependant, vous devez comprendre qu'il y a des choses qu'un homme ne peut faire à une femme que s'ils sont mariés.

— Dans ce cas, il ne pourra pas me les faire, puisque nous ne sommes pas mariés !

— Vous ne me comprenez pas, Caro. Rappelez-vous simplement, si jamais votre aventure se poursuit avec M. de Salanches, que si le rôle de l'homme est de toujours exiger davantage, celui d'une jeune fille est de savoir lui refuser.

— Lui refuser quoi ?

— Lui refuser tout ce qu'elle n'oserait pas avouer par la suite à…

— À sa gouvernante ! En ce cas, j'aurais dû refuser le billet, et pourtant je ne vois pas en quoi je suis coupable de l'avoir accepté.

— Votre gouvernante doit être, en effet, un peu sévère. Promettez-moi seulement de ne jamais lui consentir ce que vous n'oseriez pas me raconter à moi.

Puis elle ajouta :

— Vous me faites jouer un rôle de rabat-joie. Je ne veux à aucun prix gâter le plaisir que vous ressentez. J'ai simplement cru que je devais vous dire ça.

3
La partie de campagne

Le 13 juillet devait être pour Caroline un jour bizarre où le plaisir, l'inquiétude et la tristesse se disputèrent son âme. Cette date était d'abord l'anniversaire du plus navrant après-midi qu'elle eût connu. Un an plus tôt, vers trois heures, alors qu'elle se promenait avec son frère dans les champs voisins du château pour retrouver Mme de Bièvre qui inspectait les récoltes, le ciel s'était couvert brusquement d'une marée d'énormes nuages violets qui, en quelques instants, étouffèrent la lumière du jour et étendirent sur la campagne une ombre sinistre. Les roulements du tonnerre se firent entendre presque aussitôt après. Dans les champs, les troupeaux de moutons rassemblés par la peur chargeaient tantôt dans une direction, tantôt dans une autre. Les deux enfants hâtèrent le pas et rejoignirent leur mère qui, accompagnée d'un métayer, revenait vers le château au moment même où un déluge de grêle se mit à s'abattre.

Tous quatre, assourdis par l'orage, éblouis par les éclairs, cinglés par la grêle, coururent jusqu'aux premiers arbres du parc sous lesquels ils trouvèrent refuge. C'est de là qu'ils assistèrent au ravage des hauts épis que le vent faisait onduler tantôt dans un sens, tantôt dans l'autre, qu'il écrasait, qu'il tordait, trempait, fauchait avec une ardeur infernale. Henri, très excité par ce spectacle, s'était écrié que la scène était magnifique et qu'on croirait voir des cavaliers en pleine bataille, fouaillés par la mitraille. Mais le regard du métayer avait glacé Caroline qui, elle aussi, était sur le point de se laisser entraîner par la même exaltation que son frère. « J'ai eu tort d'aiguiser ma faux hier, dit le paysan. Elle ne servira de rien. » En effet, ce jour, le plus funeste que la région ait connu depuis un siècle, avait suffi pour ruiner tout espoir de récolte et, par la suite, Caroline entendit souvent ses parents maudire ce 13 juillet, cause de toutes leurs difficultés, et qui non seulement avait ravagé la Touraine, mais aussi toute la Champagne et tout le Nord, rendant le blé et le maïs introuvables sur le marché.

Cet ouragan destructeur avait fortement frappé l'imagination de la fillette qui, souvent, ne pouvait s'empêcher de l'évoquer, comme si elle y eût trouvé l'image des catastrophes et des drames qui menaçaient la France. Mais elle avait aujourd'hui un autre motif de tristesse que cet anniversaire, ayant reçu à son réveil une lettre de Mlle de Tourville qui, au milieu de beaucoup de conseils et de recommandations, lui apprenait que toute la famille rentrait la semaine suivante rue Saint-Dominique et que sa mère avait écrit à Mme Berthier pour la remercier de son hospitalité.

Le coup était dur pour Caroline qui avait réussi à oublier l'odeur de moisi du sombre appartement, les remontrances de sa gouvernante, l'attitude distante de sa mère, l'indifférence de son frère, toute cette solitude qui était la sienne dans le lugubre décor qui l'attendait.

Certes, elle arrivait par instant à chasser de son esprit et le souvenir du cyclone et surtout l'imminence de son retour chez ses parents, en imaginant tout le plaisir qu'elle pouvait attendre de la journée du lendemain. Les Berthier et un certain nombre de leurs amis avaient en effet organisé pour le 14 juillet une partie de campagne. On devait se réunir à neuf heures du matin sur la pelouse de Vincennes, puis, accompagnés des domestiques, se rendre dans la partie la plus reculée de la forêt, pour y faire sur l'herbe un déjeuner et un dîner qui promettaient d'être splendides. Cette fête, en soi, eût déjà suffi à enthousiasmer la jeune fille, mais sa joie n'était complète que depuis qu'elle avait appris par Charlotte que Gaston de Salanches, qu'elle n'avait pas revu depuis le bal déjà vieux de dix jours, se trouverait parmi les convives.

Aussi l'optimisme l'emporta-t-il sur l'inquiétude. Elle se persuada que sa mère ne verrait aucun inconvénient à recevoir dans les bals qu'elle ne manquerait pas de donner à son retour, un jeune homme qui, comme M. de Salanches, appartenait à la meilleure aristocratie, et cet espoir lui permit de passer sur l'amertume de son retour et de s'abandonner sans mélange à l'allégresse que provoquait en elle l'attente de la partie de campagne.

Elle eut même beaucoup de mal à s'endormir. Elle aurait voulu que la nuit fût déjà passée, que déjà le jour se soit levé et qu'on montât dans la voiture.

Le jour se leva. Un léger brouillard matinal atténuait le chaud éclat du soleil qui, à huit heures du matin, était déjà très vif. Dans la voiture, qui traversait les rues de Paris égayées par le beau temps, Caroline était si émue et si joyeuse qu'elle ne pouvait s'empêcher de prendre dans ses mains celles de son amie Charlotte, s'émerveillant de tout ce qu'elle voyait, ou s'inquiétant brusquement des plis de sa robe à cerceaux de taffetas blanc et rose, à tel point que Mme Berthier et son mari, assis en face d'elle dans la voiture, ne pouvaient que sourire en la regardant.

Les pelouses de Vincennes étaient encore très vertes, grâce à la fraîcheur des ombrages qui les environnaient. Les oiseaux chantaient à plein gosier, sans s'inquiéter de cette foule élégante, réunie autour des voitures avant de se rassembler au complet pour s'enfoncer dans la forêt.

Caroline était descendue à terre avec un particulier empressement et, tout en se donnant l'air de converser sagement avec Charlotte, elle cherchait parmi tout ce monde le visage de Gaston. Avec sa promptitude naturelle à passer de la liesse à l'angoisse, elle en était venue à se persuader que le jeune homme n'était pas là, qu'il n'avait pas pu venir, qu'il était malade, ou peut-être… Elle ressentait déjà les morsures de la jalousie quand une voix chaude la fit tressaillir. C'était Gaston qui présentait ses hommages à Mme Berthier.

Caroline avait rédigé un petit billet en réponse à celui qu'elle avait reçu. Elle comptait le lui donner dans le courant de l'après-midi, quand une occasion favorable se présenterait, mais elle ne put se résoudre à attendre davantage. Elle sortit son mouchoir, après y avoir dissimulé le billet, et le laissa tomber devant le jeune homme au moment où, avec un joyeux entrain, chacun s'apprêtait à s'enfoncer sous les ombrages de la forêt. M. de Salanches se pencha, ramassa le petit carré de fin linon et le rendit à la jeune fille non sans avoir compris la signification du geste qu'elle avait fait et non sans avoir subtilisé adroitement l'étroit rouleau de papier parfumé qui lui était destiné.

*

— Je crois que Salanches a trouvé un trésor ou tout au moins qu'il est sur sa trace ! s'écria gaiement le petit marquis de Charneille, en désignant au groupe des jeunes gens parmi lesquels il se trouvait, la silhouette de Gaston qui, marchant franchement à l'écart parmi les fourrés, semblait en effet être tout particulièrement avide de solitude.

— Les trésors n'ont rien à voir là-dedans ! repartit le jeune Thiébaut, fils du directeur du garde-meubles royal, après avoir suivi du regard la démarche hésitante de leur camarade. Salanches lit un billet tout simplement.

— Un billet ! s'exclama le marquis, je parie qu'il conspire ! Ce doit être une instruction secrète de Necker.

— S'il conspire, reprit un autre, ce n'est à coup sûr ni pour Necker ni pour Mirabeau, mais bien contre l'honneur d'un mari.

— D'un mari, observa Thiébaut, ce n'est pas certain. Salanches est un spécialiste des jeunes filles.

Le jeune marquis observa d'une voix nonchalante :

— C'est exact, mais je n'ai jamais compris ce curieux penchant qui tôt ou tard lui attirera quelque ennui. Alors que, grâce à Dieu, les dames d'aujourd'hui sont si commodes, pourquoi diable se compliquer la vie à plaisir en voulant tâter des filles ? Rien n'est plus dangereux que cette engeance, que je qualifierai d'infirme, puisqu'elle n'est point dotée de répondants appelés maris, dont la fonction consiste à endosser les enfants. Quand je dis « endosser » c'est évidemment une façon de parler.

Tous les jeunes gens se mirent à rire et appelèrent Salanches à grands cris jusqu'à ce que celui-ci eût consenti à les rejoindre. Il fit tête à leurs railleries et prétendit ne donner pour raison de son attitude que son amour de la nature.

— J'aime trop la nature pour la partager avec les êtres bruyants que vous êtes. J'aime être seul avec elle. Je suis un disciple de Rousseau.

Ces paroles, prononcées avec une volontaire emphase comique, achevèrent d'égayer tout le groupe.

— Tu lisais le billet d'une femme ?

— Non.

— D'une fille alors ?

— Peut-être.

— Est-elle jolie ?

— Évidemment. Le seul fait que je m'intéresse à elle en est le témoignage. Quand on peut dire d'une femme ou d'une fille qu'elle a été ma maîtresse, cela suffit. Et il n'est point besoin d'autres compliments pour dépeindre sa beauté.

Il ajouta en se tournant vers Charneille :

— Je parie que ma nouvelle conquête t'intéresse ?

Cette phrase suffit pour déchaîner le rire de tous les jeunes gens.

— C'est vrai, Charneille ! Tu es intéressé au premier chef. Renseigne-toi immédiatement sur ta future.

Charneille haussa les épaules.

— Vous vous trouvez très drôles, les uns et les autres. Je sais qu'on me fait la réputation de ne jamais coucher qu'avec les femmes que Salanches me jette dans les bras quand il en a assez.

— Une réputation bien méritée, avoue-le.

— Je l'avoue, sans honte aucune. Je m'en vante même. Que voulez-vous, moi je suis paresseux et j'en suis fier, je n'ai pas à me fatiguer pour débusquer le gibier. C'est Salanches qui s'en charge. Il me présente, fait de moi un portrait éblouissant à la belle, me prépare mes rendez-vous, et quand il le juge bon, me livre l'alouette toute rôtie. C'est mon pourvoyeur, en quelque sorte.

— Je dois dire, murmura Salanches en riant, que Charneille est de première force dans l'art d'accommoder les restes.

Cette saillie eut le plus vif succès et les rires redoublèrent jusqu'à ce que Thiébaut demanda :

— Est-il indiscret, mon cher, de montrer quelque curiosité sur le billet que vous lisiez ? Était-il joliment troussé ?

Salanches se fit un peu prier, puis, à grand renfort de précautions inutiles, feignant de ne vouloir pour rien au monde que ses amis aperçoivent l'écriture de la lettre, il se mit en devoir de la lire :

Tu n'as que trop su m'amuser,
J'avouerai ma faiblesse ;
Je ne puis plus me déguiser,
Reconnais ta princesse.
Non, non, tu n'es point à mes yeux
Un mortel ordinaire :
Ton langage est celui des Dieux
Et digne de me plaire.

Les jeunes gens, après avoir écouté ces vers avec une ironique gravité, adressèrent à leur heureux destinataire des compliments emphatiques.

— Si son corsage se rapporte à son ramage, je ne doute pas qu'elle ne soit la plus belle des hôtesses de ces bois. Car je suppose qu'elle est parmi nous ?

— Si elle s'y entend à faire l'amour comme à faire des vers, j'ai bien envie de disputer à Charneille sa place d'héritier présomptif.

Cependant, comme un groupe de domestiques, qui portaient dans des paniers les victuailles et les bouteilles de vins et de liqueurs, s'était rapproché d'eux, les jeunes gens changèrent de conversation et, pour meubler le silence, se mirent à parler politique.

— J'ai grande confiance dans Breteuil, dit Charneille. Si la canaille s'avise avec lui de renouveler ses exploits du mois dernier, elle trouvera à qui parler. Ce n'est pas un Necker, celui-là !

— Je n'ai pas plus confiance en lui qu'en les autres, dit Salanches. D'ailleurs, le mieux n'est-il pas de donner satisfaction au thiers état plutôt que de se colleter avec lui.

— Je pense, observa Thiébaut, que les intentions du roi sont loin d'être belliqueuses, car depuis trois jours, les troupes qu'il avait placées à Paris sont, petit à petit, évacuées.

Un des domestiques, qui appartenait au marquis de Charneille, s'approcha :

— Si monsieur le marquis me le permet, je lui apprendrai une nouvelle que le cocher de M. de Chaillot vient de me confier : cette nuit, les émeutiers ont pénétré à la prison de La Force et ont délivré tous les prisonniers.

— Grand bien leur fasse. Quant à nous, nous sommes absolument stupides de nous occuper de ces histoires de ministres, de robins et de populace qui ne nous concernent en aucun point.

À ce moment, des cris joyeux retentirent. Une vaste clairière ombragée avait été choisie à l'unanimité par les pionniers de l'expédition et toute la société se rassemblait, cependant que les domestiques tendaient des nappes sur l'herbe pour y disposer le déjeuner.

*

La journée fut délicieuse et sans nuages. Les jeux de toute espèce, les sauts, les courses, les balançoires improvisées, les danses, varièrent les plaisirs sans en épuiser aucun. Rien ne manquait, encore que la bonne humeur générale aurait suppléé à tout. Le temps était resté radieux. Le murmure des sources, le chant des oiseaux, le grésillement des grillons remplaçaient l'orchestre dès que celui-ci se taisait un instant.

Caroline avait goûté à tout et partout son succès l'avait enivrée davantage. Elle fut la première à expérimenter la balançoire improvisée que Salanches et Thiébaut avaient construite avec l'aide de leurs domestiques. La grâce avec laquelle elle évoluait sur la mince planchette de bois rugueux, découvrant aux spectateurs d'exquises chevilles, consacra dès l'abord son triomphe. Pendant le déjeuner, elle ne fut séparée de Gaston que par Charlotte, assise entre eux deux. Dans l'après-midi, les parents et les personnes d'âge se rassemblèrent plus volontiers à l'ombre de quelques arbres, cependant que la jeunesse s'essaimait à travers la forêt, inventant des jeux, se divisant en groupes que seul l'orchestre en se réveillant réussissait à rassembler pour une nouvelle danse.

Le jeu de colin-maillard eut un succès tout particulier et Caroline n'eut pas à se repentir d'y avoir participé. Comme Gaston avait les yeux bandés, elle réussit, profitant de l'affolement du jeu, à se faire attraper par lui, et celui-ci, usant du droit qui lui était reconnu de se rendre compte autrement que par les yeux de l'identité de sa capture, promena sur les épaules et la taille de la jeune fille des mains habiles dont le contact acheva d'enfiévrer celle-ci.

Aussi, lorsqu'une partie de cache-cache les eut réunis dans le même camp et que, conseillée par le jeune homme, d'arbre en arbre, sous prétexte d'échapper à la poursuite, elle se trouva toute seule avec lui dans un lieu très solitaire de la forêt, où les cris de leurs amis ne leur parvenaient que lointains et assourdis, n'en témoigna-t-elle pas de déplaisir.

— Où m'avez-vous entraînée ? dit-elle simplement en souriant.

Gaston feignit de regarder autour de lui avec curiosité.

— Ma foi, je ne saurais vous le dire. Dans tous les cas, nous sommes ici en sécurité, personne ne risque plus de nous attraper.

Il ajouta sans transition :

— J'ai honte de vous avoir adressé les quelques vers de l'autre soir.

— Pourquoi en avez-vous honte ?

— Parce que depuis que j'ai lu les vôtres, j'ai jugé les miens bien mauvais. Mais j'espère que vous-même avez été indulgente pour mon hâtif gribouillage écrit dans le jardin à la lueur d'un quinquet. J'espère que vous ne m'avez pas jugé sur l'art, bien faible, avec lequel je vous exprimais mon admiration et que…

— Qu'allez-vous croire ? Ne vous mettez pas martel en tête j'ai été très contente de recevoir vos vers. Je les ai trouvés très bons. Je les ai même appris par cœur.

— Appris par cœur ? Que vous êtes gentille de me le dire !

— Je n'aurais peut-être pas dû vous l'avouer ? Je crois, en effet, que si ma gouvernante apprenait que j'avoue à un jeune homme avoir appris par cœur les vers qu'il m'a adressés, elle serait fâchée. Mais pourquoi, il n'y a rien de mal en cela, n'est-ce pas ?

Depuis quelques instants, il la tenait par la taille. Tous deux marchaient serrés l'un contre l'autre dans une sorte de sentier très vaguement tracé qui serpentait entre les arbres et à travers les buissons.

— Non, bien sûr, il n'y a pas de mal à cela, dit-il.

Il ajouta :

— Vous êtes vraiment la plus curieuse jeune personne que j'aie jamais rencontrée.

Elle poussa un léger cri parce qu'une ronce sous sa jupe venait de lui égratigner la jambe. L'endroit où ils se trouvaient était particulièrement touffu et le sentier disparaissait dans un fouillis d'arbustes.

— Je crois qu'il vaut mieux que je vous porte, dit-il.

Et, sans attendre sa réponse, il la prit dans ses bras et s'engagea hardiment parmi les ronces. La jeune fille ne donna d'ailleurs aucune marque de déplaisir et, son regard planté dans ses yeux, elle lui souriait avec une juvénile franchise.

— Ce que vos yeux peuvent être verts ! Je n'ai jamais vu d'yeux pareils aux vôtres.

Elle rit.

— Le vert est-il une couleur qui a l'avantage de vous plaire ?

— Ça dépend où ! Mais je trouve vos yeux très beaux. Peut-être aussi ne devrai-je pas vous faire ce compliment ?

Très lentement il abaissa son visage vers celui de la jeune fille qui était posé sur son épaule et effleura ses lèvres d'un baiser rapide. Puis, voyant qu'elle avait fermé les yeux, il la déposa au pied d'un arbre où la mousse épandait un tapis et s'allongea auprès d'elle.

Caroline, comme un leitmotiv, se répétait, en abandonnant ses lèvres à celles du jeune homme : « Comment ai-je pu vivre en ignorant cela ? » Tantôt elle gardait les yeux fermés, attentive au plaisir de tout son corps, tantôt elle regardait au contraire, avec une avidité joyeuse, le visage penché sur le sien. Par moments, elle murmurait :

— Gaston, vous êtes gentil.

Elle découvrait une à une toutes les sources du plaisir inconnu que celait son propre corps et que lui révélaient les lèvres et les mains expertes de son ami. Avec un bel et joyeux appétit, elle s'offrait tout entière, n'esquissant aucun geste de défense, pas même lorsque son cavalier s'en prit à son corset qu'il essaya de dégrafer. Au contraire, se soulevant à demi, elle l'aida avec un rire frais :

— Vous êtes le plus maladroit des garçons !

— Je ne le pense pas, ma chérie… dit-il en mettant à nu la jeune et magnifique poitrine audacieuse qu'il couvrit aussitôt de savant baisers.

Les minutes passèrent. Aucun autre bruit que le calme chant des oiseaux ne venait troubler la sérénité de leur étroite litière de verdure. À demi-nue, ses larges jupons remontés et étalés autour d'elle comme une corolle, elle se livrait à toutes les nouvelles caresses de Gaston avec une ardeur qui égalait, si elle ne dépassait pas, celle du jeune homme. Elle cherchait, elle aussi, à lui rendre ses caresses, promenant ses mains sur son visage, déboutonnant son gilet fleuri pour glisser ses doigts contre la chaude poitrine où un cœur battait à coups précipités. L'ascension vers la volupté lui semblait ne jamais devoir s'arrêter. Haletante, ivre, abandonnée tout entière, par les mouvements lascifs de tout son corps elle appelait une jouissance encore plus grande. Mais brusquement, Salanches s'était levé. Elle resta un instant étendue, apercevant au-dessus d'elle le corps droit du jeune homme qui la surplombait, encadré par le bleu du ciel et la dentelle verte des feuilles.

— Gaston…

— Levez-vous, Caroline. Nous ne nous sommes que trop attardés, il serait dangereux de prolonger notre absence.

— Déjà ? dit-elle avec une moue.

Mais il reprit, impatiemment :

— Levez-vous, je vous en prie !

Et il fit lui-même quelques pas comme pour s'éloigner d'elle.

— C'est bon, dit-elle, je me lève, mais vous n'êtes guère galant. Vous m'avez assez dévêtue pour que je sois en droit de compter sur votre aide pour me rajuster.

En prononçant ces paroles, elle lui souriait d'un air câlin qui allait à merveille avec la roseur de ses joues et le sensuel abandon de ce jeune corps admirable dont Gaston caressa du regard les tendres formes à demi dénudées. Il se pencha sur elle et, avant de relacer son corsage, embrassa tendrement un de ses seins.

— L'autre aussi, dit-elle en riant, sans cela il serait jaloux.

Avec des gestes nerveux il rajusta son corsage et renferma dans leur écrin de dentelles et de soie ces jambes galbées et fines dont les cuisses tendres semblaient encore s'offrir à lui pour une dernière caresse. Puis, il lui prit les deux mains et, presque brutalement, la releva.

Il lui ouvrit un chemin à travers un glacis de fougères, marchant sans parler, le visage empourpré. Elle se baissa et arracha un myosotis qu'elle lui tendit.

— Savez-vous comment nous appelons cette fleur, en Touraine ? Herbe d'amour. Jusqu'à aujourd'hui, je connaissais le mot « amour », je le prononçais, mais je n'en savais pas le sens.

Gaston tint un instant la fragile fleurette entre ses doigts, gardant les yeux baissés, une ride lui barrant le front ; puis, il tendit le myosotis à la jeune fille :

— Maintenant que vous me l'avez donné, je vous en fais à mon tour cadeau. J'aurais trop peur de le perdre. Gardez-le en souvenir de cet après-midi.

Puis il posa ses mains sur les épaules de la jeune fille d'un geste cette fois fraternel :

— Vous êtes déconcertante, Caroline. Vous m'avez fait peur. J'ai eu peur de nous. Je ne crois pas que j'aie jamais rencontré au fond, un être aussi pur que vous l'êtes. Je ne sais que vous dire. Mais faites attention. Vous avez trop de passion pour la vie. Elle est terrible pour ceux qui l'attaquent de front.

— Je ne comprends rien à ce que vous me racontez !

— Eh bien, venez ! Courons rejoindre les autres.

Il la saisit par la main et l'entraîna dans la direction de la clairière où leurs amis étaient restés.

Lorsqu'ils y parvinrent, tout le monde justement s'en allait. Les domestiques avaient achevé de rentrer les nappes, les couverts et les flacons dans les corbeilles. Sur les pelouses de la clairière, maintenant désertes, une multitude de petits oiseaux se disputaient les miettes du festin. Mais les maîtres comme les domestiques avaient un air soucieux qui frappa dès l'abord le jeune homme.

— Pourvu, murmura-t-il, qu'ils ne se soient pas inquiétés de notre absence, et qu'ils n'aillent pas en faire un drame.

— Je ne vois vraiment pas quel drame ils pourraient faire, répondit Caroline qui, apercevant à ce moment Charlotte, la héla avec des cris joyeux.

En quelques pas, ils rejoignirent la jeune fille. Mais celle-ci, sans répondre à leurs sourires, les regarda s'approcher avec un air sérieux qui acheva d'inquiéter Gaston.

— Figurez-vous que nous nous sommes égarés pendant la partie de cache-cache. Mais quelle mine faites-vous ! et pourquoi remporte-t-on les paniers. Ne devions-nous pas dîner ici ?

— Il s'est passé des tas de choses, dit Charlotte. Il faut rentrer chez nous en toute hâte.

— Mais qu'y a-t-il ?

— On ne sait pas exactement. C'est un ami de papa qui vient d'arriver et nous a prévenus. Il paraît que les prisonniers qu'on a libérés hier de la Force ont ameuté le peuple, qu'il y a eu de véritables combats dans les rues, que la Bastille a été prise et M. de Launay fait prisonnier.

À cette nouvelle, Gaston respira d'aise. Ayant redouté un scandale, il se sentait rassuré par ce qui n'était après tout qu'une petite émeute venue après d'autres émeutes. Même Caroline en fut soulagée, car l'inquiétude du jeune homme l'avait gagnée et elle se sentait très satisfaite en constatant que leur absence n'avait pas été remarquée.

— Papa est bouleversé, car M. de Launay est un de ses meilleurs amis et il a hâte de le savoir en liberté.

Tous trois marchaient rapidement à travers le bois, vers les pelouses où, le matin, les voitures avaient été laissées. Quand ils y parvinrent, ils trouvèrent tous leurs amis rassemblés, les uns s'apprêtant à monter dans leur voiture, les autres délibérant et discutant.

Charneille et Thiébaut, les ayant aperçus, vinrent à leur rencontre.

— Crois-tu, s'exclama Charneille en s'adressant à Gaston, il a fallu qu'on nous apprenne cette histoire au milieu d'une contredanse ! On ne peut même plus s'amuser.

— Avez-vous des nouvelles plus récentes ? demanda Charlotte.

— Oui. Plaintrose vient de nous en apporter. Il paraît que Paris est en pleine insurrection, que les barrières sont gardées par le peuple. Quant à ce pauvre M. de Launay, les énergumènes lui ont tranché la tête.

Comme tous trois restaient figés de stupeur, la voix de Mme Berthier parvint jusqu'à eux.

— Charlotte, Caroline !

Gaston se pencha vers la jeune fille en chuchotant : « À bientôt. » Et il la regarda s'éloigner vers la voiture où M. et Mme Berthier attendaient.

— Alors ? C'était elle ? L'auteur du poème ? J'espère que tu ne t'es pas ennuyé cet après-midi. Quand je t'ai vu disparaître en sa compagnie, j'ai su à quoi m'en tenir.

— Je te prie de te taire. C'est une fille extraordinaire. Elle était à la fois si naïve et si ardente que je n'ai pas voulu…

— Ah, ah ! La pucelle ne s'est pas laissé faire ?

— Mais non, imbécile ! C'est tout le contraire. Je te saurais gré de ne pas me parler d'elle.

Ils se dirigèrent à leur tour vers la voiture qui les avait amenés et que le cocher était en train de réatteler.

*

Le voyage du retour laissa Caroline indifférente. Elle ne partagea pas l'anxiété des Berthier, qui redoutaient tellement le passage des barrières que, comme leur domestique qui dépendait de l'Hôtel-Dieu portait la livrée du roi, ils le firent descendre, retourner son habit et rentrer à pied. À la barrière, ils furent tous examinés, interrogés et relâchés par quelques hommes en partie armés, en partie munis de torches, bien que le soir fût à peine tombé. Cependant, à travers les groupes nombreux qui encombraient les rues du faubourg Saint-Antoine aux Boulevards, la voiture chemina sans qu'on s'occupât d'elle. Ils longèrent un détachement de gardes françaises qui, l'arme au bras, étaient déployés en bataille devant le pavillon de Hanovre. Un peu plus loin, les chevaux durent s'arrêter pour éviter le cadavre d'un soldat du Royal-Allemand. Un escadron déboucha. Son officier interrogea M. Berthier et, à ses premiers mots, lui fit faire place. Un quart d'heure plus tard, Caroline, dans sa chambre dont les fenêtres ouvertes reflétaient la quiétude parfumée du petit jardin, revêtait sa chemise de nuit sans plus songer au sang qui avait coulé dans Paris. Elle comprenait même difficilement que M. et Mme Berthier n'aient pas eu le courage de dîner. Pour elle, seule comptait cette découverte éblouissante qu'elle avait faite sous les ombrages de Vincennes.

— Charlotte chérie, murmura-t-elle, en embrassant son amie qui s'apprêtait elle aussi à se coucher, vous ne pouvez pas savoir comme je suis heureuse !

Et en même temps, elle lui couvrait le visage de baisers.

— Comment pouvez-vous dire une chose pareille ! Depuis que j'ai vu le cadavre de ce malheureux soldat, ma pensée ne peut plus s'en détacher. Je ne sais si j'arriverai à dormir cette nuit.

— Vous n'aviez qu'à ne pas le regarder ! Est-ce que je l'ai regardé, moi ? Que m'importent toutes ces absurdes batailles ! Comment peut-on, d'ailleurs, penser à se battre quand il est si agréable de faire l'amour ?

— Faire l'amour ! Caroline, vous avez fait l'amour cet après-midi ! Vous êtes folle, je crois, de plaisanter d'une pareille façon.

La jeune fille se mit à rire et passa son bras autour du cou de sa compagne.

— J'ai pensé à vous, à un moment, à votre recommandation de ne jamais me laisser faire par Gaston la moindre chose que je n'oserais vous raconter. Eh bien ! Je n'ai pas manqué à ma promesse. Je n'ai aucune honte à vous dire que Gaston m'a divinement caressée, que tout mon corps est encore ému et reconnaissant. Que je rêverai sûrement, cette nuit, de ses mains et de ses lèvres.

Charlotte la regarda, inquiète et n'osant pas l'interroger.

— Il m'a caressée tout entière !

— Vous êtes sûre qu'il ne vous a que caressée ?

— Que voulez-vous dire ? Un garçon peut-il faire autre chose à une fille ?

Rassurée, Charlotte fronça les sourcils.

— Nous sommes folles d'avoir de pareils soucis un soir comme celui-ci. Allez vous coucher, ma petite Caroline.

En étendant son corps entre les draps frais, Caroline connut un sentiment de bien-être, s'étira, émerveillée au souvenir de cette gamme de plaisirs inconnus qu'on lui avait si vite appris, des trésors de bonheur insoupçonné cachés dans les moindres parcelles de sa chair.

4
Le 5 octobre

Dans son exaltation, Caroline avait fini par oublier qu'elle devait regagner le petit hôtel de la rue Saint-Dominique. Lorsque, deux jours plus tard, la voiture de M. Berthier l'y ramena, lorsqu'elle se retrouva dans l'antichambre sombre et humide, elle connut un terrible accès de découragement.

Sa famille lui était devenue tout à fait étrangère. En deux mois, elle avait si peu évoqué le souvenir de sa mère qu'en retrouvant celle-ci, descendant à sa rencontre l'escalier de marches usées, elle s'étonna presque des marques d'affection que les convenances l'obligèrent à lui témoigner.

Mme de Bièvre avait l'esprit rempli par tout ce qu'elle avait vu durant son passage à la Cour. Elle et Mlle de Tourville ne tarissaient pas discutant de problèmes de préséance, se remémorant telle sortie particulièrement réussie à Rambouillet, de longues histoires de pavillon de chasse, de bergerie, de fêtes nocturnes.

Cependant, grâce aux bavardages d'Henri – le seul qu'elle ait été contente de retrouver – elle eut le plaisir d'apprendre que, si sa famille l'avait abandonnée pour la Cour, la vie qu'elle y avait menée n'avait pas été aussi fastueuse que les discours de Mme de Bièvre et de la gouvernante le laissaient entendre. Henri reconnut volontiers, que le logement qui leur était échu était des plus misérables et que, au premier abord, il avait eu du mal à penser que c'était bien là l'appartement que M. de Fondanges avait obtenu de leur faire réserver. Il était sous les combles du château. Deux chambres médiocrement meublées, dans la hauteur de l'une desquelles on avait ménagé de quoi coucher un valet, dont l'abord était rendu détestable par l'obscurité du corridor et l'odeur des lieux d'aisance, telle était l'habitation que les Bièvre étaient si heureux d'occuper. Henri ajoutait d'ailleurs que de grands seigneurs qui se trouvaient là n'étaient pas mieux traités, que la pièce voisine, aussi misérable que les leurs, abritait l'archevêque de Paris et la suivante un duc et pair de France, Beaumont, qui l'un et l'autre semblaient fort heureux de se trouver à portée pour assister chaque matin au lever du roi.

— Et le roi? demandait Caroline.

Henri l'avait vu, à de nombreuses reprises, mais son opinion semblait assez peu formée. Tantôt il s'exaltait à son sujet, lui trouvant les mérites les plus rares, tantôt il avouait sa désillusion devant ce personnage lourd et grossier. Il finit même par raconter à Caroline qu'il l'aperçut un jour, se promenant avec un évêque dans une allée de Versailles et, comme un petit chien venait lui faire fête, le monarque, qui tenait une canne à la main, en frappa si violemment l'animal que celui-ci, les reins cassés, resta sur le sol, à se tordre, pour le plus grand plaisir de son bourreau.

— À propos, observa Henri, sais-tu que Pataud va bientôt être là! J'ai obtenu que le métayer qui doit venir, la semaine prochaine nous apporter des tas de choses, amène en plus notre brave chien.

Le retour de Pataud fut d'ailleurs marqué par une scène violente. Mme de Bièvre, que les événements politiques rendaient furieuse, prétendit que le ton sur lequel son métayer osait lui adresser la parole était insensé et si son mari n'était intervenu elle l'eût chassé sur-le-champ, bien qu'il lui apportât les comptes de ses propriétés à examiner, outre le vin et les volailles dont il était chargé.

Caroline, très étrangère aux drames qui se déroulaient à Paris, écoutait avec lassitude sa mère et sa gouvernante rivaliser d'invectives contre la «canaille», les «bandits», auxquels elles finissaient par assimiler toute la population de Paris. Elles reprochaient même au roi son indulgence, sa bonté, affirmant que si, au lieu de discuter avec les meneurs, il employait ses bonnes troupes contre toute cette racaille, le bon vieux temps ne serait pas long à revenir. Chaque nouvelle séance des États généraux les exaspérait davantage. Lorsque M. de Fondanges paraissait, il était accueilli par les vociférations des deux femmes qui l'accusaient lui aussi de mollesse. Leur haine s'était notamment cristallisée sur la personne de La Fayette et contre les clubs qui venaient de se former à Paris. L'insurrection manquée du 30 août acheva de les persuader de la faiblesse des révolutionnaires et de la nécessité pour le roi de rassembler ses fidèles pour écraser cette poignée de félons.

*

Caroline avait changé d'humeur, mais les préoccupations de ses parents les empêchaient de s'en apercevoir. L'esprit complètement occupé par Gaston, elle brûlait de le revoir. Mais il semblait que le sort s'acharnât sur elle. Par Charlotte, il lui avait fait savoir qu'il se trouverait à une petite réunion organisée chez les Berthier. La réunion fut décommandée par crainte des manifestations organisées ce jour-là. Caroline réussit à lui faire passer un billet par son amie, lui demandant de se trouver à l'église Saint-Dominique, à la grand-messe du dimanche suivant. Il y vint, mais alors que la jeune fille avait espéré qu'il ferait quelque chose pour s'approcher d'elle, peut-être même pour lui parler, il se tint constamment à distance et ne lui adressa qu'un léger signe de tête qui, quoique assez tendre, n'était pas suffisant pour nourrir l'imagination de la jeune fille.

Pendant qu'à la Cour et à la ville les intrigues les plus graves se tramaient, Caroline s'épuisait en projets, tout plus absurdes les uns que les autres, qui lui permettaient de retrouver le jeune homme.

Elle finit par chercher une aide auprès d'Henri, auquel elle confia, avec une franchise brutale, l'amour qu'elle éprouvait pour M. de Salanches et sa volonté de le revoir coûte que coûte. Henri l'écouta parler sans un mot, puis, brusquement, éclata d'une colère qu'elle était loin d'avoir prévue.

— Tu oses te conduire ainsi, toi ! Et tu viens me le raconter ensuite, et tu voudrais que je t'aide !

Il gonfla la poitrine et serra les poings.

— Je vais aller le trouver, moi, ce triste individu ! Je le provoquerai en duel.

Caroline se mit à rire.

— Mon pauvre ami, il a deux têtes de plus que toi, son talent d'escrimeur est connu de tout Paris. Toi, tu n'as jamais joué que du bâton avec les enfants du jardinier ! Mais je ne comprends pas pourquoi tu te fâches ainsi. Quel mal y a-t-il à ce que j'aime un homme, à ce que j'aime le voir, le retrouver, être embrassée par lui ?

À ce dernier mot, une fureur enfantine s'empara du garçon qui, se précipitant sur sa sœur, la gifla. À coups de griffes et de dents, elle se défendit et tous deux roulèrent par terre, en proie à ces batailles rageuses qu'ils s'étaient si souvent livrés dans leur enfance. Il fallut l'arrivée de Mlle de Tourville pour les séparer. La noble fille était consternée :

— À vos âges ! Comme des gamins ! Comme des vauriens de la rue !

Par la suite, Henri ne fit plus jamais allusion au motif de leur querelle, mais il évita les tête-à-tête avec sa sœur qui, de plus en plus assombrie, réduite à la seule compagnie de Louise et de la gouvernante, maigrissait, perdait ses couleurs, malgré les exhortations que lui prodiguait Charlotte lorsqu'elles se rencontraient.

La seule distraction de Caroline était de promener Pataud en compagnie de son frère. Le peu de domesticité de la maison avait incliné Mme de Bièvre à tolérer que la jeune fille sorte sans femme de chambre, du moment qu'Henri l'accompagnait. Mais, depuis la scène qui s'était déroulée entre eux, le jeune garçon ne présentait à sa sœur qu'un visage boudeur et taciturne qui n'égayait guère leurs sorties. Caroline essayait toujours de diriger leurs promenades vers le Palais-Royal, où elle savait que Gaston habitait. Car, malgré le silence et la réserve que celui-ci conservait, elle ne doutait pas de son amour, persuadée simplement que s'il ne le lui témoignait pas davantage, c'était par crainte de la compromettre aux yeux de ses parents. Aussi espérait-elle toujours le rencontrer par hasard au cours de promenades qu'elle faisait durer le plus qu'elle pouvait.

Plus d'un mois s'était écoulé depuis sa dernière rencontre avec Gaston à l'église Saint-Dominique. L'impatience de la jeune fille était telle qu'il lui arrivait parfois de souhaiter qu'un incident quelconque l'obligeât à quitter son frère et lui permît de courir au domicile du jeune homme. Son imagination trottait : elle supposait Henri blessé par une voiture, conduit vers un hôpital et elle, libre de ses mouvements, volant vers celui qu'en elle-même elle appelait son amant. Elle en était là de ses réflexions, quand, comme tous deux arrivaient sur la place Louis-XV, ils entendirent des hurlements atroces et des coups de fusil qui partaient des quais en amont. Ces bruits sinistres furent bientôt accompagnés du tocsin.

Henri, que les détonations et les appels avaient fait tressaillir, s'empressa de déclarer qu'il allait courir vers les Champs-Élysées, où le combat semblait avoir lieu, pour y assister de plus près.

— Ne compte pas que je t'y accompagne ! Si tu as envie de te faire tuer, libre à toi.

Un instant, le garçon sembla hésiter entre la responsabilité de sa sœur, dont il était chargé, et l'excitante perspective d'assister à un combat. Cette dernière l'emporta :

— Rentre à la maison, cria-t-il à sa sœur. Le chemin est tranquille, tu ne risques rien. Tu diras que nous avons été séparés par la foule. J'emmène Pataud !

Dès qu'il eût disparu à l'angle de la rue, la jeune fille, retroussant ses jupes pour marcher plus vite, se dirigea vers les boulevards. En chemin, elle rencontra des bandes d'hommes armés, certains déguenillés, certains traînant des canons, et qui hurlaient de toutes leurs forces : « À Versailles ! » Mais elle n'y prenait pas garde, choisissant seulement, de temps à autre, un promeneur d'aspect plus tranquille pour lui demander son chemin. Enfin, elle parvint rue de l'Échelle où se trouvait le petit hôtel de Gaston. La rue était calme, une marchande de sorbets poussait tranquillement sa petite voiture garnie de friandises, en agitant une sonnette. Dans l'étroit jardin qui séparait de la rue la maison du jeune homme, la jeune fille entendit roucouler tranquillement les pigeons. Elle n'avait pas sonné à la grille et, parvenue au perron, elle poussa sans cérémonie la porte et pénétra dans le hall.

Une douce fraîcheur y régnait. Les meubles étaient clairs et luisants. Par une porte ouverte, elle vit des tentures de soie briller dans un petit salon. Nullement intimidée, elle monta un petit escalier en colimaçon et, parvenue sur un palier dallé, elle s'arrêta, essoufflée, heureuse, imaginant la surprise du jeune homme, lorsque tout à coup il se trouverait face à face avec elle. Une seule inquiétude gâtait son bonheur : peut-être Gaston était-il sorti ? Elle écouta. Un murmure de voix lui parvint. Elle en fut déçue. Peut-être Gaston avait-il des invités ? Ce tête-à-tête exquis qu'elle souhaitait en serait rendu plus difficile. Elle écouta avec attention et, après un long silence, reconnut la voix du jeune homme. Son cœur battit. À cette voix restait attaché le souvenir de tout le plaisir qu'elle avait goûté dans les bois de Vincennes. Sa poitrine se souleva à cette évocation. Elle sentit son visage s'empourprer et tout son corps mollir dans un éperdu désir de caresses.

Sur la pointe des pieds, elle traversa le couloir et s'arrêta devant la pièce d'où la voix lui était parvenue. La porte n'était pas fermée et seule une tenture de velours bleu en masquait l'entrée.

— Ma chérie, mon amour…, murmurait Gaston.

Ce fut plus fort qu'elle. D'un geste violent, elle écarta la tenture. La pièce était plongée dans une demi-obscurité et il fallut à la jeune fille quelques instants pour que ses yeux s'y habituassent. Sa main était crispée sur la frange de la tenture. Elle tremblait de tous ses membres. Devant elle, sur un large lit à colonnes dont les couvertures et les draps étaient arrachés comme si on y eût livré bataille, deux corps nus, dont la pâleur était rehaussée par la pénombre, s'agitaient, si étroitement enchevêtrés que la jeune fille, un instant, fut saisie d'une sorte de terreur, comme si son regard n'eût pas rencontré un homme et une femme nus, mais une espèce d'animal extraordinaire, tordu par des convulsions.

Elle restait immobile, figée par la stupeur, mais ne pouvant détacher ses yeux de ce spectacle. La femme poussait un gémissement doux et monotone qui, par instant, enflait, montait comme un cri de douleur, s'achevait en soupirs saccadés. Telle une rengaine obsédante de cauchemars, Caroline suivait les mouvements réguliers de ce magnifique corps de jeune homme qui martelait celui de sa compagne abandonnée sous lui.

Alors Caroline cria. Un cri très bref, dont elle n'eut conscience qu'après qu'elle l'eût poussé. Laissant retomber la tenture, elle prit la fuite, dévala l'escalier, se précipita dans le jardin avec une telle furie que, entravée par sa jupe, elle trébucha et tomba rudement sur le sol. Mais, malgré sa douleur et le sang qui coulait de son visage, elle se releva précipitamment et, en quelques sauts, se retrouva dans la rue, non sans avoir refermé violemment la grille, comme si elle eût craint d'être poursuivie.

Elle marchait d'un pas saccadé à travers les quartiers qu'elle ne connaissait pas et qu'elle ne cherchait d'ailleurs même pas à identifier. Elle ne prit conscience de cette course enfiévrée qu'en s'apercevant brusquement qu'elle se retrouvait à l'angle de la place Louis-XV, où elle s'était séparée, un quart d'heure plus tôt, de son frère. La première pensée raisonnable qu'elle ait eue depuis longtemps lui vint : il fallait rentrer à la maison, Henri y était sans doute déjà revenu et on devait s'inquiéter de son absence. Elle voulut traverser la place, mais, à ce moment, une multitude d'ouvriers auxquels étaient mêlés quelques soldats, qui avaient tous des armes ou de dangereux outils à la main, déboucha si rapidement que la jeune fille, happée par le courant, fut emportée au milieu d'une bande hurlante en direction de la rue des Champs-Élysées. Elle ne réagissait pas. Il lui semblait que ce tourbillon délirant était issu du cauchemar qui la tourmentait. Bientôt, elle fut perdue dans une véritable marée humaine, car, des Invalides, des colonnes encore plus épaisses étaient venues grossir le flot déchaîné de la populace. Personne d'ailleurs ne faisait attention à elle. Hommes et femmes étaient trop excités pour s'examiner entre eux et, malgré la robe très aristocratique qu'elle portait, elle passait inaperçue. Un grondement, tantôt s'affaiblissant, tantôt s'enflant, roulait au-dessus des têtes, fait d'invectives, de menaces, et surtout d'un refrain qui revenait sans cesse : « À Versailles ! À Versailles ! »

Soudain, Caroline fut heurtée violemment par une masse chaude et touffue. Elle poussa un cri :

— Pataud !

Pendant que le chien la mordillait et la léchait, une autre voix perça la clameur, criant elle aussi : « Pataud ! Pataud ! », et la jeune fille aperçut, quelques rangs derrière elle, le visage d'Henri. Celui-ci réussit à nager à travers la foule et à parvenir jusqu'à la jeune fille dont il saisit brutalement le poignet :

— Tu es folle! Que fais-tu ici? Tu m'avais promis de rentrer.

— Je n'ai pas pu. J'ai été entraînée.

Après plusieurs minutes d'efforts, ils parvinrent, toujours suivis de Pataud, à s'arracher à l'étreinte de la colonne d'émeutiers et à obliquer vers les rives plus calmes de la Seine.

Un fiacre était arrêté, se gardant de s'approcher davantage des manifestants. Henri se précipita vers lui et, s'adressant au cocher :

— À Versailles, par Saint-Cloud. Poussez vos chevaux, mais faites vite, vous aurez une bonne récompense.

L'homme grogna, arguant des difficultés de la course, du peu de chance qu'il lui restait de gagner la route de Picardie avant que les révolutionnaires n'y soient parvenus. Il ne céda que lorsque Henri lui eût jeté en guise d'acompte une petite montre en or qu'il portait en sautoir.

La voiture brûlait le pavé, gagnant Saint-Cloud à une vitesse telle que la côte de Picardie fut bientôt atteinte et qu'on put faire souffler les chevaux. Tout était calme. Le cocher, seul, prétendit entendre un bruit sourd dans la direction du Point du Jour.

Caroline s'était laissé bercer sur les coussins de la voiture, sans dire un mot. Elle se décida enfin à questionner son frère :

— Qu'allons-nous faire à Versailles? Pourquoi n'as-tu pas dit au cocher de nous ramener à la maison?

Henri, qui caressait d'une main tremblante la fourrure du pauvre Pataud, tout essoufflé encore de sa course, jeta un regard dur à sa sœur :

— Tu ne comprends rien à rien. Tu ne vois pas que tous ces gens marchent sur Versailles, peut-être pour tuer le roi. Nous arriverons avant eux et nous donnerons l'alerte.

Bientôt, la voiture atteignit Versailles et traversa la place d'Armes où les soldats du régiment de Flandres regardaient jouer des marionnettes. Henri se pencha vers le cocher et lui donna l'adresse du pavillon qu'occupait près de là M. de Fondanges. Mais ils n'eurent pas à rouler jusque-là, car celui-ci apparut, sa canne à la main, marchant d'un pas de flâneur. Henri sauta à terre et se précipita vers lui.

— Où est le roi ? lui demanda-t-il anxieusement, après l'avoir salué de la manière la plus rapide.

— Le roi ? Il chasse près de Rambouillet... Mais que faites-vous donc ici, Henri ?

— Vous ne savez donc pas que tout Paris va fondre ici ?

— Pas un mot. Qu'est-ce que ce conte ? Êtes-vous sûr de ce que vous dites ? De qui le tenez-vous ?

Enfin convaincu, M. de Fondanges monta à son tour dans la voiture qui les conduisit au château. Quand ils y parvinrent, la plus grande animation y régnait, car la funeste nouvelle y était enfin parvenue. Ils gagnèrent l'œil-de-bœuf où se trouvait un monde fou. On causait, pérorait, discutait, sans trop s'entendre. Caroline regardait sans saisir exactement ce qui se passait, comprenant bien que la famille royale était en danger, mais n'arrivant pas à donner à cette menace une importance qui la fît prévaloir sur le choc qu'elle avait subi une heure plus tôt et qui l'occupait tout entière.

Elle suivait docilement M. de Fondanges et Henri, mais les scènes auxquelles elle assistait défilaient devant elle sans consistance, comme si elles eussent été un rêve et que la réalité, au contraire, fût ces paroles d'amour que lui avait dites Gaston dans la forêt de Vincennes et qu'elle croyait entendre chuchotées à son oreille, mêlées à l'étrange vision qui persistait devant ses yeux, celle des deux corps tordus sur le lit bouleversé. Des poissardes passèrent près d'eux, les larmes aux yeux, s'écriant : « Oh ! le bon roi, ce serait dommage de lui faire de la peine. » Mais, peu de temps après, des coups de fusil firent tressaillir tout le monde et l'on apprit que les révolutionnaires avaient tiré sur les gardes du corps et cassé le bras à un de leurs officiers. Un fracas de cavalcade retentit dans la direction de la place d'Armes et le marquis de La Fayette apparut, prononçant des paroles rassurantes et affirmant qu'avec sa garde soldée il avait réussi à contenir la foule. Il fut très mal accueilli par tout ce qui était dans l'œil-de-bœuf, sauf par M. Necker, dont Henri fit constater avec indignation à sa sœur les manières aimables dont il entourait le marquis. Celui-ci fut aussitôt introduit chez le roi et n'en ressortit qu'une heure après, l'air exténué de fatigue.

Plusieurs personnes, entre autres un chevalier de Saint-Louis, en habit noir, l'interpellèrent et, sans s'arrêter, il dit, comme il passait très près d'Henri et de Caroline : « Je réponds de tout : j'ai obtenu du roi un grand sacrifice, mais sa vie en dépend ! — Parlez, parlez ! Quel sacrifice ?... Nous défendrons le roi jusqu'à la mort. — Je suis accablé de fatigue, reprit-il, je vais me reposer. » Ses aides de camp lui ouvrirent le chemin et il se retira, suivi de malédictions et de paroles outrageantes : « Traître ! Infâme ! », etc. Cette scène impressionna si fort Caroline qu'elle lui fit un peu oublier l'obsession qui la hantait. Mais, contrairement à Henri et à tous les nobles présents, elle s'était sentie prise pour le marquis de La Fayette d'une sympathie soudaine qu'elle eût été bien en peine d'expliquer. Simplement, cet homme énergique et froid, aux traits tirés, aux bottes poudreuses, au regard lourd, toisant avec indifférence les regards méprisants qu'on lui adressait, la toucha au point qu'elle ne tarit plus de questions à son sujet auprès de son frère.

Celui-ci, qui partageait la fébrilité générale, lui répondit avec rudesse. Il voulait aller voir de plus près les émeutiers, dont les cris parvenaient jusque dans le parc. Mais M. de Fontanges l'en empêcha et, comme la nuit tombait et qu'il prétendait avoir une mission urgente à remplir, il conduisit les enfants jusqu'à M. de la Savonière, un officier des gardes du corps, vieil ami à lui, et qui, étant de service, avait un logement dans les combles du palais. Il le pria de donner asile pour la nuit à Caroline et à Henri. L'officier accepta, tout en observant qu'il leur faudrait se contenter de peu de place, car il y avait déjà chez lui plusieurs dames qui lui avaient fait la même prière. Il les conduisit d'abord à la Bouche, où Henri mangea de fort bon appétit, alors que Caroline se contentait de quelques biscuits et d'un verre de sirop, puis il les fit monter dans les combles, où plusieurs dames étaient en effet déjà campées parmi des matelas, des coussins et des tapis.

La présence d'Henri était un peu gênante pour elles, car elles se trouvaient en déshabillés assez improvisés, mais, malgré ses dix-sept ans, elles affectèrent de le traiter en enfant, fiction qui, dès lors, ne rendrait plus choquante sa présence. Le jeune garçon en fut très fâché, mais réussit à se contenir et accepta de s'étendre avec sa sœur sur un petit lit de camp que la cousine de M. de la Savonière accepta de quitter à leur intention.

On éteignit les bougies. Le silence était rompu par la violence du vent qui sifflait dans les arbres du parc et faisait vibrer la toiture. Le lit était aussi inconfortable que possible. Les draps usés qu'on y avait mis laissaient les grossières couvertures d'écurie râper les jambes nues de Caroline. Tout près d'elle, elle sentait cependant la douce chaleur du corps de son frère qui se tournait et se retournait, ne parvenant pas non plus à dormir.

Tous les événements de la journée semblaient se chevaucher derrière les paupières fermées de la jeune fille. Les cris de la foule se mêlaient au râle inouï que murmurait, dans le lit de Gaston, cette femme dont elle n'avait pas vu le visage. Ses nerfs, trop durement éprouvés, faiblirent et elle éclata en sanglots. Henri s'en aperçut.

— Qu'est-ce que tu as à pleurer, idiote ? Tu as peur ?

Comme elle ne répondait pas, il garda lui-même le silence, puis, avec gentillesse, promena sa main sur le visage de sa sœur.

— Tu es folle de pleurer comme ça ! Ça ne sert à rien. C'est à cause du roi que tu es dans cet état ?

Le roi ! Le roi ! Toujours le roi ! De colère, Caroline faillit mordre la main de son frère.

— Non, chuchota-t-elle rageusement, ce n'est pas le sort du roi qui me fait pleurer. C'est sur moi que je pleure ! Moi ! Moi ! Cela vaut bien le roi et tout le reste, je pense !

— Tu es ignoble ! Dire de pareilles choses à un moment pareil !

De colère, il l'avait saisie par les épaules, pesant sur elle de tout son poids, lui serrant la gorge, en haletant :

— Je n'admettrai jamais, tu entends, qu'on parle sur ce ton du roi.

Caroline ne pleurait plus. Elle se laissait aller. Contre ses jambes nues, elle sentait le tiède contact des jambes également nues du garçon. Tout son corps s'amollissait sous l'étreinte brutale qui le rudoyait. Ce ne fut pas sur un ton de reproche, mais au contraire avec une douceur et une soumission qui la surprirent elle-même qu'elle murmura :

— Henri, Henri, tu me fais mal !

Troublé par cet accent, le jeune garçon s'écarta et passa doucement son bras sous la tête de sa sœur.

— Alors, tu ne pleures plus ?

— Non. Reste comme ça. Je suis bien.

À ce moment, une des dames couchées dans la soupente poussa un cri et affirma avoir entendu le son des tambours. On ralluma les chandelles. Toutes les dames, vêtues de leurs jupons blancs, se pressèrent autour de la fenêtre.

— On dirait des fantômes, dit Caroline en riant.

— Tais-toi, folle ! C'est peut-être très grave.

La porte s'ouvrit et M. de la Savonière entra. Il s'excusa de s'imposer à ces dames sans autre cérémonie, mais il avait été, expliqua-t-il, obligé de remonter pour masquer son uniforme, dont la seule vue le ferait immédiatement massacrer par les émeutiers qui venaient de forcer l'enceinte du château. Il cacha sur lui deux pistolets et un couteau de chasse, puis revêtit par-dessus son uniforme un habit de poudre, avant de s'élancer hors de la chambre.

Les dames se réunirent autour du feu pour tenir une sorte de conseil de guerre, à l'issue duquel elles décidèrent de se rhabiller afin d'être prêtes à toute éventualité, et invitèrent Caroline et Henri à en faire autant. Le jeune garçon ne se le fit pas dire deux fois. Dès qu'il fut prêt, il sauta sur l'épée d'uniforme qu'avait laissée l'officier et alla se placer près de la porte en affirmant que si les émeutiers voulaient la franchir, ils trouveraient à qui parler. Les dames sourirent, amusées dans leur désarroi, mais l'une d'elles lui fit observer qu'hélas ! ce n'était pas leurs humbles personnes qui étaient menacées, mais celles du roi et de la reine.

Quant à Caroline, le seul effort d'avoir à se revêtir de nouveau l'avait épuisée et elle s'était brusquement endormie. Elle fut peut-être la seule à ne pas partager les angoisses des habitants du château et ne se réveilla qu'à six heures, lorsque M. de la Savonière vint informer ses hôtes involontaires que tous les courtisans devaient se rassembler dans la grande salle du château.

Lorsque Caroline, les paupières encore poisseuses de sommeil, y pénétra, toute la salle vibrait des hurlements du peuple qui se tenait dehors, sous le balcon vers lequel la reine, appelée impérativement à grands cris, s'avançait, accompagnée du dauphin et de sa sœur.

Caroline suivait mal la scène qui se déroulait. Elle entendit la foule crier : « Pas d'enfant ! Pas d'enfant ! », puis plusieurs coups de feu. Une balle ricocha au plafond et le plâtre tomba si près d'eux qu'Henri en fut saupoudré. Comme un leitmotiv, le cri : « Le roi à Paris ! » remplissait la salle. Une voix cria :

— J'irai. Je vais partir tout de suite. Mais je vous demande de relâcher mes gardes.

La jeune fille comprit que cette voix était celle du roi. Les cris diminuèrent. Henri et Caroline suivirent le flot des courtisans comme la veille ils avaient suivi celui des émeutiers, et se trouvèrent bientôt montés dans une des multiples voitures qui suivaient, sur la route de Paris, le carrosse royal.

La jeune fille se demanda plusieurs fois si elle avait peur. Elle ressentait seulement une excitation particulière et même une sorte de plaisir de vivre, avivé par les scènes qui se déroulaient autour d'elle. Les voitures étaient environnées par les émeutiers qui agitaient les têtes de deux gardes du corps fichées au bout d'une pique. En passant à Sèvres, ils forcèrent même un des perruquiers de l'endroit à poudrer et à coiffer ces deux effrayantes dépouilles qu'ils agitèrent ensuite aux fenêtres des voitures avec tant de rudesse que Caroline dut se rejeter en arrière pour n'être pas ensanglantée par le visage crispé, poudré et ruisselant qui avait failli heurter le sien.

Ce fut pour elle une commotion si terrible que lorsque son frère, affolé, lui demanda si elle avait eu du mal, il lui sembla un instant que sa langue ne lui obéissait plus et qu'elle ne pourrait pas lui répondre. En même temps, une exaltation presque sauvage la soulevait, comme si l'horreur de cette vision avait éveillé en elle une mystérieuse passion, trouble et morbide. La tête enfouie dans les coussins, elle demeura ainsi prostrée. Elle refusa même de bouger pour regarder le duc d'Orléans qui, entouré de sa famille, du balcon de son hôtel, contemplait le cortège et se faisait acclamer par la foule. Elle finit ainsi par s'endormir, et bien que le trajet durât jusqu'à midi, elle ne s'éveilla que lorsque Henri, aidé de son père, la prit dans ses bras pour lui faire monter le perron de leur maison de la rue Saint-Dominique, où ils se retrouvaient enfin.

*

M. et Mme de Bièvre avaient passé eux aussi une nuit tempétueuse. Inquiets d'abord, angoissés ensuite, affolés surtout par les plaintes et les invectives de Mlle de Tourville, qui se plaisait à imaginer les affreux supplices que la « populace » n'avait pas manqué d'infliger à Henri et à Caroline, ils avaient passé des heures à se rejeter mutuellement la responsabilité tantôt de leur venue à Paris, tantôt de la promenade qu'ils avaient autorisé les deux enfants à faire, tantôt même de la venue de Pataud, sans lequel ni Caroline ni Henri n'auraient eu de motif de sortir ce jour-là.

Mme de Bièvre, lorsque le retour miraculeux des deux enfants l'eut sortie du désespoir, retrouva son énergie pour annoncer que cette aventure comportait une leçon, que, dans des heures aussi graves, Henri et Caroline ne pouvaient pas être laissés à la merci de la première émeute et qu'il convenait de les mettre pour une année au moins, l'un dans un collège, l'autre au couvent.

Mlle de Tourville cessa d'élever des objections dès qu'elle sut qu'il n'était pas question de se séparer d'elle et qu'elle consacrerait tous ses soins à Louise.

5
Le couvent

Caroline arriva, par un soir d'octobre, au couvent des Dames de la Congrégation, situé rue Neuve-Saint-Étienne, dans le faubourg Saint-Marcel. Dans le parloir, elle embrassa une dernière fois sa mère et Mlle de Tourville, qui étaient venues l'accompagner. Elle les embrassa distraitement, nullement émue par sa nouvelle résidence, satisfaite de quitter l'hôtel de la rue Saint-Dominique pour lequel son aversion n'avait fait que grandir, contente aussi de se trouver au milieu de jeunes filles de son âge. Cependant, la première nuit qu'elle passa au couvent fut agitée. Elle eut du mal à dormir. Dépaysée et en même temps avide de faire connaissance avec la nouvelle vie qu'elle allait mener, elle se retourna longtemps dans son lit.

Une faible lueur éclairait la chambre où on l'avait fait coucher avec quatre autres fillettes de son âge. Elle se leva doucement, marcha jusqu'à la fenêtre. Le clair de lune permettait de distinguer un jardin dont les arbres étaient très hauts et qui lui rappela un peu celui qui entourait l'hôtel des Berthier. Le plus profond silence régnait. Caroline s'en imprégna, puis, comme le froid des carreaux de pierre mordait ses pieds, elle courut se coucher et s'endormit.

Dès le lendemain, elle fit connaissance de ses camarades. Elles étaient au nombre d'une cinquantaine, divisées en deux classes, dont l'une allait jusqu'à dix ans et la seconde jusqu'à dix-huit. Les études y étaient peu poussées. On y jouait de la musique. On organisait des jeux dans la cour. Les repas étaient gais. Toutes les jeunes filles appartenaient à de très bonnes familles de la noblesse ou de la haute bourgeoisie et les nonnes les traitaient avec des égards exempts de la moindre sévérité.

*

Dès les premiers jours, la jeune fille avait remarqué une de ses camarades, un peu plus âgée qu'elle, dont le joli visage de blonde fraîche, les épaules rondes et surtout l'air songeur et lointain, provoquèrent son admiration. Cette jeune fille parlait peu et, jugeant sans doute que son âge lui interdisait la plupart des jeux auxquels se livraient les élèves, elle se promenait souvent seule, rêvant, suivant du regard la course des nuages dans le rectangle de ciel de la cour, comme si elle eût trouvé à ce spectacle un prodigieux intérêt. Ce maintien méprisant acheva de séduire Caroline qui, le plus discrètement qu'elle put, chercha à apprendre quelques détails sur sa compagne.

Elle sut ainsi que la jeune fille, malgré sa blondeur, était fille d'un gentilhomme espagnol, marié à une Française morte quelques années auparavant, et que son père, chargé de fonctions diplomatiques qui l'obligeaient à se déplacer sans cesse à travers l'Europe, l'avait placée depuis deux ans dans ce couvent où il venait assez rarement la voir. Comme Caroline ne pouvait s'empêcher d'observer que la solitude de cette jeune fille était digne d'être plainte et de déplorer qu'elle n'eût pas même une amie, elle fut surprise de la réticence avec laquelle cette remarque fut reçue par les jeunes personnes au milieu desquelles elle se trouvait.

— Ne vous occupez pas trop, lui dit l'une d'elles, des amies d'Inès. Il ne fait pas bon de l'être.

— Inès ? Elle s'appelle Inès ?

— Oui. Inès Mirandas.

— Quel beau nom ! Et pourquoi dites-vous qu'il ne fait pas bon d'être son amie ?

— Allez le lui demander, ou plutôt questionnez donc Mme la supérieure, lui répondit-on en riant.

Pendant plusieurs semaines, Caroline s'efforça d'entrer en relations avec la jeune fille. Au réfectoire, elle réussit à se trouver en face d'elle, ne manquant aucune occasion de lui tendre un plat ou lui proposer la salière lorsqu'il lui semblait que, du regard, Inès la cherchait autour d'elle. Mais elle n'obtenait, le plus souvent, qu'un « merci », gentil et indifférent, trop rarement accompagné d'un regard qui ne laissait d'ailleurs jamais paraître le moindre intérêt particulier.

Le hasard cependant servit à merveille les désirs de Caroline. En effet, une des compagnes qui partageait la chambre d'Inès, quitta brusquement le couvent parce que son père venait d'être nommé gouverneur du Languedoc. Caroline s'en alla aussitôt supplier la sœur économe qui lui avait toujours montré beaucoup d'intérêt et lui demanda la permission d'occuper le lit demeuré vacant. La nonne s'inquiéta un peu de ce désir de changement, dont elle chercha à percer la cause. Mais, si Caroline était bien décidée à ne pas avouer le penchant qui la poussait vers Inès, encore qu'elle n'y trouvât aucun mal, elle avait imaginé un prétexte assez naïf pour paraître plausible. Elle rougit donc et avoua qu'élevée à la campagne elle souffrait un peu de sa nouvelle vie : si elle souhaitait habiter dans cette chambre plutôt que dans celle qui jusque-là avait été la sienne, c'est parce qu'elle y trouverait une atmosphère plus campagnarde, grâce à la proximité du jardin et au lierre dont la fenêtre était entourée. Convaincue et touchée par cet amour de la nature, la sœur économe consentit au déménagement et ce soir-là, Caroline s'endormit tout près du lit d'Inès.

*

À sept heures du matin, l'habitude voulait qu'une sœur passât ouvrant toutes les portes et réveillant les jeunes filles.

Antoinette de Massé, la troisième élève dont la présence dans la chambre empêchait Caroline d'être pleinement heureuse, se leva aussitôt après le passage de la sœur. Entre les deux fenêtres, trois coiffeuses étaient disposées comportant chacune un broc d'eau froide et une cuvette. En frissonnant, la jeune fille se lava le visage, les épaules et les mains ; sans quitter sa longue chemise blanche, elle passa sur le corps une serviette mouillée, puis enfila prestement son jupon, ceignit son corsage, se glissa dans une robe de tissus anglais et sortit pour se rendre au réfectoire. Tout cela s'était passé sans qu'elle prononçât un mot.

Les yeux mi-clos, Caroline en tirait ces déductions : Inès et Antoinette devaient à coup sûr se détester. Comme si elle n'eût attendu que le départ de sa compagne pour se lever, Inès, après avoir bâillé et s'être étirée, s'était à son tour dirigée vers la coiffeuse. Aussitôt Caroline l'imita. Ce fut en silence que les deux jeunes filles se lavèrent, l'une près de l'autre. Terriblement intimidée, Caroline n'osait pas parler la première et se bornait à jeter à la dérobée quelques regards sur le corps clair et magnifique de sa compagne que celle-ci dévoilait sans la pudeur qu'avait montrée Antoinette.

Toujours sans mot dire, Caroline regagna la ruelle de son lit et commença de s'habiller. Elle tournait le dos à Inès et était occupée à fermer son corsage lorsque enfin elle entendit la voix de celle-ci.

— Vous avez une nuque charmante, mademoiselle. Sans doute le savez-vous ?

Elle tressaillit si violemment que le lacet du corselet qu'elle était en train de tirer lui échappa des doigts. Elle se retourna vers Inès, le visage tout à coup empourpré et ne sachant que répondre à un compliment aussi direct. Mais la jeune fille ne parut pas remarquer son trouble et s'approcha d'elle, d'un pas lent et assuré qui mettait en valeur le mouvement de ses hanches sous la légère chemise. Elle prit Caroline par la taille et acheva de lui lacer son corset.

— Je ne vous ai pas trop serrée ? demanda-t-elle.

— Non, mademoiselle. Je vous remercie…

Mais Inès s'était aussitôt détournée et, s'étant assise sur le bord de son lit, se peignait sans hâte, avec des mouvements à la fois songeurs et réguliers. Caroline, qui avait passé sa robe, souhaitait à la fois reprendre la conversation et s'en sentait complètement incapable. Aussi se décida-t-elle à sortir et à gagner le réfectoire.

Assise sur son banc, devant son bol de lait, elle se reprocha amèrement le manque d'esprit d'à-propos dont elle avait fait preuve, persuadée que la niaiserie de ses réponses, la gaucherie de son maintien, avait dû donner à son idole une assez piètre idée de sa personne. Vainement, elle formulait les réponses à la fois aimables et spirituelles qu'elle n'aurait pas manqué d'adresser à sa compagne si elle n'avait pas été aussi troublée. Au compliment qui lui avait été adressé, elle aurait d'abord dû répondre par un autre compliment et la beauté d'Inès ne lui aurait donné que l'embarras du choix. Sans doute, alors, Inès conquise à son tour aurait-elle poursuivi la conversation et seraient-elles descendues toutes les deux prendre ensemble leur déjeuner…

À ce moment, en levant les yeux, la jeune fille aperçut sa compagne qui arrivait enfin, altière et distraite comme toujours. Elle s'assit en face de Caroline, mordilla à peine son pain, but deux ou trois gorgées de lait, et, sans lui avoir adressé un regard, se releva et se dirigea vers la salle de classe. Toute la journée, il en fut ainsi. Inutilement, Caroline chercha à attirer son attention, lui adressa même des sourires qu'elle ne parut pas remarquer. Aussi la jeune fille fut-elle tout à fait persuadée qu'elle avait déplu et gâché ce matin-là sa chance de devenir l'amie d'Inès.

Le soir, quand elle remonta dans sa chambre, elle n'y trouva qu'Antoinette qui, inconfortablement assise devant sa coiffeuse, écrivait une lettre. Elle répondit à peine au salut de Caroline et sembla s'absorber dans la composition de sa missive. Mais, brusquement, elle se leva et vint s'arrêter devant le lit où la jeune fille venait de se coucher.

— Ne me le cachez pas. Vous flambez pour Inès ?

— Je ne comprends pas ce que vous voulez dire, murmura Caroline, qui, de nouveau, sentit son visage rougir.

En effet, elle ne comprenait pas. La passion qui la poussait vers Inès lui demeurait mystérieuse à elle-même. Dans tous les livres qu'elle avait lus, le penchant amoureux était toujours décrit entre les femmes et les hommes. Aussi, était-elle la première à être surprise par la violence de l'attrait qu'elle subissait et qui réussissait à lui faire même presque complètement oublier son aventure avec Gaston de Salanches. Mais la question que venait de lui poser Antoinette la surprenait bien davantage car elle semblait impliquer que ce penchant était au contraire tout naturel puisqu'il avait été deviné sur de si faibles indices.

— Ne me considérez pas comme une ennemie, je vous en prie, reprit Antoinette. Moi aussi, j'ai aimé Inès. Je ne l'aime plus. Elle m'a fait trop souffrir. Ce n'est pas une fille, c'est un démon.

— Taisez-vous ! Elle peut entrer ici d'un moment à l'autre.

— Rassurez-vous. Tous les soirs, elle va prier dans l'oratoire. Prier ! Je me demande qui elle peut prier car elle ne croit pas en Dieu. C'est elle-même qui me l'a dit. Par la suite, elle a essayé de revenir sur cette confession, mais pour ma part, elle ne m'a pas convaincue. D'ailleurs, quelle importance qu'elle croie ou non en Dieu ! Tout ce que je peux vous dire, et je vous le dis dans votre intérêt, c'est qu'elle m'a fait vraiment beaucoup de mal et qu'elle vous en fera aussi si vous vous laissez aller à l'aimer.

Le regard baissé sur ses draps qu'elle grattait d'un doigt machinal, Caroline cherchait vainement à mettre de l'ordre dans ses idées. La religion ne l'avait jamais préoccupée passionnément. Mais il lui paraissait inconcevable qu'on pût douter de l'existence de Dieu. Le propos attribué à la jeune fille lui semblait aussi incompréhensible que si Inès avait dit qu'elle ne croyait pas à l'existence de la terre. Elle s'entendit répondre à Antoinette, d'une voix étouffée :

— Se laisser aller à l'aimer ? Mais on ne se laisse pas aller à aimer. On aime ou on n'aime pas !

Il y eut un petit silence puis :

— On aime ou on n'aime pas ! dit Antoinette en imitant sa voix. Ma chère, vous m'avez l'air trop avertie en ce domaine pour que j'ose continuer à vous donner des conseils. Je vous aurai prévenue. J'aurai fait mon devoir de chrétienne en vous mettant en garde contre une fille qui ne vous mènera qu'au mal.

Le visage d'Antoinette s'était durci pendant qu'elle parlait et était devenu tout à fait hostile. Elle se leva, s'éloigna, se déshabilla rapidement et se coucha. Sa respiration devint régulière, mais Caroline qui l'épiait se demanda si elle ne faisait pas simplement semblant de dormir.

La porte s'ouvrit.

— Allons, mes petites, il faut souffler la chandelle… Inès n'est pas encore remontée ? Alors attendez ; mais je lui dirai demain qu'elle s'attarde trop tard à l'oratoire. Que le Bon Dieu vous donne une bonne nuit.

Avec un sourire affectueux, sœur Marie-Angèle referma la porte. Cette nonne, qui était la régente de l'étage, était encore toute jeune. Son visage beau et grave était même rehaussé par la sobriété triste de son costume. Malgré son aspect aimable et le charme qui émanait d'elle, Caroline s'était toujours défiée du ton affectueux dont elle ne se départissait jamais, jouant toujours, auprès des élèves, la grande sœur avide de recueillir des confessions, et, le cas échéant, de conseiller ou de consoler.

Elle reconnut enfin le pas d'Inès dans le couloir. À son tour, elle ferma les yeux et imita la respiration d'une dormeuse. Mais entre ses cils, elle suivit la promenade d'Inès qui, après s'être arrêtée devant la coiffeuse, avoir jeté son châle sur son lit, était allée jusqu'à la fenêtre devant laquelle, pendant une minute, elle resta immobile. Puis son regard se posa d'abord sur le lit d'Antoinette, puis sur celui de Caroline et, sans doute rassurée par leur sommeil, elle se déshabilla lentement jusqu'à ce qu'elle fût complètement nue. Malgré le froid qui régnait dans la chambre, elle resta un instant ainsi, semblant regarder avec insistance son propre corps. Caroline admirait la beauté des formes sur lesquelles la lumière clignotante de la chandelle animait des ombres et des lueurs mouvantes. Le corps de la jeune fille était aussi formé que celui d'une femme, les seins hauts et bombés, les bras fermes, les cuisses à la fois musclées et fuselées, les hanches en amphore.

Inès passa rapidement sa chemise et éteignit la chandelle. De nouveau il n'y eut plus dans la chambre que le bruit lointain du vent dans les arbres du jardin. Le carillon du couvent sonna dix heures, bientôt repris par celui, plus grêle, de la chapelle et par d'autres plus éloignés qui, à travers Paris, vibraient dans la nuit d'hiver.

Après avoir feint le sommeil, Caroline fut peu à peu gagnée par lui pour de bon et elle commençait de s'assoupir lorsqu'il lui sembla avoir entendu un chuchotement. Elle prêta l'oreille :

— Vous dormez? demandait Inès à voix basse.

Caroline aurait été bien en peine d'expliquer son attitude. Au lieu de répondre, elle accentua le rythme régulier de sa respiration, le corps crispé, guettant avec angoisse une nouvelle question. Mais celle-ci ne se produisit pas. Inès se retourna plusieurs fois dans son lit et, au bout d'une dizaine de minutes, son souffle sembla indiquer qu'elle dormait. Seule Caroline veillait encore, émue, troublée, trop heureuse de cette nouvelle marque d'attention qui venait de lui être donnée pour regretter de ne pas y avoir répondu.

*

Cependant, les semaines suivantes. Caroline attendit vainement qu'Inès lui témoignât de nouveaux signes d'intérêt. La jeune fille était redevenue aussi distante que les premiers jours, n'échangeant avec elle que de rares paroles au moment du lever, du coucher et des repas. Un seul pas avait été accompli : elles s'appelaient maintenant par leur petit nom.

Mais ce menu progrès dans leur intimité ne satisfaisait nullement Caroline dont la passion, loin d'être retenue par la réserve d'Inès, ne faisait au contraire que croître. Tout dans sa vie se ramenait à son idole. Elle était émue de s'éveiller le matin parce que la première image qui frappait ses yeux était le visage de sa compagne. Elle maudissait les heures de classe durant lesquelles il lui était impossible de l'approcher, attendait les repas avec impatience dans l'espoir des quelques mots qu'elles pourraient se dire, et, le soir c'était pour elle un plaisir amer et délicieux de la sentir étendue à quelques pas d'elle. Uniquement préoccupée par la jeune fille, elle prêtait peu d'attention à la vie de ses compagnes, aux menus incidents du couvent, et, lorsqu'elle sortait pour passer quelques fêtes rue Saint-Dominique, elle n'aspirait qu'au retour près de celle qui animait toutes ses pensées. Au cours de ses sorties, elle avait revu Charlotte mais avec la plus grande indifférence et s'était même beaucoup ennuyée chez les Berthier, malgré le bon accueil qui lui était fait et la gentillesse de Georges. Celui-ci avait changé de tactique à son égard, l'entourait de prévenances, ne la rudoyait plus comme par le passé, et écoutait ses moindres avis, ses plus infimes remarques avec une attention qui l'eût intriguée si elle en eût pris conscience. Elle ne remarquait pas plus les signes de gêne qui se manifestaient dans la maison de ses parents. Elle écoutait sans les entendre les propos de plus en plus sombres de sa mère et de Mlle de Tourville, tantôt invectivant la « populace » parisienne, tantôt maudissant les métayers qui se refusaient à payer leurs fermages et les réduisaient à la misère.

Pour les fêtes de Noël, Caroline passa plusieurs jours chez ses parents et y retrouva Henri qui, élève au collège Louis-le-Grand, était lui aussi en vacances. Elle fut très heureuse de le revoir. Il avait grandi et embelli en quelques mois d'une façon étonnante. Son regard était maintenant celui d'un homme. Il bouillait d'ailleurs de fureur contre les révolutionnaires et Mlle de Tourville n'était pas peu fière qu'il se soit illustré en cherchant à sortir de Louis-le-Grand, armé d'une hallebarde, au moment où les émeutiers essayaient d'en forcer les portes. Le concierge et ses maîtres avaient réussi à l'en empêcher mais l'intention n'en subsistait pas moins et comblait d'orgueil sa mère et sa gouvernante. Seul, M. de Bièvre, plus triste et plus hésitant que jamais, observait d'une voix terne que l'époque où l'on se trouvait exigeait beaucoup de calme, qu'il fallait être prudent, conserver son sang-froid et attendre avec résignation des jours meilleurs.

Le réveillon se passa pour les enfants chez les Berthier. En effet, M. et Mme de Bièvre, invités chez M. de Fondanges, furent très satisfaits de les envoyer, accompagnés de Mlle de Tourville, assister à la fête à laquelle Charlotte et sa mère étaient venues les convier. Caroline était un peu inquiète en s'y rendant, car elle craignait d'y revoir Gaston de Salanches qu'elle savait un intime de la maison. Mais il n'y parut point. La fête fut très joyeuse, malgré l'angoisse latente qui troublait la plupart des convives. On dansa, on but, on mangea, avec d'autant plus de gaîté qu'on essayait de s'étourdir. Georges fut le cavalier attitré de Caroline et celle-ci comprit enfin à quel point le jeune homme éprouvait de l'intérêt pour elle. Cet intérêt la touchait d'ailleurs peu. Elle n'éprouvait pour ce garçon ni antipathie, ni affection, mais trouvait simplement commode d'avoir auprès d'elle un soupirant à la fois timide et dévotieux qui pressentait ses moindres désirs.

Mais le soir, dans la voiture qui les ramenait vers l'hôtel, les railleries que lui fit Henri sur les assiduités dont elle était l'objet l'exaspérèrent. Elle eût voulu lui crier qu'elle se moquait bien de Georges, que seule comptait pour elle Inès. En y réfléchissant mieux, elle sentait que ce n'était pas tout à fait exact. Le plaisir qu'elle avait éprouvé à retrouver Henri lui faisait imaginer ce que serait une vie idyllique : une petite maison campagnarde où elle vivrait entre son frère et celle dont elle espérait faire son amie. L'image de cette petite maison ne lui était d'ailleurs pas venue toute seule, elle l'avait empruntée à une page de Rousseau consacrée au bonheur champêtre et que Georges, très épris « des nouvelles idées », lui avait lue avec admiration. Enfin le moment vint de regagner le couvent. Comme le soir où elle y arriva pour la première fois, elle y pénétra très tard et courut, impatiente, vers sa chambre, avide de retrouver enfin le visage aimé.

Quand elle y pénétra la pièce était plongée dans l'obscurité. Indécise, elle tâtonnait dans l'ombre à la recherche de son lit, lorsque la voix d'Inès, tout près d'elle, murmura :

— C'est bien vous Caroline ? Ne me répondez pas. Je sais que c'est vous. J'ai reconnu votre pas. Je l'ai trop attendu pour ne pas le reconnaître. Approchez-vous.

La main de Caroline rencontra celle d'Inès ; la jeune fille sentit contre son genou le bord du lit sur lequel elle s'assit. Mais Inès, sans lui lâcher la main, poursuivit :

— Savez-vous que je vous en veux beaucoup ? Vous m'avez manqué. Je ne peux pas vous pardonner d'avoir réussi à m'intéresser au point de me faire de la peine par votre absence. Asseyez-vous mieux que cela, on dirait que vous avez peur.

— Inès, Inès... Je suis si contente de vous retrouver. Je n'ai pensé qu'à vous.

Elle sentit qu'un bras doux et ferme lui emprisonnait la taille. Elle se laissa aller, s'étendit sur la couverture auprès de son amie.

— Ma douce, murmura celle-ci, vous voilà donc enfin auprès de moi. Mais vous êtes glacée !

Caroline tressaillit brusquement. Apeurée, elle se releva à demi et chuchota à l'oreille d'Inès :

— Mais Antoinette est là, elle va nous entendre…

— Ne me parlez pas d'Antoinette ! Elle n'entendra rien du tout ! Elle est allée chez un oncle dans le Poitou, y a attrapé un échauffement de la poitrine et ne reviendra pas avant longtemps. Nous sommes seules toutes les deux, Caro chérie. Laissez-moi vous aider à vous dévêtir.

Sans attendre la réponse de Caroline, la jeune fille se souleva et, se penchant sur elle, commença de la délacer. Engourdie dans une passive béatitude, Caroline laissait les mains douces et agiles fureter parmi ses vêtements, dégrafant sa robe, dénouant son corset, faisant glisser avec une chaude adresse la chemise et le jupon qui tombèrent à terre avec un murmure soyeux. Le souffle de Caroline se précipita quand elle se sentit livrée aux caresses d'Inès qui, entrouvrant le lit, la tira doucement dans la bonne chaleur qui régnait sous les draps et où la jeune fille frémit tout entière en sentant contre elle le corps brûlant qui l'étreignait passionnément. Ses lèvres fondirent sous les baisers. Elle se pâma dans un délire des sens qui lui apprit que les jeux de la forêt de Vincennes lui avaient laissé d'autres découvertes à faire.

Parfois, pendant une pause de leurs embrassements, Caroline ne pouvait s'empêcher de s'inquiéter d'une venue possible de la sœur régente, mais Inès la faisait taire d'un baiser.

— N'aie pas peur, mon amour, tu es à moi et rien qu'à moi. La sœur ne passera que demain, nous avons toute la nuit devant nous.

*

Dès lors, Caroline vécut dans un état qui sembla de la torpeur à ses camarades et à ses professeurs. Elle paraissait indifférente à tout. Certains jours, elle mangeait à peine et d'autres fois dévorait. Si en classe on lui posait une question à brûle-pourpoint, elle tressaillait comme si elle sortait d'un rêve.

Cependant, elle avait la certitude que jamais elle n'avait connu une existence aussi riche. Tout le long de la journée les rares sourires dont la récompensait Inès étaient pour elle des joyaux sans prix qui lui permettaient d'attendre l'heure où, enfin séparées du reste des vivants, toutes deux se retrouvaient dans leur chambre. Cette chambre ne lui apparaissait pas comme une cellule de couvent, peinte en marron et blanc, garnie de quelques meubles, et pareille à toutes les autres cellules ; sa sensibilité la transformait en une sorte de petite chaumière où elle se croyait loin de tout, seule avec son amie, protégée contre le reste de l'humanité par les solitudes de la nature.

Elle ne prêtait même pas attention aux réticences presque offensantes auxquelles elle se heurta dans ses rares conversations avec ses autres compagnes. Elle ne soupçonnait pas même que parmi celles-ci, les « grandes » étaient parfaitement édifiées sur le genre d'attachement qui la liait à Inès. Et si parfois une remarque, un propos ou un sourire qui essayait d'être blessant l'atteignait, elle n'en éprouvait aucune colère, aucune honte, ne discernant pas le mal dans l'amour qu'elle vouait à son amie et dans le plaisir qu'elle prenait auprès d'elle.

Un seul souci l'obsédait : l'éventuel retour d'Antoinette. Trois mois étaient déjà passés depuis Noël. Déjà les arbres du jardin bourgeonnaient et dans les haies qui bordaient le mur du couvent poussaient d'étroites petites feuilles vertes et duvetées. Sœur Marie-Angèle leur donnait de temps à autre des nouvelles de la jeune fille, tantôt faisant prévoir son prochain rétablissement, tantôt redoutant au contraire une aggravation. Caroline se surprit un jour, pendant la messe du matin, à demander à Dieu de rendre Antoinette « si malade, si malade, que jamais elle ne revienne ». En prenant conscience du souhait qu'elle venait de formuler, elle en fut un peu effrayée. Antoinette ne lui avait rien fait qui pût l'excuser de lui vouloir tant de mal. Elle chercha à voir clair en elle-même. Elle n'avait pas de haine pour Antoinette. Elle haïssait simplement tout ce qui pourrait venir troubler son intimité avec Inès. Mon Dieu, que tout cela était compliqué ! Comme il était difficile dans la vie de faire pour le mieux.

Cependant, cette inquiétude lancinante devait trouver une fin inattendue. Un matin, avant la messe, la mère supérieure réunit toutes les jeunes filles dans la cour et les invita à prier pendant l'office pour l'âme d'Antoinette de Massé, morte quelques jours plus tôt.

— Elle n'est pas à plaindre, conclut la supérieure ; elle est maintenant auprès du Bon Dieu. Elle connaît les béatitudes infinies. Elle intercédera auprès de lui pour vous toutes. Amen.

C'était une radieuse matinée de printemps. Les oiseaux qui remplissaient le jardin couvraient presque de leurs chants les cris des jeunes filles jouant et courant pendant la récréation. Seule Caroline se tenait écartée de tous les jeux, et, appuyée au tronc râpeux d'un marronnier encore tout pavoisé de ses guirlandes de fleurs roses, fixait devant elle un regard vide et désolé. Si Antoinette était morte, c'était sa faute à elle. Elle avait souhaité qu'elle ne guérisse pas, que son mal s'aggravât : son souhait s'était réalisé. Elle revoyait, dans la brume du souvenir, ce petit visage pâle qui la regardait, elle entendait sa voix triste murmurer : « Ne me considérez pas comme une ennemie. » Elle n'était pas loin, par une superstition enfantine, de supposer qu'Antoinette avait prévu ce qui devait arriver et, ce soir-là, l'avait suppliée de ne pas agir contre elle en ennemie, de ne pas attirer sa mort par des vœux impitoyables.

Perdue dans son cauchemar, Caroline sursauta en sentant une main se poser sur son épaule. Elle prit conscience de toute la joyeuse lumière qui l'entourait, des rires de ses camarades et se retourna : sœur Marie-Angèle se tenait derrière elle et planta son regard dans le sien.

— Vous êtes bien songeuse, mon enfant. Vous avez l'air bien triste. Tout autour de vous respire la joie et chante un hymne de reconnaissance au Créateur. Pourquoi vous seule vous refusez-vous à partager l'allégresse des petits oiseaux?

La nonne passa doucement son bras sous celui de la jeune fille et l'entraîna.

— Venez, Caroline; nous allons nous promener ensemble et Dieu me donnera sans doute la force d'effacer votre chagrin, si vous voulez bien me le confier.

À pas lents, elle la conduisit vers une tonnelle de glycines dont l'accès était ordinairement interdit aux élèves et, lorsque toutes deux furent entourées par le chaud rideau de tiges et de fleurs parfumées, sœur Marie-Angèle s'assit sur un petit banc de pierre et invita Caroline à l'imiter.

— On vous a fait de la peine, ma chère petite? Ces beaux yeux-là voudraient bien dire le contraire, mais ils ne le peuvent.

— Je vous en prie, ma sœur, ne me questionnez pas, j'ai…

— Si vous aviez fini votre phrase, vous auriez dit : j'ai si mal! Qui donc a pu vous faire mal à ce point? Il n'est pas au pouvoir de n'importe qui de faire souffrir. Seule une amie très chère peut jouir de ce privilège. Vous avez, je crois, une grande amitié pour Inès? Serait-elle la coupable de ce petit chagrin? Quelque querelle de jeunes filles sans doute? On dit des mots, on s'emporte, et on le regrette après. C'est Inès, n'est-ce pas?

Il y eut un court silence, puis le regard de la religieuse s'enflamma brusquement. Elle se contint cependant et reprit avec la même douceur, mais d'une voix qui tremblait un peu :

— Répondez-moi, ma chérie, je vous parle comme une amie. Je ne suis là que pour vous consoler. Parlez, mais parlez donc !

— Vous paraissez souhaiter, ma sœur, que Caroline vous fournisse un renseignement. Peut-être pourrais-je répondre à sa place ?

À leur grande surprise, Inès se tenait devant elles. Elle avait dû les suivre et s'approcher du banc avec précaution. Elle ne paraissait pas en colère mais fixait sur la religieuse un regard calme et dur. Celle-ci se leva comme si elle avait été prise en faute et, sans répondre à l'insolente question qu'Inès venait de lui poser, leur indiqua la direction de la cour avec ces simples mots :

— Nous avons suffisamment bavardé, retournez vers vos compagnes, mes enfants.

Inès obéit et entraîna Caroline. Toutes deux arrivèrent dans la cour au moment où la récréation finissait et où les élèves de leur classe entraient dans la salle de dessin.

— Tu m'as bien comprise, dit tranquillement Inès, tu n'as aucune confidence à faire à sœur Marie-Angèle. Et lorsque le Père t'entend en confession, garde-toi de lui parler de nous, même s'il t'y incite. Tu n'as rien à craindre.

*

Une quinzaine de jours de plus tard, le lit demeuré vide dans leur chambre fut occupé brusquement sur l'ordre de la sœur économe par une élève qui habitait jusque-là, au même étage, une pièce un peu plus petite qu'elle partageait avec deux autres fillettes. La nouvelle venue, Eugénie de Senoire, petite, brune, au visage foncé, était la fille du président du Parlement de Mâcon. Arrivée depuis peu au couvent, elle s'y était fait remarquer par la vivacité de son esprit qui s'exerçait d'ailleurs sans pitié aux dépens de la plupart de ses compagnes. C'était une des rares jeunes filles qui échangeât quelques mots avec Inès et, à partir du moment où elle devint sa voisine de lit, leur entente parut se raffermir.

Un soir que Caroline remontait avec un peu de retard pour se coucher, elle entendit, au moment d'ouvrir la porte, un bruit confus de voix qui semblait indiquer une dispute entre Inès et Eugénie.

— Tes visites à l'oratoire, j'en ai assez ! criait Eugénie. Entre toi et moi, je n'accepterai pas que demeure sœur Marie-Angèle.

— Tu regretteras tout à l'heure de t'être emportée, répondait d'une voix plus basse et assez tranquille, Inès, qui ajouta :

— Tu sais que je suis prête à tout pour que tu sois contente. Ne t'ai-je pas déjà accordé beaucoup ?

— Beaucoup ? Tu appelles beaucoup le sacrifice de cette petite imbécile. D'abord, je ne veux même plus qu'elle reste dans cette chambre. Tu dois obtenir de sœur Marie-Angèle qu'elle aille loger ailleurs.

— Tu es vraiment peu logique. Tu veux que je demande ce service à la sœur et en même temps tu souhaites que je rompe avec elle et que je me prive du seul soutien qui me permette de durer dans cette maison… Allons, voyons, ne pleure pas.

Caroline poussa la porte :

— Mais non, mademoiselle, dit-elle en s'adressant à Eugénie, il est tout à fait inutile que vous pleuriez. Je m'arrangerai moi-même pour vous débarrasser de ma présence. Si vous êtes assez habile pour que je ne sois pas remplacée ici, vous pourrez y vivre un bonheur parfait !

— Caro, s'écria Inès, te voilà folle, Eugénie pleure parce que…

— Je t'en prie, ne te donne pas la peine de mentir. Tu espères peut-être me faire souffrir comme Antoinette mais tu n'y parviendras pas. J'ai entendu toute votre conversation. J'ai compris ton excessive prudence depuis que Mlle de Senoire partage notre chambre. Je suis suffisamment édifiée pour que nous ayons encore quoi que ce soit à nous dire.

Mais, toujours sanglotante, Eugénie avait fait un pas vers Caroline :

— Et moi, cria-t-elle, j'ai quelque chose à vous dire. Vous êtes une petite…

Il eût été difficile de savoir qui des deux avait porté le premier coup. Mais elles roulèrent ensemble sur un des lits, se frappant, se griffant, se mordant avec fureur. Caroline était protégée par sa robe à cerceaux, son corset et ses fichus contre les griffes et les dents de son ennemie, alors que celle-ci, vêtue d'une simple chemise de nuit, eut bientôt le visage et le corps ensanglantés par les égratignures du combat. Eugénie eut donc tout de suite le dessous. Elle haletait, étouffée par sa colère et par ses larmes ; Caroline, mise en goût par son succès, redoublait d'efforts, frappant au hasard, lui étreignant le cou, au point que la fillette, à demi nue, couverte d'éraflures, écrasée sous le poids de sa rivale, appelait Inès à son secours d'une voix affolée et étranglée. Caroline tourna rapidement son regard vers la jeune fille, mais celle-ci, debout, nonchalamment appuyée à la porte, un demi-sourire aux lèvres, ne semblait guère s'intéresser à la bataille.

— Inès ! Inès ! cria de nouveau Eugénie.

Alors seulement elle sortit de sa pose hiératique et s'avança d'un pas lent vers le lit qui servait de champ de bataille. Sans violence, mais avec fermeté, elle saisit Caroline par les épaules, la ramenant en arrière et l'obligeant à desserrer son étreinte. Eugénie, ainsi libérée, en profita pour reprendre l'offensive, frappant de coups de poing le ventre et la poitrine de Caroline qui, à son tour réduite à l'impuissance par Inès, s'abattit sur le lit. Inès plus grande et plus vigoureuse qu'elle, la maintint solidement en encourageant de la voix Eugénie.

— Eh bien, nigaude ! elle t'a assez battue, maintenant que je la tiens, venge-toi.

Sous les gifles qui la martelaient, Caroline sentait résonner sa tête comme une cloche. La rage et l'humiliation décuplèrent ses forces. D'un sursaut particulièrement violent, elle réussit à échapper à Inès et, jetant Eugénie à terre d'une poussée, elle se trouva debout au milieu de la pièce, les cheveux en désordre, les vêtements déchirés, le sang coulant sur son visage. Mais sa colère était passée. Le spectacle d'Eugénie étendue presque inanimée sur les dalles l'avait brusquement consolée. Comme si rien ne s'était passé, elle alla jusqu'à sa coiffeuse, se passa de l'eau sur le visage et les mains, puis se déshabilla et se coucha, cependant qu'Inès de son côté relevait Eugénie. Après l'avoir aidée à étancher les petites plaies qu'elle portait sur les joues, sans un mot elle l'avait conduite jusqu'à son lit, puis avait soufflé la bougie.

Caroline ne songeait pas à dormir. Trop énervée d'ailleurs par cette scène, elle ne l'aurait pu. La nuit d'été, chaude et lumineuse, répandait dans la chambre une vague et indistincte clarté. Tantôt la jeune fille se mordait les lèvres pour retenir ses sanglots, tantôt elle s'abandonnait à l'espoir qu'Inès lui reviendrait, qu'elle l'aimerait de nouveau, qu'elle rejetterait Eugénie. Mais en même temps, elle comprenait tout ce que cet espoir avait de fallacieux : elle était aujourd'hui dans la situation d'Antoinette, six mois plus tôt, et elle admirait celle-ci d'avoir su si bien dissimuler la peine qu'elle avait éprouvée et même d'avoir essayé de l'éclairer sur le sort qui l'attendait. Mais sa haine d'Eugénie reprenait vite le dessus. Serrant les poings, elle retenait sa respiration, guettant le silence qui régnait dans la chambre, avide d'y découvrir au moindre craquement, au moindre frôlement, l'indice d'un entretien d'Eugénie et d'Inès. Les heures passèrent, ponctuées par les habituels carillons des horloges. Enfin un pas glissa précautionneusement sur les dalles. Caroline sentit son visage s'empourprer d'une jalousie furieuse. Sans bruit, elle se souleva légèrement, tendant son visage dans la pénombre, pour y distinguer mieux la scène qu'elle redoutait. Mais, en faisant ce mouvement, elle heurta le bras d'Inès dont la forme blanche se tenait tout près d'elle, devant son lit.

— Caro ! chuchota Inès. Sois gentille, je viens te faire une petite visite.

Sans attendre sa réponse, la jeune fille avait silencieusement écarté le drap et s'était glissé auprès de Caroline. Celle-ci, au contact de ce corps bien-aimé, fut submergée par son émotion et faillit tout oublier, ne demandant plus qu'à blottir sa tête contre l'épaule de son amie. Mais, le souvenir de la conversation qu'elle avait surprise, et de l'attitude d'Inès pendant la bataille, fut plus vivace que ce désir d'abandon. Brutalement, elle repoussa hors du lit le corps d'Inès. Celle-ci n'insista pas.

— Tu le regretteras, murmura-t-elle simplement, en s'éloignant.

Le lendemain Inès affecta de traiter Caroline comme les autres élèves. Elle se mit à la vouvoyer, à l'appeler mademoiselle lorsque par hasard, au cours d'un repas, elle avait à lui tendre un plat. Plusieurs fois, Caroline se sentit si abattue par sa souffrance, qu'elle faillit se jeter aux pieds d'Inès pour la supplier de lui rendre son amour.

Mais, obscurément, elle comprenait qu'on ne mendie pas l'amour. Elle aurait peut-être même accepté l'abandon de son ancienne amie si elle ne l'avait vu éprise d'Eugénie et si celle-ci ne l'avait pas blessée à chaque instant par l'air triomphant qu'elle affichait.

Le samedi suivant était jour de confession. Lorsqu'elle eut achevé d'énumérer à l'abbé Lacoste, son directeur de conscience, les menus péchés de paresse ou de gourmandise que celui-ci attendait d'elle, elle hésita à peine, puis, jetant sur le visage osseux et jaune du prêtre un regard apparemment innocent, elle lui demanda :

— Mon Père, si l'on est témoin d'une mauvaise action qui risque d'entraîner ceux qui la commettent jusqu'à la damnation, a-t-on le devoir d'en parler?

— Que voulez-vous dire, mon enfant? demanda le prêtre avec inquiétude. Vous avez été le témoin de mauvaises actions faites par vos compagnes?

— Oui, mon Père.

— Quel genre de mauvaises actions?... Contre quoi péchaient-elles?

Caroline baissa les yeux :

— Contre la pureté, mon Père.

En la regardant sortir du confessionnal, l'abbé Lacoste se félicita une fois de plus des talents de confesseur dont il venait de donner encore une fois la preuve en arrachant les noms des fautives à la réticence de sa jeune pénitente. Il soupira, mordu par un regret qui ne l'avait jamais quitté : il aurait fait de grandes choses sur terre si ses dons, au lieu d'être étouffés dans l'enceinte d'un couvent, avaient pu être exploités, si par exemple Dieu avait permis qu'il fût ministre ou diplomate.

*

Le renvoi d'Inès et d'Eugénie passa presque inaperçu. Officiellement, chacune des deux jeunes filles fut rappelée dans sa famille sans que le scandale s'ébruitât. Bien que ni l'une ni l'autre ne dussent ignorer que Caroline était l'auteur de la dénonciation, elles affectèrent la plus grande indifférence à son égard et la quittèrent sans reproches.

Mais pour la jeune fille, depuis le départ de celle qui avait représenté le bonheur de vivre, le couvent n'était plus qu'une prison ennuyeuse et fastidieuse où, d'autre part, trop d'objets lui rappelaient cruellement le souvenir d'Inès. Aussi profita-t-elle d'un court séjour qu'elle devait faire à l'hôtel de la rue Saint-Dominique, afin d'y subir la vaccination contre la petite vérole, pour obtenir de ne plus retourner au couvent.

Mme de Bièvre y consentit d'autant plus volontiers que la pension y était assez chère et que la situation de la famille était financièrement des plus mauvaises. Par la même occasion, elle décida de retirer Henri de Louis-le-Grand et tous se trouvèrent ainsi réunis comme naguère au château. Mais les temps troublés, la précarité de leur situation financière, l'éloignement que sa brève inclination avait inspiré à Caroline pour les siens, menaçaient déjà l'anneau familial reformé.

6
Le mariage

Les premiers jours que passa Caroline dans sa famille furent surtout remplis par les discussions que suscitait la vente d'un des derniers diamants de la marquise. Un diamantaire du quartier du Temple en avait proposé sept mille francs et, pour la première fois, M. de Bièvre était sorti de son apathie. Ayant fait cadeau de ce bijou à sa femme au moment de leur mariage, il l'assurait comme étant d'un très grand prix et, avec une énergie inaccoutumée, s'opposait à sa vente.

Jusque-là, Caroline ne s'était jamais souciée des questions d'argent. Tant qu'elle avait vécu en Touraine, elle avait été habituée à avoir à sa disposition tout ce dont elle avait besoin parce que ses besoins étaient très sommaires. Elle se trouvait toujours assez bien habillée, plus soucieuse de jouer dans la campagne que de se faire admirer. Mais, dès son retour du couvent où la tenue la plus simple était de mise, elle éprouva un grand déplaisir à comparer ses toilettes avec celles des jeunes filles qu'elle rencontrait et même avec celles de sa sœur, dont l'année précédente, la garde-robe avait été totalement renouvelée en l'honneur de sa visite à la Cour. Aussi demanda-t-elle ingénument à sa mère de lui faire des toilettes analogues à celles que portait Louise. Mme de Bièvre, qui, depuis plusieurs semaines, recevait à domicile les insultes de ses créanciers, lui répondit sèchement qu'il n'en était pas question pour le moment et « qu'on verrait plus tard ».

Cette réponse acheva d'exaspérer Caroline. Dès lors, elle refusa de sortir lorsque avec son frère et sa sœur elle était invitée à une réunion. Affectant de parler d'elle à la troisième personne, elle s'était surnommée Cendrillon et lorsque à table un plat lui était présenté, elle ne manquait jamais de faire du regard le tour de l'assistance avant de déclarer d'un ton faussement humble :

— Personne ne s'oppose à ce que Cendrillon en prenne un petit peu ?

Comme elle renouvelait cette plaisanterie devant le comte de Fondanges, celui-ci qui, devant la carence du marquis, avait pris l'habitude de parler en maître, observa :

— Tu pourrais choisir un autre moment pour jouer les pimbêches, Caroline ! Tu vois l'état où se trouve actuellement ta famille. Au lieu de l'accabler de tes sarcasmes, tu ferais mieux de l'aider par ta bonne humeur.

— L'état de ma famille ? répondit Caroline, avec une violence qui la surprit elle-même. Mais n'en êtes-vous pas la cause ? Est-ce vous ou moi qui deviez procurer à mon père une charge auprès du roi ? On attend toujours cette charge !

Le comte rougit puis, posément, répliqua :

— Pour goûter à la sérénité d'âme, il faudra que je me retire dans un couvent de jeunes filles. Là seulement, on parvient à ignorer le fracas du monde. C'est sans doute à cela, Caroline, que tu dois d'avoir prêté si peu d'importance aux événements que nous traversons. J'aurais obtenu pour ton père une charge auprès du roi si, à l'heure actuelle, ce que tu ne sembles pas savoir, le roi n'était pas pratiquement prisonnier.

Mais Caroline se souciait fort peu des affaires politiques. Partagée entre les soucis contradictoires de son amour blessé pour Inès et son goût tout neuf des belles robes, qu'on se refusait à satisfaire, elle se renferma de plus en plus et sut se rendre odieuse à la maison.

Louise et Mlle de Tourville faisaient d'ailleurs tout ce qui était en leur pouvoir pour irriter davantage la jeune fille. Celle-ci, jalouse des toilettes de sa sœur, ne l'était pas moins des plaisirs que prenait Henri et surtout de ceux qu'il lui était impossible de partager. Parmi ces derniers, elle enviait tout particulièrement le temps que le jeune garçon passait à la piscine de l'île Saint-Louis. Tous les jours il en rapportait des anecdotes piquantes. Tantôt c'était une plaisanterie du prince de Vintimille qui, comme un garçon limonadier apportait une bavaroise au lait sur la galerie de la piscine, s'écriât : « Messieurs, voulez-vous parier que de cette bavaroise au lait je fais une bavaroise à l'eau. » Et jetait dans la rivière le garçon, son panier et sa bavaroise. Tantôt Henri était lui-même le héros de ces incidents. Un jour, le jeune baron de Beaujolais s'étant approché de lui sans bruit, le poussa et le jeta dans la rivière. Revenu sur la galerie, il trouva son mystificateur juste à la place d'où il venait de tomber et l'envoya faire le même plongeon. Mais le malheur voulut que le peignoir de molleton qu'il portait fît capuchon par-dessus sa tête et l'empêchât de remonter à la surface de l'eau. Aussi lorsque Henri et les maîtres nageurs le ramenèrent, était-il fort mal en point.

— C'est drôle, concluait Henri, très fier de son histoire, c'est drôle, hein ?

— Très drôle, répondait sèchement Caroline.

Ainsi, elle en était arrivée à souffrir de tout : des sorties de sa sœur, des amusements de son frère. Elle s'était peu à peu persuadée que sa mère ne l'aimait pas et lui préférait Louise, que Mlle de Tourville intriguait contre elle, qu'Henri avait perdu l'affection qu'il lui portait et que, trahie par Inès comme elle l'avait été par Gaston, elle n'avait plus rien à faire sur terre.

Son acrimonie et sa manie de la solitude l'amenèrent un beau matin à décider de ne pas se lever. C'était le matin du 15 août, et toute la famille devait se rendre aux Tuileries pour y écouter la messe auprès du « malheureux roi ». Comme il lui fallait donner un motif plausible à son refus, elle proclama qu'elle ne quitterait plus son lit tant que sa sœur n'aurait pas partagé avec elle les robes qu'elle avait reçues l'été précédent. Mme de Bièvre repoussa cette prétention et intima à sa fille l'ordre de se lever. Sur un signe de dénégation de sa part auquel elle borna sa réponse, la marquise s'emporta, voulut la faire sortir de son lit de force, la menaça, comme lorsqu'elle était petite, de la fouetter, puis, furieuse, elle sortit de la pièce qu'elle ferma à clef.

Quelques minutes plus tard, Caroline entendit toute sa famille monter dans le fiacre qui devait la conduire aux Tuileries. Quelques coups timides furent frappés à sa porte. C'était Jeanne, la vieille bonne. Pour elle, Caroline était restée un bébé et elle n'était étonnée ni indignée d'aucun de ses caprices. Aussi, à travers la porte, entreprit-elle, comme elle disait, de « lui faire honte ». C'était du joli, elle faisait bien sottement de la peine à ses parents. Plus tard, personne ne voudrait jamais l'épouser sachant qu'elle avait aussi mauvais caractère, etc.

Caroline écoutait ces indulgentes remontrances, ces affectueuses menaces, dont le fond et la forme n'avaient pas changé depuis qu'elle avait quatre ans. Combien de fois, pour de petits méfaits commis par la fillette, Jeanne était-elle venue la gronder ou la consoler ! Mais ces paroles destinées à une enfant la frappaient d'une sorte de gêne parce qu'elle comprenait combien, en quelques mois, elle s'était transformée. Elle eut envie de crier à Jeanne qu'elle perdait son temps, que la petite Caroline à laquelle elle croyait parler n'avait plus aucun point commun avec celle qui, aujourd'hui, refusait de se lever avec une obstination enfantine mais pour des motifs qui ne l'étaient point.

Elle sauta de son lit, se vêtit rapidement, puis, frappant à coups redoublés à sa porte, elle appela Jeanne en la suppliant de lui ouvrir. Lorsque celle-ci lui eut répondu que, quand bien même elle serait disposée à le faire, elle ne le pourrait, puisque Mlle de Tourville avait emporté la clef avec elle, Caroline fut prise d'une crise de colère impuissante.

Elle saisit une petite frégate de bois qui avait été fabriquée par Henri, et que celui-ci lui avait donnée, et la jeta sur le sol avec tant de violence qu'elle s'y fracassa. Aussitôt, les larmes vinrent aux yeux de la jeune fille. Elle revit le pauvre Henri amoureusement penché sur ce morceau de bois pendant les soirées d'hiver où il s'asseyait à côté de la cheminée, ses couteaux et ses limes posés près de lui, sur la pierre de l'âtre. Toutes ces heures de travail, toute la tendresse qu'il avait mise dans chaque coup de canif, toute la joie lorsqu'il avait triomphalement offert à sa sœur son chef-d'œuvre – il avait suffi d'un geste pour les anéantir.

Elle jeta un regard égaré et prompt autour d'elle, saisit son châle et sa petite bourse d'or et se précipita vers la fenêtre. Celle-ci s'ouvrait à douze pieds au-dessus d'une petite cour remplie d'herbes folles. Mais la provision de bois qui se trouvait empilée le long du mur réduisait de moitié le saut que la jeune fille dut faire lorsque après avoir hardiment escaladé la barre d'appui de fer forgé elle lâcha prise et se laissa tomber. Le choc fut cependant assez rude. Sa robe y gagna des éraflures qui ne furent pas non plus épargnées à ses mains et à ses chevilles. Elle ne s'en soucia pas et, relevant sa jupe à pleines mains, elle sauta dans l'herbe puis gagna une petite porte, primitivement réservée aux fournisseurs, qui donnait sur la rue.

Une demi-heure plus tard, toute décoiffée, le sang aux joues, les lèvres tremblantes, elle descendait d'un fiacre devant l'hôtel des Berthier, le seul refuge qu'elle ait pu trouver.

Quand elle pénétra dans le jardin, tout y était tranquille. Comme d'habitude, les oiseaux y chantaient à pleins gosiers. Elle aperçut au milieu des massifs le jardinier qui se promenait en inspectant l'éclosion des fleurs. Elle l'évita, gravit avec vivacité le perron et, après avoir traversé le hall désert, entra dans le salon. La pièce était vide. Elle comprit que la famille n'était pas encore revenue de la messe, et s'assit dans une bergère pour reprendre son souffle. Mais à peine y était-elle installée qu'un pas résonna dans l'antichambre et qu'une silhouette se découpa dans l'embrasure de la porte.

— C'est vous, Caroline ! Du fond du jardin, j'avais vu rentrer en courant une jeune personne que j'avais prise pour ma sœur, et je me demandais si rien n'était arrivé à mes parents.

— Oui, Georges... C'est bien moi. Je viens à l'improviste. Je ne sais comment vous expliquer ma présence...

Elle laissa aller sa tête sur le dossier de la bergère et éclata en sanglots.

— Je n'ai rien à vous expliquer, murmurait-elle en pleurant. Ce que je suis malheureuse ! Tout ça est trop bête !

Georges la considérait avec surprise. Il resta un instant sans bouger comme s'il eût craint de s'approcher d'elle ; puis il se décida à entrer dans le salon, alla prendre sur une console une bonbonnière et la lui offrit. Hébétée par ses sanglots, machinalement, elle tendit des doigts aveugles et se mit à mâchonner, en reniflant, une succulente pâte de fruits. Georges s'assit auprès d'elle et observa avec un léger rire :

— J'ai toujours entendu dire que chiffons et bonbons suffisaient à calmer les plus grandes douleurs féminines. Je suis heureux de vérifier par votre exemple l'exactitude de cet axiome.

Elle leva sur lui un regard rageur :

— Je sens très bien que vous me méprisez, Georges ! Tout autre que vous eût cherché à me consoler.

Le jeune homme parut intimidé et se tut un instant, puis répliqua :

— C'est ce que je fais ! Je vous console avec ces douceurs que nous venons de recevoir d'Italie.

— J'aimerais bien aller en Italie, dit Caroline.

— En Italie ? Pourquoi ?

— En Italie ou ailleurs. Mais partir ! J'en ai assez, assez, assez.

— De quoi avez-vous assez?

— De la vie que je mène. On n'a qu'une jeunesse, n'est-ce pas, Georges? Pourquoi tout le monde serait-il heureux, sauf moi?

— Êtes-vous sûre d'être malheureuse? Êtes-vous également sûre que tous vos contemporains vivent dans le bonheur? Vous parlez bien à la légère. Beaucoup d'autres, petite fille, envieraient votre sort.

— Petite fille! Je ne sais pourquoi vous vous plaisez toujours à me traiter comme une gamine. Vos bonbons ne suffisent pas. Ne vous gênez pas : proposez-moi une partie d'escarpolette pour achever de me consoler et même me faire rire aux éclats.

— Je ne vous propose rien de semblable, quoique j'aie entendu dire par un ami qu'au 14 juillet dernier, vous ne méprisâtes pas ce jeu dans la forêt de Vincennes.

À ce souvenir, les lèvres de la jeune fille se serrèrent. Elle dut se dominer pour ne pas accabler Georges des insultes que méritait cette intrusion dans sa vie personnelle. Celui-ci, d'une voix toujours aussi calme, poursuivait :

— Je ne vous parle nullement comme à une enfant. J'essaye précisément de vous arracher aux préoccupations frivoles qui vous retiennent dans un univers borné. J'essaye de vous ouvrir les yeux sur tous ceux qui, en France, souffrent et ont des raisons de souffrir, ce qui n'est pas votre cas. Tous ceux que la tyrannie opprime et qui courbent la tête sous le joug. Ne croyez pas que ces questions ne soient pas du ressort d'une femme. C'est au contraire la générosité, l'intuition, l'enthousiasme de certaines femmes éclairées qui permettront à des hommes résolus de remplacer le régime actuel par un régime plus juste qui ne reposera pas sur les privilèges de la naissance, mais sur les mérites personnels, sur le travail, sur…

— Mais vous me faites un vrai sermon, mon cher Georges. Jamais je ne vous ai vu aussi bavard et aussi sentencieux.

Le visage soudain durci, Georges s'était levé :

— Vous me voyez ravi d'avoir réussi, par quelques paroles, à chasser vos terribles chagrins et à vous faire sourire. Si vous me le permettez, je m'en vais remonter dans ma chambre, les meilleurs sermons étant les plus courts.

Il traversa le salon d'un pas sec et referma la porte derrière lui. Caroline continuait d'avaler distraitement ses pâtes de fruits. Elle ne réfléchissait pas, elle écoutait le chant des oiseaux, le hoquet régulier de la pendule, et regardait sur le tapis la lumière qui pénétrait par les fenêtres, former de petits confettis couleur d'arc-en-ciel. À travers les rayons, mille poussières colorées tourbillonnaient avec entrain. Une petite chatte entra, sans bruit, et après avoir évolué entre les pieds des fauteuils, monta d'un saut leste sur les genoux de la jeune fille. Quand Mme Berthier et sa fille, rentrant de la messe, pénétrèrent dans le salon, la petite chatte ronronnait et le visage de Caroline était souriant.

*

Pendant les quelques jours qui suivirent, des entrevues « diplomatiques » réunirent Mme Berthier et la mère de Caroline. Le résultat fut favorable à la jeune fille, car Mme de Bièvre finit par consentir à passer l'éponge sur sa fugue et à la confier aux soins des Berthier pour un temps dont la durée ne fut pas précisée. Caroline fut néanmoins obligée de revenir rue Saint-Dominique pour y présenter de très vagues excuses à ses parents. Seule sa rencontre avec Henri fut mouvementée : elle se jeta dans ses bras en lui demandant pardon pour le triste sort subi par sa frégate. Le jeune garçon, semblant avoir oublié tout le mal qu'il s'était donné pour la faire, prit la chose très à la légère, se moqua de son remords, si bien qu'elle finit par se fâcher et que son expansion affectueuse se termina en querelle.

Puis le temps passa. Dans l'hôtel des Berthier, elle avait retrouvé ses habitudes d'autrefois. Certes, la vie n'y était plus la même. Les fêtes étaient rares et avaient pris un caractère de plus grande simplicité et d'intimité. À chacune, la jeune fille redoutait et espérait à la fois l'apparition de Gaston de Salanches vers lequel sa pensée était retournée, sans doute parce que le cadre où elle vivait maintenant était étroitement lié au souvenir du jeune homme. Cependant, il ne parut jamais et elle en eut un jour l'explication grâce à Charlotte. Celle-ci ne put en effet s'empêcher de lui demander si elle éprouvait toujours autant de goût pour lui. Et, sur la réponse hésitante de la jeune fille, elle ajouta :

— Je vous demande cela parce que vous avez peut-être remarqué qu'il ne vient plus guère à la maison. La cause en est dans l'hostilité que, pour des raisons que nous ignorons, Georges éprouve pour lui. Maman a tenu à ce que nous lui fassions cette concession. Mais si vous avez très envie de revoir M. de Salanches, dites-le moi, Caro, et je ferai en sorte qu'elle revienne sur sa décision.

Malgré cette proposition, Caroline n'osa pas insister dans ce sens. Et cependant, le jeune homme lui manquait. Ou plutôt, malgré la gentillesse de Mme Berthier à son égard, malgré la tendresse de Charlotte qui semblait avoir conservé pour elle l'affection des premiers jours, elle ne se sentait pas heureuse. Son existence lui paraissait vide. Elle s'ennuyait. Inconsciemment, elle était à la recherche de ce qui pourrait la meubler.

Au début de son séjour, Caroline avait failli trouver un palliatif à cet ennui dans l'affection que lui témoignait Charlotte. Son passage au couvent lui avait appris que l'affection d'une jeune fille pouvait être aussi plaisante que celle d'un homme et, en échangeant avec son amie des baisers que toutes deux ne mesuraient point, elle avait tenté de faire dévier dans un sens plus positif l'amitié qui les liait. Charlotte s'était prêtée sans déplaisir aux témoignages de tendresse de la jeune fille, mais celle-ci s'était vite aperçue que son amie ne comprenait pas où elle voulait en venir et elle n'eut pas l'audace de chercher à le lui faire entendre. Aussi son appétit de sensualité demeurait-il inassouvi. L'automne avait couvert de sa rouille les arbres du parc. Le ciel était bas et gris. La pluie tombait toute la journée. Les rares visites qu'elle faisait dans sa famille étaient pour elle de véritables cauchemars. On ne l'y entretenait que des fureurs de la « populace », des difficultés de la vie, de la ruine qui menaçait de plus en plus tragiquement les Bièvre. Elle passait parfois des après-midi entiers dans sa chambre sous prétexte de migraine. À la vérité, assise devant sa fenêtre ou étendue sur son lit, elle se répétait sans cesse : Je m'ennuie, je m'ennuie ; vais-je m'ennuyer ainsi toute mon existence ?

*

Elle mangeait de moins en moins aux repas, mais la vitalité de sa nature se vengeait et il lui arrivait parfois, le soir, au moment de se coucher, d'être prise d'une véritable fringale. Un soir de novembre, comme elle était au lit depuis une heure sans trouver le sommeil, elle se persuada qu'elle n'y parviendrait pas tant qu'elle n'aurait pas fait une légère collation. Elle songea que dans l'office de la salle à manger elle trouverait ce qu'il lui faudrait. Sautant de son lit, elle descendit en chemise l'escalier en prenant garde de ne pas faire de bruit pour n'éveiller personne et, parvenue dans l'office, y choisit deux oranges parmi celles que le médecin venait de recevoir de l'étranger, du pain, les disposa sur un plateau et, chargée de cet en-cas, remonta toujours sans bruit dans sa chambre.

Ayant posé le plateau sur le lit, elle s'apprêtait à se coucher de nouveau pour déguster à son aise ce souper improvisé, quand l'idée lui vint qu'un doigt de xérès compléterait à merveille le festin. Aussitôt, elle redescendit l'escalier sur la pointe des pieds, mais comme elle allait traverser de nouveau l'antichambre, elle s'arrêta, surprise par un bruit de voix qui semblait provenir de la cuisine, pièce à demi souterraine où les domestiques avaient l'habitude de veiller. Il était plus de minuit, or les ordres de M. Berthier étaient sur ce point formels : à cette heure, les domestiques devaient être couchés.

Amusée à la pensée de les surprendre en faute, la jeune fille descendit doucement les quelques degrés qui menaient à la cuisine et tira le premier verrou de la porte, se réjouissant de la stupéfaction des bavards lorsqu'ils se verraient brutalement découverts par un personnage qu'ils prendraient peut-être pour un fantôme.

Mais au moment où elle allait tirer le second verrou et ouvrir la porte, elle distingua une voix qu'elle ne connaissait pas et qui grondait :

— Passe-moi la pince que je vienne à bout de cette bougresse de serrure.

Caroline se sentit tout à coup inondée de sueur. Ses mains tremblèrent ; il lui semblait que son ventre était subitement devenu vide et se révulsait.

— Non, grogna toujours la même voix, pas besoin de pince, la serrure vient toute seule.

En même temps, la porte s'entrouvrit avec un léger grincement, sans pour cela que rien fût changé à l'obscurité. Pétrifiée par la peur, Caroline n'osa pas même prendre la fuite. Elle restait immobile, se demandant simplement, avec une étrange lucidité, si la fin de sa vie était arrivée, si les bandits qui, d'une seconde à l'autre, ne pouvaient manquer de la heurter, n'allaient pas l'égorger sur-le-champ. Elle n'évaluait plus le temps qu'aux battements violents de son sang à ses tempes.

— Allume la lanterne, reprit la voix. Je sais qu'il y a un escalier pour le salon. Pas la peine de nous casser le cou. Le bourreau s'en chargera !

Presque aussitôt la flamme de la lanterne naquit et grandit, projetant dans l'étroit escalier des ombres monstrueuses et mouvantes, éclairant deux visages brutaux et sales dont les yeux brillaient. Les voleurs furent tellement frappés par la vision de cette forme blanche qui se tenait complètement immobile, deux marches au-dessus d'eux, qu'ils restèrent une seconde comme paralysés par la stupeur. Mais le regard qu'ils avaient posé sur la jeune fille lui avait brusquement rendu l'usage de la parole et elle s'était mise à hurler, poussant des cris perçants qui semblaient déchirer le silence nocturne de la maison.

— Garce ! cria le chef qui, ayant arraché la lanterne des mains de son acolyte et l'ayant élevée dans la direction de Caroline, s'était aperçu qu'il avait affaire à une toute jeune fille.

— Sauvons-nous ! cria l'autre.

— Imbécile ! on ne peut pas ressortir par le soupirail, qui est trop haut ; il faudrait crocheter la porte d'entrée.

En même temps, il s'était jeté sur elle. Un pied de Caroline fut presque broyé sous la semelle raboteuse de son agresseur qui, la serrant à pleins bras, cherchait à étouffer ses cris. D'une violente poussée, il la jeta contre le mur et son poing vint la frapper au visage et à la poitrine avec une telle brutalité qu'il lui sembla qu'elle s'envolait, qu'elle n'était plus sur terre, qu'elle n'était plus sous la voûte obscure de cet infernal escalier. Un pas précipité, qui retentissait sur les marches, martelait son coma. Elle reconnut le claquement du chien d'un pistolet qu'on arme et s'évanouit.

Elle reprit cependant connaissance au bout de quelques secondes, par suite de la douleur qu'elle ressentit sous le choc d'un corps qui roulait sur elle et reconnut la voix de Georges qui criait :

— Rendez-vous, ou vous êtes mort !

Au même instant, l'escalier fut illuminé. M. Berthier et un domestique portant un flambeau venaient de surgir à leur tour, cependant que la porte de la cuisine claquait derrière les deux bandits qui cherchaient à s'y barricader dans l'espoir de s'enfuir par le soupirail.

Georges, un pistolet à la main, se pencha sur le corps de Caroline toujours étendue. Ce fut en sentant le regard du jeune homme se poser sur elle qu'elle s'aperçut que, dans la lutte, sa chemise avait été presque arrachée et qu'elle était à peu près nue. Elle frémit, ferma les yeux, comme si elle perdait de nouveau connaissance, sans faire le moindre geste pour cacher sa nudité aux regards brûlants du jeune homme. Celui-ci la souleva dans ses bras. En se sentant contre cette poitrine d'homme, la taille et les cuisses étroitement étreintes par ses mains, elle poussa un gémissement de plaisir.

— Elle souffre ! s'écria Georges qui, remontant rapidement l'escalier, alla la déposer sur le canapé du salon, la laissant aux soins du docteur Berthier, cependant que lui-même, après avoir ordonné au domestique de garder l'escalier, se précipitait dans le jardin pour barrer aux voleurs leur retraite possible par le soupirail. Au moment où il y parvenait, une ombre massive, péniblement, achevait de se hausser à la hauteur du sol.

— Rends-toi !

Mais déjà l'homme se précipitait sur lui. Georges tira. Le coup résonna jusque dans le salon où était étendue Caroline. Sautant à bas du divan, malgré le médecin, elle se rua à la fenêtre, l'ouvrit et, à la lueur d'une torche tenue par le jardinier qui venait d'accourir, elle vit Georges, son pistolet fumant à la main, immobile devant le corps étendu et sanglant du bandit.

— Georges ! Georges ! Vous n'avez rien ?

Le jeune homme à ce cri tourna son visage vers la fenêtre où il aperçut deux bras nus qui se tendaient anxieusement vers lui.

*

Les coups qu'elle avait reçus, surtout les images effrayantes qu'elle avait conservées de la scène de l'escalier, rendirent Caroline assez malade pour que, pendant quelques jours, M. Berthier redoutât une fièvre cérébrale. Il n'en fut rien, mais elle garda le lit pendant plusieurs semaines. Durant tout ce temps, elle s'habitua à la présence presque continuelle de Georges. Il savait demeurer silencieux lorsque, enfiévrée, elle fermait les yeux, prévoyait ses moindres désirs, ne passait pas d'heures sans lui apporter un menu cadeau, parfois simplement quelques fleurs tardives qu'il cueillait pour elle dans le jardin, chrysanthèmes mouillés au parfum mélancolique, qu'elle aimait à ordonner elle-même dans un vase.

Elle accueillit tous ces soins avec plaisir. Lorsque, retenu plus longtemps qu'il ne l'avait prévu par sa charge d'avocat au Parlement qu'il venait d'acquérir, Georges tardait, son absence l'affligeait. Cependant quand Mme Berthier, une dizaine de jours après que la jeune fille se fût relevée de sa maladie, la convia à s'asseoir auprès d'elle et lui annonça, avec un sourire énigmatique, qu'elle allait rendre visite à Mme de Bièvre, la jeune fille ne comprit rien aux sous-entendus de cette déclaration. Mme Berthier s'en aperçut et, finalement, lui demanda si elle ne devinait pas le motif de la visite qu'elle allait faire.

Caroline finit par comprendre qu'il s'agissait de son mariage avec Georges. Elle en fut stupéfaite. Elle n'avait jamais envisagé quoi que ce soit de semblable mais, après les premières minutes de surprise, elle en vint à penser que ce mariage avec un garçon qui était assez riche, qui n'était point laid de sa personne, qui l'idolâtrait, était la meilleure façon de quitter définitivement sa famille et que, une fois mariée, elle connaîtrait sans doute une vie plus joyeuse, qu'elle commanderait à des domestiques, qu'elle tiendrait une maison, qu'elle recevrait et qu'après tout…

Enfin, elle dit « oui ».

*

La nuit même qui suivit ce « oui », Caroline la passa rue Saint-Dominique. La rencontre de Mme Berthier et de sa mère fut brève et presque orageuse. Mme de Bièvre se borna à répondre que cette proposition « la faisait tomber des nues », à ajourner toute décision, son mari devant être au préalable consulté. Puis elle invoqua, pour exiger le retour immédiat de Caroline, l'inconvenance qu'il y aurait à la laisser habiter sous le même toit qu'un jeune homme qui aspirait à sa main. Hâtivement, par une nuit glacée, la jeune fille, escortée d'une domestique, traversa Paris dans un fiacre et débarqua chez ses parents. Ceux-ci affectèrent de ne pas s'entretenir devant elle de la demande dont elle avait été l'objet. Après une rapide et maigre collation, ils l'envoyèrent au lit, c'est-à-dire dans la chambre, plus repoussante que jamais, qu'elle partageait avec Mlle de Tourville et sa sœur. Celles-ci lui adressèrent peu la parole et elle dut attendre le lendemain pour avoir l'occasion d'affronter les tempêtes familiales.

C'était presque sans réfléchir qu'elle avait répondu affirmativement à Mme Berthier. Mais les violents reproches qui, durant toute une semaine, lui furent faits par sa mère, assistée de la gouvernante, la confirmèrent dans la résolution qu'elle avait prise à la légère.

Elle était véritablement séquestrée dans le petit hôtel. D'ailleurs, sauf son frère, tous avaient pris l'habitude de s'y renfermer malgré la crasse qui le rongeait et dont Caroline eut l'explication en apprenant que ses parents, ne pouvant plus payer les domestiques et les nourrissant aussi mal qu'ils se nourrissaient eux-mêmes, étaient obligés de leur laisser faire de petites besognes extérieures pour améliorer leur situation. La vieille Jeanne allait coudre et faire de la dentelle dans un atelier dirigé par des sœurs, quant au valet, il servait comme extra dans un hôtel du voisinage. Caroline eut même le plaisir de constater qu'une partie de la garde-robe de sa sœur avait été revendue.

Mais l'abjection de cette existence était pour la jeune fille une raison de plus de souhaiter ardemment son départ. Elle ne pouvait s'empêcher d'évoquer avec nostalgie la vie large et aisée qu'on menait chez les Berthier et ne parvenait pas à comprendre que sa mère puisse considérer comme une déchéance le fait de déserter ce taudis poussiéreux, hanté par des chiffons sales, pour participer à la prospérité souriante de Georges.

*

M. de Bièvre, comme à son habitude, s'était tenu en dehors de cette discussion familiale. Personne n'en avait, évidemment, été surpris. Mais ce qui surprit chacun, ce fut, à la fin d'un de leurs tristes dîners, le choc qu'il donna à la table avec son verre en déclarant d'une voix sèche, qu'on ne lui connaissait pas :

— Et maintenant, j'ai à vous parler de choses graves. Veuillez faire tous silence et m'écouter. Si vous avez des objections à présenter, bien que je n'aie pas l'intention d'en tenir compte, vous voudrez bien les réserver et attendre que je me sois tu.

Mme de Bièvre leva sur son mari un regard qui n'eût pas été plus hébété si ç'avait été le chien Pataud qui eût prononcé ces paroles. La surprise était si générale que l'ordre du marquis fut suivi. Le silence était total lorsqu'il reprit lentement, le regard fiché sur la nappe, et comme se parlant à lui-même :

— La puissance des ennemis du roi croît de jour en jour. Leur insolence bientôt ne connaîtra plus de limites.

Devant la populace, le roi et sa famille sont sans défense. Il est trop tard pour organiser cette défense en France même. C'est à l'étranger que les bons serviteurs de la monarchie doivent se regrouper, s'armer et se préparer par la force à revenir en France rétablir l'ordre. Depuis près d'un an beaucoup de gentilshommes se sont déjà résolus à l'émigration. Après avoir beaucoup réfléchi, j'ai pensé que seule elle me permettrait de servir Dieu et le roi. J'ai donc décidé notre départ. Ce départ est périlleux. Nous ne savons rien de la vie qu'il nous faudra mener à l'étranger. S'il n'y avait que moi, la question serait très simple : il ne me resterait plus qu'à verser mon sang pour la cause. Mais il y a vous tous…

— Me permettrez-vous, mon cher ami…

— Je vous permettrai tout ce qu'il vous plaira quand j'aurai fini de parler. Voici les résolutions que j'ai prises. Vous partirez avec moi. Les enfants resteront à Paris sous la garde de Mlle de Tourville. Leur âge les protège contre tout péril immédiat. Si la durée de notre émigration se prolonge, je ferai savoir à Henri, quand je le jugerai bon, que je souhaite sa présence pour combattre à mes côtés…

— Mais, mon père, c'est tout de suite que je veux combattre ! Je veux partir avec vous !

— Tu ne veux rien. Tu m'obéis et c'est tout.

Il y eut un léger silence, puis le marquis reprit :

— Avant de vous faire part de ma volonté, j'ai mûrement médité. Je n'ai pas seulement débattu avec ma conscience, je me suis informé et j'ai trouvé comme toujours un conseiller précieux en la personne de Fondanges. Lui aussi va partir en émigration. Lui aussi compte laisser ses deux filles à Paris. C'est lui qui m'a poussé à prendre une autre décision : celle d'accepter la demande en mariage de M. Georges Berthier. J'en connais tous les inconvénients, mais je sais aussi qu'à maladies exceptionnelles conviennent remèdes exceptionnels. Ce jeune homme est riche. Sa condition bourgeoise lui permettra d'échapper aux menaces qui pèsent sur la noblesse. Les idées avancées qu'on lui prête seront même une garantie pour Louise et Caroline ainsi que pour Mlle de Tourville. Car je n'accepte ce mariage que s'il consent à recevoir sous son toit non pas seulement Caroline, mais sa sœur et sa gouvernante. Je me rendrai demain chez M. Berthier pour lui faire savoir ma réponse.

Toute la famille avait écouté ce discours le front baissé, dans un profond silence, comme si depuis toujours le marquis avait eu l'habitude d'imposer toutes ses volontés avec cette voix dominatrice qu'il venait d'employer pour la première fois. Il avait déjà cessé de parler depuis un moment et cependant personne n'osait prendre la liberté de lui répondre. Ce fut Mlle de Tourville qui le tenta :

— Je ne peux pas croire, dit-elle, les paroles que je viens d'entendre, je…

M. de Bièvre fronça les sourcils, et tout son visage prit une telle expression que sa femme, d'un geste, fit taire la gouvernante :

— Nous parlerons de cela toutes les deux, ma chère. Nous…

Le marquis s'était levé :

— Parlez ensemble de tout ce dont il vous plaira. Je n'y vois pour ma part aucun inconvénient puisque mes décisions sont prises, que vous les connaissez et qu'elles seront exécutées point par point.

Et lentement, avec une gravité hautaine, il traversa la pièce et referma la porte derrière lui. En même temps, tous avaient été frappés par sa ressemblance avec le héros de Fontenoy dont l'image ornait le salon du château, ressemblance qui jusque-là avait échappé à chacun.

*

Le départ des Bièvre ayant été fixé au début avril, les fiançailles de Caroline furent de courte durée. Elles furent annoncées officiellement pour Noël, à l'occasion d'un réveillon assez lugubre qui eut lieu rue Saint-Dominique et où Mme de Bièvre, malgré le peu d'estime et d'affection qu'elle témoignait à son futur gendre et à sa famille, dépensa en inutiles festivités les dernières ressources qu'elle avait pu tirer de son métayer.

Charlotte et sa mère se chargèrent de trouver pour le jeune ménage un petit hôtel, assez exigu, situé rue Vivienne. Elles passèrent les deux premiers mois de l'année à le faire meubler et décorer. Il prit rapidement un aspect engageant et Caroline, que l'on consultait fréquemment, était agréablement soulagée lorsque au sortir de sa chambre humide elle découvrait les clairs appartements sur lesquels elle allait bientôt régner. Georges ne se départissait pas à son égard de l'attitude attentionnée qu'il avait prise, et, si la jeune fille restait assez indifférente à son amour, elle ne l'était pas au pouvoir que l'idolâtrie du jeune homme lui donnait sur lui.

Non seulement Georges avait accepté Caroline sans dot, mais encore presque sans trousseau. Il avait même refusé les quelques meubles que Mme de Bièvre avait proposé de faire venir du château pour contribuer à meubler le petit hôtel. Seuls, une console, quelques estampes et un petit secrétaire, qui garnissaient la chambre de jeune fille de Caroline, furent amenés par une voiture envoyée par Georges en Touraine. Il pensait ainsi familiariser plus facilement sa jeune femme au nouveau décor dans lequel elle allait vivre.

Quelques jours avant le mariage, la corbeille offerte par le jeune homme fit son entrée rue Saint-Dominique. Caroline ne put retenir sa joie quand elle la trouva posée dans la poussière du hall, immense, tout en toile de Naples rose brodée de chenilles noires, portant son chiffre et fortement parfumée de peau d'Espagne. Avec enthousiasme elle déplia les multiples petits paquets noués de faveurs roses ou bleues qu'elle contenait. Il y avait des chemises à manches gaufrées, brodées, des mouchoirs, des jupons, des canezous du matin, des peignoirs de mousseline de l'Inde, des camisoles et des bonnets de nuit de toutes couleurs, brodés, garnis de Valenciennes ou de Malines ou de point d'Angleterre.

Caroline, à mesure qu'elle dépliait son trésor, oubliait la laideur du lieu où elle se trouvait, les mines renfrognées de sa sœur, de sa mère et de sa gouvernante qui l'entouraient. C'était une heure magique pour elle. Ses yeux brillaient. Elle froissait les soies et les mousselines avec un plaisir presque fiévreux. Elle essayait sur ses épaules les châles de cachemire, les voiles de Bruxelles, se drapait avec un rire joyeux dans le flot des robes de blonde blanche, de dentelles noires, de velours turc lamé d'argent… Elle brassait des rubans de toutes largeurs et de toutes couleurs, découvrait des sacs, des éventails, des gants, des flacons d'essence de chez Fargeron, des sachets de peau d'Espagne et d'herbes de Montpellier. Rien n'avait été oublié : elle trouva même deux nécessaires dont l'un comportait un dé, des ciseaux, un poinçon, tout cela en or, et entouré de perles fines ; dans l'autre, également en or, mais émaillé de noir, tout ce qu'il fallait pour la toilette des dents et des mains. Enfin, tout au fond de la corbeille, sous un tapis de fleurs, dormait un écrin qui contenait une paire de boucles d'oreilles de chatons, montés en forme de roue, six épis et un peigne rehaussés de perles et une extraordinaire petite bourse faite de chaînons d'or rattachés les uns aux autres par une délicate étoile émaillée de vert.

Elle ne s'aperçut qu'à la longue, quand son délire se fut un peu apaisé, du silence amer que gardait le reste de sa famille. Elle éprouva une joie très vive en devinant la jalousie qui les étreignait et qui devait particulièrement faire souffrir sa sœur. Elle se rappela son propre tourment devant la garde-robe de Louise et, se tournant vers celle-ci, elle lui fit savoir avec désinvolture que, le cas échéant, elle se ferait un plaisir de lui prêter les toilettes qui lui plairaient. Sa sœur lui répondit à peine. Mlle de Tourville se retira avec une hauteur affectée. Dès ce moment, Caroline compta les jours qui la séparaient de son mariage, c'est-à-dire du début de son règne en un lieu qui lui appartiendrait, où tout lui obéirait, y compris sa sœur et sa gouvernante, réduites à sa merci. Elle se promettait également de profiter de son imminente toute-puissance pour taquiner à loisir son frère Henri et lui faire payer l'attitude hostile qu'il conservait à l'égard de Georges.

Le contrat fut signé le 15 mars. Il était d'ailleurs très simple. Caroline n'y apportait que de menues espérances. Georges, au contraire, les cent mille francs que son père lui avait donnés comme dot. Trois jours plus tard, le mariage eut lieu à l'église Saint-Dominique. Caroline suivit peu la messe, regarda à peine son mari, toute à la joie d'être délivrée de la tutelle familiale et des murs sordides de sa chambre. Depuis le matin, elle était dans un état de fièvre. Sa sœur et sa mère l'avaient aidée à s'habiller d'une de ses robes en mousseline de l'Inde, à se coiffer d'un bonnet en point de Malines, autour duquel était attachée une petite couronne de fleur d'oranger d'où partait un long voile qui tombait à ses pieds et dont elle pouvait entièrement s'envelopper. C'était la première fois qu'elle se sentait si belle. Cette profusion de riches dentelles répandait un réseau nuageux autour de son visage, se jouant avec les boucles de ses cheveux, rehaussant la fraîcheur colorée de son teint. Elle était devenue une autre femme dans les plis flottants et onduleux de sa robe que le cerceau étalait autour d'elle et que sa démarche faisait ondoyer avec une grâce toute neuve qu'elle n'avait pas eu à apprendre.

Autour de l'église un groupe de grosses marchandes des Halles s'avança vers elle. Elles venaient témoigner auprès d'elle de leur estime et de leur reconnaissance pour le père de Georges dont les soins étaient très appréciés dans cette corporation. Deux de ces femmes l'embrassèrent avec cordialité et lui remirent un énorme bouquet aussi gros qu'elle. Le déjeuner qui eut lieu chez les Bièvre fut suivi d'une fête organisée par Mme Berthier dans le jardin de son petit hôtel.

Le printemps était particulièrement précoce, les massifs brillaient déjà d'un vert tendre que reprenaient en touches plus légères les marronniers chargés d'oiseaux. Un seul incident se produisit, qui ne fut d'ailleurs aperçu que de Caroline : Georges prit à part sa mère pour lui faire des reproches rageurs dont la jeune fille eut quelques minutes plus tard l'explication en remarquant parmi les invités du dîner Gaston de Salanches. C'était la première fois qu'elle le revoyait depuis l'imprudente visite qu'elle lui avait rendue. Jamais elle n'avait su si le jeune homme avait identifié cette étrange personne qui, après avoir poussé un cri au seuil de sa chambre, s'était aussi vite enfuie. Elle ressentit une gêne violente lorsqu'il lui fallut répondre à son salut, dont il s'acquitta lui-même avec aisance, sans chercher d'ailleurs à prolonger leur entretien.

La foule des invités était maintenant réunie dans le grand salon brillamment éclairé par les chandeliers. Georges s'approcha d'elle et, avec timidité, parut vouloir engager une conversation tendre. Il lui désigna le petit canapé qui se trouvait à un angle du salon :

— C'est là, dit-il, que je vous ai déposée la fameuse nuit des voleurs. Vous vous le rappelez ? Et cette bergère… m'en voulez-vous toujours de n'avoir trouvé qu'une boîte de bonbons comme premier remède à vos chagrins ?

Caroline lui sourit :

— Georges, ce soir nous serons chez nous ! chuchota-t-elle.

Durant le reste de la soirée, ils réussirent à s'adresser des regards de bonne entente, presque complice, que limitaient seuls le nombre des invités et l'attention dont tous deux étaient l'objet.

La jeune fille, malgré les hommages dont elle était entourée, avait hâte de se retrouver seule avec son mari dans la maison qui les attendait. Elle ne se posait aucune question sur ce que serait pour elle la nuit qui commençait. Obscurément, elle était néanmoins certaine qu'elle connaîtrait enfin avec Georges le sommet du plaisir qu'elle avait jusque-là commencé de goûter auprès de Gaston et d'Inès. Le jeune homme avait strictement respecté son rôle de fiancé, et cette réserve était pour elle un stimulant, car elle lui laissait tout entière la joie de le découvrir.

Quand sa mère se dirigea enfin vers elle, Caroline s'empourpra et sentit battre son cœur à coups violents. Elle comprit que le moment de leur fuite était arrivé. Mme de Bièvre avait un air embarrassé ; rapidement, sans la regarder, elle chuchota :

— Ma petite fille, nous aurions peut-être dû avoir quelques conversations ensemble. Il est vrai que tu ne t'y prêtes pas volontiers. Peut-être comprendras-tu plus tard que si je t'ai semblé dure, c'est parce que j'avais trop de soucis et de responsabilités pour me permettre d'être indulgente. Tu vas nous quitter dans quelques instants. Je pense que tu te doutes des droits de Georges à ton égard. Néanmoins, même si tu es surprise de ce qu'il exigera, ne lui refuse point. En cette matière, les hommes sont tyranniques et ennuyeux. Pour eux tout le plaisir, pour nous tous les tracas. Mais c'est une loi à laquelle il faut se plier.

Sitôt dans la voiture, Caroline commença d'exercer son règne sur Georges. Elle multiplia les caprices, fit changer l'itinéraire prévu, obligea Georges à retourner dans le jardin de l'hôtel rechercher un petit mouchoir qu'elle avait laissé sur un banc… Mais à travers ces caprices perçait surtout son impatience de lui voir prendre une initiative. Il restait soumis, docile et agaçait prodigieusement la jeune fille. Ses lèvres étaient toutes prêtes à recevoir et à rendre des baisers. Elle s'irritait du manque de décision de Georges qui ne profitait pas de cette solitaire traversée de la ville pour lui manifester son désir.

Il ne se départit pas de sa réserve en arrivant à leur hôtel. La petite soubrette de Charlotte y avait été placée pour servir de femme de chambre à Caroline. Elle les attendait dans l'antichambre, les accompagna avec un petit flambeau jusqu'à la porte de leur chambre.

Quand celle-ci se fut refermée derrière eux, Caroline fut au comble de l'émotion. Elle attendait sans savoir exactement quoi... Georges lui posa la main sur l'épaule en lui disant d'une voix troublée :

— Ma chérie...

En ondes violentes, le sang de Caroline battait tout son corps comme une tempête.

— ... ma chérie, je vais vous laisser quelques instants aux soins de Sophie.

— Ma femme de chambre ? Croyez-vous que...

Le visage de Georges s'était à son tour empourpré. Il l'interrompit d'une voix mal assurée :

— Caro, je vous assure... Je vais vous la chercher.

Sans attendre sa réponse, Georges était sorti rapidement et la jeune fille, déçue et décontenancée, immobile dans ses voiles et ses volants devant le grand lit à colonnes, attendit, prête à pleurer, la venue de la femme de chambre. Elle espérait que Georges se serait ravisé, que son pas allait résonner à nouveau dans le couloir, qu'il allait entrer, qu'il la serrerait dans ses bras, que...

— Entrez, dit-elle, comme deux coups respectueux venaient d'être frappés à la porte.

Sophie se tenait dans l'embrasure de la porte.

— Eh bien, entrez ! Qu'attendez-vous pour me déshabiller, s'écria Caroline avec rage.

Irritée, déçue, elle souhaitait que, par un compliment mal appropriée ou une remarque déplacée, la petite camériste lui donnât l'occasion de trouver quelqu'un sur qui passer sa colère. Mais celle-ci, intimidée, accomplissait son travail en silence. Elle dénouait les rubans, dégrafait le corsage, délaçait le corset, sans prononcer un mot, ses yeux baissés semblant même redouter le regard de Caroline.

Celle-ci passa la lourde chemise de nuit blanche, aux dentelles compliquées. Elle faisait sur elle-même un effort pour maîtriser sa respiration haletante, furieuse à la pensée que Sophie pourrait prendre pour une émotion virginale ce qui n'était que du dépit. Elle la congédia enfin d'un geste. La femme de chambre s'éloigna, mais avant de refermer la porte elle murmura :

— Je souhaite une bonne nuit à madame.

Caroline ne lui répondit même pas et rabattit le drap sur son visage. Elle écoutait le grand silence de la maison, de cette nouvelle maison qui était la sienne, dont elle avait tant de fois imaginé le moment où elle y pénétrerait en souveraine. La déception était si forte que la jeune fille se prit à pleurer.

Comme elle s'abandonnait aux larmes, elle reconnut tout à coup le pas de son mari qui montait lentement l'escalier. Le pas s'arrêta comme si Georges hésitait à entrer dans la chambre. Les larmes de la jeune fille cessèrent aussitôt. Par une subite volte-face qui était bien dans sa nature, elle se reprocha le chagrin auquel elle s'était livrée. Quel enfantillage ! Georges après tout n'avait sans doute fait que se conformer aux coutumes convenables et séculaires qui devaient régler leur nuit de noces. Et maintenant, il arrivait ; dans quelques instants, il serait auprès d'elle, et elle sentirait contre le sien le corps brûlant d'un jeune homme qui, cette fois, avait tous les droits sur elle, était là pour en user et même en abuser et lui faire connaître, au-delà des plaisirs qu'elle avait déjà goûtés, la volupté extrême et définitive qu'elle pressentait.

Elle entendit la porte s'ouvrir mais se garda de sortir la tête de ses draps. Georges fit plusieurs allées et venues dans la pièce. Caroline comprit qu'il soufflait les chandelles, et alors seulement elle haussa légèrement son front au-dessus du drap pour regarder dans l'obscurité qui la protégeait la vague silhouette de son mari qui se penchait sur le lit. Le sommier craqua sous le poids de celui qui venait de s'étendre auprès de la jeune fille. Celle-ci, attentive, un peu crispée, émue dans tout son corps, les yeux clos, ne bougeait pas et attendait.

À partir de ce moment, les choses se déroulèrent avec une ahurissante rapidité. Deux mains, à la fois maladroites et brutales, relevèrent sa chemise. Un corps s'abattit contre le sien. Ses poignets furent immobilisés. Georges ne parlait pas. Il dit simplement :

— Je ne vous fais pas trop mal?

Caroline lui répondit par un cri qui ne signifiait ni plaisir, ni émotion, mais simplement une souffrance physique absurde. Elle sentait son visage balayé par le souffle haletant de son mari qui s'acharnait sur elle comme ces bûcherons qu'elle avait vus, dans les forêts de Touraine, abattre les jeunes bouleaux. Brusquement, il s'arrêta net, se laissa aller de tout son poids sur le corps de la jeune femme qu'il écrasait comme s'il fût devenu d'une lourdeur extraordinaire. Caroline ne bougeait pas. Elle s'aperçut seulement avec une satisfaction rageuse que peu à peu l'étreinte s'était dénouée et qu'elle était libre. Il l'embrassa au hasard sur le visage comme on flatte un cheval après une bonne promenade, murmura à son oreille quelque chose qu'elle entendit mal et qui devait être : « Ma chérie, dormez bien maintenant », et se rencogna à l'autre extrémité du lit où, quelques minutes plus tard, elle comprit, à sa respiration rauque et régulière, qu'il dormait.

DEUXIÈME PARTIE

7
L'orage

Depuis des mois, la corbeille de mariage et sa garniture de colombes et de lévriers avait été reléguée, comme c'était le sort de toutes les corbeilles nuptiales, dans le grenier, et peu à peu, la poussière, conjuguée avec le lent travail des araignées, avait terni la blancheur de ses guirlandes où les mites trouvaient patiemment leur subsistance.

Il en avait été de même de l'éclat des soieries qui ornaient les appartements du petit hôtel. Rideaux, coussins, tapisseries, baldaquins avaient perdu leur vivacité bigarrée, s'étaient assagis, avaient trouvé sur des gammes plus ternes et plus sourdes un nouvel accord. Les habitants de ce petit univers s'étaient également habitués les uns aux autres, et il y avait de moins en moins d'inattendu dans leurs rapports. Au premier étage vivaient Mlle le Tourville, Louise et Henri. Chacun d'eux occupait une grande chambre et ils retrouvaient à table Caroline et Georges. Les repas étaient peu animés. La protocolaire gouvernante, qui avait tant redouté sa transplantation dans cette nouvelle maison où régnait Caroline, fut agréablement surprise de l'atonie qui ne cessa d'y régner. Georges était froid, calme, attentionné auprès de sa femme, mais sans plus. Caroline, si elle ne perdait jamais une occasion d'user d'une autorité de maîtresse de maison qui était bien le seul agrément que son mariage lui eût apporté, semblait se modeler sur la froideur de son mari, et elle ne quittait jamais une affectation de flegme qui, contrastant avec sa fougue passée, n'était pas sans déconcerter Louise et Henri.

L'agonie de la royauté avait mis un terme aux fêtes de la Cour, aux grandes réunions mondaines où Louise croyait devoir trouver le personnage titré, riche et puissant, qu'elle se sentait appelée à épouser. Mais elle s'était résignée au rôle effacé qui était le sien et, devant sa passivité, Caroline qui s'était pourtant bien souvent promis de lui faire sentir sa toute-puissance, avait renoncé aux vexations dans l'espoir desquelles elle s'était complu. Henri lui-même n'apportait pas au climat de la maison la vitalité qu'on eût été en droit d'attendre de sa jeunesse et de sa turbulence. Le départ de ses parents, le libéralisme dont Georges usait à son égard, la résignation de Mlle de Tourville, qui avait renoncé de s'occuper des affaires du jeune homme, lui laissait une liberté dont il ne semblait pas user comme on aurait pu s'y attendre.

Il était le seul avec Georges à se passionner ouvertement pour les événements politiques. Ceux-ci laissaient indifférente Caroline, et s'ils touchaient Mlle de Tourville et Louise, celles-ci faisaient profession de les ignorer, limitant leurs réactions à des soupirs et à des invocations au ciel qui seul pouvait encore sauver le régime. Georges, au contraire, saluait avec une joie fanatique les progrès de la Révolution, et son sectarisme, en se heurtant à celui de Henri, déchaînait de violentes discussions, les seules qui animassent un peu les repas et les soirées.

La fuite du roi à Varennes, puis, le 27 mars de l'année suivante, la déclaration de guerre à l'Autriche, eurent leur retentissement dans le petit hôtel. La première de ces deux dates fut marquée par une fugue de Henri, qui, Georges ayant prétendu lui imposer silence, comme chef de la maison, quitta la table, sortit et fut trois jours sans y rentrer. La seconde prit des proportions encore plus graves, Georges s'étant déclaré offensé par les insolences du jeune homme et ayant exigé que celui-ci lui fasse des excuses et revienne sur les souhaits qu'il avait hautement formulés en faveur de l'Autriche.

Caroline prit ce jour-là fait et cause pour son mari, non parce qu'elle embrassait ses idées, mais parce qu'il ne lui déplaisait pas de faire sentir à l'ensemble de la maisonnée le poids de son autorité. Elle exigea, elle aussi, des excuses, et Henri les ayant refusées, dans un mouvement de colère, il lui annonça qu'il ne reparaîtrait plus à table.

— Je n'y paraîtrai plus, en effet, répondit le jeune garçon qui, le soir même, faisait transporter ses bagages dans un hôtel de la rue Saint-Honoré.

Ce départ affligea beaucoup la jeune femme. Elle ne voulut jamais se dédire et aller rechercher son frère, mais, dans son for intérieur, rendit Georges responsable de cette séparation qui lui était si cruelle et dont l'amertume vint s'ajouter à tous les autres griefs qu'elle nourrissait à l'égard de son mari.

Depuis deux ans qu'ils étaient mariés, sa rancune n'avait cessé de croître, rancune d'autant plus tenace et violente qu'elle ne reposait sur aucun reproche précis. Elle était simplement forcée de s'avouer que si Georges l'aimait peut-être, ce qui lui importait peu, elle, et cela était sûr, ne l'aimait pas du tout.

Dimanche, mardi et jeudi étaient pour elle trois journées abominables. Le matin, en s'éveillant, obscurément, elle pressentait la mauvaise humeur qui serait la sienne tout le jour. Et le soir, à la fin du dîner, lorsque dans les regards de son mari elle lisait l'assurance qu'il n'avait pas oublié qu'on était dimanche, mardi ou jeudi, une rage impuissante empourprait ses joues. Ces trois jours de la semaine étaient en effet ceux où Georges, rituellement, ponctuellement, mécaniquement, usait, sans en abuser, des droits que la loi donne à un mari sur sa femme. Ce système s'était établi peu de temps après leurs noces. Georges, qui travaillait très tard le soir, avait décidé de faire chambre séparée, ce dont la jeune femme ne s'était pas plainte, et il avait choisi, à des intervalles rationnels qui ménageaient équitablement ses forces et ses désirs, les trois nuits où il venait retrouver sa femme. Leurs rapports ne s'étaient guère modifiés depuis la première fois où Caroline avait été à son mari. Pendant quelques mois, elle avait conservé l'espoir, toujours déçu, que la nuit suivante ils accéderaient enfin à l'amour et que, dans ses bras, elle connaîtrait jusqu'au bout les plaisirs auxquels l'avaient initiée Gaston et Inès. Mais chaque étreinte se déroulait comme la précédente. Georges la prenait vite et brutalement, sans cacher la violence du plaisir qu'il était le seul à ressentir, puis, après un embrassement qui ne dépassait pas quelques minutes, s'éloignait d'elle, s'endormait, la laissait désolée, humiliée, haineuse. Depuis longtemps, elle avait même cessé d'espérer cette révélation tant attendue. Elle n'osait se refuser à Georges ; inerte, crispée, elle le subissait et, si rapidement qu'il agît, elle trouvait encore trop longue cette fastidieuse opération qui lui était imposée trois fois par semaine. Jamais elle n'avait osé avouer son dégoût et sa déception. Elle était trop timide, trop ignorante même, pour demander à son mari de remédier à son insatisfaction. De plus, il lui semblait impossible de lui confier le plaisir qu'elle avait connu dans d'autres bras, et elle en était même arrivée à penser que son sort était le sort commun de toutes les femmes et à se demander si avec Inès et Gaston, elle n'avait pas été le jouet d'une excitation imaginaire, d'un accident monstrueux, contraire aux lois communes. Mais, en même temps, la vision qu'elle avait surprise dans la chambre de Gaston lui revenait en mémoire, s'acharnait à la visiter ; elle entendait comme une obsession les plaintes voluptueuses que cette femme, dont elle n'avait pas vu le visage, avait poussées en sa présence, sous l'étreinte du jeune homme. Ce souvenir fut même avivé au cours d'un voyage qu'elle fit avec Georges pour aller chercher dans sa terre de Touraine différents objets qui menaçaient de lui être enlevés par la loi contre l'émigration.

En effet, tous deux couchèrent à Orléans dans la même auberge où elle avait passé la nuit avec sa famille lorsque, quittant le château, ils s'étaient rendus à Paris. Pendant le dîner Caroline et son mari avaient eu pour voisin, à la table d'hôte, un jeune couple, joyeux et animé, qui se trouva également être leur voisin de chambre. Georges, une fois couché, fatigué par le voyage, s'était immédiatement endormi, et Caroline commençait à se laisser aller au sommeil quand, de l'autre côté de la cloison, sur le même accent, sur le même registre, avec la même fièvre, un râle féminin lui parvint, comme un écho de celui qu'elle avait entendu autrefois. Le lendemain matin, les visages tirés par une fatigue commune que lui montra le jeune couple la remplirent d'une envie amère et sourde. Elle ne pouvait détacher son regard de cette jeune femme qui, elle, connaissait le plaisir d'être aimée par un amant.

Bien souvent, Caroline avait été tentée de chercher auprès d'un autre homme le plaisir que son mari ne lui donnait pas. Mais la Révolution, en diminuant les fêtes, en restreignant les rapports de la bonne société, ne lui donnait que peu d'occasions de rencontrer des jeunes gens. En outre, malgré sa légèreté, elle avait pris très au sérieux le sacrement qui l'unissait à Georges, et, même par la pensée, elle s'interdisait de le tromper. Enfin, l'indifférence, le dégoût même, qu'elle avait pour lui, s'étaient peu à peu étendus à tout le sexe masculin. De même qu'après « sa promenade » au bois de Vincennes avec Gaston, son émerveillement l'avait poussée à étendre à tous les jeunes hommes le goût qu'elle nourrissait pour celui qui lui avait plu et à frémir dans les rues ou dans les salons à la seule vue d'un gentilhomme jeune et éveillé, de même maintenant, elle reportait sur tous les hommes qu'elle rencontrait la froideur qui était la sienne à l'égard de son mari.

*

La date du deuxième anniversaire de leur mariage était arrivée. Malgré les restrictions que la guerre soutenue par la France contre l'Autriche et ses alliés, avait entraînées, malgré l'agitation révolutionnaire croissante, les théâtres continuaient de fonctionner, et Georges décida que cette soirée serait marquée par une séance de théâtre. Aussi, en compagnie de Mlle de Tourville et de Louise, se rendirent-ils au théâtre italien pour y assister aux *Événements imprévus.* Les loges étaient encore garnies d'une aristocratie élégante qui, bien qu'elle ne fût plus très rassurée, conservait cependant encore un prestige de toilettes et de maintien. Caroline, que la moindre fête, la moindre sortie suffisaient à égayer, suivit avec engouement la pièce, éblouie par les costumes, les décors, et rajeunie par ce bref plaisir.

Or, pendant le deuxième entracte, comme elle se promenait dans un couloir au bras de son mari, un gentilhomme s'inclina sur son passage. Sur le moment elle n'y prêta que peu d'attention, n'ayant pas remarqué son visage et supposant que ce salut ne lui avait été destiné que parce qu'elle était accompagnée de Georges, dont ce gentilhomme devait être un ami. Cependant, lorsqu'elle se retrouva dans sa loge, son esprit avait travaillé. Elle essayait de reconstituer les traits de ce jeune homme, sur lequel son regard était passé sans s'arrêter. Il lui semblait tout à coup que ce visage, qu'elle ne pouvait identifier, lui était familier. Elle profita de la lumière qui régnait encore dans la salle, en attendant le lever du rideau, pour chercher du regard à reconnaître celui qui l'avait saluée. Georges s'aperçut aussitôt de ce manège et, avec une autorité qui ne lui était pas habituelle, se pencha vers elle pour lui intimer l'ordre de «conserver une attitude plus modeste».

— Vous m'emmenez au théâtre, mon cher, et je vous en remercie. Encore eût-il fallu me prévenir que je devais garder les yeux baissés. En ce cas, je serais restée cher moi.

— Je ne vous demande pas de garder les yeux baissés. Regardez qui vous voudrez, sauf celui que vous semblez trop désireuse d'apercevoir.

— Qui donc ?

— Vous savez parfaitement de qui je veux parler. Il vous a saluée avec trop d'affection pour que, malgré le peu d'attention que je lui ai porté, je n'aie pas reconnu M. de Salanches.

La jeune femme ne put réprimer un mouvement de joie. Elle s'étonna elle-même de se sentir émue au seul énoncé de ce nom. Les lumières, à ce moment, s'éteignirent et elle en fut bien aise car elle craignait que sa rougeur n'échappât pas à son mari.

Au sortir du théâtre, en descendant les longs escaliers, elle profita du mouvement de la foule pour s'écarter de Georges et essayer de retrouver dans cette multitude de visages celui du jeune homme. Elle l'aperçut brutalement et, sans réfléchir aux conséquences de sa démarche, s'avança impétueusement vers lui.

— Monsieur de Salanches ! Savez-vous que vous êtes un personnage odieux. Voici des mois, je n'ose pas dire des années et pourtant c'est vrai, que vous ne m'avez donné signe de vie.

Salanches s'inclina. Il paraissait assez gêné et semblait, par son attitude, indiquer à Caroline que son mari survenait. Mais celle-ci, se retournant vers Georges :

— Vous reconnaissez M. de Salanches ? Je vous demande cela car nous ne nous sommes vus depuis si longtemps que vous seriez pardonnable d'avoir oublié son visage.

Georges avait les dents serrées, cependant il s'inclina devant Gaston en murmurant une vague formule de politesse.

— Quand vous êtes arrivé, reprit Caroline, j'étais en train de demander à notre ami s'il était libre ce soir pour venir impromptu au souper que nous donnons. Comme c'est un vieil ami, je ne lui ai pas caché qu'il serait là en doublure pour remplacer votre père qui, par son absence, nous aurait réduit à être treize. Malgré le caractère peu protocolaire de cette invitation, M. de Salanches a eu la bonté de l'accepter.

Les traits de Georges s'étaient durcis, mais il se maîtrisa et répondit d'une voix calme :

— En ce cas, je joins mes remerciements à ceux de ma femme. S'il vous plaît de monter avec nous en voiture…

Gaston semblait être remis aussi de son trouble. Il s'inclina à son tour et tous trois rejoignirent Louise et la gouvernante, déjà assises dans le fiacre.

Avant le dîner, Georges prit Caroline à part, en profitant de ce qu'elle donnait des ordres aux domestiques :

— Je vous remercie, dit-il avec amertume, de la délicate attention que vous venez d'avoir pour moi. On ne peut plus délibérément manquer de tact. Vous savez que je n'ignore pas combien M. de Salanches vous a fait la cour avant notre mariage. C'est vraiment aimable à vous de m'avoir imposé sa présence, le soir même où nous fêtions l'anniversaire.

Caroline, en écoutant la semonce de son mari, eût été bien incapable de prévoir la réponse qu'elle allait lui faire. Spontanément celle-ci s'échappa de ses lèvres, comme si, depuis longtemps, sa colère eût élaboré les sarcasmes dont elle se servit :

— Charmante fête, murmura-t-elle, les dents serrées. Comme je suis navrée de vous l'avoir gâtée ! Gâter le délicieux anniversaire d'un mariage aussi exquis, c'est véritablement le plus odieux des sacrilèges.

— Caro… Ma petite Caro… quel mal vous venez de me faire. Dois-je comprendre que je vous rends malheureuse ? Rien dans votre attitude, jusqu'ici…

La jeune femme haussa les épaules et fit un pas pour se retirer. Mais Georges, le regard tout à coup étincelant, lui saisit le poignet :

— Vous en avez trop dit et en même temps pas assez. Oui ou non, êtes-vous heureuse auprès de moi ?

Caroline essaya de rire :

— Ah ! Que voici un charmant madrigal ! Votre tendresse est irrésistible. Il s'en faut de peu que vous me posiez cette question, un couteau sous la gorge. D'ailleurs, croyez-vous que je sache moi-même si je suis heureuse ou malheureuse ?

Georges s'était calmé :

— Mon amie, excusez cette rudesse, mais votre exclamation de tout à l'heure m'a ému plus que vous ne sauriez l'imaginer. Peut-être n'ai-je pas eu pour vous toutes les attentions que vous auriez souhaitées. Mais je vous aime... Vous savez que je travaille beaucoup. S'il m'arrive d'être lointain ou distrait, ne m'en veuillez pas. Je ne vous en ai jamais parlé parce que je sais que ces problèmes vous sont indifférents, mais je me suis donné à un grand drame, à celui que la nation traverse actuellement. Peut-être un jour deviendrai-je un très haut personnage du nouvel État. Qui sait ? Un ministre ? Vous ne seriez pas fière et heureuse d'être la femme d'un ministre, d'un de ceux qui libéreront la France du joug de...

— Mon ami, ne me confondez pas avec votre futur public. J'ai des ordres à donner pour le souper. Notre double absence doit étonner nos invités. Allez leur tenir compagnie, vous me ferez votre conférence un autre jour, si elle vous tient à cœur.

Cette soirée marqua le retour de Gaston dans la vie de Caroline et non la consécration de son union avec Georges. Salanches, touché par l'accueil de la jeune femme et sûr de ne pas être éconduit, se permit quelques jours plus tard de l'attendre dans le voisinage de son hôtel. Les mœurs avaient beaucoup changé et Caroline avait profité des idées avancées de son mari pour lui faire admettre ses sorties solitaires.

Elle accueillit Salanches par un sourire et l'affection qu'elle avait eue naguère pour lui, eut tôt fait de se ranimer.

Ils prirent l'habitude de se rencontrer fréquemment. La jeune femme qui, malgré le plaisir qu'elle avait à s'entretenir avec Gaston, essayait de le lui déguiser, prit prétexte, pour autoriser ses rendez-vous, du service que le jeune homme lui rendait en lui donnant des nouvelles d'Henri.

Il fut même l'auteur de la réconciliation. Henri habitait toujours rue Saint-Honoré, mais il avait quitté son hôtel et vivait dans un étroit appartement mansardé. Les sources de ses revenus étaient diverses, vagues et maigres. Le jeune homme alla même jusqu'à avouer à sa sœur, qu'il avait vécu quelques mois en donnant des leçons de natation dans ce « bain royal » où il s'était tant amusé autrefois.

Caroline s'habitua ainsi à aller plusieurs fois par semaine rendre visite à Henri dans son appartement.

Celui-ci était composé de trois petites pièces, dérisoirement meublées. Le jeune homme, qui n'avait aucune aide pour entretenir son intérieur, s'était habitué à y tolérer le règne de la poussière, une accumulation de torchons souillés, d'assiettes sales dont la graisse était durcie depuis des semaines. Son lit n'était jamais fait. S'il en prenait facilement son parti, il n'en fut pas de même de Caroline en qui s'éveillèrent des instincts ménagers qui, jusque-là, ne s'étaient guère manifestés. Elle se complaisait à jouer auprès de son frère à l'ange gardien, ne reculant devant aucun nettoyage, achetant de la vaisselle et du linge qu'elle lui apportait, affectant de laisser entendre que sans elle, le jeune garçon aurait « pourri dans sa crasse ».

Gaston, que les deux jeunes gens s'étaient habitués tacitement à considérer comme un invité quotidien, apportait également sa part de confort dans l'appartement. Il n'y arrivait jamais sans victuailles de toutes sortes, petits pâtés dont la disette faisait des raretés, vins cuits d'Espagne dont la jeune femme raffolait, biscuits, gâteaux.

Tous trois prenaient un plaisir profond dans les heures qu'ils passaient ensemble, retrouvant dans leurs farces, leurs jeux, leurs rires et jusque dans les apprêts de ces goûters improvisés une fraîcheur juvénile qu'ils avaient oubliée, un parfum d'adolescence qu'ils avaient cru dissipé par la dureté de l'époque qu'ils vivaient.

Certes, Caroline avait du mal à trouver dans son emploi du temps officiel des mensonges suffisamment adroits et suffisamment fréquents pour justifier aux yeux de son mari ses continuelles absences. Mais, malgré les difficultés que lui causait le travestissement perpétuel de la vérité, elle n'aurait accepté à aucun prix de se priver des moments qu'elle passait rue Saint-Honoré, et sa seule angoisse était le départ de Henri qui, resté en correspondance étroite avec son père et sa mère, las de la vie misérable qu'il menait, avide de combattre les républicains triomphants à Paris, ne cessait d'annoncer son imminente émigration. Ses yeux s'allumaient lorsqu'il évoquait cette armée de Condé à laquelle il brûlait de se rendre. Son imagination n'avait rien perdu de sa vivacité et il entrevoyait toujours pour lui un destin d'aventurier, de guerrier nomade.

Si, pendant deux mois, Georges ne s'aperçut pas des sorties de sa femme, ce fut en partie parce qu'il était lui-même presque complètement absorbé par ses passions politiques. Il s'était en effet fait élire député à la Convention dans une élection partielle et siégeait enfin dans un hémicycle où se décidait le sort de la France. Chaque soir, lorsque les séances ne se poursuivaient pas de nuit, il ne pensait guère à interroger Caroline sur ses occupations, mais bien au contraire à lui raconter avec exaltations les discours qu'il avait entendus, les interventions que lui-même avait faites, les applaudissements ou les menaces qu'il avait recueillis. La jeune femme ne l'écoutait pas. Son rêve la ramenait tout naturellement vers le petit appartement où, dans une même affection, elle confondait maintenant Henri et Gaston. Elle évitait de se poser d'une façon précise la question : « Qu'est-ce que Gaston veut obtenir de moi ? » Elle lui savait gré de n'avoir jamais cherché à la rencontrer ailleurs qu'en présence de son frère ou du moins dans l'appartement de celui-ci, car il arrivait qu'obligé de sortir, il n'assistât pas toujours à leurs rendez-vous. Elle était tout simplement heureuse de sentir qu'on l'aimait sans exiger d'elle les preuves de son propre amour, qui seraient entrées en contradiction avec la fidélité à laquelle elle se croyait toujours tenue envers son mari.

Elle s'était si bien habituée à ces rencontres et surtout à l'incuriosité de Georges, qu'elle négligeait maintenant les plus élémentaires précautions pour se rendre rue Saint-Honoré. D'ailleurs, elle ne se sentait nullement coupable et souffrait même d'avoir à mentir, ne serait-ce que par omission, à propos d'après-midi qui lui étaient si doux et qui, somme toute, étaient aussi innocents. Elle devint si imprudente que ce qui devait se produire arriva...

Un soir du mois de mai, comme elle causait avec Gaston et Henri, tous trois étendus sur le lit où des friandises avaient été éparpillées, des coups violents retentirent à la porte. Henri devint très pâle. Depuis un an, en effet, les arrestations se multipliaient et lui-même, fils d'émigrés, ci-devant noble, avait été obligé de recourir à une fausse identité. Il avait pris le nom de Michaud et se prétendait dessinateur. Aussi, se crut-il perdu et ne douta-t-il pas qu'on vînt l'arrêter.

Le regard enflammé, haletant, il était déjà debout lorsque Caroline l'arrêta d'un geste. Elle avait reconnu la voix de Georges dans les cris confus qui étaient poussés derrière la porte. Avec rapidité, elle jugea la situation. Seule la présence de Gaston était de nature à irriter et à inquiéter vraiment Georges. Sans un mot, avec autorité, elle saisit le jeune homme par le poignet et l'entraîna vers la petite pièce qui servait de cuisine, le poussant au fond d'un placard, dont elle referma la porte. Puis, après avoir fait à son frère un signe qui lui recommandait d'être calme, elle se dirigea vers la petite entrée dont elle ouvrit la porte.

Devant elle se tenait en effet Georges, le visage déformé par la fureur et la jalousie.

— Garce ! Garce ! Tu ne pourras pas nier ! Tu es prise au gîte ! Et moi qui étais confiant, qui…

Impuissant à se maîtriser, il l'avait saisie par les épaules et jetée avec tant de violence contre le mur qu'elle ne put retenir une plainte.

— Attends, cria Georges, c'est d'abord au misérable avec qui tu me bafoues que je vais…

En même temps, il s'était précipité dans la chambre et se trouva face à face avec Henri. À sa vue, il resta figé dans son geste de colère. Il hésita quelques secondes comme s'il avait du mal à comprendre la situation tout à fait inattendue devant laquelle il se trouvait. Puis les signes d'un immense soulagement se peignirent sur son visage. Il se laissa aller sur le lit, portant la main à son front pour en essuyer la sueur.

— Ah ! Mes amis, murmura-t-il. Vous ne pouvez imaginer par quelles transes je viens de passer. Par hasard, je vous avais aperçue hier, ma petite Caro, sortant de cette maison, et aujourd'hui je vous ai suivie et vous ai vue y rentrer. J'ai cru, j'ai imaginé… J'étais comme fou… Je crois que je vous aurais tués tous les deux. Déjà je supposais que vous étiez avec… Pardonnez-moi, mon cœur.

Tous deux se tenaient devant lui, immobiles, le laissant se décharger de sa colère et de son émotion.

— Mais pourquoi m'aviez-vous caché vos relations avec votre frère ? Nous nous sommes fâchés si bêtement. Votre réconciliation ne pouvait que me faire plaisir. Henri, je ne demande qu'à vous serrer la main.

Henri regarda sa sœur, puis, avec un sourire, tendit la main à Georges. Celui-ci avait repris son souffle et s'était relevé.

— Je ne voudrais pas être indiscret, dit-il, mais lorsque, après avoir suivi Caroline dans l'escalier, j'ai demandé à la concierge le nom du locataire de cet étage, elle m'a indiqué celui du citoyen Michaud, dessinateur. Sans doute vous cachez-vous?

Le jeune homme fit un signe affirmatif.

— Vous êtes sur la liste des proscrits?

— Oui.

Le visage de Georges s'était assombri.

— N'avez-vous pas un moyen de gagner l'étranger? Ne croyez pas que je vous donne ce conseil pour vous enlever à votre sœur, mais vous devez mesurer vous-même le péril que vous courez.

Henri haussa les épaules:

— Je ne le sais que trop. Mais je prépare mon départ. J'espère pouvoir rejoindre rapidement mon père.

Georges se promenait d'un air grave, de long en large, dans la petite pièce:

— Je voudrais pouvoir vous aider. Malheureusement, vous connaissez sans doute la position actuelle de mon parti… Caroline ne vous en a pas parlé? Il est vrai que je ne suis guère arrivé à l'intéresser à l'aventure politique où je me trouve engagé. Peut-être ignorez-vous même que j'appartiens à la droite de la Plaine, c'est-à-dire qu'en fait, je suis considéré comme un girondin. L'attitude du peuple de Paris, la haine que nous portent les montagnards, font que ma situation sera peut-être dans quelques jours plus dramatique que la vôtre. Cependant, je peux peut-être encore user des quelques relations fidèles que j'ai gardées pour vous faire obtenir des papiers sans lesquels vous ne réussirez pas à traverser la France.

Mais il s'était brusquement interrompu:

— Caroline, vous me direz ce soir ce qui est nécessaire pour votre frère. Il faut que je vous quitte tout de suite, il y a séance à la Convention, si j'en étais absent, on croirait que j'ai peur et cela signifierait ma perte.

En leur disant au revoir, il ajouta à voix basse:

— C'est terrible, il y a encore plus de cinquante exécutions prévues pour demain.

Quand ils se retrouvèrent seuls, les deux jeunes gens se hâtèrent d'aller délivrer Gaston qui se morfondait dans son placard. Caroline était assez satisfaite de la façon dont s'était arrangée l'irruption de son mari. Désormais, elle n'aurait plus à cacher les visites qu'elle rendait à Henri. Mais celui-ci arrêta tout de suite sa joie :

— Georges a raison, dit-il, je suis fou de demeurer à Paris plus longtemps, alors que je risque chaque jour la guillotine. Ma mort ici serait inutile alors que je peux servir à l'étranger. Ce qui retardait mon départ ce sont ces terribles papiers qui me sont indispensables. Si Georges réussit à me les procurer, je ne peux plus tarder davantage.

Caroline s'emporta. Elle reprocha avec véhémence à son frère de la laisser seule dans ce Paris hostile et méchant et de ne penser qu'aux aventures et aux combats. Mais Gaston l'interrompit :

— Henri doit partir, dit-il. Peut-être peut-il encore échapper à la guillotine en s'enrôlant dans les armées de la République, sous son faux nom. Sinon, il ne doit pas perdre une semaine de plus avant d'émigrer.

— Vous êtes un beau donneur de conseils, s'écria Caroline, furieuse. Vous êtes ci-devant comme mon frère, et cela ne vous empêche pas de vivre tranquillement à Paris. Vous envoyez les autres en émigration ou chez les sans-culottes, mais vous, vous vous gardez bien de partir.

— Vous vous trompez, répondit Gaston avec calme. Je vais partir moi aussi. Avant deux mois je serai au front avec les armées de la République. Mais je risque infiniment moins que Henri, car loin de m'opposer à la Révolution, j'ai été un des premiers nobles à faire partie de la garde nationale, et, dans mon quartier, nul n'a mis jusqu'ici en doute mon civisme. Cependant, malgré cela, pour ma sécurité, j'ai décidé de rejoindre l'armée.

Il hésita et reprit :

— Et je ne le fais pas seulement par prudence. Malgré ses excès intérieurs, la Révolution a suscité un enthousiasme militaire sans précédent. Nos armées croient partir à la conquête du monde et je partage leur exaltation. J'ai évité, mon cher Henri, de vous en parler, car je sais que ma position doit vous faire horreur, mais elle est celle d'un noble qui ne veut plus tenir son rang du passé, mais qui veut la conquérir comme l'ont fait jadis les premiers fondateurs de sa maison. Ce que je vous dis n'est pas pour chercher à vous convaincre de m'imiter, mais…

— Vous le chercheriez vainement, s'écria Henri, le visage empourpré. Courez vous mélanger à ces savetiers, à ces faussaires, et à ces assassins, si vous avez du goût pour eux, mais je considérerais comme une insulte personnelle que vous puissiez seulement supposer chez moi une attitude semblable.

Gaston ne répondit pas et, devant son silence, le jeune homme se calma.

— Pardonnez-moi ce que je viens de vous dire, dit Gaston. Je n'ai pas à juger votre conduite. Nous serons soldats tous les deux dans des camps opposés. Je prie simplement le ciel qu'un combat ne nous mette face à face.

— Vous n'y auriez rien à craindre de moi.

— Excusez-moi de ne pas pouvoir vous en dire autant.

Caroline était atterrée. Elle suivait dans le plus complet désarroi cette violente discussion qui lui paraissait si absurde. Elle avait fermé les yeux devant tous ces événements qui se déroulaient en France, ne voulant pas entendre parler des proscriptions, des exécutions, de la guerre. Indifférente à la chute du trône, elle l'avait été aussi aux rumeurs des émeutes qui quelquefois parvenaient jusqu'à elle. Il lui était arrivé de croiser dans les rues des révolutionnaires, partant en bandes manifester devant la Convention. Elle les avait jugés hideux, sales, bêtes et féroces. Pour elle, il lui semblait que les passions politiques étaient réservées à cette pègre brutale et aussi à son mari. Elle ne soupçonnait pas que Henri et Gaston pussent se laisser aller à d'aussi bas instincts. Les deux jeunes gens, qui savaient à quel point elle se désintéressait du drame politique, se gardaient d'y faire allusion devant elle, et elle les avait crus aussi indifférents qu'elle-même, persuadée que si, dans le passé, Henri avait eu, lui aussi, quelques impulsions, dans ce domaine, c'était là un enfantillage dont il s'était guéri. Aussi, brusquement, les regardait-elle comme deux étrangers.

— Alors vous allez partir, partir tous les deux. Et moi ? Que vais-je devenir toute seule ?

Henri s'approcha d'elle et lui prit la main.

— Ma petite sœur, si tu te sens le courage de traverser la France avec moi, je suis prêt à t'enlever.

— Mais je ne peux pas partir. Il y a Louise, il y a Mlle de Tourville. Il y a surtout mon mari. Puis, je ne peux pas abandonner ma maison, mes meubles.

Gaston intervint :

— Georges n'accepterait certainement pas de vous procurer des papiers ; en lui faisant une pareille demande, vous compromettriez celle de votre frère. Laissez-le partir. Vous vous retrouverez un jour. Quant à moi, la guerre ne sera pas éternelle, et puis j'aurai des congés, je viendrai à Paris et vous verrai…

Un mouvement spontané la jeta dans les bras de Gaston.

— La guerre ! Mais à la guerre, mon ami, vous pouvez être tué !

Henri était devenu très rouge. Il se mordit les lèvres, puis :

— Ce que tu dis est abominable ! Père se bat depuis près de deux ans avec ceux qui défendent le trône. Jamais je ne t'ai entendue t'inquiéter des risques qu'il courait. Le mot que tu viens de prononcer m'ouvre les yeux. Il est temps, en effet, que nous nous séparions, et que nous courions chacun notre destin. Nos rencontres dans cette maison, de toutes façons, n'auraient plus été possibles.

Caroline rentra chez elle, accablée. Pour la première fois, dans les rues, elle avait remarqué le climat angoissé, violent, que trahissaient le visage des passants, les inscriptions aux portes des Sections, l'animation de certains carrefours, le silence de certains immeubles. Son mari n'étant pas encore revenu de la Convention, elle dîna en la seule compagnie de Louise et de Mlle de Tourville. Pour la première fois, elle les incita à évoquer les événements politiques. Elle espérait vaguement trouver dans leurs propos de quoi la rassurer. Elle ne cherchait pas à savoir quelle cause était juste, ni même quelle cause l'emporterait. Elle attendait simplement un palliatif à son inquiétude, une raison d'escompter un avenir plus calme, le retour des fêtes, la restauration des plaisirs. Mais ses deux interlocutrices étaient graves, pessimistes, larmoyantes. Étonnées du brusque intérêt de Caroline pour des problèmes qu'elle avait écartés jusque-là, elles ne refrénaient pas leurs paroles, mais au contraire se répandaient en plaintes et en digressions que la jeune femme renonça à suivre. Elle n'avait qu'une hâte, c'était de dormir.

Mais dans ce lit, où elle avait été si pressée de chercher refuge, elle ne parvenait pas à trouver le sommeil.

Vers trois heures du matin, Georges entra. Depuis qu'il était député à la Convention, il avait renoncé aux rites du dimanche-mardi-jeudi et venait parfois, sans la prévenir, retrouver sa femme au lit. C'est ce qu'il fit ce soir-là. Caroline était si troublée qu'elle lui sut presque gré de rompre par sa présence la solitude qui lui pesait. Georges paraissait d'ailleurs surtout désireux de converser avec sa femme. Il lui raconta que la séance de l'après-midi avait été plus violente encore que les précédentes, qu'il avait été personnellement pris à partie par Billaud-Varenne. Celui-ci l'avait traité « de satellite des tyrans, d'agent de Pitt et Cobourg, de traître à la patrie». Au sortir de la séance, bouleversé par ces accusations, il s'était rendu dans l'appartement qu'occupaient le ministre Roland et sa femme, dans l'île de la Cité, pour y chercher quelque réconfort. Roland était couché et, paraît-il, très abattu, mais sa femme, qui était entourée de quelques amis, ne cachait pas les dangers dont la Plaine et la Gironde étaient entourées. Elle suggérait un appel aux provinces et notamment aux départements de la Normandie et de la Gironde pour le rassemblement des honnêtes gens et peut-être une marche sur Paris. Mais les autres girondins paraissaient hésitants et Georges était sorti de cette maison où il avait espéré trouver un stimulant, plus incertain et plus inquiet encore. Il était rentré à pied et avait été plusieurs fois arrêté par des patrouilles de sectionnaires, auxquels il avait été obligé de montrer ses papiers. Plusieurs d'entre eux, en reconnaissant son identité, l'avaient grossièrement insulté et menacé. Georges en était encore frémissant, mais comme sa femme lui demandait s'il ne vaudrait pas mieux fuir, il s'insurgea avec véhémence contre cette proposition :

— Je combattrai jusqu'au bout. Si les chefs de la Gironde ne veulent pas répondre coup pour coup aux montagnards, je m'en chargerai. J'ai voulu la Révolution et la Liberté par haine de la tyrannie, or c'est vers une tyrannie mille fois plus odieuse que celle de l'Ancien Régime qu'on nous entraîne. Sous prétexte de défendre la République, on l'étrangle. Sous prétexte de mettre ses ennemis hors d'état de nuire, on fait régner la terreur sur tous les honnêtes gens. Bientôt on ne pourra plus parler, on n'osera même plus penser. Mais je ne me laisserai pas intimider, je…

Caroline regardait avec étonnement dans l'obscurité la silhouette de son mari qui gesticulait dans le lit comme sur une tribune. Un instant il lui parut ridicule et, malgré son propre tourment, elle eut même envie de rire. Mais peu à peu, la noblesse de l'attitude de Georges, son énergie lui en imposèrent, et lorsque celui-ci posa sa tête contre son épaule, puis, ému par le contact de son corps, se décida à la posséder, elle se donna à lui sans l'irritation humiliée qu'elle éprouvait toujours à ces moments-là. Certes, elle ne connut pas plus le plaisir que les autres fois, mais elle fut contente que son mari en éprouvât d'elle et suivit, avec une sorte de tendresse, les signes de cette jouissance qu'elle ne partageait pas et qui l'avait toujours exaspérée.

*

Le caractère de Caroline était assez éloigné de la logique. Elle établissait en général entre les événements des relations qui n'étaient pas de cause à effet, mais qui reposaient sur des associations gratuites. Aussi établit-elle un lien étroit entre l'irruption de son mari dans le petit appartement où elle grignotait tranquillement des biscuits avec Henri et Gaston et la série de calamités qui suivirent cet après-midi. Trois jours plus tard, en effet, Henri ayant obtenu les papiers qu'il désirait, grâce à Georges, partait dans la direction du Jura, déguisé en aide-cuisinier. Le même jour, Gaston lui annonçait que les démarches qu'il avait faites pour aller rejoindre un régiment que commandait un de ses anciens professeurs, avec lequel il était resté très ami, étaient sur le point d'aboutir et qu'avant une quinzaine de jours, il aurait, lui aussi, quitté la capitale. En même temps, ses yeux s'étant enfin dessillés, Caroline surprenait tout autour d'elle l'agitation menaçante qui lui avait jusque-là échappé.

Le lendemain du départ de son frère, la commune de Paris avait organisé un banquet républicain. Cette cérémonie, qui était obligatoire, car les noms de tous les locataires des maisons étaient maintenant affichés à leur porte, consistait en un repas que les convives étaient obligés de prendre dans la rue, sous leurs propres fenêtres, assis autour de tables à tréteaux. Devant certaines maisons, les tables étaient réunies sans interruption, quelques-unes décorées d'un toit de feuillage. Des sectionnaires circulaient en examinant l'attitude de chacun. Une de ces patrouilles prit violemment à partie la tablée qui réunissait Caroline, son mari, sa sœur, Mlle de Tourville et la caméristé qui était la seule domestique qu'ils aient conservée. On les traita d'aristocrates, on promit Georges à la lanterne, Mlle de Tourville eut une crise nerveuse. Fidèle à la trame superstitieuse de ses raisonnements, Caroline continua d'attribuer à la venue de Georges, rue Saint-Honoré, la responsabilité de tous ses maux.

La vie de la maison était devenue odieuse. Georges, tourmenté, était l'objet de fréquents accès de fièvre, mangeait à peine, ses mains tremblaient lorsqu'il quittait la table pour se rendre à la Convention. Louise et Mlle de Tourville semblaient paralysées par la peur. Malgré leur haine du régime, elles étaient devenues des maniaques de la cocarde, renchérissant sur tous les ordres de la Commune, affichant avec une ostentation maladroite les opinions qu'elles détestaient le plus. Caroline avait l'impression qu'elle vivait au milieu de fous. Depuis qu'elle était privée de ses après-midi chez son frère, son abattement était devenu extrême. Elle se demandait pourquoi elle vivait, puisque aucune minute de sa journée ne lui apportait le moindre soupçon de plaisir et qu'en se levant, au contraire, tous les matins, elle ne pouvait que mesurer les multiples ennuis qui l'attendaient.

Dix jours s'étaient passés depuis la fuite de Henri, lorsqu'à une fête républicaine de son quartier où elle s'était rendue avec Georges, alors en séance, elle rencontra Gaston qui l'y cherchait et qu'elle n'avait pas revu depuis leur séance d'adieu rue Saint-Honoré.

Il l'entraîna dans une rue écartée et peu fréquentée et lui demanda sans préambule ce que son mari comptait faire d'elle. Il ajouta que sans aucun doute Georges et ses amis seraient mis hors la loi avant quelques jours.

— Je ne sais pas, dit-elle... Georges ne me parle pas de moi. Il a l'air préoccupé, mais uniquement de sa cause.

Je crois que je compte moins à ses yeux que toute son idéologie.

En parlant ainsi, elle se sentait mal à l'aise. Elle savait que Georges l'aimait passionnément et s'il était inflexible dans ses positions politiques, ce sacrifice n'en était que plus noble. Mais après une minute de honte, où elle eut conscience de la grandeur de son mari, et du petit égoïsme mesquin dont elle, au contraire, était animée, elle balaya cette pudeur : on n'avait qu'une vie. Une vie, c'est trop court pour qu'on la perde en grands sentiments.

— Les grands sentiments, cela tient trop de place ! Vous ne trouvez pas, Gaston ?

Le jeune homme ne parut pas goûter cette question.

— Je suppose, observa-t-il enfin, que votre mari, s'il a fait le sacrifice de sa vie, a, du moins, préparé un plan pour votre sécurité.

Un petit frisson happa Caroline.

— Vous croyez que, moi aussi, je risque d'être arrêtée ? Je n'ai jamais rien fait qui…

— Si Georges est arrêté, vous le serez aussi. Telle est la règle du jeu ! Parlez-en avec lui.

Pour la première fois, Caroline eut vraiment peur. Elle se sentit prise dans une nasse. Elle se révolta contre l'injustice. Elle ne demandait qu'à vivre en paix ; elle ne s'était jamais mêlée des affaires des hommes. Elle se moquait éperdument des régimes. La monarchie ! La République ! Tout cela n'empêchait pas qu'on n'avait qu'une vie, qu'on mourrait un jour, qu'il fallait se dépêcher de vivre, de vivre pleinement. Oppressée, elle s'appuyait au bras de Gaston. Les deux jeunes gens étaient en vue de la rue Saint-Honoré.

— Caroline, voulez-vous que nous allions en pèlerinage dans l'appartement de votre frère où nous avons passé des moments si agréables ? Henri m'en a laissé les clefs à tout hasard et je continuerai d'en payer la location. Peut-être un jour… si vous étiez dans l'embarras… Si vous aviez besoin d'un refuge, pourriez-vous vous y cacher.

— Que vous êtes contrariant ! Cet appartement a pour moi tous les charmes et les délices d'un lieu de plaisance futile et aimable, un petit Trianon où nous ne pensions à rien. Voilà que vous voulez en faire l'antre sordide où la proscrite couleur de muraille fuirait la guillotine, s'écria Caroline, en essayant de rire. Si, vous aussi, vous vous mêlez d'être grave et ennuyeux, que me restera-t-il sur cette terre ?

Ils suivaient la rue Saint-Honoré et durent traverser un rassemblement où des hommes suant et soufflant commentaient la séance en cours à la Convention.

— Roland a trahi, c'est prouvé, il est au service de la maison d'Autriche et des monstres de Coblentz !

— Et Berthier a osé prendre sa défense ?

— Berthier est un traître aussi. Il est normal que les factieux se soutiennent entre eux !…

— Vous voyez, dit tristement Gaston.

— Oui, je vois que cet imbécile ne saura jamais tenir sa langue.

Tous deux hésitèrent devant la porte, puis s'engagèrent dans l'escalier. Les volets de l'appartement étaient fermés ; par leurs fentes minces, une légère lumière éclairait faiblement la pièce. Machinalement Caroline s'étendit sur le lit et le jeune homme s'assit auprès d'elle. Ils demeurèrent ainsi sans parler.

— Gaston, dit enfin Caroline, en levant son visage vers lui, tout à l'heure, quand vous avez commencé à me proposer un pèlerinage, savez-vous où j'ai cru un instant que vous vouliez m'entraîner ?… Non ?… Cherchez bien. Décidément, vous ne trouvez pas ? Peut-être, après tout, avez-vous oublié un souvenir qui m'est tellement doux à moi, mais qui pour vous n'est qu'un épisode entre beaucoup d'autres peut-être plus agréables…

— Le bois de Vincennes ? Le jour de la Bastille…

— Je vous en prie, ne mêlez pas la Bastille à cela ! J'avais oublié que ce fût le « jour de la Bastille ». Ou plutôt je n'y pensais que quand on prononçait devant moi « quatorze juillet ». Pour moi, cette date, ce n'était pas… c'était au contraire… si doux. Vous me trouvez futile ?

— Non, Caroline chérie. Mais je suis peiné en pensant que déjà, à votre âge, vous avez des regrets, que vous cherchez dans le passé…

— Mais si je me contentais de ma vie actuelle, je deviendrais folle ! Vous croyez peut-être qu'elle est drôle, ma vie ?

— En ce moment-ci, vous n'êtes pas heureuse ?

— Si, répondit-elle gravement, en ce moment, je suis très heureuse !

Elle s'était soulevée et avait posé sa tête sur les genoux du jeune homme.

— Je voudrais qu'un jour le souvenir du bois de Vincennes soit effacé par celui de l'heure que nous passons ici, mon doux ami…

Gaston promenait ses mains sur la nuque de la jeune femme. Elle tendit ses lèvres vers lui. Elle souriait, les yeux brillants. Quand elle fut dans ses bras et qu'elle sentit contre le sien le corps du jeune homme, elle balbutia :

— Mon chéri, cette fois, aime-moi tout à fait… mon chéri…

De la rue monta un appel éraillé :

— Demandez le « Thermomètre du Jour » ! Révélation sur le monstrueux complot des vingt-deux. La trahison de Brissot dévoilée, les intelligences de Berthier avec les tyrans démasquées !

La fuite de Gaston qui s'est levé et a marché d'un pas hésitant vers la fenêtre a laissé Caroline seule, étendue sur le lit. Elle rajuste son corsage, suit du regard la déambulation incertaine du jeune homme.

— Vous me comprenez, murmure Gaston, nous ne pouvons pas… au moment où votre mari joue sa tête à la tribune.

— C'est très délicat de votre part, répond Caroline, avec ironie. Vous êtes un vrai chevalier, un preux…

Le jeune homme s'est agenouillé auprès du lit, de sorte que leurs visages se touchent presque :

— Caro… vous me reprochez d'avoir pour vous des égards qui devraient…

— Des égards qui m'honorent. Je suis fière de vous inspirer un tel respect.

— Ne soyez pas inutilement blessante. J'ai plutôt la réputation de me conduire légèrement avec les femmes, de…

— Faites-moi la grâce de m'épargner vos souvenirs d'alcôve…

— Mais vous, ce n'est pas la même chose. Vous êtes une étrange fille ; j'ai pour vous un sentiment si différent de celui que j'ai éprouvé pour d'autres femmes…

— Je sais, vous m'avez déjà raconté cela à Vincennes.

— Oui. J'agis aujourd'hui comme ce jour-là. Devant votre naïve audace, j'ai eu honte de mes intentions. J'ai rougi de vous avoir dévolu un tel rôle ! Je vous assure que pareille réserve n'est pas dans mes habitudes.

— Je vous crois sans peine, ayant pu juger de vos talents le jour où je vous ai rendu visite chez vous.

— Vous n'êtes jamais venue chez moi, Caroline !

— Si fait. Un après-midi que j'avais décidé de ne plus pouvoir vivre sans vous. C'était bien une idée de jeune fille. La jeune espiègle qui court surprendre son soupirant, celui, plutôt, qu'elle croit son soupirant, qui le surprend, en effet, mais en compagnie d'une personne qui ne semblait pas en être fâchée. Vous ne vous rappelez pas ? Il est vrai que vous étiez peut-être occupé au point que ma fuite « effarouchée » n'a pu réussir à vous troubler.

— C'était vous?

— Ah! Vous vous rappelez! Vous ne m'aviez pas reconnue?

— Je n'ai aperçu que votre châle quand vous passiez la grille. Caroline, qu'avez-vous cru?

— Parce qu'il y avait à croire ou à ne pas croire! Je pense que même saint Thomas se serait contenté de mes preuves. Il n'aurait pas demandé à toucher...

— Pourquoi êtes-vous cynique, amère, au lieu d'essayer de comprendre?

— Oh! J'ai très bien compris. Depuis, j'en ai tant vu que je vous pardonne bien volontiers.

— Quel ton de matrone! Vous en avez tant vu? Je n'ai pourtant pas entendu dire que vous meniez une vie dissipée, Caroline? Vous n'avez pas eu d'amant?

— De quel droit me demandez-vous cela? Vous n'êtes pas vous-même mon amant et je n'ai aucun compte à vous rendre.

— Vous me rendez fou. Ne me tentez pas davantage, je...

La jeune femme s'étira paresseusement:

— Je peux vous tenter sans risque. Car je n'ai plus, pour ma part, aucune envie de me donner à vous.

Gaston se mordit les lèvres et se leva, fit quelques pas, puis, sur un ton de reproche:

— Caroline, vous...

— J'ai tous les torts, naturellement, je suis une fille impossible, hein?

Elle le narguait, mais, en même temps, lui souriait de nouveau:

— J'ai été folle de jalousie, vous savez, contre cette inconnue dont je n'avais vu que les jambes sur votre lit. J'y ai pensé toute la nuit suivante. Et c'était une drôle de nuit. Je l'ai passée avec mon frère, au château de Versailles, qui était assiégé. Pensez-vous que Henri soit maintenant hors de France?

— Certainement, si son voyage s'est bien passé.

Tous deux gardèrent le silence. Le jeune homme s'était rapproché. Elle continuait de sourire. Quand il fut tout près d'elle, elle s'écarta pour lui faire une place sur le lit. Il n'eut pas le temps de profiter de cette suggestion. Un pas s'était arrêté devant la porte, où résonnèrent des coups secs.

Les deux jeunes gens éprouvèrent la même angoisse que Henri quelques jours plus tôt. Gaston fit signe à la jeune femme de se taire. Tous deux retenaient leur respiration. Les coups s'arrêtèrent, puis reprirent :

— C'est moi, Georges : ouvrez si vous êtes là !

Gaston avait fait un mouvement, mais Caroline fronça les sourcils.

— Ne bougez donc pas, souffla-t-elle.

Sur le même ton, s'étant rapproché d'elle, sans bruit, il murmura :

— Nous ne faisons rien de mal. Georges nous apporte peut-être une nouvelle grave ?

Dehors, la voix appela :

— Caroline, vous n'êtes pas là ?

Puis le pas commença de s'éloigner ; alors, Gaston se précipita vers la porte et l'ouvrit. Au bruit, Georges se retourna :

— Que faites-vous ici, monsieur ?

— Henri m'a laissé son appartement.

— Ma femme est ici, n'est-ce pas ?

Il écarta Gaston et pénétra dans la chambre. Caroline s'était levée et le regardait avec calme :

— Qu'y a-t-il, mon ami ?

D'une voix rauque et sourde Georges s'abandonnait à la colère. Les deux jeunes gens ne comprenaient que peu des paroles qu'il prononçait.

— Je crois que vous vous méprenez gravement, monsieur, dit Gaston, comme Georges s'avançait vers lui, les lèvres convulsées. Je n'ai amené Mme Berthier dans cet appartement que parce que son frère, en partant, m'avait chargé de lui en remettre les clefs, pensant qu'un jour, peut-être, il lui servirait de refuge.

Georges passa ses mains sur son visage.

— C'est infâme. Au moment où je me débats devant l'échafaud, où je mets en jeu ma vie pour sauver la Justice et la Liberté… là, dans ce taudis, comme des bêtes, vous…

— Vous perdez la tête, s'écria Caroline. Ce qui est infâme, c'est votre négligence à mon égard. M. de Salanches m'a révélé que les risques que vous êtes si fier d'avoir attirés sur vous, je les courais aussi. Il n'a pas voulu tarder davantage à exécuter ce que mon frère avait prescrit ; mon frère, au moins, m'aimait.

— Comment pouvez-vous dire que je ne vous aime pas…

Il s'interrompit :

— Je suis las. J'ai hurlé pendant deux heures pour essayer de faire entendre la voix de la vérité à ces tigres dont les clameurs m'ont assourdi. Mes cordes vocales sont brisées. Je ne sais que croire, Caroline, je…

Il se tourna vers Gaston :

— En tout cas, monsieur, votre présence ici est déplacée. Je vous prie de vous retirer immédiatement. Je saurai protéger ma femme sans vous !

— Vous me permettrez, monsieur…

— Vous êtes encore là !

Caroline intervint :

— Partez, puisque mon mari vous en prie.

Comme le jeune homme prenait son chapeau, la colère de Georges se ranima.

— J'admire, Caroline, l'empire que vous exercez sur M. de Salanches !

— C'est l'empire de toute femme sur un galant homme, observa Salanches.

— Voilà qui est bien tourné ! Vous vous croyez donc encore au temps de Versailles ?

— Non. Mais il vaudrait peut-être encore mieux pour vous que pour moi que nous nous y trouvions.

Georges le regarda s'éloigner, puis dévisagea sa femme.

— Je ne veux pas en savoir davantage aujourd'hui. Je ne vous cherchais pas par jalousie. C'est votre sœur qui m'a avoué que vous étiez sortie de la fête avec Salanches. Et j'ai eu l'idée de venir ici sans grand espoir de vous y trouver. Il le fallait pourtant. Les sectionnaires sont en armes. Notre maison risque d'être attaquée, vidée, pillée. Vous ne devez pas y retourner. Allez tout de suite à la maison de mes parents. Mon père est bien vu par le comité de son quartier. Vous y trouverez votre sœur et votre gouvernante.

— Mais je veux revenir d'abord chez moi chercher du linge, des bijoux.

— La domestique a emporté ce qu'elle a pu. C'est suffisant pour le moment. D'ici quelques jours, je pense que vous pourrez y retourner sans danger.

— Et vous ?

— Je rentre à l'Assemblée. Ensuite, je dois rencontrer quelques notables des départements. Seuls les départements peuvent nous sauver.

Ils descendirent l'escalier sans parler. Une fois dans la rue, Georges la quitta brusquement.

— Ne restez pas avec moi. Je peux être reconnu et pris à partie. Allez chez mes parents.

— Quand vous reverrai-je ?

— Demain au plus tard.

8
La perquisition

Les premières personnes que rencontra Caroline en pénétrant dans l'hôtel des Berthier furent sa sœur Louise et Mlle de Tourville. Leur attitude était si changée qu'elle en fut frappée. À la passivité docile qui avait été la leur durant les deux années qu'elles avaient vécu chez Caroline, s'étaient substituées une agressivité et une insolence non déguisées.

— Voici la proscrite, s'écria avec ironie Louise, lorsque sa sœur parut. Malgré toutes tes intrigues et tes machinations, tu n'échappes pas plus aux bourreaux que ceux qui ont au moins…

— … conservé intacte leur dignité, acheva Mlle de Tourville.

Décontenancée, Caroline balbutia :

— Qu'est-ce que vous dites ?

La gouvernante évitait de la regarder comme si elle fût devenue un objet de dégoût :

— Vous vous êtes mésalliée. Vous avez empêché votre père d'emmener votre sœur et moi en émigration, vous avez poussé votre mari dans les rangs des révolutionnaires, vous avez chassé votre frère parce que sa présence vous faisait honte de votre trahison. Mais la trahison ne paye pas ! Vos lâchetés et celles de votre mari ne vous ont guère avancés !

Les bras ballants, Caroline écoutait sans comprendre. Elle s'était si longtemps habituée à la soumission des deux filles que ces injures lui paraissaient incroyables. Elle savait bien que ni sa sœur ni sa gouvernante ne l'aimaient, mais se bornait à leur attribuer à son égard l'indifférence qu'elle éprouvait elle-même au leur.

— Comment osez-vous… ?

— Tu m'as séquestrée chez toi pour m'humilier par ta fortune, pour me donner des ordres, m'écraser de ton luxe, m'empêcher de me marier ! C'était ça que tu voulais : m'empêcher de me marier !

Convaincue par ses propres arguments, Louise avait éclaté en sanglots. La gouvernante lui caressa l'épaule avec compassion.

— Calmez-vous ma petite Louison. C'est vrai. Votre sœur s'est bien mal conduite envers vous, mais aussi elle en est durement punie. Au moment de la quitter, nous ne devons pas l'accabler. Elle est tombée si bas !

Louise cessa brusquement de pleurer et reprit de plus belle :

— Ah ! vous avez cru, Georges et toi, que le plus habile était de crier avec les loups. Voilà le résultat ! Vous avez trouvé des loups mieux embouchés encore et des révolutionnaires de meilleur teint, pour qui vous n'êtes que des ci-devant. Demain, tout Paris sera à vos trousses. C'est Georges lui-même qui nous l'a dit.

La gouvernante appuya.

— Il était blanc de terreur. Nous n'avons réussi à lui remettre un peu de sang aux joues qu'en lui apprenant que vous étiez avec M. de Salanches. Il ne savait plus où donner de la tête, pris entre sa peur et sa jalousie.

— Mademoiselle, dit Caroline, vous vivez depuis deux ans aux frais de mon mari. Ne parlez pas de lui sur ce ton.

— Je n'ai accepté sa promiscuité que par respect pour les décisions de votre père qui m'avait confié Louise. J'ai donc le droit de le juger.

— Non ! Tu oses le défendre, renchérit Louise, tu l'as assez trompé !

— Je…

— Oui, ma petite, parfaitement. Tu me croyais bien sotte ? Tu penses que tes absences quotidiennes ne nous ont pas…

— Ça suffit, cria Caroline, en frappant du pied. Je n'en entendrai pas davantage. Rentrez dans vos chambres, je ne veux plus vous voir !

Mlle de Tourville prit Louise par le bras et se dirigea vers la porte.

— Nous ne monterons pas dans nos chambres, Caroline ! Nous partons. Nos coffres sont prêts. Je mènerai votre sœur chez une amie qui nous offrira refuge. Nous y serons en sécurité et nous y mènerons enfin une vie décente.

Les joues enflammées, Caroline se tenait au milieu de la pièce.

— Les rats quittent le bateau… Bon voyage…

Après tout, que lui importait ? Elle cherchait à se dominer, à s'en tenir à une attitude froide et méprisante. Mais elle était surtout troublée par cette révélation qui venait de lui être faite : sans aimer Louise et Mlle de Tourville, elle s'était rompue à les considérer comme, l'une sa sœur, l'autre celle qui l'avait élevée, c'est-à-dire comme des intimes pour lesquelles elle ressentait non pas certes de la tendresse, mais une sorte d'attachement, de dévouement qu'elle croyait réciproques. Et voilà qu'elles lui apparaissaient lointaines, froides comme des étrangères, hostiles comme si aucun lien n'avait jamais existé entre elles. Sa déception, son désarroi se convertirent en rage. Comme les deux femmes franchissaient la porte, elle saisit un vase et le lança à la volée dans leur direction. Le vase se brisa contre le portant, mais Louise ne put éviter un éclat qui l'atteignit à la main…

— Sale fille !

Caroline n'entendit pas la suite. La gouvernante avait entraîné Louise. Sur le battant de la porte, subsistait une tache brune, trace de la main ensanglantée de la jeune fille. Au bout de quelques minutes, le roulement d'un fiacre apprit à Caroline qu'elles étaient parties. Ses mains tremblaient. Elle se regarda dans une glace. Ses vêtements étaient en désordre. Elle les rajusta. La rougeur de l'émotion convenait bien à son visage. Elle se sourit.

— Mon amie, s'écria Charlotte, je regrette de n'avoir pas été là pour vous recevoir, j'étais auprès de papa. Vous n'êtes pas trop fatiguée ?

Caroline fut touchée. Depuis son mariage, elle avait négligé Charlotte, semblant oublier l'affection qui les avait autrefois liées l'une à l'autre. Elle se précipita dans ses bras sans chercher à retenir ses larmes et se laissa consoler et caresser comme lorsque, jeune fille, dans cette même maison, elle cherchait tout naturellement en Charlotte la compréhension, le réconfort, l'affection qui lui manquaient.

— Montez avec moi dans votre chambre.

— Ma chambre ? C'est…

— Bien sûr ! C'est celle où vous couchiez autrefois. Ma pauvre Caro !

— J'y ai été heureuse, vous savez. C'est un de mes meilleurs souvenirs !

Ce qu'elle ne disait pas, c'est qu'elle s'apercevait que les mois passés là, avant son mariage, comptaient parmi ses meilleurs souvenirs. À la vérité, elle pensait rarement au passé. Elle avait oublié jusqu'à l'aspect de cette petite chambre claire qui l'avait tant ravie, au sortir de l'horrible appartement de la rue Saint-Dominique. Mais, en y pénétrant, elle reconnut la tenture et ses petits angelots bleus. En s'arrêtant devant la fenêtre, elle aperçut le petit tertre entouré de feuillages où elle avait joué la comédie et où se tenait l'orchestre, les soirs de bal.

— Charlotte, vous vous rappelez mon costume de princesse indienne ?

— Oui, bien sûr, Caro. Et je me rappelle aussi le jour où, au retour de la messe, maman et moi, nous vous avons trouvée, assise dans la bergère, le chat dans vos bras, croquant des bonbons, les joues mouillées de larmes, comme aujourd'hui. Vous vous étiez sauvée de chez vous…

— C'est vrai. Aujourd'hui aussi je me suis sauvée de chez moi et je suis venue me réfugier auprès de vous. Comment va votre mère ?

— La situation de Georges l'a bouleversée. Mais c'est surtout mon père…

— Il est malade ?

Tout en aidant Caroline à se changer, Charlotte expliqua :

— Il vaut mieux que vous soyez au courant. Ce que je craignais depuis longtemps est arrivé… Papa s'est beaucoup surmené toute sa vie. Il avait la passion de guérir ! Ses efforts ne comptaient pas. Déjà lorsque vous êtes venue, il y a trois ans, il donnait des signes de surmenage. Vous ne vous rappelez pas ? Ses manies de manger seul dans le jardin, de s'enfermer des heures dans son bureau…

Elle ajouta, d'une voix plus grave :

— Vous vous êtes peut-être demandé pourquoi je ne me mariais pas ? J'ai toujours eu peur que ma mère se trouve seule auprès de lui quand il en serait… où il en est précisément maintenant.

Elle lui raconta comment l'arrestation du roi avait achevé d'ébranler la raison du vieux médecin. Il s'imaginait tenir de Dieu des secrets extraordinaires dont le moindre était la décision divine de détruire le genre humain, coupable de trop de crimes, ainsi que toutes les espèces animales et végétales. Le vieillard prétendait avoir reçu mission du Seigneur de dessiner les maquettes des individus qui remplaceraient, après le déluge, les espèces vivantes actuelles. Il fallait que ces nouveaux êtres n'aient aucune ressemblance, dans leurs formes, leurs couleurs, leur anatomie, leurs fonctions, avec les anciens. Et M. Berthier colorait vainement des rames de papier sans réussir à trouver des aspects qui soient totalement neufs. Aussi son désespoir allait-il croissant. Un de ses collègues ayant eu la légèreté de lui apprendre les dangers qui menaçaient son fils, son désespoir s'était changé en folie. La nuit précédente s'était passée pour lui en crises violentes.

— Il dort en ce moment, expliqua Charlotte. Maman le veille.

En écoutant ces tristes confidences, Caroline s'était de nouveau assombrie. Au moment où elle reprenait confiance en se retrouvant dans une maison qui était pour elle une oasis de calme, d'affection, on lui révélait la présence d'un fou tout près d'elle. Sa réaction était purement égoïste. Elle avait la terreur et l'horreur des fous. Toute petite, dans son village de Touraine, en revenant d'une promenade avec Henri, elle avait vu un malheureux atteint de la rage que des paysans, dans une cour de ferme, sous ses yeux, avaient étouffé entre deux matelas, et ce spectacle, qui s'était gravé dans sa mémoire, lui était souvent revenu en rêve. Elle ressentit à l'égard de Charlotte une sorte de rancune, comme si la jeune fille eût été responsable de l'état de son père et de l'enlaidissement du refuge qu'elle lui donnait.

— Savez-vous, Caro, que vous avez encore embelli! s'exclama Charlotte, désireuse sans doute de changer de conversation. Vous avez une des plus jolies tailles que j'aie jamais vues.

La jeune femme écouta ce compliment avec plaisir. Pendant que son amie l'aidait à attacher son jupon, elle glissa un regard vers le miroir qui lui renvoya une image en parfait accord avec le jugement de Charlotte. Son teint et ses yeux rivalisaient d'éclat.

— J'entends le pas de maman, chuchota celle-ci. Si elle vous interroge sur la situation de Georges, rassurez-la.

Deux coups furent frappés à la porte.

— Puis-je entrer?

— Entrez, maman, répondit Charlotte, après avoir consulté son amie du regard.

Mme Berthier avait beaucoup vieilli en quelques jours. Elle sourit avec une tristesse mal déguisée à Caroline qui laçait son corsage. La jeune femme l'embrassa.

— Je suis contente de vous voir ici, ma petite fille, dit la vieille dame. Ici, vous êtes en sûreté. Mon mari est trop aimé dans le quartier pour qu'on supporte que les mauvaises gens vous fassent du mal. Habillez-vous vite. Ne prenez pas froid.

— Comment va… père ? demanda Caroline.

— Mieux. Il s'est éveillé. Il est plus calme. Il n'est préoccupé que de Georges. Que pensez-vous de la situation de votre mari ? Je crois que nous nous exagérons ses risques, n'est-ce pas ?…

— Je crois aussi… Certainement…

— Georges est trop droit, trop honnête, continua Mme Berthier en s'animant. On n'a aucun grief contre lui. Pourquoi lui en voudrait-on ? N'est-il pas aussi républicain que les autres ? Alors ?

Puis elle alla prendre un peu de repos tandis que Charlotte montait la remplacer dans la chambre du malade. Caroline descendit dans le hall et examina avec Sophie le peu de linge et de bijoux que celle-ci lui avait apporté.

— Cela ne fait rien, dit Sophie. Nous ne sommes ici que pour quelques jours, n'est-ce pas ?

Puis elle sortit et se promena dans le jardin. Une bouffée de colère contre Louise et Mlle de Tourville l'assaillit. Elle se reprocha de n'avoir pas utilisé son autorité pour les humilier et les brimer quand elle les tenait sous sa coupe. Mais le chant des oiseaux dont le parc était rempli la divertit de sa colère. Que tout cela était absurde ! Elle savait que les oiseaux chantaient par amour, pour appeler une compagne. Ces guerres, ces exécutions, ces haines étaient complètement imbéciles. Il suffirait d'un peu de gentillesse pour que la terre soit un paradis. Elle cueillit dans l'herbe un bouton d'or et s'amusa à se chatouiller les lèvres avec les corolles fraîches de la petite fleur.

Des cris prolongés, qui se fondaient en un jappement inhumain, l'immobilisèrent. Ils provenaient de la maison. Ils se turent puis reprirent. Caroline frissonna. Elle pensa : « C'est M. Berthier. » Elle fut surprise de donner un nom respectable à l'auteur de ces hurlements animaux. Ils réveillaient ceux qu'elle avait entendus et qui s'étaient étouffés sous le poids des matelas. Elle jeta le bouton d'or sur le sol. Le monde était donc un lieu horrible ? Elle se souvint que c'était précisément à l'endroit où elle était arrêtée que Gaston lui avait remis son billet :

Quoi j'aurais pu vous amuser
Trop aimable princesse…

Elle s'écouta murmurer :

— Gaston chéri… Je suis amoureuse de vous. Quand vous reverrai-je ?

*

Le dîner fut moins triste que Caroline ne l'avait craint. M. Berthier descendit à table. Il était très calme et fut plein de prévenances pour la jeune femme. Il s'inquiéta d'abord de l'absence de nouvelles concernant Georges, puis déclara jovialement :

— Pas de nouvelles, bonnes nouvelles !

Il s'enquit même de Louise et de la gouvernante. Caroline, qui s'était bornée à faire part à son amie « de la décision prise par elles de se retirer chez une amie », s'en tint à cette explication. Mme Berthier et Charlotte, désireuses d'égayer le malade, rivalisaient de bonne humeur.

Après dîner, Caroline monta veiller dans la chambre de son amie. Toutes deux conversèrent très tard. Elles espéraient le retour de Georges. À deux heures du matin, elles se couchèrent. Mais à peine Caroline était-elle au lit qu'elle reconnut le pas de son mari dans l'escalier.

Sans frapper, il entra dans sa chambre, l'appela à voix basse et s'assit au bord du lit dans l'obscurité.

— Alors que s'est-il passé ? demanda-t-elle.

Georges paraissait essoufflé.

— Rien, répondit-il. La séance a duré très tard. Les montagnards espéraient la venue des pétitionnaires des sections. Mais, dans les comités, beaucoup d'honnêtes gens s'étaient armés. Les pétitionnaires n'ont pas bougé et Robespierre lui-même a demandé qu'on lève la séance.

Il ajouta :

— Les départements sont pour la plupart avec nous. À Caen, les volontaires sont prêts à marcher sur la Convention si la pègre de Paris nous fait violence.

— Alors, vous êtes content ?

Georges ne répondit pas. Puis, brusquement :

— Vous rencontriez Salanches tous les jours ?

— Assez ! Vous n'allez pas recommencer. Vous trouvez que vous n'avez pas assez de sujets de préoccupation comme ça ?

— Vous ne m'avez pas répondu.

— Je ne vous répondrai pas. Je suis très fatiguée. Laissez-moi tranquille. Je veux dormir.

Le jeune homme se tut pendant quelques instants. Caroline, les yeux fermés, la tête enfoncée dans son oreiller, attendait le sommeil, dont les premières vagues l'alanguirent. Du fond de sa torpeur, elle entendit à nouveau la voix de son mari :

— Il était votre amant, n'est-ce pas ?

Il parlait sur un ton calme, tendre, presque humble, qui surprit davantage Caroline que la question elle-même. Elle pensait : « J'en ai assez, va-t-on m'embêter longtemps ? Je ne suis pas sur terre pour toutes ces histoires. »

— Caroline… répondez-moi, je vous en supplie. Il était votre amant, n'est-ce pas ? Hein ?

Il avait l'air de souhaiter qu'elle lui répondît : « Oui ».

— Hein, Caroline, hein ? bégayait-il, comme s'il voulait se convaincre.

Il souffla. Ses ongles s'enfonçaient dans le bras de la jeune femme.

— J'ai besoin d'en être sûr. Dites-le-moi, je ne vous en voudrai pas. Je vous pardonnerai. Mais dites-le moi… Je vous en supplie…

Mais Georges parlait, comme dans un rêve :

— Il a été dénoncé. Son nom a été inscrit sur la liste des suspects…

Caroline s'était dressée et jetée sur Georges :

— Qu'est-ce que vous dites ? Dénoncé ! Gaston est dénoncé ! C'est vous, c'est vous… Lâche ! Lâche !…

Le jeune homme avait basculé sur le lit, la gorge étreinte par les mains de Caroline.

— Non… non… Je vous assure… Ce n'est pas moi… Je…

Elle répétait, en le frappant de toutes ses forces :

— Lâche !… Sale lâche !

La porte qui donnait sur la chambre de Charlotte s'ouvrit et la jeune fille apparut, une chandelle allumée à la main, les traits bouleversés :

— Qu'y a-t-il ?… Georges… Qu'avez-vous ?… Caroline, vous pleurez ?

— Non, cria Caroline, sans savoir ce qu'elle disait, je ne pleure pas, moi, je ne suis pas une lâche comme lui, je le tuerai…

Mais Georges, d'un coup de reins, se redressa et se dégagea. Haletante, la jeune femme restait accroupie sur le lit. La lueur de la chandelle les éclairait vaguement.

— Eh bien ! Oui, c'est moi ! Oui, je l'ai dénoncé… Mais qu'ai-je dénoncé ? Vous me traitez de lâche ? C'est lui qui en est un, lui qui ose me bafouer, prendre ma femme en profitant de ce que je risque ma vie à la Convention.

Caroline sauta du lit. Georges recula vers la porte. Mais, posant le bougeoir sur une console, Charlotte s'était précipitée entre eux deux et avait pris la jeune femme dans ses bras.

— Qu'y a-t-il ? Parlez, ma petite Caro... Qui Georges a-t-il dénoncé ?

D'une voix étranglée, la jeune femme hoqueta :

— Gaston !... Gaston de Salanches...

Charlotte se retourna :

— Tu as fait cela ? Tu as livré un ami à ces monstres dont toi-même es menacé ?

— C'était l'amant de Caroline, il...

— Et quand cela serait ! Georges, comprends-tu ce que tu as fait ? Voilà à quoi tu fais servir ta politique sacro-sainte, je ne te reconnais plus ! balbutia Charlotte.

Caroline s'échappa de ses bras :

— Gaston n'était pas mon amant ! Oh ! Ce que je le regrette ! Dire que j'ai été assez bête pour ne pas me donner à lui...

— Tu entends, Georges ?... Tu n'avais pas de preuves. Tu n'avais même pas de preuves et tu as fait une pareille saleté ! Tu as envoyé Gaston à la guillotine, par dépit !...

— Mais peut-être l'acquittera-t-on... murmura Georges.

— Allons donc ! poursuivit Charlotte. Tu sais parfaitement qu'être suspect signifie être arrêté, et être arrêté être exécuté. Quand l'as-tu dénoncé ?

— Ce soir... à dix heures...

— Alors, il est peut-être encore temps. La nuit, théoriquement, ils n'arrêtent pas. Cours retrouver ceux auxquels tu l'as dénoncé. Dis que tu t'es trompé.

Le jeune homme secoua la tête.

— Il est trop tard. Je ne trouverais personne. En plus, ils ne me croiraient pas. Ils ont, d'ailleurs, déjà transmis son nom et ne peuvent plus rien.

Charlotte écarta Caroline et saisit durement son frère par l'épaule :

— Alors, tu vas courir chez lui, pour le prévenir ! Il s'enfuira à temps.

— Aller chez lui ! Le revoir !…

— Pars immédiatement. Tu n'as qu'à lui dire que tu as appris sa dénonciation et que Caroline t'a demandé de le prévenir.

À ce moment, la porte s'ouvrit. Mme Berthier, le visage angoissé, les regardait :

— Ce n'est rien, maman. Georges est venu nous rassurer. Maintenant, il faut qu'il ressorte.

Elle poussa son frère hors de la chambre et l'accompagna dans l'escalier. Caroline entendit battre le portail.

— Il ne s'agissait pas d'une nouvelle alarmante ? Georges avait l'air affolé, et vous aussi…

Charlotte remonta en courant :

— Allez vous recoucher, maman !

— Tu ne me caches rien ?… Georges n'a pas…

— Georges va rentrer. Je l'attendrai.

Quand la vieille dame fut sortie, Charlotte proposa à Caroline de venir coucher dans sa chambre.

— Je crois que nous sommes trop énervées pour dormir. Mais nous nous sentirons moins seules…

D'un accord tacite, les deux femmes, étendues côte à côte dans le lit, évitèrent d'évoquer la scène qui venait de se dérouler, bien qu'elles en fussent uniquement préoccupées. Au bout d'une heure, elles sursautèrent en entendant grincer la grille d'entrée. Charlotte ralluma la chandelle. Elles prêtèrent l'oreille, guettant le pas de Georges sur le perron, mais ce fut un murmure de voix qui leur parvint. Les graviers du jardin crissèrent comme si un groupe nombreux les foulait. Elles se regardaient sans oser bouger. Puis, des coups violents furent frappés :

— Restez, je vais aller voir, dit Charlotte en sautant du lit et en passant un peignoir.

— Oh ! Ne me laissez pas toute seule. Ne descendez pas. Ce sont peut-être des…

— Je verrai bien. Je ne veux pas que papa soit réveillé par leurs cris.

Restée seule, Caroline passa un peignoir à son tour et alla se pencher sur la rampe de l'escalier.

— Je vous dis qu'il n'est pas là, disait Charlotte.

— Alors, laissez-nous entrer. Nous allons visiter la maison.

— Qui êtes-vous ?

— Si on te le demande, tu diras que tu n'en sais rien. Le peuple n'a pas de comptes à rendre à des mijaurées de ton espèce.

Une voix de femme rauque et éraillée renchérit :

— Vous n'allez pas vous laisser arrêter par cette pucelle. Troussez-la un peu si elle ne veut pas rester tranquille…

Caroline sentit sa main trembler sur la rampe, mais elle se contraignit à descendre l'escalier :

— Vous n'êtes porteurs d'aucun mandat de perquisition. Votre présence est illégale, citoyens ! répondait Charlotte d'une voix ferme.

— Tout ce que fait le peuple est légal !

Au moment où Caroline débouchait dans le hall, une sorte d'hercule, dont la lueur de la chandelle sertissait les épaules massives et la chevelure rousse, saisit Charlotte par le bras pour l'écarter, mais la jeune fille, avec un calme terrible, de sa main demeurée libre, tendit le chandelier contre le visage de l'homme si brusquement qu'il dut la lâcher et faire un saut en arrière pour éviter d'être brûlé.

Caroline frémit, craignant que cette riposte ne déchaînât la furie de toute la bande. Mais le geste de Charlotte eut le don au contraire de provoquer les rires :

— Dis donc, Spartacus, tu te fais assommer par la pucelle !

— Prends garde, elle va t'assommer !

— Ne sois pas téméraire, Spartacus !

Mais le géant, rendu furieux par les sarcasmes, frappa d'un violent coup de poing Charlotte. Le flambeau roula sur les dalles. À la lueur d'une torche que portait un des sans-culottes, Caroline vit sa belle-sœur se débattre dans les bras de la brute qui l'avait envoyée rouler à terre. Alors, elle se précipita pour l'aider à se relever, mais Spartacus, surpris par son irruption, se jeta sur elle. Elle sentit les coups la marteler et tomba si malencontreusement que son peignoir et sa chemise s'ouvrirent et se déchirèrent.

— Elle est nue, ricana la femme qui avait déjà stimulé l'audace des révolutionnaires. Nous avons dû la surprendre dans les orgies des fédéralistes !

Cependant, cette insulte n'eut pas d'écho. Le jeune ouvrier qui portait la torche aida Caroline à se relever. Son front avait heurté les dalles et saignait.

— Vous êtes tous des conspirateurs, vous n'êtes pas de libres citoyens. Eux ne frapperaient pas des femmes sans défense ! s'écria Charlotte, qui s'était redressée sans le secours de personne.

— Écoute, citoyenne, dit l'homme à la torche. Nous ne te voulons pas de mal. Nous sommes ici pour visiter la maison ; nous cherchons le citoyen Georges Berthier pour le prier de nous accompagner au comité du quartier, afin qu'il s'explique sur sa conduite.

— Le citoyen Berthier n'est pas là, dit Charlotte avec calme. Quant à sa conduite, il s'en expliquera à la Convention.

— S'il n'est pas là, laissez trois d'entre nous visiter la maison en votre présence. Ensuite, nous nous en irons.

Charlotte hésita, puis :

— J'accepte que trois d'entre vous visitent la maison, mais qu'ils le fassent vite.

Caroline, comprenant que son amie cédait pour éviter, si la troupe s'éternisait, que Georges ne survienne mal à propos, insista :

— Entrez, citoyens, mais faites vite, nous avons froid.

L'homme à la torche, le géant et la femme se détachèrent du groupe et firent quelques pas dans le hall avec une espèce de timidité. À ce moment, une lumière éclaira l'escalier. Tous les visages se levèrent. Vêtu d'une robe de chambre rouge sang, le vieux Berthier descendait lentement les marches, comme un somnambule. À ses côtés, le vieux domestique tenait un flambeau et murmurait quelques paroles que son maître n'écoutait pas. Il s'arrêta brusquement et tendit ses poings vers le groupe figé par la surprise :

— Misérables chargés de crimes, cria-t-il, vous veniez chercher un refuge ici contre les feux du ciel et la dévastation du déluge. Je vous rejette. Fuyez dans les ténèbres extérieures, là où il y a des pleurs et des grincements de dents. Mon divin maître vous a condamnés ! Il ne veut pas que vos formes ignobles persistent sur cette terre ! Il est dégoûté de vos difformités, de vos ulcères, de vos écrouelles, de votre pestilence, de votre méchanceté. Il veut faire du neuf !

Puis, dans le silence, il se mit à se tordre de rire :

— Ah ! Ah ! C'est trop drôle ! Les gaillards avaient cru que c'était un déluge comme les autres, qu'il y aurait toujours une arche ! Que je serais aussi niais que ce pauvre Noé ! Il n'y a qu'un malheur, messieurs les faquins, c'est que, cette fois, Dieu en a par-dessus la tête. Je viens de le voir. Il est formel : il veut du neuf ! Vous entendez ! Du neuf, du neuf, rien que du neuf !

Les visiteurs nocturnes étaient si troublés par la prestance du vieillard et par ses anathèmes qu'ils n'osèrent pas répliquer sur-le-champ et chuchotèrent entre eux :

— C'est le père Berthier... Le médecin de l'Hôtel-Dieu.

Charlotte, comprenant que la réputation de bonté et de science de son père intimidait les révolutionnaires, joignit les mains :

— Citoyens, murmura-t-elle, vous voyez son état. Depuis qu'il a su que des menaces avaient été faites contre son fils, il est comme fou. Vous savez tout le bien qu'il a fait au peuple. Témoignez-lui votre gratitude s'il en est temps encore.

Il y eut une hésitation, mais le géant de la bande se ressaisit le premier :

— Nous te respectons, citoyen médecin ! s'écria-t-il, la Révolution honore les savants. Retire-toi dans ta chambre, il ne te sera pas fait de mal. C'est ton fils que nous sommes venus chercher et non pas toi.

Le vieux médecin passa sa main sur son visage. Son animation sembla tomber d'un seul coup. Son regard se posa enfin sur ces hommes qui palabraient dans le hall de son hôtel.

— Qui êtes-vous venus chercher ? demanda-t-il.

— Le citoyen Georges Berthier, député à la Convention !

Le vieillard descendit les quelques marches qui restaient et s'étant approché d'un pas lent, déclara :

— C'est moi, puisque vous le voulez, emmenez-moi.

— Allons, dit le géant, ne faites pas l'imbécile, père Berthier. Nous vous connaissons, ce n'est pas vous que nous voulons c'est votre fils.

À ce moment, des hurlements retentirent dans la rue :

— Au secours ! À la garde ! Des provocateurs égorgent le citoyen Berthier ! Venez tous sauver le père de tous les malheureux !

Quelques volets battirent dans la rue. Des exclamations se croisèrent. Les révolutionnaires se regardaient avec inquiétude. À ce moment Mme Berthier, qui avait suivi son mari mais qui était demeurée en arrière, dans l'obscurité, se précipita dans le hall, puis, profitant de la surprise que son irruption provoqua, réussit à parvenir jusqu'au perron, où elle se mit à son tour à hurler de toutes ses forces :

— Au secours ! À l'assassin ! Au meurtre !

La grille d'entrée grinça et Firmin apparut, entouré d'habitants du quartier, hâtivement habillés. C'était lui qui, pour sauver son maître, avait réussi à se glisser dehors et avait ameuté la rue. Il désigna aux nouveaux venus le groupe des sans-culottes :

— Ces citoyens n'ont pas de mandat. Ils sont ici contre la loi…

Le secrétaire du comité du quartier, qui se trouvait parmi les recrues de Firmin, demanda avec autorité :

— Est-il exact que vous soyez ici sans mandat ?

Puis, devant le silence qui seul lui répondit, il insista d'une voix ferme :

— En ce cas, citoyens, si vous êtes de vrais amis de la République, vous devez vous retirer.

Ce fut la femme qui donna le signal du départ. Elle montra son poing au secrétaire :

— Nous reviendrons, nous reviendrons demain, et avec tous les mandats possibles. Nous raserons ce nid d'aristocrates.

Comme la foule s'éloignait, un choc sourd frappa les dalles : c'était M. Berthier qui s'écroulait, frappé d'une attaque. Caroline, Charlotte et les domestiques le remontèrent dans sa chambre. Par la suite, Caroline devait conserver le souvenir de cette chambre effrayante, dont les murs étaient couverts des croquis auxquels s'étaient usées les dernières forces du vieillard et où il avait essayé – vainement, comme en témoignaient les frénétiques coups de crayon qui les zébraient – d'imaginer, à l'usage de Dieu, des formes entièrement nouvelles d'êtres humains.

Charlotte, ayant laissé M. Berthier aux soins de sa mère, pansa le front ensanglanté de son amie. La plaie n'était d'ailleurs que des plus légères. Mais la jeune femme en était très affectée :

— Je suis horrible à voir, dit-elle, et je sais ce que c'est. Cela va devenir jaune, bleu, violet. Je vais être défigurée pendant huit jours.

D'une voix de reproche, Charlotte, qui l'aidait à se recoucher, lui fit observer que, dans des moments comme ceux qu'elle traversait, il y avait peut-être des préoccupations plus graves que les couleurs que pourrait prendre son front.

— J'ai hâte, ajouta-t-elle, de savoir Georges de retour. Est-il arrivé à temps auprès de M. de Salanches ? Et, de toutes façons, que va-t-il se passer demain ?

9
La prison

Caroline avait presque immédiatement sombré dans le sommeil, et lorsqu'elle s'éveilla l'éclat de la lumière filtrant à travers les persiennes lui apprit que la journée était déjà très avancée. Elle se leva et trouva Charlotte dans sa chambre. La jeune fille lui expliqua que Georges n'était rentré qu'au petit matin. Il avait réussi à prévenir Gaston, qui avait pris la fuite, mais n'avait pas voulu réveiller sa femme. Lui-même s'était un peu reposé, puis était parti, dans un grand état d'anxiété, pour assister à la séance de la Convention. Quant à M. Berthier, un grand état d'abattement avait remplacé chez lui l'excitation et il demeurait prostré dans son lit.

Caroline se leva et s'habilla sans entrain. Qu'allait lui apporter encore cette journée ? Elle était même satisfaite qu'il fût déjà une heure de l'après-midi : elle aurait au moins gagné en dormant, de vivre quelques heures d'ennui de moins. Son front cabossé était, comme elle l'avait prévu, devenu bleuâtre. Elle refusa de manger et passa un temps considérable à frotter la meurtrissure avec différents baumes de beauté, dans l'espoir de mieux la déguiser aux regards.

L'après-midi était magnifique. Le ciel était une véritable fournaise. Les oiseaux s'égosillaient. De la rue parvenaient des chants enfantins, mais que signifiaient ces promesses de bonheur que dispensait la nature, alors qu'elles étaient aussitôt gâtées par la réalité présente ?

La jeune femme descendit toute seule dans le jardin. Charlotte et sa mère se tenaient auprès de M. Berthier et la jeune femme ne trouva comme confidente que Sophie qui, d'ailleurs, lui sembla aussi dégoûtée et lasse qu'elle-même. Alors, elle remonta dans sa chambre et essaya de dormir.

Vers cinq heures et demie, un fiacre s'arrêta devant la grille et, quelques instants plus tard, Georges était dans la chambre de sa femme, accompagné de Charlotte. Il haletait.

— Je crains bien, dit-il, que tout ne soit perdu. Les pétitionnaires se sont fait entendre à l'Assemblée. C'était Hérault de Séchelles qui présidait. Ils ont voté la mise hors la loi des vingt-deux girondins. J'ai essayé de parler, sans y réussir. J'en ai profité pour quitter l'Assemblée. Je ne vois plus qu'une seule chance : fuir Paris vers le Calvados et y organiser une troupe de volontaires pour venir ici mettre fin au règne de la Montagne. Si je n'y parviens pas, je suis perdu. Mon arrestation sera certainement votée avant ce soir.

D'une main fiévreuse il rédigea hâtivement cinq billets destinés à des députés de la Gironde qui n'avaient pas encore été arrêtés parce qu'ils n'assistaient pas à la séance et qui, ainsi prévenus, pourraient le jour même prendre la fuite vers Caen.

Ayant fermé ces missives, il en remit une à Firmin, une autre à Sophie, la troisième à Charlotte, la quatrième à sa femme, se chargeant lui-même de porter la dernière.

Cette mission n'enthousiasmait guère Caroline. Elle eût préféré que son mari et elle prissent immédiatement la fuite sans attendre davantage. Mais Georges s'y refusa formellement.

— La lettre que je vous donne est pour Roland. En prenant un fiacre, vous ne mettrez pas plus de deux heures à faire l'aller et retour. Moi-même je serai revenu à ce moment. J'aurai de faux papiers et, ce soir, nous coucherons hors de Paris.

La jeune femme piétina de colère :

— Si vous croyez que c'est drôle d'aller me montrer aux gens avec le cocard que j'ai sur le front ! Que pensera Mme Roland qui est toujours si soucieuse de sa toilette ?

— Prenez-vous Mme Roland pour une sotte ? s'écria Georges avec colère. Quand son mari et elle auront lu ma lettre, ils auront probablement d'autres soucis que les charmes de votre visage.

Caroline, furieuse, comprit que la scène qu'elle faisait était en effet ridicule et saisissant la lettre, après un dernier regard à son miroir, et une dernière tentative pour appliquer contre la bosse une mèche rebelle de ses cheveux, elle traversa le jardin et s'enfuit à travers les rues brûlantes, à la recherche d'un fiacre. En ayant enfin trouvé un, elle lui promit une gratification s'il l'amenait avec célérité à destination. Elle ne pensait plus guère à sa bosse, mais découvrait tout à coup que sa mission n'était pas sans risque. Cette lettre pouvait contenir de dangereux secrets. Si on la saisissait sur elle, cela lui vaudrait peut-être la guillotine. Elle eut envie un instant de la déchirer. Par la glace, elle voyait des enfants jouer dans les rues. Les visages des Parisiens semblaient calmes. Un couple se tenait la main. Ils étaient jeunes tous deux et charmants. Une sourde jalousie tenailla Caroline. C'était cela la vie, et non la nuit odieuse qu'elle venait de passer et la mission absurde qu'elle remplissait.

Le fiacre s'étant arrêté devant l'hôtel des Roland, la jeune femme sauta à terre et franchit le perron. Mais elle ne put trouver qu'une domestique qui paraissait fort inquiète et qui finit par lui avouer qu'on s'était présenté chez l'ex-ministre pour l'arrêter, qu'il avait refusé de se laisser emmener, arguant de certaines formalités qui n'avaient pas été remplies. Puis sa femme était partie à la Convention pour essayer de se faire entendre, cependant que lui-même avait pris la fuite.

Ayant regagné son fiacre, Caroline se trouva très embarrassée. Elle avait gardé la lettre. N'aurait-elle pas mieux fait de la confier à cette domestique, qui paraissait fidèle ? Mais elle haussa les épaules. « Après tout, pensa-t-elle, Georges m'a dit de la remettre à M. ou à Mme Roland, ils ne sont pas là, je la rapporte. »

Quand elle se retrouva dans le petit hôtel des Berthier, il était plus de sept heures du soir. Charlotte et les domestiques étaient déjà revenus. Seul manquait Georges.

Le dîner fut hâtif. Les pâles sourires de Mme Berthier ne réussirent qu'à le rendre encore plus triste. Dès la dernière bouchée avalée, Caroline, au lieu de partager l'anxiété des deux femmes, n'eut plus qu'une idée : aller se coucher, dormir, oublier toutes ces histoires affreuses et démentes.

Elle dormait déjà depuis plusieurs heures, quand, comme la nuit précédente, elle entendit frapper à la porte du perron. Elle alluma sa chandelle et regarda l'heure : il était un peu plus de minuit. Machinalement, elle appela Charlotte qui apparut à ce moment, son bougeoir à la main.

— Je ne sais pas ce que c'est, dit-elle, voulez-vous descendre avec moi ou rester ici ?

Caroline n'avait même plus peur. Ce qui l'ennuya le plus fut de s'arracher à la douceur de son lit pour passer un peignoir qu'elle ferma avec soin pour éviter l'incident de la veille.

Dans le hall, elles trouvèrent une nombreuse députation de la Commune à laquelle Firmin venait d'ouvrir. Son chef demandait avec insistance Georges Berthier.

— Il n'est pas ici, répondit Charlotte. Il doit être à son domicile.

— Nous en venons, on nous a dit que depuis deux jours il s'était transporté chez son père.

— Il est en effet venu dîner ici, mais il est sorti ensuite et ne nous a donné aucune indication sur son retour.

Un des hommes de la bande approcha son chandelier de Caroline.

— Je la reconnais, dit-il, c'est sa femme !

Le visage de la jeune femme s'empourpra. Elle en avait franchement assez. Cela lui fit du bien de se mettre en colère.

— Et alors? cria-t-elle. Je n'ai pas le droit d'être sa femme, peut-être!

Les hommes n'insistèrent pas et se retirèrent fort mécontents. Firmin qui les suivit jusqu'à la grille s'aperçut qu'ils laissaient une sentinelle à la porte. Il revint prévenir Caroline et Charlotte qui s'étaient recouchées.

Charlotte se leva et conseilla à son amie de s'habiller et de prendre la fuite par la poterne du jardin. Mais Caroline était trop heureuse d'avoir retrouvé la tiédeur de ses draps. Elle bâilla, s'étira, puis murmura :

— Me lever encore! Tous ces gens me rendront folle! Je suis bien là, j'y reste.

Malgré l'insistance de sa belle-sœur, elle enfonça résolument sa tête dans son oreiller et ne voulut rien entendre.

Cependant, malgré son refus, elle ne pouvait s'empêcher d'être inquiète. Le sang lui battait les tempes. La douleur s'était réveillée sur sa meurtrissure. Ses oreilles sifflaient. Elle se sentit bientôt en sueur et dut ôter une de ses couvertures. Elle tâta son pouls qui était fiévreux. Sans cesse, elle croyait entendre grincer la grille et des pas dans le jardin. Elle fut victime si souvent de crainte erronée, que lorsque, avec toute la précision de la réalité, la grille grinça longuement et les graviers de l'allée crissèrent sous les pas d'une troupe rapide, elle ne voulut pas croire à l'authenticité des bruits qu'elle percevait.

Pour la convaincre, il fallut l'irruption de Firmin et de Sophie dans sa chambre. Presque aussitôt après, Charlotte parut.

— Qu'y a-t-il? demanda-t-elle.

Firmin expliqua que les membres du comité révolutionnaire demandaient à s'entretenir quelques minutes avec Caroline Berthier.

La jeune femme se leva, passa de nouveau cet éternel peignoir dont la seule vue signifiait pour elle le souvenir de toutes les alertes qu'elle venait de vivre et descendit l'escalier.

Un petit homme, à face ingrate, vêtu avec assez de recherche, dès qu'il la vit s'avança vers elle :

— Vous êtes bien la citoyenne Berthier?... Oui. Alors, je vous mets en état d'arrestation.

Caroline ne répondit rien. Elle sentait son estomac se contracter. Sa bouche était sèche. Sur le dallage du hall, sans penser, elle regardait les traces boueuses faites par les souliers de ceux qui venaient l'arrêter.

— Mais où sont vos pouvoirs ? demanda Charlotte.

— Les voici.

— Mais, reprit encore Charlotte, dont la voix tremblait, vous n'avez pas le droit d'effectuer une arrestation en pleine nuit.

— La Nation souveraine, quand elle est en danger, a tous les droits, proféra d'un ton avantageux le petit homme. L'opération d'ailleurs est faite selon les règles. Voici le juge de paix et un détachement de sa force armée.

En effet, le juge de paix arriva. Il demanda à Caroline s'il y avait dans la maison des objets lui appartenant et, s'étant fait montrer le coffre où se trouvaient ses effets, il y apposa immédiatement les scellés, puis il invita la jeune femme à s'habiller, rapidement, et l'informa qu'il allait la conduire à l'abbaye.

Une foule nombreuse avait peu à peu envahi le hall et les salons. Le juge de paix n'osait point recommander à cette foule de se retirer. Parfois, il adressait une petite prière qui n'était jamais suivie d'effet. Son irritation se tourna vers Caroline, qui semblait frappée de stupeur, et il lui enjoignit de monter dans sa chambre pour se préparer. Lui-même l'accompagna et resta derrière la porte pendant que Sophie et Charlotte aidaient la jeune femme à se vêtir.

Sophie pleurait. Il semblait à Caroline qu'elle assistait à un spectacle qui ne la concernait pas.

— Idiote, dit-elle à Sophie. Je vous défends de pleurer.

Quand elle fut prête, Charlotte la serra dans ses bras.

— Je m'occuperai de toi, Caro chérie, n'aie pas peur !

Caroline traversa le jardin qui était encore obscur, bien que dans le ciel une clarté très floue annonçât le jour. Au moment où elle monta dans la voiture qui l'attendait, le premier chant d'oiseau se leva.

— Voulez-vous que je baisse les volets ? demanda le juge de paix.

— Cela m'est complètement égal.

— Vous avez plus de caractère que beaucoup d'hommes, observa le commissaire qui était à sa gauche. Vous, au moins, vous attendez paisiblement la justice.

La jeune femme ne répondit même pas. Elle n'avait plus la notion du temps. Seul la troublait le froid qui, à cette heure, était assez vif. Enfin la voiture s'arrêta devant l'abbaye. Caroline connaissait de nom ce lieu, dont les jacobins avaient fait, peu de mois avant, le théâtre de scènes sanglantes.

Elle franchit une porte cochère, patienta devant un guichet, monta un escalier qui était noir et sale, et parvint, toujours entourée des commissaires, dans une sorte de petit salon plus propre, où on lui offrit une bergère. Une grosse femme sanguine, hirsute, mais presque souriante, lui apprit qu'elle était la concierge de la prison mais qu'elle n'avait pas été prévenue d'une nouvelle arrestation et qu'aucun lit n'avait été préparé pour elle. Elle lui offrit de passer le reste de la nuit dans la bergère, ce que Caroline accepta. Les commissaires se retirèrent. La concierge éteignit la chandelle et la jeune femme se retrouva seule. Elle était sans réaction.

Au bout de quelques minutes, elle fut elle-même surprise par son calme et par le besoin de dormir qui la saisissait. Elle y résista un moment, à la pensée que si elle s'endormait, quand elle se réveillerait, elle aurait à vivre un moment trop pénible en se retrouvant non pas dans son lit, au milieu de sa maison, servie par Sophie, mais prisonnière dans ce réduit.

Malgré cette crainte, elle s'assoupit assez vite et, quand elle s'éveilla, elle fut elle-même stupéfaite de n'éprouver aucun étonnement et de ne pas avoir à faire un effort pour se rappeler ce qui s'était passé, comme cela arrivait aux héros dans les livres qu'elle avait lus.

La concierge, qui l'avait éveillée en tirant les rideaux, lui demanda ce qu'elle voulait prendre comme petit-déjeuner et lui expliqua qu'elle pourrait se faire servir tout ce qu'elle désirerait « à condition de payer bien entendu ». Elle avala une bavaroise à l'eau puis suivit la concierge qui la mena à une petite chambre poussiéreuse où se trouvaient seulement un lit de camp et une table.

Par la fenêtre, elle apercevait le sommet d'un marronnier qui était encore en fleurs et surtout un large morceau de ciel où elle regarda fuir les nuages.

Souvent, quand elle était petite fille, en compagnie de son frère, elle s'était amusée à ce jeu. Tous deux, las de jouer ou de courir, s'étendaient sur le dos dans l'herbe et il s'agissait de trouver à chaque nuage que le vent poussait au-dessus d'eux une ressemblance avec un objet ou un animal. Les deux enfants étaient capables de se livrer à cet exercice pendant des heures sans qu'il devînt fastidieux. Parfois, Caroline s'amusait à taquiner son frère en affirmant devant un nuage particulièrement ventru et difforme qu'il ressemblait à « mon frère Henri ». Cette facétie était souvent le point de départ d'une de ces violentes batailles entre les deux enfants qui scandalisait tant Mlle de Tourville.

Ce souvenir rendit Caroline brutalement consciente de sa solitude. Henri ? Il était parti et tout ce qu'elle pouvait espérer était qu'il ait bien rejoint ses parents en Allemagne. Mlle de Tourville, Louise ? Elles l'avaient méchamment abandonnée. Georges ? Sans doute était-il lui aussi arrêté. Elle eut une brusque rancune contre lui. C'était sa faute si elle se trouvait ici, menacée des plus grands dangers. Cette accusation lui fit mesurer les périls de sa situation : c'était vrai. Elle n'avait pas seulement à redouter l'emprisonnement, mais aussi la guillotine. « Je risque d'être guillotinée ! »

Elle murmura cette phrase à voix haute comme s'il s'agissait de s'en persuader elle-même. Mais elle ne parvenait pas à y croire. Il lui semblait impossible qu'on la guillotinât. Elle n'avait rien fait. Sa mort, d'ailleurs, lui semblait une chose impensable. Elle eut le vertige à la simple idée qu'elle pourrait disparaître et que néanmoins la vie continuerait sur terre, qu'il y aurait toujours des arbres, des fleurs, des oiseaux. Elle s'imagina Gaston apprenant sa mort. Alors seulement, les larmes lui vinrent aux yeux. Puis son rêve la porta ailleurs. Gaston et elle étaient réunis dans une même cellule. On les menait ensemble vers l'échafaud et, dans la charrette, leurs mains s'unissaient pour la dernière fois.

Elle en était là de sa méditation, quand la concierge entra et lui apporta un déjeuner composé de viande froide et de choux de Bruxelles.

La brave femme, d'autant plus aimable, que Caroline avait payé, sans sourciller, le prix élevé qu'elle lui demandait, lui fit un peu la conversation et la félicita de son appétit.

— Ici, dit-elle, les prisonniers et les prisonnières ne sont pas tous comme vous. Il s'en faut ! C'est à croire qu'ils font la grève de la faim.

Mais Caroline n'avait pas encore achevé son repas qu'un commis du greffe vint lui annoncer qu'elle allait être transférée sur-le-champ à la prison de Sainte-Pélagie.

On lui fit descendre précipitamment l'escalier. Une voiture l'attendait. Des femmes, qui semblaient stationner devant la prison pour le simple plaisir d'apercevoir des détenus, l'insultèrent et crièrent : « À la guillotine ! » Enfin elle parvint, après un trajet long et pénible au cours duquel les insultes de la foule ne lui furent pas ménagées, dans la seconde prison qu'elle connaissait en un seul jour.

Le corps de logis destiné aux femmes était divisé en longs corridors fort étroits sur lesquels donnaient les portes de petites cellules qui, sur la même ligne, sous le même toit, n'étaient séparées que par un plâtrage ne s'élevant souvent qu'à mi-hauteur.

La cellule où fut conduite Caroline, après qu'on eut enregistré son entrée, n'avait pas trois pieds de large sur six de long. On lui expliqua que, dans cette prison, tout était payant, et qu'elle devait commencer par payer d'avance le loyer du premier mois qui se montait à quinze livres pour un lit. Elle dut également acheter un pot à eau et une chaise.

À peine était-elle installée, qu'un geôlier ouvrit brutalement la porte et lui annonça qu'il venait fouiller le paquet qu'elle avait apporté. Avec des mains grossières il tripota le linge qui y était enfermé puis, se tournant vers Caroline, il lui demanda si elle pouvait affirmer ne cacher aucun papier suspect sur elle. Sans attendre sa réponse, il fit un pas en avant, de sorte qu'elle fut prise entre la poitrine de l'homme et la cloison. Avec des doigts à la fois sournois et brutaux, le geôlier palpa la taille et la gorge de la jeune femme en feignant de s'assurer qu'elle ne cachait rien à fouille.

— Assez, c'est ignoble ! s'écria Caroline avec d'autant plus de colère qu'elle ne se pardonnait pas la secrète émotion que ce honteux attouchement lui avait fait ressentir malgré elle.

L'homme allait répliquer lorsque des pas nombreux retentirent dans le couloir. Presque aussitôt la porte s'ouvrit. Un guichetier apparut.

— Vous êtes bien la citoyenne Berthier ?

Sur son acquiescement, il lui ordonna de le suivre. Ils descendirent un escalier, empuanti par des mares immondes, et pénétrèrent dans une chambre où un homme se promenait, tandis que l'autre écrivait. Le guichetier se retira, la laissant seule avec eux.

Comme ni l'un ni l'autre ne semblaient prendre garde à sa présence, la jeune femme, au bout de quelques minutes, ne put réprimer son agacement.

— Au cas où votre vue serait mauvaise, dit-elle avec mépris, je vous informe que je suis là.

L'homme qui écrivait leva la tête.

— Vous êtes bien la citoyenne Berthier ?

— Oui, oui, oui ! Depuis que je suis arrêtée, on ne cesse de me poser cette question. C'est à croire que l'on ne m'a mise en prison qu'à seule fin d'être renseigné sur ce point.

— Ne vous énervez pas. Il n'y a pas de chaise. Mais vous pouvez vous asseoir, si vous le voulez, sur le coin de la table.

Il se remit à écrire, cependant que Caroline ne pouvait s'empêcher de se promener avec impatience dans la pièce. Enfin, l'homme posa sa plume et se tourna vers son camarade.

— C'est fait ? demanda celui-ci. Alors citoyenne Berthier, je vous informe que vous êtes mise en liberté.

Il ne l'avait même pas regardée en prononçant ces paroles, prit à son tour la plume, signa les commissions qui se trouvaient sur le bureau et appela le concierge qui reconduisit aussitôt Caroline dans sa cellule où elle rassembla ses affaires.

Devant la porte de la prison, un fiacre avait été commandé pour elle et l'attendait. Au moment où elle allait y monter elle reconnut à quelques pas d'elle l'homme qui avait signé sa mise en liberté.

— Vous perdez quelque chose, dit-il, en désignant un des coins du baluchon assez mal ficelé que portait la jeune femme.

Puis il s'approcha et l'aida à hisser le ballot dans la voiture. Ce faisant, son visage s'était rapproché de celui de Caroline.

— Vous ne me reconnaissez pas ? murmura-t-il. Je suis l'ancien secrétaire du marquis de Pougues et je me trouvais avec M. de Salanches ce jour de 14 juillet où nous allâmes à Vincennes. C'est Salanches qui m'a prévenu de votre présence. J'ai réussi à vous faire mettre en liberté en profitant de ce que votre mandat n'était pas rédigé selon les formes. Mais on n'a accepté de suivre mon conseil que parce qu'on pense retrouver grâce à vous Berthier, qui est en fuite. Votre maison est celle de vos beaux-parents sont surveillées.

— Mais que dois-je faire ?

— Ne retourner ni dans l'une ni dans l'autre. Sinon vous serez arrêtée de nouveau avant quelques jours.

À ce moment, un commissaire sortit de la prison et le jeune homme s'interrompit et s'éloigna avec une fausse indifférence.

Très troublée, Caroline monta dans la voiture. Elle avait indiqué au cocher la demeure de ses beaux-parents mais résolut de descendre avant d'y être parvenue. Aussi, laissant le baluchon dans la voiture, profita-t-elle d'un moment où le fiacre roulait sur des pavés particulièrement inégaux, et de ce fait faisait grand bruit, pour ouvrir le loquet de la portière dont le cocher ne put entendre le grincement. Elle craignait en effet que cet homme n'appartînt à la police. Un peu plus loin, comme la voiture s'était arrêtée à cause d'un encombrement, elle en sauta rapidement. Elle se trouvait devant la rue Quincampoix et éprouva à se mêler à la foule un plaisir tout nouveau. Elle se sentit libre et respira tout à coup, heureuse de vivre, comme elle ne l'avait pas été depuis des années.

Sans but, elle flânait. Elle rejoignit les quais de la Seine. La rivière était éclatante de lumière. Dans une pâtisserie, on vendait des sorbets. Elle y entra et dégusta avec plaisir la glace parfumée.

Un jeune homme la regarda et lui sourit. Elle n'osa pas lui répondre, mais son cœur battit très vite. Elle sortit et se retrouva dans la rue ; elle ne pouvait plus éluder davantage le problème qui se posait : où coucherait-elle ce soir ?

Elle cherchait le nom de l'ami, homme ou femme, ou du parent qui pourrait la recevoir. Mais cette recherche était vaine. Elle avait connu beaucoup de gens, mais elle s'apercevait brusquement qu'en dehors de Charlotte et de sa mère chez qui, précisément, elle ne pouvait pas se rendre, et de Gaston qui, lui aussi, devait se cacher, elle ne connaissait strictement personne assez intimement pour oser avouer sa situation et demander refuge. Cette impression de solitude l'attrista un instant, mais elle en ressentit ensuite une sorte de légèreté qui la grisa. Ainsi, pour la première fois de sa vie, elle était libre.

Elle pensa à aller coucher dans un hôtel. Le projet la séduisit. Elle arriverait, se ferait servir à dîner dans sa chambre. Personne pour lui faire des remontrances. Elle serait enfin sa propre maîtresse. Le sourire que le jeune homme lui avait adressé dans la pâtisserie revint pour la combler d'aise. Dans sa bourse, aux mailles reliées d'étoiles émaillées de vert, elle avait deux mille livres, c'est-à-dire de quoi vivre plusieurs mois sans se priver.

Mais, pour rabattre sa joie, les paroles de l'ami de Gaston lui rappelèrent que, sans doute, un mandat d'arrêt allait être à nouveau lancé contre elle. Si le conducteur du fiacre appartenait à la police, « on » devait déjà savoir qu'au lieu de regagner l'hôtel de ses beaux-parents, elle s'était enfuie. Si elle couchait à l'hôtel, elle serait obligée de montrer ses papiers… Elle chercha à se remémorer plus exactement les paroles de l'ami de Gaston. Dans l'énervement de sa libération, elle les avait mal écoutées. Comme un éclair, cette certitude s'imposa à elle : cet homme avait agi à la demande de Gaston. C'était à ce dernier qu'elle devait sa liberté ! Sa reconnaissance pour lui fit bondir son cœur. Au lieu de fuir, c'est à elle qu'il avait pensé. En même temps une hypothèse consolante se proposa : si Gaston était assez fort pour la faire libérer, il avait dû faire jouer ses relations pour lui-même. Au lieu de se sauver, il avait dû manœuvrer. Peut-être était-il encore chez lui ?

Aller le voir était hasardeux ; mais si elle restait ainsi abandonnée à elle-même, n'était-elle pas plus sûrement perdue ! Elle n'hésita plus. Le quai qu'elle longeait était voisin de la rue de l'Échelle. Elle y parvint au bout de quelques minutes de marche. Son visage rougit à la vue du jardin qu'elle avait naguère traversé en courant, poursuivie par la vision du jeune homme et de sa maîtresse.

Avant d'entrer, elle passa devant la grille d'un air détaché. Personne ne semblait surveiller la maison. Quant à celle-ci, elle paraissait calme et toujours habitée. La jeune femme, après être passée une seconde fois sans découvrir aucun détail alarmant, posa sur la poignée une main qui tremblait. En traversant le jardin, elle redoutait que chaque pas en grésillant sur le sable de l'allée ne fasse surgir une légion de jacobins. Mais elle parvint au perron sans encombre. Elle poussa la porte. Il régnait ce même silence qui l'avait tant troublée trois ans plus tôt. Elle reconnut la rampe forgée de l'escalier qu'elle gravit machinalement, se dirigeant aussi machinalement vers la fameuse chambre. La porte en était entrouverte. La même tenture pendait. Elle l'écarta. Gaston était là. Une paire de pistolets brillaient sur la table. Il empilait du linge dans une cantine. Elle cria :

— Chéri !

En même temps, elle tombait dans ses bras. Elle ne put parler qu'au bout de quelques minutes.

— Mon chéri, c'est à vous que…

Il se taisait, la serrant de toutes ses forces et lui caressant doucement les joues.

— J'étais sûr que vous sortiriez… Mais je doutais encore. Avec ces gens, on n'est sûr que lorsque c'est fait.

Comme elle chancelait, il voulut l'étendre sur le lit. Mais elle retrouva ses forces pour s'y opposer et dire avec une petite moue :

— Non, mon petit Gaston, le lit me rappelle un mauvais souvenir.

— Vous êtes rancunière comme un éléphant !

Caroline feignit de s'indigner et de s'adresser à un auditoire imaginaire :

— J'échappe à la guillotine. Je tombe pâmée dans ses bras. Et savez-vous à quoi il me compare : à un éléphant !

Il dut l'embrasser sur la bouche pour la faire taire. Mais, tout en partageant sa joie, il semblait soucieux et réticent et Caroline, qui s'en aperçut, finit par l'interroger.

Le jeune homme lui expliqua alors que leur situation n'était au fond pas très brillante. C'était un miracle si elle l'avait trouvé là, L'avant-veille, prévenu par Georges qu'il était sur la liste des suspects, il était allé loger chez un ami. Grâce à ses relations, il avait réussi à faire biffer son nom de la terrible liste. Mais, très bien renseigné, il savait que cette victoire était précaire et que, dans l'après-midi, son comité, qui n'aimait pas laisser échapper une proie, avait à nouveau voté son arrestation. Celle-ci n'était qu'une question d'heures. Au moment où Caroline était arrivée, il achevait ses préparatifs de départ.

— Où partez-vous ?

— Je comptais rejoindre à cheval mon ami Thiébaut dans son armée où je serai en sécurité. Ce soir, je ne pouvais filer bien loin, mais assez pour parvenir à une certaine distance de Paris.

— Gaston, je ne veux pas que ma présence retarde ce départ dont dépend votre vie !

— Mais, mon pauvre cœur, qu'allez-vous faire ?

— Je m'arrangerai.

Il haussa les épaules.

— Je ne peux tout de même pas vous laisser dans une situation pareille…

Il se fit raconter par la jeune femme les détails de sa libération, puis, après avoir réfléchi, décida que tous deux allaient d'abord quitter cette maison où, d'une seconde à l'autre, la police pouvait arriver ; ensuite, il se rendrait chez les Berthier afin de savoir si Georges était revenu, et si par hasard il n'avait prévu aucun refuge pour sa femme.

10
Caroline révélée

C'est dans un fiacre que Caroline attendait les nouvelles qu'était allé chercher Gaston. Inquiète de son sort, elle souhaitait que Georges ait réussi à lui trouver un asile, mais en même temps elle redoutait de retomber sous la coupe de son mari. « Que la vie serait belle ! pensait-elle, s'il n'y avait pas la Révolution, et si, librement, je pouvais partir avec Gaston pour un voyage d'agrément. Nous prendrions le coche, nous nous arrêterions dans des auberges campagnardes. » Elle s'imagina le plaisir qu'elle aurait à lui faire visiter la région où elle était née. Et cette fois, il n'y aurait plus de Mlle de Tourville. Tous deux pourraient trotter dans la campagne, se baigner dans la Loire, se vautrer dans l'herbe, sans risquer aucune admonestation.

Ce rêve fut interrompu par le visage du cocher qui, descendu de son siège, venait d'ouvrir la portière. C'était un homme ventru qui n'avait pas l'air mauvais. Il s'écria, avec une grosse cordialité :

— Alors, citoyenne, est-ce que vous croyez que je vais attendre longtemps comme ça ? N'avez-vous pas peur que votre galant vous ait tout bonnement faussé compagnie et dans ce cas qui me paiera, moi ?

Revenue à elle, Caroline, lui fit voir sa bourse pour le rassurer. L'homme haussa les épaules :

— Alors, on attend encore ? dit-il.

— Certainement. Il ne va pas tarder.

La voiture était arrêtée dans une petite rue tranquille, située derrière le Palais-Royal. Un joli chien blanc, qui semblait effrayé, vint se jeter à ce moment dans les jambes du cocher qui, changeant de préoccupations, se mit à caresser la petite bête.

— On dirait qu'il a suivi la voiture, observa l'homme. Il n'est pas à vous?

— Non, je ne le connais pas, répondit gravement Caroline.

Dès lors, le temps parut moins long au cocher qui se mit à jouer avec le chien, lui lançant des pierres, pour le faire courir, et le flattant lorsqu'il les lui rapportait.

Enfin Gaston parut. Il marchait d'un pas vif. Il sauta dans la voiture, en ordonnant au cocher de les mener rue Saint-Honoré. Quand le fiacre se fut mis en marche, il raconta à Caroline qu'il avait vu seulement Charlotte, que Georges n'avait pas reparu à la maison, mais qu'il y avait envoyé un de ses amis, porteur d'une lettre destinée à sa femme, et qu'en raison des circonstances, Charlotte n'avait pas hésité à la lui donner. Par cette lettre, il lui enjoignait de prendre le coche du Calvados et de le rejoindre à Caen, à l'hôtel de la Nation, où lui-même s'apprêtait à partir. À cette lettre étaient joints de faux papiers au nom de Cyprienne Baron, modiste, originaire de Caen.

— Alors, je n'ai plus qu'à partir? demanda Caroline avec une certaine déception dans la voix.

— Hélas! Non, répondit le jeune homme, car le coche d'aujourd'hui est déjà loin et il n'y en a pas demain. Il faut donc que vous attendiez deux jours pour pouvoir le prendre. Ces deux jours, et surtout ces deux nuits, je ne sais trop comment vous allez faire pour les passer. Il est maintenant neuf heures du soir et les hôteliers de Paris, accablés comme ils le sont par les injonctions de la police, vous considéreraient comme une suspecte si, seule et sans bagage, vous demandiez une chambre à cette heure. Je ne vois qu'une solution : passer cette nuit dans le petit appartement qu'Henri nous a laissé.

Le cœur de Caroline se mit à battre. En même temps, elle n'osait s'abandonner à sa joie. Gaston lui proposait-il de passer la nuit ensemble dans cet appartement, ou comptait-il tout simplement la laisser à la porte? Mais elle fut rassurée par une remarque du jeune homme :

— Nous n'aurons qu'à entrer tranquillement, en bavardant, et personne ne fera attention à nous. J'ai eu cette idée tout à l'heure en reconnaissant les clefs de l'appartement dans votre bourse.

Caroline était émue. Elle retrouvait, en beaucoup plus intense, ce trouble qu'elle avait connu le soir de ses noces avec Georges, lorsqu'elle était encore animée de beaucoup d'espoir. Elle se sentait timide, inquiète, soumise en même temps, comme si elle eût été vierge.

Ils descendirent du fiacre, firent quelques pas et ils allaient entrer dans la maison quand Gaston observa qu'ils n'avaient pas dîné. Impatiente de se trouver seule avec lui, mais craintive en même temps, la jeune femme accepta d'aller dîner avec son ami dans un petit restaurant de la rue de l'Arcade.

Lorsqu'ils y parvinrent, la plupart des autres convives avaient fini leur repas. Néanmoins, on leur en improvisa un. Par sa gentillesse séduisante, Gaston obtint de la serveuse un excellent vin, chose qui était rare à Paris. On les plaça dans une petite loggia qui donnait sur une cour étroite, plantée d'arbrisseaux.

Les émotions que la jeune femme avait éprouvées durant les jours qu'elle venait de vivre, le trouble où la plongeait toujours la présence de Gaston, l'approche de cette nuit où elle savait qu'enfin elle lui appartiendrait, se conjuguèrent avec les vapeurs du bourgogne parfumé qu'elle avait bu et, dès la fin du dîner, elle n'avait pu s'empêcher de poser sa tête sur l'épaule de celui dont elle se répétait avec un plaisir infini : « Il va être mon amant. »

Pour revenir jusqu'à la maison de la rue Saint-Honoré, Caroline dut s'appuyer très fort au bras de Gaston. Elle se sentait alanguie et déjà heureuse. Ils franchirent l'étroite voûte de l'entrée, sans chercher à se dissimuler. Mais l'escalier était calme et ils ne rencontrèrent personne. D'ailleurs, malgré les dangers dont elle se savait menacée, Caroline ne pensait pas à la Terreur, ni à ce que serait le lendemain, elle écoutait le battement de son sang dans tout son corps, elle s'accrochait de tout son poids au bras du jeune homme. Ce n'était pas vers un refuge qu'il la conduisait, mais bien vers une alcôve amoureuse.

Enfin, Gaston referma derrière eux la porte. L'appartement n'avait pas changé depuis leur dernier rendez-vous. Les volets en étaient toujours ouverts et la douce clarté du crépuscule chaude et colorée répandait sur les plus simples objets la gloire poudreuse du couchant. De la cour montait le chantonnement d'un enfant. Les deux jeunes gens se tenaient immobiles, regardant mutuellement leur visage doré par la lumière.

Ce fut Caroline qui prit la première l'initiative. N'y tenant plus, elle se jeta au cou de Gaston, renversant sa tête contre la poitrine du jeune homme, abandonnant sa taille aux deux bras souples qui la ceignirent.

Il ne se pressait pas. La tenant serrée contre lui, il la menait à tout petits pas vers le lit, ponctuant chaque mouvement d'un très long baiser et d'une profonde caresse. Il semblait à Caroline que ce lent mouvement qui la menait vers le lieu où elle pourrait enfin appartenir à son amant était une danse, un menuet auquel elle se livrait comme dans un rêve.

Dehors, les cris des hirondelles rasant les toits se mêlaient au chantonnement opiniâtre d'un enfant et parvenaient jusqu'aux oreilles de la jeune femme.

— Dis donc petit, lança une voix criarde, du fond de la cour, est-ce que ta mère est là ?

Le gosse interrompit sa chanson :

— Maman, cria-t-il. Il y a la concierge qui demande après toi.

— Qu'est-ce qu'il y a pour votre service ?

— C'est pour savoir si vous auriez l'amabilité, voisine, de garder ma porte un moment. Figurez-vous qu'une femme et un homme, du genre ci-devant, viennent de monter occuper l'appartement du troisième. Vous savez, celui de cet individu qui se disait dessinateur et qui a filé d'une si drôle de manière.

— Parfaitement, je me rappelle. Encore un aristocrate !

— Eh ben ! je me demande si c'est régulier comme ça ? Cet homme et cette femme qui, sans rien dire à personne, s'amènent à une heure pareille pour s'enfermer dans cet appartement ?

— Sûr que ce sont des agents de Pitt et de Cobourg.

— Vous êtes de mon avis, hein ! c'est suspect ?

— Je pense bien ! Il faut aller dire tout ça à la section, et ne pas risquer de se compromettre et de compromettre toute la maison.

— Alors, voisine, pendant que je cours à la section je compte sur vous pour garder ma porte, et si jamais ces ennemis du peuple essayaient de filer, ne manquez pas d'appeler à l'aide, le secours ne manquera pas.

À quelques pas du lit, le menuet amoureux s'était arrêté. Gaston, figé sur place, avait levé la tête, pour mieux suivre cette conversation tragique. Quant à la jeune femme, arrachée à son extase, elle avait du mal à rassembler ses idées.

— Je me demande bien ce que nous allons faire ? murmura Gaston.

Il avait cessé de tenir la taille de Caroline et parcourait la pièce d'un pas nerveux. Frappant le parquet de violents coups de pieds, il éclata soudain :

— Nous étions si bien ! Cette bougresse de femme ! Si je pouvais lui tordre le cou ! Garce de garce !

Il se retourna vers Caroline :

— Évidemment, nous pouvons essayer de descendre et de nous sauver dans la rue. Mais vous avez entendu, l'odieuse commère, que cette vieille sorcière a laissée de garde, hurlera comme une folle et nous ne pourrons pas faire vingt pas sans être rattrapés.

Il se pencha et souleva le rideau de la cheminée, mais celle-ci était beaucoup trop étroite pour qu'il soit possible d'y grimper.

— Si j'étais seul, je monterais au quatrième et je gagnerais le toit par une lucarne…

— Partez, mon cœur, murmura Caroline.

— Vous êtes folle !

Il réfléchit encore, puis courut vers la cuisine. Caroline ne bougeait pas. Il revint :

— J'ai peut-être trouvé une solution. Elle est dangereuse pour vous, mais je n'en vois pas d'autre. Je vais rester dans cette chambre. Lorsque la meute arrivera, je me livrerai, je me laisserai conduire à la section et je tâcherai d'y faire jouer mes relations. Pendant ce temps, vous resterez cachée dans ce placard, dont la porte n'est absolument pas apparente. Je dirai que j'étais avec une fille de joie qui est redescendue et que moi-même, je m'apprêtais à regagner mon domicile.

— Mais si vous vous laissez arrêter, Gaston, vous êtes perdu !

— Mais non, mais non, ne vous occupez pas de moi. Venez. Je vais vous installer dans le placard où jadis l'arrivée de Georges m'a fait faire un petit séjour.

Il essaya de rire :

— Vous voyez : chacun son tour.

Caroline était indécise :

— Non, non, je ne peux pas accepter cela, cherchez autre chose…

— Ce n'est pas la peine de chercher. Venez vite, les bureaux de la section sont tout près d'ici, la bande sera arrivée dans un instant.

Comme pour confirmer cette prévision, la porte cochère claqua. Tous deux frémirent, guettant de toutes leurs oreilles la rumeur qui allait suivre :

— Voyez donc comme c'est désagréable, cria la voix de la concierge. Les bureaux sont fermés. La séance vient d'être levée. Tandis que, journellement, elle dure jusqu'à onze heures. Mais, demain, j'y serai pour l'ouverture, à neuf heures du matin.

Tous deux respirèrent. Le péril immédiat était écarté.

— Que faisons-nous ? demanda Gaston.

Puis, comme Caroline ne répondait pas, il décida :

— Nous sommes sûrs qu'il ne se passera rien avant demain matin. Restons ici toute la nuit, nous nous esquiverons très tôt, avant que cette drôlesse soit levée.

Caroline lui répondit par un sourire, et, achevant brutalement la savante progression que la concierge avait interrompue par ses menaces, elle alla s'abattre sur le lit. Sans bruit, Gaston ferma à demi les volets et vint la rejoindre.

Il la caressait avec la lenteur d'un amant qui aurait l'éternité devant lui. Tous deux riaient et se souriaient. L'horrible concierge, incarnation vivante de leur péril, s'était évanouie de leur esprit.

— Ma chérie, murmura Gaston, êtes-vous suffisamment sûre que vos seins sont les plus beaux du monde ?

Il la dénudait avec tant de patience, freinant par la douceur et la précision de ses caresses l'ardeur de la jeune femme, qu'elle se tordait de désir sur le lit. Quand il ne lui resta plus que sa chemise, sa soif d'être à lui fut si grande qu'elle l'arracha elle-même, la déchirant à pleines mains, pour en sortir plus vite. Elle demeura longtemps nue, sous le regard du jeune homme, qui, immobile, la regardait sans la toucher. Et ce simple regard que, bien qu'elle eût fermé les yeux, elle sentait se promener sur sa nudité, suffisait déjà à la mener à des extases qui dépassaient celles qu'elle avait connues sous ses doigts, dans le bois de Vincennes. Au froissement des étoffes, elle comprit que Gaston se dévêtait à son tour, et soudain, elle sentit s'écraser contre elle ce jeune corps, tiède et nu, dont le contact la submergea d'une ondée de douceur et de plaisir. Alors, ne s'appartenant déjà plus, elle commença à divaguer sous les caresses habiles qui l'accablaient.

De toutes ses forces, elle essayait de serrer contre elle le jeune homme tant désiré qu'elle enlaçait de ses bras et de ses jambes. Rendue folle par l'impatience, elle appelait une possession totale qui, plus elle tardait, plus elle l'enfiévrait. Elle crut que son cœur s'arrêtait de battre lorsque enfin elle se sentit à lui. Puis un tourbillon l'emporta. Les lèvres de Gaston étaient obligées de se coller sur les siennes pour étouffer la violence de ses gémissements.

*

Lorsque le sommeil les eut vaincus, le jour était sur le point d'apparaître. Rompue, heureuse enfin, Caroline s'était laissée aller à cette torpeur sans s'en apercevoir. Quand elle revint à elle, la chambre était éclairée par une lumière déjà vive. C'était Gaston qui l'avait réveillée en caressant doucement ses épaules. Le premier geste de la jeune femme fut de lui sourire et de lui ouvrir les bras. Mais il hocha tristement la tête.

— Il est près de six heures, mon amour, nous serions fous de nous attarder davantage. Il faut nous habiller et partir.

Il se leva et rassembla les vêtements de Caroline épars autour du lit. La jeune femme le suivait du regard. C'était la première fois qu'elle le voyait nu, à la clarté du jour. Il se penchait, se redressait. Ses muscles jouaient sous sa peau blonde. Son corps mince et souple se tendait et se détendait. Caroline ne pouvait se rassasier du plaisir de le regarder. Il disposa les vêtements de la jeune femme auprès d'elle, puis revêtit rapidement lui-même son pantalon collant, ses bottes souples, sa chemise et sa tunique. Caroline, toujours étendue, son corps toujours las et heureux, ne bougeait pas. Quand il fut prêt, il se pencha vers elle, lui embrassa longuement les lèvres, écarta les draps, saisit le corps de la jeune femme dans ses bras, et la déposa au milieu de la pièce.

Toute contente de l'admiration qu'elle lisait dans ses yeux, Caroline s'étira, avant de feindre une pudeur offensée qui l'amena à se voiler coquettement dans une des couvertures qu'ils avaient jetées à terre pendant leur long combat nocturne. Gaston se mit à rire :

— Eh bien ! justement, Caro, puisque tes vêtements sont là, au lieu d'essayer de jouer à la princesse indienne, tu vas me faire le plaisir de t'habiller pour de bon.

Décidé à brusquer les choses, Gaston lui arracha sa couverture et voulut lui faire enfiler sa chemise. Mais celle-ci, digne trophée de leur nuit, était si lamentablement déchirée, que le jeune homme faisait de vains efforts pour trouver un moyen de la faire tenir autour du corps de Caroline, qui riait joyeusement :

— Ce que tu es maladroit, mon chéri ! Tu es adorable !

— Eh bien ! essaye, puisque tu es si maligne et que tu te moques des autres.

Mais la jeune femme rejeta d'un geste désinvolte la chemise sur le parquet.

— Je ne suis pas folle comme toi ! Je n'essaye pas. Tu ne vois pas que c'est impossible. Autant essayer de me faire une jupe avec la couverture.

— Mais alors…

— Alors, je me passerai de chemise, et je suppose que je ne serai pas la première jeune femme à qui la même aventure sera arrivée.

Il l'aida à attacher ses bas, à lacer son corset, à passer son jupon et sa robe, à reposer sur ses cheveux la perruque qui en complétait l'édifice.

Dans une toute petite glace, clouée au mur, ils essayèrent de se regarder côte à côte.

— Eh bien ! Nous avons très bonne figure, dit Gaston. Il ne nous reste plus qu'à filer d'ici rapidement.

Mais la jeune femme vint se coller contre lui :

— Tu es content ? Tu es content de moi ?

— Quelle question ? Comment ne serais-je…

Caroline rougit et cacha sa tête contre la poitrine du jeune homme :

— Je veux dire, t'ai-je donné autant de plaisir que tu l'espérais ? Parce que moi, il faut que je t'avoue que c'est comme si tu m'avais eue vierge. Avant cette nuit, je ne connaissais rien.

— Ma chérie, murmura Gaston, ému.

Elle redressa la tête et, le regardant dans les yeux :

— Tu ne me méprises pas d'avoir été à toi ? On m'a dit que souvent les hommes avaient du mépris pour les femmes qui se donnent trop facilement à eux.

— Trop facilement ! Mais il y a des années que je t'aime.

— Comme je regrette que tu ne sois pas allé jusqu'au bout quand nous étions dans le bois de Vincennes, ou plutôt je ne le regrette pas, parce que ce n'aurait pas pu être plus merveilleux que cette nuit.

Elle hésita. Elle frotta sa joue contre la tunique de Gaston.

— Seulement, si ça s'était passé ce jour-là…

— Eh bien ?

— Eh bien ! je n'étais pas mariée… Tu aurais pu m'épouser…

Gaston ne répondit pas. Devant son silence, la jeune femme leva son regard vers lui.

— Tu n'aurais pas voulu m'épouser ? Je ne te plais pas à ce point ?

— Mais pourquoi revenir sur le passé. Ce qui est fait est fait.

Caroline s'écarta de lui, un pli amer aux lèvres.

— Je devine bien ce que tu penses, va ! Tu as connu tant de femmes ! Qu'est-ce que je suis, moi ? Une de plus et un point c'est tout. S'il avait fallu que tu épouses toutes les femmes qui t'ont accordé leurs faveurs, évidemment tu aurais eu du mal.

— Écoute, Caroline, ne sois pas stupide. Tu entends : six heures sonnent. Il faut nous en aller. Je ne comprends rien aux reproches que tu me fais.

Comme elle ouvrait de nouveau la bouche, il eut un mouvement d'impatience.

— Mais enfin, je ne t'ai pas prise de force ! Et tu ne comptais tout de même pas que je t'épouse, puisque tu es mariée.

— Il ne s'agit pas de ça. J'aurais simplement voulu savoir si tu m'aimais vraiment.

Le jeune homme passa sa main sur son front.

— Écoute, ma petite Caroline, je ne sais que te dire. Une chose est certaine, c'est que bien des fois dans ma vie j'ai affirmé à des femmes que je les aimais à en mourir, alors que je ne désirais à la vérité que m'amuser un peu avec elles. Je n'ai jamais voulu user de ce mensonge banal avec toi. Peut-être est-ce la preuve que je t'aime. Moi-même je n'en sais rien. Je me suis souvent interrogé à ton sujet. Dans ce bois de Vincennes, où tu me reproches d'avoir été trop sage, j'avais très envie de toi, et c'est peut-être aussi parce que je t'aimais que, ce jour-là, contrairement à mes habitudes, je me suis précisément montré si sage. En tout cas, tu es la première femme qui ait si longtemps occupé ma pensée. Après tout, il est très possible que je t'aime…

Il resta rêveur un instant :

— Et maintenant, ne te conduis plus comme une enfant. Descendons.

— Tu ne m'en veux pas ? demanda-t-elle.

— Mais non, Caro.

Il s'avança et, pour la rassurer, la prit dans ses bras et l'embrassa. Elle chuchota :

— Mon chéri, après je serai sage, mais nous allons être séparés, je te veux encore, prends-moi vite, très vite…

Le jeune homme fronça légèrement les sourcils, mais lui-même était ému par le contact du buste qui ployait dans ses bras. Une folie, analogue à celle de Caroline, s'empara de lui. Ils se feraient peut-être arrêter, mais tant pis. Sans se déshabiller, ils s'abattirent sur le lit. Avec une sorte de brutalité, il retroussa ses jupes et la prit violemment. Leur souffle haletant se mêlait encore quand d'un coup de reins il s'arracha à leur étreinte, lui saisit le poignet, ouvrit la porte et, malgré le désordre de leur toilette, malgré leur visage empourpré, l'entraîna dans l'escalier.

Quand ils passèrent devant la loge de la concierge, des bruits ménagers les inquiétèrent. La cerbère devait être déjà debout. Sur la pointe des pieds, ils se glissèrent jusqu'à la porte qui, heureusement, était déjà entrouverte. Ils se retrouvèrent dans la rue où, malgré l'heure matinale, des passants assez nombreux se rendant à leur travail circulaient avec animation.

N'ayant aucun but précis, ils se rendirent jusqu'aux quais de la Seine et, après avoir acheté à un petit marchand ambulant des chaussons aux pommes, allèrent les manger, accoudés au parapet qui dominait le fleuve.

Ce fut Gaston qui, le premier, fit allusion aux réalités immédiates où il fallait bien retomber.

— Et maintenant, murmura-t-il, qu'allons-nous faire?

— Tu tiens absolument à ce que j'aille rejoindre mon mari? demanda Caroline.

Le jeune homme la regarda avec surprise.

— Ce n'est pas que j'y tienne absolument, mais je ne vois pas d'autres moyens pour toi d'être en sécurité. D'après tous les renseignements qu'on a, la Normandie s'est déclarée en faveur des girondins. Tu y retrouveras Georges. Je ne vois pas où tu pourrais être mieux.

— Ç'aurait été si agréable! Je nous vois tellement partant tous les deux, à petites journées, profitant des diligences, dormant dans les auberges...

— Ma parole, tu rêves éveillée ! Je finis par croire que tu n'as aucune notion de l'état où nous nous trouvons. En ce moment-ci, tu es toute contente, tu manges un gâteau en regardant couler la Seine, il fait beau, tu as envie d'aller à la campagne. Tu oublies qu'à quelques centaines de mètres d'ici, place de la Révolution, à cette heure-ci, la guillotine doit être occupée à faire tomber quelques dizaines de têtes. Elle serait jolie, notre petite promenade ! Charmantes auberges ! Délicieuses diligences ! On ne serait pas long à nous mettre sous clef. Je suppose que tel n'est pas ton rêve ?

Il s'anima :

— Mais ne comprends-tu pas que, même ici, en ce moment, nous sommes en péril de mort. Qu'il suffit que quelqu'un nous connaissant nous rencontre pour qu'il nous fasse arrêter.

Caroline frappa du pied la pierre du trottoir :

— Eh bien ! c'est trop bête ! On n'a pas idée d'une époque pareille ! Si nous étions nés cinquante ans plus tôt, la terre aurait été un paradis pour nous.

— C'est possible, quoique nous eussions aussi bien pu naître en ce cas dans une chaumière. Mais nous perdons notre temps. Il faut que nous trouvions immédiatement un logement pour toi où tu puisses attendre demain pour partir en Normandie.

— Et toi, que vas-tu faire ?

Le jeune homme s'impatienta :

— Mais que veux-tu que je fasse ! À t'en croire, on dirait que nous sommes libres de nos décisions. Bientôt tu me rendras responsable de la Terreur. Je n'ai pas d'autre issue que l'armée. Si je tarde, je suis perdu. En conséquence, je vais m'occuper de te trouver un logement jusqu'à demain. Ensuite, je vais rejoindre le cousin de Thiébaut, qui me conduira au front.

— Alors, tu vas partir aujourd'hui ?

— Oui ! Préférerais-tu que je me laisse arrêter ?

Caroline poussa un soupir :

— Alors, en effet, dit-elle, puisqu'il n'y a rien à faire, trouve-moi un logement et va-t'en.

Le jeune homme lui expliqua alors qu'il croyait avoir trouvé un refuge possible pour la jeune femme.

— Une de mes amies a un petit hôtel avec un grand jardin, du côté de Monceau. Je crois qu'elle t'accueillera ; le mieux est que nous nous rendions chez elle dès maintenant.

Caroline ne répondit pas, mais suivit son ami qui la fit monter dans un fiacre. La voiture les fit repasser devant la maison de la rue Saint-Honoré, où ils avaient passé la nuit. Un groupe d'hommes était rassemblé devant la porte et la concierge pérorait. Les deux jeunes gens se serrèrent la main :

— Nous l'avons échappé belle ! dit Gaston.

Un peu plus loin, ils croisèrent un convoi de charrettes, et le jeune homme pâlit brusquement.

— Tu sais ce que c'est ? dit-il, en se penchant à l'oreille de la jeune femme. Ce sont les charrettes des condamnés qui reviennent de la guillotine.

Caroline sentit un petit frisson et d'elle-même, murmura :

— Dans le fond, j'ai hâte d'avoir trouvé un abri.

En les menant vers Monceau, le fiacre dut s'arrêter pour laisser passer un groupe de sectionnaires qui entouraient deux ou trois malheureux dont les mains étaient liées. La foule poussait des hurlements, les pierres volaient.

— Je crois, observa Gaston, que cette journée va encore être une journée terrible.

Enfin, le fiacre s'arrêta et ils descendirent.

— Le mieux, dit le jeune homme, est que tu m'attendes ici en faisant les cent pas dans cette allée. Pendant ce temps, je verrai mon amie, puis je reviendrai te chercher. Par exemple, ne me tutoie pas devant elle et dans les conversations que tu pourras avoir avec cette dame, ne dis jamais rien qui puisse laisser entendre que nous… enfin tu me comprends.

— Je devine plutôt ! Cette dame est sans doute une de tes maîtresses. Tu as l'audace de…

— Ma petite Caroline, sois raisonnable. Tu as deviné juste. Je ne veux pas te mentir. Ce que je fais, en toute autre occasion, serait peut-être de mauvais goût. Mais aujourd'hui, je n'ai pas le choix. Je te sauve comme je peux.

Il lui fit un geste de la main et s'éloigna d'un pas rapide. La jeune femme le vit sonner à une grille, devant un grand jardin, planté d'arbres élevés. Au bout d'un instant, on vint lui ouvrir et il disparut.

Dès qu'elle fut seule, Caroline se sentit toute perdue. Aussitôt qu'un passant la regardait, elle frissonnait. Vainement, elle cherchait à se donner un air indifférent, en suivant du regard le vol des hirondelles, ou en feignant d'examiner les fleurs dont les corolles surgissaient à travers les barreaux des grilles. Elle se sentait fiévreuse, pour un peu elle aurait éclaté en sanglots. Elle se voyait déjà prisonnière, puis jetée dans ces sinistres charrettes, dont le convoi, quelques minutes plus tôt, l'avait tant impressionnée. La vue d'une patrouille qui remontait l'avenue, acheva de mettre le comble à son désarroi. Prise de panique, elle se précipita vers la grille et sonna de toutes ses forces.

Une femme qui devait être une domestique, vint lui ouvrir et lui demanda ce qu'elle voulait. Caroline fut décontenancée. Elle ne savait même pas le nom de la dame chez laquelle Gaston était allé. Elle bégaya :

— Je suis une amie de la personne qui vient d'entrer. J'ai rendez-vous…

La domestique la regarda avec surprise, puis, après avoir hésité, lui fit signe de la suivre. Au détour d'une allée, elle se trouva face à face avec Gaston, auprès duquel était une jeune femme, légèrement vêtue d'un déshabillé du matin.

Éperdue, Caroline se précipita vers Gaston dont le visage se rembrunit. Cependant, d'un geste, la jeune femme avait congédié la domestique.

— Vous êtes folle, s'écria Gaston. Pourquoi ne m'avez-vous pas attendu ?

— J'ai eu peur, il y avait une patrouille. Tout le monde me regardait.

Gaston se mordit les lèvres.

— Et qu'avez-vous dit à la domestique ?

— J'ai dit… j'ai dit… que j'étais une de vos amies, que je venais vous voir.

Le visage de Gaston exprima un mécontentement grandissant. Cependant, il parut se dominer et se décida à présenter, sous son nom d'ailleurs, Caroline à la jeune femme.

— Mme de Coigny n'était pas tout à fait décidée à vous accueillir, et votre venue…

— Ma venue est une sottise, je le sais bien, avoua Caroline en rougissant.

Mme de Coigny observa :

— Il est d'autant plus fâcheux que vous vous soyez fait passer pour une amie de Salanches, que je comptais vous présenter comme une de mes cousines.

Elle se retourna vers Gaston :

— Vous comprenez, mon cher, que malgré les indulgences dont j'ai bénéficié, je ne peux pas tenter le sort.

Vexée et humiliée, Caroline avait hâte que cette scène prît fin. Elle s'inclina et dit :

— Madame, je vous remercie de vos intentions et m'excuse d'avoir troublé votre matinée. Je vais me retirer.

Tous trois marchèrent lentement jusqu'à la grille. En y parvenant, Mme de Coigny déclara brusquement :

— Après tout, je vous garde.

Le soulagement qu'éprouva Caroline à se savoir dans un abri relatif fut gâté par la jalousie qu'elle ressentait pour cette jeune femme, si belle et si sûre d'elle-même. Elle se comparait intérieurement à elle et enviait sa taille plus élevée, sa prestance plus autoritaire, ses magnifiques yeux noirs, audacieux et durs. Mais son découragement s'accrut, quand elle entendit Gaston déclarer, après avoir remercié son amie, qu'il allait lui-même se retirer afin d'être à cheval le plus tôt possible.

Ce qui était le plus douloureux pour Caroline, c'était la nécessité où elle se trouvait de dire adieu à son amant en présence de cette femme. Elle imaginait ce dernier baiser qui aurait réuni leurs lèvres… Surtout, elle aurait voulu lui demander comment il comptait faire pour qu'ils puissent se revoir.

Mais Gaston se borna à baiser sa main :

— Madame, dit-il, j'espère que votre aventure se terminera bien. J'aurai de vos nouvelles par Mlle Berthier. Elle vous donnera des miennes. Puissions-nous nous retrouver en des heures plus calmes !

C'était donc ça la vie ? Il y avait quelques heures à peine, elle était dans les bras de Gaston. Ils s'étaient totalement livrés l'un à l'autre. Plus aucune pudeur n'existait. Leurs corps étaient profondément emmêlés. Ils ne faisaient qu'un. Elle sentait la présence de son amant jusqu'au creux de sa chair. Et maintenant… monsieur, madame, des révérences, le vouvoiement, les convenances. Elle était stupéfaite qu'on pût si facilement passer de ce don total à une affectation d'indifférence aussi réussie.

Mais Mme de Coigny, après avoir regardé Caroline, d'un air amusé, comme si son embarras ne lui échappait pas, s'écarta tout à coup en déclarant qu'elle revenait vers la maison pour y chercher un flacon de vieille eau-de-vie, dont elle voulait munir Gaston.

Dès qu'ils se trouvèrent seuls, Caroline ne put retenir ses larmes.

— Mon chéri, quand nous reverrons-nous ?

Mais l'indifférence que Gaston avait été obligé de simuler semblait avoir altéré son intimité avec la jeune femme. Il resta sur la réserve :

— Notre prochaine rencontre, dit-il, ne dépend presque pas de nous. Nous sommes entre les mains des événements. Mais comme je vous le disais tout à l'heure…

— Tu ne me tutoies plus?

— On pourrait nous entendre, expliqua le jeune homme avec confusion.

Puis il reprit impatiemment :

— Ne sois pas agaçante. Caroline. Quittons-nous courageusement. Dès que je pourrai rentrer à Paris, j'irai voir Charlotte. Ce sera notre agent de liaison, aie confiance, sois bien prudente…

— Gaston, je voudrais te poser une question : si je suis bien prudente, si j'ai beaucoup de chance, le mieux que je puisse espérer est de me retrouver demain auprès de Georges. Cela ne te fait-il rien de savoir que, demain… que demain j'appartiendrai à Georges, pour peu qu'il ait envie de moi?

— Je le sais bien, mais…

— Cela t'est égal que demain je fasse l'amour avec un autre…

— Ma pauvre chérie, ne me retourne pas le poignard dans la plaie!

— Oh! c'est un poignard de bois et une plaie bien légère, s'écria Caroline, qui se tut, car elle venait d'apercevoir Mme de Coigny qui, essoufflée, arrivait portant une bouteille dans ses bras.

— Vous la boirez en pensant à moi, mon cher Gaston, s'écria-t-elle.

Le jeune homme retrouva une révérence d'autrefois et dit en souriant :

— Cette fiole me sera donc précieuse jusqu'à sa dernière goutte.

Caroline était immobile et très rouge. Tous trois conservèrent un silence gêné pendant quelques instants, puis Gaston s'inclina de nouveau, la porte s'ouvrit :

— Et ne vous faites pas tuer, ce serait vraiment trop bête !

À travers la grille, la dame adressa à Gaston un dernier signe de la main. Caroline n'en eut même pas l'idée, elle regardait machinalement Gaston s'éloigner. Les feuilles de la haie le cachèrent bientôt à son regard. Un instant, dans les intervalles des branches, elle aperçut encore la couleur bleue de sa tunique…

— Eh bien ! oui, dit Mme de Coigny, il est parti. Et c'est bien dommage, car c'est un charmant garçon.

Elle prit le bras de Caroline et toutes deux suivirent l'allée en silence.

11
Le matelas

Le soir commençait à tomber. Caroline était assise dans la chambre qui lui avait été donnée, à quelques pas de la fenêtre. Comme la veille, les hirondelles striaient de leurs vols prestes et bruyants un ciel pur, légèrement assombri, où le couchant mêlait des lueurs de toutes les couleurs. Elle pensait que jamais elle ne réussirait à oublier, à chaque crépuscule, son entrée avec Gaston dans le petit appartement, les jeux de la clarté finissante dans la chevelure du jeune homme… C'était hier, et en même temps c'était fini.

Toute la journée elle avait pensé à lui. Dans son imagination, il n'avait jamais cédé la place qu'à la peur qui, de temps en temps, la saisissait lorsqu'elle envisageait sa situation. Mme de Coigny avait usé à son égard d'un mélange d'amabilité hautaine et de froideur un peu méprisante. Elle l'avait fait déjeuner à sa table. Durant tout le repas, en raison de la présence des domestiques, elle avait dirigé la conversation sur des sujets fictifs tendant à persuader tout le monde que la jeune femme était bien sa cousine.

Au début de l'après-midi, Caroline était remontée dans sa chambre, mais elle y avait presque aussitôt été rejointe par son hôtesse qui paraissait très inquiète. Elle lui expliqua que sa cuisinière, dont elle connaissait la passion jacobine, l'avait reconnue pour être Mme Berthier, ayant servi jadis un repas où elle se trouvait. Mme de Coigny avait essayé d'apaiser cette femme qui avait promis finalement de ne pas dénoncer Caroline si celle-ci se retirait avant la nuit.

Depuis ce moment, les négociations duraient. Caroline n'avait pu descendre à table pour le dîner, et une femme de chambre lui avait apporté un repas froid. Ce qui la tourmentait le plus était le silence de son hôtesse qui ne donnait plus signe de vie. Par moment, Caroline se demandait si l'histoire de la cuisinière n'était pas une invention et si Mme de Coigny ayant compris les relations qui liaient la jeune femme à Gaston n'avait pas, par jalousie, décidé de la dénoncer en en rejetant la responsabilité sur une autre.

Cette crainte avait même été si vive que la jeune femme faillit tenter de prendre la fuite pour aller se cacher dans le jardin et y passer la nuit. Mais, comme elle allait s'y résoudre, Mme de Coigny était enfin apparue pour lui annoncer qu'elle cherchait un autre logement pour elle.

Le temps passait. Il était près de dix heures. Caroline décida de se jeter toute habillée sur son lit pour y attendre les événements.

*

— Je vous félicite, madame, de dormir à un moment pareil…

Caroline ouvrit les yeux. Mme de Coigny tenait un bougeoir à la main et paraissait soucieuse.

— Ma cuisinière est intraitable. D'autre part, tous les amis que j'ai pressentis se sont récusés. Je ne vous connais pas, et cependant je vais essayer de faire pour vous quelque chose de grave et de dangereux. Vous allez descendre avec moi. Une fois dans l'entrée, vous m'adresserez d'une voix très intelligible des supplications ; je refuserai de les entendre et je vous accompagnerai jusqu'à la porte de la grille. Vous sortirez et…

— Mais, s'écria Caroline, nous sommes en pleine nuit, et il est défendu de circuler dans les rues après dix heures…

— Vous n'aurez pas à aller bien loin. Vous ferez quelques pas, puis vous reviendrez et mon portier, qui m'est très fidèle, vous ouvrira. Tâchez alors de traverser le jardin sans bruit. Sur le côté gauche de la maison, il y a une petite porte qui sert aux fournisseurs. Elle ne sera pas verrouillée. Vous suivrez un escalier jusqu'au premier étage et vous viendrez me retrouver dans ma chambre. Ensuite, je vous y cacherai.

Caroline fut alarmée par cette proposition. Quel piège cachait-elle? Elle pensait: je hais cette femme, pourquoi cette femme ne me haïrait-elle pas? Elle se rappelait que la jalousie avait suffi pour entraîner un homme aussi honnête que Georges à dénoncer Gaston.

Dans un accès de franchise, elle regarda très droit Mme de Coigny et lui dit:

— Ce que vous me proposez est en effet très dangereux pour vous. Si votre cuisinière m'a dénoncée, vous risquez cette nuit une visite domiciliaire.

— En effet.

— Pourquoi acceptez-vous de courir ce risque pour moi?

La jeune femme sourit, puis:

— Nous ne dormirons probablement pas beaucoup cette nuit, nous aurons le temps d'en parler.

Caroline estima qu'elle n'avait pas le choix. Avec une sorte de nonchalance, elle descendit l'escalier. La scène se déroula comme l'avait imaginé Mme de Coigny. Toutes deux traversèrent le hall. Caroline sentit que son hôtesse lui pinçait le bras pour la décider à pousser les supplications prévues.

— Madame, s'écria la jeune femme sans entrain, vous n'allez pas me jeter à la rue!

— Il le faut. Je le regrette beaucoup, mais il le faut! Mes gens et moi tenons à notre sécurité.

Et Mme de Coigny ajouta tout bas:

— Allons ! Un peu plus de naturel !

Caroline était étourdie. Que signifiait cette comédie. Quel piège cachait ce cérémonial ? Après tout… Dans l'embrasure d'une porte, les visages de plusieurs domestiques s'étaient montrés. Une grosse personne qui devait être la cuisinière se détacha du groupe :

— Inutile de chercher à nous attendrir, cria-t-elle, je ne sais ce qui me retient d'aller quérir la section. Partez, partez vite, citoyenne, c'est un conseil que je vous donne. Sinon, vous aurez le sort que méritent les ennemis du peuple.

Caroline regardait sur la joue de la femme une tache de vin qui lui rappelait le contour d'une île – mais laquelle ? – qu'on lui avait montrée sur une carte quand elle était petite.

— Je vais m'en aller, dit-elle, avec une résignation qui n'était pas entièrement feinte.

— Et vous ferez aussi bien… J'ai du regret de ne pas vous avoir dénoncée.

Et la bonne femme marmonna :

— Une sale affameuse du peuple, et ça se croit tout permis, ça ose…

Brusquement empourprée, au point que, par réaction, la tache de vin en devint violette :

— Mais partez donc, hurla-t-elle, vous ne voyez donc pas que je n'y tiens plus…

Mme de Coigny, quand elle vit la cuisinière exaspérée, s'élancer le poing agressif, intervint :

— Lucie, calmez-vous, je vous en prie. Cette malheureuse jeune femme est enceinte de trois mois…

Le visage de la cuisinière s'adoucit une seconde, mais se crispa ensuite de nouveau :

— Ah ! ça oui ! Pour se faire remplir ces belles dames sont toujours prêtes ! Fous le camp, traînée… Enceinte ! Eh bien ! elle n'en est que plus dangereuse, si elle doit mettre au monde un petit monstre, un futur bourreau du peuple…

— Allons, venez, il faut partir, vous le voyez bien, dit Mme de Coigny à la jeune femme.

Partir. Tous n'avaient que ce mot à la bouche. Ce matin Gaston l'avait éveillée avec ces deux syllabes. Depuis, le refrain n'avait pas cessé. Eh bien! oui, puisqu'elle était importune partout, elle partirait. Comme elle se dirigeait vers le perron, elle se sentit saisie par son châle et frappée avec violence. C'était la cuisinière qui, fâchée que la scène soit sitôt finie, s'était enflammée et venait de se ruer sur la jeune femme. Caroline eut un bref sourire. Elle allait pouvoir diriger sa rage sur quelqu'un. Elle répliqua avec une véritable furie. Ses ongles, ses dents, ses poings, ses pieds frappaient et blessaient la grosse masse soudain affolée qui, maintenant, hurlait au secours.

Mme de Coigny se précipita entre elles et les sépara :

— Vous êtes folle! murmura-t-elle à l'oreille de Caroline.

Puis, s'adressant avec fermeté à Lucie :

— Vous saviez qu'en frappant cette femme vous pouviez tuer son enfant.

Abasourdie par la riposte de Caroline, la cuisinière avait battu en retraite en montrant le poing.

— Si, dans une minute, elle n'a pas débarrassé le plancher…

Les autres domestiques étaient restés immobiles. Caroline se sentit poussée par Mme de Coigny qui lui fit descendre le perron. En silence, toutes deux traversèrent le jardin. La nuit était pure et belle. Dans les pelouses, les grillons continuaient leur grésillement monotone et acharné. En arrivant à la grille, elles s'aperçurent que la cuisinière et le cocher les avaient suivies pour surveiller le départ.

— Faites comme je vous ai dit, murmura Mme de Coigny en refermant la grille.

Caroline avança machinalement, se laissant entraîner par la douce pente de l'avenue. La lune ciselait les sommets des arbres. On aurait pu se croire très loin de Paris. C'était une odeur de campagne, chaude et franche, que respirait Caroline qui retrouva dans sa mémoire ses promenades nocturnes autour du château, lorsque, avec son frère et son père, elle allait comme une petite paysanne pêcher les écrevisses à la lanterne. Mais un morceau de chant lui parvint. Paris était tout proche, peuplé de jacobins, dont un groupe à quelques centaines de mètres de là était en train de s'égayer aux accents de la *Carmagnole*. Regagner l'hôtel des Berthier? Elle arriverait de nuit. Au besoin, elle n'entrerait pas dans la maison et se réfugierait dans la cabane du jardinier. Ce rêve était impossible à réaliser. D'abord, elle connaissait trop mal Paris pour parvenir à retrouver ce havre. Ensuite, à partir de dix heures, il était interdit de circuler sans laissez-passer et elle se ferait immanquablement arrêter par les patrouilles. Cependant, elle n'osait pas exécuter le plan que lui avait tracé Mme de Coigny. Elle ne savait rien de cette femme. Sinon que celle-ci devait avoir toutes les raisons de ne guère l'aimer. Et puis, il y avait cette abominable cuisinière.

Arrêtée au milieu de la rue, Caroline ne savait quel parti adopter. Tout était calme. Elle sortit enfin de son immobilité et remonta vers la grille, devant laquelle elle hésita encore. Elle n'aurait même probablement pas frappé si le portillon ne s'était entrouvert, cependant qu'une voix étouffée demandait :

— C'est bien vous?

S'étant approchée, elle reconnut le portier qui referma avec précaution la porte, derrière elle.

— Bonne chance, pauvre madame, dit-il.

Et, en même temps, il lui indiquait une pelouse qui conduisait vers l'aile de la maison où se trouvait la porte de service. Caroline s'y engagea. Elle marchait à tout petits pas. Elle était contente de sentir de l'herbe sous ses pieds. La vaste maison détachait sur l'obscurité du ciel son toit éclairé par la lune. La façade était blême et toute burinée par l'ombre. À une des fenêtres, Caroline aperçut une silhouette qui portait un chandelier. Quelques bruits de voix lui parvinrent. Cette maison lui faisait peur. Insensiblement, elle avait encore ralenti sa marche.

À ce moment, elle laissa échapper un cri. Une forme soyeuse s'était jetée sur elle, avec tant d'énergie, que prise au dépourvu elle avait roulé sur le gazon. C'était un très jeune épagneul qu'elle avait caressé le matin en arrivant. Elle le flatta. Sa crainte était de l'entendre aboyer, mais l'animal ne poussa que des soupirs amicaux et affectueux. Il promenait sa petite truffe humide sur le visage de la jeune femme. Elle en fut touchée. Elle appuya sa tête contre la fourrure du chien et doucement lui raconta à l'oreille qu'elle était bien malheureuse, que tout le monde s'acharnait contre elle et que la planète où elle était tombée était complètement folle. Le chien lui répondait en la léchant violemment, et elle ne put s'empêcher de rire devant l'étrange dialogue qu'ils échangeaient.

Elle ne s'était pas relevée. L'herbe n'était pas humide et la jeune femme s'y trouvait fort bien. Elle s'y étendit complètement, s'étira ; son corps était dispos et heureux encore des plaisirs qui lui avaient été donnés la nuit dernière. La pensée de Caroline revint vers cette nuit. Gaston était parti, c'était triste. Mais au souvenir des caresses qu'elle avait reçues, un sourire satisfait anima ses lèvres. Elle chercha à s'imaginer la présence de Gaston auprès d'elle, tous deux étendus sur ce gazon. Une impatience sensuelle la fit agréablement frémir. Le chien s'était allongé contre elle et restait là, bien sage. Elle lui passa ses bras autour du cou.

— Tu vois, petit chien, murmura-t-elle, tu es mignon, mais si, comme dans les légendes, un coup de baguette magique pouvait faire de toi mon Prince charmant, je serais une des plus heureuses filles de la terre.

En guise de réponse, le chien lui mordilla les oreilles. Caroline pensait qu'elle était complètement insensée de jouer avec cet épagneul, alors que toute autre, dans sa situation, ne se serait préoccupé que d'essayer de sauver sa vie. Mais au lieu de réagir, elle ferma les yeux. Les brins d'herbe la chatouillaient. Au loin, une horloge sonna gravement minuit. Après un court silence, un autre carillon plus grêle répéta ce verdict, qui pendant plusieurs minutes fut repris par toutes les églises et toutes les mairies de Paris. La terrible ville se révélait ainsi à elle, se rappelait à ses craintes, par des sons calmes et apparemment inoffensifs. Malgré la chaleur que, blotti contre elle, le jeune chien lui dispensait, Caroline sentit bientôt le froid l'envahir. Elle claquait des dents. L'herbe était moins sèche qu'elle ne l'avait pensé, et à travers le taffetas fragile de sa robe, son humidité lui avait trempé les reins et les jambes. Elle se releva. L'épagneul, qui s'était endormi, se mit à sauter autour d'elle. On verrait bien ce qui arriverait.

Elle se dirigea d'un pas ferme vers l'endroit où, selon Mme de Coigny, elle devait trouver une porte. Celle-ci lui apparut en effet. Elle la poussa et se trouva dans un couloir obscur. Craignant la turbulence du chien, elle avait été obligée de le laisser dehors, et cette séparation lui coûta. Perdue dans le noir, elle avançait à tâtons. Elle découvrit enfin l'escalier et commença à le gravir sans bruit. En parvenant au premier étage, elle fut éclairée par un chandelier qui, posé sur une console, était en train de mourir. Elle se hâta d'aller gratter à la porte de la chambre de Mme de Coigny. Elle dut gratter très longtemps, car rien ne lui répondait. Elle n'osait pas, par des coups trop forts, révéler sa présence à des ennemis possibles. Aussi prit-elle finalement la décision d'appuyer sur la poignée. La serrure n'était heureusement pas verrouillée. La chambre où elle pénétra était assez claire grâce aux fenêtres largement ouvertes qui laissaient filtrer une lumière pâle et blanche.

Elle reconnut son hôtesse qui, couchée dans un grand lit à baldaquin, dormait tranquillement. Elle la réveilla.

— C'est enfin vous ! Je vous ai attendue pendant une heure, vous ne veniez pas. J'étais très inquiète…

Mme de Coigny tendit la main vers le chandelier, puis se ravisa.

— Il ne faut pas que je fasse de lumière. D'ailleurs, nous avons à notre disposition « cette obscure clarté qui tombe des étoiles ».

— Mais qu'allez-vous faire de moi, madame ?

— Rien de bien extraordinaire… Vous allez vous déshabiller, vous partagerez mon lit. Demain, je donnerai à la cuisinière des courses très longues à faire et vous en profiterez pour aller dehors. Vous voyez que rien n'est plus simple.

En même temps, Mme de Coigny était sortie de son lit et s'était dirigée vers un cabinet contigu d'où elle revint portant une chemise de soie blanche. Caroline la regardait et ne pouvait s'empêcher d'admirer la beauté des formes que son hôtesse, à peine voilée de quelques torsades de dentelles, révélait généreusement.

— Vous êtes belle ! dit-elle.

Mme de Coigny se mit à rire.

— Vous voulez sans doute dire que le clair de lune me va bien. N'importe, c'est gentil à vous de me faire ce compliment. D'autant plus gentil que vous devriez sans doute me souhaiter bien laide. N'est-ce pas ?

Tout en parlant, elle avait aidé la jeune femme à retirer sa robe et à quitter son corset et son jupon.

— Mais vous êtes nue ! s'écria Mme de Coigny. Est-il dans vos habitudes de ne pas porter de chemise ?

Caroline remercia la pénombre qui cacha sa rougeur aux regards surpris de Mme de Coigny.

— Je me suis habillée très hâtivement ce matin…

— Si hâtivement que vous ne vous êtes même pas aperçue de cet oubli ?

— Si… si… je m'en suis bien aperçue, mais j'étais si pressée, il y avait du danger pour moi à perdre du temps…

— Savez-vous que je ne peux que vous retourner votre compliment. Vous avez un corps exquis, mais je suppose que vos amants vous l'ont déjà dit…

— Mes amants !

— Mon Dieu ! la voilà effarouchée ! Quel âge avez-vous ?

— Dix-neuf ans et demi.

— Que c'est charmant ! Vous êtes encore assez enfantine pour être fière d'ajouter « et demi ». Pour moi, je suis à l'âge où l'on déclare vingt-cinq ans, en étant bien décidée à les déclarer très longtemps encore. Et où donc avez-vous passé la nuit dernière pour y oublier ainsi votre chemise ?

Cette insistance gênait Caroline, mais lui faisait en même temps plaisir. Elle revoyait cette mousseline déchirée, symbole du bonheur que lui avait donné Gaston. Elle sourit en pensant que les jacobins, conduits par la concierge, n'avaient dû ramener que cette fragile parure féminine comme butin de leur expédition. Cependant, pour se donner une contenance, elle s'assit sur le lit, se déchaussa et ôta ses bas. Elle avait hâte de passer la chemise de nuit, mais son hôtesse semblait s'amuser à prolonger son embarras. Enfin, elle la lui tendit :

— Vous ne voulez toujours pas me dire où vous avez passé la nuit dernière. En tout cas, je sais avec qui… Vous avez même fatigué ce pauvre Gaston, il avait ce matin les yeux abominablement cernés.

— Madame… Ce n'est pas vrai ! Comment pouvez-vous faire une supposition pareille ! M. de Salanches est un ami de mon mari et…

— Petit masque ! Vous ne savez pas mentir ! Couchez-vous, vous allez prendre froid, et ne vous mettez pas martel en tête. Gaston m'a tout avoué. D'ailleurs, votre gorge portait encore la trace très indiscrète de ses baisers. De ce point de vue, il a toujours manqué de tact et a failli souvent m'attirer des désagréments.

Caroline s'était couchée, suivie aussitôt par Mme de Coigny. Elle se demandait si les prétendus aveux de Gaston n'étaient pas inventés de toute pièce. Mais, quelque risque que la jalousie de celle qui l'abritait puisse lui faire courir, il ne lui était pas déplaisant de laisser entendre la vérité. Comme elle gardait le silence, Mme de Coigny la rassura.

— N'allez pas craindre, dit-elle, que je vous en veuille d'avoir fait l'amour avec Gaston. Si je me mêlais d'être jalouse de lui, j'aurais d'ailleurs fort à faire. Et lui-même a, sur ce point, toutes les indulgences pour moi. Cela vous surprend ? J'aime beaucoup Gaston… et encore quand on prononce le verbe « aimer », il faut faire très attention. J'aime sa présence de temps à autre, j'adore me donner à lui, parce que c'est un amant remarquable. Mais je ne frémis pas en sachant qu'il prend son plaisir ailleurs, et moi-même, quand je peux enflammer un beau garçon, je n'ai pas l'habitude d'hésiter. L'expression vous étonne ? Voyez-vous, c'est une grande erreur féminine de mêler le sentiment à des plaisirs où il n'a rien à faire. Moi, je suis comme un garçon : quand je désire un homme, je cherche à l'avoir, sans y mêler la moindre passion. Aussi pouvez-vous dormir tranquille. Vous ne risquez pas d'être réveillée par le sabre des commissaires, cependant qu'avec un sourire sardonique, je m'écrierai, « Je suis vengée, traîtresse, tu vas périr… »

Caroline ne put s'empêcher de rire. La sérénité de Mme de Coigny la rassurait, bien qu'au fond elle l'étonnât et l'indignât. Elle se sentait bien. Le lit était tiède, la soie douce sur son corps. Toutes deux gardèrent le silence un assez long moment

— Vous dormez ? chuchota Mme de Coigné.

— Non

— À quoi pensez-vous ?

— À des tas de choses…

— Petite folle, vous devez penser à Gaston. Vous ne devez pas me pardonner de l'avoir eu pour amant. J'imagine que vous êtes horriblement jalouse…

— Oh oui !

— Je vais peut-être être indiscrète, mais dans le fond vous pouvez vous confier à moi. Nous n'avons envie de dormir ni l'une ni l'autre, et à quoi occuperions-nous cette nuit étrange, si ce n'est à bavarder. Je n'hésite donc plus à être terriblement curieuse. Y a-t-il longtemps que vous vous reconnaissez le droit d'être jalouse de Salanches ?

Caroline eut un bref accès de sincérité :

— Je ne me suis donnée à lui, pour de bon, que la nuit dernière… Mais il y a bien longtemps que je suis jalouse…

Entraînée par le plaisir de se confier, la jeune femme raconta les épisodes de son amour : le bal masqué, le billet doux, le bois de Vincennes…

— … et puis il y a eu cette scène affreuse, que je n'oublierai jamais : un jour j'ai voulu lui faire une surprise. Je ne l'avais pas vu depuis très longtemps. J'ai réussi à échapper à la surveillance de mes parents, je me suis précipitée chez lui, je suis entrée ; il n'y avait personne, j'ai erré dans la maison, j'ai soulevé une tenture. Et là, je l'ai vu. Il était couché avec une femme. Je suis restée plusieurs minutes à les regarder et aussi à les écouter, puis sortant de ma stupeur, je ne pus m'empêcher de…

— … De pousser un grand cri, n'est-ce pas ?

— Comment le savez-vous ?

— Et puis vous vous êtes enfuie, comme une petite furie, et en nous penchant à la fenêtre, nous n'avons aperçu qu'un flocon de votre châle et une mèche de vos cheveux.

— Madame ! C'était vous !

— Je pourrais vous en dire autant, car j'ai moi-même été très intriguée par cette irruption et cette fuite. Gaston, lui-même, se demandait quelle était cette téméraire visiteuse. Ou peut-être faisait-il semblant, il est si menteur…

— Oh ! il n'est pas menteur !

Mme de Coigny se mit à rire :

— Ah ! vous croyez ? Ma petite amie, vous êtes un abîme de fraîcheur et d'ingénuité. Tout le monde sait à Paris que Gaston est l'être le plus immoral qu'on puisse rêver. Une seule fois, je l'ai entendu, et je crois que c'était vrai, raconter sur lui-même une histoire édifiante. Il avait fait la connaissance d'une petite jeune fille et, fidèle à son habitude, après l'avoir courtisée, lui avait tendu un piège. Car, à un moment, Gaston a eu la manie des jeunes filles. Eh bien ! tout ayant marché à merveille, au moment où il ne lui restait plus qu'à croquer la petite, monsieur, pour la première fois de sa vie, a eu des scrupules. Il fallait l'entendre expliquer ça : elle était si charmante, à la fois si pure et si audacieuse, si droite et si sensuelle : « Elle semblait tant aimer la vie, que je n'ai pas voulu profiter d'elle. » Il en reparlait d'ailleurs souvent, sans dire son nom. Mais, dans le fond, ce n'étaient pas des scrupules moraux qui l'avaient retenu. Gaston aimait l'amour, mais n'a jamais aimé aucune femme, eh bien, je pense que celle-là, celle-là seule, a réussi à prendre un peu d'emprise sur son cœur. Je crois d'ailleurs que si cette emprise a duré, c'est tout simplement parce que la fille n'avait pas couché avec lui, qu'elle était plus ou moins inaccessible, qu'il la désirait toujours. Il aurait suffi qu'elle lui cédât pour qu'aussitôt il s'empressât de l'oublier.

— Oh ! cria Caroline, c'est abominable. Vous pensez qu'il puisse m'oublier ?

Les paroles de Mme de Coigny retentissaient en elle avec une double résonance. Elle frémissait d'espoir, car elle était sûre de se reconnaître dans le portrait de cette jeune fille qu'un scrupule avait protégée contre le désir de Gaston. La scène dépeinte ne correspondait-elle pas à celle du bois de Vincennes ? Mais en même temps, elle était prête à se désespérer et à regretter de s'être donnée trop facilement.

Si maintenant Gaston allait réellement l'oublier… Il avait paru plus froid ce matin, moins empressé…

À travers ses pleurs, elle avoua comme elle put les causes de son chagrin. Mais au moment où Mme de Coigny tentait de la consoler, un bruit de pas se fit entendre dans le grand escalier. Les deux femmes, également inquiètes, retinrent leur respiration. Le pas résonna dans le couloir et on frappa à la porte. La décision de Mme de Coigny fut rapide. Elle saisit Caroline par les épaules, l'enfonça sous les draps, la colla étroitement contre elle, puis d'une voix ferme cria d'entrer.

Ce fut le visage du portier qui apparut. L'homme s'approcha du lit et il tenait un bougeoir à la main, dont la lumière vacillante le faisait grimacer.

— Madame, dit-il, des sectionnaires viennent de sonner à la porte de la grille. Je ne leur ai pas ouvert, je leur ai dit que j'allais d'abord demander vos ordres, mais ils menacent d'enfoncer le portillon. Que dois-je faire ?

Il avait à peine achevé de parler qu'un cliquetis de métal brisa le silence de la nuit.

— Ça y est ! Ils ne m'ont pas attendu ! Ils arrivent !

On entendait en effet une galopade bruyante dans l'allée du jardin.

— Je compte sur vous pour garder le silence sur le retour de mon invitée…

— Je jure que…

— Merci. Je vous revaudrai cela. Courez au perron et tâchez de les retarder.

Dès que la porte se fut refermée, elle écarta le drap et força Caroline à se lever.

— Vous avez entendu. Ma pauvre enfant, je suis désespérée ! Je ne voudrais à aucun prix que vous me soupçonniez ; ayez confiance en moi et vous vous en tirerez. Aidez-moi.

Mme de Coigny avait saisi le haut du matelas et, de toutes ses forces, le tirait en arrière pour dégager le sommier. Le matelas était très lourd, mais en unissant ses efforts à ceux de Caroline, elle réussit enfin sa manœuvre. Les échos d'une violente discussion parvenaient maintenant de l'escalier.

— Vous allez vous étendre sur le sommier. Je vais rabattre le matelas sur vous et me recoucher. Vous êtes si menue qu'on ne s'apercevra pas de votre présence. Ma pauvre enfant, je tâcherai de ne pas trop vous écraser, mettez-vous bien à plat ventre, vous risqueriez d'être étouffée.

Sans un mot, Caroline s'était jetée sur le sommier.

— Vous n'avez pas trop peur ?

La jeune femme tourna son visage vers son interlocutrice et observa, avec un petit sourire las :

— Vous savez, je commence à en prendre l'habitude. Il me semble que si on m'arrêtait, je pousserais un soupir de soulagement.

Prestement, car l'escalier était maintenant martelé par les pas des sectionnaires, Mme de Coigny rabattit le matelas. Mais au moment où elle allait se recoucher, elle aperçut sur le tapis et sur la chaise la robe et le linge de Caroline. Fiévreusement, elle les rassembla et fit un saut vers sa garde-robe où elle tâcha de les disposer sans trop de désordre :

— Au nom du peuple, ouvrez !

Les hommes cognaient dans la porte avec violence. Mme de Coigny se précipita à travers la chambre et sauta avec tant d'énergie dans le lit que Caroline, à demi étouffée, ne put retenir une légère plainte.

— Eh bien ! entrez. Qu'y a-t-il ?

Ils étaient sept ou huit. Au milieu d'eux se tenait le portier, qui paraissait calme et décidé. Ils tenaient plusieurs torches qui grésillaient, fumaient, répandaient une odeur âcre et animaient sur les murs et le plafond des ombres monstrueuses.

— Citoyenne, vous cachez ici une hors-la-loi, que le peuple recherche pour la châtier de ses crimes. Vous serez vous-même poursuivie pour lui avoir donné asile, mais si vous nous la livrez de bon gré, il vous sera tenu compte de votre zèle.

Mme de Coigny clignait des yeux comme une personne brusquement arrachée au sommeil.

— Une hors-la-loi ? Vous voulez dire que je cache ici…

— Oh, pas de discours ! Vous savez parfaitement de qui il s'agit. C'est en connaissance de cause que vous avez accueilli et hébergé ici la citoyenne Berthier, complice de son scélérat de mari et de tous les monstres du fédéralisme…

— Ah ! je comprends enfin ! Je ne voyais absolument pas où vous vouliez en venir. S'il s'agit de la citoyenne Berthier, voici tout ce que je peux vous dire : ce matin, une dame est arrivée, se recommandant à moi d'amis communs. Son attitude m'a paru suspecte. Je lui ai fait avouer qu'elle était une proscrite, qu'elle s'appelait en effet Berthier, et j'ai exigé qu'elle quitte ma maison. J'avais même l'intention de la livrer, mais elle a prétendu n'être pas suspecte et n'avoir contre elle aucun mandat d'arrêt. Je me suis donc bornée à la renvoyer.

— Qu'est-ce que cette histoire-là ! Vous nous dites d'abord qu'elle vous a avoué elle-même être une proscrite, puis vous prétendez ne pas l'avoir dénoncée, sous prétexte que personne ne la recherchait. Cessez de mentir. Un homme en qui nous avons confiance l'a vue ce matin pénétrer ici, livrez-la, c'est votre dernière chance.

— Je vous la livrerais bien volontiers si elle était ici. Je me tue à vous dire que je l'ai renvoyée. Interrogez mes domestiques ! Elle m'a suppliée de la garder, mais je l'ai jetée dehors devant eux.

— Vous ne mentirez pas longtemps, car précisément, voici vos domestiques qu'on est allé chercher.

La première qui fut interrogée, la cuisinière, déclara d'un ton embarrassé, qu'en effet une femme était venue demander asile et que, dans la soirée, la citoyenne Coigny l'avait chassée. Les autres alignèrent leur témoignage sur celui de la plus exaltée d'entre eux. Mme de Coigny, qui avait beaucoup redouté le fanatisme de Lucie, fut même surprise de sa modération et rassurée dès qu'elle eut vu le tour pris par l'interrogatoire.

Elle entendait à tous les étages de la maison le fracas que faisaient les sectionnaires chargés de la visite domiciliaire. Trois d'entre eux, dont le commissaire, étaient restés dans sa chambre. Ils paraissaient indécis et se promenaient avec nervosité de long en large.

De temps en temps, l'un d'eux essayait d'effrayer la jeune femme en la menaçant à brûle-pourpoint de la guillotine si elle n'avouait pas immédiatement la vérité. Mais le sommeil l'emporta finalement sur leurs ardeurs. Les uns après les autres, les sectionnaires vinrent rendre compte de l'insuccès de leurs recherches. À chaque fois, Mme de Coigny haussait les épaules :

— Évidemment, observait-elle, d'un ton narquois, où il n'y a rien, on ne peut rien trouver. Quand bien même ils démoliraient cette maison pierre par pierre, ils n'en seraient pas plus avancés.

Cependant, sa confiance reçut un choc violent quand un des hommes qui venait d'explorer l'étage s'écria :

— Nous avons cherché partout, c'est vrai ! Mais nous n'avons pas regardé cette chambre !

Mme de Coigny eut un frisson. Elle pensait à l'effroi que devait ressentir Caroline.

Celle-ci était à bout de forces. Tout son corps était horriblement douloureux. Elle était meurtrie comme si on l'avait battue. Elle ruisselait de sueur. Ses oreilles tintaient, des lueurs multicolores passaient devant ses yeux comme une succession de flocons. Chacune des respirations devenait plus difficile et plus étroite. De toutes ses forces, elle serrait ses mâchoires pour arrêter à certains moments les gémissements que cette lente asphyxie amenait à ses lèvres. La discussion qui se passait à côté d'elle lui arrivait, assourdie par l'épaisseur du matelas. Les quelques gestes que Mme de Coigny ne pouvait s'empêcher de faire se répercutaient cruellement sur sa nuque ou ses reins. Quand elle entendit que la chambre allait être visitée, elle dut se dominer pour ne pas s'arracher de son terrier et se livrer sans plus attendre… Elle écoutait le bruit des meubles qu'on déplaçait, le froissement des rideaux et des vêtements de la garde-robe.

— Et sous le lit ! as-tu regardé sous le lit ?

Un petit silence, puis :

— Il n'y a rien !

Il y eut encore des pas, les pieds d'une table grincèrent sur le parquet.

— Et dans le lit !

La voix de Mme de Coigny sonna claire et ironique :

— Dans le lit, il y a moi ! Je ne suis pas la citoyenne Berthier, je pense !

— C'est qu'on peut aussi cacher quelqu'un sous les draps ! Ouvrez-les !

— Citoyen, je suis à peine vêtue, vos exigences sont d'une abominable indécence.

— Ne craignez rien. Le peuple est vertueux. Ce ne sont pas des hommes qui sont ici, mais les représentants de la Loi, et la Loi n'a pas de sexe.

Caroline entendit un froissement d'étoffe, puis :

— Êtes-vous satisfaits ?

« Satisfaits… satisfaits… satisfaits… chaque flocon lumineux s'appelle Satisfait. Satisfait est un nom comme un autre. À Bièvre, le petit garçon d'un fermier s'appelait Désiré. Il aurait pu aussi bien s'appeler Satisfait… Moi, je n'aurais pas pu m'appeler Satisfaite. Je ne demandais qu'à l'être, mais tous se sont ligués contre moi, tout le monde, ils sont tous fous, fous comme le père de Georges. Moi j'étais née pour être heureuse, je ne voulais qu'être heureuse, eux, tous infects, absurdes, avec leurs passions imbéciles, alors ils ont dit que c'était moi qui étais folle, c'est le père de Georges qui leur a dit ; ils m'ont poursuivie jusque dans la cour de cette ferme, ils veulent m'étouffer entre deux matelas… Ils me tiennent, ils ne me lâcheront pas… Ils me narguent… Ils me disent : Salut et Fraternité, citoyenne. Ils me nargueront jusqu'à ce que je sois morte. »

— Au revoir, citoyens.

La porte était refermée, les pas s'éloignaient. Mme de Coigny sauta de son lit et souleva légèrement le matelas.

— Je vous dégage un peu, ma chérie, je vous donne de l'air, mais il va falloir que vous restiez là encore quelques minutes, juste le temps d'être bien sûre qu'ils sont réellement partis… Vous n'avez pas eu trop peur… Vous ne me répondez pas… Qu'avez-vous ? Parlez…

D'un geste rapide, la jeune femme souleva à demi le matelas. Caroline, immobile, sa chemise collée à la peau par la sueur, ses mains crispées autour de sa nuque, gisait sans connaissance.

Mme de Coigny rapprocha vivement un chandelier que le portier avait laissé et, ayant soulevé Caroline, examina avec inquiétude son visage violacé. Cependant, la poitrine de la jeune femme se soulevait faiblement, mais régulièrement. Courant à sa coiffeuse, Mme de Coigny y prit un flacon de sels et une bouteille d'eau de Cologne.

Quand Caroline eut respiré les émanations du flacon, elle poussa un soupir plus accentué, sa poitrine se souleva et elle fit un mouvement du bras. Aussitôt, Mme de Coigny entreprit de la dépouiller de sa chemise qui comprimait inutilement sa gorge. N'y parvenant pas, car la soie trempée par la transpiration adhérait à la peau, elle sacrifia la chemise qu'elle déchira violemment pour libérer le buste de la jeune femme. Puis elle se mit à la frictionner avec l'eau de Cologne, s'interrompant pour lui faire à nouveau respirer des sels.

Enfin Caroline revint à elle. Son regard n'exprima aucune surprise, auprès d'elle, sa chemise déchirée l'étonna. Elle sourit :

— C'est décidément une habitude ! dit-elle.

12
Le postillon

Dans la cour des messageries, Caroline passa de bien mauvais moments. Le coche devait partir à deux heures. Mais la jeune femme, que Mme de Coigny avait réussi à faire fuir de son hôtel au début de la matinée pendant une absence de la cuisinière, s'était trouvée si désemparée dans un Paris qui, pour elle, n'était plus qu'un fourmillement de visages où elle craignait sans cesse de rencontrer une physionomie connue que, lasse de traîner dans les rues, elle alla se réfugier vers midi sous le porche de la rue des Petits-Champs où était déjà arrêté le coche qui devait l'emmener à Caen. D'autres voyageurs, voulant sans doute soit se réserver les meilleures places, soit être sûrs de pouvoir partir, étaient déjà arrivés. La majorité était composée de femmes, mais tous, quoique d'humeur et de conditions très discordantes, s'entendaient au moins sur un point : ils s'honoraient d'être jacobins et de ne pas l'être à moitié. Une jeune et jolie fille se vantait même d'avoir assisté aux exécutions qui avaient eu lieu le matin.

— Dans le tas, il y avait une fille d'aristocrate. Je l'ai bien reconnue ; elle se faisait faire des robes chez la couturière où je travaillais. La petite Fondanges, elle s'appelait. Eh bien ! elle était dans la charrette. Il paraît que son père est une saleté d'émigré. Un bourreau du peuple. Ah, elle avait plutôt mauvaise mine ! Elle ne disait rien, parce que ces garces-là sont trop fières, mais je suis sûre que quand on lui a tranché le col, elle était déjà pratiquement morte de peur…

Pétrifiée, Caroline revoyait le cours de danse, la petite Fondanges exécutant ses révérences : « Voilà une jeune personne qui serait pour vous une amie idéale », disait Mlle de Tourville ; mais Caroline lui avait préféré Charlotte. Charlotte ! Le cours de danse… C'est parce qu'elle avait préféré Charlotte qu'elle avait connu Georges, qu'elle était devenue sa femme… mais c'était aussi pour cela qu'elle avait aimé Gaston et avait été sa maîtresse. C'était à cause de ce cours de danse qu'aujourd'hui elle tremblait devant ce coche qui l'emmenait vers… vers quoi l'emmenait-il ? Il était drôle de penser que toute sa vie peut-être serait le résultat du choix que Mlle de Tourville avait fait de tel cours de danse plutôt que de tel autre. Il y en avait bien une quinzaine à Paris. Sans doute était-ce une quinzaine de destins possibles, une quinzaine de Caroline différentes qui, ce jour-là, auraient pu naître. Elle serait la même fille évidemment, mais elle aurait d'autres amis, sans doute un autre mari, peut-être un autre amant. Elle pourrait aussi bien être au fond de l'Europe, dans une petite cour allemande, éprise d'un comte ou d'un marquis qui lui apprendrait à maudire les Français, ou encore la femme d'un de ces terribles jacobins qui lui ferait applaudir les massacres, ou encore ce matin, la voisine de la petite Fondanges, dans la charrette funèbre. Elle se rappela la nuque blonde de la jeune fille. À l'époque, elle la raillait à cause de ses taches de rousseur. Peut-être le couperet de la guillotine avait-il divisé en deux une de ces petites taches. Elle pensait : « Je suis folle, pourvu que tous ces gens, à ma rougeur, ne s'aperçoivent pas de mon émoi devant l'horrible histoire que vient de raconter cette fille. »

Il y avait aussi des hommes qui arrivaient, regardaient les voyageurs comme s'ils cherchaient quelqu'un, s'en allaient, revenaient, stationnaient. Caroline ne fut pas longue à craindre que ces curieux n'appartinssent à la police. Feignant d'être incommodée par la chaleur, qui était en effet très lourde, elle s'éventait avec son mouchoir, qu'elle pressait contre son visage pour essayer de le dissimuler quand un regard inquisiteur l'effleurait.

Elle était tout en sueur. Elle sentait la charmante chemise dont Mme de Coigny lui avait fait cadeau à son départ, collée sur son corps. Ses mains étaient moites.

Comme un grand gaillard blond qui, plusieurs fois déjà, avait examiné les voyageurs, venait de nouveau de pénétrer dans la cour de l'hôtel des Postes, Caroline n'y tint plus. Elle marqua sa place dans la voiture au moyen d'un petit baluchon que son hôtesse lui avait confectionné, qui contenait un peu de linge de rechange et quelque nourriture, et se dirigea vers la rue. Il lui semblait que tous les visages étaient tendus vers elle, qu'elle était transparente, que chacun murmurait : « C'est une ci-devant, c'est la femme du traître Berthier ! » Elle fut sur le point de leur crier : « Eh bien oui, c'est moi ! Arrêtez-moi, puisque vous n'avez pas de distractions plus intelligentes que d'arrêter les gens. » En franchissant le porche, elle se retourna à demi ; le gaillard conversait avec un employé des Messageries et en même temps la regardait partir avec attention. Elle s'imposa de ne pas accélérer son allure et ce fut seulement dans la rue qu'elle se mit presque à courir.

Au bout de quelques minutes, elle ralentit, regarda derrière elle : autant qu'elle put s'en rendre compte, personne ne la suivait. Elle poussa un petit soupir de soulagement. Mais aussitôt, la même angoisse la reprit : qu'allait-elle faire ? Si elle continuait d'errer dans Paris, immanquablement, elle finirait par se faire arrêter. Il lui était impossible de retourner chez Mme de Coigny ; elle n'avait aucun refuge. Elle se mit à maudire la nuit. S'il n'y avait pas la nuit, la police ne pourrait pas grand-chose, le jour on se promène, on se mêle aux passants. C'est la nuit qu'on est traqué, qu'on a besoin d'un toit, pour ne pas se faire prendre. À ce moment, un homme l'ayant dévisagée, son cœur se mit à battre. Non, même le jour la vie était impossible aux hors-la-loi. Elle regarda sa montre, dans quelques minutes le coche allait partir. Elle retourna sur ses pas et atteignit de nouveau l'hôtel des Postes. Peut-être l'attendait-on pour l'arrêter. Elle verrait bien…

Lorsqu'elle parvint près de la voiture, une femme cria :

— La voilà !

La respiration coupée, la jeune femme planta ses ongles dans le taffetas de sa robe. Cette fois-ci, c'était bien fini. Tous les visages se tournèrent vers elle, un homme se détacha du groupe. C'était le grand gaillard blond de tout à l'heure.

— Eh bien ! alors, vous montez, oui ! J'allais donner votre place à quelqu'un d'autre, citoyenne !

— Je… j'avais oublié quelque chose, je me suis dépêchée autant que j'ai pu.

— En effet, vous êtes plutôt essoufflée, ce qui ne vous va pas mal d'ailleurs. J'aimerais mieux vous avoir dans mon lit que les puces que me prêtent les aubergistes…

Il l'aida à monter dans la voiture. Caroline comprit seulement que celui qu'elle avait pris pour un policier n'était autre que le cocher, quand elle le vit s'installer sur son siège.

*

Le trajet de l'après-midi ne fut marqué pour Caroline que par deux épreuves : les examens de l'identité des voyageurs qui eurent lieu à Saint-Germain-en-Laye et à Mantes. La jeune femme, qui s'attendait à ces deux vérifications, n'avait cessé d'y penser pendant tout le parcours. Mais, à Mantes comme à Saint-Germain-en-Laye, l'examen fut rapide et accompli avec bonne humeur. Les papiers que Georges lui avait fait confectionner n'éveillèrent aucun soupçon, et ce fut sans encombre qu'à la nuit elle arriva à Vernon.

L'auberge où elle coucha était remplie de voyageurs, et elle ne put trouver qu'un lit de camp dans une petite pièce qui en contenait déjà trois autres. Elle fut obligée de se déshabiller devant les trois femmes dont elle partageait la chambre et maudit le cadeau de Mme de Coigny, cette chemise aux dentelles compliquées et de la plus fine toile, qui dénotait chez celle qui la portait une dangereuse tournure aristocratique.

Aussi, à peine eut-elle ôté ses jupons qu'elle se précipita au lit, non sans, toutefois, que la grosse mercière qui était sa voisine, n'observât :

— Pour du beau linge, voilà du beau linge. Votre chemise, ma petite, a bien dû vous coûter deux cents livres.

— Je ne sais pas, balbutia Caroline, on me l'a donnée... enfin...

— Façon de parler, hein? Où avez-vous pu piquer ça, ma belle?

Mais du troisième lit qui était occupé par la jeune personne qui s'était tant réjouie de l'exécution de Mlle de Fondanges, une voix rieuse et cynique s'éleva :

— Pensez-vous qu'elle a eu besoin de la prendre! Elle est assez bien roulée pour qu'un garçon lui en ait fait cadeau. Lui, sûrement, avait dû la faucher dans le vestiaire d'un aristo.

— Dans ce cas-là, d'ailleurs, ce n'est pas du vol, c'est de la reprise, décréta le quatrième lit, dont l'occupante était la femme d'un gendarme qui avait assommé le coche pendant tout le trajet du récit des multiples exploits accomplis par son mari.

Là-dessus, toutes ces dames furent d'accord pour souffler la bougie et les ronflements s'élevèrent bientôt dans cette petite chambrée. Caroline, qui avait toujours été fort dégoûtée et qui n'avait toléré autrefois qu'avec peine la présence de sa sœur et de sa gouvernante dans la même chambre qu'elle, éprouvait une grande répugnance pour cette promiscuité bruyante et malodorante. Aussi, malgré sa fatigue, ne parvenait-elle pas à s'endormir. Dès qu'elle commençait à s'assoupir, un ronflement plus sonore l'exaspérait. Plus elle cherchait le sommeil, plus elle s'énervait.

Elle en était là lorsqu'on frappa deux coups légers à la porte de la chambre. La poignée tourna sans bruit, un chandelier apparut, précédant une ombre grande et trapue. L'ombre marchait doucement entre les lits, immobilisant au-dessus des visages la flamme de la bougie. Comme celle-ci éclairait le visage de Caroline, la main du visiteur toucha l'épaule de la jeune femme :

— Citoyenne, chuchota une voix, j'ai quelque chose d'important à vous dire pour votre sauvegarde. Sortez avec moi dans le couloir.

— Mais qu'y a-t-il ? Qui êtes-vous ?

— Vous ne me reconnaissez pas, je suis le conducteur du coche... Je veux vous rendre service, sans moi vous allez être arrêtée.

Quand ils furent dans le couloir, le grand gaillard referma avec soin la porte de la chambre.

— Le comité de Vernon a appris que vous étiez la citoyenne Caroline Berthier. J'étais là quand ils ont décidé votre arrestation. Dans quelques minutes, votre chambre sera cernée, ayez confiance en moi, je connais très bien cette auberge, je vais vous conduire dans la grange. Jamais ils n'iront vous chercher là. Demain, je vous cacherai dans les fourgons de ma voiture...

— Oh merci ! Je n'oublierai pas ce que...

— Vous me remercierez tout à l'heure. Pour le moment suivez-moi et ne faites pas de bruit.

— Mais je suis en chemise ! Laissez-moi prendre mes vêtements.

— Non, montez d'abord avec moi dans la grange. En redescendant, si la police n'est pas encore là, j'irai les prendre.

Le couloir était recouvert de dalles glacées qui déplaisaient fort aux pieds nus de Caroline.

— Vous n'avez pas l'air d'aimer ça ! observa le postillon.

Caroline sourit :

— Si vous étiez pieds nus, vous n'aimeriez peut-être pas beaucoup ça non plus...

Il ne répondit pas mais l'enleva dans ses bras et continua de marcher comme si elle n'eût pas été plus lourde qu'un petit chien.

— Ça va mieux, comme ça ? demanda-t-il.

— Oui, je... j'espère que je ne vous fatigue pas trop...

— Me fatiguer ? Pour vous parler franc, ce n'est pas exactement l'effet que vous me faites, ce serait plutôt...

Caroline se hâta de l'interrompre :

— Est-ce qu'il y en a encore pour longtemps ?

— Non. Voilà l'escalier. Nous allons nous retrouver dans la paille. Ayez donc la gentillesse de tenir le bougeoir.

Lentement, sans se presser le moins du monde, il montait l'escalier raide qui conduisait à la grange. Il ne la serrait pas violemment contre lui, mais la tenait ferme sur sa poitrine, ses mains solidement fermées sur les cuisses et le buste de la jeune femme qui avait l'impression, tant sa chemise était légère, d'être toute nue dans les bras de ce grand garçon.

Ils étaient arrivés au sommet de l'escalier ; les pas du postillon devinrent plus élastiques. Maintenant il marchait sur un moelleux tapis de paille et de foin sur lequel finalement il la déposa. En même temps, avec souplesse, il s'était assis auprès d'elle, tout en gardant une main passée autour de sa taille.

— J'ai droit à un baiser, dit-il, ça vaut bien ça !

Il étouffa la réponse de Caroline en plantant sa bouche sur la sienne. La jeune femme défaillit. Elle était subjuguée par la force qui émanait de cet homme. Épuisée par les émotions, elle trouvait un réconfort dans cette présence puissante et rassurante. Enfin, durant leur course à travers les couloirs et les escaliers, elle n'avait pu s'empêcher de penser qu'il était beaucoup plus agréable d'avoir la tête posée sur cette robuste épaule masculine que d'écouter les ronflements de ses trois compagnes. Maintenant, étendue dans le foin, elle se sentait si fragile, si petite, sous la large carrure de son ravisseur, qu'il lui semblait impossible de ne pas céder à toutes ses volontés. Son ventre fut parcouru par un remous de plaisir lorsqu'il se décida à passer sous la chemise une main énergique et douce à la fois qui savait étreindre et caresser. Presque pâmée, la jeune femme sentait sa respiration s'oppresser. Elle se disait : « Je me conduis très mal, je ne devrais pas », mais aussitôt un prétexte venait la rassurer : elle ne s'abandonnait pas par péché, mais par nécessité pour se sauver d'une arrestation et d'une mort injuste, sa faute n'était pas volontaire.

Cette restriction mentale ne l'empêchait pas de savourer les prémices du plaisir. Même cette pensée qu'elle était en train de se conduire comme une fille de peu, comme une Marie-couche-toi-là, ajoutait à son excitation un piment supplémentaire. Mais le garçon, que sa promenade avec Caroline dans les bars avait dû exaspérer, ne lui consentit pas les caresses préparatoires que son corps attendait. Brutalement, il s'abattit de tout son poids sur elle. Dénudée, elle sentit en même temps que les brindilles de foin lui mordillaient les reins et que cet homme la prenait. La violence de ce poids qui l'écrasait lui offrit un bref début de plaisir. Mais elle dut se retenir pour ne pas crier : Gaston, Gaston ! C'était à lui qu'elle pensait, c'était lui qu'elle avait honte de tromper, bien qu'à ce même instant, il la trompât peut-être elle-même. C'était lui qu'elle cherchait à s'imaginer dans cet homme qui, déchaîné, prenait sur elle son plaisir.

Déjà tout était fini. Apaisé, le postillon s'était détaché d'elle et soufflait bruyamment. Distraitement, en guise de remerciements, il lui donna avec la paume de la main une petite caresse familière, très proche sans doute des claques affectueuses qu'il devait distribuer à ses chevaux quand ils avaient bien monté une côte. Il se releva, se rajusta silencieusement.

— Ne te fais pas d'inquiétude, ma mignonne, je vais aller voir ce qui se passe, et si je peux, je te ramènerai tes hardes.

En même temps, il s'était penché sur elle et lui avait redescendu sa chemise jusqu'aux genoux. Puis il prit une brassée de paille qu'il jeta sur elle :

— Tiens, mon poulet, ça te tiendra chaud. Une belle petite enfant comme toi, ça serait dommage d'attraper la crève…

Inerte, Caroline entendit le pas décroître. Toute l'auberge semblait silencieuse. Il y avait seulement dans la paille et le foin d'incessants petits craquements qui n'inquiétaient pas la jeune femme, habituée depuis son enfance à connaître cet étirement des herbes dans les granges. Elle essayait de ne pas penser. Elle essayait de se persuader qu'elle n'avait pas trompé Gaston, puisque l'homme auquel elle venait de se donner par contrainte ne lui avait procuré aucun plaisir comparable à celui dont le jeune homme l'avait comblée, deux jours auparavant. Elle murmurait à haute voix : « Dans ma situation, n'importe quelle femme aurait cédé. Cet homme me sauvait de la guillotine. Je ne pouvais pas faire autrement. Cela ne compte pas. »

Elle se répétait : « Je ne pouvais pas faire autrement », comme si, à force de marteler sa pensée par cette formule, elle eût pu réussir à se faire oublier qu'elle n'avait pas été insensible au désir de son séducteur et que, somme toute, ce qu'il lui avait fait ne lui avait pas déplu.

Le silence était toujours aussi complet. Elle en fut rassurée, mais en même temps un soupçon l'effleura : si le comité de la ville, comme le postillon le lui avait fait croire, avait décidé de l'arrêter, il était bien curieux qu'il tardât tant à mettre cette menace à exécution. Elle rougit de colère. Avait-elle été dupe ? Pourtant cet homme connaissait son nom. Alors ?

Elle se souleva à demi : un pas faisait craquer l'escalier. Elle avait hâte de le revoir, pour être fixée sur sa situation. En même temps, elle se sentait furieuse à la pensée des « chérie » ou « belle enfant » et autres surnoms affectueux qu'elle allait être obligée d'entendre. Sans compter les autres privautés que le postillon devait se croire permises. Et de fait, après le don total d'elle-même qu'elle lui avait fait, elle apparaîtrait ridicule de s'offusquer d'une familiarité qu'elle ne pouvait empêcher.

Il s'agenouilla auprès d'elle, gardant son bougeoir à la main :

— Ne te fais plus de mauvais sang, ma petite chatte, ton affaire est arrangée, je suis passé au comité, ils étaient encore en séance, je les ai décidés à te laisser en repos. J'ai dit que je te connaissais très bien et que tu n'étais pas ce qu'ils croyaient. Tu n'as plus qu'à retourner te coucher.

Caroline s'était dressée, furieuse :

— Vous êtes un menteur ! Un odieux personnage ! Vous avez inventé cette histoire de toutes pièces, tout ce que vous vouliez, c'était m'avoir…

— Et je t'ai eue, en effet, mais tu ne peux pas m'en vouloir. Je t'ai monté un piège galant. C'est un hommage en somme pour une belle fille. Le comité ne veut pas t'arrêter, c'est exact, mais parce qu'il ne sait pas qui tu es. Moi j'ai lu ton nom sur le fermoir de ta bourse, quand tu as payé ton passage ; eh bien, si je ne t'avais pas trouvée à mon goût, je t'aurais dénoncée à la section, et mon mensonge serait devenu vérité. Alors, tu vois bien que je t'ai sauvé la vie et qu'il ne faut pas faire la méchante parce que, dans ce cas-là, je pourrais me fâcher à mon tour et quérir la police pour tout de bon. Ce n'est pas parce qu'un brave homme s'est envoyé une ci-devant qu'elle en est moins ci-devant pour ça. Allez, ouste, va te coucher, tu m'as assez amusé comme ça.

Dans ses luttes avec son frère, Caroline avait acquis l'art des gifles et la technique des coups de dents, des coups de pied et des coups de griffes. Aussi, son agression foudroyante lui donna-t-elle, pendant quelques instants, l'avantage sur le colosse, surpris, ébahi, mais sans réaction. Mais quand la colère l'eut réveillé, il n'eut qu'à saisir la jeune femme par les poignets pour la jeter de tout son long sur la paille. Il haletait de rage.

— Salope! Tu m'as labouré les joues, sale ordure! Attends un peu, les putes qui ne sont pas sages, moi, je sais les corriger.

Mais sa voix avait changé en prononçant ces derniers mots. À la lueur de la bougie, il la regardait, couchée à ses pieds. Il émit un rire silencieux et, d'un geste tranquille, pareil à celui qu'il devait faire pour soulever la bâche de sa voiture, il releva lentement la chemise de Caroline.

— J'ai trouvé mieux qu'une raclée, dit-il, on va remettre ça tous les deux, puisque tu es énervée, ça te calmera. Il n'y a rien de tel pour mettre au pas les filles bruyantes.

Tout le corps de Caroline se contracta. Elle se jeta sur la main du postillon et la mordit de toutes ses forces. Il poussa un cri de colère et s'abattit sur elle. Elle continuait à essayer de le mordre et de le griffer. Quand elle sentit que, malgré sa résistance, il avait écarté ses genoux, elle éclata en sanglots, gémissant :

— Non… non!… Je vous en supplie, non…

Elle poussa un véritable hurlement à l'instant où ce « non » perdit toute signification, mais elle continua à le répéter inconsciemment pendant tout le temps qu'il abusa d'elle.

Quand il se releva, il se borna à observer :

— J'emmène le chandelier, si tu veux de la lumière pour redescendre dans ta chambre, accompagne-moi, sinon, tant pis pour toi.

Cependant, il resta quelques instants à la regarder, gisant abandonnée dans le foin.

— Voyons, dit-il d'une voix radoucie, ne fais pas la bête comme ça. Tu m'en veux? C'est pourtant ta faute, si tu n'étais pas une aussi jolie fille, ça ne te serait pas arrivé. Tu caches ton jeu : dans le fond tu es très contente. Allez, viens…

Comme elle ne répondait pas, il la saisit dans ses bras et la redescendit jusque dans le couloir, où il la déposa devant sa porte :

— Tu veux rien me dire de gentil ? Vilaine fille ! Eh bien, fais de beaux rêves quand même !

Une fois dans son lit, Caroline éprouva un grand bien-être physique. Elle ne prêtait plus attention aux ronflements des dormeuses. Elle se sentait lasse, mais agréablement. L'exercice qu'on venait de lui faire faire ne lui avait pas donné la volupté mais l'avait détendue, nourrie. La seconde fois, elle n'avait même éprouvé aucun plaisir physique, mais elle savourait encore l'extraordinaire jouissance mentale qui avait été la sienne quand, tout en répétant : « Non, non, non ! » et en résistant de toutes ses forces, elle se disait : « Je suis violée. »

*

Son réveil fut pénible. La chambre sentait mauvais. Les plaisanteries et les propos que les trois femmes échangeaient la dégoûtaient. Elle se sentait fatiguée et mal éveillée. Elle essayait de ne pas penser à ce qui s'était passé pendant la nuit. Avec le jour, sa honte s'était décuplée. Si Gaston apprenait jamais cela ! En même temps, elle pensait que les hommes étaient bien drôles d'attribuer tant d'importance à une faute du genre de celle qu'elle avait commise. Cet accident l'empêchait-il d'aimer moins Gaston, de lui appartenir moins complètement ? Absolument pas. Dans le fond, elle aurait pu aussi bien s'être endormie la veille au soir, dès l'extinction de la chandelle, et n'avoir fait que rêver ce qui s'était passé réellement. On ne lui reprocherait pas un rêve. Et cependant, l'événement n'avait pas plus d'importance que n'en aurait eu un rêve.

Malgré tous ces arguments, elle se sentit peu d'appétit pour ingurgiter le lait et le pain qui furent donnés aux voyageurs avant le départ, et, lorsqu'en s'approchant de la voiture elle aperçut le cocher qui promenait sur elle un regard complice et satisfait, elle se raidit, empourprée par l'humiliation.

Sur la place où le coche était arrêté, des soldats avaient fait halte et avaient formé les faisceaux. Les voyageurs discutaient avec passion à leur sujet.

— Ce sont les volontaires du Calvados, expliquait un petit homme qui, durant le trajet de la veille, avait été placé juste en face de Caroline et qui avait annoncé qu'il était clerc de notaire.

— Mais contre qui viennent-ils se battre?

— Contre la Convention. Les départements de Normandie et de Bretagne se sont coalisés contre les jacobins de Paris, à la suite de la mise hors la loi de vingt-deux girondins. J'ai interrogé un de ces volontaires; il m'a raconté que quatre mille hommes ont été rassemblés sous le commandement du général Wimpfen, qui est à Caen avec un comité de girondins et d'antijacobins, parmi lesquels il m'a cité : Louvet, Guadet, Pétion, Barbaroux, Berthier, Buzot.

Les autres voyageurs semblaient indécis. Enfin la jeune fille qui, la veille, s'était régalée des exécutions, observa :

— Ça, dans un sens on ne peut pas dire, à Paris, les jacobins exagèrent un peu.

— C'est bien vrai. L'ennemi est à nos portes, ce qu'il faudrait, c'est que tous les Français s'entendent.

— Moi je trouve que les ci-devant nobles, au lieu de les guillotiner, on devrait les envoyer dans l'armée pour se battre et se réhabiliter.

Caroline demanda :

— Mais alors, le comité révolutionnaire de Vernon dépend de celui de Caen?

— Oui.

— Et cela depuis longtemps?

Le clerc de notaire se rengorgea :

— Il a adhéré à la coalition contre la Convention depuis hier matin.

Caroline monta dans la voiture en maudissant l'ignorance où elle était la veille de la véritable situation politique de la ville. Sinon, c'est elle qui aurait fait arrêter le postillon, lorsqu'il l'avait menacée. Elle eut cependant une lueur de lucidité : regrettait-elle tellement ce qui s'était passé ? Elle pensa qu'il valait mieux ne pas trop s'interroger. La voiture roulait maintenant dans la campagne verte et vallonnée. Les oiseaux se poursuivaient dans les arbres. De grands troupeaux indolents occupaient les prés. Caroline avait beaucoup de sommeil à rattraper : elle s'endormit.

Durant le reste du trajet, elle sommeilla ainsi une bonne partie du temps. Le postillon semblait avoir perdu son assurance, et, loin de continuer à l'importuner par ses regards, il chercha au contraire, visiblement, à apaiser l'humeur de la jeune femme en adoptant l'attitude la plus effacée qu'il pût.

Le soir tombait et le coche n'avait pas encore atteint Caen. Caroline était excédée par ce voyage. Le cahot perpétuel du véhicule, l'étouffante chaleur qui y régnait, l'odeur nauséabonde des voyageurs et de leurs victuailles entassées lui donnaient le vertige. Au départ de Vernon, ils avaient dû se serrer encore davantage pour faire place à une femme enceinte, très pressée de rentrer à Caen et qu'en raison de son état on n'avait pas osé refuser. Caroline, au début, ne s'était pas irritée du peu de place qui lui était resté sur la banquette. Elle avait même souri en pensant à ce qu'eût été sa situation si la mode n'avait pas changé et si elle avait porté ses robes à cerceaux et à paniers, encore de mise trois ans plus tôt, et que la jupe tombante, bouffant à peine autour des jupons, avait remplacées.

Mais, en fin de journée, son exaspération allait croissant. Aussi, quand le clerc de notaire, homme universel, eut affirmé, après avoir examiné une croix qui s'élevait au bord du chemin, qu'on n'était plus qu'à quelques minutes de la ville, ressentit-elle une impatience encore plus lancinante d'arriver. Elle était tout de même inquiète. Pourvu qu'elle trouve Georges ! À cette pensée, elle eut un brusque remords : durant tous ces derniers jours, elle ne s'était absolument pas souciée du sort de son mari, qui avait dû courir des dangers encore supérieurs aux siens. Pour la première fois, elle se sentit même, sinon repentante, du moins gênée de l'avoir trompé. Elle allait de nouveau, si, comme les propos du clerc de notaire le rendait probable, il se trouvait en effet à Caen, reprendre avec lui son intimité d'autrefois. Lui ne trouverait sans doute aucun changement. Et cependant, en quelques jours, elle s'était détachée de lui. Elle lui rapportait un corps qui s'était révélé dans d'autres bras que les siens et sur lequel il allait cependant reprendre ses droits.

— Vous voyez le palais de justice ?

Caroline sursauta. Sans qu'elle y prêtât attention, la voiture était entrée dans la ville. Rendue à la conscience, elle souffrit des cahots que les durs pavés rendaient encore plus pénibles. Allait-on enfin s'arrêter ?

Quand la portière s'ouvrit, elle avait tant hâte de descendre que, sans le clerc de notaire, elle eût oublié son baluchon. Enfin, elle sauta sur le sol. L'air de la ville était doux, rafraîchi par le soir qui répandait sur les maisons une ombre bleue. La jeune femme n'eut pas le temps de faire un pas. Deux bras s'étaient refermés sur elle. Une main caressait sa nuque.

— Mon aimée… mon aimée…, bégayait Georges, le ciel soit loué, vous voilà enfin. Mon supplice est fini, vous ne pouvez savoir ce que j'ai souffert. Ah ! mon amour, c'est trop beau !

Quand il se fut un peu calmé, il l'accabla de questions :

— Que vous est-il arrivé ? Comment vous sentez-vous ?

— Je suis éreintée, ce voyage était odieux, tous ces gens-là sentaient mauvais, je n'avais qu'une toute petite place sur la banquette…

Georges la regarda avec admiration :

— Ma chérie ! Vous êtes extraordinaire ! Vous venez de traverser les plus grands dangers et vous ne trouvez à vous plaindre que des éternels petits inconvénients des voyages !

Et il la reprit dans ses bras, en la serrant, avec une force qu'elle ne lui connaissait pas. À ce moment, le regard de Caroline rencontra derrière Georges un sourire railleur qui s'éteignit d'ailleurs aussitôt : c'était celui du postillon. Caroline serra les dents. Elle se crispa de colère. Le rire de cette brute, qui bafouait le pauvre Georges, lui fit mal. Elle ne songea pas à se reprocher d'avoir mis la dignité de Georges à la merci de la grossièreté insultante de cet homme. Ce fut sur celui-ci que convergea une indignation d'autant plus vive qu'elle avait été émue de retrouver son mari. Sa gêne inconfortable, son embarras, elle les matérialisa dans le rire de cette brute. Il représenta en même temps pour elle tous ces geôliers, ces sectionnaires acharnés à sa perte. Sa résolution, dès ce moment, fut prise.

Tout en traversant avec Georges les rangs des curieux qui étaient venus assister à l'arrivée du coche de Paris, elle achevait de former son plan : d'une part parce que sa franchise souffrait du mensonge tacite qu'elle ferait à Georges en ne lui avouant pas qu'elle ne lui avait pas été fidèle, d'autre part parce qu'elle voulait se venger de la désinvolture du postillon et trouver quelqu'un sur qui retombât la responsabilité de l'infortune de son mari, elle avait choisi son séducteur de la veille comme bouc émissaire. Elle était bien résolue à ne pas souffler mot de Gaston, mais sa franchise se satisfaisait de l'aveu de sa seconde faute, qui n'en était pas une, puisqu'elle avait été contrainte. En même temps, elle punissait le postillon d'avoir été en droit de rire de Georges.

Aussi écouta-t-elle fort peu les explications que son mari lui fournissait sur la grande entreprise qu'il avait montée contre la Convention avec ses amis girondins ni sur les pérégrinations qui avaient été les siennes pour quitter Paris et gagner Caen. Mais, quand ils furent parvenus dans le petit appartement que Georges avait loué dans la plus belle auberge de la ville, la jeune femme écrasa soudain son visage contre la poitrine de son mari :

— Mon chéri, j'ai à vous avouer une chose horrible ! Une chose telle que la vie me semble maintenant impossible.

Anxieux, Georges avait saisi le visage de Caroline entre ses mains :

— Que vous est-il arrivé ? Parlez, voyons, parlez… Vous me faites mourir d'angoisse.

D'une voix imperceptible, la jeune femme, les yeux baissés, chuchota :

— Oui, il le faut, je vais tout vous dire, mais c'est trop affreux, j'ai trop honte, ne me regardez pas pendant que je parlerai… C'est promis ? Eh bien ! voilà : hier soir, nous sommes arrivés à Vernon alors qu'il faisait déjà presque nuit. Ni moi ni les autres voyageurs n'avons su que la ville n'appartenait pas aux jacobins. Alors, je me suis couchée et un homme est venu me réveiller en me disant que mon identité avait été découverte et que j'allais être arrêtée. Il m'a offert de me cacher dans la grange. Quand nous y sommes arrivés, il m'a dit qu'il voulait me posséder et que si je criais, il me livrerait à la police jacobine. Mon Georges, croyez-moi, je vous le jure, je me suis débattue, j'ai lutté de toutes mes forces, même, bien que mes cris me condamnassent à la guillotine, j'ai hurlé. Mais le piège était bien trouvé, c'était tout au fond d'une grange… et alors… Enfin, vous me comprenez… Il m'a fait ce qu'il voulait.

Georges avait cessé de tenir sa femme dans ses bras. Il reculait à petits pas dans la pièce, son visage soudain tout blanc, ses lèvres dansantes, faisant avec ses doigts des gestes nerveux, sans signification. Puis, brutalement, il se jeta sur elle, la saisit violemment par les épaules :

— Caroline, ce n'est pas vrai ! Vous me racontez cela pour me faire peur… Je comprends : vous voulez me punir de ne pas m'être suffisamment occupé de vous ! Mais vous avez tort : je peux vous avouer que, pour obtenir les papiers qui vous ont servi à échapper à Paris, j'ai fait une démarche dont, normalement, je n'aurais pas dû sortir vivant. Tout ce que je pouvais accomplir pour vous, je l'ai accompli. Moi, je n'ai même pas eu le moindre laissez-passer, j'ai fait tout le trajet allongé au fond d'une carriole, étouffant sous des couvertures…

— Pauvre Georges… Mon pauvre cœur…

Caroline était sincèrement émue. Elle passa sa main sur la joue de Georges, elle se disait qu'elle l'aimait bien, que l'idéal pour elle serait de vivre entre Gaston et lui. Elle savait que c'était impossible. Mon Dieu, que la vie sur cette terre était drôlement organisée !

Mais Georges, bouleversé par son silence, lui étreignait les épaules :

— Mais parlez ! Dites-moi une fois pour toutes que ce n'est pas vrai !

Alors, elle dit simplement :

— C'est vrai, mon pauvre chéri ! C'est si vrai que vous avez même vu le… criminel !

— Je… J'ai vu…

— Oui. Ce qui me met le plus en rage, c'est que cette brute qui m'a violée soit dans cette ville, si près de nous.

Georges s'était redressé. Il alla jusqu'à une petite table. Machinalement, il saisit par le couvercle une tabatière qu'il se mit à faire tourner dans ses doigts. Caroline était affaissée au pied du lit. Un peu angoissée, elle scrutait dans les yeux de son mari une alternance de fureur et de torpeur qui tenait de la folie. Enfin il sortit de son silence :

— Où est-il ? Son nom ?

— Je ne sais pas, murmura Caroline. C'était le postillon du coche.

Et elle se retrouva seule, avec encore dans les oreilles le claquement de la porte et le fracas de l'escalier sous la course forcenée de Georges.

*

— Vous dormiez?... Ah! mon Dieu! Vous dormiez seulement... Ah! Que j'ai eu peur... Quand je vous ai trouvée là, blottie contre le lit, les yeux fermés... j'ai cru que vous vous étiez tuée et que je n'avais plus qu'à mourir...

Caroline clignait des yeux devant la flamme de la bougie que tenait Georges. Celui-ci avait les traits convulsés, ses vêtements en désordre et tout recouverts de poussière. Il se pencha vers elle :

— Mon amie, votre supplice et le mien peuvent prendre fin. Nous pouvons supposer que c'est un cauchemar. La brute, en cet instant, n'existe pas plus que le plus irréel des fantômes de cauchemars.

— Que dites-vous?...

— J'ai été trouvé Louvet. D'homme d'honneur à homme d'honneur, je lui ai tout raconté. Ce n'est pas seulement un courageux député, c'est un romancier, un analyste du cœur humain. Il a su me réconforter, et puis il pouvait me comprendre grâce à l'immense amour qu'il éprouve pour sa compagne, Lodoïska. Il brûlait de la même colère que moi. Nous sommes allés trouver le général Wimpfen, nous nous sommes bornés à lui dire, en lui en donnant notre parole, que nous avions appris que le postillon du coche de Paris était un criminel et un dangereux espion. Grâce à lui, des recherches ont été faites immédiatement pour connaître son adresse. Je m'y suis rendu avec deux commissaires pour l'arrêter. Quand nous sommes entrés dans sa chambre, sans doute parce qu'il avait dû me voir avec vous, il a compris qu'un danger le menaçait et s'est précipité contre moi de toute sa force. C'était bien ce que j'espérais. Je l'ai désarmé, assommé.

Caroline rêvait : cette chair brûlante, ces muscles vigoureux, ces lèvres brutales et saines, tout ce corps vivace, puissant, n'étaient donc plus qu'une loque, plus faible qu'une souris, plus inerte qu'un bout de bois. Morte la face du beau postillon, comme la joliesse de la jeune Fondanges. La mort était une chose extraordinaire. Les humains ne paraissaient pas s'en étonner. On disait de quelqu'un : « Il est mort. » Et voilà tout. Et on arrivait à vivre, alors que chaque jour on assistait à de nouveaux rapts d'êtres qu'on a connus bien vivants et dont on se borne alors à ne plus parler au présent, mais à l'imparfait. Le postillon était mort, ou du moins allait mourir, avec sa curieuse odeur violente mais captivante, ses robustes genoux, ses poignes d'assommeur, ses dents blanches, cette drôle de tignasse blonde et drue, son rire assuré, masculin, éclatant de bravade… Et tout cela était brisé, en somme, parce que Mlle de Tourville avait conduit Caroline à tel cours de danse plutôt qu'à tel autre. Caroline pensait : « Ou bien la vie est trop absurdement invraisemblable, ou bien je deviens folle. » Elle laissait Georges, haletant, la déshabiller avec maladresse et l'étendre sur le lit ; elle le laissait divaguer, bégayer que, cette fois, elle allait être à lui, que leur amour allait achever d'effacer la souillure que, que… Parfaitement indifférente à son étreinte, elle persistait à se demander, de la vie ou d'elle, laquelle délirait…

TROISIÈME PARTIE

13
Le déguisement

Caroline s'habitua vite à sa nouvelle vie. Grâce à beaucoup d'obstination, elle obtint de Georges qu'il louât tout le second étage de l'hôtel où ils habitaient. Puis elle engagea une servante qui fut chargée de faire la navette entre l'appartement et la cuisine pour leur éviter l'ennui de la table d'hôte. Les rideaux de sa chambre ne lui plaisaient pas : elle courut toute la ville pour en choisir finalement un lot d'une soie prune qui la ravit. Entraînée par cette couleur prune, elle acheta un fauteuil qui s'harmonisait avec les rideaux. Ainsi, chaque jour, elle traînait chez les marchands, ramenant tantôt une pendule, tantôt un tapis, tantôt une trousse de toilette, tantôt un vase.

Georges multipliait les remontrances. Mais c'était vainement qu'il invoquait le peu de durée du séjour qu'ils devaient faire et les difficultés que représenterait plus tard l'acheminement sur Paris de ces multiples objets qui y seraient d'ailleurs inutiles. Caroline l'écoutait à peine, ne tenait aucun compte de ses avis et ne cherchait nullement à modérer les plaisirs qu'elle éprouvait à orner petit à petit cet appartement d'hôtel, comme si elle eût dû y passer toute son existence. Son mari finit par lui faire valoir la nécessité d'une certaine économie. Certes, il avait réussi à apporter une somme d'argent importante, mais l'ignorance de ce que serait le lendemain lui faisait, disait-il, un devoir de la ménager. Elle ne ménageait rien du tout, les protestations du jeune homme n'allant jamais bien loin, et continuait de plus belle. La pénurie de sa garde-robe avait évidemment imposé des achats, puisqu'elle possédait en tout et pour tout, à son arrivée, ce qu'elle portait sur elle plus une chemise, un jupon et des bas que Mme de Coigny avait mis dans son baluchon. Mais au lieu d'acheter le strict nécessaire, elle entreprit de se rhabiller complètement, comme pour faire face à la plus élégante saison parisienne. Georges, d'abord sidéré, avait fini par s'attendrir :

— Mon amie, dit-il, avec une affectueuse admiration, qui donc croirait, en vous voyant si frivole, que vous venez d'échapper à tant de dangers, que vous avez été traquée, arrêtée, poursuivie… Vous êtes vraiment la vivante image de la France, sur laquelle les étrangers se trompent si facilement. Comme elle, vous paraissez légère, insouciante, mais, au fond, cette coquetterie sait faire place, quand il le faut, au courage et à la ténacité.

Caroline embrassa son mari et observa en riant :

— J'ai l'impression que la Convention vous manque et que c'est sur moi que vous vous vengez de tous vos discours rentrés. Je crois qu'on a vu des choses curieuses, mais jamais un mari comparant sa femme à la France.

Depuis qu'ils s'étaient retrouvés, ils s'entendaient très bien. Les craintes que Georges avait éprouvées à propos de sa femme, le remords qu'il conservait d'avoir été obligé de s'enfuir seul redoublaient encore ses attentions. Caroline avait fort bien compris que son mari avait honte du procédé dont il avait usé à l'égard de Gaston de Salanches et que, désormais, il n'oserait plus faire preuve de jalousie. Il avait d'ailleurs remonté aux yeux de la jeune femme par la violence et la brutalité cruelle avec lesquelles il s'était conduit à l'égard du postillon. Le souvenir de celui-ci venait parfois la visiter. Certes, elle ne pouvait s'empêcher d'être prise de vertige en songeant que cet athlète chaud et musclé se décomposait peut-être dans la terre, mais en même temps elle était bizarrement satisfaite de cette aventure : celle-ci lui avait apporté l'humiliante jouissance d'être violée et ce que cet accident avait de mortifiant était corrigé et racheté par l'implacable châtiment de son offenseur. Elle en était redevable à Georges et tâchait d'être avec lui aussi gentille que possible, c'est-à-dire aussi consentante que le lui permettait l'ennui éprouvé par elle quand elle se livrait à l'amour par son mari. Elle avait même trouvé moyen de rendre plus attrayante cette cérémonie en se figurant non pas qu'elle était prise par cet éternel Georges, mais par celui que son imagination ne cessait d'appeler, Gaston, et dont d'ailleurs elle se passait assez bien de n'avoir pas de nouvelles.

Georges usait ses journées en discussions avec ses amis de la Convention, bannis et réfugiés là comme lui, et avec les administrateurs des départements qu'il essayait de coaliser. Parfois, le soir, il invitait à dîner un certain nombre d'entre eux. Ayant dû quitter Paris dans le plus grand affolement, ayant pour la plupart d'entre eux leur famille en province, ils étaient seuls à Caen et Caroline, de ce fait, prenait vis-à-vis d'eux l'allure d'une souveraine. Ils lui faisaient tous une cour empressée. Elle tenait salon. Elle régnait sans se préoccuper d'ailleurs beaucoup des projets enfiévrés que les proscrits débattaient entre eux avec frénésie.

Ces réceptions lui laissaient cependant de grands loisirs. Elle s'ennuyait dans son appartement, où la présence d'une jeune servante des plus paysannes ne suffisait guère à la distraire. Ses innombrables achats dans les boutiques ne pouvaient pas non plus occuper tout son temps. Aussi se promenait-elle, éblouissant les habitants par ses toilettes sans cesse renouvelées. Elle avait ainsi pris l'habitude d'aller assister le soir à l'arrivée de la diligence de Paris, événement qui en soi n'avait rien de fort attrayant, mais qui était, pour les citoyens et les citoyennes de Caen, une occasion de se montrer, de déambuler et aussi d'apprendre des nouvelles fraîches sur ce qui se passait dans la capitale. Un soir, Caroline aperçut une jeune femme, vêtue avec distinction, qui, environ une demi-heure après l'arrivée de la diligence, un petit baluchon à la main, errait sur la place avec une inquiétude fiévreuse.

— Vous paraissez dépaysée, lui dit Caroline, peut-être ne connaissez-vous pas la ville ? Si je puis vous être d'un secours quelconque…

— Oh ! Je vous remercie, madame… Pardon, je voulais dire citoyenne… Mon compagnon m'avait dit de l'attendre ici, il était allé nous chercher un logement, je ne le vois pas revenir…

— Vous arrivez de Paris ?

— Oui, citoyenne… Nous… Je…

Caroline admirait la beauté régulière et classique du visage de l'inconnue. Ses yeux, extrêmement noirs, pétillaient de fièvre et ses lèvres, d'un dessin précis et pur, tremblaient sur des dents éclatantes. Son léger zézaiement donnait à sa voix grave, presque masculine, un charme troublant, que renforçait encore l'embarras où la pauvre femme semblait se trouver. Caroline aurait fait un mauvais diplomate, car elle aborda si franchement la question qu'elle acheva d'effrayer son interlocutrice.

— Peut-être avez-vous fui Paris à cause de la Terreur, madame…

— Mais ne croyez pas… Mais qui a pu vous dire…

— Si tel est votre cas, ne vous en cachez pas, à Caen vous n'avez rien à craindre…

— Vraiment ?

— Vous pouvez me croire, je suis la femme du citoyen Berthier, député proscrit de la Convention.

Le visage de la jeune femme s'éclaira :

— Ah ! madame, dit-elle, voilà un nom qui me fait bien plaisir ! Je l'ai souvent entendu prononcer avec affection par mon ami Louvet de Couvray, qui est également député à la Convention.

Ravie de cette rencontre imprévue, Caroline persuada la jeune femme, qui acheva de se présenter sous le simple prénom inusité de Lodoïska, qu'elle n'avait qu'à l'accompagner à son hôtel. Chemin faisant, Lodoïska lui expliqua que Louvet, qui avait été un des premiers conventionnels à se retirer à Caen, avait eu ensuite la témérité d'aller la rechercher à Paris, où elle était restée. Pendant trois semaines, ils avaient été bloqués et, de retour dans la ville, Louvet était peu rassuré car, en passant à Mantes, il avait entendu dire que le Calvados s'était rallié à la Convention. Aussi, s'était-il précipité chez ses amis pour voir ce qu'il en était.

— N'en doutez pas, dit Caroline, il doit être avec mon mari.

— Je l'espère. Cette longue attente m'a donné la fièvre. Mon Dieu, que j'ai hâte de le revoir !

Surprise, Caroline observa froidement :

— Hâte de le revoir ? À ce point ? Et vous ne l'avez quitté que depuis une demi-heure !

Lodoïska leva vers elle un visage à la fois confus et orgueilleux :

— Je dois vous paraître ridicule, madame, dit-elle, mais lorsque je me sépare de lui, ne serait-ce que pour quelques instants, mon cœur bat comme si j'allais mourir. Et devriez-vous me croire bien crédule ou bien vaniteuse, je sais qu'il en est exactement de même pour lui. Je suis toute sa vie comme il est toute la mienne.

Un peu narquoise, Caroline désigna l'hôtel devant lequel les deux femmes venaient d'arriver :

— Soyez heureuse, car je crois que « toute votre vie » doit être là en grande discussion avec mon mari.

Elle ne s'était pas trompée. L'aveu de cette singulière Lodoïska l'ayant alléchée, Caroline épia l'émotion de Louvet et de sa maîtresse lorsqu'ils se retrouvèrent. Tous deux cherchaient à la cacher, mais ils ne purent s'empêcher de se prendre les mains et Louvet s'écria, en bégayant presque :

— Vous avez dû m'attendre ! Vous vous êtes inquiétée... Berthier avait envoyé sa domestique au-devant de vous et m'entretenait de sujets si graves, de décisions qui doivent être prises si rapidement, que je vous demande de me pardonner mon retard.

Lodoïska lui pardonna avec un regard à la fois si discret et d'une si intense tendresse que Caroline, légèrement sidérée, soupçonna à l'amour une profondeur qu'elle ne lui connaissait pas.

Elle profita du dîner, où le couple avait été convié, pour observer Louvet avec plus d'attention. Elle l'avait entrevu les premiers jours de son arrivée à Caen, avant que le jeune homme ne repartît pour Paris. Elle avait entendu parler de la passion qu'il nourrissait pour sa maîtresse, mais n'y avait pas attaché d'importance. Il n'en était plus de même. L'émotion que lui avait si franchement vouée Lodoïska transfigurait Louvet à ses yeux : cet homme avait été capable d'inspirer un amour aussi extraordinaire ! Elle cessait peu à peu de le voir comme il était, c'est-à-dire petit, malingre, au point qu'auprès de lui Georges paraissait un athlète, le visage disproportionné par la hauteur du front et la fragilité des mâchoires. Elle n'entendait plus que sa voix qui était très belle, chaude, musicale, bien timbrée…

— C'est positivement atroce, disait Louvet. J'ai eu des détails sur l'état de Mme Roland. On la traîne de prison en prison, on essaye de se venger sur elle de la fuite de son mari. On multiplie contre elle des articles où cette femme d'une si sensible intelligence est qualifiée de monstre et de vampire. Elle est perdue. D'un jour à l'autre, l'horrible nouvelle de son exécution nous parviendra. J'espère vivre assez vieux pour voir le châtiment des criminels qui nous gouvernent, je donnerais volontiers mon sang pour que le leur commence à couler. Ils se défendent, les scélérats ! Ils sont en train de lever des régiments pour venir en Normandie « pacifier », comme ils disent, c'est-à-dire répandre le sang par le fer et par le feu, et là où le peuple danse encore, édifier la guillotine.

Caroline buvait les paroles de l'ex-grand orateur de la Convention. Elle n'en suivait pas la signification, seulement attentive à l'accent avec lequel elles étaient prononcées, à ces inflexions pathétiques, à ces sonorités profondes et variées comme celles d'un instrument de musique. Quand le regard de la jeune femme rencontrait le visage de Lodoïska, il se durcissait. Caroline pensait : « Qu'a-t-elle de meilleur que moi pour avoir mérité un pareil amour, d'un pareil homme ? » Elle comparait sa situation à la sienne avec amertume : qu'avait été l'amour pour elle ? Un froid voisinage avec un mari presque indifférent, un couchage sordide dans la grange d'une auberge avec un rustre qui sentait l'écurie, un don sans lendemain, hâtif et gâté par l'inquiétude, à un jeune homme inconstant et sensuel qui n'avait rien eu de plus pressé que de s'esquiver dès le plaisir pris, en lui faisant en plus l'insulte de la confier à une rivale qui, en ce moment, était peut-être dans ses bras. Que tout cela était piètre, raté, sale, à côté de cette tumultueuse et unique passion qui unissait ces deux êtres comme s'ils n'en eussent fait qu'un !

Pendant que Caroline remuait avec rancœur cette interprétation fâcheuse de son passé, les convives avaient quitté la table à l'annonce du général Wimpfen, dont l'arrivée causa sensation. Louvet s'était précipité vers lui :

— Général, j'arrive de Paris, j'y ai vu des bataillons armés par les conventionnels et se préparant à marcher contre nous.

Le général haussa les épaules. Il était grand, maigre, pâle et son visage témoignait plutôt de l'indécision d'un intellectuel que de l'audace d'un guerrier.

— Je le sais bien. Ce soir, les troupes des conventionnels cantonneront à Mantes et demain elles marcheront sur Évreux.

De tous côtés, les interrogations affluèrent. Wimpfen ne s'en émut pas :

— Ce que je vais faire? Je viens de donner l'ordre de départ à trois bataillons de volontaires qui, en marche de nuit, gagneront Vernon où ils se retrancheront. Si nous réussissons à tenir solidement cette position, nous pouvons dormir tranquilles à Caen.

Berthier et Buzot s'enflammèrent.

— Nous ne sommes pas venus ici pour dormir tranquilles! La population ne demande qu'à combattre. Allons-nous lasser son enthousiasme par notre inaction? Il ne s'agit pas d'attendre les jacobins, il faut les attaquer, en lançant toutes nos forces sur Évreux!

Louvet renchérit:

— Je peux vous dire qu'à Paris la population est lasse de toutes ces exécutions et de toutes ces arrestations. Elle nous attend comme des libérateurs. Si les troupes des jacobins étaient défaites, nous n'aurions plus qu'à pousser jusque dans la capitale, le peuple se soulèverait en notre faveur et la partie serait gagnée.

Wimpfen promena autour de lui un regard las:

— L'éloquence et la stratégie ne sont pas sœurs jumelles, murmura-t-il enfin. Ce n'est pas avec des « si » qu'on remporte des batailles. J'ai la responsabilité militaire des départements normands et bretons et je n'ai pas l'intention de la jouer sur un coup de dés.

— Mais vous pouvez rassembler précisément, en quelques jours, toutes les forces de Bretagne et de Normandie…

— Les rassembler! Ce sont bien des mots de tribuns. C'est facile à dire. Comment les nourrirai-je? Comment les logerai-je? En outre, je manque d'armes.

Il laissa passer les imprécations des députés et reprit paisiblement le cours de ses réflexions:

— Je manque d'armes, et ce n'est pas vos discours qui m'en donneront. L'enthousiasme n'a jamais remplacé les fusils… Évidemment, j'ai un moyen de trouver des armes, des munitions, des renforts…

Il garda le silence quelques secondes, cependant que les autres le suppliaient de parler et d'indiquer son moyen.

— Il y a quelques jours, je suis allé inspecter la garnison du Havre et j'ai reçu la visite d'un envoyé qui m'a proposé tout ce qui nous manquait.

— Un envoyé de qui ?

Wimpfen rougit violemment, puis, en fixant son verre, acheva :

— Un envoyé de certains Français proscrits comme vous et réfugiés en Angleterre. Une escadre est prête à nous apporter tout ce qu'il nous faut.

Caroline sursauta au fracas des coups de poing frappés sur la table et des imprécations qui se croisaient :

— C'est une infamie ! Vous nous proposez une trahison ! Nous haïssons les émigrés et les Anglais encore plus que les jacobins ! Nous préférons périr sur la guillotine que d'aider les ci-devant et les chiens d'Anglais à venir se prélasser à Paris ! Nous sommes républicains ! C'est pour les libertés républicaines que nous combattons la Convention et non pour le despotisme de l'étranger !

Wimpfen fit entendre un petit claquement de langue :

— Ce que je vous en dis, moi… Remarquez bien que je n'ai pas accepté ces propositions, on me les a soumises et je vous les transmets. Vous les refusez, je n'y donnerai pas suite. Je suis un militaire. On m'a chargé de défendre une région ; de prime abord, quand on me propose un secours aussi substantiel, je n'ai pas de raison de le refuser, mais c'est à vous que je laisse la décision ; en tout cas, je vous aurai prévenus. Si jamais vous montez dans la charrette, que votre dernière pensée ne soit pas pour maudire ce pauvre Wimpfen, il aura tout fait pour vous sauver. Ce n'aura pas été sa faute s'il n'a pu convaincre des gens qui préféraient à la vie et au pouvoir les courants d'air de leurs phrases creuses…

— Général, cria Louvet, la place d'un agent de l'ennemi et d'un satellite du despotisme n'est pas à la tête des libres armées qui veulent refaire dans la dignité et dans la liberté la République une et indivisible.

— Vous parlez tout à fait comme les jacobins qui vous ont condamnés à mort, répondit en riant Wimpfen. Puisque je vous déplais et que vous tenez tant à être guillotinés, je m'en vais tout bonnement vous demander de trouver un autre général pour me remplacer…

La stupeur rendit un instant silencieux tout le monde.

— Général Wimpfen, s'écria Berthier, vous ne pouvez nous quitter quand la bataille décisive est sur le point d'avoir lieu. Si vous partiez, les administrateurs des départements renonceraient peut-être à la lutte et une partie des soldats se débanderaient.

— Je ne vous le fais pas dire, observa Wimpfen, en avalant son verre de Calvados.

À ce moment, Caroline n'y tint plus :

— Je ne comprends rien à tous vos embarras, cria-t-elle en s'adressant à son mari et aux autres députés ; si nous perdons la bataille, il va falloir de nouveau fuir, mener une vie misérable, nous serons peut-être arrêtés et guillotinés, et dans des conditions pareilles vous osez refuser la proposition que le général vous a faite. Mais qu'ils viennent de Chine, d'Angleterre ou d'Amérique, les canons qui nous sauveront sont les bienvenus s'ils doivent nous permettre de rentrer à Paris, de retrouver notre tranquillité et notre confort.

Georges avait blêmi. Il avait essayé de l'interrompre, sans y réussir, et maintenant elle le voyait debout devant elle, en proie à une colère dont elle ne l'eût jamais cru capable.

— Vous me déshonorez. Vous êtes indigne de porter mon nom !

Il se retourna vers les autres :

— Oubliez ce que ma femme vient de dire. Elle est folle. Les dangers qu'elle a courus l'ont rendue folle. Dans quelques minutes, elle regrettera les…

— Je ne regretterai rien du tout ! cria Caroline furieuse. C'est vous qui êtes tous fous ! À vous voir, on croirait que vous n'êtes sur terre que pour vous sacrifier à des phrases creuses...

La paire de claques que lui administra Georges laissa Caroline stupéfaite, le souffle coupé, la bouche bée.

— Et maintenant, madame, retournez dans votre chambre...

Alors, Caroline se jeta sur lui, ivre de rage et de honte d'avoir été ainsi traitée devant tant de gens et particulièrement en présence de Louvet et de Lodoïska.

— J'irai dans ma chambre si cela me plaît ! cria-t-elle en frappant Georges si durement que celui-ci trébucha. Vous croyez peut-être pouvoir me donner des ordres ! Me frapper, vous avez osé me frapper ! Vous jouez les héros alors que vous n'êtes qu'un lâche, un lâche, un sale petit lâche de rien du tout qui abandonne sa femme pour courir dans son terrier, pendant qu'on l'arrête à sa place...

— C'est un mensonge, je...

— Mais je me suis bien vengée. Vous êtes peut-être un grand homme ! Mais, dans ce cas, vous êtes le plus cocu des grands hommes ! Je me suis bien passée de vous ! Ceux que j'ai trouvés pour vous remplacer n'étaient peut-être pas...

Elle ne put en dire plus : Georges l'avait arrachée du sol, l'emportait vers sa chambre, où il la jeta sur le lit. Prise de peur, elle n'osa pas se relever et, hébétée, regarda Georges, dont la pâleur acheva de lui faire craindre le pire. Mais, contrairement à ce qu'elle attendait, ce fut avec calme que le jeune homme lui demanda :

— Si j'ai bien entendu vos paroles, je suis, m'avez-vous dit, l'homme le plus trompé de France. Vous me devez quelques explications. Je les attends.

Sa voix se haussa seulement pour ajouter :

— Quand et avec qui ?

Caroline avait peur de ce calme qui lui paraissait plus inquiétant qu'une véritable colère. Mais, les joues encore rouges et douloureuses de l'affront qu'elle avait subi, elle domina sa frayeur pour goûter le plaisir de la vengeance :

— Le lieu et la quantité ne font rien à l'affaire, mon cher Georges. Ne poussez pas plus loin un interrogatoire qui ne peut qu'accroître votre ridicule.

— C'est bien entendu, vous ne voulez pas parler, madame ?

Caroline fit une petite moue, têtue et désinvolte. Son regard narquois pétilla. Mais, quand elle eut vu son mari se diriger d'un pas lent vers une bergère où le matin même elle avait exposé une tenue d'amazone qu'elle s'était fait faire et qu'il se fut penché pour saisir la cravache pendue à la ceinture de la robe, elle poussa un cri et, sautant du lit, voulut se précipiter vers la porte. Georges ne hâta pas sa démarche, mais il parvint cependant avant la jeune femme devant la porte qu'il verrouilla tranquillement.

— Vous avez déjà peur ? dit-il. Dans ce cas, vous feriez mieux de répondre tout de suite à mes questions et de vous éviter ainsi la correction qu'il va me falloir vous infliger.

Il l'avait, en même temps, saisie par un poignet. Frémissante, elle ne chercha pas à se dégager, mais se blottit au contraire contre la poitrine du jeune homme.

— Georges… Nous n'allons pas tout gâcher pour quelques minutes de colère où nous avons été aussi coupables l'un que l'autre. Vous m'avez frappée, je vous ai raconté une histoire imaginaire.

— Imaginaire ! D'abord, vous ne l'avez pas seulement racontée à moi, mais à tous nos amis. En outre, je la crois si peu imaginaire que, si vous ne vous décidez pas à me dire toute la vérité, je vous laisserai ici plus meurtrie encore que ma chienne lorsqu'elle se faisait couvrir par un bâtard… Non, n'essayez pas de m'attendrir ! Je vous connais suffisamment maintenant.

— Georges ! Georges ! Non, pas cela ! cria-t-elle, au moment où le jeune homme la jetait de nouveau sur le lit et où la cravache, avec un aboiement strident, s'abattit sur elle.

Le jeune homme maniait son fouet avec la régularité mécanique d'un fléau. Caroline retenait ses cris, de peur que les invités ne devinent l'humiliant traitement qu'elle était en train de subir. Il lui immobilisa les deux poignets d'une main, la frappant de l'autre. Sous l'effet de la douleur, de la honte, de la rage, tantôt elle plantait ses dents sur la main de Georges pour essayer de lui faire lâcher prise, tantôt elle le suppliait d'arrêter, tantôt de nouveau elle le narguait en observant qu'il « n'en serait pas moins cocu pour cela ».

Les pensées les plus absurdes la traversaient ; elle pleurait autant de souffrance et d'énervement que de son dépit de voir le satin de sa robe de soirée lacéré par la cravache. En même temps, sa faiblesse et la force subitement révélée de son mari lui inspiraient à l'égard de celui-ci un respect qu'elle n'avait jamais éprouvé, une sorte de docilité animale. Elle pensait : « L'imbécile, si, au lieu de continuer à me frapper, il me prenait, je me donnerais à lui tout entière. » Cependant, la douleur était devenue de plus en plus cuisante et, à force de se débattre, la jeune femme glissa du lit et tomba sur le parquet. Elle eut une rapide inspiration, poussa un soupir rauque et ferma les yeux.

Georges s'était arrêté net. À travers ses cils, la jeune femme apercevait les bottes immobiles de son mari. Puis il s'agenouilla auprès d'elle :

— Caroline… Caro… Vous vous êtes fait mal ? Mais répondez-moi ! Caroline, dites-moi quelque chose.

Il la souleva et la déposa de nouveau sur le lit. Entre ses paupières elle distinguait le visage tout à coup effrayé et décontenancé du jeune homme. Il la quitta pour passer dans le cabinet de toilette, où elle l'entendit verser de l'eau dans une coupe. Il revint et lui bassina le front avec son mouchoir.

Lasse de jouer l'évanouissement, elle battit légèrement des yeux, puis les ouvrit.

— Oh ! J'ai mal, dit-elle. Que s'est-il passé ? Georges, vous êtes là heureusement. Mais que m'a-t-on fait ? Ma tête me fait souffrir abominablement. Mes reins aussi et mes cuisses. Oh ! Georges, qu'est-il arrivé ?

Le jeune homme avait rougi.

— Ma chérie, ça va passer. Ce n'est rien. Puisque vous avez oublié cette scène, je vais l'oublier aussi…

Mais Caroline s'était redressée :

— Oh ! C'est infâme ! Oh ! Je me rappelle, brute, sale brute ! Dire que je me suis fâchée avec toute ma famille pour vous épouser. Je ne veux plus vous revoir. Allez-vous-en !

Georges s'effondra complètement.

— Ma chérie, je vous demande de me pardonner. Je ne savais plus ce que je faisais. Ma colère elle-même est un hommage à votre égard, elle vous prouve combien je vous aime. Aussi, pourquoi m'avez-vous dit de pareilles choses ? Surtout en un tel moment ? Il faut que je vous avoue que, depuis que vous m'avez appris ce qui vous était arrivé avec ce misérable postillon, je n'ai pas cessé de souffrir. Alors, quand vous m'avez dit ces paroles affreuses…

La jeune femme s'était caché la figure dans ses mains, s'était abattue sur le lit et avait feint d'éclater en sanglots. Comme elle était très énervée, les larmes vinrent toutes seules et elle put lever vers Georges un visage ruisselant.

— Georges, peut-être que je pourrai oublier, mais seulement plus tard, pour le moment je suis trop malheureuse, laissez-moi toute seule.

Le jeune homme se tenait les bras ballants, dans une indécision dont il fut tiré par deux coups discrets frappés à la porte. Il hésita, puis déverrouilla la serrure et ouvrit. C'était Lodoïska.

— Je m'excuse, dit-elle, mais nous avons tous été affligés de l'énervement où nous vous avons vus, votre femme et vous. Dans ces moments-là, on se dit des tas de choses qu'on ne pense pas…

Elle aperçut Caroline étendue sur le divan.

— Laissez-moi donc un peu seule avec elle. D'autant que ces messieurs vous réclament pour des décisions graves.

Comme Georges ne savait quel parti prendre, Lodoïska le poussa doucement. Il sortit la tête basse. Elle referma la porte derrière lui et s'approcha de Caroline.

Lodoïska se mit à parler en tenant la main de la jeune femme et celle-ci la laissait parler sans l'interrompre. Par des consolations habiles, elle lui laissa entendre qu'aucun des convives n'avait pris au tragique cette «querelle d'amoureux» qui témoignait au contraire de la vivacité et de la vitalité de leur passion.

— Il a été d'une brutalité… murmura Caroline en reniflant.

— C'est vrai. Mais avouez que vous l'aviez provoqué en lui débitant d'horribles petites méchancetés que vous ne pensiez sûrement pas.

Caroline se moucha et étala comme elle put sa robe pour que, surtout, sa visiteuse ne puisse deviner ce qui s'était passé.

— D'après ce que j'ai cru comprendre, poursuivit celle-ci, votre mari va partir immédiatement avec le général, pour être auprès de lui pendant le combat qui doit se dérouler à l'aube. Vous allez être bien seule. Si vous le voulez, je puis rester auprès de vous, car moi-même je vais être privée de Louvet.

Caroline accepta. Quelques minutes plus tard, Georges demanda à lui dire adieu. Elle subit avec froideur le baiser qu'il lui donna sur le front et toutes deux se retrouvèrent seules avec la servante, dans l'appartement brusquement vidé de tous ses invités. Lodoïska se coucha dans le second lit de la grande chambre, cependant que Caroline s'installait dans l'autre. Elles passèrent une partie de la nuit à parler, car toutes deux, pour des motifs différents, étaient trop émues et agitées pour dormir.

Il semblait à Caroline que sa compagne était beaucoup plus informée qu'elle de la vie et aussi de l'amour. Aussi n'hésita-t-elle pas à lui demander conseil. Elle se garda de lui avouer son penchant pour Gaston et ce qui s'était passé entre eux, mais lui laissa entendre qu'elle n'aimait pas tout à fait son mari et qu'elle était malheureuse de ne pas rencontrer le grand amour auquel elle avait cru et qu'elle avait attendu, quand elle était petite fille.

— Je vous comprends, murmura Lodoïska. Votre cas n'est, hélas ! qu'un cas entre beaucoup d'autres semblables. Mais je crois que votre insuccès est pour beaucoup de votre faute. L'amour vient parfois tout seul, mais il ne dure pas si on ne l'entretient pas comme on le ferait d'un feu. Au bout de quelques mois d'une union, l'imperfection de notre nature humaine veut que nous connaissions la lassitude. Sauf un très petit nombre de femmes, qui sont nées avec un tempérament qui fait d'elles l'amante d'un seul homme, la plupart d'entre nous subissent ce refroidissement qui est une conséquence de l'habitude et de la vie commune. Les hommes disent facilement qu'une femme qui a perdu son mystère a perdu en même temps la moitié de son attrait. Notre pudeur nous empêche souvent de l'avouer, mais il en est de même pour nous, dans notre conduite à l'égard des hommes. Quand on connaît bien et depuis longtemps son mari ou son amant, on en arrive à se croire indifférente envers lui, simplement parce qu'on imagine avec plus d'émotion le fait de se donner à un autre – qu'on connaît peu et qui déploie ses charmes les plus conquérants – qu'à celui auquel on est habituée. Mais il faut savoir y résister, si l'on veut édifier un grand amour. Ma passion pour Louvet a paru vous amuser. Vous avez été surprise qu'une demi-heure de séparation suffise à me bouleverser. C'est que je me suis entraînée à ne plus jamais penser « je », mais toujours « nous ». Je n'aurais pas l'idée de le tromper ni d'aller chercher ailleurs mon bonheur tout simplement parce que cela est impossible puisque je ne fais qu'un seul être avec lui.

Caroline la regardait avec curiosité :

— Mais s'il mourait?

La brutalité de cette question fit trembler les lèvres de Lodoïska. Elle se contraignit cependant à sourire :

— Je n'ai jamais envisagé sa mort. Je ne peux envisager que « notre mort », comme si nous étions deux frères siamois, comme si nous n'avions pour nous deux qu'un seul cœur…

— Mais enfin, que feriez-vous s'il venait à mourir?

— Je n'aurais guère besoin de me donner du mal pour quitter cette terre presque en même temps que lui.

Caroline se gratta le nez avec perplexité. Cela dépassait décidément ses capacités amoureuses. Elle imagina Gaston mort et l'horrible chagrin qu'elle ressentirait, mais elle sentit bien que ce chagrin ne serait jamais que relatif et qu'au bout d'un certain temps elle sourirait, puis rirait de nouveau :

— C'est peut-être, dit-elle, que vous n'avez connu qu'un seul homme dans votre vie?

Lodoïska rougit :

— Vous vous trompez. J'ai eu une vie très compliquée. J'ai beaucoup voyagé à travers l'Europe, de la Pologne à l'Italie, j'ai même été mariée et c'est une des raisons pour lesquelles je n'ai pas épousé Louvet.

— Et, malgré ce passé, vous pouvez lui appartenir tout entière? Aucun souvenir ne vient se mêler à votre amour et le gâter?

— Aucun. J'ai l'impression que je ne vis que depuis qu'il m'aime. J'ai oublié tout le reste, sauf les souvenirs de mon enfance, parce qu'il est heureux de me les entendre raconter.

Elle ajouta :

— Le bonheur ne vient pas tout seul. Si vous vous donnez la peine de ne plus regarder le monde qu'à travers

Georges, vous arriverez à l'aimer totalement et votre vie en sera transfigurée.

Caroline méditait. Dans son esprit, il n'était d'ailleurs nullement question de Georges, mais de Gaston. Elle s'imagina qu'elle le retrouvait, qu'elle appliquait la recette de Lodoïska, que tout le restant de leur vie n'était plus qu'un constant plaisir de s'aimer. Mais Gaston était loin. Le retrouverait-elle bientôt ? Et lui, ne l'aurait-il pas oubliée ? Que tout cela était difficile ! Décidément, sa vie était bien mal partie. De nouveau, elle envia la passion qui liait l'un à l'autre Lodoïska et Louvet. Elle compara sa beauté à celle de la jeune femme. Lodoïska avait plus de majesté, un port plus noble, des traits plus réguliers, une perfection dont Caroline se savait dépourvue, mais qu'elle estimait largement compensée par son charme piquant, la mobilité de son expression, la finesse de son corps, la joliesse enjôleuse de son visage. Lodoïska était peut-être plus intelligente, plus cultivée, mais elle devait manquer de ce brin d'ironie espiègle, de ce tour spirituel dont Caroline se savait pourvue. Alors, pourquoi ces traitements inégaux ? Pourquoi l'autre avait-elle droit à un bonheur, à une plénitude, qui lui étaient refusés à elle ? Elle cessa d'écouter son interlocutrice. « Tout cela, pensait-elle, c'est du prêchi-prêcha, mieux vaut dormir que d'écouter ces sermons. » Elle bâilla :

— Pardonnez-moi, dit-elle, mais je vais m'enfoncer dans mon oreiller, je commence à avoir très sommeil.

— Dormez, ma chère, pour moi je continuerai de veiller, car je suis trop inquiète pour que le sommeil me visite. Ce qui est horrible, c'est de penser que le combat doit être maintenant commencé et qu'il faudra encore de longues heures avant que nous ayons des nouvelles de nos amis.

Caroline s'était vantée. Elle ne réussit guère à dormir. Depuis qu'elle avait cessé de converser avec Lodoïska, les meurtrissures dont elle était couverte s'étaient réveillées avec une cuisante douleur. Elle essaya diverses positions. Quand elle se couchait sur le dos, la douleur était beaucoup plus vive, mais même étendue sur le ventre, elle sentait son sang battre douloureusement. Son animosité à l'égard de celui qui l'avait ainsi traitée grandit. Elle se mit à détester Georges. « S'il se fait tuer, après tout, ce sera un bon débarras », mais en même temps qu'elle émettait ce souhait, elle se le reprochait. Elle se méprisait elle-même. Voilà où elle en était arrivée : à ne plus aimer personne, à négliger son véritable amant, à haïr son mari, à n'être plus attachée à rien, à nourrir des pensées sordides de femme vaincue.

Mais la souffrance physique et les tracas moraux fatiguent, et la fatigue endort. Caroline s'endormit.

*

— Il est trois heures de l'après-midi, ma petite Caroline. Je vous ai laissé dormir jusqu'ici, mais je crois que maintenant il serait bon que vous vous leviez... Ne vous effrayez pas, mais depuis hier soir bien des choses se sont passées, ma pauvre amie, et je crois qu'il va falloir nous enfuir.

Caroline se frotta les yeux. Décidément, on n'était heureux qu'en dormant. Dès que la réalité s'en mêlait, les ennuis se mettaient à pleuvoir.

— Qu'y a-t-il encore ?

— Levez-vous, d'abord, je vous expliquerai notre situation pendant que vous vous habillerez. J'ai d'ailleurs eu l'indiscrétion de fouiller dans vos affaires pour vous choisir les vêtements qu'il convient que vous portiez, et comme je n'en ai pas trouvé et que le temps pressait, j'ai pris sur moi d'échanger une de vos robes avec celle de votre domestique, qui a à peu près votre taille.

— Quoi ! Mais vous n'y pensez pas ! Me faire porter les robes de ma fille de chambre.

— Oui, la robe est là, passez-la rapidement.

En faisant l'effort de se lever, Caroline sentit son corps très courbatu par la scène de la veille.

— Voulez-vous, oui ou non, m'expliquer ce qu'il y a ?

— C'est très simple. La bataille de Vernon a été plus qu'un échec : une véritable déroute. Une autre rencontre a eu lieu à Villedieu, une autre à Évreux. Partout, nos troupes, qui ont été conduites en dépit du bon sens, ont été obligées de se disperser. D'ici quelques heures, les bataillons parisiens vont se présenter aux portes de la ville. L'administrateur pourrait la défendre, car il y a ici plus de deux mille hommes, mais vient d'annoncer qu'il a signé un accord avec la Convention et les affiches par lesquelles celle-ci met nos amis hors la loi viennent d'être placardées dans les rues. Votre mari et Louvet sont arrivés il y a une heure. En ce moment-ci, ils haranguent la garnison des volontaires bretons, mais c'est vraisemblablement en pure perte.

— Mais alors, qu'allons-nous devenir ?

— Il nous faut essayer de gagner Bordeaux. Toute la Gironde est en insurrection contre la Convention. Il n'y a que là que nous puissions trouver un refuge sûr, car même si l'insurrection échoue, nous parviendrons à nous embarquer pour l'Amérique.

— Bordeaux ? Mais comment arriverons-nous à Bordeaux ?

— Nous allons partir sur les routes, pour gagner un port breton où nous avons encore beaucoup de partisans. De là un bateau de pêche nous transportera jusqu'à la Gironde. Vous voyez que tout cela est grave. Dépêchez-vous de vous habiller. Dans une heure, peut-être, on ne nous laissera plus quitter la ville.

Caroline haussa les épaules avec impatience.

— Puisque vous avez pris mon emploi du temps en main, je vous demanderai de m'accorder quelques minutes pour me laver, si vous n'y voyez pas d'inconvénient immédiat.

Sans attendre la réponse, elle passa dans le cabinet de toilette et frotta son corps endolori avec un des baumes qu'elle avait récemment achetés. Elle en ressentit tout de suite une fraîcheur bienfaisante. Mais son regard s'arrêta sur tous ses flacons, sur ses nécessaires, ses robes, ses jupons. Elle pensait : « Je vais être obligée d'abandonner tout cela, ce n'est pas possible. »

Elle revint précipitamment dans la chambre où Lodoïska, qui ne semblait pas lui tenir rigueur de sa mauvaise humeur, l'accueillit avec sa gentillesse habituelle.

— Mais enfin, ce n'est pas possible, cria Caroline. Nous n'allons pas partir comme cela. Il me faut le temps d'acheter des malles pour y mettre mes affaires.

Lodoïska ne put s'empêcher de sourire :

— Il n'est plus question de malles, ma pauvre enfant. Nous allons même être obligés de partir à pied ; sans doute trouverons-nous une voiture un peu plus tard, mais nous ne pouvons de toutes façons emporter que ce qu'il est possible de tenir sur soi.

Caroline était furieuse, mais cette nécessité lui donna en même temps conscience de la gravité de sa situation. Lodoïska l'aida à s'habiller, puis la conduisit devant une glace :

— Moi, dit-elle, je vous trouve tout à fait charmante dans votre déguisement de petite paysanne.

Caroline eut un mouvement de gratitude pour celle qui venait de lui faire ce compliment, et l'embrassa.

— Vous êtes plus sage que moi, dit-elle, et je suis bien heureuse de vous avoir auprès de moi. Maintenant, je suis prête, descendons, si vous voulez.

— Oui. Nous allons rejoindre nos amis qui doivent se trouver à l'Intendance. Mais, avant de partir, ne négligez pas d'emporter tout de même quelques objets précieux, ne tenant pas de place, si vous en avez. Votre mari semble en effet assez démuni d'argent. Il m'a même demandé de vous rappeler, avant de quitter l'hôtel, de régler sur votre bourse la note de la semaine.

Caroline rafla quelques bagues, un collier, un pendentif, descendit avec son amie et, sur le conseil de celle-ci, demanda à l'hôtelier de se payer sur les multiples objets qu'elle laissait et de conserver ce qu'il estimerait en surplus pour le jour où elle pourrait le faire reprendre.

L'homme accepta. Il hocha la tête et ajouta avec une sympathie familière :

— Pauvres petites femmes, vous voilà embarquées dans une drôle d'aventure.

La ville était la proie d'une grande agitation. Dans certaines rues, des chaînes avaient été tirées. Des rassemblements s'étaient formés à tous les carrefours. Les deux femmes étaient sans cesse dévisagées. Toutes deux se serraient l'une contre l'autre, craignant à chaque instant qu'on ne les insultât ou même qu'on les arrêtât. Mais aucune marque d'hostilité ne fut donnée par la foule et quelques saluts leur indiquèrent même qu'une partie de la population était encore fidèle à leur cause.

Elles parvinrent ainsi devant la cour de l'Intendance, où se trouvait un grand nombre de volontaires de Bretagne qui avaient formé les faisceaux. Elles trouvèrent presque aussitôt Georges, Louvet, Barbaroux, Pétion, Guadet, Buzot et d'autres girondins qui conversaient avec les officiers.

Georges saisit la main de Caroline et la serra avec une tendresse mal contenue.

— Ma chérie, dit-il, je mourais de hâte de vous revoir. Il va falloir que vous soyez courageuse, des épreuves bien pénibles nous attendent.

Verbeux et congestionné, Louvet s'épuisait encore en discours qu'il adressait aux officiers. Caroline entendit la réponse que l'un d'eux lui adressait en conclusion de leurs débats :

— Nous sommes indignés, s'écria-t-il, de l'attitude prise par les administrateurs du Calvados. Mais notre armée est maintenant décomposée. Nous vous offrons des armes si vous en voulez. Nous retournons par petits groupes en Bretagne. Faites de même. Nous vous donnerons une escorte.

Louvet voulut encore essayer de discourir, mais Barbaroux intervint :

— Nous comprenons très bien qu'en Normandie notre cause est perdue. Nous vous savons gré de votre proposition. Nous allons partir en groupes, si vous pouvez nous donner une vingtaine d'hommes pour assurer notre sécurité, nous vous en serons très reconnaissants.

Un des officiers se détacha et alla parler aux soldats qui se reposaient autour des faisceaux. Il y eut une longue clameur d'approbation. Tous se proposaient pour accompagner les proscrits. L'officier en choisit un groupe qui devait regagner le Finistère et il fut convenu que les voyageurs partiraient sur-le-champ.

Le ciel était gris. La chaleur encore lourde faisait craindre un orage. Les habitants de la ville regardèrent en silence passer cet étrange cortège de soldats, derrière lesquels marchaient une quinzaine d'ex-députés de la Convention, armés de fusils et de pistolets, et derrière eux deux jolies femmes se tenant par le bras.

L'hôtelier, que la curiosité avait poussé à descendre sur la place, les regarda disparaître sous la haute porte de la ville et murmura de nouveau :

— Pauvres petites femmes ! Les voilà embarquées dans une drôle d'aventure.

14
L'armateur

Les premiers jours et les premières nuits du voyage furent sans histoire. Louvet avait trouvé moyen d'acheter une carriole et un cheval où les deux femmes étaient montées. Leur première angoisse quant à une attaque possible étant passée, Caroline et Lodoïska goûtaient avec bonne humeur le paysage qui se déroulait lentement sous leurs yeux.

Caroline, qui toute petite fille savait déjà conduire une voiture, apprit peu à peu à sa compagne à tenir les guides et à parler efficacement au cheval. Elles avaient sans cesse de la compagnie. Les députés marchaient toujours à proximité de la voiture. Parfois, quand l'un d'entre eux ou l'un des soldats était fatigué, il montait s'asseoir sur la banquette de bois entre les deux jeunes femmes. Une sorte de gaîté régnait dans tout le cortège. Caroline, plus expansive, plus familière que Lodoïska, était devenue la reine des soldats qui, pour la plupart, étaient d'ailleurs des jeunes gens de la bonne bourgeoisie qui s'étaient portés volontaires pour soutenir la cause des girondins.

À Vire, ils revendirent le cheval, qui commençait à être fatigué, pour en acheter un autre, tout frais. La nuit, ils couchaient dans des auberges ou dans de grandes fermes. Leur nombre obligeait la plupart d'entre eux à aller dormir dans la paille, mais il y avait toujours au moins un lit pour les deux voyageuses.

Les nouvelles qui leur parvenaient de Paris n'étaient pas rassurantes. La Convention, sûre maintenant de venir à bout du Calvados, redoublait d'activité et multipliait les arrestations et les condamnations. À Fougères, lorsqu'ils traversèrent la ville, la population marqua une certaine émotion hostile, mais qui ne se matérialisa par aucun acte.

Caroline était très contente. Elle était fière du prestige qu'elle exerçait sur tout ce groupe masculin. Georges semblait lui aussi avoir été rajeuni par cette expédition campagnarde. Il imitait Louvet et allait cueillir dans les haies des bouquets qu'il offrait à sa femme.

La première alerte eut lieu à Dol. Comme ils allaient pénétrer dans la ville, ils apprirent que ses habitants, très jacobinisés, avaient appelé leurs volontaires sous les armes et avaient demandé des secours à Saint-Malo. Les soldats mirent baïonnette au canon et entrèrent dans la ville avec tant de fermeté que la cohorte hâtivement rassemblée pour les exterminer battit en retraite et, sans qu'un coup de fusil ait été tiré, alla se réfugier dans le cimetière. Craignant les renforts de Saint-Malo, le cortège accéléra sa marche. Caroline, du fond de sa charrette ornée de fleurs, battit des mains en déclarant qu'elle trouvait tout cela « très drôle ». Elle ne le pensait pas tout à fait.

Le lendemain, ils firent un détour pour éviter Lamballe, où se trouvait un régiment jacobin. Mais une erreur de leur guide les fit tomber tout à coup à l'entrée d'une ville nommée Montcontour, où ils aperçurent quinze cents paysans rassemblés sur la place et flanqués d'un escadron de gendarmes. Tous les regards étaient dirigés sur eux ; ils n'osèrent rebrousser chemin. Ils furent un peu rassurés en voyant que ce déploiement de foule était dû à un marché et tâchèrent de prendre la mine la plus tranquille. Cependant, un des gendarmes se détacha et interrogea l'officier qui commandait les soldats. Celui-ci répondit que ses hommes et lui-même regagnaient leurs foyers et que leurs camarades en civil étaient des parents qui étaient venus au-devant d'eux. Le gendarme hocha la tête :

— On nous a signalé un groupe de députés traîtres à la Convention et protégés par des soldats. Il faudrait tout de même que j'examine vos papiers.

À ce moment, Caroline descendit de sa carriole et alla acheter à un des paysans des grappes de raisin avec une telle bonne humeur que le gendarme, rassuré, haussa les épaules :

— Oh ! je ne veux pas vous retarder, dit-il. Les girondins n'oseraient pas se promener sur une route aussi fréquentée. Passez votre chemin.

Comme ils sortaient de cette ville dangereuse et que les félicitations affluaient sur Caroline pour sa présence d'esprit, un cavalier apparut au tournant de la route, examina du regard les députés et, sautant de son cheval, se précipita vers Louvet, qui reconnut en lui un de ses amis de l'Assemblée constituante devenu par la suite officier dans un bataillon des forces départementales. Il lui expliqua qu'étant passé par Caen, pour rentrer à Rennes, il y avait appris son entreprise et avait tout fait pour le rejoindre. C'était un grand garçon vigoureux, plein d'entrain, au regard loyal. Il conseilla aux voyageurs de se diriger avec lui dans la direction de Rennes. Il ajouta qu'en traversant Montcontour, il avait entendu des propos de villageois et que, notamment, Buzot et Pétion avaient été reconnus et qu'il fallait au plus vite que la petite troupe quitte les grand-routes. Il les conduisit à une demi-lieue de là, dans un épais taillis, où ils se cachèrent en attendant que Bertin, tel était le nom du jeune homme, vînt les chercher pour les faire coucher chez un de ses parents qui possédait une grande maison dans un village voisin.

Une première catastrophe atteignit alors Caroline. Au moment où elle dételait le cheval, avec l'aide d'un des soldats, l'animal s'abattit, mort d'un coup de sang. Puis, un violent orage éclata. Toute la bande était abominablement trempée et pataugeait dans la boue. Ce ne fut qu'à la nuit que Bertin réapparut pour les conduire à travers champs jusqu'à la demeure de son parent, qui était alors à l'orée du village. Ils furent aimablement accueillis, mais les ressources en victuailles étaient très faibles et malgré le dévouement des autres convives, Caroline dut se contenter d'un morceau de pain et de quelques bouchées d'une omelette.

La pluie n'avait pas cessé. Le vent faisait dans la forêt voisine un bruit incessant. Caroline se sentait nerveuse, crispée, et, en se couchant avec Lodoïska sur l'étroit matelas qui leur avait été donné, elle lui avoua qu'elle se sentait un mauvais pressentiment. Elle s'endormit cependant vite et ce fut sa compagne qui la réveilla. Tout autour d'elles, car leur matelas avait été posé dans la grande salle, des bougies étaient allumées. Soldats et députés, descendus en hâte du grenier où ils dormaient, achevaient de s'habiller et de préparer leurs armes. Dehors, une voix menaçante criait :

— Au nom de la loi, ouvrez !

Louvet, dans un geste théâtral, levait ses bras vers le plafond en gémissant :

— Ce Bertin nous a trahis.

C'était probablement exact, car leur hôte n'était plus dans sa chambre et la maison semblait être cernée par un grand nombre de gendarmes et d'hommes armés.

La voix continuait ses sommations. Louvet passa sa tête par la lucarne et cria :

— Nous ouvrirons quand nous serons prêts.

Enfin, ils ouvrirent. Un groupe de gardes nationaux se tenait derrière un personnage à ruban tricolore qui barrait la porte. Des flambeaux éclairaient la scène.

— Que faites-vous là ? Je suis l'administrateur du district et je vous prie de me suivre.

— Nous dormons, répondit Georges, et nous vous conseillons d'en faire autant.

— Et pourquoi donc dormez-vous ici ?

Caroline, que son précédent succès avait encouragée, se faufila jusqu'à la porte et s'empressa de répondre :

— J'aurais bien préféré votre lit, citoyen administrateur, à condition, naturellement, que vous ne soyez pas dedans.

Cette réplique amena quelques rires dans les rangs des gardes nationaux, mais acheva d'exaspérer le potentat, qui leur ordonna de sortir. Alors, le commandant du petit groupe des volontaires réitéra l'ordre qu'il avait déjà donné la veille de mettre baïonnette au canon et, en quelques secondes, tous les soldats se trouvèrent devant la maison, obligeant l'administrateur à reculer précipitamment, cependant qu'un murmure d'étonnement circulait parmi les gardes nationaux.

— Nous sommes des soldats qui rentrons dans nos foyers. Si, au lieu de la sympathie à laquelle nous avons droit, nous sommes l'objet de vexations sans cause, nous répondrons aux coups par les coups.

Ayant ainsi parlé, le commandant se retourna vers ses hommes :

— Finistère, chargez vos armes.

— Elles le sont !

L'administrateur s'indigna :

— Mais enfin, citoyens, nous représentons la loi. Vous n'oserez tout de même pas faire acte de résistance…

— … À l'oppression, s'écria Louvet, vous pouvez en être sûr, au contraire !

— Mais si nous voulions vous traiter en prisonniers, nous vous ôterions vos armes.

— Il faudrait d'abord nous ôter la vie ! cria Louvet, d'une voix qui domina le roulement du tonnerre, dont les éclairs accompagnaient de leurs zigzags fulgurants les lueurs des torches.

Les soldats de l'escorte, qui, tous, avaient fait la guerre en Vendée, s'exclamaient en même temps :

— Nous désarmer ! C'est une plaisanterie !

— Vous êtes beaucoup, mais vous n'êtes pas encore assez !

— Allez d'abord chercher du renfort !

Le représentant, éberlué de cette résistance imprévue, s'adoucit et demanda aux volontaires et à leurs prétendus parents de les suivre jusqu'à Rosternen.

— Que dois-je faire ? demanda le commandant en se retournant vers les députés.

— Accepter, nous ne pouvons guère faire autrement, murmura Georges, qui, durant toute cette scène, n'avait cessé de tenir la main de Caroline dans la sienne.

Sous la pluie, par une aube décolorée et froide répandue sur la campagne dénudée, la petite troupe se mit en marche, précédée et suivie des gardes nationaux. Louvet, pour essayer de donner le change, avait entonné la *Carmagnole*, que les autres malheureux avaient reprise sans entrain.

— Que va-t-il arriver ? chuchota Caroline à Lodoïska.

— Nous verrons bien. Louvet a son pistolet pour se tuer plutôt que d'être pris. Moi, j'ai une fiole de poison. Si vous la voulez, nous la partagerons.

— Ah ! Mais pas du tout ! Je veux vivre, moi…

— Si vous êtes arrêtée, vous n'en aurez pas pour longtemps, ma pauvre amie.

— Je n'ai rien fait ! J'ai déjà été en prison. Je préfère la prison à votre poison !

Georges, qui avait entendu la fin du dialogue, essaya de rassurer sa femme :

— Vous verrez que nous nous en tirerons. Nos soldats sont décidés à tout.

Au petit jour, quand ils parvinrent dans le bourg, les rues étaient silencieuses. Seule la mairie était éclairée. On leur demanda d'y entrer. Les gardes nationaux se placèrent en demi-cercle, devant la façade. Caroline et Lodoïska eurent droit chacune à une chaise. Au bout d'une demi-heure passée dans l'anxiété à écouter les coqs se répondre dans la campagne, Caroline, à force de se demander ce qu'elle avait pu faire au ciel pour mériter une jeunesse aussi absurde, et de se morfondre sur cette chaise de paille dans cette crasseuse mairie de village, s'endormit. Lodoïska lui frappa sur l'épaule :

— Décidément, ma pauvre, vous allez me prendre en aversion. Je suis vouée à vous arracher à vos rêves. Il faut descendre dans la salle des mariages, où l'on nous convie à prendre un verre.

Il faisait très chaud. Midi approchait. Hâtivement habillés, non rasés, les députés et les soldats avaient des mines patibulaires. Ils tournaient dans le salon comme des bêtes en cage. Louvet ouvrit une fenêtre et commença à converser avec les curieux. Au bout d'un instant, il revint, l'air triomphant :

— Ça marche très bien. Les gardes se sont retirés, une partie parce qu'ils étaient indifférents et les autres, parce que réduits à un petit nombre, ils ne se souciaient pas de nous livrer combat. Sortons tous ensemble.

Il ébranla la porte d'un coup violent. Elle s'ouvrit presque tout de suite et le maire apparut :

— Voilà, voilà, citoyens, on nous apporte le cidre. Il ne sera pas dit que vous ayez séjourné ici sans boire un coup.

Il ajouta, pendant qu'une fille disposait verres et bouteilles sur la table :

— Vous conviendrez que j'étais obligé de me méfier. Voici le mandat du comité que j'avais reçu : « Pétion, Barbaroux, Buzot, Louvet, Salles, Berthier, Guadet, Meillant et plusieurs autres de leurs collègues doivent passer et probablement s'arrêter dans les environs de notre ville. Ils sont accompagnés d'une escorte et de deux femmes… » Alors…

D'un accord tacite, tous avaient levé leurs verres et portaient des toasts à la République une et indivisible, comme s'ils ne l'écoutaient pas ; rien ne s'opposa à leur sortie et bientôt ils furent sur la grand-route, marchant avec toute la rapidité que leur permettait leur état. Plusieurs d'entre eux, rompus de fatigue et d'émotion, avaient du mal à avancer. Lodoïska paraissait infatigable, mais Caroline, malgré le repos qu'elle avait pris, traînait la jambe.

— Dépêchez-vous un peu, lui répétait Georges avec impatience.

Elle finit par se mettre en colère.

— Si je n'avais pas encore les reins endoloris de vos violences de l'autre soir, je marcherais mieux.

Georges rougit. Aucun d'eux, depuis leur départ, n'avait fait allusion à cette scène. Caroline s'était seulement refusée, à toutes les occasions cherchées par Georges, à se réconcilier totalement avec lui. Il remua les lèvres, comme pour lui répondre, puis y renonça, et s'éloigna de quelques pas.

Au début de l'après-midi, ils parvinrent dans une auberge où ils obtinrent un déjeuner substantiel durant lequel, se sentant écoutés, ils ne cessèrent de tenir les propos les plus furieux contre Charlotte Corday, dont ils avaient incidemment appris, à la mairie, l'attentat contre Marat. Au moment où ils la quittaient, l'aubergiste soupira :

— Voyez-vous comme le monde est méchant. D'après la description qu'on m'a faite de vous, on vous court après comme girondins. À Krenfaix, toute la gendarmerie vous attend. Et pourtant, vous me paraissez être de bons citoyens !

Quand ils se furent un peu éloignés de l'auberge, tous s'arrêtèrent pour tenir conseil. De sa voix de tribun, Barbaroux observa :

— Nous sommes poursuivis. On a notre signalement. On nous traque. Chaque village que nous traversons peut cacher un piège. Je ne vois qu'un remède à nos périls. Séparons-nous en deux groupes. Ainsi, nous ne répondrons plus au nombre d'individus signalés. En outre, la présence de nos deux amies est révélatrice. Le plus sage est – j'espère que cette proposition ne froissera ni leur pudeur ni leur coquetterie – de leur demander de revêtir un costume masculin. La plupart d'entre nous avons soit des effets de rechange, soit des effets superflus, à nous tous nous pouvons leur monter une garde-robe. Elles ôteront leur perruque et feront de jolis garçons.

Lodoïska parut n'accepter ce déguisement qu'avec dégoût, mais Caroline fut transportée de joie. Elle battit des mains comme une fillette. La collecte des vêtements fut bientôt faite et les deux femmes, chargées de nouveaux habits, allèrent se dissimuler derrière un rideau de saules qui séparaient la route d'une rivière étroite coulant entre deux versants abrupts couverts de buissons.

Caroline se déshabillait avec entrain :

— Figurez-vous, expliquait-elle à son amie, que pendant un séjour que j'ai fait chez les Berthier bien avant mon mariage avec Georges, nous jouions des pièces de théâtre et nous organisions des bals masqués. J'avais eu envie de me déguiser en garçon, mais la mère de Georges et sa sœur n'avaient jamais voulu. Voilà mon vœu exaucé !

Mais, quand elle se sentit nue, un autre désir l'emporta :

— Attendez-moi une seconde, Lodoïska, je vais prendre un bain. Vous ne venez pas avec moi dans la rivière ?

— Un bain ! Nue comme vous êtes, vous êtes folle… habillez-vous ! Si Georges vous voyait ainsi, il ne serait pas content. N'importe qui pourrait arriver et…

— Je me moque bien de Georges et tout autant de n'importe qui !

— Soyez raisonnable. Passez-vous plutôt de l'eau sur le visage pour ôter ce fard que vous vous obstinez à mettre et qui est peu compatible avec vos nouveaux vêtements.

— Alors, vraiment, vous ne venez pas ? C'est extraordinaire. Vous n'aimez pas vous baigner. Vous pouvez vivre sans savoir nager ! Où donc avez-vous été élevée ? À Paris, c'est vrai ! Eh bien ! Je plains les petites Parisiennes qui ignorent les joies de l'eau !

— Caroline ! Comment pouvez-vous avoir le cœur de plaisanter et de faire des excentricités dans la situation où nous nous trouvons ?

— Oh ! Ne soyez pas grognon ! Pour une fois que toutes ces absurdités me laissent quelques minutes de répit, j'en profite !

Elle piqua et se laissa aller dans le courant, retrouvant sa nage rapide, cabriolant, virant, radieuse de sentir l'eau fraîche glisser sur sa peau nue. Au bout de quelques minutes, comme elle repassait devant l'endroit du talus où Lodoïska s'était silencieusement assise pour l'attendre, elle rencontra son regard fâché et se décida à sortir de l'eau. « Décidément, on n'est jamais libre d'être heureux, il y a toujours une Mlle de Tourville pour vous empoisonner l'existence, tantôt elle s'appelle "Georges", tantôt "la Terreur", tantôt "Lodoïska" ! » pensait-elle en prenant pied, ruisselante sur la berge.

— Ne me boudez pas, de grâce ! Tout le monde me tracasse déjà suffisamment, si vous vous mettez de la partie... Ce que c'était bon ! L'eau était d'une douceur... Il y avait de petites couleuvres qui nageaient à côté de moi, mais elles ne me font pas peur, en Touraine, j'en...

Elle s'interrompit :

— Mon Dieu ! Que vous êtes drôle ! Vous n'êtes ni homme, ni femme dans votre travesti. Vous ressemblez... vous ressemblez à un curé assermenté.

— Caroline !

— Pardon ! Je ne voulais pas vous peiner. Je plaisante. Vous ne comprenez pas que dans la sotte existence que je mène, je n'ai pas d'autres ressources que de me rassasier de la moindre occasion de rire...

— Vous avez raison. C'est moi qui suis trop grave en effet. Mais j'ai dix ans de plus que vous, c'est peut-être la raison. Tenez, séchez-vous avec votre jupon...

— Mon jupon... ? Ah c'est vrai, nous allons abandonner ici nos ci-devant toilettes.

Par pudeur, Lodoïska baissait les yeux pour ne pas voir, mais elle ne put s'empêcher d'observer :

— Que vous est-il arrivé ? Vous avez le dos et les cuisses meurtris comme par…

— Ce n'est rien, cria Caroline, toute rouge, j'ai heurté un rocher en nageant…

Mais elle se dérida, après s'être soigneusement bandé les seins avec un bas, en commençant à passer la chemise trop longue qu'elle dut relever sur ses poignets, et la culotte collante bleue sur laquelle elle fixa les bas de fil blancs à rayures horizontales roses, comme les hommes en portaient depuis peu. Les chaussures étaient trop larges, mais Lodoïska lui fabriqua une sorte de semelle avec de l'herbe. Elle revêtit une tunique de la même couleur que la culotte qu'elle dut ensuite ôter pour passer les bretelles qui avaient d'ailleurs horrifié Lodoïska.

— Cette invention récente est vraiment de mauvais goût, avait-elle gémi. C'est abominable de vous voir attifée de la sorte !

— Parlez pour vous, riposta Caroline. Je me sens très à l'aise. Au moins dans ce vêtement on peut courir et remuer.

— Mais une femme n'est pas faite pour cela ! C'est le rôle des hommes.

— Possible. Mais j'ai toujours regretté de ne pas être un garçon. On peut agir à sa guise, on n'est pas tenu à toutes nos minauderies, nos petites pudeurs, notre passivité…

Un craquement dans le feuillage interrompit cette profession de foi. La voix de Louvet se fit entendre.

— Nous arrivons, cria Lodoïska.

Les deux jeunes femmes trouvèrent les députés et l'escorte partagés en deux groupes. Berthier, Louvet, Guadet, Pétion et Barbaroux en constituaient un, les autres étaient tous réunis dans le second, ainsi que les deux jeunes femmes et cinq soldats sauf Grandin, député de Mayenne, qui avait décidé de rentrer seul dans son département. Alors que le second groupe avait projeté de se rabattre vers Saint-Brieuc, celui auquel Caroline appartenait continuait vers Quimper et la première épreuve était la traversée de Krenfaix. Mais il fallait se résoudre à l'affronter.

Les deux groupes se séparèrent avec effusion. Lodoïska et plusieurs députés ne purent retenir leurs larmes. Caroline était trop bien divertie par son nouveau costume pour se laisser aller à l'émotion générale à laquelle Barbaroux mit fin par quelques souhaits optimistes.

— Nous nous retrouverons bientôt à Paris quand la Convention aura été purgée de ses tyrans !

Lodoïska agita longtemps son mouchoir dans la direction des partants qui disparurent dans un chemin creux, se retournant souvent pour agiter la main. La tristesse de cette séparation, le découragement, la sensation de se sentir moins nombreux avaient assombri les visages.

— Allons, dit Louvet, ne nous attardons pas. Le soleil baisse…

Ils marchèrent pendant plusieurs heures. Le paysage était devenu très aride. Les landes où les bruyères injectaient leurs mélancoliques couleurs mauves et les genêts leurs taches jaunes, étaient complètement désertes et s'assombrissaient peu à peu sous le ciel pâli. Seule Caroline se dépensait joyeusement. Elle s'était habituée à ses nouvelles chaussures, avait oublié sa fatigue et, comme un chien, elle courait en avant, revenait, sautait les ravins, enjambait les haies qui bordaient la route où elle s'attardait à cueillir des mûres chaudes qui lui teignaient en bleu les doigts et les lèvres.

— Oh ! Georges. Je me suis piquée à une épine ! Regardez… mon doigt saigne, pauvre petit doigt…

— Je vous en prie ! Vous vous êtes assez donnée en spectacle tout l'après-midi. Cessez quelques minutes vos mimes et vos espiègleries, notre situation est grave, et…

— Elle n'est pas plus grave pour vous que pour moi…

Caroline, horriblement vexée de s'être fait rabrouer, acheva en haussant les épaules :

— Ça prouve tout simplement que je suis moins peureuse que vous.

— Ne vous fâchez pas. Comprenez que je suis soucieux. Là-bas, ces lumières que nous apercevons en contrebas sont certainement celles de Krenfaix.

La nuit avait commencé de tomber, mais ils décidèrent d'attendre l'obscurité complète. Ils s'assirent dans le fossé. Le froid se fit bientôt sentir. L'une après l'autre les étoiles s'allumaient. Ils se taisaient. Tous songeaient aux escadrons de gendarmes qui devaient les guetter sur la place. Les soldats savaient qu'un raccourci qui s'amorçait tout près du village permettait de l'éviter et de retrouver un peu plus loin la route de Quimper, mais le trouverait-on et surtout les gendarmes n'auraient-ils pas l'idée d'y monter la garde. Caroline grelottait :

— Ah, là là ! dit-elle avec conviction, ce que j'en ai par-dessus la tête ! Quel voyage ! quel métier.

Mais personne ne sourit de ce trait dont l'ingénuité était plus ou moins voulue. Barbaroux se leva :

— Allons, remettons-nous en route ! J'ai bien mal aux pieds, mais je crois qu'il faut tenter tout de suite notre chance. Dix heures viennent de sonner. Je crois, pour ma part, que les gendarmes ont dû préférer le sommeil aux coups de fusils. Allons-y…

Ils se rapprochèrent sans bruit du village. Mais cette halte, au lieu de reposer les plus fatigués, n'avait fait que les engourdir. Pétion et même Barbaroux se traînaient pitoyablement. Lodoïska s'appuyait au bras de Louvet. Caroline, dont les pieds étaient enflammés cruellement, boitillait. Son mari lui offrit son bras.

— Merci. Je peux encore marcher seule… Je me demande même ce que vous attendez pour me dire que, si je n'avais pas tant fait l'intéressante, je ne serais pas aussi fatiguée.

— Caroline, je vous en supplie, ne vous montrez pas aussi rancunière, aussi dure. Nous pouvons être à chaque instant saisis et séparés ou tués. Chaque phrase que nous nous adressons peut être la dernière.

Comme elle continuait de marcher sans répondre, il ajouta :

— Si je suis nerveux, c'est parce que je me préoccupe constamment de votre sort. Si j'étais seul, si je n'avais à défendre que mes idées et ma vie, je vous assure que l'embuscade qui nous menace m'effrayerait peu !

Touchée, Caroline lui saisit la main. Brusquement bouleversé, Georges la prit dans ses bras et l'embrassa sur les lèvres :

— Chut ! souffla Barbaroux. Arrêtons-nous. Un des soldats va aller repérer le raccourci.

Ils s'immobilisèrent à quelques pas de la première maison du bourg. Dans un bois qui se trouvait sur leur gauche, un oiseau de nuit poussait régulièrement un cri sinistre. Georges avait gardé dans sa main celle de Caroline qui appuyait sa tête sur l'épaule de son mari.

— Embrasse-moi encore ! chuchota-t-elle.

Ils s'étreignirent. Dans l'obscurité, leurs compagnons ne pouvaient les voir. La jeune femme frémit sous les caresses que son mari prodiguait sur tout son corps.

— Cela ne vous fait rien, d'embrasser une fille habillée en garçon ?

— Ma chérie, je vous jure que je vous revaudrai plus tard toutes vos misères présentes et que vous aurez le bonheur que vous méritez...

— Attention ! avait chuchoté Louvet, notre soldat nous fait signe.

Les fugitifs hésitèrent, puis s'avancèrent au-devant de l'émissaire qui revenait vers eux. Quand ils le rejoignirent, celui-ci murmura d'une voix essoufflée :

— Il ne fallait pas avancer ! Je n'ai pas trouvé le raccourci, battons vite en retraite...

À ce moment, une ombre à laquelle ils n'avaient pas prêté attention se détacha du bord de la route et courut jusqu'à la porte d'une maison éclairée. Quand cette porte s'ouvrit, les proscrits s'aperçurent que l'ombre n'était autre qu'un petit garçon d'une dizaine d'années qui cria :

— Ils sont là. Ils passent sur la route !

Il n'était plus possible de reculer. Tous préparèrent leurs armes et se hâtèrent à travers le village. Sur leur gauche, s'ouvrait une ruelle dans laquelle ils se précipitèrent, espérant dépister leurs poursuivants. Elle aboutit rapidement à un chemin creux, très boueux, qui devint peu à peu sentier. Ils durent sauter des haies, franchir des fossés, se traîner dans des chaumes, des bourbiers. Dans cette course éperdue, Caroline s'était trouvée séparée de Georges qui, bien armé, avait voulu rester dans l'arrière-garde, puis de Lodoïska, qui, après avoir marché longtemps auprès d'elle, disparut dans l'obscurité sans qu'elle pût la retrouver. Elle arriva seule à un chemin sec et assez bien tracé que bordaient des buissons. Longtemps, elle marcha, espérant toujours retrouver l'un ou l'autre de ses amis.

Mais elle était complètement éreintée. Ses pieds étaient meurtris. Ses oreilles bourdonnaient. Sa bouche était sèche. Elle se sentait même trop fatiguée physiquement pour éprouver la moindre angoisse à propos de sa solitude.

Elle aperçut un gros tas de foin tout près d'elle, dans un champ. Sans plus réfléchir, elle courut se jeter dedans, s'y creusa une sorte de niche, s'étira voluptueusement. Elle éprouvait une intense satisfaction à se trouver étendue sur une litière moelleuse et chaude, à ne plus faire aucun effort, à se sentir seule, sous l'immensité du ciel. Elle ferma les yeux et s'endormit.

*

Le soleil dardait ses rayons au-dessus de l'horizon. Dans un champ, heureusement éloigné, Caroline, qui venait d'ouvrir les yeux, aperçut des paysans se rendant à leur travail. Elle eut besoin de beaucoup de volonté pour quitter son repaire, et ce fut d'ailleurs surtout l'humidité du foin, que la rosée du matin avait trempé, qui la décida à se relever et à regagner le chemin.

Elle fut surprise de la facilité de ses mouvements et eut une seconde d'ébahissement : elle avait oublié qu'elle était travestie en homme. Elle n'avait aucun sens de l'orientation qui, dans ce pays qu'elle ne connaissait pas, pût lui permettre de se diriger. Au hasard, elle suivit le chemin du côté où il descendait. Elle marcha une heure, sans rencontrer personne. Elle avait faim, mais en même temps se sentait assez guillerette. Elle pensait : « Je dois ressembler à un jeune garçon. Personne ne fera attention à moi, le tout est de gagner Quimper et si je n'y retrouve pas Georges ou mes amis, je trouverai bien un moyen soit d'y vivre discrètement, soit de m'embarquer pour Bordeaux. » Elle sortit de sa poche sa bourse et compta sa fortune, qui se montait à deux mille francs. Elle calcula qu'en dépensant ce qui était un grand maximum, dix francs par jour, elle avait de quoi tenir presque deux ans, c'est-à-dire beaucoup plus longtemps, estimait-elle, qu'il n'était nécessaire.

Un chien aboya. Presque aussitôt après, elle aperçut une assez grande ferme qu'un massif d'arbres lui avait cachée jusque-là. Dans la cour, des paysans la regardaient. Elle préféra aller au-devant du danger que de fuir et, poussant la barrière, s'avança vers eux.

Un gros chien se mit à courir dans sa direction en aboyant. Les paysans ne bougeaient pas et suivaient tous ses mouvements avec une apparente indifférence. Habituée aux mœurs des champs, elle écarta le chien d'un coup de pied et demanda, en grossissant sa voix le plus qu'elle put :

— Pourrais-je manger un quignon et boire quelque chose?

Les paysans étaient trois : un vieillard, une femme sans âge et une toute jeune fille.

— Je lui sers quelque chose? demanda la jeune fille.

— C'est à voir, répondit après un instant le vieillard, qui ajouta, en s'adressant à Caroline :

— Et où vas-tu comme cela, mon gars?

Caroline n'avait pas préparé ses réponses, mais elle improvisa immédiatement une explication plausible : elle habitait Rennes et partait pour Quimper, afin de s'y engager comme volontaire dans la marine.

Les trois paysans discutèrent ensemble en patois, puis la jeune fille fit signe à Caroline de la suivre et toutes deux entrèrent dans une salle basse, meublée d'une table énorme et de grands lits à alcôve.

Caroline s'assit et la jeune fille lui servit du cidre, du pain et du fromage. À cette heure matinale, le cidre répugnait un peu à la jeune femme, qui aurait préféré du café au lait, mais elle l'avala sans sourciller.

— Alors, comme ça, vous allez vous engager, citoyen?

Caroline s'amusait ferme. Elle pensait que rien n'était plus drôle que d'être considérée comme un jeune homme par cette petite paysanne.

— Eh oui! dit-elle. D'ici peu, je courrai les mers, à la recherche des bateaux anglais.

— Vous allez connaître des tas d'aventures...

— Je l'espère bien.

Caroline, ayant achevé sa collation, s'était levée.

— Combien vous dois-je, ma belle enfant?

— Rien du tout, vous ne pensez pas que nous allons en plus demander de l'argent à un volontaire qui va défendre la patrie.

Caroline regarda autour d'elle ; la salle était déserte et les deux vieux paysans avaient quitté la cour. Elle s'approcha de la petite paysanne :

— Puisque vous ne voulez rien accepter, c'est moi qui vais encore vous demander quelque chose. Savez-vous quoi ?

La petite battit des yeux, mais ne recula pas :

— Je vais vous demander un souvenir qui embellira ma solitude, bientôt, dans l'océan : un baiser.

Et, sans attendre la réponse, Caroline saisit la jeune fille par la taille et lui baisa longuement la bouche. Quand elle mit fin à son étreinte, la fillette était pourpre et sa jeune poitrine se soulevait d'émotion. Caroline ne voulut pas s'attarder davantage, lui sourit, lui fit signe de la main, traversa la cour et ne se retourna qu'après avoir refermé derrière elle la barrière ; la petite, plantée sur le pas de la porte, porta les mains à ses lèvres et lui envoya un baiser.

« Décidément, pensait Caroline, en reprenant sa marche, si j'avais été un garçon, j'aurais eu une carrière de don Juan. » Le soleil était maintenant chaud. La campagne brillait sous le ciel pur et était remplie de chants d'oiseaux. La jeune femme s'offrit un petit supplément au petit-déjeuner en s'installant devant une haie de mûres dont elle se régala.

Elle retrouva bientôt une grande route dont un paysan lui confirma qu'elle menait bien à Quimper. À midi, elle déjeuna dans une petite auberge. Elle ne cherchait pas à savoir ce qu'avaient pu devenir son mari et ses compagnons. Le repas qu'on lui avait servi était bon ; elle se sentait toute heureuse. Un charretier, qui avait déjeuné dans la même salle qu'elle, lui offrit de monter dans sa voiture et la mena ainsi jusqu'aux faubourgs de Quimper. Elle le quitta comme le soir commençait de tomber et ressentit seulement alors ses premières inquiétudes. Elle n'avait aucun papier d'identité et ne voyait pas où elle pourrait passer la nuit. Elle fut abasourdie d'avoir pu, durant toute la journée, être de si bonne humeur. Comment avait-elle fait pour oublier l'horreur de sa situation ? Elle était toute seule, sans appui, sans amis, dans une province étrangère où sa présence serait vite remarquée et où elle ne pourrait manquer de se faire arrêter. Le matin, on voit l'avenir sous de brillantes couleurs : « J'irai à Quimper, j'y trouverai une retraite discrète ou je réussirai à m'embarquer vers Bordeaux. » Mais le soir, lorsqu'on se trouve face à face avec les réalités, la situation change d'aspect.

Machinalement, d'un pas lent, elle continuait d'avancer vers la ville. Devant elle, un homme qui paraissait très fatigué marchait si lentement que, sans le vouloir, elle le rejoignit bientôt. En se rapprochant, il lui sembla que la silhouette de cet homme lui était familière et, brusquement, elle laissa échapper un cri de joie en reconnaissant Louvet.

Son exclamation avait fait se retourner le jeune homme qui, aussitôt, se précipita vers elle. Mais leur soulagement fut de courte durée. En effet, tous deux avaient cru mutuellement qu'en se retrouvant, ils allaient retrouver le reste de leurs compagnons. La vérité était tout autre. Louvet avait perdu Lodoïska et ses amis, tout comme Caroline s'était trouvée séparée d'eux.

— Avez-vous entendu des coups de feu ? demanda Louvet.

— Non. Maintenant, je dois vous dire que, dès que je me suis trouvée seule, je me suis couchée dans le foin et endormie.

— Moi, je suis mort de fatigue. J'ai marché toute la nuit, à la recherche de Lodoïska et, à l'aube, je me suis retrouvé aux portes de ce maudit bourg de Krenfaix, où nos malheurs avaient commencé. J'ai refait de nouveau le même chemin, puis j'ai marché vers Quimper. Je n'ai pas osé m'arrêter dans une auberge et je n'ai rien mangé depuis hier.

— Ah ! Moi, j'ai fait un très bon déjeuner. Un charretier m'a même conduite dans sa carriole, mais c'est pour cette nuit que je suis bien inquiète. Où donc aviez-vous l'intention de coucher ?

Louvet lui expliqua qu'un de ses vieux amis, qui était armateur, habitait Quimper et possédait plusieurs petites propriétés à proximité de la ville. Il avait l'intention de lui rendre visite pour lui demander de l'abriter et surtout d'entreprendre aussitôt des recherches pour retrouver Lodoïska.

— Il n'est pas impossible, dit-il, que mon amie, si elle a réussi à gagner Quimper, ne lui ait déjà rendu visite, car elle le connaissait aussi. J'ai hâte de le voir, mais je suis si fatigué que j'ai peine à avancer.

Caroline, qui se sentait plus alerte, lui proposa de le laisser dans une petite taverne qui se trouvait à peu de distance, dans une des premières maisons de la ville, d'aller voir l'armateur et de venir ensuite le retrouver pour lui donner sa réponse. Le jeune homme ayant accepté, elle hâta le pas. La ville était obscure, elle n'osait pas demander aux rares passants l'itinéraire à prendre pour aller place du Marché, où se trouvait l'hôtel de l'armateur, et elle erra très longtemps, bientôt angoissée en voyant les passants se raréfier, se demandant s'il n'y avait pas à Quimper un couvre-feu, comme à Paris, et si elle ne risquait pas de tomber sur une patrouille.

Ce qu'elle craignit se produisit brutalement. Comme elle suivait une ruelle, des pas sonnèrent sur le pavé et elle se vit tout à coup entourée de gardes nationaux qui lui demandèrent son laissez-passer. Bien que son cœur battît, elle ne perdit nullement son sang-froid et répondit qu'elle n'en avait pas, étant arrivée depuis peu de jours à Quimper et logeant chez le citoyen Kerleu (c'était le nom de l'armateur), dont elle était le neveu et qui l'avait fait venir de Paris pour servir à bord d'un de ses bateaux. Elle ajouta qu'ayant profité de ses derniers jours de liberté pour se promener, elle s'était égarée et ne pouvait arriver à retrouver la place du Marché.

Les gardes ne devaient pas être aussi fanatiques que les sectionnaires de Paris, car ils se contentèrent de cette réponse et l'accompagnèrent même jusqu'à la maison de l'armateur, en se bornant à échanger des plaisanteries sur les risques que courrait sur l'océan un navire dont le pilote serait « un garçon qui avait trouvé le moyen de se perdre dans Quimper ».

L'un d'eux heurta le marteau de la porte et, comme celle-ci, au bout de quelques secondes s'ouvrit, cria :

— Citoyen Kerleu, nous vous rapportons votre neveu, qui tirait sa bordée dans le brouillard !

Caroline trembla en voyant, au-dessus de la vieille bonne qui avait ouvert, se profiler la silhouette d'un homme un peu voûté, dont elle rencontra le regard étonné. En elle-même, elle se répétait : « Cette fois-ci, je suis perdue. » Mais elle réussit à dire tranquillement :

— Mon oncle, vous devez être fâché contre moi. Mais j'ai beau être Parisien, je me suis perdu dans Quimper, tout comme le chevalier de Faublas…

Comprendrait-il ? Elle s'était rappelée que Louvet avait jadis écrit un roman intitulé *Le Chevalier de Faublas*, dont le succès avait été grand. Mais l'armateur établirait-il une relation entre son ami Louvet, dont le sort devait évidemment le préoccuper, puisqu'il le savait certainement sur la liste des vingt-deux députés proscrits par la Convention, et cette citation lancée en désespoir de cause ?

Il y eut quelques secondes de silence, puis la voix de l'armateur résonna :

— En effet, j'étais furieux de te voir dehors si tard. Ce sont là des mœurs de Parisien qui n'ont pas cours ici. Il faudra, mes amis, si vous piquez encore ce petit gredin dehors à des heures indues, que vous lui fassiez passer une bonne nuit au poste de police pour lui apprendre l'exactitude.

Il ajouta :

— En attendant, vous boirez bien quelque chose.

Les gardes nationaux acceptèrent et tous s'assirent autour d'une table de chêne, dans une salle à manger que décoraient de petites frégates accrochées aux murs et qui rappelèrent à Caroline celle que lui avait sculptée Henri et qu'elle avait cassée un jour, avant de fuir chez les Berthier, parce qu'on lui refusait une robe neuve. Était-il possible qu'elle ait vécu jadis une vie si tranquille ? Elle avait hâte que les gardes finissent leurs verres et se retirent. Mais ceux-ci ne paraissaient pas pressés. La plupart d'entre eux avaient été marins et se mirent à discuter avec Kerleu de choses maritimes auxquelles Caroline ne comprenait rien. Elle entendit seulement qu'ils parlaient à un moment d'un convoi qui devait quitter Quimper pour les Antilles en faisant escale à Bordeaux. Cette nouvelle lui fit plaisir, son imagination travailla : elle décida que le convoi de bateaux partait le lendemain, que dans deux jours elle serait à Bordeaux, avec ou sans Georges, que peut-être même elle accompagnerait le voilier jusqu'aux Antilles, qu'un ami de son père, M. de Vauxblanc, lui avait jadis décrites, quand elle était petite fille, comme un véritable paradis, planté de cannes à sucre, émaillé de sources, plein des plus rares parfums et des plus beaux chants d'oiseaux.

Quand Kerleu eut refermé la porte sur les gardes nationaux, la jeune femme ouvrit la bouche pour lui expliquer la situation, mais d'un regard l'autre la fit taire et lui indiqua l'escalier où il la précéda. Ce fut seulement lorsqu'ils se trouvèrent dans le large bureau tout tapissé de cartes maritimes que l'armateur, après avoir fait asseoir Caroline, la regarda bien en face et lui demanda :

— Et maintenant, jeune homme, voulez-vous m'expliquer cette énigme ?

Caroline, en peu de mots, le mit au courant de leurs aventures. Kerleu ouvrait de grands yeux et finit par s'exclamer :

— Mais alors, vous êtes une femme !

Caroline sourit avec coquetterie. En même temps, elle se sentit gênée par la pose très cavalière qu'elle avait prise : un bras posé sur le dossier du fauteuil et les jambes croisées. Elle fut surprise elle-même d'avoir si facilement adopté cette liberté d'allure masculine qu'elle corrigea aussitôt en serrant ses jambes l'une contre l'autre et, sans l'avoir voulu, en rougissant sous le regard nouveau de son interlocuteur.

— Pardonnez-moi, en ce cas, la familiarité de mon accueil. Je crois même vous avoir donné une bourrade amicale sur les épaules. Je suis d'ailleurs impardonnable de ne pas vous avoir tout de suite reconnue pour la jeune femme exquise que vous êtes.

Comme il parlait, son regard avait parcouru les formes de Caroline et, involontairement sans doute, s'était arrêté sur les régions qui décelaient le plus indiscrètement le sexe de la jeune femme. Il s'aperçut lui-même du trouble où cet examen mettait la jeune femme et partagea sa rougeur.

— Mais je suis très contente que vous m'ayez prise pour un garçon. Si chacun devait s'apercevoir que je suis une femme, la guillotine ne m'attendrait pas longtemps.

— C'est vrai. Il faut agir vite. Vous me dites que Louvet se trouve à la taverne des Trois-Marins. Le mieux est que je coure l'y chercher moi-même.

— N'avez-vous pas eu de nouvelles de son amie Lodoïska ? Il en est terriblement inquiet.

— Non, aucune… Mais… Est-elle habillée en homme, comme vous ?… Oui ! Ah, mon Dieu ! Je crois que j'ai commis quelque bêtise. Un jeune homme s'est présenté chez moi dans l'après-midi, pendant que j'étais au port. Il a dit à ma gouvernante qu'il était descendu à quelques pas d'ici à l'hôtel du Marché, qu'il était le fils d'un de mes amis et qu'il désirait me voir avant ce soir. À mon retour, j'étais fatigué et, au lieu de l'envoyer chercher, j'ai remis sa rencontre à demain…

Il jeta un regard vers l'horloge.

— Dix heures et demie ! dit-il. Écoutez-moi, peut-être ce jeune homme est-il Lodoïska et, dans ce cas, il serait imprudent de la laisser plus longtemps dans cette auberge, à la merci d'une vérification de passeport. L'hôtel est à deux pas d'ici, je vais y courir. Si c'est elle, je la ramènerai, puis j'irai chercher Louvet. Restez dans ce bureau, nul ne viendra vous y déranger, car je verrouillerai la porte en sortant.

Restée seule, Caroline déambula un peu dans la pièce et s'amusa à regarder les cartes clouées aux murs. L'Amérique l'intriguait particulièrement. Il y avait de beaux noms : Louisiane, Floride… Après tout, peut-être y débarquerait-elle un jour. Elle se rappela la prédiction que la vieille sorcière leur avait faite, à son frère et à elle, le soir de leur emménagement rue Saint-Dominique. Tous deux devaient beaucoup voyager, connaître beaucoup d'aventures. Elle sourit et alla se regarder dans une large glace de Venise pendue au fond de la pièce.

— Je suis une jeune femme, partie pour de grandes aventures, murmura-t-elle pour elle-même.

Ce mot « aventures » évoqua la phrase prononcée le matin par la jeune paysanne. Elle éprouva un petit frisson de plaisir au souvenir du baiser qu'elle lui avait donné. Elle pensa : « La terre est un véritable paradis de beaux yeux, de peaux douces, de corps harmonieux, de rivières faites pour se baigner, d'herbages créés pour servir de litière aux reins des jeunes femmes… Quel dommage que les hommes aient tout gâché par leur sale manie de faire la guerre, la révolution, au lieu de faire l'amour. »

En même temps, elle regardait son image dans le miroir et n'en était pas peu satisfaite. Bien qu'elle ne fût point fardée, son teint était rose à souhait et la douceur pulpeuse de ses joues, l'incarnat de ses lèvres étaient mis en valeur par la couleur foncée de sa tunique et la sobriété de ses vêtements. Elle prit des poses. Sa culotte collante moulait très agréablement ses cuisses. Elle dégrafa légèrement sa chemise et resserra le bas qui bandait ses seins. Caroline évoqua ses douze ans, l'époque où sa poitrine avait commencé de gonfler : elle ne portait pas encore de corset, et lorsqu'elle courait ou descendait un escalier, ses petits seins bougeaient sous son corsage et elle ne pouvait s'empêcher de les tenir avec la main, ce qui lui valait les meilleures plaisanteries d'Henri, qui s'amusait à courir en imitant son geste.

La jeune femme frotta sa culotte avec son mouchoir, où la boue du bourbier s'était durcie ; elle arrangea ses cheveux, se regarda une dernière fois en s'avouant que « si elle s'était rencontrée quelque part, elle ne se serait pas déplu », puis, sentant tout de même la fatigue, alla s'étendre sur un canapé, où elle parcourut un des livres qu'elle avait pris sur les rayons de la bibliothèque. Sous sa tête, elle avait arrangé commodément un coussin. Le flambeau posé sur la console l'éclairait bien. Avec un sans-gêne de jolie femme, elle s'était remplie un verre du porto que contenait une carafe qui paraissait l'attendre et, tout en buvant à petites gorgées, elle entreprit de lire les *Récits étonnants d'un navigateur ayant mouillé par tout le monde.*

Elle avait ouvert le livre au hasard : « … Depuis deux jours et trois nuits que nous naviguions de conserve, la mer était restée aussi calme et aucun signe ne nous parvenant de l'autre voilier, nous nous trouvions toujours fort inquiets pour ce qui était de ses intentions, ne sachant pas plus si nous avions affaire à un bateau de commerce ou à une frégate de haute piraterie et rapinerie… »

C'était décidément très agréable d'être allongée dans une pièce tiède et claire, parmi des coussins, la bouche parfumée par un vin doux, et de suivre ainsi les aventures de navigateurs perdus parmi les océans. Caroline réfléchit et pensa que cette sérénité n'était qu'accidentelle, qu'il lui faudrait bientôt recommencer à battre les chemins et à courir ses propres aventures au lieu de s'amuser de celles des autres. Mais peut-être un jour un auteur s'emparerait-il de sa vie, de ses risques, de ses avatars, pour amuser des lecteurs paisiblement et confortablement installés devant une table et qui se délecteraient de tous les dangers qu'elle aurait traversés.

Mais son front s'était assombri. Elle pensa à Georges, dont elle s'était fort peu souciée durant toute la journée, et elle éprouva un remords en se rappelant leur étreinte de la veille, à l'orée du petit bourg, quelques instants avant qu'ils ne se séparassent. Les paroles qu'il avait prononcées revinrent à sa mémoire : « Ne vous montrez pas aussi dure, Caroline, je vous en supplie, à chaque instant nous risquons d'être attaqués, puis séparés ou tués : chaque phrase que nous nous adressons peut être la dernière. » Elle se demanda quelle était la dernière phrase qu'elle avait bien pu dire à son mari. Que pouvait-il être devenu ? Elle fut brusquement angoissée sur son sort. « Georges, mon chéri », murmura-t-elle, sur le ton qui lui était habituel lorsqu'elle évoquait Gaston. Georges, Gaston…

Dans le fond, elle les aimait tous les deux. Elle aurait voulu les avoir tous les deux auprès d'elle. Même, maintenant que Georges avait disparu, il allait rejoindre Gaston dans cette espèce de paradis défendu où le destin envoyait tous ceux dont la jeune femme souhaitait la présence. « Georges, mon cher vieil idiot, pourquoi n'êtes-vous pas là ? » Et elle lui en voulut en même temps de ne pas être là, de ne jamais avoir eu la chance de la posséder au moment où elle en avait véritablement envie et où elle eût pu lui faire un don complet d'elle-même. Comme en ce moment, comme hier sur la route, comme ce dernier soir de leur séjour à Caen où il continua à la battre au lieu de comprendre qu'elle ne demandait qu'à être à lui.

15
Les vacances

La porte battit et Caroline reconnut la voix de Lodoïska. Celle-ci entra en effet, au bras de l'armateur. Elle paraissait épuisée. Des larmes coulaient de ses yeux qu'un cerne de fatigue agrandissait encore. Ses vêtements d'homme la boudinaient et bafouaient l'ampleur de ses formes. Elle se précipita vers Caroline et l'étreignit en pleurant.

— Ma chérie, je vous retrouve ! Comme vous avez dû souffrir vous aussi !... Vous avez vu Louvet ?... Comment est-il ?... Quand je songe aux angoisses qu'il a dû endurer, mais quelle joie de le retrouver...

Caroline, ahurie par ce déluge expansif, avait à peine le temps de répondre, mais Lodoïska la reprit dans ses bras.

— Ma chérie, je suis honteuse de ma joie, alors que vous êtes sans nouvelles de votre cher Georges... Mais vous le retrouverez, soyez courageuse, vous le retrouverez... Je vous promets que vous le retrouverez !

Ces démonstrations paraissaient si ridicules à Caroline qu'elle ébaucha à l'intention de Kerleu un signe de connivence amusée qu'elle retint en constatant que celui-ci était grave et paraissait très ému. Il conduisit Lodoïska jusqu'au canapé et l'aida à s'étendre.

— Restez là une seconde, je vais maintenant m'occuper de Louvet, et pour cela, faire atteler ma voiture.

Mais, en sortant, il fit signe discrètement à Caroline de le suivre. Quand ils se retrouvèrent dans la salle à manger, l'armateur s'épongea le front.

— L'état de cette malheureuse m'a vraiment fait pitié. N'ayant pas de papiers elle n'avait pas osé demander une chambre, et, depuis cet après-midi, était attablée dans le cabaret, au milieu des pêcheurs. Elle était si fatiguée, si anxieuse que, pendant que je la conduisais ici, je la sentais trembler. Le malheur la rend encore plus belle, n'est-ce pas ? Je l'avais vue à Paris l'an dernier, mais jamais sa beauté ne m'a touché comme ce soir.

Caroline avalait sa salive avec dépit. Parce que Lodoïska était plus peureuse, plus émotive qu'elle, elle intéressait davantage. Kerleu devait seulement avoir l'impression qu'il était un sauveur depuis qu'il avait senti cette gourde se pâmer à son bras.

— Je comprends que vous vous apitoyiez, répondit-elle sèchement, cela m'est plus difficile, attendu que je suis exactement dans le même cas qu'elle, à ceci près qu'elle a retrouvé son ami, alors que je n'ai aucune nouvelle de mon mari et que, n'étant que la maîtresse de Louvet, elle ne risque pas la guillotine comme moi. Je ne pleurniche pas, moi, mais je n'en suis pas moins dans…

— Mais je vous plains, tout autant, chère madame, et…

— Je ne veux pas être plainte ! s'écria Caroline avec colère, en tapant du pied…

Le visage de Kerleu, naturellement très rouge, fonça encore :

— Parlez plus bas, je vous en prie. Je vous ai priée de m'accompagner ici pour que nous examinions la situation ensemble.

— Ne serait-il pas plus urgent d'aller chercher Louvet ?

— Justement. C'est de ça qu'il s'agit. Je suis célibataire, mais j'ai ici ma gouvernante et deux domestiques. C'est la gouvernante que je redoute. Son humeur, en vieillissant, devient massacrante. Je compte me séparer d'elle et je ne voudrais pas qu'à ce moment-là elle m'accuse d'avoir hébergé des proscrits, d'autant que si, à l'heure actuelle, le département est assez peu zélé pour les montagnards, je crains que, dans peu de mois, il n'en soit plus de même. Mon intention était de vous garder ici en qualité de neveu et de conduire avec ma voiture Lodoïska et Louvet dans une petite maison que j'ai aux environs, sur la falaise. Mais l'état de cette pauvre femme m'oblige à la garder ici. C'est elle qui passera pour mon neveu. Les gardes ne vous ont pas examinée d'assez près pour s'apercevoir du changement et, d'ailleurs, je prétendrai mon neveu malade et couché, donc…

— Si je comprends bien, dit Caroline avec irritation, maintenant que Lodoïska est à l'abri, vous ne savez plus quoi faire de moi. En ce cas, je suis prête à me retirer.

Le visage de Kerleu se crispa. Il jeta à Caroline un regard dur :

— Personne ne m'a encore fait l'injure de me croire capable de jeter dehors un hôte qui m'a demandé asile !

— Pardonnez-moi… mais si les mots dépassent ma pensée, accordez-moi l'excuse d'être un peu énervée, et puisque vous comprenez si bien les lamentations de Lodoïska, comprenez aussi mes emportements, les uns et les autres ne sont que deux réactions devant une même infortune.

Le visage adouci, il sourit en répondant :

— C'est vrai. Mais vous êtes si vaillante qu'on est moins porté à vous entourer de la douceur que vous méritez. Voici ce que je vous propose donc. J'ai donné à mon domestique l'ordre d'atteler ma voiture. Nous allons cueillir Louvet et je vous conduirai dans ma cabane tous les deux. Demain nous aviserons.

À ce moment, les grelots de la voiture tintèrent devant la porte. Tous deux descendirent le perron, Kerleu congédia son domestique. Ils montèrent sur le siège et le léger véhicule s'enfonça dans l'obscurité des ruelles.

— Ne risquons-nous pas de rencontrer une patrouille ?

— Si fait. Mais, j'ai un laissez-passer de nuit. Vous êtes mon neveu et nous nous rendons dans ma maison de mer pour la pêche nocturne. Tout le monde me connaît et sait que je vais souvent relever mes casiers sous la falaise où est ma cabane.

Comme l'armateur venait d'annoncer qu'ils approchaient de l'estaminet où était resté Louvet, ils furent arrêtés mais, ainsi qu'il l'avait prévu, la patrouille fut peu curieuse et dès qu'elle l'eut reconnu, le salua et lui laissa le chemin libre. Caroline avait sommeil au point qu'elle n'éprouva aucune frayeur.

Mais en parvenant au carrefour de routes où devait se trouver l'endroit qu'ils cherchaient, aucune lumière ne trouait l'obscurité.

— Il me semblait que c'était ici, continuons tout de même, il doit être un peu plus haut…

La voiture roula encore quelques minutes. Dans la nuit Caroline distinguait la masse des arbres qu'un vent assez vif agitait.

— Mais nous sommes en pleine campagne !

— En effet.

— Nous avons dû dépasser l'estaminet sans le voir !

— Non ! Le plus vraisemblable, hélas ! est que le tenancier a dû fermer et mettre à la porte notre pauvre ami.

Il avait arrêté la voiture au bord de la route et se taisait. Le cheval s'impatientait et frappait le sol. Caroline observa :

— Mettons-nous à la place de Louvet. Une fois hors du café, il n'a pas dû s'engager dans cette ville inconnue, à une heure pareille et sans papiers. Il a sans doute marché vers la campagne dans l'intention de dormir au fond d'un fossé. Mais peut-être ne s'est-il pas éloigné, espérant toujours notre venue. Le mieux est d'avancer au pas et, comme il ne sait pas que nous sommes en voiture, je vais fredonner une des romances qu'il faisait en 89 pour qu'il nous reconnaisse.

— Bien parlé, dit Kerleu, vous au moins, vous êtes une femme de tête.

Caroline se mordit les lèvres. Elle adorait qu'on la traitât de « fille infernale », mais pas du tout de « femme de tête ». Pourquoi pas de « maîtresse-femme » pendant qu'il y était. Cependant, comme il avait remis la voiture en marche, elle fredonna :

Oh ! ma belle,
Pourquoi cette peine,
Quand...

C'était décidément ridicule. Avait-elle réellement été mise au monde pour ce chaînon d'absurdités. La voilà maintenant qui chantonne à onze heures du soir sur les routes de Bretagne une romance désuète, assise dans une carriole auprès d'un loup de mer, dans l'espoir d'attirer l'amoureux transi de Lodoïska, blotti derrière un buisson.

— Pourquoi ne continuez-vous pas ?

Oh ! ma mie,
Pourquoi ce...

Elle eut froid et pensa de nouveau à Georges. Peut-être lui aussi errait-il dans cette immense campagne noire. Une bouffée de tendresse presque maternelle monta en elle. « Georges, imbécile, viens, viens que je te réchauffe, oh ! que tu as froid, viens te réchauffer dans mes bras... »

Une ombre se détacha d'une haie, avança puis s'arrêta hésitante. Caroline continua de chanter ; peut-être, au lieu de Louvet, appâté par les paroles murmurées, était-ce Georges aimanté par l'incantation muette et issue du plus secret d'elle-même. Kerleu tendit sa lanterne pour dévisager l'inconnu. La jeune femme pensa : « Si c'est Georges, je croirai en Dieu ! » En même temps, elle fut sidérée par son propre vœu : elle ne croyait donc plus en Dieu ?

— Dieu soit loué, c'est lui ! cria Kerleu.

— C'est Georges !

Elle se mordit les lèvres. Heureusement Kerleu n'avait pas entendu cette exclamation. Il aidait Louvet à monter et le serrait dans ses bras. Les deux hommes s'embrassèrent longtemps. Ce fut le cheval qui les rappela à eux en descendant dans le fossé ses deux pieds de devant pour atteindre la végétation d'une haie.

— Huo… huo donc ! cria Kerleu.

Louvet s'exclama :

— Lodoïska ! C'est toi, mon amour ! Je ne t'avais pas vue…

— Mais non, murmura Kerleu. C'est Mme Berthier. Je vous dis que Lodoïska est restée chez moi.

— Alors courons la retrouver, s'écria Louvet, qui aussitôt ajouta : je vous remercie, Caroline, d'avoir si bien rempli…

— Le temps presse. Épargnez-moi vos discours de prix de vertu. Je crois que le mieux serait que vous vous glissiez sous le siège…

— En effet, c'est une bonne idée, appuya Kerleu qui fit claquer son fouet. Dans une heure nous serons dans ma maison de mer. C'est tout petit. Il n'y a qu'une chambre, mais Louvet couchera dans l'entrée sur des sacs. À la guerre comme à la guerre. Et là, au moins, mes pauvres amis, vous serez en sécurité jusqu'au départ de mes bateaux pour Bordeaux.

*

Le vent se battait inlassablement avec les genêts de la lande. Les roches sonnaient sous le martèlement d'une mer, qui, perpétuellement, mugissait sur un rythme égal baissant puis montant, puis baissant, et ainsi de suite sans trêve…

Caroline n'avait gardé que sa chemise et se retournait dans le lit de camp dont le matelas garni de goémon n'était pas tendre. Les draps étaient rugueux, mais elle avait été contente et troublée d'y retrouver une odeur de lavande qui avait ressuscité son enfance tourangelle. Les portes et les fenêtres crissaient, tremblaient, raclaient comme des chevaux irrités dans leurs stalles. Elle éprouvait un peu de remords d'avoir laissé Louvet s'installer dans l'entrée, roulé dans une couverture sur la terre battue. Malgré sa fatigue, elle ne parvenait pas à s'endormir. Elle subissait le contrecoup des émotions de la journée et supposait que Louvet devait être dans le même état qu'elle. Elle s'apitoyait sur lui, sans cependant oser aller lui demander comment il se sentait, craignant, dans la tenue où elle était, d'être indiscrète, et n'osant pas lui proposer de s'installer dans la chambre où elle couchait.

Mais aux deux coups timides qui furent frappés à la porte, elle s'empressa de crier :

— Entrez !

Le loquet se souleva et aussitôt le battant fut rabattu avec violence par une poussée forcenée du vent qui balaya la pièce :

— Excusez-moi, dit Louvet, je voulais vous demander…

— Eh bien ! refermez d'abord la porte ou nous allons tourner à la montgolfière !

Louvet s'arc-bouta et réussit à repousser le battant. Il tâtonna un instant dans l'obscurité, provoquant un bruit sourd :

— Ce n'est rien, dit Caroline. Vous avez renversé la chaise bancale sur laquelle j'avais mis mes vêtements.

— Je suis navré, je vais…

— Aucune importance. L'avantage de ma tenue masculine est de n'avoir pas la susceptibilité du taffetas. N'essayez pas de les remettre en place, vous renverseriez autre chose.

Louvet se décida à s'expliquer :

— J'étais venu vous voir… pour vous demander… au cas où cela ne vous gênerait pas, naturellement, si je pourrais prendre une autre couverture pour…

— Vous mourez de froid, hein ? Je m'en doutais. D'ailleurs si j'en juge par le courant d'air que vous avez déchaîné simplement en ouvrant la porte, vous êtes comme en plein vent.

— Il y a un peu de ça. J'ai tout de la harpe éolienne qui…

— … vibre à tous les souffles. Compris. Eh bien! le mieux est que vous vous établissiez ici.

— Mais…

— Oui, je sais, les convenances. Mais dans une aventure pareille, les convenances peuvent être mises en veilleuse. Rouvrez cette damnée porte, allez prendre votre couverture et venez vous étendre auprès de moi.

— Auprès de vous?

— Ne faites donc pas d'embarras! Évidemment, si vous avez envie de mourir de froid, restez dans votre coin, mais sans cela, je vous assure que ni votre pudeur, ni la mienne ne seront outragées par le simple fait que vous vous étendrez par-dessus les couvertures de mon lit. Nous pourrions nous trouver en berline exactement dans les mêmes conditions.

Une nouvelle rafale de vent lui indiqua que Louvet acceptait sa proposition et allait rechercher sa couverture. Il referma difficilement la porte et vint s'allonger en tâtonnant à côté de Caroline, mais sans entrer dans le lit. La jeune femme, malgré l'assurance avec laquelle elle avait apaisé les scrupules de Louvet, n'était pas sans éprouver cependant une certaine gêne d'un voisinage aussi intime. Seule, elle n'avait pas envie de dormir, mais la présence de ce garçon auprès d'elle ne l'incita pas davantage au sommeil. Elle continua de se tourner, de se retourner. Louvet, de son côté, malgré la discrétion qu'il mettait à ne pas troubler le repos de sa voisine, prouvait par quelques gestes machinaux qu'il ne dormait pas non plus. Ce fut Caroline qui se décida à parler la première.

— Vous ne dormez pas?

— Non. Je suis pourtant éreinté… Et vous?

— Moi, je pense que je n'arriverai pas à fermer l'œil. Ce vent! Et puis tout ce qui s'est passé aujourd'hui!

— Et ce qui se passera demain aussi…

— Vous êtes pessimiste?

— Si ce n'était que moi, j'accepterais sans faiblir les risques que j'ai assumés. Mais je suis torturé sans cesse par la même angoisse: Lodoïska. Il y a des moments où j'en arrive presque à regretter d'avoir accepté de diriger le journal des girondins, de m'être voué à la cause de la Liberté. Quand on possède un amour comme celui que Lodoïska me voue, on doit s'y consacrer totalement. Mais je sais aussi que si j'avais été lâche ou intéressé, si j'avais cédé aux conseils sordides de la prudence ou aux propositions déshonnêtes des montagnards, Lodoïska m'aurait peut-être méprisé.

Caroline écoutait avec amertume ces confidences. Déjà, tout à l'heure, elle avait été exaspérée par le sérieux avec lequel l'armateur s'était apitoyé sur ce qu'elle considérait comme des «chichis» de la maîtresse de Louvet. Maintenant, elle ressentait de nouveau cette jalousie que déjà à Caen elle avait connue à l'égard de la femme qui avait réussi à susciter un pareil amour. Cependant la curiosité l'emporta sur l'agacement et elle poussa aux confidences Louvet qui ne demandait pas mieux que de raconter l'histoire de son amour.

Elle s'identifiait presque avec l'histoire même du jeune homme. Il lui raconta comment il était né dans une arrière-boutique rue Saint-Denis, où son père était papetier. Cette arrière-boutique donnait sur une arrière-cour qui, elle-même, se prolongeait par un arrière-jardin pelé et pauvre. Ce jardin était indivis entre les parents de Louvet et ceux de Lodoïska d'un an plus âgée que le petit garçon. Durant une longue enfance, ils y jouèrent interminablement sous les maigres berceaux de feuillage, prenant l'habitude de ne vivre réellement que lorsqu'ils étaient ensemble. Puis ce fut le collège. De longues années de collège que Louvet se rappelait fort mal, car il prêtait peu d'attention aux cours de ses professeurs, à la conversation de ses camarades, aux brimades même dont il était l'objet le soir dans le lugubre dortoir, tout entier absorbé par l'attente des rares rencontres que son internat lui permettait encore d'avoir avec son amie d'enfance. À dix-sept ans, il était devenu le secrétaire du célèbre minéralogiste Dietrich. L'ayant accompagné dans un voyage de recherches en Auvergne, il fut à son retour anéanti par une nouvelle bouleversante : Lodoïska était mariée.

«Je ne sais vraiment pas comment j'ai survécu à cette période si terrible. Il faut vraiment que les êtres aient la vie chevillée au corps. Vous ne me croirez peut-être pas, mais pendant plusieurs mois, le sommeil me devint impossible. Et lorsque parfois, au cours de ces nuits interminables où j'écoutais sonner tous les carillons de Paris en pensant que leur tintement parvenait peut-être aux oreilles de Lodoïska tenue éveillée par les caresses de son mari, je réussissais cependant à m'assoupir, c'était pour m'éveiller quelques heures plus tard avec un nouveau sursaut de tout mon corps, en criant, comme si de nouveau j'apprenais la nouvelle qui m'avait si cruellement frappé.

«Je souhaitais mourir de consomption, mais la vie fut plus forte. Je réagis. J'abandonnai mon poste auprès de Dietrich et celui que j'avais obtenu au service de l'Académie française où la gravité et la décence de mes manières m'avaient fait choisir pour établir les rapports officiels du prix Montyon. Par réaction, je passai de l'exaltation de la vertu à celle du vice. J'entrai chez le libraire Prault où je fus affecté au rayon des livres scandaleux que je devais lire pour être à même d'allécher les acheteurs. Puis, moi-même, j'en écrivis. C'est parfois une de mes hontes d'avoir connu la notoriété grâce à ce roman du *Chevalier de Faublas* que je n'ai pas osé regarder depuis des années et qui n'est que cynisme et débauche. Par moment, je me rendais compte que c'était mon désespoir qui m'avait conduit là, que si je donnais de la vie une version aussi sceptique, que si je ravalais l'amour à l'orgie, c'était simplement parce que cette femme que j'avais aimée d'un amour aussi pur m'avait trahi.

« Un soir, écœuré de cette célébrité infâme qui m'était échue, vaincu par l'absence de Lodoïska, je me tirai un coup de pistolet. Mais je m'étais raté, et au bout de quelques mois de lit, je rentrai dans cette existence qui avait perdu pour moi toute saveur. Ce fut pour oublier que je me lançai dans les aventures politiques, que je me mis à traîner les conciliabules révolutionnaires des jardins du Palais-Royal.

« Là, un soir d'été, dont je sens encore le parfum, comme la foule s'écoulait sous les arcades, je me trouvai face à face avec Lodoïska, que je n'avais pas revue depuis que j'avais appris son mariage. Elle vint vers moi. Elle était toute seule. Plus tard, je sus que de sa fenêtre elle m'avait aperçu et avait quitté, sous un prétexte quelconque, le riche et gras joaillier qu'elle avait pour mari et qu'elle était descendue à ma rencontre. Je ne pus retenir ma colère et ma douleur. En quelques mots, je lui dis combien j'avais souffert et combien je la méprisais. Elle éclata en sanglots et m'avoua qu'elle m'aimait autant que je l'aimais. Ses parents, m'expliqua-t-elle, lui avaient imposé ce riche mariage et elle-même n'y avait consenti que parce que son père lui avait affirmé qu'il avait pris mon avis, que j'en avais été très heureux et que je ne la considérais que comme une camarade. Après quelques instants de joie infinie, ma douleur revint plus vive encore. Notre séparation, pour être l'effet d'un malentendu, n'en était pas moins accomplie, et Lodoïska appartenait à un autre. Mais elle me jura qu'elle n'avait jamais rien donné d'autre à son mari qu'une passivité à laquelle elle était bien obligée et que, moralement, elle s'était gardée intacte pour moi.

« La chance nous servit. La République, quelque temps plus tard, autorisa le divorce. Depuis six mois, Lodoïska n'est plus la femme du joaillier, et dans quelques mois elle devrait être officiellement la mienne. Nous n'avons pas pu attendre le délai que la loi des hommes nous imposait. Mais notre amour est si grand, il nous élève si haut au-dessus des conventions, que Lodoïska n'est nullement pressée de notre mariage et qu'elle est plus fière d'être ma maîtresse que d'être ma femme. »

Caroline, dont l'ironie n'était jamais en défaut, faisait tous ses efforts pour écouter ces confidences d'une humeur moqueuse. Elle se répétait que ce couple était ridicule. Mais elle ne parvenait pas à s'en persuader et elle dut se l'avouer à elle-même. Le vent continuait à faire gémir toutes les planches de la maison et à brasser dehors les arbres et la mer. Caroline n'aurait pas osé se formuler le secret désir qui la tourmentait. Elle s'était rapprochée de Louvet et, à travers le drap et les couvertures, elle sentait contre le sien le corps du jeune homme. Elle tâchait de s'alanguir, de s'infléchir pour que son voisin, peu à peu en vienne à reposer sur elle, à avoir sa joue contre la sienne. Elle n'avait pas envie de Louvet. Au fond d'elle-même, elle ne souhaitait qu'une chose : obliger ce prétendu passionné à reconnaître la vanité de son amour en l'amenant à le trahir. Elle pensait : « Il se croit très fort. Il se figure qu'il n'y a que Lodoïska sur la terre, que sans elle, il n'aurait plus qu'à mourir, qu'elle seule compte, il serait bien drôle, grâce à un léger manège de coquetterie, de lui prouver que cette passion ne peut résister au voisinage d'une autre femme. »

Le vent, au lieu de diminuer, ne faisait que devenir plus furieux, et comme la marée montait, la mer frappait maintenant avec violence sur les rochers. Une rafale particulièrement brutale fit trembler sur ses assises la petite maison et Caroline n'eut qu'à suivre son instinct :

— Vous avez entendu ! Oh ! j'ai peur ! Cette tempête ! La maison va finir par être déracinée par le vent.

En même temps, comme mue par un réflexe craintif, elle s'était franchement blottie contre Louvet. Celui-ci s'était mis à rire :

— Vous avez peur que nous nous envolions ?

Elle protesta d'une petite voix apeurée :

— Oh, ne vous moquez pas ! Ne soyez pas méchant. Je vous parais peut-être risible, mais toutes ces aventures m'ont rompu les nerfs. À force d'être traquée, menacée, je finis par avoir peur de tout.

Toujours riant, Louvet avait passé un bras sous son épaule et, l'ayant un peu serrée contre lui, il la rassurait comme on rassure un enfant :

— Vous n'avez plus à avoir peur. Je vous tiens, et si la tempête vous donne des ailes, je vous empêcherai de prendre votre vol.

Comme du fond d'un rêve, la jeune femme parlait toujours :

— J'ai eu peur du vent déjà quand j'étais toute petite fille. En Touraine, les tempêtes étaient moins fortes qu'ici. Mais parfois, cependant, sur les rives de la Loire, le vent soufflait très dur. Je me rappelle qu'un jour où je me promenais au mois de septembre avec papa, j'eus si peur devant une tourmente, que j'entourai sa jambe avec mes petits bras, et que je me tins arc-boutée à elle pour empêcher que le vent ne m'emporte.

Elle ajouta :

— Il faut vous dire qu'on nous avait raconté une légende tourangelle dans laquelle le vent volait les enfants qui n'étaient pas sages. Et on me répétait si souvent que je n'étais pas sage…

— Ma pauvre Caroline, ce n'était pas ce brave vent-là qu'il fallait craindre, mais celui qui s'est levé plus tard et qui a balayé toute la France de l'orage furieux qui, aujourd'hui, nous fait tournoyer comme des feuilles mortes… Mais vous pleurez ?

— Pardonnez-moi, ce souvenir m'a rappelé mon pauvre papa. Je suis sans nouvelles de lui depuis si longtemps. Qu'a-t-il pu devenir ? J'ai comme un horrible pressentiment.

En même temps qu'elle parlait, elle se jugeait infecte : pour émouvoir le cœur généreux de Louvet, elle recourait aux plus sinistres artifices. Elle eut honte d'avoir mêlé le souvenir de son père à un pareil manège et aussi d'avoir si peu pensé à lui depuis son départ pour l'émigration. Elle se mit à craindre qu'un pareil sacrilège ne lui portât malheur et, justifiant ainsi ses prétendus pressentiments. Et tout à coup elle s'aperçut qu'après avoir fait semblant de pleurer, maintenant, épuisée de fatigue, d'énervement, de colère contre elle-même et contre les autres, elle pleurait pour tout de bon.

Mais au milieu de ces larmes, un nouveau sentiment peu à peu venait l'émouvoir : elle sentait serré contre elle le corps de Louvet. Les mains du jeune homme étreignaient ses épaules. Son souffle effleurait son visage. Elle ne faisait pas attention aux paroles que le jeune homme prononçait pour essayer de la consoler, n'étant sensible qu'à la gravité harmonieuse de cette voix qui était d'ailleurs réputée comme la plus belle de la Convention et qui, pour elle seule, dans cette pauvre baraque, perdue sur une falaise au milieu de la tempête, surmontait le fracas du vent et de la mer pour vibrer tendrement à ses oreilles. Elle avait pleuré après avoir simulé les larmes, de même elle se sentait triste, craintive, abandonnée, après avoir feint la tristesse, la peur et l'angoisse. Elle balbutiait :

— Je n'avais rien fait pour mériter tous ces malheurs. Je suis trop faible pour tout ce qui m'arrive. Je ne suis qu'une petite fille…

Elle tourna légèrement son visage, au point que ses lèvres fussent tout près de celles de Louvet. Elle sentait l'odeur émouvante de ce corps de jeune homme étendu près d'elle, et ce n'était plus par jalousie ou en vue d'une expérience « drôle » qu'elle souhaitait qu'il la possédât. De tout son corps elle le désirait. Mais plus elle avait envie de lui, plus elle était déçue par la nature même des caresses qu'il lui donnait : c'était en effet avec une tendresse de camarade et d'aîné qu'il essayait d'apaiser le chagrin et la nervosité de la jeune femme. Elle s'en irrita. Elle désespéra même de venir à bout de cette gentille indifférence. Elle se décida à jouer le tout pour le tout :

— Oh ! mon pauvre ami ! murmura-t-elle, après avoir effleuré sa main comme par mégarde, vous êtes glacé, et moi égoïste, je ne sais que me répandre en lamentations pendant que vous risquez d'attraper mal. Ne soyons pas absurdes. Je vais me pousser tout au bord du lit, ôtez vos vêtements et couchez-vous à l'autre extrémité de notre triste radeau.

Louvet tremblait en effet de froid. Il repoussa d'abord avec gêne cette proposition, puis, comme elle lui rappelait qu'ils avaient déjà dormi côte à côte dans le foin, au cours du voyage, il céda. Dans l'obscurité, la jeune femme entendit le froissement de ses vêtements, puis le lit gémit sous le poids du jeune homme et celui-ci murmura :

— Pardonnez-moi, Caroline, d'avoir accepté avec tant de sans-gêne votre offre si gentille. Mais après tout, c'est une des grandeurs de la vie que les monstres de la Convention nous obligent à mener que de bannir les préjugés sociaux et de remplacer par notre pureté intérieure l'hypocrisie des usages des temps passés.

Caroline serra les dents de dépit. Ce n'était évidemment pas la déclaration qu'elle avait souhaitée. Elle renonça à conquérir Louvet et essaya sagement de dormir. Mais son corps continuait à espérer le jeune homme, elle était empourprée et ne pouvait s'empêcher de bouger. La pente incurvée du mauvais matelas les rapprochait d'ailleurs lentement l'un de l'autre. La première fois qu'ils se frôlèrent, Louvet s'excusa avec une politesse un peu ridicule, comme si, dans une rue, il avait heurté une jolie passante. Caroline ne répondit pas, mais en se retournant encore, elle se trouva presque sans l'avoir voulu contre la poitrine du jeune homme et, heureuse de se sentir dans ses bras, murmura :

— Comme je suis contente de ne pas être seule ici et de vous avoir près de moi pour me protéger.

La courte chemise de Caroline laissait ses jambes libres, et elle souffla de plaisir en les sentant se mêler à celles également nues du jeune homme. Ce fut son dernier acte volontaire. Elle s'était imaginée devoir ourdir des machinations d'une coquetterie compliquée pour venir à bout d'une fidélité qu'elle avait fini par croire invincible, et cependant c'était maintenant Louvet qui, de lui-même, l'étreignait, la caressait, sans qu'elle puisse douter de la sensualité de son désir. Elle se laissa aller. Emporté brusquement par une fougue amoureuse que Caroline n'avait encore connue chez aucun homme, Louvet la dénuda furieusement, pétrit en haletant tout son corps. Les lèvres ensanglantées par ses baisers, les seins meurtris, étouffée par cette étreinte affectueuse et brutale, la jeune femme râlait doucement, ne s'appartenant déjà plus, se laissant couler inerte au fil du plaisir qui devenait si lancinant que, n'y tenant plus, elle gémit, décuplant encore l'impétuosité de Louvet qui, silencieusement, la broya entre ses bras.

Ce qui se passa ensuite et qui était cependant la réalité, ne lui parvint que comme si un rêve lointain et vague était venu troubler son extase. Ces coups frappés à la porte, ce hennissement, ce grincement de voiture, ce cri : « Ouvrez-moi, c'est Kerleu… » ne réussirent à l'arracher à sa torpeur qu'au bout de quelques secondes, lorsqu'elle sentit que l'étreinte du jeune homme s'était dénouée, qu'il avait écarté les draps et la couverture et qu'il se tenait à genoux auprès d'elle, haletant…

— J'ai froid, murmura-t-elle.

Il sauta du lit, rabattit le drap sur elle. Caroline comprit qu'il s'habillait fébrilement. Un courant d'air furieux balaya la pièce. Puis la porte se referma derrière Louvet dont la voix retentit aussitôt :

— Qui est là ?

— C'est moi, c'est Kerleu.

La porte de l'entrée battit et la rumeur d'une conversation parvint à Caroline. Elle y distingua avec surprise une voix de femme et reconnut bientôt l'intonation de Lodoïska. Presque aussitôt des coups furent frappés à sa porte et Kerleu entra.

— Excusez-moi de vous réveiller en sursaut, mais je n'aurais pas voulu, en vous éveillant demain, que vous soyez inquiète en constatant l'absence de Louvet. Lodoïska a absolument voulu le retrouver, et je profite de la nuit pour les conduire tous deux dans la maison de pêche d'un de mes amis qui est un petit peu plus loin. Quant à vous, préparez-vous à une grande joie : votre mari, qui s'était réfugié chez un de mes amis, ancien député de la Constituante, viendra vous retrouver ici demain. Et, dans quelques jours, vous voguerez avec lui vers Bordeaux.

Ce qui surprit le plus Caroline lorsque, le lendemain, elle se réveilla, ce fut de s'être endormie si vite après le départ de Louvet, qui s'était gardé de s'approcher d'elle, de Kerleu et de Lodoïska qui l'avait tendrement embrassée. Mais, au réveil, elle ressentait en même temps l'amertume de son entreprise manquée, l'insatisfaction de son corps et aussi la honte d'avoir pu méditer un pareil projet. Pour la première fois, elle se sentit coupable. Elle avait cédé à Gaston parce qu'elle l'aimait. Mais elle n'avait jamais aimé Louvet. Et lui, maintenant qu'il avait retrouvé son irremplaçable Lodoïska, devait mépriser celle qui s'était si facilement offerte à lui. Elle rougit à la pensée que, quelques jours plus tard, elle le retrouverait sur le bateau, et que, peut-être, intérieurement, il s'apitoierait sur Georges lorsqu'il verrait le jeune homme entourer Caroline d'attentions. Fâchée contre elle-même, fâchée contre Louvet, fâchée contre le monde entier, Caroline mordillait son drap sans avoir envie de se lever.

Mais elle réfléchit que si, en arrivant, Georges la trouvait couchée, il aurait certainement envie d'elle et elle se sentit confuse à la pensée d'achever avec son mari un acte commencé dans ce même lit, entre ces mêmes draps, avec un autre. Elle se leva et s'habilla rapidement. Le plaisir un peu sensuel qu'elle avait trouvé jusque-là à revêtir ses vêtements masculins, était tout à coup passé. Son corps la dégoûtait. En somme, en suivant ses inspirations, elle avait toujours mal agi. Sombre, dépitée, amère, elle ouvrit la porte de sa chambre, traversa l'entrée où elle aperçut les couvertures que l'hypocrite Louvet avait réinstallées avant de faire entrer Kerleu, et, poussant la porte d'entrée, se trouva dehors.

Il devait être neuf heures du matin. La mer était parfaitement calme et lisse, d'un bleu pastel, à peine plus foncé que celui du ciel étincelant. La marée était basse, découvrant une large plage blonde, où elle avait laissé en se retirant des dentelles de goémon. Les falaises, d'un vert un peu grisé, se terminaient en éperons rocheux qui, toute la nuit, avaient été martelés par la tempête et qui, maintenant, luisaient doucement au soleil en répandant des buées transparentes.

Caroline sourit. Le soleil, la fraîcheur radieuse du matin avaient suffi pour balayer ce désert de cauchemars, cette lande obscure et redoutable, battue par l'orage, où elle croyait se retrouver. Elle s'étendit sur l'herbe encore humide et resta immobile au soleil. Des mouettes la frôlèrent de leur vol éblouissant et impétueux, de la même blancheur que la voile d'un petit bateau qu'elle apercevait au loin sur la mer. Caroline se sentit très heureuse. Tous ses mauvais souvenirs étaient oubliés. Elle s'aperçut qu'une seule chose la troublait : la faim.

Elle rentra dans la maison et se mit à inspecter de près les lieux. Il y avait surtout un grand nombre de filets, auxquels des algues étaient encore entortillées, des avirons, des voiles roulées, mais en fouillant bien, elle trouva dans un coffre un beau saucisson, des pommes, du beurre et ce pain breton, dur et gris, qui se conserve longtemps, mais qui ne lui fit pas peur. Quelques minutes plus tard, de nouveau étendue au soleil, elle mangeait de bon appétit quand, sur le sentier qui longeait la falaise, elle vit venir vers elle une silhouette qu'elle ne reconnut pas d'abord, parce qu'elle avançait à contre-jour, mais qui tout à coup se mit à courir dans sa direction et devint Georges.

Elle eut à peine le temps de se lever, Georges l'enleva dans ses bras avec des cris joyeux, riant, l'embrassant, la serrant contre lui. Quand il se décida à la reposer à terre, elle était rouge, ébouriffée, haletante.

— Mon chéri, murmura-t-elle, tu es là, tu es enfin là, j'ai eu si peur, je te croyais perdu !

Et en prononçant ces paroles, en posant tendrement sa tête sur la poitrine de son mari, elle était tout à fait sincère.

*

Les douze jours que Caroline et son mari passèrent dans la petite maison de la falaise devaient rester dans le souvenir de la jeune femme comme une pause douce et affectueuse, si calme qu'elle semblait dénuée de réalité. Kerleu leur apportait régulièrement toutes les provisions qui leur étaient nécessaires, et les deux jeunes gens les faisaient réchauffer sur un feu de bois qu'ils allumaient entre trois pierres devant la maison. La région était si solitaire qu'ils ne prenaient pas la peine de se cacher et vivaient dehors presque toute la journée. Ils descendaient sur la plage. Caroline réussit à vaincre l'aversion de Georges pour la mer. Tous deux se mirent à se baigner longuement, nus et heureux. La jeune femme apprit à nager à Georges. Ils en arrivèrent à se croire sur une île déserte, et c'en était presque une en effet, puisqu'ils se trouvaient à l'extrémité d'une petite pointe rocheuse qui n'était pas vue de la côte et que ne visitait jamais personne. Toujours en plein air et au soleil, ils prirent même l'habitude de ne plus se rhabiller après leurs bains. Caroline limitait ses vêtements à une sorte de cornette qu'elle s'était confectionnée dans un morceau de voile et qui protégeait son visage contre le hâle du soleil. Cette tenue, après avoir un peu scandalisé Georges, l'avait ravi :

— Caroline chérie, je vous adore, disait-il ; avec ce ridicule petit chapeau et votre nudité de jeune animal, vous être grotesque et touchante.

— Je vous plais ? demandait alors Caroline.

Il s'empressait de le lui prouver immédiatement. La jeune femme était toujours aussi indifférente à son étreinte qu'auparavant, mais l'affection qu'elle ressentait pour lui, dans cette intimité rieuse où ils vivaient, faisait qu'elle acceptait ce devoir conjugal sans ennui, et même de bonne grâce, parce qu'elle était contente de lui faire plaisir.

16
En mer

À l'aube, le douzième jour, ils furent réveillés par Kerleu, qui les pressa de s'habiller et de monter dans sa voiture pour qu'il les conduise à Brest, d'où un convoi de navires allait partir pour Bordeaux.

La fin de septembre approchait. C'était un matin pâle, brumeux, froid. Tout en roulant, Kerleu leur apprit qu'ils allaient chercher Louvet et Lodoïska dans leur retraite et qu'ils s'embarqueraient ensemble en même temps d'ailleurs que Guadet, Pétion et Barbaroux, qu'il avait réussi à retrouver et qui, depuis la veille, avaient déjà quitté Quimper, cachés dans une voiture qui transportait des étoffes. Quant aux autres compagnons, il n'avait pas pu avoir de leurs nouvelles si ce n'est de deux d'entre eux, Salles et Gonthier, qui avaient été arrêtés et transportés le même jour à Rennes pour y être jugés le lendemain et exécutés le surlendemain.

Il semblait à Caroline que le cauchemar dont ce séjour frais et calme l'avait exorcisée, reprenait corps plus cruellement encore qu'auparavant. Elle avait réussi à oublier les périls que la Terreur leur faisait courir. Elle les retrouvait maintenant et au sortir de cette oasis, ayant perdu l'habitude de vivre traquée, elle se sentait craintive et angoissée comme elle ne l'avait jamais été. De même, elle avait oublié son aventure avec Louvet, et maintenant qu'elle allait retrouver celui-ci, elle éprouvait, avec une force décuplée, la honte et la colère qu'elle avait connues en se réveillant le lendemain matin.

Ils durent attendre assez longtemps dans la voiture pendant que Louvet et Lodoïska, surpris au lit, s'habillaient. Comme le temps passait et qu'ils n'apparaissaient toujours pas, Georges descendit à son tour de la voiture et entra dans la maison d'où il ressortit quelques instants plus tard pour appeler Caroline. Celle-ci, bien à contrecœur, le rejoignit :

— Je vous ai appelée pour que vous disiez adieu à Lodoïska, qui ne nous accompagnera pas sur le bateau. En effet, Louvet a maintenant la certitude que, comme son union avec elle n'est pas officielle, aucun mandat d'arrêt n'a été lancé contre son amie. Il a donc jugé plus sage de l'envoyer à Bordeaux par le coche, tandis que lui-même viendra avec nous par la mer.

Lodoïska apparut à ce moment, elle embrassa affectueusement Caroline, puis courut se rejeter dans les bras de son ami qui la suivait. Tous deux avaient le visage baigné de larmes et Kerleu se répandait en vaines consolations :

— Ne vous mettez pas dans des états pareils ! Vous ne vous séparez que pour dix jours, au bout desquels vos épreuves seront terminées, vous vous retrouverez à Bordeaux, au milieu de vos amis, dans une ville gouvernée par les girondins, en toute sécurité.

Comme ces encouragements lui paraissaient inefficaces, il brusqua les choses, prit Louvet par le bras, le poussa à travers le jardin, et le fit monter dans la voiture. Quand celle-ci se fut mise en marche, Caroline aperçut longtemps la silhouette de Lodoïska immobile sur le bord de la route.

La jeune femme avait évité le regard de Louvet, et celui-ci avait agi de même. Dans l'émotion du départ, personne n'avait remarqué qu'ils n'avaient pas osé se saluer. Elle était furieuse que Lodoïska ne les accompagnât pas, car après avoir craint que Louvet ne s'amusât aux dépens de Georges, elle regrettait maintenant de ne pouvoir s'amuser aux dépens de Lodoïska. Son optique de l'aventure qu'elle avait eue avec le jeune homme avait en effet changé, et elle pensait maintenant que l'expérience avait été concluante, qu'elle avait fait la preuve de la vanité grandiloquente de leur prétendue passion et que, si un incident matériel ne les avait pas interrompus, Louvet eût consommé son infidélité jusqu'au bout. Sa gêne à l'égard du jeune homme n'en était pas moindre, et elle rageait d'être obligée de subir l'humiliation de sa présence sans bénéficier de l'amusement que lui aurait procuré celle de Lodoïska.

Louvet ne desserrait pas les dents. Au bout d'une heure, d'ailleurs, il se mit à dormir ou du moins à faire semblant. Quand ils s'arrêtèrent pour déjeuner, il déclara qu'il n'avait pas faim, et malgré l'insistance de Kerleu, resta dans la voiture. Au début de l'après-midi, ils perdirent du temps pour changer de chevaux. Kerleu et Georges commencèrent à manifester de la nervosité, car le moindre retard eût compromis leur embarquement qui se faisait en effet dans des conditions très délicates. Il fallait être à onze heures dans la rade de Brest, où la chaloupe d'un des navires du convoi, qui appartenait à Kerleu, devait venir les prendre pour les amener à bord clandestinement.

Il était près de minuit quand ils entrèrent dans Brest, ce qui était particulièrement dangereux, car le laissez-passer de Kerleu, qui les avait protégés toute la journée, était sans efficacité à une heure pareille dans cette grande ville. Cependant, ils arrivèrent sans avoir rencontré de patrouille jusqu'au restaurant situé sur le quai, où il était convenu que le conducteur de la chaloupe viendrait les chercher. Ils y trouvèrent d'autres armateurs, amis de Kerleu, et qui étaient dans le secret. Ils leur affirmèrent que la chaloupe n'était pas encore arrivée et les invitèrent à prendre un dîner qu'ils leur avaient fait préparer dans une salle particulière.

D'esprit très girondin, ils étreignirent Louvet et Georges, plaignirent et admirèrent Caroline. Celle-ci était rongée par l'inquiétude. Malgré ses efforts, elle ne pouvait arriver à avaler les aliments qu'on lui présentait. Elle se figurait sans cesse que des coups allaient retentir à la porte de l'auberge et que les agents des montagnards allaient se saisir d'eux. Et elle entendait sans cesse la phrase que Kerleu avait prononcée à propos de Salles et Gonthier : « On les a pris le matin, à neuf heures du soir, ils étaient à Rennes où on les jugeait le lendemain, pour les guillotiner le surlendemain. » Elle pensait : « Je n'ai peut-être plus que deux jours à vivre. » En quelques minutes, elle eut plus peur que durant ces trois mois et demi d'aventures qu'elle venait de traverser. Pour la première fois elle réalisa que si Gaston n'avait pas réussi à la faire sortir de prison, elle serait morte à l'heure actuelle. Morte ? Cela lui semblait inconcevable. Elle serait morte et tout sur terre continuerait comme si de rien n'était. Elle essayait de se persuader que tout le monde pouvait mourir, sauf elle. Mais elle n'y parvenait pas. Sa bouche était sèche, sa gorge nouée, son estomac révulsé. Un bruit de pas dans l'escalier la fit tressaillir, ses mains, ses jambes se mirent à trembler.

À la lueur d'un chandelier, un visage tanné et ridé apparut. Caroline n'entendit pas les paroles qui furent échangées, mais elle vit le visage crispé de Georges se détendre. Il la prit par le bras :

— Venez vite, mon amie, la chaloupe est là. N'ayez pas peur. Dans quelques minutes nous serons en sûreté.

Dans l'obscurité du quai, Caroline trébuchait parmi les cordages qui jonchaient le sol. Une sorte de délire superstitieux s'était emparé d'elle. Tout en courant, elle pensait : « Si je compte jusqu'à treize et qu'avant que j'aie fini de compter aucun douanier, aucun soldat ne nous a saisis, nous sommes sauvés et tout ira bien. » Elle avait perdu à ce point le contrôle d'elle-même qu'elle comptait à haute voix, et comme ils achevaient précisément de descendre un escalier de pierre presque vertical, dont les marches inférieures étaient battues par la mer, Georges lui aussi très énervé murmura :

— Pourquoi comptez-vous les marches, Caroline? Qu'est-ce qui vous prend?

Elle ne répondit pas; le marin qui la précédait et qui avait sauté dans le canot, que l'obscurité confondait d'ailleurs avec la mer, lui tendit les bras. Sans réfléchir, comme on tombe dans un rêve, elle sauta vers lui, se sentit saisie à bras-le-corps, tandis que la légère embarcation, déséquilibrée par cette brusque charge, tanguait violemment, au point que la jeune femme eut brusquement l'impression qu'il n'existait plus ni eau ni barque, qu'elle tournoyait comme sur une balançoire. Elle pensa : « L'escarpolette de Gaston et de Thiébaut, le 14 juillet à Vincennes ! » En même temps, elle se retrouvait assise sur une banquette de bois, cependant que le canot se mettait de nouveau à osciller sous le poids de Georges et de Louvet qui avaient sauté à leur tour. Tous gardaient le silence. Le marin pagayait avec précaution. La mer, les vaisseaux, les quais, la digue, la ville, tout était muet et indiscernable dans une nuit totale.

Comme l'embarcation était lourdement chargée, sa ligne de flottaison était si haute que Caroline, sans avoir à se pencher, put laisser ses doigts tremper dans l'eau fraîche où la rame du navigateur creusait à peine quelques remous satinés. Elle ne réfléchissait point sur son sort. Bien que ce trajet du canot se prolongeât interminablement, elle ne s'inquiétait pas. Elle ne prêtait pas plus attention aux chuchotements de Louvet et de Georges. Leur embarcation se glissait entre les coques énormes de navires immobiles, rasant parfois leurs flancs, s'insinuant sous les cordes de leurs ancres, furetant dans tous les sens... Enfin Caroline sortit de son assoupissement et, à voix basse, demanda à Georges pourquoi le canot suivait un itinéraire aussi compliqué.

— Mon pauvre cœur, balbutia-t-il. Je ne vous ai pas dit tout à l'heure l'entière vérité. Le marin qui nous conduit n'appartient pas au bateau que nous cherchons. C'est un pêcheur que connaît bien Kerleu et qu'il a chargé de nous transporter à bord. Mais il n'arrive pas à découvrir le convoi, et il craint que celui-ci n'ait déjà appareillé.

À ce moment, le marin se retourna vers lui et observa :

— Il n'y a pas de doute. Tous les bateaux que nous avons rencontrés sont en rade et votre convoi a certainement déjà levé l'ancre. Il y a bien là-bas un bâtiment isolé, mais ce ne peut pas être le vôtre, puisqu'il n'est pas placé en convoi.

— Menez-nous quand même jusqu'à lui, demanda Louvet. Il n'y a guère d'espoir, en effet, mais nous devons tout tenter. Ensuite, il nous restera toujours le canon de nos pistolets pour en finir avec nos misères.

Durant une dizaine de minutes, le pêcheur rama. Enfin ils parvinrent devant le vaisseau :

— Vous êtes sauvés, s'écria le pêcheur, c'est bien *La Dauphine*. Ohé, du navire !

Presque aussitôt, on leur répondit. Une échelle de corde fut lancée. Georges monta le premier, suivi de Caroline. Quant à Louvet, la joie de ce sauvetage qu'il n'espérait plus le troubla au point que, manquant l'échelon, il tomba à l'eau, fut rattrapé de justesse par le pêcheur et arriva enfin sur le pont, tout ruisselant. Devant eux se tenait le capitaine qui leur serra les mains avec effusion.

— J'ai déjà à bord trois de vos amis, mais pour vous je commençais à désespérer. Sans doute y a-t-il eu une erreur sur le lieu du rendez-vous. J'ai déjà vainement envoyé trois fois ma chaloupe. L'ordre de départ avait été donné. Pour ne pas me rendre suspect j'ai été obligé de démarrer comme les autres. Mais, malgré le mécontentement de mes matelots, j'ai réussi par quelque fausse manœuvre à perdre du temps et j'allais cingler vers la haute mer lorsqu'il m'a semblé apercevoir un canot se dirigeant vers mon bord. Grâce au ciel, c'était vous !

Il les conduisit immédiatement dans une étroite cabine où se trouvaient déjà Barbaroux, Guadet et Pétion :

— Ne faites pas trop de bruit, ajouta le capitaine que, pour la première fois, Caroline aperçut dans la lumière, haut, taillé en force, l'œil franc et le visage basané. Mes matelots ont déjà des soupçons, bien qu'il m'arrive souvent de prendre des passagers. Aussi dois-je vous recommander d'être prudents dans vos propos. Nous ne nous reverrons pas avant demain, car il faut que je remonte sur ma passerelle : nous sommes loin en arrière du convoi et j'ai peur d'être arraisonné par les Anglais.

Malgré ces recommandations, Georges et Louvet étaient, comme leurs trois amis, si heureux de se retrouver, qu'ils ne pouvaient mettre un terme à leurs effusions. Caroline, un peu énervée par ce tapage, déçue aussi parce qu'elle s'était imaginé qu'une fois à bord, sa sécurité serait totale, leur enjoignit avec aigreur d'attendre Bordeaux pour « faire les fous ». Mais Barbaroux, particulièrement gai, tint assez peu compte de ses avis, répétant :

— Cette fois, nous pouvons respirer, nous sommes sauvés !

*

La cabine était si étroite pour les six passagers qui l'occupaient qu'ils durent passer la nuit sans s'étendre, accroupis les uns contre les autres. Caroline, à qui ils avaient offert de ménager une place suffisante pour qu'elle puisse s'allonger, refusa et prétendit qu'elle était aussi robuste qu'eux et que, d'ailleurs, habillée en garçon, elle devait être traitée comme tel. Lorsque Louvet, complètement trempé par son bain involontaire, changea de vêtements, elle apaisa le pudique embarras de ses compagnons et se borna à se détourner et à appuyer son visage contre le hublot.

Le lendemain matin, ils étaient tous aussi rompus de fatigue les uns que les autres. Outre l'incommodité et l'inconfort de leur position, les remous du vaisseau les avaient terriblement indisposés. Sauf Barbaroux, sauvé par son optimisme, tous avaient vomi dans une même cuvette posée sur le plancher de la cabine, récipient que, vers le matin, un coup de roulis plus fort que les autres renversa.

Quand, par le hublot, un jour morne vint éclairer la cabine, Caroline fut écœurée par le spectacle qui l'entourait. Les visages de ses compagnons étaient sales. Aucun n'était rasé. Les inquiétudes, les fatigues qu'ils avaient subies, le mal de mer, leur avaient fait un teint terreux, gonflant des poches sous leurs yeux, creusant des rides sur leur front et autour de leurs lèvres pâles. L'odeur qui remplissait la cabine était nauséabonde. « Je n'ai jamais imaginé l'enfer, pensait Caroline, mais ce doit être un endroit dans le genre de celui-ci. »

Après s'être étiré, Barbaroux proposa d'éponger les vomissures qui souillaient le plancher. Dans ce dessein, il sortit de son baluchon une vieille chemise inutilisable qu'il offrit en guise de torchon.

— Tout à fait d'accord, dit Guadet avec un aigre sourire, nous ne voyons aucun inconvénient à ce que tu nettoies le plancher.

— Je ne vois pas les choses comme ça, grommela Barbaroux, moi j'ai apporté le chiffon. Ma contribution est faite. Qu'un autre se charge d'essuyer.

La promiscuité pénible où ils avaient passé la nuit, leurs souffrances physiques, les avaient tous mis de mauvaise humeur, et la discussion s'envenima rapidement, chacun se refusant à accomplir cette besogne répugnante. Caroline prêtait peu d'attention à leur dispute, elle ne tressaillit que lorsqu'elle entendit la voix de Louvet observer qu'après tout cette tâche de nettoyage incombait davantage à une femme qu'à un homme. Elle sortit avec violence de sa torpeur :

— Est-ce pour moi que vous dites cela ?

Et, sans lui donner le temps de répondre, elle s'enflamma :

— Peut-être êtes-vous habitué à faire de votre femme une domestique. En ce cas il ne fallait pas vous séparer de votre précieuse Lodoïska…

— Je vous prie de…

— Et moi je vous prie de vous taire ! D'ailleurs, puisque vous prétendez que ce travail est un travail de femme et que, sans doute, pour vous, une femme est un être inférieur, peureux et soumis, vous êtes tout à fait digne de le faire, si j'en juge par la frousse qui, hier soir, vous a saisi lorsque nous avons abordé et vous a rendu incapable de saisir l'échelle. Il a fallu le pêcheur, tant vous aviez peur, pour vous sortir de l'eau et vous hisser jusqu'à bord.

Georges, voyant le visage de Louvet pâlir davantage encore de colère, s'interposa :

— Caroline, calmez-vous. Louvet n'a certainement pas voulu vous blesser et…

— C'est cela, s'exclama Caroline, prenez maintenant parti pour lui contre moi ! Cela m'est parfaitement indifférent. Et d'ailleurs vous me dégoûtez tous. Voulez-vous que je vous dise ce que vous êtes les uns et les autres : de beaux parleurs incapables. Ah ! Vous avez assez paradé à la tribune de la Convention en maniant de grands mots et de grandes idées. De la grandeur, vous en débitiez à longueur de journée. Rien n'était assez beau, assez élevé, assez généreux, assez magnifique ! Et maintenant, vous voyez où vous en êtes : dans cette cellule sinistre, empuantie par vos ordures.

En achevant ces mots, à bout de nerfs, elle avait éclaté en sanglots, ce qui n'empêcha pas Georges, furieux, de faire avec colère un pas vers elle en l'invectivant :

— Faites attention ! Je vous ai passé beaucoup de choses ! Mais il y en a que je ne vous passerai pas ! Je n'admets pas qu'on bafoue mes idées, nos idées, pour lesquelles nous risquons la mort, pour lesquelles peut-être nous périrons demain.

— Je risque autant la mort que vous, puisque, pour mon malheur, je vous ai épousé !

— Pour votre malheur et pour le mien. Croyez-vous par hasard que le fait d'être marié à une fille d'émigré n'ait pas contribué pour beaucoup à ma proscription ?

— Il fallait me le dire, mon cher ! Grâce à vous et à vos amis le divorce existe. Je me serais empressée d'acquiescer, si vous me l'aviez proposé…

Les autres se tenaient cois, très gênés par cette violente explication. Louvet, regrettant sans doute d'en avoir été la cause, saisit la vieille chemise de Barbaroux et se mit sans un mot à essuyer le plancher. Caroline et Georges auraient sans doute continué à donner libre cours à leur rage si la porte ne s'était ouverte et si le capitaine n'était entré dans la cabine. Le silence se fit et tous les regards convergèrent sur le visage soucieux du marin. Celui-ci, après s'être informé distraitement de la manière dont ses passagers avaient passé la nuit, leur fit remarquer avec reproche qu'ils ne lui facilitaient pas sa tâche et que les éclats de voix qui parvenaient de la cabine intriguaient dangereusement l'équipage.

— C'est d'autant plus fâcheux, ajouta-t-il, que nous sommes dans une situation critique. Malgré mes efforts, en effet, je n'ai pu rejoindre le convoi. À l'aube j'ai aperçu à l'horizon un cortège de vaisseaux, qui a fait craindre à mes matelots que nous ne soyons la proie des Anglais, et la légende s'est répandue que j'avais volontairement manœuvré afin de livrer mon bateau à l'ennemi pour sauver les proscrits qu'il renfermait. Or je viens d'acquérir la certitude que ces vaisseaux ne sont autres que la grande flotte de Brest. Vingt-deux vaisseaux de ligne et quinze frégates sont devant nous. Si ma présence isolée les étonne et s'ils visitent mon navire, je redoute les propos malveillants de mes marins. Pour les calmer, je viens de leur faire distribuer de l'eau-de-vie, mais je pense que votre présence sur le pont les rassurerait. Il ne faut pas que vous ayez l'air de vous cacher. Je vous demande donc de monter immédiatement avec moi.

L'air vif et frais qui les fouetta lorsqu'ils arrivèrent sur le pont les ragaillardit un peu. Caroline, oubliant la colère où elle s'était mise, était toute au ravissement de se trouver en pleine mer par un beau soleil de fin septembre, qui faisait miroiter les vagues à perte de vue. La flotte de Brest qui défilait devant eux leur offrait un magnifique spectacle. La jeune femme, souriante, se penchait sur le bastingage, comptait les navires, essayait de lire leurs noms, suivait le vol des mouettes, ou le long sillage que le bateau laissait derrière lui, tout panaché d'écume.

Cependant une corvette se détacha de la flotte et fit voile dans la direction de *La Dauphine.* Elle ralentit en parvenant à une portée de fusil, tourna lentement, présentant son flanc, et bientôt, par un porte-voix, ils entendirent le capitaine du navire de guerre qui les hélait. La conversation s'engagea :

— D'où venez-vous? — De Brest. — Vous êtes bien arriérés. — J'ai fait aussi vite que je l'ai pu. — Il faut que vous soyez bien mauvais voilier ! — ... — Avez-vous des passagers à bord ? — ... Non ! — Nous allons vous escorter jusqu'à proximité du convoi. Faites donner toutes vos voiles, car nous n'avons pas de temps à perdre.

Le capitaine se retourna vers eux, le visage ruisselant de sueur :

— S'il m'avait visité, vous étiez perdus.

— Et vous aussi, capitaine, observa Georges.

Le marin haussa les épaules :

— Il faut bien s'aider. Enfin, nous nous en sommes tirés. Ce qui m'inquiète, c'est que mon équipage m'a surpris en flagrant délit de mensonge.

Durant tout l'après-midi, le voilier cingla avec une grande rapidité, escorté par la corvette qui l'abandonna aux approches du soir, en lui affirmant que, s'il continuait à naviguer aussi rapidement, il retrouverait le convoi dans le cours de la nuit.

Une nouvelle nuit commença donc pour eux dans l'abominable cabine. Depuis la scène du matin, une certaine tension n'avait cessé de régner entre eux, Georges et Caroline n'avaient échangé que quelques propos dénués d'intérêt aux heures des repas. Louvet avait essayé de se réconcilier avec Caroline, et pour cela, lui avait adressé la parole en la priant d'admirer des marsouins qui prenaient leurs ébats sous le soleil couchant. Mais Caroline ne lui répondit pas.

La mer, beaucoup plus agitée que la nuit précédente, rendait le séjour dans la cabine encore plus pénible. Vers deux heures du matin, n'y tenant plus, Caroline sortit sans bruit et monta sur le pont, que balayaient des paquets de mer… L'homme de quart était attaché à sa barre par des filins. Caroline, en essayant de gagner une région abritée qui se trouvait au milieu du pont, fut jetée sur le plancher à plusieurs reprises et y parvint non sans avoir été copieusement trempée. Mais la nuit n'était pas froide. Se tenant ferme à un filin, elle regardait les masses énormes des vagues sur lesquelles se précipitait le navire. Il y avait un instant où la vague bouchait le ciel et surplombait le pont comme une maison, puis mû, eût-on dit, par un ressort, le navire s'enlevait dans les airs avec un fracas de tonnerre produit par les trombes d'eau qui venaient s'écraser sur le pont. Un instant encore, le vaisseau restait suspendu sur la crête de la vague, puis basculait à angle droit avec un craquement déchirant de toute la voilure, sa proue piquant droit dans le gouffre que la vague creusait derrière elle, jusqu'à ce que, dominé de nouveau par une nouvelle lame, il reprît son élan pour l'escalader.

Caroline était hypnotisée par la régularité inexorable de ce mouvement alterné d'ascension et de chute. Le fracas de la mer et du vent, des voiles, les craquements de la mâture, les coups sourds qui, dans la cale, étaient produits par les secousses de la cargaison mal arrimée, la remplissaient d'une extase nerveuse. Elle pensait à ces imbéciles qui croupissaient dans cette minuscule et étroite cabine, alors qu'elle respirait si profondément.

Elle songea qu'il devait y avoir toujours deux optiques pour regarder les événements, pour les vivre, que dans toutes les circonstances on devait pouvoir aussi bien s'enfermer dans une cellule nauséabonde ou affronter l'air du large, et elle revoyait le visage dévoré de rides de cette vieille sorcière qui lui avait prédit des voyages : les voyages commençaient. Elle regretta de devoir débarquer à Bordeaux. Ce voilier allait jusqu'aux Antilles. Les Antilles ! Elle inventa des couleurs et des parfums et se prit à murmurer : « Là-bas, le bonheur doit être possible. Pourquoi retourner s'enfermer dans le cadre étroit et gris d'une ville. » Elle savait ce qui l'attendait à Bordeaux. En mettant les choses au mieux, les girondins qui étaient au pouvoir offriraient un poste à Georges. Ils logeraient à l'hôtel. Elle s'ennuierait de nouveau. Elle se rappela combien elle avait pu s'ennuyer à Paris dans leur maison. Ces deux années lui paraissaient interminables quand elle les évoquait et en même temps elles étaient si vides que leur contenu aurait pu, semblait-il, tenir dans une seule journée. Son imagination allait bon train. Elle débarquait aux Antilles. Sans Georges. Il n'est plus question de Georges. C'est Gaston qui l'accueille là-bas. C'est avec lui qu'elle part à cheval pour gagner leurs plantations. On lui a donné un tout jeune cheval, petit, râblé et musclé comme ils le sont là-bas, lorsqu'on les a élevés librement en les laissant se gorger à leur gré de canne à sucre. Gaston n'est pas habillé comme à Paris. Elle non plus. Il porte une large chemise ouverte qui est toute blanche au soleil, un châle roulé au travers de la poitrine, des pantalons de cuir, de courtes bottes fauves. Quant à elle, son amazone est légère et facile à ôter pour qu'elle puisse, pendant le trajet, se baigner sans cesse dans les cryptes tièdes et, avec Gaston, s'abandonner à la douceur du sable.

— Que faites-vous là ?... Excusez-moi, je ne vous avais pas reconnu.

C'était le capitaine qui avait surgi à ses côtés et qui, pour résister aux secousses, se tenait au même filin. Ils conversèrent un peu. Caroline était assez gênée par la familiarité avec laquelle s'exprimait l'officier qui ignorait qu'il avait affaire à une femme, celle-ci lui ayant été présentée comme le secrétaire de Berthier. Il lui annonça qu'ils avaient rejoint le convoi et, guidée par ses indications, elle réussit à discerner parmi les montagnes d'eau les silhouettes des autres navires. Les crêtes des vagues blanchissaient, annonçant ainsi l'aube.

Caroline passa plusieurs heures à parler avec le capitaine, à lui faire raconter tout ce qu'il avait vu pendant ses voyages, et détailler les charmes de l'Amérique. Elle ne descendit se coucher qu'au matin, lorsque ses compagnons se décidèrent à quitter leur cabine pour gagner le pont. Elle dormit ainsi jusqu'à midi et ne fut réveillée que par une violente secousse qui semblait indiquer que le voilier avait brusquement viré de bord. Elle monta rapidement sur le pont où l'équipage s'agitait avec nervosité. Quand elle retrouva Louvet et Georges, ceux-ci paraissaient partager l'anxiété des matelots. Ils lui désignèrent un bâtiment qui se détachait à l'horizon, lui expliquèrent qu'il s'agissait d'une corvette de guerre anglaise et que *La Dauphine* ayant pris de nouveau du retard sur le convoi, il était à craindre que l'Anglais ne l'attaquât.

La jeune femme ouvrit de grands yeux :

— Et alors ? dit-elle. Que nous arrivera-t-il donc de si fâcheux si nous tombons entre les mains des Anglais ? On doit bien savoir à Londres que nous sommes les uns et les autres des proscrits, puisque nos noms figurent sur la liste des vingt-deux. Ils ne nous feront certainement aucun mal.

En achevant de parler, elle fut surprise de l'irritation que ses paroles avaient provoquée sur le visage de ses compagnons. Barbaroux, qui était venu la saluer et avait entendu ses derniers mots, observa sur un ton déconcerté :

— Je suppose que vous plaisantez !

La jeune femme ouvrit la bouche pour répondre, mais Georges ne lui en laissa pas le temps :

— Mais certainement, ma femme plaisante ! C'est une boutade ! Mais même en plaisantant il est fâcheux de…

— Je ne plaisante pas du tout ! J'en ai assez de cette vie ! On dirait que vous ne comprenez rien aux événements. Vous vous croyiez tout-puissants à Paris, on vous en a chassés. À Caen, vous chantiez déjà victoire, quand il a fallu prendre la fuite. Vous vous étiez flattés de rallier les Bretons à vos idées, puis vous avez été bien contents de réussir à déguerpir de Brest comme des voleurs. Du train dont vous êtes partis, il n'y a aucune raison pour qu'à Bordeaux vous réussissiez mieux qu'à Paris, à Caen et en Bretagne. Vos discours recommenceront. Vous vous haranguerez mutuellement. Vous vous enivrerez avec de grands mots à majuscules et, un beau soir, il faudra de nouveau fuir ou bien tomber entre les mains de gens qui semblent avoir décidé une fois pour toutes de nous guillotiner. Si cela vous amuse, vous, bravo, mais moi, j'aime la vie et je n'ai pas envie de mourir. Je trouve même que, depuis quelque temps, on joue un peu trop avec ma petite existence. Car après tout, on n'a qu'une vie. Peut-être vous croyez-vous immortels, mais comme ce n'est pas mon cas, je vous assure que je me sentirais très satisfaite de savoir la Manche entre l'échafaud et moi.

Balbutiant de rage, Georges avait plusieurs fois essayé d'interrompre cette tirade que la jeune femme débita avec véhémence. Mais il n'y réussit pas et elle ajouta encore :

— Si vous étiez raisonnables, vous demanderiez au capitaine de nous laisser quitter son bateau à bord de la chaloupe, pour rejoindre ce navire anglais.

La voix de Georges retentit sèche et cassante :

— Je vous prie de descendre immédiatement dans la cabine. Essayez de réfléchir aux abominations que vous venez de dire. J'irai vous voir dans un moment.

Comme elle frappait le plancher du pied, en déclarant avec fureur qu'elle ne descendrait pas dans la cabine, attendu qu'elle se trouvait fort bien où elle était, Georges, le visage crispé, la saisit à bras-le-corps. Comme elle se débattait, il trébucha dans l'escalier et tous deux roulèrent jusque dans le couloir intérieur. Endolorie par sa chute, la jeune femme laissa échapper quelques gémissements. Mais nullement attendri, Georges la releva, la saisit par un poignet et la traîna jusqu'à la cabine où il la jeta.

Elle resta un bon moment accroupie à l'endroit où elle était tombée, agitée de sanglots convulsifs, furieuse, ne sachant que répéter : « Je me vengerai, je me vengerai ! » Puis elle se releva et grimpa sur un escabeau pour regarder la mer par un hublot. Le navire anglais était maintenant beaucoup plus rapproché. Elle enfonçait ses ongles dans les paumes de ses mains en pensant : « Je donnerais dix ans de ma vie, pour qu'il nous rattrape. » Elle cherchait le vœu qu'elle pourrait bien faire à Dieu pour qu'il lui accordât ce plaisir. Elle alla jusqu'à lui promettre, s'il l'exauçait, de porter toujours, jusqu'à sa mort, dans sa toilette, un vêtement quelconque de couleur violette, ce qui était particulièrement méritoire, car elle exécrait le violet. Parfois les lames venaient s'écraser contre le hublot qui ensuite ruisselait longtemps, gênant la jeune femme qui tâchait de suivre la progression du bateau anglais.

Bientôt elle ne put se dissimuler que ses espoirs étaient trahis et que Dieu était resté indifférent à ses vœux. Sachant probablement que le convoi n'était pas loin et craignant l'intervention de la flotte française, le corsaire avait abandonné la poursuite et diminuait maintenant à vue d'œil. Navrée, elle descendit de son escabeau et tourna comme un petit fauve dans la cabine. Elle essaya de pousser la porte, mais son mari avait fermé le verrou et la jeune femme ne put qu'exprimer vainement sa colère en frappant le bois à coups redoublés de pieds et de poings.

Dans son ardeur à suivre les péripéties de la poursuite, elle avait presque oublié la scène qui s'était déroulée sur le pont et qui, maintenant, lui redevenait présente. L'humiliation qu'elle avait subie la fit rougir. Les mêmes mots: «Je me vengerai, je me vengerai», lui revinrent aux lèvres. Avec une haine impuissante, elle pensa : Louvet a dû être très content, cette petite scène a dû l'amuser prodigieusement. Décidément, Georges se conduisait à son égard d'une façon impardonnable. Sans lui, elle aurait certainement été heureuse sur terre. Elle serra les poings: c'était inconcevable quand on se donnait la peine d'y penser. Épouser une femme pour la livrer ensuite à la guillotine, préférer à elle des idées qui n'avaient pas de corps, pas de couleurs, qui ne vivaient que dans les livres et les discours. Elle murmura : «Et il a l'audace, après avoir attiré sur moi tant de risques et de calamités, de s'étonner, de s'indigner, que je veuille vivre en paix, et il ose à ce propos m'insulter, me frapper, m'enfermer dans cette cage!»

Deux coups légers furent à ce moment donnés à la porte. Caroline reconnut la voix de Barbaroux qui lui demandait à entrer et, après quelques secondes de silence, celui-ci entra en effet, pour la plus grande honte de la jeune femme, très fâchée d'être surprise le visage mouillé de larmes.

Elle comprit que son visiteur venait en ambassadeur pour tenter de rétablir la paix du ménage. Il la pria d'abord d'oublier la vivacité excessive de son mari qui avait perdu son sang-froid à cause des craintes que lui faisait ressentir la présence de ce vaisseau anglais. Il ajouta que Caroline devait comprendre combien les propos qu'elle avait tenus, sans doute par légèreté et sans mauvaise intention, étaient de nature à révolter le tempérament loyal de Georges.

— Comprenez donc, ma chère amie, poursuivait Barbaroux de sa belle voix de tribun, que nulle rencontre ne pouvait nous être plus fâcheuse que celle de l'Anglais. La Grande-Bretagne est pour nous la terre maudite. Si ce vaisseau avait capturé le nôtre, quelle que pût avoir été la violence qui nous aurait conduits sur le sol britannique, la calomnie ne manquerait pas d'affirmer que nous y avons fui volontairement. Les Anglais ne sont pas seulement les ennemis des monstres de la Montagne, ils sont ceux de tous bons républicains et tous bons Français. Aussi, devant ce corsaire, ne nous restait-il qu'une ressource, s'il nous avait rejoints, c'était de nous jeter tous à la mer pour ne pas tomber entre ses mains et, en perdant la vie, conserver ainsi un bien plus précieux encore : l'honneur.

Caroline haussa les épaules :

— Il est impossible de converser avec vous. Vous vous croyez toujours à la Convention ! Tout ce que je peux vous dire, c'est que je ne pardonnerai jamais à Georges, ni la façon dont il m'a traitée aujourd'hui, ni la désinvolture avec laquelle il préfère à ma vie les intérêts de son parti. Restons-en là. Je suis fort bien ici toute seule. Laissez-moi tranquille.

Barbaroux fit encore quelques tentatives oratoires puis s'inclina et sortit. Il revint cependant un peu plus tard et déposa le dîner de la jeune femme devant sa porte.

Toute la soirée s'était écoulée pour Caroline dans une alternance de rage et d'abattement. Elle finit par se recogner dans un des angles de la pièce et, quand ses compagnons descendirent, à la nuit, du pont pour se coucher, elle dormait déjà.

*

Le lendemain matin, le convoi mit l'ancre à l'embouchure de la Gironde. Les proscrits furent chargés dans la chaloupe que le capitaine pilota lui-même dans la direction des quais de Bordeaux. Personne ne parlait. Ils étaient tous émus, cherchant du regard la masse de cette ville qui signifiait pour eux la liberté et le pouvoir.

Caroline, elle, était surtout sensible aux dangers de cette navigation. Le courant de la Gironde était très violent. Le capitaine, qui la connaissait mal, faillit plusieurs fois faire culbuter l'embarcation dans des bancs de sable. Elle était d'ailleurs si chargée qu'il lui restait à peine deux pouces de bord. À la moindre oscillation, elle menaçait de chavirer, et presque sans cesse des vagues la balayaient.

Le débarquement eut lieu au Bec d'Ambez. De nombreux douaniers se trouvaient là, mais ils ne s'intéressèrent pas à ce petit canot. Les fugitifs d'ailleurs ne les redoutaient pas, persuadés qu'ils étaient de se trouver maintenant à l'abri.

Ils louèrent une petite voiture et, après avoir fait leurs adieux au capitaine en l'embrassant, ils s'y entassèrent, hâves, fourbus et mouillés. Mais toute leur bonne humeur était revenue. De nouveau, Barbaroux parlait avec sa belle autorité d'autrefois, Louvet faisait des effets de voix, Pétion promenait sur les rues un regard assuré, Georges avait repris son attitude absorbée et réfléchie qui jadis lui avait valu à la Convention la réputation d'être un esprit solide.

Comme ils avaient hâte de se changer, ils suivirent Guadet jusqu'à la maison d'un de ses parents, située rue des Arcades. Ils abandonnèrent leur voiture et allèrent sonner à la porte. Les passants, un peu étonnés de leurs mines, se retournaient pour les regarder. Pétulant et jovial, Guadet répétait en frappant à la porte :

— Sésame, ouvre-toi !

Au bout de quelques minutes, convaincus que la maison était vide, ils allèrent s'installer dans une auberge qui se trouvait en face, pour attendre le cousin de Guadet. Ils s'assirent autour de bouteilles de vin blanc. Caroline, distraite, ne s'aperçut qu'au bout de quelques minutes du changement qui s'était opéré sur leur visage. Leur enthousiasme s'était évanoui. Ils n'osaient se regarder les uns les autres. Sur la table, la jeune femme regarda trembler les mains de Louvet. Elle prêta l'oreille et comprit la raison pour laquelle ses compagnons venaient de changer de figure. En effet, aux autres tables, les consommateurs ne s'entretenaient que des événements qui s'étaient déroulés la veille à Bordeaux. Les maratistes étaient entrés en grand nombre. Les sections girondines avaient été décimées. Les administrateurs, loin de réagir contre l'insurrection montagnarde, avaient laissé les commissaires venus de la Convention rassembler la populace et occuper le château Trompette. Dans la nuit les arrestations avaient commencé. Des milliers de personnes étaient maintenant dans les prisons, et, depuis midi, plusieurs charrettes de condamnés à mort avaient déjà été dirigées vers la guillotine.

— Tenez, observa un gros homme, bien calé sur sa chaise, en désignant par la fenêtre la maison où les proscrits avaient violemment frappé, tenez, Guadet par exemple. Eh bien, ça n'a pas traîné, il a été coffré à l'aube.

— Quoi, mon cousin!

Devant cette folie, que son tempérament impulsif venait de faire commettre à Guadet, les visages de ses compagnons se crispèrent. L'attention de tous les consommateurs était maintenant concentrée sur eux. Leur mine avait déjà produit une impression d'étonnement quand ils étaient entrés. Mais l'exclamation du député girondin transforma immédiatement cette surprise en suspicion.

— Tu prétends être le cousin de Guadet, citoyen? Mais, à ce que je sais, Guadet n'en avait qu'un: le député à la Convention, traître à la République, que tous les honnêtes citoyens recherchent.

Il n'eut pas le temps d'en dire davantage, Barbaroux avait sorti de sous sa tunique une paire de pistolets et, les ayant braqués sur les consommateurs:

— S'il y en a un parmi vous qui a envie de bouger ou de crier, je lui démontrerai que les canons de mes pistolets valent bien votre guillotine.

Les autres proscrits avaient aussitôt suivi l'exemple de Barbaroux et tous, leurs armes aux poings, se dirigèrent à reculons vers la porte de l'auberge. Au moment de la franchir, Barbaroux, de sa voix de tonnerre, ajouta :

— Retenez bien ceci : l'un de nous va rester embusqué dans l'obscurité de la rue, si vous essayez de sortir pour donner l'alarme avant que dix minutes ne se soient écoulées, tant pis pour vous. Le premier qui passera le seuil de cette porte sera abattu et les autres aussi.

Quand ils se retrouvèrent dans la rue, ils se mirent tous à courir. Leurs pas résonnaient sur le pavé. Caroline tremblait. Il lui semblait que ces pavés chantaient à ses oreilles : « Tu seras prise et guillotinée, tu seras prise et guillotinée. »

Sur un signe de Barbaroux, ils s'arrêtèrent, écoutèrent. Les ruelles tout autour d'eux étaient silencieuses. Sans parler, ils reprirent leur marche et se trouvèrent au bord de la Gironde. Dans un terrain vague, où ils débouchèrent, ils découvrirent une cabane qui avait dû servir autrefois aux douaniers, mais qui était en si mauvais état que nul ne devait plus songer à y pénétrer. Ils s'y installèrent, et, dans l'obscurité, à voix basse, tinrent conseil. Tous félicitèrent d'abord Barbaroux de la célérité et de l'énergie avec lesquelles il avait agi. Ils se serrèrent mutuellement les mains. Caroline se chargea de la seule note discordante :

— C'est magnifique, en effet, observa-t-elle. Quelle belle journée ! Quel coup d'éclat ! Décidément, depuis quelque temps, nous avons de la chance ! Hier encore nous avons échappé à ces maudits Anglais qui auraient été capables de nous emmener tranquillement à Londres, nous privant ainsi du plaisir de nous faire guillotiner par nos chers Bordelais. Je pense que vous êtes contents !

Barbaroux interrompit à la fois les ironiques félicitations de Caroline et les invectives de Georges.

— Il faut prendre une décision. Nous ne pouvons rester ici. Grâce au ciel, nous ne sommes que dans le faubourg et n'avons pas franchi les portes de Bordeaux. Il nous est donc facile de nous éloigner. Avant de quitter Quimper, je me suis fait faire de faux tampons et remettre des laissez-passer. J'ai dans mon sac une plume et de l'encre, je vais en remplir un pour chacun de nous. Puis nous nous diviserons en petits groupes. Je pense que le plus sage serait d'essayer d'atteindre un port, soit Quimper, soit La Rochelle, et d'y chercher un moyen de nous y embarquer pour l'Amérique. Je ne vois pas pour nous d'autres chances de salut.

Sauf Guadet qui déclara être sûr d'un de ses amis habitant Saint-Émilion et décida d'aller se cacher chez lui, tous acceptèrent cette proposition.

À la lueur d'une petite bougie, autour de laquelle ils faisaient cercle pour en dissimuler la lumière aux passants qui auraient pu côtoyer la cabane, Barbaroux leur fabriqua les faux laissez-passer. Celui de Caroline fut fait au nom de Charles Aimon. À cause de son visage et de la douceur de sa voix, son âge fut fixé à seize ans. Elle était censée être née à Rennes et avoir exercé le métier de tapissier. La jeune femme agita longtemps le précieux papier pour en faire sécher l'encre et le glissa dans une poche de sa vareuse. Sa détermination était déjà prise : elle n'adressa plus la parole à ses compagnons, se coucha dans un coin et, bien qu'elle tremblât de froid, réussit à s'endormir en se répétant : « Il faut que demain je m'éveille avant eux, je prendrai la bourse de Georges et je les abandonnerai à leurs folies pour me sauver seule. »

QUATRIÈME PARTIE

17
Albancet

Caroline en s'éveillant avait été un peu effrayée par la blancheur déjà vive du jour. Elle s'était rassurée devant l'inertie de ses compagnons tous endormis. Après avoir ajusté ses vêtements – tellement plus pratiques que son ancien accoutrement de femme ! – elle se glissa jusqu'à l'endroit où dormait Georges. Elle tâta les poches de sa veste pour y trouver la bourse. Rien ! Elle souleva doucement le sac sur lequel il était couché, pensant que, peut-être, il avait eu la mesquinerie de dissimuler sa fortune dessous, par crainte d'être volé par ses compagnons. Rien, si ce n'est de la poussière, de la crasse, et deux immondes araignées qui s'enfuirent. Redoutant d'éveiller son mari, elle passa de nouveau la main sur son corps à la recherche de l'endroit où il avait bien pu placer son argent. Comme elle effleurait sa hanche, elle sentit une protubérance et, à travers l'étoffe, reconnut la fameuse bourse. Il en avait attaché les cordons à sa ceinture, mais, au lieu de la laisser pendre à l'extérieur, il l'avait dissimulée contre sa peau, sous sa culotte. Elle faillit renoncer.

Mais elle n'avait sur elle qu'une somme dérisoire. Renoncer à s'emparer de l'argent de Georges c'était renoncer à son départ, continuer à traîner stupidement avec ces fous emphatiques qu'elle avait pris en aversion. Si elle devait finir la vie ridicule qui avait été la sienne, du moins qu'elle en vive les derniers jours à sa guise, qu'elle soit libre de ses décisions, qu'elle sorte sinon de la tutelle des événements, qui étaient trop forts pour elle, du moins de celle de

Georges. Dire qu'elle n'avait jamais fait dans sa vie qu'un seul acte libre, qu'elle ne s'était insurgée qu'une fois : en sautant par la fenêtre de l'hôtel de ses parents, mais ç'avait été, tout compte fait, pour substituer au joug de ses parents celui de son mari.

De profil, elle aperçut le visage de Louvet. Il dormait, grave comme toujours, pontifiant jusque dans son sommeil. On ne la condamnerait pas plus longtemps à contempler toute la journée cet imbécile solennel, ce trafiquant de grands sentiments, qui devait la considérer, pour ses propos, comme lâche traîtresse à la République, pour sa gentillesse lors de la nuit dans la cabane, comme une fille de rien, une gourgandine, une Marie-couche-toi-là, qui devait s'offrir au premier venu et sans doute avait voulu bafouer la grandeur, la noblesse de sa passion pour l'éternelle Lodoïska. La lèvre inférieure de Louvet la décida par l'exaspération que ressentit la jeune femme devant son mouvement fier, emphatique, borné et têtu. Elle se pencha sur Georges et passa la main sous la ceinture du jeune homme.

Elle atteignit la bourse et la remonta par un glissement précautionneux. Mais, malgré cette douceur, Georges dut sentir qu'il se passait quelque chose. Sa respiration perdit sa régularité, il toussa, puis souffla profondément et murmura quelques mots inintelligibles. Caroline, surprise, garda l'immobilité comme cette empoisonneuse que représentait une estampe de la bibliothèque de Bièvre, et qui, sa fiole à la main, demeurait figée dans son geste criminel, parce que la dormeuse dont elle allait rendre mortel le rafraîchissement posé auprès d'elle, venait d'ouvrir les yeux.

De nouveau Georges dormait. La jeune femme attira la bourse, l'ouvrit, y plongea la main et en sortit de l'or et des assignats dont elle remplit ses poches. Puis, la bourse vidée, elle la renfonça sous la culotte. Le contact de sa main sur le corps nu de Georges l'avait émue. Elle écarta davantage la chemise et posa ses lèvres sur la peau du jeune homme.

Elle respira son odeur qu'elle connaissait bien et qui était une bonne odeur de jeune mâle.

Elle pensa : « Peut-être ne reverrai-je jamais Georges, il sera peut-être tué demain, ou moi, ou tous les deux, d'ailleurs, de toutes façons, après ce que je suis en train de faire, tout est fini entre nous. » Elle fut satisfaite de savoir que tout était fini entre lui et elle. Elle en avait assez de ces brouilles passagères, suivies de réconciliations, de ces décisions non appliquées. En le trompant avec Gaston, elle s'était imaginée avoir rompu ses liens avec son mari, mais il n'en avait rien été. Cette fois, au moins, les ponts étaient rompus. Elle se répéta : « Je suis une jeune femme qui vole et abandonne son mari ! » Elle fut satisfaite en portant la main à ses poches de les sentir remplies d'argent.

Caroline se releva. Comme par un fait exprès, le souvenir de toutes les attentions que Georges avait eues pour elle lui revint. Elle le revit passant des nuits auprès d'elle quand elle avait eu une bronchite, s'ingéniant à deviner les cadeaux dont elle pourrait avoir envie, arrivant, l'œil brillant, le visage éclairé par le plaisir qu'il éprouvait à lui faire plaisir. « Et moi, pensait-elle, voilà comment je vais le remercier, mon pauvre Georges ! » Elle se rappela que jamais elle n'avait vraiment cherché à lui faire plaisir, qu'elle ne s'était jamais donnée vraiment du mal pour qu'il soit content.

Au moment où elle le quittait, elle aurait voulu réparer toute cette indifférence, lui forger des souvenirs qu'il puisse évoquer avec émotion. Elle le regarda. Elle avait perdu depuis longtemps l'habitude de le regarder et le trouva beau. Le poste qu'il avait occupé à la Convention avait durci, ennobli, comme charpenté son visage qui était sali, mal rasé, si poignant qu'elle eut envie d'embrasser cette bouche charnue, jeune, triste…

Dans toutes ses poches, elle fouillait, cherchant un crayon pour lui mettre un mot qu'il trouverait à son réveil. Elle écrirait quelque chose comme : « Je t'aime, mais je n'en pouvais plus… » Mais où était passé le crayon ? Superstitieuse, elle pensa : « Si je ne trouve pas le crayon, je ne pars pas. » Puis elle se rappela qu'il était dans la poche gauche de sa vareuse, sous les billets et les pièces. Elle renonça à le chercher. Après tout, elle n'avait pas de temps à perdre… Elle se durcit en se remémorant la façon dont il l'avait traitée dans le bateau ; et cette scène odieuse à Caen ! Elle était bien bête de se mettre en retard en s'apitoyant sur lui. Une brute qui ne s'était jamais souciée d'elle, uniquement préoccupé de sa vanité politique : pour être ministre, il n'aurait pas hésité à lui faire risquer la guillotine. Elle murmura : « Vous m'avez déçue, vous m'avez négligée pour votre sale politique, vous m'avez sacrifiée à vos ambitions, vous m'avez insultée, battue, humiliée, eh bien ! Je vous hais et je m'en vais ! »

En même temps, elle savait que ces reproches, si bien fondés qu'ils fussent, étaient dépourvus d'existence réelle. Elle savait qu'il l'avait aimée, qu'il l'aimait, et qu'elle-même avait beaucoup de tendresse pour lui. Il avait manqué quelque chose à leur mariage – presque rien peut-être. Ce n'était leur faute ni à l'un ni à l'autre. S'ils s'étaient fait du mal, si elle allait lui en faire, c'était sans le vouloir ; la vie, et non elle, Caroline, ni lui, Georges, en avait décidé ainsi à leur place.

Au jugé, elle sortit de sa poche la moitié de l'argent qu'elle avait pris et le posa près du jeune homme qui, au tintement des pièces de monnaie, remua. Ses lèvres s'agitèrent. Caroline, blême, les regardait, s'imaginant qu'elles disaient : « Caroline. » Elle enjamba le corps de Louvet et s'insinua dans l'entrebâillement de la porte délabrée qu'elle n'eut qu'à pousser légèrement. Dehors, le soleil était déjà vif. Les quais de la Gironde s'étendaient, encore déserts. L'eau était grise, mais nacrée par la lumière, et léchée en même temps par des nappes de brume où les rayons jouaient. Le courant d'air avait dû troubler les dormeurs. Un ronflement s'éleva. Elle pensa que c'était Georges, qu'il trouvait moyen de rater leurs adieux, et fila dans la direction de la route.

*

Au bout d'une demi-heure de marche, Caroline s'était aperçue qu'elle avait faim. Les premières auberges ouvraient leurs portes : il était six heures et demie ; mais elle ne voulut pas s'arrêter. Il fallait s'éloigner de Bordeaux. Cette ville lui faisait tout à coup très peur. Elle soutenait difficilement le regard des passants croisés dans le faubourg qu'elle traversait. Il aurait suffi que ses formes – sa poitrine notamment – donnassent à supposer à l'un d'eux qu'elle était une femme pour qu'on l'arrête, qu'on l'identifie, qu'on la guillotine. Cette hantise lui évita de penser davantage à la conduite qu'elle venait d'avoir vis-à-vis de Georges. Elle s'occupa de sa peur et de sa faim.

Les maisons s'espaçaient et, peu à peu, elle se trouva dans la campagne. La liberté de sa marche, la fraîcheur joyeuse du temps la ragaillardirent. Elle entra dans une auberge où elle but du café et mangea du pain. La patronne, en la servant, lui dit :

— Alors, mon petit gars, tu t'en vas sur Libourne.

— Oui… en effet… et il fait bon marcher ce matin.

La patronne la regarda. Caroline rougit, craignant que sa façon de répondre n'ait pas paru naturelle. Mais elle se rassura : la patronne s'était mise à remplir une bassine et ne faisait plus attention à elle. La jeune femme resta un bon moment assise devant son bol. Elle entendait le sifflement d'un merle dans le jardin de l'auberge où des enfants criaient en jouant. Des jeunes filles passèrent sur la route, s'amusant à balancer des paniers de linge qu'elles devaient porter à la rivière. D'autres, plus petites, chantaient et brandissaient des filets à papillons. Ces gens-là ne se rendaient pas compte de leur bonheur ! Ils étaient libres, ils pouvaient donner libre cours à leur joie de vivre. Il semblait à Caroline que la vie était un plaisir magnifique, qu'il ne lui manquait pour la goûter et la savourer que la sécurité. Si la Terreur pouvait finir… Alors c'était tout simple : elle retrouvait Gaston et ils étaient heureux ; ce devait être, au fond, si simple d'être heureux.

— Salut et fraternité, citoyenne !

— Salut, qu'est-ce que ce sera pour vous ?

— Un verre de vin que j'avale en vitesse. Croyez-vous, voilà cette charogne d'Elisa qui s'est coincé je ne sais quoi dans son fer. Elle boite depuis cinq minutes. Il va falloir que je la regarde.

Caroline se leva, régla sa dépense et sortit. Devant la porte une grosse voiture était arrêtée. Machinalement la jeune femme donna une caresse sur le flanc mouillé de sueur de la jument.

— Elle ne mérite guère que tu la flattes, cette vache-là. Elle s'est foutue je ne sais quoi sous le sabot, dit le charretier, qui était sorti de l'auberge derrière Caroline.

Il était jeune, très brun, les pommettes saillantes, l'œil bleu ; son sourire empreint de gentillesse et de bonne humeur démentait les injures qu'il prodiguait à la jument.

— Allez… carne… ooh…

Il essayait de lui soulever la patte, mais la bête, énervée par la douleur, frappait la terre de ses sabots et essayait de gagner le milieu de la route.

— Tu serais bien bon, camarade, si tu voulais tenir les guides.

Caroline serra les guides sous la bouche du cheval, tout en lui caressant l'encolure, pendant que le voiturier triomphait :

— Je le disais bien ! J'en étais sûr que c'était un dard de chaume qu'elle avait dans le sabot. Ça y est, c'est parti… Tu peux la lâcher, camarade, et pour la peine tu boiras bien une tournée avec moi.

La jeune femme n'osa pas refuser. D'ailleurs, elle était contente de parler avec quelqu'un qui lui témoignait de l'amabilité. Le plus cruel fut d'avaler le verre de vin blanc qui, à une heure aussi matinale, lui donnait la nausée. Se rappelant, néanmoins, les palabres des charretiers auxquels elle avait assisté dans son enfance, à la foire de Blois, elle se soumit aux exigences de la politesse rurale et, quand le voiturier eut payé sa tournée, elle offrit la sienne. Ce vin lui faisait tourner la tête. Ce qu'elle craignait c'était d'avoir tout à coup un vertige, qu'on ouvre sa chemise pour la faire revenir à elle et qu'on s'aperçoive qu'elle n'était pas un jeune garçon. Elle avait peur aussi, sous l'effet du vin, de perdre le contrôle de ses paroles et d'employer un adjectif au féminin, de dire «Je suis contente» au lieu de «Je suis content».

Heureusement, le voiturier était bavard et faisait presque tous les frais de la conversation. Il habitait Bordeaux, où il était marié, mais avait un appartement à Limoges parce qu'il faisait la navette entre ces deux villes en transportant du drap. Il s'étendit longuement sur les aléas de son commerce, le malheur qu'il avait subi du fait de la réquisition, qui lui avait pris son autre cheval. Au souvenir de cette dépossession, il se mit en colère :

— Il y a deux jours, ces cochons de maratistes sont entrés dans mon écurie. Ils ont détaché mon cheval. Non mais, que je leur dis, faut surtout pas vous gêner, vous voulez pas l'autre pendant que vous y êtes ! Je m'apprêtais à les jeter dehors à coups de fouet tous autant qu'ils étaient. Voilà qu'ils sortent des pistolets, qu'ils me traitent de conspirateur, me menacent de me jeter à Fort Trompette ! Ils ont finalement emmené mon cheval en me laissant à la place un morceau de papier attestant la réquisition. Comme je leur ai dit, ce n'est pas ce papier qui traînera ma carriole ! Si ce n'est pas malheureux !

Caroline fut satisfaite des opinions de ce voiturier dont la perte de sa bête avait attiédi le républicanisme. Si jamais il apprenait la véritable identité de la jeune femme, il ne la dénoncerait sans doute pas. C'était un point d'acquis. Elle lui confia qu'elle s'en allait vers Paris, qu'elle était le fils cadet d'une nombreuse famille avec laquelle elle ne s'entendait pas et d'où elle avait fui. Le voiturier, que ses libations rendaient de plus en plus affectueux, lui fit la proposition qu'elle attendait :

— Mon gars, tu ne vas pas faire tout ce chemin à pied. Monte dans ma voiture jusqu'à Limoges. Il n'y a rien que j'aime comme d'avoir un compagnon de voyage. Et en plus tu as bonne mine et tu me plais.

Pour sceller leur accord, il lui décocha une violente bourrade dans les reins. Ils burent une dernière tournée, puis montèrent dans la voiture où Caroline s'assit derrière lui sur un tas d'étoffes de drap et de laine. Avant de faire démarrer la jument, il s'enquit :

— Tu as un passeport ?

— … Oui.

— N'empêche. Tu es mineur. Peut-être bien que tes parents te font rechercher, hein ? Je dirai partout que tu es mon cousin, et comme je suis connu de tous les postes, tu passeras comme un verre de vin !

Elle pensa : « Si j'étais restée avec Georges et sa bande, je n'aurais jamais trouvé une si bonne occasion. J'ai bien fait de les quitter. » Elle les revit, couchés, dans la cabane, comme ils lui étaient apparus pour la dernière fois, et leur souvenir se confondit pour elle avec celui d'une pauvre troupe de comédiens misérables qui, un soir, avait couché à Bièvre, dans la paille des communs, et qu'en compagnie de Henri elle était allée regarder par la lucarne.

Le voiturier chantait à tue-tête. Il ne s'interrompit que pour lui jeter :

— Je m'appelle François. Appelle-moi François… Et toi, comment t'appelles-tu ?

— Charles…

— Eh bien, je t'appellerai Charlot. Tu vas voir, Charlot, qu'on va faire un voyage excellent !

Et il se remit à chanter. La route était inondée de soleil et bordée des frondaisons rouillées par l'automne, qui sentaient le champignon et le chèvrefeuille. Caroline envisagea gaillardement son avenir : elle voyagerait avec ce garçon jusqu'à Limoges, de Limoges elle se débrouillerait pour gagner Quimper, et Kerleu la glisserait bien dans un bateau en partance pour l'Amérique…

*

Ils firent un bon déjeuner dans une auberge, puis reprirent leur route et roulèrent jusqu'au soir, où ils pénétrèrent à Coutras. Les soldats du poste, qui se trouvait à l'entrée du bourg, s'avancèrent pour leur demander leurs papiers, mais n'insistèrent pas en reconnaissant le voiturier :

— Et alors, François Ricou ! Tu as embauché un aide…

— C'est mon petit cousin, il fera mon métier bientôt, je l'initie…

De gros rires éclatèrent :

— On s'en doute à quoi tu l'inities. Ses parents ont dû tomber sur la tête pour te donner à lui comme exemple !… Il ne sera pas long à perdre sa gueule de petit puceau ! Sacré Ricou !

Ils dînèrent et couchèrent dans l'auberge du lieu. Caroline tint à payer leur repas pour remercier le voiturier de la transporter. Le garçon lorgnait toutes les filles, prenait la taille de la servante et semblait en effet mériter sa réputation de gai luron.

La jeune femme fut un peu effrayée quand elle sut qu'il avait pris pour eux deux une chambre à un lit « pour diminuer la dépense ». Mais elle garda sa chemise, se déshabilla dans l'endroit le plus sombre de la pièce et en fut quitte pour une exclamation de François :

— Ce que tu as la peau blanche, s'écria-t-il en lui pinçant la cuisse, il ajouta : et douce ! Plus douce que celle d'une femme !

Le lendemain, ils se levèrent si tôt qu'il faisait encore nuit. François paraissait très désireux d'arriver à Périgueux pour le soir. Il expliqua à Caroline qu'une grande fête civique avait lieu dans la ville et, en effet, toute la journée ils rencontrèrent sur la route des carrioles qui conduisaient la jeunesse de la campagne vers la fête.

Ils arrivèrent à six heures du soir dans la ville où l'affluence des paysans réduisait à peu de chose l'examen des papiers. Elle aida François à dételer la jument, puis tous deux gagnèrent le cours au moment où un cortège de fillettes arrosait l'emplacement de l'Arbre de la Liberté, aux applaudissements de la foule. Une légion de femmes défila ensuite, drapées à l'antique, portant des fusils, leurs fronts ceints de lauriers, et des grappes de raisin pendant autour de leurs cous et de leurs épaules. Elles traînaient dans la poussière plusieurs mannequins représentant, l'un « l'hydre du fédéralisme », l'autre « le vampire de Charlotte Corday », le troisième le « bourreau de Brunschwick », un autre « le monstre Barbaroux », etc.

— Ce qu'ils peuvent nous barber avec leur politique, grogna François. Une fête c'est pour rigoler, c'est pas pour faire des simagrées. Comme si ces bonnes femmes ne pourraient pas s'occuper d'autre chose que de toutes ces singeries. La plupart sont moches à faire peur à mon cheval ! Celles-là sont les mères de familles nombreuses et civiques. Les autres, les dépoitraillées, sont d'anciennes putains, des paillasses à matelots ! Mais il y en a de gentilles quand même ! De petites ouvrières, des paysannes des environs, qui seraient mieux faites pour boire et danser ! Tiens, les deux là-bas, nous les avons déjà aperçues sur la route, elles me plaisent, hein, elles sont bien roulées ?

La voix de François fut couverte par un roulement de tambour. Un canon décrivait un cercle autour de l'Arbre de la Liberté. Aussitôt que les tambours se furent tus, une voix nasillarde s'éleva. Chacun tendait l'oreille pour écouter le délégué de la Convention.

— Citoyens, citoyennes, les hordes de Pitt et de Brunswick, armées par tous les despotes de l'Europe, menacent la paix vertueuse de vos foyers. Ces traîtres de l'intérieur, les fédéralistes et les girondins, à la solde des émigrés, rêvent de les aider à vous assassiner et à réduire vos fils à l'esclavage et vos filles à la débauche. Le tolérerez-vous ? Non. Vous étranglerez de vos mains l'hydre du fanatisme, de la superstition, vous renverserez comme la foudre les chapelles, les saints de bois et de pierre, les cloches sauf une pour signaler les incendies, vous livrerez à la guillotine les ci-devant et leurs complices, les plus vigoureux d'entre vous aideront de leur présence les Armées de la Liberté, etc.

Il parla longtemps, puis termina en annonçant qu'il allait servir gratis à boire à la santé de la République et de la Montagne.

— Ce n'est pas trop tôt, dit le voiturier à Caroline. Maintenant on va pouvoir s'amuser. J'en avais assez de toutes ces mômeries. Tout ça n'aboutit qu'à me prendre mon cheval et avec ce satané divorce à risquer de me prendre ma femme.

— Tu y tiens tant que ça à ta femme, et pourtant, si j'ai bien compris, tu la trompes copieusement, objecta Caroline.

— Mais je tiens à elle ! Il n'y a pas de mal à la tromper puisqu'elle ne le sait pas !

Ce François était devenu très sympathique à Caroline. À sa façon, il était le tenant d'une philosophie de la vie que la jeune femme sentait très proche de la sienne. Comme elle, il réprouvait ces passions politiques qui ruinaient le plaisir de vivre et cette liberté sensuelle qu'il préconisait ingénument. Il avait raison. Elle aimait Gaston, mais ne comprenait pas quel tort elle avait pu faire en se laissant prendre par le postillon, en faisant l'amour avec Georges, ou même, comme cela aurait dû normalement arriver, avec Louvet. Parce qu'on aime un homme, les autres hommes ne restent pas moins plaisants, et du moment qu'il s'agit d'un caprice d'un soir, ou d'un devoir, le bien-aimé n'y perd rien. En réfléchissant ainsi, Caroline avait suivi son compagnon qui lui avait frayé un passage jusqu'à un tonneau que des femmes du cortège étaient occupées à amorcer.

Caroline se mit à boire. La chaleur du vin acheva de dissiper l'inquiétude que lui avaient causée les menaces du délégué contre les proscrits et les excitations à la délation qu'il avait prononcées. En buvant, elle perdait le contact du réel. Elle s'aperçut que François était revenu auprès d'elle en compagnie des deux filles qu'il avait remarquées dans le défilé et, déjà le matin, sur la route. Il paraissait particulièrement allumé par l'une d'elles qui, timide, mais non farouche, se laissait prendre la taille et embrasser par le garçon. Je suis stupide, pensait Caroline, d'en éprouver du dépit, d'abord il ne me sait pas femme, ensuite vais-je me mettre à être jalouse de ce rustre?

Pendant que François dansait avec sa conquête «La Montagnarde», Caroline, restée avec l'autre jeune fille, eut l'idée de l'inviter aussi. Son rôle de jeune garçon l'amusait. Elle embrassa sa danseuse dans le cou. Tous quatre se retrouvèrent ensuite et allèrent dîner sous une tonnelle des bords de l'Isle. Le temps était très doux, bien qu'octobre commençât. Ils suivirent une retraite aux flambeaux, burent de nouveau…

Les idées de Caroline n'étaient plus très nettes. Au moment où François la poussa à l'écart et lui confia rapidement:

— Ça marche très bien. La mienne ne demande plus qu'à y passer et la tienne lui a dit qu'elle n'avait jamais rencontré un garçon aussi gentil que toi.

Caroline haussa les sourcils. Elle avait peur de comprendre… Elle ne trouva rien à répondre et resta interdite.

La musique brassait simultanément des lambeaux de Haydn et de *Carmagnole*. Sur le cours, les torches éclairaient la verdure des arbres pavoisés de tricolore, sous un ciel lumineux d'étoiles.

— Tu as l'air tout drôle ! murmura François d'un ton narquois. Je crois que je devine. Ça ne t'est jamais arrivé ? Tu es puceau ? Ne t'inquiète pas, va. Moi j'étais plus jeune que toi encore quand j'ai jeté ma gourme. Vas-y carrément. N'aie pas peur. Les voilà qui reviennent toutes deux de la buvette. Je prends la mienne, toi la tienne et nous rentrerons à l'auberge chacun de notre côté. J'ai bien fait les choses, j'ai retenu la première chambre devant les marches du perron, au rez-de-chaussée. Elle est séparée en deux par une tenture de chaque côté, nous serons chacun chez nous.

Le parti de la jeune femme fut vite pris. En effet, elle ne pouvait plus douter du guêpier dans lequel l'humeur folâtre de François l'avait engagée. Jamais sa véritable identité féminine n'avait été si près d'être découverte. Pour conjurer le danger, elle résolut de feindre d'accepter les directives du voiturier et, ayant pris le bras de la compagne qu'il lui destinait, elle fit semblant de s'éloigner avec elle sous les obscurs ombrages du cours dans la direction de l'auberge.

Toutes deux marchèrent sans parler. Caroline, malgré son inquiétude, ne put s'empêcher de sourire en sentant trembler sous son bras celui de sa conquête qui, sans doute, peu familière avec le genre d'aventure qui s'amorçait pour elle, était tout émue.

Le plan de Caroline était de se promener un peu avec Denise – tel était le nom de la jeune paysanne – puis de la quitter et de rentrer seule à l'auberge où elle en serait quitte à laisser entendre à François que, par une timidité bien compréhensible de la part d'un jeune garçon inexpérimenté, elle n'avait pas su séduire jusqu'au bout la jeune fille.

Ce plan se réalisa d'abord comme Caroline le souhaitait. Elle offrit à Denise quelques nouveaux rafraîchissements dans une buvette ouverte en plein air, puis, quand elle eut reconnu la façade de l'auberge, elle lui souhaita bonne nuit en lui laissant simplement comprendre qu'elle serait heureuse de la revoir. La jeune fille sembla à la fois rassurée et déçue par cet adieu. Son petit visage frais et coloré, dont une torche faisait briller l'abondante chevelure noire, ébaucha seulement une petite moue qui s'acheva en sourire. Elles allaient se quitter quand une ombre, en laquelle Caroline n'avait pas reconnu d'abord François, s'approcha d'eux :

— Comment vont les deux amoureux? La nuit commence à fraîchir, j'ai fait monter par la servante des boissons dans ta chambre, Charlot. Ne les laissez pas tiédir, Denise, ils n'attendent que vos jolies lèvres pour se laisser boire.

Il les poussa vers l'auberge, dont tous trois gravirent le perron. Puis ils pénétrèrent dans la chambre qui était très mal éclairée par deux maigres bougies. Caroline aperçut à gauche de la tenture un lit et des chaises et aussi la compagne de François qui tenait un verre à la main. Mais le jeune homme ne lui laissa pas le temps d'un examen plus approfondi, souleva la tenture sous laquelle il fit passer Caroline et la jeune fille et la rabattit derrière elles. L'autre partie de la pièce, aussi peu éclairée, était également meublée d'un lit, d'une table sur laquelle se trouvaient des liqueurs et des verres, et de deux fauteuils.

Caroline pensait : « Je ne sais guère comment je pourrai me tirer de là. » Elle enfonçait ses ongles dans ses paumes et regardait Denise qui, pour d'autres raisons, était aussi troublée qu'elle. Leur gêne s'accrut en entendant le couple voisin chuchoter tendrement, et bientôt avouer par un froissement d'étoffe une intimité grandissante. Caroline, qui n'osait pas élever la voix, proposa à la jeune fille de s'asseoir pour se rafraîchir. Incapable de prononcer un mot, celle-ci obéit. Son verre tremblait dans sa main. Caroline était amusée et touchée par tant de timidité, mais en même temps elle se disait : « Si je me mets au lit avec elle, elle s'apercevra tout de suite de mon sexe, et si elle parle, je serai aussitôt suspectée et arrêtée. » Un instant, elle songea à révéler la vérité à cette jeune fille qui avait l'air douce et gentille et qui peut-être saurait garder son secret. Dans cette intention, elle rapprocha sa chaise de celle de Denise, passa son bras autour de son cou, tout en lui caressant les cheveux de la main, et murmura :

— Ma jolie, il faut que je vous dise quelque chose qui me brûle la langue depuis déjà longtemps, mais que je n'osais pas vous avouer. Cependant, vous êtes si charmante, si gentille, que je ne peux pas résister plus longtemps à vous…

— Ne me parlez pas… Ce n'est pas la peine de me parler… Je suis toute à vous… Mais soyez doux avec moi. Je n'ai pas l'habitude. C'est la première fois.

En même temps qu'elle disait cela, la jeune fille avait posé sa tête sur l'épaule de Caroline qui rencontra sous sa bouche des lèvres chaudes, maladroites et avides, et qui fut déconcertée par cette attitude inattendue. La joliesse et le gentil abandon de sa conquête ne la laissaient pas non plus insensible. Elle se mit à la caresser en se donnant comme excuse qu'elle ne pouvait pas faire autrement et que si elle agissait ainsi c'était pour sauver sa vie. Mais elle savait bien qu'elle ne pourrait pas longtemps faire illusion et que Denise s'apercevrait très vite de ce que précisément il fallait qu'elle ignore. Cela ne l'empêcha cependant pas d'attirer la jeune fille sur le lit et de la déshabiller, ce qui fut rapidement fait, car sous sa robe elle ne portait rien d'autre qu'une chemise. Puis elle reprit avec plus d'emportement les caresses qu'elle avait ébauchées. « Me voici, pensait-elle, jouant le rôle qu'Inès a joué autrefois à mon égard. » Elle se sentait fière comme un garçon du succès qu'elle obtenait et dont les frissons et les plaintes de la jeune fille témoignaient suffisamment. Étouffés par la tenture, des bruits analogues, parvenus de l'autre moitié de la pièce, révélaient également l'ardeur de François.

Mais cette atmosphère d'amour charnel, ce climat sensuel, loin d'aviver l'entrain de Caroline, la dégoûtèrent au contraire. Elle eut honte du manège absurde et contre nature auquel elle se livrait. Ce n'était pas à elle de faire pâmer cette jolie fille. C'était elle au contraire qui mourait d'envie de s'abandonner sous une caresse et une étreinte masculines. Elle jalousait le plaisir qu'à quelques pas d'elle l'autre paysanne était en train de recevoir de François. Tout cela était immonde. N'était-il pas possible de vivre clairement ? Elle avait envie d'un garçon, et non d'écouter un garçon occupé à se satisfaire d'une autre femme pendant qu'elle-même se livrait à ces simagrées. Elle eut même honte au souvenir de ce qui s'était autrefois passé entre Inès et elle et qu'elle n'avait pu trouver exquis que parce qu'à cette époque elle ignorait les hommes. Enfin, en dehors de ces sentiments, elle se sentait mise au pied du mur. Continuer plus longtemps à jouter avec Denise équivalait forcément à dévoiler son identité. Elle interrompit brusquement ses caresses, descendit du lit et murmura :

— Ma petite Denise, reste là bien sage, nos liqueurs ont tiédi, je vais aller en chercher d'autres plus fraîches.

— Non, non, je n'en ai pas envie. Ne t'en va pas…

— Je reviens tout de suite.

Elle glissa sous la tenture, ouvrit sans bruit la porte, descendit à tâtons le perron obscur et se retrouva dans la rue dont la plupart des lumières de fête s'étaient éteintes et qui était presque déserte.

Elle eut peur en se retrouvant seule de nouveau. Elle s'aperçut combien la présence joviale de François avait été pour elle un réconfort. Le froid avait commencé de tomber. Elle erra sans but, puis réfléchissant sur le danger qu'il y aurait à ce que le lendemain le voiturier la rencontrât, elle se résolut à quitter la ville en pleine nuit et à marcher à travers la campagne jusqu'au matin. Elle parvint à une des portes de cette grande cité, dont elle eut du mal à débrouiller le dédale de rues pierreuses, montant et descendant, où quelques couples s'étreignaient encore dans l'angle des portes, aux accents de chansons que poussaient des groupes d'ivrognes déambulant sur les pavés.

Le factionnaire qui gardait la porte de la ville fit à peine attention à elle. Il dormait sur place et ne se dérangea pas pour vérifier son identité. Bientôt elle se trouva en rase campagne. La lune qui se décida à paraître éclairait le ruban de la route à travers les champs obscurs. Caroline était fatiguée, son seul désir était de s'étendre sur le talus, mais elle sut y résister, redoutant à juste titre les effets du froid.

Elle chemina toute la nuit, remuant dans sa pensée les angoisses que l'obscurité rendait encore plus obsédantes. Dans les formes tourmentées des arbres, il lui arrivait de s'imaginer la silhouette d'une guillotine, et son pas, en résonnant sur le sol, paraissait rythmer les paroles que le délégué de la Convention avait prononcées l'après-midi et qui vouait à la mort les proscrits. Par moments, elle parlait toute seule. Elle s'adressait aux buissons pour leur crier : « Eh bien ! Tuez-moi tout de suite, j'en ai assez d'une vie aussi odieuse. » Et elle s'apitoyait sur elle-même en songeant qu'au moment de mourir, elle n'aurait d'autres souvenirs agréables à évoquer de son passage sur cette terre qu'un après-midi dans le bois de Vincennes, et une nuit dans ce gris appartement de la rue Saint-Honoré. Elle murmurait : « Gaston, mon petit Gaston, mon Gaston chéri, où êtes-vous ? C'est auprès de vous que je peux vivre, auprès de vous seul », et elle songeait que ces heures sales et tristes et anxieuses qu'elle vivait constamment depuis si longtemps auraient été ardentes, belles et profondes, si, au lieu d'errer seule ou en compagnie d'indifférents, elle avait défendu avec sa vie celle de son bien-aimé.

*

Le matin, les événements se précipitèrent de si heureuse façon que Caroline, délivrée de son pessimisme par la clarté du jour, en vint à se demander si, au fond, elle n'était pas aimée des dieux. En effet, dans une petite auberge d'un bourg verdoyant, aux belles maisons sculptées, où elle parvint au début de la matinée, et où elle s'arrêta pour se reposer et se restaurer, elle rencontra un homme d'une trentaine d'années, bien vêtu, d'une tournure haute et élégante, et dont le visage régulier exprimait l'intelligence, la vivacité et la bonté.

Assis au bout de la salle d'auberge, l'inconnu expliquait qu'il était un minéralogiste chargé par la Convention de rechercher des mines dont la prospection aiderait la défense nationale. Il ajouta qu'il comptait s'installer dans l'auberge pour plusieurs mois et rayonner à cheval dans toute la contrée pour effectuer ses recherches. Après avoir choisi la meilleure chambre, il retraversa la grande salle et, avisant Caroline qui achevait le petit repas qu'elle s'était fait servir, lui demanda sur un ton amical :

— Dis-moi donc, mon ami, n'aurais-tu pas dans ce bourg ou dans un des bourgs voisins quelque camarade qui serait content de me servir de domestique ?...

Il se reprit aussitôt :

— Ce ne serait d'ailleurs pas exactement un travail de domestique. À vrai dire, je cherche un jeune garçon déluré et d'esprit vif qui m'accompagnerait dans mes courses à cheval, qui porterait une partie de mon attirail, qui m'aiderait à opérer mes prélèvements de terre et à les analyser ensuite dans le petit laboratoire que je vais installer dans ma chambre. Pour cela, je le logerais, je le nourrirais et l'habillerais. Il aurait en outre la liberté de son dimanche... pardon, je veux dire de son décadi, et je lui donnerais de l'argent de poche.

Caroline n'hésita pas :

— Je pense que je pourrais peut-être faire l'affaire.

— Tu sais monter à cheval ?

— Oui, citoyen. Je monte même bien.

L'inconnu réfléchit quelques instants, puis :

— Ton visage me plaît, tu as l'air vif, je t'engage, mais tu es tout jeune. Il me faut l'autorisation de tes parents.

— Écoutez, dit Caroline, j'aimerais mieux que vous vous en passiez. Pour vous dire la vérité, je suis originaire de Mont-de-Marsan ; j'ai d'ailleurs tous mes papiers, mais j'ai quitté mes parents pour m'engager. J'ai été déjà dans plusieurs garnisons et on m'a refusé partout parce que j'étais trop jeune. Je pense que, si je travaillais auprès de vous pendant quelques mois, au bout de ce temps j'arriverais à m'engager. Mais si mes parents apprenaient ma présence ici, ils me feraient ramener par les gendarmes.

Le minéralogiste se mit à rire :

— Alors, on est un jeune garçon à l'esprit aventureux ? Eh bien, ce jeune garçon ne pouvait pas mieux tomber ! J'ai en effet un ordre de mission de la Convention qui couvre mon personnel et notamment mon domestique, car lorsque j'ai quitté Paris, j'en avais retenu un qui finalement ne m'a pas suivi. Cet ordre de mission te dispensera de montrer tes papiers et tu seras très tranquille à mon service. Pour achever de rassurer l'aubergiste, je lui dirai que tu m'as été envoyé de Paris par la Convention et que je viens seulement de te trouver.

Les premières journées se passèrent à organiser le laboratoire, qui fut installé dans la chambre qu'occupait Caroline, voisine de celle du minéralogiste, dont elle avait enfin appris le nom : Jean Albancet ; elle se rappela l'avoir entendu prononcer à Paris par son mari et également par son beau-père qui le considéraient comme un jeune physicien de grand mérite. Lui-même lui apprit que, très ami de Lazare Carnot, il avait été chargé par lui de recherches que l'effort militaire de la France, conjugué avec les rigueurs du blocus, rendait particulièrement importantes.

Albancet était très bon pour Caroline. Il fut surpris d'apprendre que son jeune domestique, Charlot, savait lire, et comme lui-même était passionné par l'étude des sciences, il n'hésita pas à en débattre avec la jeune femme qui ne demandait pas mieux que de se divertir de ses inquiétudes en s'intéressant aux préoccupations, nouvelles pour elle, auxquelles l'initiait le jeune physicien.

Dès le troisième jour, ils commencèrent leur prospection, qui consistait en de grandes courses à cheval par les chemins et par les champs, à travers les collines, touffues et abruptes, qui annoncent le Massif central.

Au début, la jeune femme avait du mal à s'habituer à monter à cheval comme les hommes, n'ayant jamais connu jusque-là que l'amazone. Mais elle s'y fit très vite et trouva que là encore les hommes avaient pris la meilleure part, que leur façon de monter était beaucoup plus pratique et donnait beaucoup plus d'assiette.

Le seul moment gênant pour la jeune femme était en général le soir. En effet, leurs deux chambres communiquaient par une porte, et très souvent Albancet la laissait ouverte, se couchait et revenait un peu plus tard éteindre le feu sous une cornue. Or il lui arrivait fréquemment de venir ainsi tout nu dans la chambre de la jeune femme qui ne pouvait s'empêcher de rougir et n'osait pas le regarder. Le physicien le remarqua et s'en amusa :

— C'est bien cela, l'éducation des campagnes. Les curés vous ont appris à avoir honte de votre corps et du corps des autres. Le corps humain est une des plus belles réussites de la Nature et c'est l'offenser que de manifester de l'horreur à sa vue. Mais l'Église vous a tous bourré le crâne de ses superstitions, et la science aura fort à faire pour qu'y pénètrent ses lumières.

Il trouvait d'autres occasions de la railler lorsque, profitant de la douceur de ce beau mois d'octobre, il interrompait une expédition équestre pour se baigner dans le cours d'une rivière. Caroline mourait d'envie de l'imiter pour se livrer à son exercice favori, mais elle ne pouvait évidemment risquer qu'il l'aperçoive nue et était obligée de refuser la baignade, en invoquant le risque de se noyer et les maladies que pouvait donner l'eau. C'était pour le jeune homme une nouvelle occasion de s'indigner :

— Même les bêtes, s'écriait-il, éprouvent du plaisir à se baigner. Nos chevaux, d'eux-mêmes, sont heureux de se tremper dans la rivière, mais vous autres, les paysans, vous considérez votre crasse comme un don du Seigneur et vous préféreriez mourir que d'y toucher.

Caroline, pour qui les baignades de son « maître » étaient un supplice de tantale, faillit un jour trahir son secret. Albancet lui ayant donné l'ordre de l'attendre au bord de la rivière pendant qu'il allait rechercher à cheval une notation qu'il avait oubliée de mentionner sur le plan qu'il avait levé, elle ne put résister au plaisir de prendre enfin un bain. Et elle s'attarda si imprudemment dans la rivière, qu'Albancet revint avant qu'elle en fût sortie. En l'apercevant, il eut une exclamation de surprise :

— Eh bien, Charlot ! Tu t'y es enfin mis, il t'a fallu le temps !

Mis en goût, il se déshabilla à son tour et vint nager autour de la jeune femme qui, prenant soin de rester dans l'eau jusqu'au cou, essayait de cacher la féminité de ses formes. Son inquiétude grandit quand il prétendit profiter de ce bain pour commencer à lui apprendre à nager, et pour cela essaya de la saisir par les hanches pour la tenir à plat sur l'eau. Elle se déroba, criant :

— Non, je ne veux pas, je ne veux pas apprendre à nager.

— Petit imbécile ! Cela te sauvera peut-être un jour la vie, et, en tout cas, c'est un exercice captivant. Sais-tu qu'à Athènes, nul n'avait droit au titre de citoyen s'il ne savait nager ?

De guerre lasse, il l'abandonna et, sans doute pour lui démontrer les charmes de la natation par l'exemple, s'éloigna dans le cours de la rivière. Elle en profita pour remonter précipitamment sur la berge et enfiler à toute vitesse sa chemise, sans même prendre le temps de se sécher. Par la suite, elle eut beaucoup de mal à obtenir que son maître renonçât à la faire se baigner de nouveau, mais trouva heureusement un auxiliaire dans le froid qui fit brutalement son apparition et interdit au maître comme au domestique les plaisirs de l'eau.

En effet, un mois s'était écoulé depuis que Caroline l'avait rencontré dans l'auberge, et les jours continuaient de passer tranquilles et sereins. Caroline se sentait en excellente santé. Elle était bien nourrie, courait toute la journée à cheval, et son moral était bien meilleur depuis qu'elle se trouvait en sécurité auprès de ce garçon paisible dans un village reposant. Elle évitait de penser aux menaces qui restaient suspendues sur elle et qu'un soir de novembre une parole d'Albancet avait tout de même réveillées. Négligemment, en lisant la gazette régionale, il avait observé :

— On vient d'exécuter Buzot. C'était un des derniers girondins…

— Un des derniers?

— Certes. Sur les vingt-deux qui ont été proscrits de la Convention, j'ai vu défiler dans la gazette les noms de la grande majorité d'entre eux les uns après les autres. Ils ont tous été guillotinés. Même Barbaroux, qui s'était tiré une balle dans la tête en plein champ et qu'on a traîné jusqu'à la guillotine de Bordeaux. Il avait tant perdu de sang que c'est à peine s'il saigna quand on lui coupa la tête.

Caroline se sentit bouleversée. Elle essayait de se dominer, ne sachant si elle était devenue très pâle ou très rouge, et craignant que son émotion n'échappe pas à son interlocuteur. La voix de Barbaroux, cette voix vibrante et puissante, résonnait à ses oreilles. En même temps, elle essayait de retenir cette question qu'elle laissa finalement échapper :

— Et Berthier ?

— Berthier... Non. Celui-là, je n'ai pas vu son nom. Ils sont deux ou trois encore à traîner le maquis. Il y a lui, il y a Louvet, Guadet et peut-être encore un ou deux autres. Pourquoi me demandes-tu cela ? Tu t'intéressais à Berthier ?

— Je... Je... C'est-à-dire que mes parents, il y a trois ou quatre ans, ont eu un procès qui a été plaidé par lui au parlement de Paris.

— En effet, il était avocat et il aurait mieux fait de le rester. J'ai bien connu son père, qui était un praticien de grand talent, et qui est mort fou quelques jours avant mon départ de Paris. C'était la situation de son fils qui l'avait mis dans cet état. Ce pauvre garçon je l'ai entrevu quelquefois. C'est un honnête homme, un homme courageux, mais dans les révolutions il y a de si impérieuses exigences que les têtes ne comptent pas devant l'intérêt supérieur.

À la suite de cette nouvelle, Caroline passa une nuit blanche. Elle se fit des reproches absurdes, allant jusqu'à s'accuser d'avoir, par son départ, provoqué la mort de ses compagnons. Quand elle s'assoupissait, le même rêve venait toujours l'assaillir. Il lui représentait une grande campagne toute verte, toute plate, assommée par le soleil sous un ciel si éclatant qu'il en paraissait gris, et dans l'herbe un chemin ou plus exactement un sentier rouge vif qui était, à la vérité, la rigole de sang que Barbaroux, traîné par les jacobins, répandait derrière lui. Elle était obligée de marcher dans ce sang, qui lui montait jusqu'aux genoux, qui l'engluait, et peu à peu elle se rapprochait du corps de Barbaroux et de ceux qui le suppliciaient. En même temps, une ville grossissait à l'horizon, entièrement faite de maisons aux fenêtres fermées par des barreaux, qui étaient toutes des prisons d'où sortaient des gémissements ; dominant toutes ces prisons, comme la flèche d'une cathédrale surplombe une ville, une immense guillotine se découpait sur le ciel.

Mais, le lendemain matin, elle réussit à venir à bout de ses obsessions et retint simplement de ce qu'elle avait appris la veille, d'une part le fait que Georges était toujours vivant, d'autre part l'indulgence que semblait tout de même avoir Albancet pour les proscrits. Ce qui était, dans une certaine mesure, rassurant au cas où il découvrirait son secret.

Elle ne se doutait d'ailleurs pas que cette découverte se produirait si vite. Ils passèrent encore le mois de décembre dans l'auberge. La nuit tombait maintenant très tôt. Le travail de laboratoire prenait le pas sur les équipées campagnardes. Caroline passait des heures à aider Albancet à la lueur d'une chandelle et du petit four où il éprouvait les qualités des minéraux qu'il avait recueillis. Elle ne s'ennuyait pas. Ce labeur qui aurait pu lui paraître fastidieux avait au contraire pour elle une étrange douceur, un peu triste. Elle ne se plaignait pas du rôle humble qui était le sien, ni d'avoir chaque jour à recommencer le même genre de travail que la veille. Elle s'était si bien habituée à Albancet que, lorsqu'il partait passer la journée à Périgueux, auprès du représentant de la Convention, elle se sentait toute mélancolique. Elle savait qu'elle ne l'aimait pas, que son seul amour était Gaston, auquel elle pensait maintenant continuellement, mais éprouvait pour lui une grande sympathie qui n'était pas dépourvue d'une certaine admiration féminine pour son autorité, et même aussi pour la beauté et la robustesse de son corps, qu'elle avait été trop souvent à même d'apercevoir. À ce propos, elle observa avec amusement que jamais elle n'avait connu aussi intimement l'aspect physique d'un garçon. Georges était très pudique, Gaston ne s'était montré devant elle que quelques minutes en se rhabillant, l'ignoble postillon n'avait pas quitté ses vêtements et Louvet ne l'avait caressée que dans l'obscurité.

Elle se trouvait donc dans cette disposition d'esprit, à la fois heureuse de sa tranquillité, occupée par la présence de ce jeune homme sans cesse à côté d'elle, lorsqu'il lui apprit que, pour correspondre plus facilement avec la Convention, ils allaient s'installer à Hiersac, petit bourg situé tout près d'Angoulême. Le matériel fut confié à un voiturier et tous deux partirent à cheval le lendemain de Noël, bien que la neige recouvrît la campagne. Ils galopaient depuis plusieurs heures. Le soir tombait. Déjà, le petit clocher d'Hiersac se détachait dans le gris brouillard nocturne lorsque le cheval de Caroline fit un écart. Elle roula sur le sol.

Son front heurta violemment une pierre. Elle ne poussa pas un cri, mais sentit qu'elle perdait connaissance. Elle ne revint à elle que lentement ; elle n'avait pas la force d'ouvrir les yeux, elle comprenait seulement qu'une main était en train de déboutonner sa chemise et, comme un carillon, il lui semblait entendre sa propre frayeur lui parler à l'oreille et lui crier : « Il va savoir qui tu es, il va savoir qui tu es ! » Elle tenta un effort pour refermer sa chemise, mais elle n'en fut pas capable et retomba dans l'inconscience.

Elle se crut seule quand elle s'éveilla. Elle se trouvait dans une grande chambre obscure, que n'arrivait pas à éclairer une petite bougie placée sur une console. Elle était étendue dans un lit dont, machinalement, elle gratta du doigt les draps rugueux. Sa tête lui faisait mal ; elle souleva sa main pour la toucher et sentit qu'une compresse avait été posée sur son front. Elle s'aperçut en même temps qu'elle avait été déshabillée et ne portait qu'une chemise. Un instant, elle crut que la pièce où elle se trouvait était une prison. Elle étouffa et laissa échapper une plainte.

Alors seulement, elle comprit qu'elle n'était pas seule. De l'extrémité de la pièce, une ombre se dirigea vers elle. Elle la voyait se rapprocher comme dans un rêve un chariot qui va vous écraser, et ses lèvres s'entrouvrirent enfin :

— J'en ai assez ! Qu'on me guillotine tout de suite ! Je n'en peux plus ! Qu'on me fasse descendre dans la cour. Il y a bien une guillotine… Évidemment, puisqu'il y a des guillotines partout…

Elle reconnut le visage d'Albancet qui se penchait sur elle :

— Chut, dit-il. Ne parlez pas. Ne vous fatiguez pas. Vous avez reçu un grand choc, le mieux que vous puissiez faire est de dormir.

Elle ne répondit pas. Évidemment, elle aurait pu le supplier de ne pas la dénoncer, s'il ne l'avait déjà fait. Mais à quoi bon ? Elle en avait assez de n'obtenir que des sursis. Elle pensa : « D'ailleurs, de toute façon, je serais morte un jour. Tous les gens qui se promènent gaiement, qui font des projets, qui sont pleins d'ardeur, oublient qu'avant cent ans ils seront morts. Eh bien ! Moi, je vais mourir un peu plus tôt, et c'est tout. » Elle avala une gorgée d'un liquide qu'Albancet lui avait glissé entre les lèvres. « Je dors, se disait-elle, je dors, je me moque de tout. Ah ! comme c'est agréable de dormir… »

*

— Merci. Posez le plateau là. Je m'en arrangerai.

— Et alors, comme ça, la citoyenne va mieux ?

— Oui, oui. Elle dort encore. Mais je suis sûr que ce matin il n'y paraîtra plus.

Caroline, à travers l'écran de ses paupières, sentait qu'il faisait jour dans la pièce. Elle avait reconnu la voix d'Albancet. L'autre voix devait être celle d'une femme.

Elle s'étira. Elle avait peur de la réalité et n'osait pas ouvrir les yeux. Elle remua cependant ses bras autour d'elle, et elle sentit sa main effleurer un corps tiède étendu à ses côtés.

Elle tressaillit et, se redressant, ouvrit les yeux.

— Ah ! Vous êtes réveillée ! Alors, ça va mieux ?

Jean Albancet était couché dans le même lit qu'elle, la tête posée sur le même oreiller. Et il la regardait en souriant :

— Mais que faites-vous ici ? s'écria-t-elle.

Il rit de nouveau :

— C'est moi qui pourrais vous poser cette question et vous demander avec horreur le pourquoi de votre présence dans le lit de l'homme vertueux que je suis… Ne vous énervez pas et n'ayez pas peur. Vous vous rappelez qu'hier soir le jeune garçon que j'avais pris comme domestique a fait une chute de cheval. Quand je me suis penché sur lui pour dégrafer sa chemise, j'ai constaté que ce jeune garçon, la poitrine bizarrement bandée, s'était transformé en une jolie femme. J'ai pensé que si elle consentait à dissimuler ses charmes sous un vêtement masculin, c'était sans doute parce qu'elle était traquée. Mais, comme j'ignorais le peu de gravité de sa chute et que je croyais nécessaire l'avis d'un médecin, je l'ai hissée sur mon cheval après l'avoir roulée dans une couverture, pour que les gens du village ne soient pas étonnés de son costume, et je suis arrivé à l'auberge en annonçant que ma femme, qui m'accompagnait, était tombée de cheval. Puis, je vous ai montée ici et couchée. Vous n'avez à vous inquiéter de rien dans l'immédiat. Mon ordre de mission portait le nom de ma femme, qui devait m'accompagner, par conséquent, vous ne risquez aucun ennui pour le moment. Plus tard, lorsque je repartirai pour Paris, comme il me serait difficile de m'y montrer avec deux femmes, vous vous rhabillerez en garçon et vous continuerez, en me servant de secrétaire, à rester auprès de moi en toute sécurité, car les protections que j'ai à la Convention s'étendent à mes familiers. Voilà. Êtes-vous rassurée ? Je ne pense pas m'être trompé en estimant que vous étiez une ci-devant poursuivie par la République ?

— Non… Ou plutôt je ne suis pas tout à fait une ci-devant. Je suis la femme…

— … du député Berthier, je parie ! Oui ? Vous vous demandez comment je l'ai deviné. Eh bien, cette nuit, j'ai réfléchi et je me suis rappelé votre émotion, qui m'avait frappé lorsqu'il avait été question de son sort.

— Mais vous ne m'en voulez pas de…

— De m'avoir dupé ? Non. Vous aviez trop d'excuses pour ne pas le faire, et d'ailleurs votre mensonge ne me portait aucun préjudice.

Il s'arrêta et sourit tout à coup :

— Mais, j'y pense seulement maintenant : voilà pourquoi vous ne vouliez pas prendre de bains en ma présence !

— Oui, chuchota Caroline en rougissant. Et cependant… Je suis honteuse à la pensée qu'hier soir…

— Eh bien ! Quoi, hier soir ?

— Hier soir, il a bien fallu que vous me déshabilliez, et maintenant nous sommes dans le même lit.

— Vous le dites vous-même : il a bien fallu ! Je ne pouvais pas agir autrement. La servante eût été un peu surprise d'avoir à ôter à ma femme un aussi singulier costume. Et quant au fait que, comme vous le dites, nous couchons dans le même lit, c'est également une nécessité : nous étonnerions l'aubergiste en agissant autrement. Mais je pense que, depuis plusieurs mois que nous vivons côte à côte, vous avez pu apprendre suffisamment à me connaître pour savoir que je ne suis pas homme à abuser odieusement de la malheureuse situation où vous êtes. Je suis un garçon loyal, vous n'avez rien à craindre de moi.

Caroline le remercia, mais, à la fois par instinct et par intérêt, elle n'était pas très satisfaite de la réserve dont le jeune homme témoignait à son égard. D'abord, elle était vexée d'avoir passé une nuit dans le même lit qu'un garçon sans que celui-ci ait éprouvé du désir pour elle. Elle était même scandalisée et humiliée dans son assurance féminine de l'entendre aussi aisément s'engager à ne jamais toucher un cheveu de sa tête. La trouvait-il laide, par hasard ? Elle en était d'autant plus touchée que, pour sa part, elle le jugeait fort joli garçon et qu'elle était loin d'être insensible à sa présence, si proche d'elle, dans le même lit. Son abstinence, qui durait depuis plusieurs mois, venait renforcer le désir qu'elle éprouvait pour cet imbécile qui ne savait pas profiter de leur situation. En même temps, elle raisonnait et se disait que le mieux, pour obtenir qu'il tienne ses promesses et qu'il la protège, était précisément de créer entre eux un autre lien que celui de cette sympathie superficielle.

Le jeune homme se trompa sur l'expression du visage de Caroline et attribua son assombrissement aux craintes que, selon lui, la jeune femme devait encore nourrir. Aussi crut-il opportun d'insister, de lui assurer qu'elle n'avait rien à redouter pour son honneur, qu'il respectait trop son infortune pour chercher à en profiter et qu'en outre il serait honteux de sa part de bafouer son malheureux mari, en butte à tant de périls.

Caroline l'écouta, puis, apercevant le petit-déjeuner que la servante avait apporté sur un plateau, elle murmura :

— Je vous crois, je vous crois, mon cher, j'ai toute confiance en vous, vous êtes l'homme le plus vertueux que j'aie jamais vu. Pour le moment, je me sens beaucoup mieux et j'ai même grand faim. Si nous mangions ?

18
Le désert français

Durant une semaine, Caroline mena une vie douillette et fastidieuse. Albancet ne toléra plus qu'elle l'accompagne à cheval dans la campagne. Elle passa donc toutes ses journées enfermée dans cette chambre d'auberge dont l'unique fenêtre s'ouvrait sur une petite cour qui lui rappelait celle de leur hôtel de la rue Saint-Dominique.

Elle était d'autant plus nerveuse que sa cohabitation, maintenant très intime, avec le jeune homme, l'entretenait dans une exaspération perpétuelle devant la réserve et la froideur avec lesquelles il se comportait à son égard, tout en se montrant d'ailleurs très bon et très attentionné.

Elle usa de toutes les ruses que sa coquetterie lui inspirait pour vaincre dans son partenaire cette attitude qu'elle jugeait humiliante et qui ne faisait qu'accroître le trouble de ses sens. Une nuit, comme elle s'était endormie à ses côtés, ayant une fois de plus vainement cherché à vaincre sa froideur en se laissant surprendre en déshabillé, d'instinct, parce que le froid était particulièrement vif, leurs deux corps se cherchèrent dans le lit et, vers le matin, elle se réveilla dans ses bras. Il la serrait contre lui tout en dormant. Elle se garda de l'éveiller et s'alanguit sous son étreinte, dévorée par le désir. Elle demeura ainsi pendant de longs moments, attendant qu'il ouvre les yeux. Quand le jour commença d'éclairer la pièce, il remua et, sentant confusément ce corps féminin niché contre le sien, augmenta son étreinte et la caressa inconsciemment. Puis il s'éveilla tout à fait, cependant qu'elle-même faisait au contraire semblant de dormir.

Les yeux fermés, elle guettait sa réaction. Le jeune homme passa la main le long de sa gorge, posa ses lèvres dans son cou, puis, presque brutalement, se détacha et regagna l'extrémité du lit. Furieuse, Caroline, comme si elle était réveillée en sursaut, tressaillit, battit des paupières et, jouant son va-tout, murmura sur un ton à la fois pudique et câlin :

— Oh ! Jean ! Mais vous m'avez serrée dans vos bras et embrassée ! Est-ce vrai ou ai-je rêvé ?

D'une voix étouffée, le jeune homme, après un court silence, lui répondit :

— Je ne veux pas vous mentir en vous disant que vous avez rêvé, je vous demande de me pardonner. J'étais moi-même dans un demi-sommeil. Je ne contrôlais pas mes actes. Je vous promets de ne jamais plus reprendre une pareille liberté. N'ayez pas peur.

— Mais je n'ai pas peur ! répondit Caroline en tâchant à la fois de mettre dans son intonation toute la modestie que la loyauté du jeune homme semblait croire inhérente à l'âme féminine, mais aussi d'y laisser transparaître une faiblesse et une émotion qu'elle croyait de nature à encourager ce garçon timide et à lui faire comprendre que ses avances ne seraient pas inexorablement repoussées.

Ces nuances savantes lui échappèrent sans doute, car ce fut en pure perte que Caroline poursuivit son manège. Le garçon se leva, alla s'habiller derrière un paravent, comme il en avait pris l'habitude, et descendit pour faire seller son cheval.

« N'importe, pensait Caroline, il m'a donné ce matin la preuve que je ne lui étais tout de même pas indifférente. Ce qui doit arriver arrivera fatalement. On ne fait pas vivre un garçon et une fille dans le même lit sans que la nature ne parle plus fort que les convictions. » Sûre de sa victoire, elle s'étirait frileusement dans la tiédeur du lit, n'étant nullement pressée de se lever, puisqu'elle n'avait rien à faire. Elle commençait même de se rendormir, quand elle fut surprise par un bruit de voix qui allait s'amplifiant et qui semblait provenir d'abord de la grande salle de l'auberge, puis de l'escalier. Bientôt, elle distingua la voix de Jean qui criait :

— C'est infâme ! Je refuse de vous suivre. Je vous interdis de monter dans ma chambre.

Une grosse voix, qui avait l'accent du pays, dominait par instants celle de Jean et répétait :

— Il faut que force reste à la loi.

En même temps, Caroline entendit une voix féminine, si aiguë que les paroles qu'elle prononçait étaient difficilement compréhensibles mais qui semblait s'adresser à Jean avec violence et haine.

La jeune femme eut peur. Elle redouta tout de suite que son identité ait été découverte et qu'on soit venu l'arrêter. S'arrachant à la douceur du lit, elle sauta à terre prestement, bien qu'au fond elle n'eût aucun projet précis. Elle tremblait de froid et de frayeur. Une bousculade très violente se produisit dans le couloir, tout près de la porte, qui s'ouvrit brutalement, donnant passage au jeune homme qui, les cheveux et les vêtements en désordre, la referma précipitamment derrière lui. Il traîna avec affolement une table contre le battant pour résister aux efforts de ceux qui, du couloir, tentaient de l'enfoncer.

D'une voix entrecoupée, Caroline interrogea Albancet qui, d'abord, ne lui répondit pas, haranguant l'un des invisibles agresseurs :

— Marie, ce que tu as fait est un crime !... Je te donne ma parole qu'il n'y a jamais rien eu entre cette malheureuse et moi.

Du couloir, en tapant toujours contre la porte, on se bornait à crier :

— Ouvrez au nom de la loi, ouvrez !

Alors le jeune homme se tourna vers Caroline :

— Je suis effondré, je ne peux que vous demander pardon. C'est moi qui suis la cause de tout ce qui arrive...

Ma femme est venue hier pour me voir à l'improviste… Elle a appris dans le village que je vivais avec une personne que je prétendais être mon épouse… Elle vous a épiée et vous a reconnue, vous ayant rencontrée au cours d'une réception de votre beau-père… Persuadée que vous étiez ma maîtresse, elle est allée vous dénoncer au comité… On vient vous arrêter et moi en même temps, pour vous avoir donné asile.

Il était d'une pâleur effrayante. Ses lèvres dansaient. En parlant à Caroline, il avait même évité de la regarder, puis, tout à coup, comme le battant commençait à céder sous les coups, il se précipita sur elle, la saisit dans ses bras, l'étreignit furieusement, lui murmurant à l'oreille d'une voix rauque :

— Et, au fond, ma femme ne s'est pas trompée ! Au point où nous en sommes, je peux tout vous dire : je vous aime. Ah ! ce que j'ai pu souffrir pour résister à la passion qui me précipitait vers vous…

— Jean, Jean… Moi aussi, je…

L'image de Gaston passa devant les yeux de la jeune femme, qui n'osa pas achever sa phrase, mais qui, fougueusement, écrasa sa bouche contre celle de Jean. Ce fut lui qui se détacha :

— Mais tu es perdue, mon amour, tu es perdue… C'est trop tard… Non, ce n'est pas trop tard… Nous ne nous reverrons plus, tout ce que je te demande, c'est de ne pas m'oublier.

Hagard, il avait ouvert sa cantine et en avait sorti une paire de pistolets.

— Habille-toi vite, dit-il, les dents serrées. La fenêtre n'est pas élevée. Saute dans la cour, où se trouve mon cheval tout sellé. Ils n'en ont pas de pareils, dépêche-toi !

Caroline avait déjà saisi sa robe, mais elle se ravisa et s'empara précipitamment de son ancien costume de garçon, rangé dans la cantine. Pendant qu'elle le passait avec une nervosité qui retardait chacun de ses mouvements, Albancet s'était approché de la porte.

— Nous allons ouvrir, nous ne vous demandons que quelques minutes, pour permettre à la personne qui est ici de s'habiller.

Une voix de femme ricana :

— De s'habiller ! Tu n'oses plus mentir ! Elle est bien là, cette traînée !... Allez, mais frappez, frappez donc, que je puisse la trouver dans toute sa honte pour lui infliger la correction qu'elle mérite !

Cette exhortation décupla l'effort des policiers. Le battant craqua et s'ouvrit en deux, pendant que la table, repoussée avec violence, était culbutée. Ce fracas acheva de faire perdre tout sang-froid à Caroline. Elle avait ôté sa chemise de femme et était en train de passer cette culotte et ces bas rayés qui lui rappelaient odieusement toutes les récentes angoisses qu'elle avait réussi à oublier, mais, les doigts tremblants, elle n'arrivait pas à déboutonner sa chemise d'homme pour la passer. Les cris frénétiques de Jean, qui avait perdu tout empire sur lui-même et qui répétait comme une machine : « Faites vite, faites vite ! », l'affolaient encore davantage. Quand elle entendit la porte et la table s'abattre, elle resta pétrifiée sur place, le buste nu, la chemise à la main, et elle ne fit même pas un pas en arrière pour éviter cette femme échevelée qui, s'étant glissée entre les commissaires, s'était ruée sur elle et profitant de sa nudité, lui lacérait de ses ongles la gorge et les épaules.

Les commissaires s'étaient précipités derrière cette furie. Ils n'eurent pas le temps de faire plus de quelques pas dans la pièce, qui trembla sous l'explosion et se remplit de fumée. De ses deux pistolets, Jean Albancet avait fait feu.

Sur les trois hommes, deux avaient roulé sur le parquet, cependant que le troisième avait fait un saut vers le couloir, puis, s'étant abrité derrière la table renversée, braquait à son tour son pistolet à travers les lambeaux de fumée.

— Sautez par la fenêtre !

Jean avait parlé d'une voix tout à coup très calme, comme si, dans la tranquillité de leur laboratoire, il lui avait simplement enjoint de verser un peu d'eau dans une éprouvette. Fascinée par cet ordre, la jeune femme n'hésita pas. Serrant sa vareuse et sa chemise sous son bras, elle ouvrit la fenêtre et enjamba la barre d'appui. À ce moment, la femme d'Albancet, que l'éclatement des pistolets avait fait un instant disparaître, jaillit de derrière le paravent pour essayer d'arrêter Caroline. De nouveau, le jeune homme avait fait feu et, avec une plainte horrible qui s'acheva en gargouillement, elle s'allongea doucement sur le parquet.

Mais le coup de pistolet du troisième commissaire se confondit presque avec celui que venait de tirer Jean. Celui-ci s'abattit sur les genoux, puis se releva. Caroline, qui avait déjà commencé de glisser le long du mur, mais dont les mains tenaient encore la barre d'appui et dont le visage dépassait le rebord de la fenêtre, ne pouvait arriver à détacher son regard du front de Jean. Trois rigoles de sang coulaient paisiblement : l'une tombait en droite ligne, partant des tempes et descendant dans le cou ; l'autre, arrêtée par le sourcil, épousait cet obstacle et allait grossir la troisième, qui ruisselait le long du nez et venait dessiner au-dessus de la lèvre une sorte de petite moustache incomplète et grotesque, comme Henri s'amusait à en tracer sur les gravures de ses livres de classe représentant les hommes illustres de l'Antiquité.

Caroline s'était mise à rire avec de petits hoquets. Elle ne pensait plus qu'à regarder ce masque grotesque qui se rapprochait d'elle en tanguant. Des mains brûlantes se posèrent sur les siennes et les forcèrent à lâcher prise. Elle tomba comme on tombe dans un rêve. Machinalement, elle se releva. Une balle piaula à quelques pas d'elle, tirée de la fenêtre par le commissaire. Prise de terreur panique, elle courut à travers la cour, poursuivie par les balles comme dans les battues elle avait vu, jadis, des lapins détaler, cibles vivantes qui finissaient toujours par trébucher, faire un petit saut en l'air et retomber sur le flanc. Les coups de sabots et le hennissement du cheval lui rappelèrent les directives de Jean. Elle se précipita vers la bête, qu'un petit cabanon protégeait heureusement contre le tir du policier. Elle mit plus de temps qu'il n'en aurait fallu normalement pour détacher le cheval qui, effrayé, labourait le sol de ses sabots, lui donnait des coups de tête et cherchait à la mordre. Il était haut et elle eut du mal à sauter en selle. Mais à peine libre, et sans qu'elle ait pu prendre le fond de la selle, le cheval se précipita fougueusement à travers la cour.

Caroline eut à peine le temps d'apercevoir le commissaire, qui s'était enfin décidé à sauter et qu'un coup de fer du cheval abattit. Elle se retrouva devant la façade de l'auberge, dans la rue aux gros pavés, qui était pleine d'une foule de villageois hurlant des cris de mort dès qu'elle eut apparu. Mais l'impétuosité de sa monture lui ouvrit un sillon dans la cohue. Les maisons du village défilèrent comme un ouragan. Caroline serrait désespérément ses jambes sur les flancs de la bête affolée. Elle craignait à chaque instant d'être précipitée à terre et ne se rassura un peu que lorsqu'elle se trouva en pleine campagne et parvint à modérer le galop qui l'emportait.

Alors seulement elle prit conscience de sa situation. Sa première pensée fut que ce drame effroyable s'était déroulé en très peu de temps et que, quelques minutes auparavant, elle était encore paresseusement étendue dans son lit, à rêver de la conquête de Jean. Jean ! Elle entendit sa voix : « Je vous aime… » Est-ce qu'il était mort ? Elle frissonna de froid et s'aperçut qu'elle était nue jusqu'à la ceinture. Toutes ses idées se chevauchaient. Elle ne savait pas ce qu'elle devait faire, ne se posait même pas de questions. Ce fut, à l'horizon, la flèche d'une église dominant un village, qui l'arrêta enfin.

Elle se retourna. Derrière elle, la route était vide. Sans doute la jeune femme avait-elle pris une grosse avance sur ceux qui la poursuivaient. Mais il était impossible de continuer cette course. Le village où elle allait entrer ne manquerait pas de s'ameuter à la vue de cette fille extraordinaire vêtue d'un pantalon d'homme et les seins nus. Elle maudit l'affolement qui lui avait fait oublier, au moment d'enjamber la barre d'appui de la fenêtre, la chemise et la veste qui lui seraient maintenant si précieuses. Son angoisse grandit : sa bourse était restée dans sa veste et elle n'avait pas un sou. Elle tâta à tout hasard les poches de sa culotte où, à défaut d'argent, elle eut la petite satisfaction de trouver son laissez-passer au nom de Charles Aimon.

Paisiblement, le cheval s'était mis à brouter l'herbe sur le bord du talus. Caroline sauta à terre et fit quelques pas indécis au bord de la route. Les premiers flocons de neige se mirent à tomber, effleurant sa poitrine et ses épaules. Vidée, sans réaction, elle regardait ce duvet glacé tourbillonner autour d'elle et sa propre image lui rappelait la statue d'une femme nue qu'elle avait vue dans la cour des Tuileries, un matin d'hiver, sous la neige.

Elle tapa brusquement du pied. « Que je suis bête ! » murmura-t-elle. Elle ouvrit aussitôt les fontes de la selle, s'étant rappelé que Jean y mettait toujours une grosse veste de rechange pour le cas où, durant ses randonnées, il serait trempé par la pluie. Hâtivement, elle passa ce vêtement, beaucoup trop grand pour elle, et qui, posé à même la peau, la grattait désagréablement. Comme elle achevait de le boutonner, un bruit de galop lui parvint sur la route. Elle avisa un petit chemin qui s'ouvrait sur la gauche, y conduisit son cheval par la bride, puis lui cingla la croupe d'un violent coup de lanière. Il hennit, partit au galop et disparut dans le sous-bois. Caroline hésita alors entre plusieurs arbres, puis, choisissant un marronnier dont le peu d'altitude des branches inférieures rendait facile l'ascension, elle s'enleva à la force des poignets, comme elle l'avait souvent fait, dans son enfance, et monta jusqu'à une hauteur suffisante pour que les branches la dissimulassent à ceux qui la poursuivaient et qu'elle entrevoyait maintenant, lancés au galop sur la route.

Ils étaient cinq, quatre paysans et le commissaire, dont le front ensanglanté témoignait de la violence de la chute qu'avait provoquée le cheval d'Albancet.

Quand ils eurent disparu, la jeune femme redescendit de son observatoire et, prenant la direction opposée à celle de son cheval, elle s'engagea dans un petit bois qui se trouvait de l'autre côté de la route et où elle marcha un bon moment, protégée par les branchages de la chute très dense de neige. Cependant, elle était transie et, quand elle fut parvenue à la corne du bois et qu'elle aperçut devant elle la vaste campagne plate et blanche, elle dut rassembler tout son courage pour s'y engager d'un pas fatigué. Elle traversa les labours. Chaque sillon lui donnait envie de s'y étendre. Elle serait bien, là. Elle ne penserait plus à rien. Peu à peu, la neige la recouvrirait.

*

— Citoyen représentant, sans vouloir te contredire, le bon chemin est de l'autre côté du pont. Je me rappelle bien les paroles du président du comité. Passez la Charente et tournez à gauche…

— Tu crois? Tu prétends toujours tout savoir mieux que les autres. Moi, je croirais plutôt… mais tiens, voilà un garçon du pays qui s'en vient par le pré, il va nous renseigner mieux que toi… Eh, petit!… Eh bien, avance, je ne vais pas te manger!… Je suis représentant du peuple!

Il prit à témoin son secrétaire et son cocher:

— Les péquenauds, alors, parlez-moi des péquenauds! Dès qu'on en appelle un, il fait mine de se sauver.

Le cocher se dressa sur son siège :

— Allons, petit morveux, approche-toi ! Et indique-nous notre chemin…

Quand, en débouchant au bord de la Charente, Caroline avait trouvé devant elle cette berline arrêtée que lui avait dissimulée jusque-là de hauts buissons enneigés, elle avait en effet voulu fuir, mais, rassurée un peu par ce qu'on attendait d'elle, et persuadée que sa fuite la rendrait suspecte, elle enjamba vivement le fossé et s'approcha des deux hommes qui se tenaient auprès des chevaux, sous le siège du cocher, et qu'elle distinguait mal à cause de l'obscurité commençante.

— Ah ! te voilà, petit. Dis-nous donc le chemin de Saint-Amant-des-Bois ; pour ma part, je prétends que Saint-Amant-des-Bois est dans cette direction, et…

Se peut-il qu'il y ait de si beaux noms sur terre et que jamais la réalité ne sorte de la laideur, de la médiocrité ou de l'horreur ? En pensant cela, Caroline prenait une décision : celle de ne pas répondre au hasard, car les voyageurs pouvaient, par malheur, être renseignés un peu plus loin et la suspecter de ne pas avoir voulu avouer être étrangère au pays, ce qui eût incité à la méfiance ces jacobins, mais de débiter la fable qui lui avait déjà servi. Elle regarda avec une assurance presque insolente le représentant du peuple, gros homme au visage rond et couperosé.

— Citoyen représentant, je ne vous renseignerai pas. Je ne connais rien de ce sacré pays, que je traverse en voyageur, tout comme vous, avec cette différence que, pendant que vous roulez dans une confortable voiture, je me traîne de fatigue, les pieds dans la neige.

Le représentant l'examina. Il fit quelques pas pour remonter dans sa voiture, puis :

— Et pourquoi donc traînes-tu ainsi les routes de France ?

— Parce que je veux me battre dans les armées de la République !

— Te battre ?

Il abandonna la poignée de la portière qu'il venait de saisir et, se tournant vers son secrétaire :

— Regarde-moi ce galopin qui n'a pas encore une ombre de duvet sous le nez et qui veut aller se battre !

Le secrétaire, petit gringalet, maigre, sans âge, tout emmitouflé dans des foulards qui laissaient filtrer un regard faux, ricana :

— On lui presserait le nez, il en sortirait encore du lait.

— C'est ce qu'on m'a répondu à Mont-de-Marsan. Mes parents voulaient même me battre. Alors, je me suis sauvé. Je suis allé de comité en comité dans l'espoir qu'on accepterait mon engagement. Ils m'ont envoyé promener partout. Mais je me dirige à pied vers Paris. Là-bas, j'irai à la Convention et on comprendra que je suis digne de mourir pour la Révolution et l'extermination du despotisme.

— Tu ferais mieux d'aider ta mère à faire la soupe, répliqua le secrétaire, qui fut violemment interrompu par le représentant.

— Tais-toi, citoyen secrétaire ! s'écria-t-il, tu raisonnes comme un lâche et un butor. De pareils dévouements, de pareils traits de patriotisme, d'abnégation, sont les plus beaux fleurons de la Révolution triomphante. C'est digne de l'antique ! La Révolution romaine, elle-même, n'a pas suscité de plus beaux, de plus grands…

— … sacrifices, proposa le cocher.

— … sacrifices, parfaitement ! Et si Brutus avait rencontré ce jeune héros, il lui eût dit, ou plutôt il ne lui eût rien dit du tout, il lui eût serré la main. Et c'est ce que je vais faire en te disant : tu es digne de porter, sur ton front pur, la couronne de laurier dont tu cueilleras une à une les palmes sur l'arbre de la Liberté universelle, fécondé par la vaillance et la raison, nonobstant les hydres de tyrannie que…

Il s'interrompit, puis :

— Autrement dit, proposa-t-il, d'une voix cordiale, je remonte à Paris, il y a une place dans ma voiture ; là-bas, je te présenterai à qui de droit et je me fais fort de t'expédier aux armées. Ça te va ?

— Mais crois-tu, citoyen représentant… hasarda le secrétaire.

— Toi, ta gueule. C'est au gosse que je cause. Ça te va ? Oui ? Alors, monte, nom de Dieu ! Tu ne crois pas que je vais passer une heure ici à attraper la crève…

*

Depuis huit jours, Caroline roulait carrosse. Un carrosse cahotant, froid, où il lui arrivait de devoir passer parfois deux nuits de suite, malgré le goût du confort et de la bonne chère du représentant Vincent, dont elle était devenue le protégé. Mais sa mission l'obligeait à être sans cesse sur les routes. Il fallait « faire » une dizaine de villes ou de bourgs par jour, c'est-à-dire y arriver comme la foudre, surprendre l'administrateur ou le comité, rassembler les citoyens, les haranguer, leur payer à boire et repartir. Les discours de Vincent étaient du même genre que celui de son collègue de Périgueux, qui avait tant effrayé Caroline. Et cependant, elle n'avait pas peur.

En effet, quand le représentant consentait à laisser un instant de côté son éloquence ampoulée et véhémente, il raisonnait clairement, en brave homme. La jeune femme n'éprouvait d'aversion que pour le secrétaire, prêtre défroqué du diocèse d'Amiens, qui semblait disposer de toutes les fureurs de l'Inquisition à l'usage, cette fois, des ci-devant et des girondins.

Parfois, surtout la nuit, lorsqu'elle rêvait en se laissant emporter par la berline, elle s'imaginait que la fable qu'elle avait contée au représentant pourrait devenir une réalité. Pourquoi ne profiterait-elle pas de l'appui qui lui était offert pour se faire enrôler dans les armées de la République ? Politiquement, elle serait en parfaite sécurité et l'aventure qu'il lui serait donné de vivre pouvait être curieuse, et en tout cas ne lui faisait pas peur. Elle se voyait retrouvant un jour, au front, son cher Gaston, qui d'abord ne reconnaîtrait pas, dans ce jeune soldat, celle qu'il avait tenue dans ses bras durant leur fameuse nuit d'amour. Son imagination allait bon train : Gaston, qui était certainement devenu officier, faisait en sorte qu'elle soit affectée à sa compagnie et, dès lors, ils ne se quittaient plus. Quand la guerre serait finie, quand la paix publique serait revenue, ils rentreraient à Paris et se marieraient. Au moment où elle en arrivait à cette heureuse conclusion, l'image de Georges apparaissait et elle se reprochait un peu de réussir aussi naturellement à le supprimer de ses préoccupations, comme si, déjà, il avait été guillotiné.

Elle s'en voulait aussi de l'indifférence qu'elle témoignait au sort du pauvre Albancet. Était-il mort de sa blessure ? En tout cas, mort ou pas mort, s'il n'avait pas réussi à s'échapper, il était bien certain qu'il serait guillotiné. Certes, la triste fin de cet homme, qui somme toute était heureux et n'avait été jeté dans ce tourbillon infernal que parce qu'il avait eu le malheur de la rencontrer, la peinait, mais elle n'arrivait pas à souffrir comme elle pensait qu'il serait convenable de le faire. Quand elle évoquait son dévouement et son courage, ce n'était pas vers le jeune homme que sa pensée se dirigeait, mais vers sa femme, cette odieuse harpie, dont le seul souvenir lui faisait monter le sang aux joues. Depuis qu'elle était avec le représentant, elle ne s'était jamais déshabillée, mais elle sentait encore sur son corps les traces douloureuses des coups que cette furie lui avait portés. Elle la haïssait et ses rêves tournaient souvent court, se terminant par une scène confuse où elle réussissait à tirer une vengeance éclatante de son ennemie, dont elle allait jusqu'à souhaiter qu'elle ne soit pas morte de sa blessure pour pouvoir la punir de ses propres mains.

Elle fut arrachée du projet qui, peu à peu, avait pris corps en elle de suivre le représentant jusqu'à Paris et de s'enrôler, par une phrase que prononça le représentant, comme leur berline quittait Chinon :

— Nous allons rouler toute la nuit et, demain matin, nous serons à Blois.

Caroline se sentit défaillir. Déjà son équipée lui avait été gâchée par l'obligation qui lui était imposée de parader sans cesse auprès du représentant pendant qu'il haranguait la foule des citoyens. Craignant toujours d'être reconnue, elle avait cherché à se dérober, mais sans succès, car le conventionnel n'aurait pour rien au monde renoncé à l'attraction que représentait pour son public l'exhibition de Caroline, « jeune héros qui n'a pas encore seize ans et qui s'en va demander à la Convention, comme une grâce et une faveur, le droit d'aller mourir pour la patrie ». Inquiétante dans la plupart des villes, cette scène ne pouvait être que dramatique à Blois, où elle était connue de trop de gens pour pouvoir espérer, malgré son déguisement, passer inaperçue. Elle prit rapidement une résolution et, à l'aube, comme le représentant et son secrétaire dormaient à poings fermés, la jeune femme entrouvrit la portière et profita d'un instant où la berline ralentissait dans une côte pour sauter à terre et se cacher dans un fossé.

De nouveau, elle se lança à travers champs, craignant que Vincent ne s'aperçoive de sa disparition et ne fasse retourner la voiture. Le soleil commençait à peine d'apparaître à l'horizon. Elle avait froid et faim et tremblait, mais elle pensait que sa situation était tout de même beaucoup plus favorable que lorsqu'elle s'était échappée, quelques jours plus tôt, de l'auberge. En effet, elle avait, au hasard, enlevé, avant de quitter la voiture, un des petits coffrets que transportait le représentant et où elle eut la surprise de trouver des pièces d'or et des assignats se montant à plus de cinq mille livres. En outre, elle se trouvait à très peu de distance du château de Bièvre, et, dans le village qui en était voisin ou dans les autres châteaux environnants, elle n'aurait pas de mal à trouver d'anciens amis de sa famille pour la loger et la cacher. La seule difficulté réelle lui semblait être la traversée de la Loire, qu'elle apercevait maintenant devant elle et dont le large cours était le dernier obstacle qui la séparât de son pays natal.

Elle était décidée, si elle ne trouvait aucun autre moyen pour passer la rivière, à la traverser à la nage, mais elle reculait devant cet exploit qui, en fin janvier, risquait de lui faire prendre un froid mortel. « Décidément, pensa-t-elle en découvrant un canot attaché au tronc d'un saule, décidément, je crois que j'entre dans une période de chance. »

19
Trahisons

De l'autre coté de la Loire, elle avait retrouvé une rive dont les moindres sentiers, les moindres buissons lui étaient familiers. C'était là qu'elle se baignait avec Henri. C'était dans cet arbre qu'il était monté débusquer un coucou. Ils avaient joué aux Robinsons dans cette île toute petite qui alors leur paraissait si grande, et à cache-cache dans ce bosquet qu'elle traversait tranquillement, car elle retrouvait dans ce décor quotidien une sécurité et une quiétude qu'elle avait perdues depuis longtemps.

Elle avait aperçu les tours en poivrière du château au-dessus des arbres dénudés, mais, n'osant tout de même entrer dans le parc, dans l'ignorance où elle se trouvait des habitants possibles de Bièvre, elle avait suivi le chemin jusqu'aux premières maisons du village. Son cœur avait battu en reconnaissant l'enseigne du maréchal-ferrant : si souvent elle était allée avec Henri jouer dans cette cour avec les enfants, pendant que leur père peinait sur son enclume à grands coups de marteau, que les chevaux, attachés contre la grille, grattaient le sol… Elle retrouva en s'approchant la même odeur de corne grillée, qu'elle avait si souvent humée devant la forge.

Elle entra dans la cour et reconnut le maréchal-ferrant occupé à cercler une roue. Il leva sa grosse tête vers la jeune femme et posa sur elle son regard lourd et calme. Puis il se redressa de toute sa taille. Malgré le froid, comme à son habitude, il ne portait pas de veste et sa chemise était retroussée, laissant voir ses avant-bras musclés.

— Qu'y a-t-il pour ton service, petit gars?

Elle s'avança vers lui et lui tendit la main :

— Vous ne me reconnaissez pas?

L'homme hésita. Son regard fouillait le visage de la jeune femme. Tout à coup ses sourcils se haussèrent. Il murmura :

— Mais c'est pas possible, je me trompe…

— Vous ne vous trompez pas du tout. Je suis bien Caroline de Bièvre. Vous êtes surpris de me voir ainsi habillée? C'est que j'ai eu des tas d'aventures. Et vous? Comment allez-vous? Comment vont votre femme et vos enfants?

Caroline remarqua bien que le forgeron semblait plus effaré que satisfait de sa visite. Mais elle ne pouvait s'imaginer qu'il songeât à la mettre dehors. Elle attribuait sa réserve à l'étonnement de cette cervelle paysanne qui n'arrivait pas à concevoir qu'une demoiselle de Bièvre se promenât habillée en garçon. Elle essaya de lui expliquer :

— C'est que voilà, les temps ont changé…

Il l'interrompit :

— Oui, vous pouvez le dire, les temps ont bien changé.

Il ajouta :

— Ce serait-il que vous êtes poursuivie?

Elle rit :

— Bien sûr. Sans cela, croyez bien que je n'aurais pas la fantaisie saugrenue de m'attifer de la sorte.

Il réfléchit un bon moment.

— Je vous demandais cela comme ça. Je m'en doutais bien. C'est souvent que les gendarmes parlent de vous ici, des fois que vous chercheriez refuge dans la contrée. Votre signalement a été donné partout. Mais pour sûr, en dame, pas en garçon. C'est un bon tour que vous leur jouez là.

Il avait souri en prononçant ces derniers mots, et Caroline en fut rassurée. D'ailleurs, elle n'avait jamais douté du bon accueil qu'elle recevrait. Elle se rappelait la fidélité de la famille du forgeron, qui servait les Bièvre depuis plusieurs générations. Et lui-même lui était toujours apparu comme l'exemple le plus typique du brave homme, du bon ouvrier, du paysan dévoué. Quand elle était petite, il faisait tous ses caprices, lui réparant ses jouets, l'asseyant, quand elle l'exigeait, sur le dos d'un cheval qui attendait dans la cour d'être ferré, se mettant en quatre pour faire ses moindres volontés. Mais il ajouta :

— Alors, comme ça, vous êtes de passage, mademoiselle Caroline ?

— Je ne suis pas de passage, je voudrais rester ici un certain temps en me cachant.

— En vous cachant ? Et chez qui vous cacherez-vous ?

— Mais chez vous, par exemple ! Vous n'avez pas d'employé. D'ailleurs je n'ai pas besoin de grand-chose. Je camperai dans votre grange, et tous les matins vous n'aurez qu'à m'apporter ma nourriture pour la journée.

Il avait planté son regard sur le sol et restait silencieux. Puis il releva la tête :

— Il vaut mieux que je vous dise non tout de suite, pour que vous ne perdiez pas votre temps ici. Les gendarmes font des visites domiciliaires tout le temps. Et les gens sont si observateurs ! C'est avec plaisir que je vous rendrais tous les services que vous me demanderiez. Mais pas celui-là. Ne croyez pas que c'est parce que je suis devenu un citoyen et comme qui dirait votre égal que je vous renvoie. Peut-être que, si j'étais tout seul, je vous garderais, bien que je sois un ami de la République. Mais je dois penser à ma femme et à mes enfants. Je ne peux point le faire. Il faut que vous vous en alliez.

Caroline ne dit pas un mot, mais le forgeron dut s'apercevoir que son visage se décomposait, car il ajouta :

— Il ne sera pas dit que vous repartirez comme ça. Je ne veux point que vous me croyiez dur pour mes anciens maîtres. Asseyez-vous donc sur l'enclume, je vais aller vous chercher un coup de vin avec du pain et du fromage.

Caroline était si abattue qu'elle obéit et resta quelques minutes assise sur l'enclume, les yeux perdus dans le vague.

Elle avait l'impression que c'était toute son enfance qui s'écroulait. Souvent, il lui était arrivé de dire en parlant du maréchal-ferrant : « C'est mon chien dévoué, il passerait au feu pour moi. » Il n'était pas question de passer au feu et, cependant, il la mettait à la porte.

Quand il revint, il portait un gros morceau de fromage fiché dans une tranche de pain et une fillette de vin rosé. La jeune femme, qui malgré tout avait faim, tendit la main, mais l'homme en lui remettant ces victuailles précisa d'une voix embarrassée :

— Pour tout vous dire, mademoiselle, votre présence dans ma maison ne me plaît point. Il suffirait que n'importe quelle pratique entre pour qu'on m'envoie à la prison de Blois. Alors je pense que vous seriez aussi bien un peu plus loin dans la campagne qu'ici pour casser la croûte.

La jeune femme se leva sans répondre. De sa poche, où elle avait vidé le trésor de la cassette, elle sortit un assignat qu'elle lui tendit tout en prenant de ses mains la bouteille, le pain et le fromage. Le bonhomme protesta :

— Mademoiselle n'y pense pas ! Je ne veux pas de son argent. Pour qui Mademoiselle me prend-elle !

— Gardez-le, je n'accepte de cadeau que de mes amis.

En traversant la cour, elle dut se crisper pour ne pas défaillir. La voix du forgeron parvint jusqu'à elle :

— Et si on vous demande qui vous a donné cette nourriture, ne dites surtout pas que c'est moi.

Enfin, elle se retrouva sur la route qu'elle suivit un instant. Puis elle s'enfonça dans les taillis, et se blottit contre le tronc glacé d'un arbre pour avaler son repas. Ce vin de Touraine, dont elle n'avait pas goûté depuis longtemps, et qu'elle avala au goulot par larges rasades, la ragaillardit un peu. Elle pensa qu'elle avait fait une faute en s'adressant non pas à ses égaux, mais à d'anciens serviteurs imbus des idées révolutionnaires et complètement abrutis par les menaces que les représentants de la

Convention faisaient peser sur la tête de ceux qui abritaient les proscrits.

Elle chercha, tout en mangeant et en buvant, chez qui elle pourrait bien trouver refuge. Elle pensa tout à coup aux Crailly. Ceux-ci n'étant pas nobles n'avaient dû être l'objet d'aucune poursuite. M. Simon Crailly était le médecin des Bièvre. C'était un homme riche, très bon, entre les mains duquel la petite Caroline était venue au monde. Il rendait souvent visite au château, où il était reçu en ami, et apportait toujours des friandises pour la fillette. Grand chasseur, il partait fréquemment en expédition avec M. de Bièvre, et tous deux s'entendaient à merveille.

Son parti étant pris, elle se remit sur ses jambes et, grâce à sa vieille connaissance de la région, gagna, sans avoir rencontré personne, un petit bois de bouleaux dont elle savait qu'une simple clôture le séparait du jardin du médecin. Tout se passa à merveille. Le bois traversé, elle n'eut pas de mal à enjamber le grillage, manœuvre qu'elle avait déjà fait souvent lorsqu'en compagnie d'Henri elle s'amusait à taquiner le pauvre docteur en s'introduisant dans son jardin pour lui voler ses fraises et mettre en liberté les grenouilles qu'il garait précieusement dans une vasque pour servir à ses expériences. Elle reconnut la vasque et se pencha pour en regarder le fond où, comme par le passé, s'étiraient et sommeillaient les victimes du savant. Puis, sans flâner davantage, elle poussa une petite porte qui s'ouvrait derrière la vieille demeure et s'introduisit jusqu'au premier étage par un petit escalier qu'elle connaissait bien. Une fois sur le palier, elle se dirigea vers la porte du cabinet où le médecin se tenait en général avant son déjeuner. Elle colla son œil sur la serrure et l'aperçut en effet, assis derrière son bureau, occupé à lire un livre. Sans hésiter, elle poussa la porte et entra.

— Eh bien, petit galopin ! En voilà des manières. Qui t'a permis…

— Mon bon monsieur Crailly, vous m'avez traitée jadis de tous les noms, notamment de petite sauterelle, de petit singe, mais jamais encore de petit galopin.

En parlant, Caroline se forçait à sourire, car, soudain, une affreuse appréhension l'étreignit : lui aussi n'allait-il pas la chasser ? Aussi n'en fut-elle que plus heureuse lorsque, l'ayant brusquement reconnue, il se précipita vers elle et la serra dans ses bras :

— Ma petite enfant ! J'ai si souvent pensé à vous. À votre sort, à celui de vos parents et d'Henri. Asseyez-vous, ma pauvre petite.

Volubile, comme par le passé, le vieux docteur l'interrogeait sans lui donner le temps de lui répondre, s'affairait maladroitement pour lui verser un doigt de vin cuit. Enfin, elle put parler et lui expliquer en quelques mots qu'elle était sans nouvelles de ses parents, de son frère et de son mari et que, abandonnée et traquée, elle venait chercher refuge chez lui.

Il la serra de nouveau dans ses bras de toutes ses forces. Quelle bonne idée elle avait eue ! Nulle part elle n'aurait été mieux en sécurité que chez lui. Il allait l'installer tout de suite dans une petite chambre attenante à son cabinet d'expériences, au troisième étage. Les domestiques ne la verraient pas, et...

— ... et je vous monterai en même temps qu'à mes souris et à mes grenouilles de succulents déjeuners qui remettront du rose sur vos joues et dans votre cœur.

Il mit d'ailleurs immédiatement son plan en application, la fit monter dans la petite chambre en question, l'invita à admirer la vue qu'elle aurait sur la campagne, lui affirma que le divan qui s'y trouvait et qui lui servait à se reposer quand il travaillait de nuit était parfaitement moelleux, discuta avec elle, comme d'une chose capitale, des livres qu'il allait lui monter pour la distraire, l'embrassa de nouveau et lui annonça qu'outre tous ces plaisirs, elle aurait certainement la compagnie de sa femme qui viendrait causer et faire de la tapisserie avec elle.

— Aujourd'hui, il faudra prendre parti de votre solitude, car ma femme est allée à Blois chez sa sœur et ne rentre que ce soir.

Caroline était ravie. Son premier acte, quand elle se retrouva seule, fut, après avoir rêvé devant l'horizon campagnard de son enfance, de se jeter sur son lit où bientôt, rompue de fatigue, elle s'endormit.

Elle fut éveillée par le docteur qui lui apportait un confortable déjeuner.

— Je ne pense pas que même ces conventionnels qui se prennent pour des rois, toute la clique à Robespierre et à Saint-Just, déjeuneront aussi bien que vous, ma petite Caro. C'est que je suis un privilégié. Je me moque bien de leur carte d'alimentation ! Les restrictions ne m'atteignent pas. Le pays est riche et je me fais payer par les paysans, non en assignats, mais en viande, en vins, en légumes et en froment. Ceci pour vous dire que vous pouvez manger à belles dents tout votre saoul.

En même temps, il lui avait apporté un broc d'eau fumante :

— Vous m'avez dit que vous ne vous étiez pas déshabillée depuis huit jours, aussi je vous ai apporté de quoi vous laver. Passez-vous vite à l'eau avant de déjeuner, cela vous ouvrira l'appétit.

Elle suivit son conseil et goûta une véritable béatitude à sentir cette bonne eau chaude ruisseler sur son corps courbatu.

Mais une autre surprise lui avait été réservée. Avec l'indifférence audacieuse d'un médecin qui l'avait vu naître, il revint pendant qu'elle était occupée à se laver, portant sous son bras un véritable trousseau.

— Je pense que je n'ai rien oublié ! Voilà une robe, une chemise, un jupon, un corset, des bas et des souliers. J'ai pris tout cela dans la garde-robe de ma femme qui a une taille voisine de la vôtre, j'espère que cela vous ira ?

Quand Caroline s'attabla devant son déjeuner, il avait eu le temps de refroidir, tant elle en perdit à s'habiller, et à s'admirer dans la petite glace, où elle trouvait un plaisir extrême à s'apercevoir de nouveau sous un aspect féminin. Elle se souvint même avec étonnement du ravissement joyeux dans lequel son travestissement en garçon l'avait plongée lorsqu'en compagnie de Lodoïska, au bord de la rivière, par ce brûlant après-midi d'août, elle s'était habillée en homme. Une seule chose manquait à son bonheur : une tresse blonde à nouer autour de ses cheveux courts.

*

Durant l'après-midi, le médecin vint à plusieurs reprises visiter la jeune femme dans ce qu'elle appelait son colombier. Il lui racontait les potins locaux sur des gens qu'elle avait oubliés, dont, au passage, elle reconnaissait vaguement les noms. Il était très fier de sa situation financière.

— Tu comprends, Caro, je n'ai pas besoin de gagner de l'argent. Beaucoup de gens cherchent à s'enrichir par tous les trafics qu'a provoqués le rationnement, et ils y réussissent en effet, malgré les lois punissant de mort l'accaparement et le commerce au-dessus des taxes. Mais ils s'enrichissent en une monnaie qui se déprécie de jour en jour. La valeur-or de cent livres d'assignats est à peine de trente livres ! Et tous les jours la livre dégringole. Le malheur public est à son comble. Quand on pense que la ration quotidienne de pain est de deux cent cinquante grammes ! Aussi moi j'ai un système. Je ne dis pas à mes clients : vous me devez tant, car ils me donneraient bien sûr, non pas de l'or, mais des assignats, et la loi punit de mort ceux qui les refusent. Je dis : eh bien, ça fera deux lapins, ou dix livres de farine, ou trois douzaines d'œufs, ou quatre mètres de tissu, ou une paire de souliers, selon le métier de mon malade. Je ne m'enrichis pas. Mais je vis très largement.

Caroline qui, depuis six mois, n'avait pas eu à payer quoi que ce soit, était peu au courant de la valeur de l'argent. Elle montra à Crailly le trésor qu'elle avait dérobé. Celui-ci fut d'abord consterné :

— Comment, ce n'était pas à toi, et tu l'as pris, tu l'as volé…

— Oui… Il fallait bien.

Le vieux monsieur était si bouleversé que pour se remettre il chercha lui-même une justification au geste de la jeune femme.

— Tu as pensé… tu t'es dit que, puisque tes biens avaient été confisqués par cet individu et ses amis, tu ne faisais que reprendre une partie de ce qui, légalement, t'appartenait…

— Je ne me suis rien dit du tout, répondit Caroline, en riant. J'ai vu cet argent, j'en avais besoin et je l'ai pris.

Le médecin n'insista pas. Le rire avec lequel la jeune femme avait prononcé ces derniers mots avait achevé de le dérouter. Il évalua la somme.

— En fin de compte, tu as mille cinq cents francs en or, trois mille en assignats…

— Et ça correspond à quoi…

— Il y a cinq ans, c'eût été une jolie somme. Aujourd'hui, tu as de quoi vivre trois mois sans faire de folies !

— Trois mois… Mais vous ne pensez pas que la Terreur va s'arrêter ?

— Elle redouble depuis deux mois, ma pauvre petite. Mais en tout cas, ne t'inquiète pas pour cela, il n'est pas question que tu me donnes un sou !

— Vous êtes gentil…

Elle ajouta :

— Maintenant que j'y pense, je croyais avoir été très généreuse en jetant cinq francs au maréchal-ferrant pour son repas, mais…

— Ne t'inquiète pas de lui. Une des raisons pour lesquelles il t'a chassée, je vais te le dire : il a acheté une partie des terres de Bièvre quand elles ont été mises en vente comme biens nationaux. Il devait avoir honte.

La jeune femme prit seulement conscience de la perte de ce domaine.

— Mais c'est tout de même abominable. C'est du vol. Plus tard, vous pensez qu'on nous rendra notre château ?

— Peut-être… c'est possible… si la République était renversée et si Louis XVII revenait sur le trône.

— Et que faut-il pour qu'il revienne ?

— Que les armées de la République soient vaincues et que les alliés entrent à Paris. Mais, de ce côté-là, les choses marchent plutôt mal… Maubeuge est débloquée. Les Autrichiens ont été vaincus à Wattignies par Jourdan ; Hoche et Pichegru ont écrasé les Prussiens il y a un mois à Geisberg… Il ne faut pas se faire d'illusion. Car moi aussi j'espère l'arrivée des Prussiens. Autrefois, j'étais pour les idées nouvelles et la République, comme la plupart des médecins. Mais depuis trois mois, ces misérables de la Convention ont inventé l'emprunt forcé sur les riches pour ruiner tous les honnêtes gens. J'ai heureusement de l'or caché dans ma cave. Tout de même, à force de me pressurer, ils finiront par me le faire dégorger. Ah ! tu ne peux imaginer les tourments…

— J'imagine. Je préférerais ne craindre que pour mon porte-monnaie. Toute la fortune de Georges d'ailleurs a dû être confisquée, nos meubles, notre maison, mais je m'en fiche, tout ce que je veux sauver, c'est ma vie… et ma part de bonheur.

— Ma pauvre petite, tu as bien souffert pour ton âge… Tu dois être bien malheureuse d'être séparée de ton mari.

— Si ce n'était que ça…

Elle se laissa aller brusquement et lui avoua qu'elle avait trompé Georges avec Gaston de Salanches. Le médecin l'écoutait en silence. Il observa enfin :

— Ne grossis pas ton crime, ma pauvre Caro… Tu as bien des excuses… dans une époque plus équilibrée, tu aurais sans doute résisté à la tentation… et puis, dis-toi que tu n'es pas la première femme qui ait… qui ait fait ce que tu as fait. Seulement c'est une chose dont il ne faut pas parler. Tant que ton mari l'ignore, cela va encore. Le mal ne commence qu'avec le scandale…

— Mais je ne trouve pas que j'aie agi en criminelle, parrain…

Spontanément, ce nom de « parrain », qu'elle lui donnait quand elle était petite, lui était revenu sur les lèvres.

— … non, la seule chose qui me tracasse, c'est la présence de Georges. Ce que je veux, c'est retrouver Gaston et l'épouser. Par moments, il m'arrive de souhaiter le pire à Georges, je…

— Caro ! On ne dit pas des choses pareilles ! C'est déjà bien assez horrible de les penser. Et ne te mets pas martel en tête avec ces futilités. L'essentiel c'est que tu sauves ta peau. Et je t'y aiderai. Bon Dieu ! Je n'ai pas mis cette jolie fille au monde pour qu'on lui…

— … coupe la tête…

— Comme tu vas, comme tu vas ! il ne faut pas être pessimiste…

— Je ne le suis pas. Je me sens pleine de goût de vivre et décidée à me défendre !

Le soir, le médecin monta avec un repas qu'elle avala avec le même appétit, puis il lui souhaita bonsoir après qu'elle se fût déshabillée et couchée dans une chemise douce à la peau, dans un lit moelleux comme il n'en existe pas dans les auberges.

— Ce que tu peux être belle ! murmura-t-il. Tu étais une jolie fillette, mais tu es peut-être la plus belle femme que j'aie jamais vue.

Il ajouta avant de refermer la porte :

— N'aie pas peur si tu entends du bruit. Ce sera ma femme que le meunier doit ramener de Blois. Bonne nuit.

À peine seule, Caroline sauta sur ses jambes, saisit la chandelle et alla se regarder dans la glace. « La plus belle femme que j'aie jamais vue ! » Elle éteignit, se coucha et s'étira d'aise dans les draps. Le petit feu agonisait doucement. La chambre était tiède. À quoi me sert d'être belle pour traîner les routes ou vivre prisonnière ici ? Elle réfléchit qu'au moins ici elle était en sécurité, que jamais, depuis longtemps, elle n'avait connu un tel confort. Ses rêves prirent leur orientation habituelle : la Terreur finissait et elle retrouvait Gaston, et…

Elle prêta l'oreille, puis se rassura, expliquant le fracas de la grille par le retour de la femme du médecin. Elle se la rappelait assez mal, car autant son mari était familier et sociable, autant elle était casanière et peu liante. De l'étage inférieur, elle entendit monter une discussion violente. Puis les cris s'arrêtèrent, et déjà elle sombrait dans le sommeil quand elle entendit sa porte s'ouvrir et vit le visage du médecin, qui portait un chandelier. Il le posa sans un mot sur la table de nuit, et, comme la jeune femme le regardait avec une muette surprise, il la saisit dans ses bras, l'étreignit et l'embrassa. Caroline essaya de se défendre.

D'abord, cette arrivée inopinée ne lui avait suggéré qu'une hypothèse abominable : cet homme qui l'avait vu naître venait la forcer à… ! Mais aux premiers mots qu'il prononça, elle comprit son erreur et frémit d'une nouvelle révolte :

— Ma pauvre enfant… prépare-toi à une mauvaise nouvelle… Ma femme est de retour… Je lui ai appris ta présence… elle s'oppose à ce que nous te gardions… elle a su à Blois que les visites domiciliaires redoublaient… une de nos amies, qui avait caché un prêtre réfractaire, a été exécutée… alors elle exige que tu t'en ailles… ma pauvre enfant, je voudrais tant… j'aurais tant voulu te garder… mais tu la connais, elle est… tiens, je l'entends qui monte. N'essaye pas de lui résister. Tu ne sais pas de quoi elle est capable… ce n'est pas une mauvaise femme, mais…

Grande, maigre, encore en tenue de voyage, Mme Crailly s'était arrêtée sur le seuil de la chambre :

— Bonjour, Caroline… Je suis contente de vous savoir encore en vie… Je regrette seulement l'indiscrétion avec laquelle vous vous êtes installée ici… mon mari a dû vous dire qu'il était impossible que nous vous gardions… Je suis tout à fait navrée de vous demander de sortir d'ici à une heure pareille, mais…

— Comment, s'écria Caroline, tout de suite, à cette heure-ci !… Mais vous n'y pensez pas, madame ! Où voulez-vous que j'aille en pleine nuit ? Ou je mourrai de froid sur la route, ou je me ferai arrêter ! C'est ma mort que vous voulez ?

— Mais non, mon enfant, votre colère vous égare et vous ne savez plus ce que vous dites. Je ne veux nullement votre mort. Seulement je ne veux pas la nôtre, à mon mari et à moi, et c'est ce que nous risquerions en vous gardant. D'ailleurs, nous vous rendrions un mauvais service. Vous vous êtes montrée au forgeron, et il est probable qu'il a dû déjà bavarder. Où vous cherchera-t-on si ce n'est chez les amis de votre famille ? Comme la plupart ont émigré ou sont arrêtés, les commissaires seront vite ici. Et le fait de monter à l'échafaud en votre compagnie ne vous consolerait pas, je suppose… Allons, soyez raisonnable. Vous devez bien voir qu'il vous faut partir !

— Mais où… Où voulez-vous…

— Je ne veux rien, que ma tranquillité, vous avez compris ? Je ne suis ni votre mère ni même votre parente. Je n'ai aucun devoir envers vous. Je ne suis qu'une très humble connaissance de votre mère qui, lorsqu'elle m'invitait à dîner, me plaçait au bout de la table pour donner la préséance aux de ceci, ou aux de cela. Eh bien ! allez donc chercher refuge chez toutes ces nobles personnes…

Crailly essaya d'intervenir :

— Mais, ma bonne amie, tu l'as dit toi-même : ils ont tous émigré ou ont été arrêtés…

— Qu'y puis-je ! C'est insensé à la fin ! Bientôt, on me rendra responsable de la disparition de ces gens. S'ils ont émigré c'est sans me demander mon avis, et s'ils se sont fait arrêter ce n'est pas ma faute. Toute cette discussion a assez duré. C'est du temps perdu aussi bien pour Caroline que pour nous. Elle va être raisonnable et s'habiller… Je pense d'ailleurs qu'elle pourrait aller c'est à une heure d'ici, chez l'abbé Taulin, j'ai entendu dire qu'il lui arrivait d'accueillir des fugitifs. Alors c'est dit. Je vais descendre lui faire une boisson chaude, à cette pauvre mignonne, pour que ce vilain froid ne la saisisse pas quand elle sera dehors.

— Mais…

— Si, si, si, je vais vous faire un bon vin chaud, ne le refusez pas, ça vous fera du bien, et ça ne me donnera guère de mal.

Caroline s'était dressée sur son séant :

— C'est inutile, madame. Gardez votre vin chaud. Je m'en irai. Il n'est pas dans mes intentions de m'imposer ici ni de chercher à vous apitoyer. Mais je ne m'en irai pas à cette heure, par un froid pareil, vers une mort ou une arrestation certaine. Et d'ailleurs, j'ai envie de dormir. Je partirai demain au petit matin. En attendant, je vous prie de bien vouloir me laisser reposer.

— Vous partirez immédiatement, petite insolente ! On va voir qui commande ici !

— Comme il me paraît difficile que vous employiez la force, il ne vous reste, pour m'expulser ce soir, qu'à aller me dénoncer à Blois ou au village. Allez-y si vous voulez, mais le temps que vous soyez de retour, j'aurai dormi un peu. Bonsoir, madame.

Bégayant de colère, Mme Crailly voulut se précipiter sur Caroline, mais son mari s'interposa et la maintint :

— Voyons, calme-toi… puisqu'elle te dit qu'elle partira demain matin… Je l'emmènerai chez l'abbé demain, au petit jour… n'est-ce pas, Caroline ?

— Mais oui. Rassurez-vous, je vous débarrasserai de ma personne à six heures du matin.

Mme Crailly s'apaisa et se dirigea vers la porte :

— Et tout cas, qu'elle sache bien que si demain, à mon réveil, je la trouve encore ici, je n'hésiterai pas à suivre son conseil et à la dénoncer.

Elle prit le chandelier et sortit, suivie de son mari qui, timidement, adressa à Caroline un petit signe d'amitié.

« Et dire, pensait Caroline, que je me plaignais tout à l'heure, alors que je pouvais me croire en sûreté. Comme ç'aurait été bon de se reposer des semaines dans cette petite chambre ; j'aurais lu, cousu… tout est remis en question. Cet abbé Taulin m'a fait faire ma première communion, mais voudra-t-il de moi ? Où serai-je demain soir à cette heure-ci ? Où dormirai-je ? En prison ? Dans la neige ? Peut-être que je serai morte ? Peut-être que Gaston, aussi, est mort… »

Mais le sommeil la gagnait peu à peu. Elle se désintéressait des autres et d'elle-même. Comme il était doux de s'enfoncer dans le néant…

*

— Allons, mon petit… un peu de courage ! Il est plus de six heures. Il faut te lever. Tiens, bois d'abord ce chocolat bien chaud, mange ces tartines.

Caroline battit des yeux devant l'éclat de la chandelle. La pièce était complètement obscure, comme la campagne derrière les vitres givrées où se reflétait la flamme dansante du chandelier. Le feu s'était éteint. Il faisait très froid. Sans quitter son nid tiède de draps et de couvertures, elle attira la tasse jusqu'à elle et but. Le liquide était brûlant mais bienfaisant. Elle mordit dans une tartine, mais la repoussa. Elle n'avait pas faim. Elle la reprit cependant et se força à manger ; elle pensait : « Je donnerais dix ans de ma vie pour dormir encore une heure au chaud. » Ce qui se passerait ensuite lui importait peu. Qu'on la mette en prison, pourvu qu'il y ait de la paille, des couvertures, qu'elle puisse dormir.

— Tu vois, disait Crailly, j'ai monté une boule d'eau chaude… Je bassine ta chemise, qui sera bien bonne quand tu la passeras… Allez, lève-toi !

Une, deux, trois… Caroline s'était donnée jusqu'à douze pour se lever. À douze, elle hésita, compta treize et sortit du lit en se demandant si ce nombre n'allait pas lui porter malheur…

— Vous n'êtes pas superstitieux, vous ?

— Mais, que veux-tu dire par là, ma petite ?

— Rien, passez-moi ma chemise. Vous voyez bien que je gèle.

Elle avait défait sa robe de nuit et tendait les mains. Il s'approcha et l'aida à passer la chemise qui, en effet, était bien chaude. Mais elle remarqua que le regard du vieil homme était lourdement posé sur son ventre nu et se fâcha :

— Dites donc ! Ah ! maintenant je me doute pourquoi vous, vous m'aviez accueillie…

— Caroline ! Tu te représentes ce que tu dis ? Toi, une petite fille que j'ai… Ah ! Je n'ose pas comprendre ! Il ne faut pas nous en vouloir de tout ça. Ma femme n'est pas mauvaise, mais elle est prudente, et dans une époque pareille c'est bien compréhensible.

— Je ne lui en veux pas, je ne vous en veux pas, je n'en veux à personne !

C'était vrai. Personne, dans toute cette histoire, n'avait cherché à lui faire du mal. Georges l'aimait, Gaston aussi. La femme d'Albancet était jalouse. Celle-là était peureuse. Elle ne pouvait attribuer la responsabilité de ses malheurs à personne. C'était la vie qui était mal agencée.

— Hier soir, elle m'a dit combien elle regrettait d'être obligée de te renvoyer. C'est elle qui a voulu que tu gardes ses affaires. Elle pense que, si le forgeron a bavardé, on te recherchera sous l'aspect d'un jeune homme, que donc il vaut mieux reprendre les habits de ton sexe, et puis c'est plus convenable. Elle m'a même donné ce châle et ce chapeau. Seulement ne dis surtout jamais que tu as couché ici et que nous t'avons donné ces…

— Entendu. N'insistez pas. Je suis prête. Allons!

Ils descendirent l'escalier obscur. Le froid dans le jardin la saisit brutalement. Une fois en voiture, elle s'emmitoufla dans les couvertures, et se rendormit.

Elle fut à nouveau réveillée par le médecin qui chuchota:

— Nous sommes devant la cure. Je vais monter voir si l'abbé est seul et s'il veut te recevoir. Ne bouge pas.

S'étant de nouveau mise à somnoler, elle tressaillit en sentant un falot éblouissant devant son visage.

— Elle a changé, la pauvre enfant, mais je la reconnais…

L'abbé était auprès de Crailly. Ses cheveux blancs brillaient autour de son maigre visage jaune. Ils l'aidèrent à descendre et à traverser le jardin. Elle entendit comme dans un rêve le vieux médecin lui dire au revoir et recommander au prêtre de la faire coucher. Elle attendit dans un couloir noir et glacé, monta ensuite un escalier et pénétra dans une mansarde où un petit garçon achevait de s'habiller.

— Je n'avais rien de prêt. Si ça ne vous ennuie pas, je vais vous faire coucher dans le lit de Petit-Paul…

L'enfant et le prêtre sortirent. Elle se dévêtit maladroitement, laissant ses vêtements épars sur le plancher raboteux, se glissa dans le lit encore douillet du corps qui venait de le quitter et se rendormit.

20
Autres trahisons

Il faisait très clair quand elle s'éveilla. Elle eut brusquement peur. Si jamais on l'avait découverte et qu'on vînt l'arrêter, il fallait qu'elle fût prête à fuir ; elle s'habilla rapidement, puis doucement entrouvrit la fenêtre, ayant aperçu le prêtre qui se trouvait dans son jardin. Au bruit du battant, il leva la tête, mit un doigt sur ses lèvres, et lui fit signe qu'il allait monter. Il arriva bientôt, tout essoufflé par la montée de l'escalier, la serra dans ses bras, lui rappela que c'était lui qui l'avait baptisée et lui avait fait faire sa première communion, l'embrassa, redescendit lui chercher un carafon de vin, de la crème fraîche, du pain et du lard. Puis il lui assura qu'elle n'avait rien à craindre. Elle n'avait été vue que par Petit-Paul, mais elle pouvait avoir confiance en ce jeune orphelin qu'il avait recueilli et qui ne la trahirait pas. Elle n'avait donc qu'à se tenir là bien tranquille, pendant des mois, s'il le fallait, elle ne manquerait de rien ; quant à Petit-Paul, il coucherait dans la paille de l'appentis, il aimait beaucoup ça. Tout irait pour le mieux.

Caroline mangeait en écoutant le vieux prêtre dont le visage avait bien changé depuis cinq ans ; il avait maigri, blanchi, jauni, ses mains tremblaient et ses lèvres étaient agitées par des tics. Il comprit le sens de son regard :

— Vous me trouvez changé, n'est-ce pas, ma petite fille ? Ne dites pas non. Je sais que je suis un vieux bonhomme, allez… c'est que les dernières années n'ont pas été drôles…

Il se pencha vers elle.

— Tout le monde m'en veut dans le pays… tout le monde. J'ai accepté de prêter serment à la Constitution. Je suis un prêtre assermenté. Les royalistes m'envoient des lettres de menaces, me traitent de prêtre jureur, me font savoir qu'ils m'exécuteront au retour du roi ; et pendant ce temps-là, malgré mon serment, les jacobins me dénoncent comme un suppôt de la superstition et du despotisme. Si je survis à la Terreur, ce sera pour succomber des mains des royalistes. Eh bien ! promettez-moi une chose : le jour où le roi reviendra – s'il revient un jour – vous viendrez témoigner pour moi. Vous direz que je vous ai recueillie au risque de ma vie, que je vous ai dit toute ma foi dans la juste cause du roi et de…

— Mais oui, monsieur l'abbé, dit Caroline, un peu éberluée, je raconterai tout ce que vous voudrez…

L'abbé hésita en tripotant la mie de pain que la jeune femme avait abandonnée sur la table :

— Vous dites cela, Caroline, mais… vieux prêtre échaudé craint l'eau froide. Voyez-vous, ce sont les plus catholiques, les plus royalistes, qui m'ont poussé à me faire assermenter. Ils venaient me trouver : monsieur l'abbé par-ci, monsieur l'abbé, par là, donnez-leur donc ce serment, serment forcé ne signifie rien, grâce à cela le village sera bien vu, vous pourrez rester parmi nous, nous donner les sacrements… Eh bien, maintenant, ils n'en veulent plus, de mes sacrements, ils prétendent qu'ils ne valent rien, et demain ils me… Ah ! Les misérables ! Et à côté de ça, l'abbé Gittard, vous vous rappelez l'abbé Gittard ? de la paroisse de Montlyseau, il a refusé de jurer, se cache tantôt ici, tantôt là, vit aux crochets des royalistes, on se dispute ses bénédictions, et on dit qu'il passera évêque si le roi revient. Tandis que moi, je suis fichu, si le roi revient, et si le roi ne revient pas… Est-ce juste ? D'autant que cet abbé Gittard, je suis certain que, s'il échappe aux poursuites, c'est pour une bonne raison : il espionne les royalistes au profit du Comité de salut public.

— C'est possible, dit Caroline, mais je ne connais pas ce prêtre et ce que vous m'en dites ne m'intéresse pas. D'ailleurs, les histoires politiques ne m'intéressent pas.

— Mais moi non plus, elles ne m'intéressent pas. Autrefois, m'avez-vous jamais entendu parler politique? Mais aujourd'hui, le plus humble citoyen est obligé de s'en mêler. Je ne veux pas être arrêté. Et, d'autre part, je ne veux pas être chassé, emprisonné plus tard, tué peut-être par les autres s'ils reviennent... Je n'ai pas voulu prendre parti, j'ai attendu. Et voilà! Si vous saviez ce que c'est, quand je sors, ce mépris que je sens dans les yeux des gens, qu'ils soient rouges ou blancs, on me méprise. Je dégoûte tout le monde, et pourtant...

— Ne dramatisez pas trop les choses. Nous vivons une drôle d'époque. Voilà tout.

— Oui, vous pouvez le dire, une drôle d'époque... Écoutez, voilà ce que je voulais vous demander... Faites-moi tout de suite le certificat.

— Quel certificat?

— Pour témoigner du secours que je vous ai donné. Dernièrement, j'ai hébergé un officier chouan qui allait en Suisse et s'était égaré et un comte, un ancien député de la noblesse, ils m'ont laissé des certificats; je les cache au grenier sous une caisse...

— Sous une caisse... le comte et l'officier?

— Mais non, les certificats, les précieux certificats, mes bons petits certificats. Alors, je vais y ajouter le vôtre. Tenez, voilà de l'encre et du papier.

— Mais que voulez-vous que je mette?

— Écrivez sous ma dictée, ma petite fille. En haut: «Hiver 1794.» Puis: «Au cas où je viendrais à disparaître avant le triomphe de la cause de Dieu et du roi, je tiens à consigner l'admirable conduite de l'abbé Taulin qui, au péril de sa vie, qu'il a depuis longtemps sacrifiée à la victoire des bons sur les méchants, m'a sauvée alors que j'étais traquée, m'a abritée et hébergée malgré les visites domiciliaires. Je lui rends grâce et souhaite qu'un jour un si héroïque et désintéressé dévouement trouve sa récompense. J'ajoute que, si l'abbé Taulin a consenti à être assermenté, c'est pour sauver les victimes de l'hydre révolutionnaire, et que moi-même lui ai conseillé de persévérer dans son apparent républicanisme. Signé : Caroline de Bièvre. »

— De Bièvre ? Mais je...

— Attendez, vous allez m'en faire un autre, pour le cas où les girondins reviendraient, et non le roi. En haut : « Hiver 1794 », après : « Au cas où je viendrais à disparaître avant le triomphe de la cause de la Justice et de la Liberté, je tiens à consigner l'admirable conduite de l'abbé Taulin qui, au péril de sa vie, consacrée depuis longtemps au service des droits de l'homme et du citoyen, m'a sauvée alors que j'étais traquée, m'a abritée et hébergée, malgré les visites domiciliaires. Je le remercie et souhaite qu'un jour un si héroïque et désintéressé dévouement trouve sa récompense. J'ajoute que c'est moi-même qui lui ai conseillé de persévérer dans son apparent jacobinisme. Signé : Caroline Berthier, épouse du citoyen Berthier, député à la Convention et proscrit. An trois de la République une et indivisible. » Alors, ça y est ? Vous avez bien tout mis ? Donnez-moi le papier, je vais le faire sécher moi-même, ce cher papier...

Caroline regardait avec effarement la physionomie de l'abbé qui, ayant posé sur ses genoux le certificat, se frottait les mains, claquait de la langue et salivait avec un rictus de gourmandise. Il ricana :

— Ils peuvent toujours me mépriser ! me menacer ! Avec des papiers comme celui-là, je suis invulnérable, quoi qu'il arrive. Je parie que Gittard n'a même pas pensé à s'en faire faire de semblables. C'est moi qui serai évêque ! Riez, mes bons amis, insultez-moi, on verra qui rira et insultera le dernier.

Il fit une pause, puis :

— Cet après-midi, je dois aller à Blois, pour une grande réunion jacobine que préside le citoyen Vincent, le représentant en tournée. J'y parlerai, j'y réclamerai le châtiment exemplaire des ci-devant, des émigrés et des girondins. Paroles, tout cela, paroles. Si la Convention triomphe, on m'en saura gré, et si elle ne triomphe pas, on saura pourquoi, pour quelle noble raison j'ai été obligé de parler comme un scélérat. C'est bien joué pour un petit prêtre de campagne. J'ai toujours pensé que j'étais digne de faire un prélat. Qui sait, pourquoi ne le serais-je pas…

Il se releva brusquement, son papier à la main, et, changeant de ton :

— Mais notre sort est entre les mains du Seigneur. Quoi qu'il juge bon de faire de nous, grâce lui en soit rendue. Dans la voiture qui va me mener à Blois, je prierai pour vous, mon enfant.

Caroline ne fut pas mécontente de se retrouver seule. La scène qui venait de se dérouler lui avait paru odieuse et grotesque. En se la remémorant, elle haussa les épaules et murmura : « Ils sont tous fous ! »

Peu après, on frappa à la porte et Petit-Paul entra, portant des bûches dans ses bras.

— Je vais vous faire un bon feu, citoyenne, dit-il avec un gentil sourire.

— Tu ne m'en veux pas de t'avoir pris ta chambre ?

— Oh non, citoyenne ! Ce n'est pas la première fois que ça m'arrive. Le citoyen abbé a déjà reçu plusieurs fois des gens qui se cachaient comme vous. Et à chaque fois je m'en vais coucher dans la paille où je ne suis pas plus mal. Mais aujourd'hui, je suis particulièrement content d'y coucher…

— Pourquoi donc ?

— Parce que… Parce que c'est vous qui en profiterez…

L'enfant se troubla et Caroline regarda avec amusement son petit minois éveillé et fin dont les grands yeux tabac brillaient. Il avait une petite tignasse blonde, les joues parsemées de taches de rousseur, et feignait maintenant de s'absorber dans la préparation du feu.

— Quel âge as-tu ?

— Onze ans et demi.

Après un petit silence, Caroline demanda encore :

— Et les autres personnes que l'abbé a hébergées, combien de temps sont-elles restées ici ?

— Ça dépend. Le comte est resté deux mois. D'autres quelques jours seulement. Il y en a un aussi qui a été arrêté.

— Ici ? Dans la maison ?

— Non. Sur le chemin. Au moment où il s'en allait. Il a été condamné et doit être exécuté ces jours.

Il lui tint compagnie pendant une heure, acheva d'allumer le feu, fit son lit, débarrassa la table. Elle apprit ainsi que le petit garçon était le fils d'un des premiers volontaires tués à la bataille de Valmy et qu'il était resté seul au monde, sa mère étant morte en couches. L'abbé l'avait alors recueilli, et Caroline ne put s'empêcher de penser que ce geste avait dû être dicté au prêtre par des motifs démagogiques.

Elle passa le reste de l'après-midi au coin du feu. La nuit tomba vite et elle dut allumer la chandelle à la lueur de laquelle elle se plongea dans la lecture de *Paul et Virginie*, dont elle avait trouvé un exemplaire dans un placard. Enfin, vers sept heures du soir, l'abbé revint de Blois et monta aussitôt dans sa chambre, portant sur un plateau son repas. Il s'assit auprès d'elle pendant qu'elle mangeait et lui raconta la grande manifestation jacobine, le discours du représentant et l'enthousiasme qu'avait suscité dans le peuple sa décision de lever un nouvel impôt sur les riches.

— Ce représentant était particulièrement déchaîné. Il nous a raconté qu'il avait été l'objet d'un attentat de la part des fédéralistes qui lui avaient envoyé un jeune espion, lequel, sous prétexte de chercher à s'enrôler dans les armées de la République, avait réussi à faire route avec lui et à l'entraîner dans un guet-apens. Sur la route de Blois, ses complices avaient attaqué la voiture, mais il s'était si bien défendu qu'ils avaient dû prendre la fuite, emportant pour tout butin une caisse contenant de l'argent.

En entendant ces mots, Caroline avait commencé de sourire, mais son sourire se figea sur ses lèvres : elle avait oublié l'argent de la cassette chez le médecin. Immédiatement, elle s'imagina que Mme Crailly l'avait découvert et s'en était emparée. Sans cela, il était bien évident que son mari serait déjà venu le lui rendre. Brusquement, elle n'eut plus qu'une idée en tête : retrouver son bien.

— Monsieur l'abbé, vous me parlez d'argent, et cela me rappelle que j'ai eu la folie d'oublier le mien chez les Crailly. Voudriez-vous être assez bon pour aller le demander au docteur ?

— Certainement, mon enfant, j'irai le lui demander demain. C'est une grosse somme ?

— Non, non, non ! Il faut que vous y alliez tout de suite.

— Mais il est plus de huit heures. Je ne vais pas courir la campagne en pleine nuit.

Caroline frappa le sol du pied avec impatience. Elle se souvenait maintenant qu'après avoir fait évaluer sa fortune par le médecin, elle l'avait déposée, en se couchant, devant la glace de la coiffeuse. Et elle voyait l'horrible femme venant le lendemain visiter les lieux et se saisissant avidement des beaux billets et des belles pièces. Elle trépigna :

— Si vous ne voulez pas y aller, j'irai, moi, tout de suite, s'écria-t-elle. Faites-moi atteler la voiture.

— Mais, petite malheureuse, vous pouvez faire de très mauvaises rencontres à une heure pareille.

Sans l'écouter, Caroline ouvrit la porte, descendit l'escalier et aperçut dans l'entrée Petit-Paul qui cassait du bois.

— Va vite atteler la voiture… Allez, dépêche-toi !

L'enfant, qui la regardait avec surprise, lâcha sa cognée et se précipita dans la cour.

Caroline attendait avec impatience, ne sentant pas le froid que déversait la porte béante, n'entendant pas les récriminations du vieillard qui l'avait rejointe et qui tentait de la convaincre de renoncer à cette expédition.

— La voiture est prête, dit Petit-Paul en reparaissant. Voulez-vous que je vous accompagne, citoyenne ?

— C'est inutile. J'irai toute seule.

L'abbé voulut la retenir en la saisissant par le bras, mais elle lui échappa, dégringola rapidement les degrés du perron, sauta dans le léger cabriolet et enleva le cheval d'un coup de fouet.

Elle connaissait très bien le chemin et ne fut pas longue à parvenir devant la grille de la maison des Crailly. Elle y attacha son cheval et entra. Comme elle traversait le jardin, la porte d'entrée s'ouvrit et elle reconnut la voix du médecin qui demandait :

— Qui est là ?

Elle courut jusqu'à lui. Quand il la reconnut, son visage fut à la fois attendri et rempli d'anxiété.

— Caroline, c'est toi, mais qu'est-il arrivé ? Tu as…

— N'ayez pas peur. Je ne viens pas imposer ma présence à votre femme. Mais ce matin j'ai oublié mon argent sur la coiffeuse et je suis simplement là pour le reprendre.

— Mais bien sûr. Je l'ai retrouvé ce matin en revenant. Je comptais te l'apporter demain. Tu n'aurais pas dû faire cette imprudence. Si tu ne t'habitues pas à rester bien enfermée chez l'abbé, tu te feras prendre. Ne bouge pas, je vais aller te chercher ton bien.

Caroline l'entendit monter l'escalier en criant : « Ce n'est rien… Une malade qui vient demander un remède. » Quelques minutes après, il reparut et lui tendit une bourse dans laquelle il avait mis l'argent.

— Veux-tu que je te raccompagne ?

— Non, merci, ce n'est pas la peine. Je m'excuse de vous avoir dérangé, je me sauve.

En conduisant à travers l'obscurité de la forêt, Caroline se reprochait d'avoir soupçonné l'honnêteté des Crailly et d'avoir montré dans cette affaire aussi peu de sang-froid. Mais au fond elle ne le regrettait pas. Le vent sifflait à ses oreilles. Les sabots du cheval claquaient gaiement sur la route. Il faisait bon vivre et respirer. Quel dommage qu'auprès d'elle, sur la place vide de la banquette, ne se trouvât pas son cher Gaston! «Quand je l'aurai retrouvé, pensait-elle, nous viendrons ici en pèlerinage, et nous ferons une équipée nocturne, tous les deux, en souvenir de la course solitaire que j'ai faite ce soir.»

Mais, comme elle se rapprochait du presbytère, une ombre se détacha de l'obscurité, tenant un falot et criant: «Arrêtez-vous, citoyenne, arrêtez-vous!» Elle faillit passer outre, mais, reconnaissant la voix de Petit-Paul, elle tira sur les rênes et se pencha pour aider l'enfant à monter auprès d'elle.

— Citoyenne, chuchota-t-il, je me suis sauvé pour venir vous attendre ici… Pour vous dire qu'il ne faut pas retourner chez l'abbé… Les sectionnaires viennent d'arriver pour vous arrêter… En ce moment, ils sont dans la maison, et j'ai entendu l'abbé leur dire que vous alliez revenir.

— Il leur a dit cela? Tu es fou… Pourquoi veux-tu…

— Je vous en prie, croyez-moi. Je vous ai dit que déjà quelqu'un a été arrêté autrefois en sortant du presbytère. À l'époque, dans le pays, on a raconté…

— Qu'est-ce qu'on a raconté?

— On a raconté que c'était l'abbé qui l'avait dénoncé pour se faire bien voir des montagnards.

Caroline avalait difficilement sa salive. Elle se rappela la scène bizarre du certificat. L'abbé ne l'avait peut-être pas dénoncée, mais il était certain que sa conduite était pour le moins douteuse. Fallait-il se fier au témoignage de cet enfant? Ne devait-elle pas davantage avoir confiance dans un prêtre qui l'avait baptisée, qui lui avait appris son catéchisme, qui était le protégé des Bièvre ? Mais M. Crailly l'avait fait naître et cependant il n'avait pas hésité à la chasser. À la lueur du falot, elle regarda encore le visage du petit garçon, puis murmura :

— Et toi, pourquoi es-tu venu me prévenir ?

Comme il gardait le silence, elle insista, soupçonnant de sa part soit un piège, soit un intérêt quelconque, car elle commençait à ne plus pouvoir attribuer à aucun acte la moindre gratuité.

— C'est parce que tu n'aimes pas les montagnards que tu m'as prévenue ?

— Au contraire, je les aime beaucoup. J'attends d'avoir l'âge pour m'enrôler. Mais je ne voulais pas… que vous mouriez, parce que… parce que vous avez un air si…

L'enfant s'embrouillait dans ses explications. Caroline l'interrompit en se penchant vers lui et en l'embrassant :

— Je te remercie, mon petit ami. Plus tard, si mon destin veut que j'aie un « plus tard », je me souviendrai de toi. Descends vite ; si jamais je suis arrêtée, ce n'est pas la peine qu'on te trouve auprès de moi.

— Au revoir, citoyenne.

— Au revoir, Petit-Paul.

En faisant faire demi-tour à sa voiture, Caroline s'aperçut qu'elle avait les yeux remplis de larmes et se retourna pour regarder l'enfant qui disparaissait dans la nuit.

Son parti était pris. Elle allait remonter le chemin jusqu'au carrefour de la route de Blois et gagner cette ville avant la fermeture des portes qui devait avoir lieu à dix heures. Une fois à Blois, elle se rendrait chez sa vieille nourrice qui s'était retirée quelques années plus tôt, rue des Paupêcheurs, et à laquelle elle avait rendu visite lorsqu'elle était venue après son mariage chercher des meubles au château.

Elle s'enivrait de la vitesse du cabriolet lancé à toute allure. Les joues en feu, insensible à la morsure du froid sur ses doigts, elle ne pouvait s'empêcher de s'admirer.

Elle courait peut-être vers l'arrestation et la mort, mais sans peur aucune. Dans quelques minutes, elle atteindrait la porte de Blois où on lui demanderait ses papiers, alors qu'elle n'en possédait pas, et néanmoins elle cinglait la croupe de son cheval pour arriver plus vite. Elle imaginait l'état où se trouverait Lodoïska si elle était dans une même situation. Sans doute gémirait-elle, se tordrait-elle les bras, invoquerait-elle le ciel… mais Caroline, elle, a confiance dans son entrain et dans son courage. Puisque le monde entier s'est ligué contre elle, puisqu'elle est abandonnée et trahie par ceux-là même auprès desquels elle aurait dû trouver protection, elle combattra toute seule. Elle fera front. Et d'ailleurs, la chance est avec elle. Si elle avait dû être arrêtée, elle l'aurait été en revenant dans la maison du curé, mais le destin ne l'a pas permis et lui a envoyé ce petit garçon qui ne lui devait rien et qui, pourtant, la sauvait.

À un clignement de lumière qui se rapprochait, elle comprit qu'elle allait entrer dans Blois et le miroitement de la Loire à gauche de la route acheva de l'en convaincre. Presque aussitôt, elle aperçut une fenêtre éclairée dans une maison où des gens étaient attablés, ce qui lui indiqua qu'il s'agissait d'une auberge. Elle arrêta son cheval, décidée à avaler quelques verres d'alcool pour vivifier son courage et être à même de franchir les portes de Blois sans papiers d'identité.

Elle entra dans la salle commune et se fit servir de l'eau-de-vie. Des rouliers et des maraîchers étaient assis autour d'une grande table et discutaient avec cet accent tourangeau qui émouvait toujours la jeune femme. L'un d'eux avait déployé une gazette, *Le Jacobin de la Loire*…

— Tenez, disait-il, c'est là, en grosses lettres… La présence de la ci-devant de Bièvre a été signalée auprès de son ci-devant château. Elle a été vue par plusieurs, on promet mille francs à qui la fera arrêter. Moi, je l'ai bien vue dans le temps, quand j'allais au château de son père, ma foi, elle a dû pousser depuis.

Coup sur coup, la jeune femme avala trois verres d'eau-de-vie, paya sa dépense, et retraversa la salle en cachant son visage de sa main, avec laquelle elle feignait de se frotter les yeux.

Aussitôt dehors, elle sauta dans le cabriolet et reprit sa course fougueuse vers la ville, dont elle aperçut au bout de quelques minutes la porte massive éclairée par des torches. Un sourire où l'amusement et l'angoisse se mêlaient crispait ses lèvres. En s'engageant sous la poterne, elle ralentit le trot du cheval et, comme les deux factionnaires se précipitaient vers elle, elle se pencha de son siège et cria avec un éclat de rire :

— Caroline de Bièvre !

Charmés par cette bonne plaisanterie, les deux républicains éclatèrent de rire et ne firent rien pour arrêter la voiture qui s'engagea au hasard dans les rues obscures de la ville. Ce fut seulement au bout de quelques minutes que la jeune femme s'aperçut que ses mains tremblaient et que, malgré le froid terrible, son front et sa nuque étaient mouillés de sueur. S'étant un peu calmée, elle chercha à s'orienter. Elle redoutait toujours la rencontre d'une patrouille. Dans le dédale des rues, elle se perdit, se retrouva, se reperdit. Enfin, elle reconnut la rue des Paupêcheurs, la remonta un peu, arrêta sa voiture, attacha le cheval à une grille et monta à pied jusqu'à la maison qu'elle identifia grâce à une niche qu'elle y avait remarquée et dans laquelle se trouvait autrefois un saint de pierre dont maintenant le buste avait été décapité.

Elle poussa la porte qui n'était pas fermée et monta dans l'obscurité jusqu'au troisième étage où, si ses souvenirs étaient exacts, devait habiter sa nourrice. Parvenue là, elle cogna doucement à la porte. Elle patienta un peu, puis recommença de cogner. Elle n'osait pas faire trop de bruit, de peur de réveiller les autres habitants de la maison. Peu à peu, elle reprenait son souffle. Elle pensait : « Dire que je pourrais être à cette heure-ci enfermée chez le médecin ou chez l'abbé ! Plus tard, quand l'époque se sera pacifiée, il me semble que je ne pourrai plus mener la vie sédentaire et close que l'on impose aux femmes. »

Enfin, à force de taper et de gratter, elle obtint un résultat. Un pas traînant se fit entendre, une voix demanda :

— Qui est là ? Qu'est-ce que c'est ?

N'étant pas sûre d'avoir reconnu la voix de sa nourrice, Caroline se tut, inquiète, n'osant pas frapper ni parler de nouveau, ne se décidant pas non plus à s'enfuir. Elle fut tirée de sa méditation par l'ouverture de la porte. Une grosse femme, vêtue d'une camisole et portant une chandelle, passa la tête dans l'entrebâillement et la jeune femme reconnut cette fois sa nourrice, qui avait considérablement épaissi. Elle se précipita et lui mit les bras autour du cou.

— Cathie, c'est moi, Caroline !

La nourrice recula sans un mot, et la chandelle qu'elle tenait toujours à la main éclairait maintenant un sordide taudis aux murs humides, aux meubles sales, où régnait le plus grand désordre. Devant le silence de la vieille femme, Caroline insista :

— Tu ne me reconnais pas, Cathie ? Je te dis que je suis Caroline.

La réponse vint enfin :

— Pour sûr que je vous reconnais. Je ne vous reconnais que trop. Qu'est-ce que vous venez donc faire ici? Votre visite ne peut m'apporter rien de bon…

— Comment, Cathie, voilà tout ce que tu trouves à me dire. Toi qui m'as élevée, soignée, dorlotée pendant des années ! Rappelle-toi, quand j'étais petite, c'était à toi que je disais maman !

Cathie parut troublée. Elle posa la chandelle sur l'angle d'un meuble et regarda Caroline :

— Vous avez rudement changé depuis trois ans. On croirait même que vous avez grandi. Et puis, votre visage s'est effilé. Ma pauvre petite, vous en voyez de dures! Il paraît qu'on a mis votre tête à prix. Dans le pays, on ne parle que de ça. Ils ont promis mille francs. Et c'est ce moment-là que vous choisissez pour venir me rendre visite! Vous voulez donc la mort de votre vieille nourrice? Sans compter qu'avec le raffut que vous faisiez à la porte, vous avez dû réveiller toute la maison. Et les voisins du dessous, c'est des durs, vous savez… Il n'y a pas plus montagnards qu'eux dans toute la rue.

Il y eut un petit silence, puis la nourrice reprit:

— Écoutez, je suis tout de même bien contente de vous avoir revue. Je prierai bien le bon Dieu pour vous, mais le mieux est encore que vous vous en alliez le plus vite possible. Oui, oui, décidément, je vous aime mieux quand vous êtes dehors que quand vous êtes ici.

Caroline serra les dents. Elle s'en voulait de s'être encore laissé leurrer et berner par sa confiance dans ceux qui l'avaient connue petite et qu'elle croyait dévoués à sa personne. Elle avait envie de claquer la porte et de redescendre l'escalier. Mais où irait-elle? Dominant sa colère et sa déception, elle insista:

— Mais, Cathie, je suis venue dans l'espoir que tu me logerais au moins pour cette nuit.

— Vous loger? Non mais… Vous n'avez pas la berlue, par hasard? Je ne veux rien avoir à faire avec la guillotine, moi. Je ne vous la souhaite pas, mais…

— Cathie, tu ne vas pas me mettre dehors à une heure pareille?

— Je vais me gêner!

— Eh bien, il faudra donc que tu me dénonces, car je suis décidée à ne pas sortir d'ici.

Elle pensait que le manège qui avait bien pris la veille chez le médecin prendrait de même encore cette fois. Mais la nourrice s'empourpra et mit les mains sur ses hanches:

— Oh ! si c'est ce que tu cherches, tu n'as qu'à le dire. Je ne vais pas me laisser donner des ordres dans ma maison, je ne suis plus chez toi, ma petite. Allez, ouste, fous-moi le camp…

Caroline, furieuse, frappa le carrelage du pied :

— Et moi, je te dis que je ne partirai pas.

— On va bien voir ça, répliqua la nourrice en l'empoignant.

Mais elle se figea dans son mouvement. Des pas résonnaient dans l'escalier. Une voix monta :

— Eh bien, citoyenne Catherine, qu'est-ce qui se passe donc chez vous ? On dirait que vous vous disputez.

Caroline chuchota le plus bas qu'elle put :

— Dis que je suis une de tes nièces venue te voir de Paris.

La vieille femme hésitait. Son visage était bouleversé par la crainte. Elle marmonna :

— Sauve-toi, sauve-toi comme tu pourras ; si tu restes là, tant pis, moi je tiens à ma tête, je parlerai avant qu'on t'ait reconnue.

— Mais comment veux-tu que je me sauve ?

Le pas de l'homme qui montait l'escalier s'était rapproché. Il arrivait maintenant sur le palier et criait :

— Eh ben alors, la mère Catherine ! Vous pouvez pas me répondre, qu'est-ce qui se passe ?

La vieille femme saisit le poignet de Caroline :

— Tu l'auras voulu, chuchota-t-elle. C'est bien ta faute…

Et aussitôt elle se mit à hurler :

— Au secours ! c'est la ci-devant Caroline de Bièvre. Elle me menace. Au secours, citoyen !

Caroline se dégagea rapidement et, au hasard, pour tenter sa dernière chance, se rua sur le palier, tâcha d'éviter le grand gaillard un peu essoufflé qui s'y trouvait. Mais il la rattrapa au vol, avec une telle brutalité qu'il la jeta par terre.

— C'est bien elle, vous en êtes sûre ?

— Oh pour ça oui ! Je ne peux pas me tromper. J'ai été sa nourrice.

Dans la maison les portes battaient. On se questionnait, on s'interrogeait. Bientôt plusieurs locataires apparurent à leur tour. En apprenant le nom de la femme qui avait été arrêtée, ils s'énervèrent, l'un d'eux voulut même frapper Caroline à coups de ceinture. Mais les autres s'y opposèrent. Il ne fallait pas empiéter sur l'œuvre de la guillotine. On était allé chercher les sectionnaires. Elle serait à la prison dans dix minutes.

Elle descendit l'escalier au milieu d'un vacarme assourdissant. Tous les locataires maintenant se disputaient, prétendant que chacun d'eux avait droit à une part des mille francs, puisqu'ils avaient tous participé à l'arrestation. Mais le débat était particulièrement violent entre la nourrice et celui qui avait arrêté Caroline dans sa fuite. La première prétendait que c'était à elle que devait revenir toute la somme, puisque c'était elle qui avait découvert la proscrite et avait donné l'alarme ; le second que, sans lui, elle aurait sans doute réussi à se sauver et qu'il devait par conséquent être l'unique bénéficiaire de la prime.

La jeune femme était assez calme. Son cœur battait à peine plus vite que d'ordinaire. Elle avait surtout une impression d'étrangeté. En même temps qu'elle entendait les vociférations de Cathie, lui revenaient les douces paroles patientes, tendres, attentionnées, dont cette même femme avait bercé sa prime enfance. Cette même femme… Oui, c'était bien elle qui, aujourd'hui, réclamait mille francs de sa tête, de cette tête qu'elle s'amusait, pour faire plaisir à la petite fille, à frisotter, à orner de rubans roses, bleus, de toutes les couleurs.

En montant dans la voiture qui avait amené les sectionnaires, Caroline ne pensait pas au péril immédiat qui l'attendait. Non, elle imaginait, s'il n'y avait pas eu l'accident révolutionnaire, les visites qu'elle aurait faites à sa vieille nounou et que celle-ci lui aurait rendues, des visites attendrissantes où l'une et l'autre se seraient rappelé des souvenirs. Elle voyait très bien Cathie prenant auprès d'elle la défense de ses enfants et leur disant : « Vous ne savez pas comme votre maman a été turbulente quand elle était petite. Si jamais elle vous gronde, vous n'aurez qu'à lui rappeler combien elle a pu faire enrager sa bonne nourrice. »

Caroline ne reprit conscience de la réalité que lorsque la voiture franchit les portes de la prison. Elle ne pensait d'ailleurs pas à la guillotine. Elle vit seulement le visage de Gaston. Elle eut simplement l'impression qu'on l'arrachait pour toujours à Gaston et elle éclata en sanglots.

21
Conciergerie

Après lui avoir fait suivre un grand nombre de couloirs, traverser un préau entouré d'arcades, on l'avait obligée à descendre un escalier et elle s'était trouvée dans une petite cave carrée où, autour d'une table chargée de papiers, plusieurs hommes étaient assis, qui lui demandèrent ses nom et prénoms et sa date de naissance. Elle refusa de leur répondre. Elle refusa de signer les papiers qu'ils lui tendirent, de prendre le pain, le pâté et le verre de vin qu'ils lui offrirent également. Elle écoutait à peine le mélange d'injures et de prières qui lui étaient adressées. Elle remarqua seulement qu'on lui donnait le numéro 63. L'un des hommes ouvrit une porte de bois et invita Caroline à pénétrer dans une autre cave, complètement obscure, où il la renferma. D'abord, elle s'était cru seule, mais des murmures et des chuchotements lui avaient vite appris que d'autres prisonnières se trouvaient là. On l'accabla de questions. Elle ne fut pas plus prolixe qu'avec ses geôliers. Ayant obtenu un morceau d'une assez grande paillasse où couchaient déjà deux femmes, et une part de leur couverture, elle ferma les yeux sans prêter attention aux discussions que son arrivée avait suscitées et s'endormit.

Elle fut éveillée le lendemain matin par la venue du concierge qui distribua de la soupe et s'informa auprès d'elle de ses possibilités financières, ce qui lui rappela sa première arrestation. Rassuré sur ce point, le geôlier, ébloui par l'or qu'il avait vu briller dans la bourse, la nourrit très convenablement durant les quatre jours qu'elle passa dans l'ancien collège des Augustins, devenu annexe de la prison de Blois. On l'interrogea seulement le deuxième jour. Non sur elle-même d'ailleurs, mais sur son mari. Le tout jeune commissaire imberbe et albinos qui la questionna lui affirma que, si elle donnait des indications sur l'endroit où Berthier était caché, elle serait remise en liberté et reconduite à la frontière suisse. Au cours d'un second interrogatoire, elle fut instamment priée de livrer les noms de ceux qui l'avaient hébergée depuis sa relaxation des prisons de Paris en juin dernier. Elle persista dans son mutisme. Un commissaire descendit alors pour lui faire savoir qu'on retenait contre elle sa situation de fille d'émigrés, de ci-devant aristocrate, de complice du fédéraliste Berthier, et qu'en outre le mystère qu'elle laissait planer sur ses occupations durant les six derniers mois lui valait d'être également poursuivie pour menées et tractations contre la sûreté de l'État et l'unité de la République. Il sortit non sans qu'on lui eût précisé que son procès ne se déroulerait pas à Blois, mais à Paris, où elle allait être incessamment transférée.

Caroline fut satisfaite de cette nouvelle, d'abord parce qu'elle avait conservé des prisons parisiennes une impression beaucoup moins déplaisante, ensuite parce qu'un voyage et un changement de résidence étaient de l'inattendu, de l'imprévu, et que, dans son obstination à ne pas croire son exécution possible, elle voyait dans tout inattendu, dans tout imprévu, une faille par laquelle la destinée, qui avait déjà suscité Petit-Paul, pourrait de nouveau intervenir pour la sauver. Enfin, elle ne demandait qu'à quitter ses compagnes de cellule, geignardes et déprimées par les longs mois de détention qu'elles avaient déjà subis ; sur ces sept femmes, dont deux seulement étaient d'origine bourgeoise ou noble, et dont les autres étaient soit des prostituées, soit des voleuses, il n'en était pas une qui ne fût confidentiellement venue la trouver en lui recommandant de se méfier de toutes les autres qu'elle accusait d'être des indicatrices et des « brebis ».

Cependant le voyage de Blois à Paris n'apporta aucun changement à sa situation. On la fit lever par un froid horrible à trois heures du matin. Elle attendit dans la cour le départ de la voiture jusqu'à six heures. La neige avait commencé de tomber à gros flocons sur elle, et sur les cinq autres détenus que réclamait la capitale. Tous s'installèrent enfin dans la voiture qui contenait, outre des prisonniers, des caissons d'or et d'argent, que le département envoyait à la Convention. Une quinzaine de dragons escortaient la voiture, les uns à cheval, les autres à l'intérieur, assis avec les prisonniers. Ces gardiens, qui étaient là autant pour les détenus que pour l'or, ne paraissaient pas très rassurés et trahissaient dans leurs propos l'inquiétude qu'ils ressentaient d'une attaque de bandits de grand chemin ou de ces petits groupes de chouans qui, chassés des abords du Mans, s'étaient, disait-on, réfugiés dans les régions boisées comprises entre Orléans et Chartres.

Caroline espérait confusément une agression qui lui eût donné l'occasion de s'enfuir, et il ne lui déplaisait pas de s'imaginer la reine d'une bande de brigands. Ses espoirs étaient partagés par ses cinq compagnons qui n'y mêlaient aucun romantisme mais qui, plus conscients que la jeune femme de l'horrible supplice qui les attendait, étaient prêts à tout pour y échapper. Parmi eux se trouvait le vicomte de Boimussy, beau garçon, fin, élégant malgré sa misère, haut de taille, dont le regard narquois et tendre à la fois ne quittait pas un seul instant Caroline. Il parlait d'une voix chaleureuse et assurée, allant jusqu'à railler ouvertement les dragons du triste métier qu'on leur faisait faire.

Caroline, qui s'ennuyait et qui n'était pas fâchée de provoquer d'une façon aussi évidente l'admiration de ce joli garçon, entra en conversation avec lui et, l'entendant prononcer, pour le vouer à tous les diables, le nom de l'abbé

Taulin, elle le pria de s'expliquer. Sans se soucier des gardiens qui les écoutaient, le jeune homme lui raconta comment un de ses amis, qui avait confiance dans l'abbé, lui avait conseillé d'aller se réfugier chez lui et comment il avait, par la suite, découvert que cette confiance était mal placée en entendant, un jour où il était conduit à l'interrogatoire, le vieux prêtre discuter avec un commissaire auquel il remettait une liste des suspects de sa paroisse.

— Mais j'ai réussi à communiquer avec l'extérieur. J'ai donné le nom de cette fripouille ; plus tard il paiera cher cette petite plaisanterie. On n'a jamais rien gagné à jouer le petit cheval avec moi, et je lui montrerai que du fond de ma tombe je sais encore ruer.

Caroline, en quelques mots prononcés à voix basse, lui raconta ce qui lui était arrivé, et le jeune homme saisit cette occasion pour lui prendre la main, sous prétexte de la faire communier dans une même haine de l'infâme « délateur » :

— Je suis doublement content, s'écria-t-il, mes amis ainsi ne vengeront pas que moi, ils nous vengeront tous les deux, car n'en doutez pas, ce fourbe vous a vendue comme il m'a vendu.

Puis, il se tourna vers les dragons assis à ses côtés :

— Les soldats sont soldats de tous les régimes. Demain, quand le roi sera revenu, c'est peut-être vous, mon brave, qu'on chargera, sous la bannière fleurdelisée, d'aller donner ses douze balles à ce vautour. Faites-le de bon cœur.

— Ça va comme ça, répondit le soldat. Si vous continuez à raconter des choses pareilles en notre présence, je serai obligé de faire un rapport.

— Faites-le, faites-le, je serai ravi d'avoir servi à votre avancement, et n'ayez pas peur de me nuire, car on ne me coupera pas la tête deux fois.

Mais son attention se reporta rapidement sur Caroline. Il parut brusquement s'apercevoir que la jeune femme était vouée à la même fin que lui, et s'en indigna :

— Je connais bien un moyen, pour vous, d'obtenir un sursis, et, comme cette fripouille de Robespierre n'en a sans doute pas pour longtemps, peut-être un sursis qui vous sauverait.

— Ah oui ! dit Caroline.

Elle avait dit cet « ah oui ! » sur un ton de curiosité polie, car à la vérité elle ne s'était pas encore faite à l'idée qu'on pût la guillotiner, et, depuis qu'elle était arrêtée elle respirait même beaucoup plus librement, n'ayant plus maintenant à redouter de l'être.

— Je vous donnerai ce moyen un peu plus tard, car je suppose que nous sommes voisins pour un certain temps. Le voyage durera encore toute la journée de demain et, à la Conciergerie, nous aurons encore l'occasion de deviser un bon moment avant que l'irréparable s'accomplisse.

Il ajouta presque aussitôt :

— Si l'irréparable s'accomplit ! Car, après tout, il n'est pas impossible que les Anglais débarquent brusquement à Boulogne ou même que les insectes sanguinaires de la Convention ne soient un beau soir chassés par les Parisiens. Le tout, c'est que cela se produise avant notre jugement, « That is the question ».

Durant le reste de la journée, le jeune Boimussy continua à parler haut et à parader, au point que peu à peu ses compagnons sortirent de leur prostration. Deux d'entre eux étaient d'anciens avocats au Parlement, poursuivis pour avoir plaidé pour des nobles, deux autres des fonctionnaires de Blois accusés de sabotage, et le cinquième un boulanger qui prétendait ignorer les causes de sa détention. Les dragons se familiarisèrent peu à peu avec eux et, dans un village où la voiture s'arrêta pour changer les chevaux, prisonniers et gardiens burent ensemble à la même table d'une auberge.

La voiture arriva si tard à Chartres que lorsqu'elle se présenta à la prison, le porte-clefs refusa de recevoir les détenus pour la nuit comme cela était prévu. Bon gré, mal gré, le sous-officier qui commandait les dragons emmena tout son monde dans une auberge qui était déjà pleine et où il dut se borner à réquisitionner l'écurie qui servit de dortoir à ses hommes et aux inculpés.

Quoiqu'elle se fût fabriqué une niche confortable dans la paille, Caroline fut longue à s'endormir. Chartres lui rappelait les deux étapes qu'elle y avait faites, la première avec toute sa famille, lorsqu'ils quittaient le château pour monter vers les magnificences parisiennes (ç'avait été sa première déception), la seconde quand, couchée auprès de son mari, elle avait entendu dans la chambre voisine une femme gémir d'un amour qui, à elle, était encore inconnu, et qui lui serait resté inconnu peut-être s'il n'y avait pas eu Gaston. Elle s'assoupit en pensant à lui, aussi n'accueillit-elle pas très aimablement Boimussy lorsque celui-ci lui toucha l'épaule. Elle commençait même de le rabrouer sérieusement lorsqu'il l'interrompit :

— Ne vous fâchez pas ! Je suis venu pour vous révéler ce moyen dont je vous ai parlé et qui peut vous permettre d'échapper à l'échafaud.

Elle se tut, et le jeune homme, qui souhaitait sans doute un encouragement, l'imita :

— Eh bien ! Parlez, finit-elle par murmurer. Je vous écoute.

— J'hésite parce que vous ne me semblez pas assez curieuse. J'aurais cru que vous m'auriez supplié, pressé de questions, et…

— Vous m'avez dérangée. J'étais avec mes pensées…

— Vos pensées ? Vous dormiez.

— Je dormais peut-être, mais en pensant à quelqu'un, et ce quelqu'un n'était pas vous.

Le jeune homme se mit à rire silencieusement.

— Si vous aimez quelqu'un, votre seule chance de le revoir est en effet de le revoir en rêve. À moins que vous ne vouliez suivre mes conseils, ce qui pourrait vous permettre de le retrouver pour de bon, mais peut-être n'en avez-vous pas envie !

Un revirement se fit brusquement dans l'esprit de Caroline. Elle était folle de se laisser aller à cette apathie. Il fallait sortir de là par tous les moyens, il fallait tout faire pour revoir un jour Gaston. À cause de la présence de Boimussy, elle se retint de murmurer ces syllabes chéries qui lui brûlaient les lèvres : « Gaston, Gaston, mon amour, mon seul amour. » Et, comme si elle s'était réveillée d'un songe, elle saisit la main du jeune homme et l'implora :

— Vous avez raison, je suis folle… Si vous pouvez m'indiquer un moyen de ne pas mourir, je vous en supplie…

Mais elle se reprit aussitôt :

— … Oui, en effet, je suis folle, observa-t-elle d'une voix amère. Vous vous amusez de moi. Si vous aviez un moyen d'échapper à la guillotine, vous vous en serviriez pour vous.

De nouveau, Boimussy riait, comme si la réponse de la jeune femme eût été d'une extraordinaire drôlerie.

— Je voudrais bien m'en servir pour moi, mais, si je l'essayais, j'obtiendrais, je crois, un succès qui serait surtout d'hilarité.

— Pourquoi donc ? Pourquoi ce qui vaut pour moi ne vaudrait-il pas pour vous ?

— Parce que je suis un homme et que vous êtes une femme.

— Je ne vois pas en quoi…

— Alors là, franchement, vous me décevez. Moi qui vous avais prise pour une fille à l'esprit vif. La distinction que je viens de faire aurait dû vous éclairer suffisamment et vous devriez déjà avoir murmuré : « Comment n'y ai-je pas pensé plus tôt ? » Alors, vraiment, vous ne devinez pas ? Vous donnez votre langue au chat ? Je voudrais bien d'ailleurs la voir, cette petite langue qui doit être exquise, mais il fait si obscur ici…

— Voilà qui suffit. Ce persiflage me déplaît et je vous prie…

— Tout doux, ma chère, ne soyez pas aussi méchante, vous êtes un vrai démon ! Mais je ne vous en veux pas, et pour vous le prouver, je vais vous révéler la méthode grâce à laquelle vous pourrez sauver cette charmante petite nuque qui, à mon avis, est faite davantage pour les baisers que pour… que pour autre chose. Voilà : vous passez au Tribunal révolutionnaire, on vous condamne à mort, on se prépare à vous exécuter pour le lendemain, et à ce moment-là vous murmurez d'une voix suave que… vous ne devinez toujours pas ?… que vous êtes enceinte, tout simplement.

— Enceinte ! Oui, que je suis bête ! J'y avais pensé la première fois que j'ai été arrêtée. Et alors, vous croyez que ça suffit…

— Ne nous emballons pas. Cela suffit en effet à empêcher l'exécution. Mais vous comprenez bien que vous ne serez pas la première jeune personne à user de ce subterfuge. Aussi nos braves conventionnels sont-ils devenus très méfiants. Vous serez mise en observation, vous gagnerez quelques mois et, au bout de quelques mois, on vous dira : « Citoyenne, tu t'es payé notre tête », et on s'offrira la vôtre.

— Oui, mais j'aurais gagné tout de même quelques mois, et durant ces quelques mois…

— Ce n'est pas quelques mois qu'il faut gagner pour être sûre de s'en sortir. C'est un grand nombre de mois, une dizaine de mois par exemple. Supposez qu'après vous avoir mise en observation, on vous reconnaisse enceinte, plus question d'une exécution. On vous laisse tranquille. Le temps passe. Vous accouchez, et vous avez encore le droit d'allaiter votre enfant. D'ici là, beaucoup d'eau sera passée devant la ci-devant place Louis XV où le sang se sera peut-être lassé de couler.

— Vous parlez pour ne rien dire. Je ne peux pas espérer cela. On ne me reconnaîtra pas enceinte, puisque je ne le suis pas.

— Qu'en savez-vous ? J'admets que vous n'êtes pas enceinte en ce moment, mais qui vous empêche de le devenir ? Évidemment, vous n'êtes pas sûre de réussir, mais vous avez des chances en faisant ce qu'il faut pour cela.

— Quoi !

— Oh, je sais ! On peut faire beaucoup de réserves sur l'élégance de ma proposition. Mais, à bien y réfléchir, c'est une proposition juste et bonne, puisqu'elle ne nous nuit ni à l'un ni à l'autre, qu'elle nous procurera un agréable délassement et à vous, en particulier, une chance de narguer l'échafaud. Tout ce que je vous dis n'est peut-être pas très sentimental. Mais le temps nous est compté, je n'ai guère le loisir de vous faire ma cour et de ravir peu à peu vos bonnes grâces comme j'aurais tenté d'y réussir si nous avions fait connaissance naguère à la Cour.

Caroline était un peu abasourdie. Cette étonnante façon de se prémunir contre une condamnation à mort la tentait. En même temps, elle pensait que cette expérience pouvait être infructueuse, et aussi elle était révoltée dans le cas contraire par la perspective d'avoir un enfant de cet inconnu. Cependant, elle n'était nullement offensée par le côté direct et positif de la proposition. Cette franchise lui paraissait loyale. Elle était contente de rencontrer un homme net qui, renonçant aux hypocrisies habituelles que leur désir inspire aux hommes, lui faisait cette offre en toute simplicité, sans entourer son désir d'un halo de fausse sentimentalité.

— Vous n'y allez pas par quatre chemins, observa-t-elle en riant à son tour. Mais, dans le marché que nous passons, je risque d'être la dupe, car rien ne m'assure que vous réussirez à me faire un enfant.

Dans l'obscurité, le rire étouffé du jeune homme parvint aux oreilles de Caroline.

— Je vais toujours essayer, dit-il.

Elle n'eut pas le temps de lui répondre, car il avait collé sa bouche sur la sienne. Pendant qu'il l'embrassait, il dégageait tranquillement la paille où elle s'était enfoncée. Quand le baiser eut pris fin, elle chuchota en riant :

— Ça alors, c'est par-dessus le marché, car, vous l'ignorez peut-être et, dans ce cas, je tiens à vous en informer, ce n'est pas ainsi que se font les enfants.

— Vous êtes dure en affaires. Vous me semblez vraiment une curieuse fille, répondit-il sur un ton câlin qui démentait la teneur de ses paroles.

En même temps, il souleva presque brutalement les jupes de la jeune femme et se laissa tomber sur elle, l'embrassant dans le cou et lui chuchotant : « Je vais te faire voir que je suis un bon étalon. »

Elle répondit :

— Je vous ai permis de me faire un enfant, mais pas de me tutoyer.

Mais elle était satisfaite. Il y avait longtemps qu'elle n'avait pas senti sur elle le poids d'un homme, et elle était impatiente de lui appartenir, tout en s'inquiétant : « S'il me donne vraiment du plaisir, il ne faut pas que je perde le contrôle de moi-même et que j'attire l'attention des autres détenus et des gardiens sur ce que nous sommes en train de faire. » Sa longue abstinence l'avait rendue particulièrement avide de plaisir. Elle ne cherchait même plus en son for intérieur à se justifier en invoquant la nécessité qui l'obligeait à se donner à cet inconnu, si elle voulait revoir un jour Gaston. Elle oubliait Gaston. Elle oubliait tout pour se faire toute petite sous le robuste garçon qui s'apprêtait à l'étreindre.

Mais les pavés de l'écurie résonnèrent sous les semelles cloutées d'un garde, et la lumière de sa lanterne tangua à travers la paille puis s'arrêta brusquement. Boimussy avait eu le temps de se rejeter de côté, mais la scène que contemplait

chanson était à la mode quand elle avait fait la connaissance de Gaston. Il la chantait lui aussi. Il l'avait chantée pendant qu'elle se balançait sur l'escarpolette dans le bois de Vincennes, le fameux 14 juillet. Soudain, elle se souvint qu'elle avait rêvé de Gaston. Ils étaient tous les deux chez le forgeron de Bièvre, qui leur disait : « Buvez, mais buvez donc », puis dans une chambre, où il lui montrait le portrait d'Albancet et lui disait : « C'est mon frère, il n'a jamais quitté l'Angleterre », et elle, tout heureuse, pensait que, s'il n'avait jamais quitté l'Angleterre, il n'avait pas pu être tué dans l'auberge…

Elle ouvrit les yeux. Ce n'était qu'un rêve. Gaston était loin. Albancet était sûrement mort comme mourraient bientôt ceux et celles qui l'entouraient, y compris la jeune fille qui chantait. Caroline fut rassurée par cette foule de futurs guillotinés. Elle n'était pas seule à être captive et vouée à l'exécution. Tous les êtres qu'elle voyait étaient dans son cas ! Cela l'apaisa. Elle se pelotonna dans sa couverture qui, maintenant, était tiède, quoique, durant la nuit, elle eût mal protégé du froid la jeune femme. Puis elle se rendormit.

Ce fut Boimussy qui l'éveilla pour tout de bon et la fit lever. En mettant les pieds par terre, elle fit rouler un objet sonore sur le dallage et reconnut sa bourse qu'elle avait cachée, la veille, sous ses jupes, de peur qu'on la lui vole. Boimussy, très désinvolte, lui raconta que la Conciergerie était une prison idéale, qu'on pouvait circuler à travers toutes les chambrées, que la vie y était très gaie, que de véritables banquets y étaient donnés, que certains condamnés buvaient et riaient durant toute la nuit qui précédait leur exécution. Il la conduisit à travers les salles, lui présenta de nombreux amis qu'il avait retrouvés. Comme elle s'inclinait devant une jeune femme, celle-ci s'exclama :

— Vous, Caroline !

Elle reconnut Mme de Coigny et partagea sa surprise :

— Mais c'est moi qui suis étonnée : il y a dix mois, c'est vous qui m'abritiez dans votre maison et maintenant…

— Et maintenant, j'en suis au même point que vous. Depuis combien de temps êtes-vous arrêtée ?

— C'est aujourd'hui le quatorzième jour.

— Oh ! Mais vous êtes une débutante, ma chère. Moi, cela fera trois mois demain !

Les deux femmes s'embrassèrent. Caroline ajouta :

— Comme je suis heureuse de retrouver ici une amie ! Je n'ai pas oublié, vous savez, toutes les gentillesses et le courage avec lesquels vous m'avez cachée dans…

— Vous n'avez surtout pas dû oublier votre supplice sous le matelas, ma pauvre petite.

Boimussy demanda avec curiosité :

— Quel supplice, quel matelas ?

Pendant que Mme de Coigny lui racontait où elle avait dû dissimuler Caroline, la visite des sectionnaires, etc., la jeune femme cherchait comment amener la conversation sur Gaston. Elle brûlait d'avoir de ses nouvelles. Mais elle ne voulait pas risquer de déplaire à celle qui était tout de même sa rivale, ou qui l'avait été, en paraissant trop pressée. Elle sourit et, comme l'histoire s'achevait, elle observa :

— Mais notre nuit s'est terminée très tranquillement et très agréablement. Nous avons causé, en vieilles amies, de nos relations communes et notamment de ce jeune homme qui nous avait présentées l'une à l'autre.

— À propos, savez-vous ce qu'il est devenu ?

— Vous parlez de Salanches ?

— Oui. Je serais contente d'avoir de ses nouvelles.

Elle avait parlé d'une voix détachée, mais fut incapable de dissimuler son bouleversement en entendant Mme de Coigny lui répondre :

— Il vous les donnera lui-même dans quelques minutes. Il est en permission à Paris et doit venir me voir ce matin. Il est déjà venu il y a trois jours. Mais, surtout, ne l'appelez pas Salanches, il a été éliminé de l'armée par le décret qui chassait les nobles et s'est rengagé sous un faux nom. Il est sergent et va passer sous-lieutenant.

Heureusement, Boimussy détourna l'attention de Mme de Coigny en poussant des clameurs enthousiastes :

— Je vous le disais : une prison idéale. On peut y recevoir des visites comme si l'on était dans son château.

— À cela près que le séjour dans ce château se termine par une petite promenade dont on ne revient pas, mon cher ami.

— N'y pensons pas…

— J'y pense le moins possible, croyez-le bien. Mais trois mois de détention, c'est beaucoup. Je suis au bout de ma villégiature. Un de ces soirs on citera mon nom à l'appel, je comparaîtrai le lendemain devant le Tribunal révolutionnaire. M. Fouquier-Tinville dira quelques mots et je reviendrai passer ici ma dernière nuit… C'est le moment terrible de la journée, celui de l'appel des noms, tous les soirs. On chante, on rit, mais chacun vit dans la terreur d'entendre son nom, à l'heure du dîner, après le « Sont convoqués à comparaître demain par-devant le Tribunal révolutionnaire… ». Si l'on chante et si l'on rit si fort, c'est pour étouffer cette voix que chacun entend résonner au fond de soi…

Caroline écoutait en silence. Elle n'avait pas le courage de demander confirmation de ce qu'elle venait d'entendre. Gaston ici, dans quelques minutes. Son trouble, brusquement, changea d'objet. « Mon Dieu, pensa-t-elle, il va me trouver laide à faire peur. » Elle tendit précipitamment la main à Mme de Coigny en s'excusant d'être dans l'obligation d'aller mettre de l'ordre dans ses affaires et, à travers le dédale des chambrées, pour la plupart remplies d'hommes jouant aux dés, fumant, discourant, elle revint à sa paillasse. Elle avisa les deux jeunes filles qui avaient cessé de se peigner en chantant et s'amusaient avec des lambeaux d'étoffes à fabriquer l'une un Pierrot, l'autre un Arlequin.

— Vous voudriez vous laver? dit la plus blonde et la plus jeune en souriant. Vous êtes nouvelle, ici, n'est-ce pas? C'est vous qui êtes arrivée ici cette nuit?...

— Ma sœur est terrible par sa curiosité, observa l'autre jeune fille. Vous lui demandez un renseignement et c'est elle qui vous pose des questions. Voyez cette bassine. Elle est à nous, mais vous pouvez vous en servir, elle est pleine d'eau, froide, évidemment...

— Ça ira très bien. Je vous remercie infiniment.

Elle se dirigea vers la bassine qui était derrière leur paillasse, puis hésita :

— Vous pouvez vous servir aussi de la serviette, si vous n'en avez pas...

— Je vous remercie. Je n'ai pas le moindre objet ici.

— Alors, prenez tout ce qu'il vous faut dans ce sac de charbonnier. Il y a une brosse, un peigne, un polissoir, enfin des tas de choses utiles...

— Merci, vous êtes très gentille. Mais n'y a-t-il pas un endroit où je pourrais me laver sans risquer de...

— Non. Derrière ces deux bouts de toile, il y a une cuve pour... vous me comprenez. Mais il n'y a pas encore de cabinet de toilette.

Les deux jeunes filles riaient.

— Lavez-vous et changez-vous à votre aise. C'est l'habitude, ici. Les nouvelles venues sont un peu gênées, mais, à la longue, on s'y fait très facilement... Le plus ennuyeux, c'est que des hommes traversent sans égard la pièce ; quand ce sont des détenus, cela peut encore aller, mais les regards des guichetiers sont en effet assez irritants.

— Eh bien! Je m'y ferai... murmura Caroline.

Et elle allait commencer sa toilette lorsque la plus âgée des jeunes filles éclata de rire.

— Est-il possible, Caroline, que vous ne m'ayez pas reconnue? Ou bien faites-vous semblant? Si vous faites semblant, ce n'est pas gentil, cela me ferait croire que vous m'en voulez encore d'un petit drame enfantin dont je pourrais, moi aussi, vous tenir rigueur, mais dont je ne conserve qu'un souvenir amusé…

— Oh ! Excusez-moi… Votre visage, en effet… Mais il ne faut pas m'en vouloir. À travers toutes ces aventures, je…

— Alors, vraiment, vous ne m'avez pas reconnue ? Moi, ce matin, du premier coup d'œil, j'ai identifié la jeune personne qui fut, jadis, ma compagne de chambre. Vous ne vous rappelez pas, ma chérie, le jour où, pour les beaux yeux d'une certaine Inès, nous nous battîmes comme de petites chiffonnières ?…

— Oh ! Est-ce possible ! Eugénie de Senoire ! Le couvent…

— Oui… Et pour nous retrouver dans cet autre couvent…

— C'est extraordinaire. Je suis ici depuis ce matin et j'ai déjà rencontré dans la chambre voisine une amie, et maintenant c'est vous…

Elle était contente de ne plus éprouver devant le danger cette impression de solitude qui avait été la sienne jusqu'ici. D'être entourée de jeunes filles et de jeunes femmes de son milieu, livrées aux mêmes avanies, destinées au même sort, la rassurait. Cependant, elle se reprocha de perdre un temps précieux. Gaston était peut-être déjà arrivé. Il repartirait peut-être sans l'avoir vue. Elle se confia franchement à son ex-ennemie, devenue sa nouvelle amie, et lui avoua qu'un jeune homme de ses amis devait venir en visite, qu'elle serait fâchée qu'il la trouvât en cet état et qu'elle n'avait que peu de temps pour se faire…

— … belle, acheva Pauline.

— … tout au moins présentable, dit Caroline en riant.

La jeune fille appela sa sœur à l'aide. Toutes deux avaient une garde-robe assez bien fournie et elles prêtèrent à Caroline une robe fraîche, des souliers, des dessous et un joli châle. Elle se lava en toute hâte, revêtit avec plaisir ces nouveaux vêtements qui lui allaient bien, se coiffa et se farda.

— Vous nous remercierez plus tard, dit Pauline, courez vite rejoindre l'heureux mortel auquel vous vous intéressez. Les visites doivent être commencées.

— Mais où le trouverai-je?

— Allez dans la salle où se trouve votre amie… À moins qu'elle ne se promène avec lui dans les couloirs ou dans d'autres salles… Ou encore qu'elle préfère un cabinet particulier.

— Un cabinet particulier?

— Les guichetiers, moyennant finances, mettent de petits cachots à la disposition de ceux qui désirent la solitude pour recevoir une visite.

Caroline se mit à courir. Dans la salle 12, elle n'aperçut ni Mme de Coigny ni Gaston. Elle suivit les couloirs, rentrant dans les chambrées, dévisageant les couples. Son cœur martelait en elle le nom de Gaston. C'était trop beau de le voir, il ne viendrait pas. Ou bien, s'il était venu et reparti? Quelle folie elle avait faite en allant se changer! Il fallait ne pas quitter Mme de Coigny. Comme elle bousculait, dans sa course, un jeune homme qui se tenait négligemment appuyé à une cloison et conversait avec une femme adossée dans l'obscurité, il se tourna avec impatience…

— Caroline! s'écria-t-il.

Elle s'arrêta net, le regard bloqué sur ce visage foncé où brillaient deux yeux verts, sur ce visage creusé, fatigué, qu'elle ne retrouvait et n'identifiait que morceau par morceau, car, dans son souvenir, il s'était fragmenté. Elle avait conservé comme des reliques précieuses l'éclat de ses prunelles, les deux petites rides que son sourire burinait, fugitives et acérées, la fossette qui adoucissait son menton autoritaire et infléchissait tout le reste du visage vers une douceur inattendue, en dépit de la ligne dure et droite du nez, de l'arc sensuel et égoïste des lèvres, de la pesanteur des maxillaires, mais elle avait perdu la vision précise et totale de son aspect, le sens même de sa présence. C'était cette présence brutale qui la brisait. Elle avait l'impression que ses jambes fléchissaient sous elle et qu'on devait entendre le fracas de son cœur, tant il battait tumultueusement. Elle ne désirait que tomber dans les bras du jeune homme, blottir sa tête contre sa poitrine. Après, elle se relèverait, elle promènerait son doigt sur ses sourcils lustrés, ses lèvres sur ses paupières bleues, sur les rides de ce visage tiré. Elle haït Mme de Coigny. C'était elle, elle seule, qui l'empêchait de goûter cet enivrant abandon. Elle avait gâché leur séparation. Elle gâchait le moment inégalable où ils se retrouvaient. En même temps, Caroline se demandait: «M'aime-t-il toujours?» Elle constatait qu'elle l'aimait plus qu'elle n'avait jamais pu le supposer, que c'était inconcevable d'aimer à ce point un homme.

— Caroline, vous ici? Vous êtes prisonnière ici?... Caroline...

Il s'était interrompu:

— Pourquoi ne me dites-vous rien, Caro? Vous n'êtes pas contente de me revoir?

Elle n'écoutait pas ce qu'il disait. Elle goûtait sa voix, elle s'en rassasiait avidement. Elle défaillait en entendant son prénom sortir des lèvres du jeune homme, porté par la chaude sonorité de ses inflexions.

— Comme je suis heureuse de vous revoir, dit enfin Caroline, de cette petite voix dépourvue de conviction qui était la sienne lorsque, fillette, elle était traînée à une réception dans une demeure voisine et obligée, en s'en allant, de remercier la maîtresse de la maison.

Il y eut un léger silence, que Mme de Coigny rompit:

— Je n'avais pas prévenu Salanches, je voulais lui laisser la surprise...

— C'est une surprise admirable, mais horrible... Je vous espérais à l'étranger, Caroline, et voilà que le malheur veut que je vous retrouve ici! Depuis combien de...

Une femme l'interrompit en touchant le bras de Mme de Coigny:

— On vous demande au deuxième guichet, c'est pour un colis.

Mme de Coigny hésita, visiblement contrariée, puis :

— Je reviens tout de suite. Vous m'attendez ici ?

Caroline, sans un mot, la regarda partir, puis fit doucement deux pas vers Salanches, passa ses bras autour de son cou et murmura dans un souffle :

— Mon chéri… tu es là, c'est bien toi qui me serres à m'étouffer… Gaston, mon amour, mon cher petit Gaston, mon amour…

Le jeune homme lui avait pris la taille pour la soutenir :

— Fais attention, on nous regarde…

— Ça m'est tellement égal qu'on nous regarde… Parle-moi encore.

— Caroline, vos mains sont glacées…

— Oh ! Non ! Tutoie-moi encore… et serre-moi mieux. Tu me tiens comme tu tiendrais une malade. Je ne suis pas malade… Si tu crois que je te demande un office d'infirmier, tu te trompes. Je peux marcher toute seule…

Presque brutalement, elle s'était dégagée et s'éloigna de quelques pas, d'une démarche ferme. Elle le regardait avec colère :

— Si tu ne m'aimes pas, dis-le-moi tout de suite !

— Mais, ma petite Caroline…

— Pas de mots vides ! Il paraît qu'être prisonnière ici signifie qu'on risque de mourir bientôt. Je ne veux pas mourir avec pour toute passion une illusion. Dis-moi la vérité. Moi, depuis que je t'ai quitté, je n'ai pensé qu'à toi. Réponds-moi : as-tu comme moi…

— Tais-toi, Mme de Coigny revient…

— Je me moque de Mme de Coigny.

— L'année dernière, elle t'a sauvée. Elle a toujours été pour moi une amie pleine de cœur et d'esprit. Je ne veux à aucun prix lui déplaire.

Comme il parlait, le jeune homme tressaillit :

— C'est effrayant, murmura-t-il. Ah ! Si j'avais su ta présence ici plus tôt…

— Mais pourquoi ?

— Tais-toi, la voilà. Je reviendrai cet après-midi te voir en particulier…

Il enchaîna avec aisance :

— … Et voilà comment, après vous avoir quittée, j'ai gagné le front où, grâce à mon ami Thiébaut, je suis devenu rapidement capitaine. J'ai fait campagne dans le Nord et dans l'Est. J'ai été prisonnier à Maubeuge ; je me suis évadé. Puis, j'ai été renvoyé de l'armée comme ci-devant. Je me suis rengagé en prenant comme nom mon prénom : Gaston. Et je compte retrouver dans quelques mois l'épaulette de sous-lieutenant.

Il se retourna vers Mme de Coigny, qui les rejoignait :

— J'étais en train de raconter à Caroline les mésaventures que j'ai traversées. Je pense qu'elle va me raconter maintenant les siennes.

— Je n'ai rien fait de bien passionnant, dit Caroline ; j'ai erré à travers la France de cachette en cachette. J'ai été très vite séparée de mon mari et j'ai fini par me faire arrêter dans mon pays natal, à Blois, d'où on m'a transférée à la Conciergerie.

La suite de la conversation, à laquelle s'était jointe Mme de Coigny, fut aussi banale que possible. Les deux jeunes femmes raccompagnèrent Salanches jusqu'au guichet de la prison. Puis Caroline, prétextant sa fatigue, alla s'étendre sur sa paillasse. Renseignée par Eugénie et sa sœur, elle versa au guichetier une somme suffisante pour s'assurer une chère acceptable pendant une semaine et se faire donner des couvertures supplémentaires. En outre, elle attendait des vêtements et du linge, car Salanches lui avait appris que Charlotte Berthier était toujours à Paris, qu'elle s'arrangerait pour venir certainement la voir, mais que, dans tous les cas, elle lui enverrait un colis. À la vérité, ce n'était pas ce colis qu'elle attendait en se morfondant et en soutenant discrètement la conversation avec Eugénie, qui lui rappelait des souvenirs du couvent. Elle attendait la visite particulière que lui avait annoncée Gaston et qui se produisit enfin vers six heures du soir.

Dans cette intention, usant du renseignement qui lui avait été donné le matin, elle avait obtenu du guichetier qu'on lui réservât pour une heure une petite pièce où elle pourrait converser seule à seul avec le jeune homme. Tous deux s'y rendirent. C'était un petit cachot assez sombre, meublé d'une chaise, d'une table et d'un matelas sur lequel ils s'assirent.

Ce décor était aussi sinistre que le reste de la prison, mais Caroline n'y prêtait pas attention. En revoyant Gaston, elle avait ressenti un choc et un trouble aussi violent que le matin. Dès qu'elle s'était trouvée seule avec lui, elle lui avait pris les mains et ce simple attouchement l'avait bouleversée jusqu'au fond d'elle-même. Elle remarqua cependant que le jeune homme semblait sombre et soucieux. Les propos qu'il lui tenait étaient embarrassés au point que Caroline, mise en défiance, l'accabla de questions devant lesquelles il se déroba un certain temps, pour avouer soudain :

— Eh bien ! Oui, je suis au comble du désarroi ! Tu n'as pas compris pourquoi je déplorais de n'avoir pas su ta présence ici plus tôt. C'est que, par un de mes amis, qui travaille au greffe de Fouquier-Tinville, j'avais la possibilité d'obtenir – mais cela une seule fois – un véritable miracle. Il y a, rue de Charonne, une maison de santé qu'on appelle la maison Belhomme. Le médecin qui la dirige est un ami d'enfance de Fouquier-Tinville. Il a obtenu de lui que des prisonniers malades, ou soi-disant tels, soient transférés dans sa clinique, et surtout qu'aucun de ses pensionnaires ne soit plus jamais appelé devant le Tribunal révolutionnaire. Cela revient à dire que tout détenu qui se trouve à la maison Belhomme ne risque rien tant qu'il réussit à y demeurer. Mais, comme tu le devines, l'accès de cette maison est non seulement très onéreux, car le citoyen Belhomme n'agit pas par philanthropie et rejette impitoyablement tout client qui ne peut payer son exorbitante pension, mais encore cet accès est très difficile, car c'est le rêve de tous les prisonniers que d'entrer dans la clinique de la rue de Charonne.

Caroline ouvrit de grands yeux :

— Mais que veux-tu dire ? Je n'ose pas y croire. Par ton ami qui est employé chez Fouquier-Tinville, tu pourrais me faire entrer dans cette clinique ?

— Malheureuse, c'est bien là qu'est le drame. J'avais cette possibilité. Mais je ne l'ai plus.

— Pourquoi ne l'as-tu plus ?

— Parce que j'en ai usé. Je viens de faire une demande au nom de Mme de Coigny.

Le visage de Caroline resta très calme. Elle garda le silence un instant. Puis elle observa froidement :

— Eh bien ! C'est très simple : tu vas aller revoir cet ami. Tu lui diras que tu t'es trompé. Tu lui raconteras ce que tu voudras. Et tu feras mettre mon nom à sa place.

Gaston paraissait très ému. Il avait baissé les yeux. Ses lèvres remuaient nerveusement :

— Tu ne te rends pas compte… Ce que tu me demandes est affreux. Ce matin, avant d'avoir appris ta présence à la prison, j'ai annoncé à Mme de Coigny que la demande était faite et qu'avant une semaine elle serait à l'abri. Imagine sa déception lorsqu'elle apprendra que, pour te sauver, toi, je l'ai sacrifiée, elle, à qui j'avais fait cette promesse. Elle, qui autrefois a risqué sa liberté pour protéger la tienne lorsque tu étais cachée dans sa chambre.

— N'essaye pas de m'attendrir. Je préfère ma vie à celle de Mme de Coigny. D'ailleurs, rassure-toi, je ne me roulerai pas à tes pieds pour obtenir de toi cette petite substitution de nom qui semble te déplaire. Tu préfères sauver cette dame plutôt que de me sauver, moi, c'est ton affaire.

— Mais, Caroline, comment ne comprends-tu pas que…

— Mon cher Gaston, je n'ai rien à comprendre ou à ne pas comprendre. Je constate un fait. Vous avez le choix entre Mme de Coigny et moi. Votre attitude m'indique que votre choix se porte sur Mme de Coigny. À quoi bon épiloguer là-dessus ? Je ne crains pas la mort. Ou plutôt si, j'aime trop la vie pour ne pas avoir une peur horrible de la mort, mais j'ai suffisamment confiance dans mon étoile pour espérer me sauver sans vous. Si je n'y arrive pas, vous pourrez vous dire, le jour où vous apprendrez mon exécution, que vous avez Mme de Coigny pour vous en consoler et, pour ma part, je mourrai avec plus de tranquillité en sachant que, sur cette terre, personne ne me regrettera et ne souffrira à cause de moi.

Elle avait prononcé ces paroles d'une voix ferme, mais, comme elle achevait ces derniers mots, elle s'effondra sur le matelas, cacha son visage dans ses mains et éclata en sanglots. Gaston se pencha sur elle et passa ses mains dans ses cheveux, d'un geste caressant.

— Non, je vous en prie, murmura-t-elle à travers ses sanglots, laissez mes cheveux au bourreau. C'est maintenant à lui qu'ils appartiennent et non à vous. Si vous avez envie de lutiner une fille, allez donc voir Mme de Coigny.

— Caroline, que tu es dure ! Si je l'avais voulu, si j'avais les sentiments que tu me prêtes, j'aurais pu te cacher que c'était grâce à moi que Mme de Coigny était sauvée. Je t'ai cru une âme assez élevée pour t'avouer la vérité et le cruel conflit de conscience qui se déroule en moi. C'est toi que j'aime. Je ne sais pas comment ça s'est fait. Quand je t'ai connue, j'avais simplement envie de toi et comptais prendre un peu de plaisir en ta compagnie. Puis, peu à peu, ce qui ne s'était jamais produit jusque-là s'est produit, je me suis mis à penser si souvent à toi que j'en étais abasourdi. Jamais aucune femme n'avait pris sur moi un tel empire. Et puis, nous nous sommes revus, l'année dernière, dans ces jours tragiques, et tu as été enfin à moi. Depuis, tu as été une préoccupation continuelle pour mon esprit. Je n'ai cessé de penser à toi, de me demander où tu étais et si tu m'aimais encore. Tu veux une preuve de mon amour? Eh bien! La voilà!

Il déboutonna sa tunique et en sortit un léger linge blanc, déchiré et festonné de dentelle, qu'il jeta auprès d'elle. Au bruit soyeux, la jeune femme, qui était toujours étendue et avait gardé son visage entre ses mains, écarta celles-ci et jeta un regard de biais sur l'étrange objet que Gaston lui proposait comme preuve de son amour.

— Qu'est-ce que c'est?

— Tu ne la reconnais pas? C'est une chemise qui t'a appartenu et que nous avons déchirée ensemble par une belle nuit, dans un petit appartement où notre vie était menacée.

Caroline se souleva et saisit la légère chemise qu'elle déploya :

— Quoi, c'est la chemise que j'ai laissée dans l'appartement de la rue Saint-Honoré, le matin où nous nous sommes enfuis comme des voleurs, pour échapper à cette effrayante concierge? Mais comment as-tu pu…

— C'est très simple : je suis revenu en permission trois mois plus tard. Je pensais tant à toi que j'ai voulu revoir le lieu où s'était passée cette nuit inoubliable.

— Mais c'était très dangereux! Tu pouvais être reconnu par la concierge!

— En ce cas, en effet, elle n'aurait pas manqué de me faire guillotiner. Mais je n'ai pu résister à ce désir. J'y suis grimpé, un soir, vers onze heures. À la lueur d'une chandelle, j'ai retrouvé le décor triste et émouvant de notre chambre, telle que nous l'avions laissée, et, par terre, dans un coin, ta petite chemise qui semblait m'attendre et que j'ai vite cachée sous ma tunique. Depuis, elle ne m'a pas quitté, je l'ai toujours eue dans mes bagages.

Caroline était très émue de cette attention amoureuse qu'elle n'aurait jamais osé espérer de Gaston. Elle défaillait de bonheur, mais, en même temps, elle devait dominer sa crainte que Mme de Coigny ne fût sauvée à sa place. Elle mourait d'envie de s'abandonner aux caresses de son amant retrouvé, mais elle pensait aussi, se remémorant les conversations de femmes qu'elle avait entendues, qu'il est plus facile d'imposer son influence à un homme en se refusant qu'en se donnant. Son corps ne demandait qu'à s'abandonner, mais elle essayait de le freiner, se demandant avec impatience quelle était la meilleure tactique à employer pour éliminer définitivement sa rivale et être envoyée à sa place à la maison Belhomme. Ce fut le corps qui l'emporta. Lorsque ses lèvres eurent touché celles de Gaston, elle perdit tout contrôle d'elle-même. Quelques minutes plus tard, elle haletait et gémissait, presque nue, folle de désir, malaxée par le plaisir, emportée par le flot ascendant de la volupté. En parvenant au sommet du bonheur, elle murmura :

— Il n'y a que toi sur terre, mon amour.

Dans les pauses que la fatigue et l'ivresse du plaisir leur imposaient entre leurs étreintes, ils restaient serrés l'un contre l'autre, échangeant des mots d'amour sans suite, se racontant mutuellement les craintes qu'ils avaient ressenties l'un pour l'autre.

— Cette nuit, murmura Caroline, j'ai encore rêvé de toi. Tu me faisais voir le portrait d'Albancet en me disant que c'était ton frère et qu'il était en Angleterre. Et moi, j'étais toute contente d'apprendre ainsi qu'il n'était pas mort.

Elle lui avait raconté ce rêve avec une inconscience qui se rompit brutalement lorsqu'elle sentit son amant se soulever, puis pencher son visage sur le sien d'un air inquiet :

— Albancet ? Qui est cet homme ?

Caroline maudit son intempérance de langage et essaya d'expliquer à Gaston qu'Albancet était le nom d'un jeune minéralogiste qu'elle avait connu au cours de ses péripéties, qui l'avait protégée et lui avait permis de fuir en sacrifiant sa propre vie au moment où les sectionnaires venaient l'arrêter. Le visage de Gaston se crispa :

— Peste ! Je vous félicite, ma chère amie, de savoir déchaîner d'aussi vertigineuses passions. Ce jeune homme, s'il a accepté de se faire tuer à votre place, devait être fou de vous !

Furieuse contre elle-même, d'autant plus maladroite à donner des éclaircissements qu'elle se savait à peu près innocente des soupçons que Gaston avait contre elle, Caroline s'embrouilla dangereusement dans ses réponses et la colère finit par s'emparer de Gaston.

— Ah non ! Je t'en prie ! Ne me prends pas pour un imbécile. Tu voudrais me faire entendre qu'il n'y avait rien entre toi et cet homme qui couchait dans le même lit que toi et qui s'est sacrifié pour te sauver. Tu aurais peut-être fait croire de pareilles balivernes à ce minéralogiste qui me semble avoir été bien naïf, mais pas à moi.

Irritée de ne pas être crue alors qu'elle disait la vérité, la jeune femme s'emporta à son tour et leur querelle prit une violence croissante qu'interrompit enfin un coup sonore dans la porte.

— Il y a bien trois heures que vous êtes là ! L'heure des visites est terminée. Allez, ouste, décampez, et vous n'oublierez pas, en sortant, de me donner un petit quelque chose en plus pour vous avoir laissés si longtemps.

Caroline et Gaston se levèrent et se rhabillèrent en silence. Le jeune homme ouvrit la porte et affecta de ne pas remarquer qu'il oubliait la fameuse chemise-souvenir. Caroline, de son côté, mit un point d'honneur à ne pas s'en étonner. Ce fut le garçon qui céda. Au moment de refermer la porte, il murmura :

— Ah ! Tiens ! J'allais oublier mon trophée.

Il revint, saisit la chemise qu'il roula sous son bras et rejoignit Caroline en observant, d'un ton sarcastique :

— Il est vrai que, de pareils trophées, vous avez dû en laisser à un bien grand nombre d'hommes.

Elle se retourna et regarda Gaston dans les yeux :

— Libre à vous de ne point me croire. Mais si vous êtes assez infâme pour ne pas avoir confiance en ma parole, c'est-à-dire en celle d'une femme qui est vouée à mourir avant si peu de temps, nous n'avons plus rien à nous dire. À l'avenir, épargnez-moi vos visites. Bonsoir, Gaston.

Aussitôt, elle s'éloigna dans le couloir d'un pas rapide. Gaston voulut la rattraper. Il en fut empêché par le guichetier qui venait de surgir, réclamant un pourboire supplémentaire. Pendant que le jeune homme le payait, Caroline continua de courir et, bientôt, elle s'abattit sur sa paillasse, essayant de contenir de toutes ses forces la crise de nerfs qu'elle sentait toute proche.

Elle n'était pas étendue depuis dix minutes que Mme de Coigny vint s'asseoir auprès d'elle :

— Vous avez bien mauvaise mine, Caroline. Je suis sûre que cette première journée que vous avez passée à la Conciergerie vous a démoralisée. Il faut résister. Dites-vous que rien n'est perdu pour vous. Voyez, moi, je suis ici depuis plus de trois mois et il y a même des personnes qui vivent à la Conciergerie depuis cinq ou six mois. Ceci pour vous montrer que, si vous avez de la chance, vous pouvez attendre encore longtemps avant de passer devant le Tribunal révolutionnaire et, dans ce délai, le peuple de Paris aura peut-être chassé nos tyrans actuels.

Elle continua de parler sur ce ton, mais Caroline ne l'écoutait pas. Elle essayait de tirer une conclusion de la scène qui s'était déroulée entre Gaston et elle. À y bien réfléchir, la jalousie violente du jeune homme était un bon signe. Pour s'être emporté de la sorte, sur un simple soupçon, en l'absence de toute preuve, il fallait qu'il l'aimât. Et, s'il l'aimait, il oublierait en sa faveur la vieille affection qu'il vouait à Mme de Coigny et n'hésiterait pas à la sacrifier. Tantôt cette hypothèse lui apparaissait comme une certitude, et elle était prise de pitié pour cette femme qui était assise à côté d'elle, qui essayait de lui faire manger des bonbons, qui, jadis, avait été si généreuse et si dévouée, tantôt, au contraire, elle ne voyait en elle qu'une rivale triomphante dont les intrigues et le savoir-faire avaient eu raison de Gaston et qui se prélasserait dans la maison Belhomme pendant que Caroline, elle, monterait à la guillotine.

Enfin, Mme de Coigny se décida à s'en aller en apprenant que le dîner était servi. À la Conciergerie, on mangeait à des heures assez irrégulières et, le soir, notamment, on attendait le retour des détenus qui étaient passés l'après-midi devant le Tribunal révolutionnaire. Aussi l'annonce du dîner signifiait-elle en même temps l'arrivée de ces malheureux. Leurs amis et beaucoup de curieux allaient les attendre dans l'étroite cour sombre où on les libérait de leurs entraves. Caroline suivit le mouvement et, portée par la multitude, aperçut en effet, à la hauteur de quelques torches résineuses, un groupe d'une dizaine de personnes, hommes et femmes, dont des gendarmes étaient occupés à dénouer les liens. Lorsque cette opération fut terminée, tous se précipitèrent vers eux, les interrogeant avec angoisse. Au visage des nouveaux venus, Caroline avait d'abord auguré que leur jugement avait été indulgent et elle frémit en comprenant que tous, sans exception, avaient été condamnés à mort malgré le sourire avec lequel ils annonçaient cette nouvelle, nouvelle qui ne surprenait personne, car c'était en général le résultat commun pour toutes les charrettes d'accusés conduits devant le Tribunal.

Dans le couloir, elle regarda de près un groupe de sept jeunes filles, bouleversée à la pensée qu'avant douze heures ces malheureuses auraient cessé de vivre. Elles étaient fraîches, simples, gentiment habillées de petites robes blanches et roses. Eugénie, qu'elle retrouva en rentrant dans sa chambrée, lui expliqua que cette condamnation était la suite d'une dénonciation portée contre l'une de ces aimables filles, nommée Renaud, par un jeune acteur dont elle avait repoussé les avances et qui s'était vengé en lui imputant le dessein d'assassiner Robespierre et Couthon. Elle avait été arrêtée et, avec elle, plusieurs jeunes filles qui étaient ses amies. Jamais aucune preuve n'était venue étayer l'accusation et cependant le Tribunal n'avait pas mis vingt minutes pour décider de leur mort.

Comme elle écoutait ces explications, une voix aux intonations méridionales retentit derrière elle :

— C'est un scandale de plus ! Arrêter une jeune personne parce qu'elle est vertueuse, en arrêter une dizaine d'autres parce qu'elles sont ses amies, les condamner toutes sous le prétexte d'un dessein qu'elles n'avaient jamais eu ! Pendant qu'on y est, pourquoi ne pas arrêter aussi la crémière qui lui vendait du lait ou la mercière qui lui faisait ses chemises ? Pendant qu'on y est, pourquoi ne pas raser sa maison, la rue entière qu'elle habitait, que dis-je, la rue ?… le quartier ! Examinez sous Tibère la conduite de ce Sénat qui le fatiguait par sa bassesse, et vous ne trouverez rien de marqué au coin d'une adulation plus féroce. Cette conduite du gouvernement d'aujourd'hui et du Tribunal révolutionnaire surpasse tout ce que Tacite a jamais raconté. Ainsi, comme ils ont donné l'exemple de la plus grande férocité, ils donnent aussi celui de la plus grande servitude en jugeant que seule la mort peut être le châtiment de jeunes filles coupables d'avoir joué et ri avec l'une d'entre elles, soupçonnée d'avoir pensé à assassiner le tyran Robespierre. Et dire qu'on a cherché à nous indigner sur le sort de Damiens et de Ravaillac !

Le ton de la voix et la teneur du discours étaient familiers à Caroline qui, surprise, se retourna et reconnut dans cet éloquent détenu l'un des camarades de Berthier, qu'elle avait laissés dans la petite baraque de Bordeaux, le jour de sa fuite, Riouffe. Celui-ci la reconnut à son tour et la serra dans ses bras. Il était intarissable. Il lui imposa dans le menu le récit de tous ses malheurs, mêlant le supplice qu'avait subi Barbaroux et les tortures qui avaient été les siennes dans les oubliettes d'une prison de Poitiers, où on l'avait jeté, la rassurant en même temps sur le sort de Berthier qui, selon lui, aurait trouvé un ami sûr pour le conduire en Suisse, l'interrogeant sur ce qui lui était arrivé à elle, sans même lui laisser le temps de répondre, passant du désespoir et de l'inquiétude où les avait plongés la disparition de la jeune femme pendant la nuit, à d'interminables malédictions contre « les despotes du jour », « les monstres de la Terreur ». Il ne quitta Caroline que lorsqu'elle lui eut promis de venir le retrouver après dîner dans sa chambrée du numéro 12 où, ajouta-t-il, « nous nous amusons comme des fous ».

Caroline dîna rapidement en compagnie d'Eugénie et de sa sœur. Le repas était assez plantureux et elle fut contente de boire du vin, ce qui ne lui était pas arrivé depuis plusieurs semaines. Puis, elle entreprit de tenir sa parole et d'aller retrouver Riouffe. La nuit, les chambrées des hommes étaient séparées de celles des femmes par une grille. Mais il était dans l'usage de donner un pourboire au guichetier qui, en ce cas, ne faisait aucune difficulté pour ouvrir le portillon. Cependant, lorsqu'elle retrouva Riouffe, elle était la seule femme qui se trouvât dans cette chambrée et on lui fit un accueil des plus aimables. On lui annonça qu'elle allait assister à une des scènes qui faisaient la gloire du numéro 12, à savoir, au « jeu du Tribunal révolutionnaire ».

Le jeu commençait en effet. Les dix-huit lits, attenants les uns aux autres, étaient séparés par de hautes planches entre lesquelles chaque individu était comme enseveli : sur chaque lit siégeait un juré. Celui qui jouait le rôle de l'accusé, monté sur une table, les avait en face de lui ; le soi-disant greffier et le soi-disant accusateur public étaient assis à gauche sur des tabourets. Cette parodie du Tribunal révolutionnaire était poussée à l'extrême et ce soir-là le délit pour lequel comparaissait le prétendu accusé était le suivant : on lui reprochait, en passant au Champ-de-Mars devant l'autel de l'Être suprême, d'avoir murmuré entre haut et bas : « Eh, eh ! » Le témoin qui l'avait dénoncé avait beaucoup de mal à répondre aux questions des jurés et s'en excusait en expliquant qu'il était sourd. Naturellement, l'accusé fut finalement condamné. Le décor se modifia aussitôt. Une sorte de petit escalier fut fait avec des tabourets pour parvenir jusqu'à la table qui simulait l'échafaud. Un châssis de lit y avait été installé. Le condamné posait son cou sur la barre du lit et recevait un léger choc d'un couvercle de bassine.

Comme la cérémonie s'était passée plus vite que d'habitude, on recommença. Cette fois, ce fut l'accusateur public qui devint lui-même accusé, ce qui donna à Riouffe l'occasion d'observer que de pareils phénomènes se produisent fréquemment dans les époques révolutionnaires. Il subit son jugement, fut exécuté à son tour mais revint ensuite couvert d'un drap blanc pour exposer le tableau des tortures qu'il subissait en enfer. Il leur fit l'énumération des crimes qui étaient ceux d'un accusateur public et prédit aux jurés ce qui leur arriverait : qu'ils seraient promenés dans des tombereaux de sang, enfermés dans des cages de fer, et qu'ils épouvanteraient le monde par l'horreur de leur supplice comme ils l'avaient épouvanté par leur cruauté inouïe. Cette scène faisait rire la plupart des assistants, sauf l'un d'eux, qui s'était mis à trembler de frayeur. Le revenant dut s'en apercevoir, car il s'approcha de lui, lui reprocha tous ses forfaits, et l'engagea à le suivre : « Lapagne ! Lapagne ! Lapagne !... » criait-il lamentablement. Et le nommé Lapagne le suivait, interdit et épouvanté ; Riouffe se pencha vers Caroline pour lui expliquer que ce Lapagne était un « mouton », c'est-à-dire un délateur placé là par le Comité de salut public.

La jeune femme n'avait pas perdu un mot de cette comédie affreuse où des hommes osaient mimer en riant les phases de l'horrible appareil judiciaire qui devait les exterminer. Une seule bougie éclairait la pièce, laissant les ténèbres régner sur les deux tiers de sa superficie. Et Caroline pensait : « J'ai assisté en souriant à ce qui, peut-être demain, peut-être dans un mois ou dans deux, sera l'effroyable réalité. Mon sort ne dépend plus que de Gaston. Qu'a-t-il pu décider ? » Elle alla se coucher et, après avoir dormi un peu, se réveilla en sursaut, épouvantée par le cauchemar qui venait de la visiter : armée d'un couteau, elle frappait à coups redoublés le corps de Mme de Coigny puis se relevait et disait en riant à Gaston : « Vous n'aviez qu'un billet de tombola pour nous deux, mais, maintenant qu'elle est morte, il est pour moi. »

Elle fut réveillée par un lointain brouhaha. Il faisait assez peu clair mais elle se sentait reposée par cette nuit où elle avait pu enfin se déshabiller et dormir sur un matelas, entre de bonnes couvertures. Désireuse de se laver et de s'apprêter tranquillement, sans subir les regards indiscrets, elle se leva, alla remplir d'eau la bassine et commença sa toilette.

Comme elle l'achevait, un pas retentit et un des guichetiers apparut :

— Ah ! c'est vous ! dit-il. Je cherchais partout la quatorzième et je ne la trouvais pas. Dépêchez-vous, tout le monde est prêt et on vous attend. Pour ce genre de promenade on est toujours assez belle. Allez venez.

Un peu éberluée, Caroline suivit le geôlier dans les couloirs en essayant de l'interroger, mais il ne lui répondit que par des propos évasifs et, de plus en plus surprise, elle déboucha sur la cour où se trouvaient réunies une quinzaine de personnes parmi lesquelles elle reconnut la jeune fille qu'elle avait vue revenir la veille du Tribunal révolutionnaire, entourée de ses compagnes. Elle comprit brusquement la méprise du geôlier et s'arrêta net :

— Mais je ne suis pas condamnée ! Ce n'est pas moi qui…

Un des gendarmes qui se trouvait près de la charrette cria :

— Mais tu es fou, tu nous amènes du rabiot maintenant ! On a notre compte. Celle qui manquait vient d'arriver.

Caroline continuait de protester de toutes ses forces, tant elle avait eu peur :

— Je n'ai rien à voir avec tout cela. Je suis Caroline Berthier. Je n'ai jamais comparu devant le Tribunal révolutionnaire.

— C'est bien Caroline Berthier que vous avez dit ? murmura le guichetier. En ce cas, attendez-moi là, j'ai quelque chose pour vous.

Très intriguée par ce « quelque chose », la jeune femme ne put cependant détourner son attention du spectacle qui se déroulait sous ses yeux.

Le matin était froid mais déjà clair. Le ciel brillait, d'un bleu délavé et pur. C'était encore un temps d'hiver, mais la lumière vibrait avec une blondeur qui annonçait le printemps. Un à un, les prisonniers, les poings liés derrière le dos, montaient dans la charrette autour de laquelle les gendarmes fumaient paisiblement. Les jeunes filles s'installèrent les premières, puis ce fut le tour d'un vieillard qui, d'une allure très majestueuse, devait être quelque ancien magistrat. Trois femmes hébétées, serrées les unes contre les autres comme des moutons et habillées de vêtements paysans, étaient tellement résignées et passives qu'un des gendarmes dut les pousser pour leur faire comprendre où elles devaient monter. Il ne restait plus que deux hommes qui se tenaient à quelques pas de Caroline. Tous deux étaient à peu près du même âge – une cinquantaine d'années – le plus grand, dont la mise indiquait un ancien officier noble, demanda avec ironie à son interlocuteur :

— Mon cher député girondin, nous allons être hués par la foule dans quelques minutes, pensez-vous que ces sarcasmes s'adresseront à vous ou à moi? C'est un problème très complexe.

— C'est un problème très simple, mon cher comte, ils s'adresseront à nous deux.

Sur ces mots, ils se dirigèrent vers la charrette devant laquelle ils se firent des politesses, montèrent enfin. Les roues grincèrent. Les sabots des chevaux claquèrent sur les pavés de la cour. Deux gendarmes ouvrirent la lourde porte qui, quelques instants plus tard, se referma sur la cour, maintenant vide, où seul était resté le guichetier qui enjoignit à Caroline de rentrer avec lui dans le couloir. Lorsqu'ils y furent parvenus, il sortit de sa poche une lettre et la lui tendit :

— On m'a demandé de vous la faire parvenir, et, comme je suis bon homme, j'ai accepté.

Le cœur de Caroline se mit à battre. Elle avait reconnu l'écriture de Gaston. Elle avait hâte de lire la lettre. Cependant, comme le guichetier restait auprès d'elle dans l'attente d'un autre pourboire qui vînt s'ajouter à celui qu'il avait certainement déjà reçu, elle le pria de l'accompagner jusqu'à sa chambrée, lui donna une pièce de monnaie et, enfin, rompit l'enveloppe.

Elle serrait les dents, tenant la lettre sur ses genoux, et hésitant encore avant de la lire. Elle voulait se prémunir contre le choc que lui causerait sa déception au cas où elle n'aurait plus rien à attendre de l'amour de Gaston. Pour se défendre contre cette désillusion possible, elle essayait de se persuader, dès maintenant, que cette lettre ne pouvait être qu'une mauvaise nouvelle, tout en tâchant de se faire croire que, de toute façon, il n'y avait pas lieu de désespérer, que son étoile la sauverait. Mais elle avait tant de mal à se rassurer qu'elle finit par y renoncer : l'image de cet embarquement tranquille, méthodique, familier, dans cette funèbre charrette de la mort, l'avait trop impressionnée pour qu'elle pût lutter contre elle. Crispée, brisée, elle lut :

Ma chère Caroline,

Je n'ai pas pu dormir cette nuit en songeant que, pendant que j'avais toutes mes commodités dans ma chambre, vous cherchiez peut-être en vain le sommeil au fond de cette horrible Conciergerie. Et je m'imaginais les reproches que vous me faisiez sans doute et qui ne sont que trop justifiés.

Je ne vous demanderai jamais trop pardon pour l'attitude qui fut la mienne hier soir... Je suis inexcusable de m'être laissé emporter de la sorte contre vous, mon âme, qui êtes en butte à de si grands périls et qui menez une vie aussi atroce. J'en suis d'autant moins excusable que j'aurais dû attacher dès l'abord crédit à ce que vous me racontiez, puisque vous me le racontiez librement et sans que je vous aie le moins du monde interrogée.

En ce moment, je t'écris, ma Caroline adorée, à la lueur d'une petite bougie, et je me prends la tête à deux mains en me maudissant. Je n'arrive plus à comprendre comment j'ai pu répondre à toute ta gentillesse, à toute ta tendresse, au don de toi que tu venais encore de me faire, par autant de méchanceté et de dureté. Je n'invoquerai comme justification que la force même de mon amour qui m'a jeté hors de moi-même à la moindre suspicion, et aussi l'énervement et le trouble où je me trouve depuis que je te sais sous la menace de la guillotine.

Mais, Caroline, ta situation va changer. Hier soir, j'ai fait ce qu'il fallait pour cela. J'ai vu mon camarade pour que ce soit à ton nom que l'ordre de Fouquier-Tinville soit libellé. D'ici quelques jours, d'ici quelques heures peut-être, tu seras à l'abri dans cette bonne maison Belhomme. Charlotte t'y apportera tout ce qui te sera nécessaire et m'a promis de m'aider à verser au médecin la très lourde pension qui est nécessaire.

Tu vois donc que tout est pour le mieux et que tu n'as que des raisons d'espérer. J'attends, moi aussi, la visite que je te ferai très bientôt à la maison de santé pour achever de mériter mon pardon.

Celui qui, pour la première fois de sa vie, aime vraiment, et tellement qu'il ne sait plus ce qu'il dit ni ce qu'il fait :

Gaston.

22
La maison Belhomme

Ce fut au milieu de l'après-midi qu'un guichetier apparut et se mit à crier à travers les chambrées :

— La citoyenne Berthier ! La citoyenne Berthier !

Pleine à la fois d'inquiétude et d'espoir, elle se précipita vers lui :

— C'est vous la citoyenne Berthier ? Eh bien, préparez vos affaires, il faut que vous soyez partie dans un quart d'heure.

— Mais où va-t-on m'emmener ?

— Si on vous le demande, vous direz que vous n'en savez rien ! Allez, ouste, dépêchez-vous et venez me retrouver au guichet.

Mais il n'y a pas de secret dans une prison. Caroline eut à peine le temps de quitter les vêtements que lui avaient prêtés Eugénie et sa sœur pour remettre son ancienne tenue, que, de tous côtés, des détenus accoururent pour la féliciter avec envie :

— Il paraît que vous partez pour la maison Belhomme ?

— Comment avez-vous donc fait ?

— Voulez-vous prendre mon nom, madame, si par hasard il y avait une place, vous pourriez vous arranger peut-être pour me faire venir, etc., etc.

Le sang aux joues, abasourdie, doutant encore de son bonheur malgré l'évidence, Caroline acheva rapidement de se peigner et se dirigea vers le guichet. Partout, sur son passage, des visages curieux étaient tendus vers elle. On ne parlait que de son cas. Elle pâlit brusquement en apercevant à quelques pas Mme de Coigny qui, immobile, la regardait. Ce regard suffit à Caroline pour qu'elle se rende compte que Mme de Coigny n'avait pas eu besoin d'explications pour comprendre ce qui s'était passé. Elle ne disait d'ailleurs pas un mot et, toujours sans bouger, se bornait à suivre des yeux le passage de Caroline qui, maintenant, était empourprée de confusion. Elle avait même tellement honte d'avoir volé sa chance à sa rivale qu'elle fut sur le point d'aller vers elle et de lui dire qu'elle ne voulait pas partir à sa place, qu'elle n'acceptait pas de se sauver en la perdant. Mais cette velléité n'était pas autre chose qu'une velléité, et elle se garda bien d'un tel geste. Quand, enfin, elle se fut éloignée du lieu où se tenait Mme de Coigny, elle respira plus facilement, et ses remords s'étant apaisés, elle en vint à concevoir du ressentiment à l'égard de cette femme qui, devenue un reproche vivant, venait de lui gâcher sa joie.

Elle franchit les voûtes qu'elle avait déjà traversées le jour de son incarcération à la Conciergerie et sous lesquelles elle avait vu s'engager le matin même la sinistre charrette dont elle avait tant redouté d'être, un matin, une des passagères. Une voiture l'attendait, mais c'était un honnête fiacre à l'intérieur duquel était assis un commissaire de police qui la pria de monter, avec politesse, fit baisser les stores et entreprit avec elle une conversation banale et courtoise roulant sur la pluie et le beau temps.

Au bout d'une demi-heure, la voiture ralentit, cahota et s'arrêta. Le commissaire invita Caroline à descendre, et celle-ci, éblouie par la lumière du jour, s'aperçut qu'elle se trouvait dans une petite cour sur laquelle donnait la façade d'un hôtel particulier assez délabré. Un petit homme court et rond, vêtu en bourgeois, s'approcha d'elle, se présenta sous le nom du docteur Belhomme, la salua avec une galanterie presque désuète et l'assura qu'elle trouverait dans sa maison le repos et les soins que réclamait son état de santé.

Le commissaire écouta en silence ce discours de bienvenue puis haussa les épaules :

— Si vous vous livrez à toutes ces simagrées à cause de moi, c'est inutile, ne perdez pas votre temps. Je sais aussi bien que vous que cette dame n'est pas plus malade que moi et qu'elle n'est ici que pour soigner une tête qui risquait de se décoller.

Sur ce bon mot, il éclata de rire, remonta dans la voiture, et la jeune femme se trouva seule en présence du médecin qui, sans renoncer le moins du monde à ses allures cérémonieuses, l'invita à monter avec lui dans son cabinet, pour que son traitement soit fixé. La jeune femme retroussa sa robe et grimpa le perron avec allégresse. De chaque côté de la porte se trouvaient des massifs dont les rameaux, enfiévrés par l'approche du printemps, se gonflaient déjà. Cette vue ravit Caroline, saturée des pierres grises qui constituaient l'unique décor de la Conciergerie. Dans les couloirs et les escaliers se pressait une foule élégante. L'arrivée de la jeune femme fit sensation. Elle entendait de tous côtés les pensionnaires s'interroger mutuellement et faire des hypothèses diverses sur la « nouvelle ». Enfin elle parvint dans le bureau qui était joliment meublé et de style Louis XV. Au mur, un tableau représentait au pastel un jeune homme qui souriait avec fatuité. Le docteur suivit son regard et se mit à rire :

— Je suis, hélas ! certain que vous ne reconnaissez pas dans le vieux bonhomme que je suis devenu le joli garçon que j'ai été, s'il faut en croire cette peinture. Mais je n'ai pas eu une vie oisive. Le travail et l'étude ne rajeunissent pas, et ici vous ne pouvez savoir le mal que je me donne pour faire marcher toute cette maison et y conserver le plus grand nombre possible de ces malheureux qui, comme vous, sentent peser sur leur vie la menace de la guillotine.

Puis, après l'avoir invitée à s'asseoir, il prit place dans son fauteuil et, tout en tripotant l'énorme verrue qu'il avait sur le nez, entreprit de lui expliquer les lourdes charges de son établissement et la nécessité où il se trouvait de demander à ses pensionnaires une grosse contribution financière. Caroline comprit que, lorsqu'il l'avait priée de venir examiner avec lui son traitement, il ne s'agissait pas, comme elle l'avait cru, d'un traitement médical, mais bien de celui qu'elle devait verser. Elle écouta avec surprise les chiffres exorbitants qui lui étaient demandés. Malgré la dépréciation de l'assignat, elle savait que le prix d'une chambre ne dépassait guère quinze francs et fut assez effrayée de s'en entendre réclamer quatre cents. Mais elle ne prit pas la peine de discuter, persuadée que Gaston et Charlotte pourvoiraient à son entretien. Aussi interrompit-elle le long exposé filandreux du médecin :

— Je ne veux pas vous faire perdre votre temps. Je suis d'accord avec vous pour une pension quotidienne de mille francs. Ma belle-sœur et un de mes amis doivent venir me voir, je leur indiquerai le chiffre qu'ils auront à verser.

— Eh bien, voilà qui est parfait, dit le médecin en se frottant les mains et en se levant, vous n'avez donc plus qu'à gagner vos appartements. Dès que la visite que vous attendez arrivera, vous en serez prévenue. D'ailleurs la liberté la plus complète règne ici. Vous pourrez recevoir à toute heure du jour et, dans ma bonté pour mes pensionnaires, que je considère tous comme mes amis, je ne m'opposerai même pas à ce que vous donniez des réceptions le soir.

Il appuya sur une sonnette, et, presque aussitôt, une grande femme sèche et osseuse, au visage couperosé habillée de vêtements sales, apparut dans l'embrasure de la porte.

— Voici la citoyenne Chabanne, ma collaboratrice. Elle va vous conduire à votre chambre… Je vous préviens tout de suite que vous serez peut-être déçue par son ameublement, qui est en effet sommaire. Mais je n'avais ici, avant la Révolution, que quelques rares malades, et j'ai dû tout improviser pour pouvoir recevoir chez moi le plus grand nombre possible de détenus. Je pense que vous vous consolerez facilement de n'avoir qu'un lit très rudimentaire et de partager votre chambre avec d'autres personnes, car vous serez, je suppose, assez raisonnable pour comprendre que c'est grâce à ces petits désagréments que j'arrive à accueillir et à protéger sous mon aile tant d'innocentes victimes.

La vieille femme, qui n'avait rien de la cordialité du médecin, inclina à peine la tête pour répondre au salut de Caroline, et, d'un geste sec, lui enjoignit de la suivre.

Par un petit escalier crasseux, elles gagnèrent l'étage supérieur de la maison, c'est-à-dire ce qui avait été autrefois un grenier. Ce grenier était divisé en un grand nombre de petites pièces par des rideaux hauts à peine d'un mètre, qui n'établissaient entre ces prétendues chambres qu'une barrière symbolique.

En pénétrant dans celle que lui indiquait Mme Chabanne, Caroline fut un peu stupéfiée de la trouver plus sale et plus incommode encore que les chambrées de la Conciergerie. À même le plancher, des matelas étaient posés sur lesquels traînaient des couvertures et des vêtements.

— Vous vous arrangerez avec vos compagnes qui sont, je crois, au nombre de deux, pour qu'elles vous laissent une place suffisante pour dormir. Le dîner et le déjeuner sont servis dans la salle à manger, au rez-de-chaussée. Les difficultés de l'approvisionnement sont telles que les heures de repas sont très variables.

Puis, sans un mot d'adieu, la vieille femme se retira.

Il faisait très froid dans le grenier, malgré les quelques poêles dont, au-dessus des petites tentures, on voyait les tuyaux s'élever vers les lucarnes. Un brouhaha constant régnait. Il devait y avoir une soixantaine de personnes dans cet étroit local. Caroline restait immobile. Elle tressaillit en voyant un visage apparaître au-dessus de la tenture contre laquelle elle se trouvait. C'était celui d'un homme d'un certain âge, qui portait une perruque poudrée et des vêtements assez usés, indiquant un ancien courtisan.

— Madame, murmura le vieux beau, permettez-moi de déposer à vos pieds les respectueux hommages d'un de vos plus humbles serviteurs, bouleversé du privilège qui lui est échu d'avoir l'honneur d'être le premier à souhaiter une heureuse arrivée et un bon séjour à cette nouvelle divinité que le ciel nous envoie.

— Bonjour, monsieur, vous êtes bien aimable, répondit machinalement Caroline.

Mais, de dessous les couvertures, une voix féminine se fit entendre :

— Marquis, n'importunez donc pas cette jeune femme de vos compliments fades. Elle est beaucoup trop jeune et trop jolie pour vous.

Le visage du marquis se plissa de colère.

— Cette bonne duchesse ! s'exclama-t-il. Toujours le mot pour rire. Et surtout, toujours la rage de se mêler de ce qui ne la regarde pas. Vous feriez beaucoup mieux, ma bonne amie, de vous arranger pour trouver l'argent de votre pension, sinon je prévois, sans avoir besoin de lire dans les lignes de votre main, que de fâcheux événements pourraient bien vous arriver.

La duchesse écarta les couvertures entassées sur elle, qui l'avaient cachée au regard de Caroline, et se leva. Elle portait également des vêtements élégants et fatigués.

— N'essayez pas de me porter malheur, cria-t-elle avec colère. M. Belhomme sait que j'attends de l'argent, il ne me mettra pas à la porte ce soir. Il a trop de considération pour moi.

À cette déclaration, son interlocuteur feignit de ne pouvoir être maître de son hilarité :

— C'est trop drôle, c'est vraiment trop drôle d'entendre cela ! Vous vous figurez que Belhomme va s'accrocher à vous alors qu'il n'a pas hésité, la semaine dernière encore, ou, pour parler d'une façon plus moderne, la décade dernière, à renvoyer à la Conciergerie l'exquise baronne de Brigelong, le jour où elle n'a plus pu payer sa pension. La pauvre enfant, elle a été guillotinée le surlendemain.

— Vous essayez de me porter malheur, je vous dis ! Vous essayez de me porter malheur ! Mais ça ne vous réussira pas ! C'est à vous que ça portera malheur !

— Pauvre duchesse ! Votre conversation n'est plus guère variée, et dire qu'à la Cour vous vous étiez fait une réputation de femme d'esprit, qu'on redoutait vos traits dans tout Versailles. *Sic transit gloria mundi.*

S'étant tournée vers Caroline, la duchesse lui adressa un sourire fané :

— Chère petite madame, obtenez donc de cet importun qu'il nous laisse, en repos l'une et l'autre, et qu'il ait la politesse de rentrer sa tête derrière sa tenture, pour que je puisse vous aider à vous installer.

Caroline était ahurie par cette discussion. En outre, elle ne voyait pas très bien à quel genre d'installation on pouvait se livrer dans ce fouillis. Cependant, elle accepta de s'asseoir auprès de la vieille dame qui se présenta à elle sous le nom de la duchesse de Bussez et lui fit mille câlineries. Elle fut délivrée de cet ennuyeux tête-à-tête par l'arrivée véhémente d'un vieillard qui, écartant la tenture, demanda d'une voix sonore : « Madame Berthier », et lui annonça qu'un visiteur l'attendait au jardin, où il lui proposa de la conduire.

Elle accepta, mais, comme elle se levait, elle entendit Mme de Bussez lui murmurer de ne pas lier conversation avec cet individu qui était un fou, ancien curé de Saint-Germain-des-Prés et interné là longtemps avant la Révolution. En gagnant d'ailleurs avec lui le jardin, elle put s'apercevoir que ce jugement n'était pas excessif, car, sans aucune raison, son guide se mit à lui déclamer d'une voix usée et rocailleuse une tirade de Corneille.

Enfin, elle aperçut Gaston qui se promenait dans les jardins et se précipita vers lui.

— Mon ami, s'écria-t-elle, je suis là grâce à toi. Pendant tout le temps que tu passeras à Paris, tu pourras venir me voir autant que tu voudras, nous allons être très heureux.

Il l'embrassa, mais il ne paraissait pas aussi gai qu'elle l'aurait souhaité. Cependant, il lui annonça qu'il avait vu M. Belhomme et lui avait remis une somme de huit mille francs couvrant la première semaine de sa pension. Il ajouta :

— C'est horriblement cher.

— Mais enfin, Gaston, je te rendrai cet argent plus tard, répondit Caroline en rougissant. D'ailleurs Charlotte a dû garder une partie de la fortune de mon mari, je dois pouvoir…

— Que tu es sotte ! Tu ne penses tout de même pas que c'est par avarice que je regrette ces huit mille francs. Mais en abandonnant mon nom, j'ai momentanément perdu tous mes biens. À l'heure actuelle, je n'ai pas d'argent. La somme que je viens d'apporter, je l'ai empruntée. Mes amis sont, pour la plupart, ruinés comme moi, et je ne pourrai guère leur emprunter autre chose. Quant à Charlotte, elle est également dans une situation difficile. Son père est mort. Leur fortune est surtout représentée par des terres qui sont sous séquestre à cause des poursuites engagées contre Georges. Le peu d'argent liquide qui restait à sa mère et à elle ne représente presque rien, surtout depuis l'écroulement du franc. En un an, je crois qu'elle a vendu presque tous ses bijoux pour pouvoir vivre et envoyer des subsides à Georges qui, il y a trois mois, a réclamé une somme importante pour passer en Suisse. Aussi, tu le vois, allons-nous avoir beaucoup de mal à trouver l'argent qui t'est nécessaire, surtout si tu dois passer des mois ici…

Caroline haussa les épaules et se mordit les lèvres. Elle pensait : « Quel benêt, j'étais si contente de le retrouver, et voilà qu'il ne pense qu'à m'ennuyer avec ces questions d'argent, il n'a qu'à se débrouiller, et il en trouvera bien. »

Mais, en poursuivant sa conversation avec le jeune homme, elle se convainquit rapidement que ce n'était pas seulement ces inquiétudes financières qui l'assombrissaient et que, rassuré maintenant sur le sort immédiat de Caroline, il devait au fond de lui-même regretter son attitude à l'égard de Mme de Coigny. Elle le lui demanda franchement :

— Je ne t'en aurais pas parlé, répondit-il, mais puisque tu m'interroges, je dois en effet t'avouer que je ne me sens pas à mon aise. Certes, c'est toi que j'aime. Mais j'ai pour elle une très vieille et très solide affection, qui, depuis plusieurs années, n'était plus guère sensuelle et était devenue surtout amicale. Je ne regretterais rien si, auparavant, je ne lui avais pas fait cette promesse. Quand elle a appris que c'était toi que je sauvais au lieu d'elle, que j'avais rayé son nom pour mettre le tien à sa place, elle a dû beaucoup souffrir, non seulement parce qu'elle se voit maintenant immanquablement condamnée, mais encore parce qu'elle peut à bon droit estimer que je me suis joué d'elle. Je ne me reproche pas de t'avoir sauvée, mais je me sens très malheureux d'avoir été obligé pour cela de me comporter aussi bassement.

Les dents serrées, la voix sèche, Caroline proposa :

— Il en est encore temps, mon cher, et, si vous y tenez, je peux demander à revenir à la Conciergerie, et céder mon tour à votre vieille amie.

Gaston la regarda avec un mépris non dissimulé.

— Vous êtes inutilement sotte et méchante. Vous manquez tellement de tact et de délicatesse que je renonce à vous faire comprendre les sentiments que j'éprouve. D'ailleurs, il va falloir que je m'en aille. Charlotte ne va pas tarder. Expliquez-lui bien les exigences de M. Belhomme. Et surtout, ne vous trahissez pas, ne lui laissez pas deviner quels sont nos véritables rapports.

— Vous croyez qu'elle ne l'a pas deviné ?

— Non, justement. Nous avons encore parlé de vous ce matin. Elle m'a dit combien elle trouvait beau le sentiment que nous avions l'un pour l'autre depuis si longtemps, et qui avait su rester aussi pur à travers tant de péripéties.

Caroline se mit à rire.

— Aussi pur ! Je ne l'aurais pas crue niaise à ce point-là !

Gaston eut un nouveau mouvement d'impatience.

— Je vous en prie ! Gardez ce genre de réflexions pour vous. L'innocence de Charlotte n'a rien de risible.

Il lui dit au revoir presque sèchement et laissa la jeune femme dans le jardin où elle continua de se promener toute seule, fâchée à la fois contre Gaston et contre elle. Le soir tombait sur le petit enclos où d'autres ombres déambulaient encore. Caroline n'avait pas chaud. Elle était en outre dépitée d'avoir dû revêtir ses vieux vêtements et de ne pas avoir l'élégance de beaucoup des femmes qui se trouvaient là. « Je parie, pensait-elle, que cette niaise de Charlotte n'aura même pas pensé à m'en apporter. » En même temps, elle se reprochait de devenir méchante et cherchait une excuse dans tous les ennuis qu'elle traversait.

Enfin Charlotte franchit la voûte du petit pavillon qui servait d'entrée à la maison de santé. Elle se jeta dans les bras de sa belle-sœur et l'embrassa en pleurant. Caroline qui, au premier abord, avait été assez insensible, se sentit émue en retrouvant cette fille franche et aimable à laquelle étaient associés tant de souvenirs de leur adolescence commune. D'ailleurs, les premiers épanchements passés, toutes deux ne purent s'empêcher d'évoquer les bals masqués d'autrefois, le cours de danse où elles s'étaient connues.

— Qui nous aurait dit, ma pauvre Caroline, que tant de malheurs nous attendaient ? Si vous saviez comme la maison est devenue triste maintenant ! Maman ne s'est pas relevée de la mort de ce pauvre papa et de la disparition de Georges. Gaston m'a raconté une partie de vos aventures…

Tout en lui répondant, Caroline regardait le visage tiré et amaigri de Charlotte. Une brusque inquiétude l'assaillit. Elle ne s'en rendait pas compte, mais peut-être avait-elle aussi perdu toute sa fraîcheur ?

— Et physiquement, comment me trouvez-vous, Charlotte ?

— Je ne voulais pas vous en parler tout de suite, parce que, dans vos malheurs, je pensais que vous aviez d'autres sujets de préoccupation, mais, en vous retrouvant à la lumière du perron, j'ai été frappée de votre beauté. Dieu sait ! vous étiez ravissante il y a un an, mais maintenant vous êtes à coup sûr une des plus jolies femmes que j'aie jamais vues.

Caroline fut ravie par ce jugement au point qu'elle prêta peu d'attention au reste de leur conversation, qui roula d'ailleurs sur les difficultés de Charlotte à trouver l'argent nécessaire à l'entretien de sa belle-sœur. Mais celle-ci l'écoutait distraitement en pensant : « Ils s'arrangeront toujours. »

Après avoir quitté Charlotte, elle remonta dans son grenier, portant sous son bras le volumineux paquet que la visiteuse lui avait remis en s'en allant et qu'elle avait hâte de déballer. Aussi ne répondit-elle que rapidement aux saluts que de nombreux pensionnaires lui adressèrent et qui étaient autant d'invitations à entrer en rapport. Elle fut satisfaite de trouver le grenier dépeuplé. Ce devait être l'heure où le rite de la maison voulait qu'on se promenât dans les couloirs en échangeant des propos mondains. Sa prétendue chambre était vide.

Elle ouvrit le paquet, qui contenait des couvertures, des friandises, deux jolies robes presque neuves, beaucoup de linge, des bas, des souliers et des châles. Très pressée de se faire une beauté pour pouvoir aller se faire admirer dans les couloirs, Caroline se déshabilla. Quand elle fut nue, avant de passer sa chemise, elle eut la coquetterie, ayant remarqué parmi les affaires de Mme de Bussez un miroir, de s'y regarder un instant. La glace n'était pas très grande. Caroline s'agenouilla devant et prit des poses qui, à la lueur de la bougie, mettaient en valeur la finesse de sa taille, les courbes provocantes de ses seins et de ses hanches.

— Oh! pardon!

Effrayée, elle tourna la tête.

— Je suis confus, vous me voyez navré, croyez bien que si j'avais pu supposer…

Mais, tout en s'excusant de la sorte, M. Belhomme se tenait devant elle, ne faisant pas un mouvement pour s'en aller. Il ajouta même :

— Il est vrai qu'un vieux médecin comme moi peut tout voir sans que cela tire à conséquence.

La jeune femme s'était drapée dans une couverture. Elle le foudroya des yeux. Il s'inclina et se décida seulement à se retirer en renouvelant l'expression de sa confusion.

— Je voulais seulement voir la duchesse, ajouta-t-il en sortant. Si par hasard vous l'apercevez, conseillez-lui donc de passer à mon cabinet.

Si vieux, si gros, si laid que fût l'homme dans le regard duquel Caroline venait de lire un admiratif hommage à sa beauté, elle en sentit une certaine satisfaction et se rhabilla avec entrain.

Quelques minutes plus tard, elle faisait son apparition dans les couloirs, et, au bout d'une heure de promenade, elle avait déjà lié connaissance avec les plus élégants des pensionnaires. Ce soir-là, le sujet à l'ordre du jour était le départ de la duchesse de Bussez que Belhomme avait décidé de renvoyer le lendemain matin à la Conciergerie parce qu'elle n'avait plus d'argent.

En entendant les noms des personnages qu'on lui présentait, Caroline ne pouvait s'empêcher de penser que, si sa sœur Louise et Mlle de Tourville se fussent trouvées là, c'eût été un bonheur pour elles que d'être en une société aussi distinguée. Mais, malgré leurs grands noms, les pensionnaires étaient d'une platitude extraordinaire quand ils parlaient de « M. Belhomme ». Tous blâmaient la duchesse de s'être refusée à continuer de payer sa pension ; chacun citait les cas récents de clients récalcitrants qui avaient mal fini.

— Vous vous rappelez la duchesse du Châtelet ? Elle est partie un sextidi et, le octidi, elle montait à l'échafaud ! M. Belhomme en avait été très frappé...

— Mais il avait fait remarquer qu'elle périssait victime d'une économie mal entendue.

— Elle ne pouvait pas payer, la malheureuse ! Ce n'était pas une question de mauvaise volonté ! J'admets encore pour la duchesse de Choiseul qui avait les moyens...

Caroline écoutait distraitement ces propos. On lui baisait la main, on la fêtait. Elle songeait à la mauvaise humeur de Gaston, mais se rassurait : demain, il serait là et ce serait lui qui lui demanderait pardon ; que c'était bête de s'aimer comme ils s'aimaient – car elle ne doutait plus de son amour – et de se quereller aussi cruellement...

Un appel retentit dans le promenoir : les repas venaient d'arriver. Elle descendit à la salle à manger en compagnie d'un groupe de jeunes gens. Chaque portion était sur un plateau. La citoyenne Chabanne cochait sur un cahier à chaque fois qu'un détenu s'était servi. Caroline prit son plateau et alla s'installer sur la longue table où elle mangea de bon appétit son bouillon, son omelette et sa confiture. On commentait beaucoup le changement de régime du président de Forbin, qui se limitait à une assiettée de haricots ; c'était, disait-on, le signe précurseur du désastre. Bientôt le président ne pourrait même plus payer sa chambre et ce serait sa condamnation.

Après le dîner, elle fut invitée par deux marchands anversois, les frères Van Kript, accusés d'espionnage, à danser dans la grande chambre qu'ils occupaient au premier étage. Une assez nombreuse société y était réunie. L'orchestre se réduisait au fou qui était venu la prévenir de la visite de Gaston. Il se contorsionnait en jouant à sa façon du violon. Cependant, au bout de quelques heures, la scène devint plus fiévreuse. L'un des Van Kript avait pris sur ses genoux une très jeune fille blonde et lui baisait les lèvres en lui caressant les jambes et relevant sa robe de plus en plus haut, au point que les autres convives ne pouvaient s'empêcher de voir ce qu'elle avait de plus intime.

Caroline, surprise autant par l'indécence violente de ce spectacle que par la résignation écœurée avec laquelle la jeune personne, très rouge mais passive, se laissait faire, finit par interroger un officier d'une quarantaine d'années avec lequel elle avait plusieurs fois dansé. Il sourit avec lassitude.

— C'est vrai. Vous n'êtes arrivée qu'aujourd'hui. C'est le genre de la maison. Il faudra vous y habituer. Ici, on ne sauve sa vie que par l'argent. Il n'y a pas un lieu au monde où l'argent règne davantage en maître qu'à la maison Belhomme. Le jour où l'on dit au médecin : je ne peux plus payer ma chambre, on signe son arrêt de mort. Et vous avez pu voir les sommes que l'on nous demande ! Cette malheureuse est très honteuse des privautés du vieux Van Kript, d'autant qu'elle a été fort bien élevée. C'est la fille du président de Forbin. Elle est ici avec son père et son frère jumeau. Ils sont très gênés et le vieux magistrat est obligé de fermer les yeux sur la façon dont la petite obtient des prêts des Van Kript. Ce sont deux frères, très riches négociants, et perdus de vice. Si encore ils se contentaient de s'amuser avec elle, mais ils le font en public. Leur plaisir est d'être vus.

— C'est infâme, murmura Caroline entre haut et bas. Je vais m'en aller. Je ne comprends pas que vous assistiez à ce spectacle.

L'officier sourit de nouveau :

— Chère madame, je suis au bout de mes fonds. Pour durer le plus longtemps possible, je me suis mis au régime des carottes. On me les vend d'ailleurs ce que je payerais un sanglier si j'étais dehors. J'ai faim. Et dans ces orgies les Van Kript, qui sont prodigues, offrent du champagne, de la viande froide, du pâté, ce qui me permet de me coucher le ventre plein.

Caroline, en jetant un regard, s'aperçut que les Van Kript réunissaient maintenant leurs efforts sur la jeune fille. Jugeant qu'elle n'avait aucune raison de demeurer plus longtemps, elle sortit sans un mot et remonta dans son grenier. Des chandelles brillaient. On entendait chanter et rire. Elle parvint, parmi les tentures, à retrouver sa prétendue chambre et s'abattit sur le matelas.

— C'est vous, Marie-Anne ?

Elle reconnut la voix de la duchesse et répondit :

— Non, madame. C'est Caroline Berthier.

— Ah bon… bon. Est-il tard ?

— Il doit être une heure du matin.

— Bien… Je vous remercie. Vous venez vous coucher ? Laissez une place pour Marie-Anne de Forbin, la troisième occupante. Vous n'avez pas vu M. Belhomme ?

— Non, madame. C'est-à-dire que je l'ai rencontré cet après-midi. Il vous cherchait. Mais je suppose que, que…

— Oui, oui, nous nous sommes vus. Il a été intraitable. Je pars demain à l'aube pour Sainte-Pélagie ou la Conciergerie… Je suis perdue.

— Mais ne serait-il pas plus sage de payer ?

— Il faudrait pouvoir. Je n'ai plus un bijou. Tous mes amis, tous mes parents sont morts, prisonniers ou émigrés. Mes deux dernières semaines, je les ai payées grâce à une de mes anciennes femmes de chambre, maintenant blanchisseuse, qui m'a prêté toutes ses économies.

Caroline, tout en se déshabillant, regardait avec une sorte de crainte ce vieux visage bouffi sur lequel la clarté mouvante de la chandelle répandait des ombres biscornues et ridicules. Les paupières étaient rouges, les lèvres tremblantes. Elle y tenait, elle aussi, à la vie, aux dix ou vingt ans d'existence qui lui étaient encore dus…

— Si je pouvais vous prêter, je le ferais volontiers, madame, dit Caroline. Mais je n'ai plus rien. Ce sont des amis qui m'aident et…

— Oh ! je ne vous demande rien, ma pauvre enfant. Ici, chacun pour soi.

Après un petit silence, elle reprit :

— Si on m'avait dit cela autrefois… Ah ! je peux dire que j'ai été comblée. Si vous m'aviez vue à la cour de Louis XV. Pour vous donner une idée, un jour…

Caroline ne l'écoutait pas. Elle la laissait se remémorer le temps de ses splendeurs, d'une voix chevrotante. Elle pensait : « C'est bien cela la vie, chacun pour soi. Dans les périodes calmes, on peut faire confiance au voisin, à son dévouement, à son altruisme, à sa gentillesse. Mais ce n'est qu'une façade qui s'écaille dès que le problème de la vie ou de la mort est posé. » Elle commençait aussi à s'inquiéter : « Qu'arrivera-t-il si Charlotte et Gaston ne parviennent pas à payer ma pension ? »

La vieille dame s'était tue. Le tumulte s'apaisait un peu dans le grenier. Maintenant, la vieille dame ne pense plus qu'elle va mourir : elle dort en ronflant. Dans le fond du grenier, deux prisonniers, saisis d'émulation, rivalisent dans des imitations de cris d'animaux. Caroline sursaute. Un énorme rat vient de filer entre les couvertures. « Cocorico ! » crient en chœur les deux ivrognes. C'est à devenir fou. Elle imagine des rats partout. Elle s'est étendue et roulée dans sa couverture. Elle n'éteint pas la chandelle, car la malheureuse petite Forbin en aura besoin quand elle remontera de la séance.

Deux heures du matin sonnent. Toutes les horloges de Paris répètent chacune à leur tour qu'il est deux heures du matin. C'est vrai : Paris est là, tout autour. À vol d'oiseau, il ne faudrait que quelques minutes pour atteindre ce petit hôtel de la rue Saint-Dominique qui semblait si noir, si fétide, à la petite fille qui avait encore dans les yeux la clarté des champs de blé au soleil, dans les narines l'odeur du foin et des violettes, pour atteindre le jardin des Berthier où Gaston l'avait saisie dans ses bras, le soir du bal masqué, au moment où une étincelle du feu d'artifice l'avait brûlée, le bois de Vincennes, ce triomphant Bois-de-Vincennes-et-du-14-Juillet.

À mesure qu'elle s'assoupissait, sa tendresse à l'égard de Gaston se faisait plus profonde et plus expansive. Elle l'aurait voulu auprès d'elle et se reprochait de ne pas savoir suffisamment lui exprimer à quel point elle l'aimait. Elle remuait sous ses couvertures en se rappelant avec aigreur comment leur étreinte de la veille avait été cruellement gâchée, pour elle, par la querelle qui l'avait précédée. Elle se donnait d'ailleurs tous les torts, prête à pleurer aux seules syllabes du nom de Gaston qu'elle se répétait intérieurement.

Elle sursauta et poussa un cri en sentant un choc très lourd contre sa poitrine. Elle avait dû dormir. La chandelle brûlait toujours, mais, arrivée au bout de ses forces, palpitait avec des hoquets d'agonie.

La jeune femme, instinctivement, avait jeté ses bras devant elle et ses mains s'étaient arrêtées sur la soie d'une robe.

— Qu'y a-t-il? Qui êtes-vous? Vous m'avez fait mal!

— Excusez-moi! répondit une petite voix frêle, étrangement enfantine, j'avais oublié qu'il y avait ce soir une troisième occupante.

Caroline reconnut alors Marie-Anne de Forbin, la fille du président, dont l'attitude au cours de la soirée dans la chambre des négociants hollandais l'avait tant choquée. La jeune fille semblait épuisée de fatigue. C'était en se laissant tomber sur le matelas qu'elle avait involontairement heurté Caroline. Elle s'en excusa de nouveau :

— Je vous ai fait très mal, madame? Ne m'en veuillez pas, je suis éreintée, je n'ai qu'une hâte, c'est de dormir.

Tout en parlant, elle avait commencé de délacer sa robe et en même temps avait jeté sur Caroline un regard morne qui s'anima soudain :

— Je vous reconnais. C'est vous qui étiez chez les Van Kript ce soir !

Elle se tut un instant, affectant de concentrer toute son attention sur sa robe et sa chemise qu'elle ôta en se masquant pudiquement derrière une couverture. Mais, se décidant tout à coup, elle se retourna vers Caroline qui ne pouvait s'empêcher d'admirer la chute magnifique de ses reins, la tendre blondeur élastique de ses épaules et de sa nuque où venaient se dénouer les vagues lustrées d'une belle chevelure claire et rutilante, enrichie par la palpitation ambrée de la chandelle.

— J'ai entendu vos réflexions, madame. Je n'ai rien perdu des jugements que vous avez cru pouvoir porter sur mon attitude. Tout ce que je vous souhaite, c'est de ne jamais être dans ma situation, de ne jamais avoir à choisir entre votre pudeur, votre honneur, et la vie de deux êtres chers. Si ce n'était que pour moi, soyez sûre que je n'aurais jamais supporté d'endurer publiquement les odieuses privautés de ces deux hommes. C'est très facile de condamner les autres quand on est riche, quand on a une famille pour vous soutenir, quand on est à l'abri, mais…

— Je ne vous méprise pas ! J'ai été surprise, je l'avoue, mais je ne voudrais pas que vous croyiez…

Caroline était très émue. Elle se sentait incapable d'exprimer à cette jeune fille toute la sympathie qu'elle avait pour elle. Les mots lui manquaient. Elle avait peur d'être maladroite, de la choquer, de l'effaroucher, de renchérir sur son humiliation. Et cependant, elle pensait : « Cette pauvre enfant est ma petite sœur. Elle subit le drame qui est le mien. Rien qu'à en juger par son visage, par sa voix, par ses paroles, elle devait être prête pour une vie pure, pour se consacrer à un homme qu'elle aurait adoré. Elle n'a pas choisi d'être le jouet de cette sarabande vicieuse, pas plus que je n'ai moi-même choisi de coucher, un soir, avec un postillon pour tenter d'échapper à mon sort. » Caroline rageait contre ces femmes pour qui tout a été facile et qui prétendraient au droit de les condamner toutes deux.

Étonnée de son silence, la jeune fille la regarda. Sans doute lut-elle sur le visage de Caroline la compassion et l'amitié que celle-ci n'avait pas su lui exprimer, car elle s'abandonna sans réserve à son chagrin et éclata en sanglots en cachant son visage dans ses mains.

— J'ai honte, j'ai trop honte !

Elle releva légèrement la tête :

— Je ne vous dirai pas que je m'étais habituée à ces cérémonies ignobles qui durent déjà depuis plusieurs jours, mais je n'ai réellement été étouffée par la confusion que lorsque vous avez poussé devant ce que je me laissais faire en public une exclamation de scandale. Il y a de telles mœurs ici ! Je ne suis pas la première, je ne serai pas la dernière à me conduire de la sorte. Mais tout est une question d'usage, d'habitudes. Autant que nous sommes, si nous étions nées dans une société où la courtisanerie soit considérée comme de la dernière élégance, et l'impudeur comme un devoir pour les filles, nous n'en serions nullement choquées. À force de voir ce qui se fait ici, j'avais fini par oublier tout ce que j'avais vu et appris pendant mon enfance. C'est vous, c'est votre regard, votre fuite qui m'ont brutalement révélé l'abjection où j'étais tombée. Ça ne m'amusait pas. Mais j'en souffrais comme d'une pénible corvée, comme d'une séance chez l'arracheur de dents, un point c'est tout. Et puis, vous êtes venue et…

Ses sanglots redoublèrent et elle s'abattit sur le matelas. Caroline, éperdue, écarta sa couverture et saisit la jeune fille dans ses bras. Elle caressa tendrement la peau douce et pulpeuse d'adolescente qui se serrait contre elle. Elle ne pouvait s'empêcher d'admirer la beauté de ses petits seins, hauts et drus, qui remuaient spasmodiquement au rythme des sanglots. Ceux-ci cependant s'apaisaient peu à peu. Caroline murmurait des paroles vagues et consolantes, comme s'il se fût agi de calmer un chagrin d'enfant. En même temps elle pensait : « Cette jeune fille est beaucoup moins coupable que moi. » Elle se souvenait du plaisir crispé et trouble qu'elle avait trouvé dans la mortifiante étreinte du postillon, la facilité avec laquelle elle avait consenti à être un délassement d'une nuit pour Boimussy et ne pouvait s'empêcher de s'avouer que, si elle avait été contrainte comme la petite Marie-Anne à subir les outrages de ces deux vicieux en présence de tant de personnes, elle en aurait sans doute conçu plus d'horreur que la jeune fille, mais cette horreur aurait été peut-être pimentée d'une trace de ce plaisir si spécial qu'elle tirait du goût de la déchéance, d'un penchant à se sentir humiliée par l'homme...

Marie-Anne de Forbin ne pleurait pas. Avec une gentillesse enfantine, elle remercia Caroline de son indulgence, puis acheva de lui dépeindre son malheur :

— Je n'ai que seize ans. Je n'ai jamais aimé aucun garçon encore. Si, juste un, que je n'avais jamais vu, qui était un officier de marine, naviguant très loin et dont un petit portrait se trouvait dans la chambre d'une de mes amies, dont il était le frère. Il avait de grands yeux bleus, un visage énergique et très doux à la fois, rêveur même, et voilà où j'en suis arrivée.

— Mais le genre de scènes auxquelles j'ai assisté se reproduit-il souvent ?

— Quand j'ai besoin d'argent. Cela s'est passé ainsi : ces deux négociants étaient pleins de prévenance à mon égard, d'une façon que je croyais toute paternelle. Aussi, quand nous avons manqué d'argent, ai-je pensé qu'ils accepteraient de m'en prêter, puisqu'ils sont très riches. Ils m'ont répondu : « Oui, mais à la condition que vous viendrez danser ce soir avec nous. » Et, sous prétexte de danser, vous avez vu ce qu'ils me font subir.

— Mais, cela va jusqu'où ?

— Vous en avez vu assez. Cependant, ce soir, ils ont fait encore mieux que d'habitude et m'ont obligée à me mettre toute nue pour servir du champagne à leurs invités. C'est infâme, je pense que j'aimerais mieux qu'ils me fassent… ce que vous pensez pour tout de bon, mais sans cette foule servile pour me regarder. Et, en plus, ils sont odieusement menteurs, ils m'avaient promis avant la soirée de me donner l'argent nécessaire pour nous trois, durant la semaine. Ils ne m'en ont donné que la moitié. Demain, j'aurai beaucoup de mal à faire admettre à M. Belhomme, et surtout à cette affreuse Chabanne, de me laisser payer ma semaine en deux fois. Puis, j'ai tellement peur que mon frère l'apprenne. Ce serait effrayant. Il m'aime beaucoup. Il est très pur. Heureusement, il n'est en relations avec presque personne. Il se destinait à la marine, il fait des mathématiques toute la journée.

— Et votre père ?

— Oh ! lui… Vous pensez bien qu'il est au courant. Mais il fait semblant de croire que l'argent nous tombe du ciel. Et dire qu'autrefois il a dû faire envoyer en déportation des filles qui n'en faisaient pas plus que moi !

À ce moment, la duchesse poussa un grognement, puis :

— C'est vous, Marie-Anne ? Alors, comment cela a-t-il marché ? Les deux faquins ont-ils craché au bassinet ?

— La moitié, madame, ils ne m'en ont donné que la moitié.

La duchesse bâilla :

— Vous auriez dû vous faire payer d'avance, ma petite. Avec ces gens-là…

— Et vous, madame ?

— Moi, je pars demain à l'aube. Si cela se passe comme pour ma pauvre amie Choiseul, je rendrai visite au Tribunal révolutionnaire demain après-midi, et à la guillotine tout de suite après. J'en ai pris mon parti. Ma mort sera une leçon pour toute cette racaille. Je leur ferai voir, à tous ces croquants, comment sait périr une femme de qualité.

Elle s'anima :

— Eux, ils ont peur de la mort. Ils ne savent pas d'où ils viennent, ils ne savent pas où ils vont. Ils vivent dans l'instant. Leur existence est ratatinée dans leur petite carcasse individuelle. Je me suis laissé dire que pour les mener au combat on leur donne à boire et on leur fait de grands discours ronflants et retentissants. Nous autres, nous n'avons pas besoin de discours. Quand mon père a chargé à Rocroy, il s'est simplement retourné vers ses mousquetaires en leur disant : « Messieurs, veuillez assujettir vos chapeaux, nous allons avoir l'honneur de charger. C'est que nous autres, nous ne sommes jamais nés et nous ne mourrons jamais. Je sais que j'ai été à Azincourt et aux croisades et que, par mon fils et ses enfants, je connaîtrai bien d'autres combats et bien d'autres gloires. »

Mais elle perdit brusquement toute sa majesté et hocha la tête :

— J'ai tout essayé pour faire entendre raison à M. Belhomme. Il n'y a rien eu à faire. J'aurais peut-être réussi, mais cette harpie de Chabanne est arrivée. Avec elle, il n'y a pas besoin de raconter des histoires, elle ne sait que répéter : pas d'argent pas de maison Belhomme, nous ne pouvons pas faire d'exception. Et voilà, demain j'irai affronter ces brutes. Tout à l'heure, en m'endormant, j'ai prié Dieu pour qu'il me fasse la grâce d'être courageuse et de dire à ces rustres leurs quatre vérités.

Comme elle achevait de parler, la chandelle, après un dernier sursaut, poussa un petit sifflement et s'éteignit. Dans l'obscurité qui avait ramené le silence, Caroline aida Marie-Anne à passer sa chemise et à s'étendre auprès d'elle. Elle essaya de s'endormir.

Quatre heures sonnèrent. De nouveau, la jeune femme pensait : « Peut-être que Gaston, lui aussi, ne dort pas et que ces mêmes sons parviennent à ses oreilles. »

*

Elle dormit si tard et si profondément qu'elle n'entendit même pas le départ de la duchesse pour la Conciergerie. Elle s'habilla. Conseillée par Marie-Anne, elle alla se laver avec elle dans une grande lessiveuse posée près du palier et devant laquelle défilaient, hommes et femmes, tous les occupants du grenier.

Puis, pendant que Marie-Anne s'attardait devant la bassine, Caroline, prise d'une inquiétude subite, retourna dénouer son baluchon, redoutant sans raison qu'on lui ait dérobé sa bourse. Elle poussa un soupir de soulagement en sentant contre ses doigts le contact des mailles d'argent. Par réaction, elle le serra presque contre son cœur et ne put s'empêcher de sourire, tant ce geste amoureux lui rappela celui d'Harpagon. Néanmoins, nullement rassurée, elle décida de mettre à l'abri cette précieuse somme qui représentait à peu près deux jours de survie à la maison Belhomme. Aussi, après avoir inspecté les lieux, monta-t-elle sur la pointe des pieds pour atteindre une excavation entre deux solives. Elle y enfonça la bourse et courut rejoindre Marie-Anne qui achevait de nouer ses cheveux.

Puis toutes deux descendirent à ce premier étage dont la galerie et le couloir servaient de promenoir à tous les détenus. Caroline fut tout de suite entourée mais se garda, malgré les avances empressées qui lui étaient faites, de concéder à aucun des jeunes gens qui se trouvaient là le moindre tête-à-tête dont, en l'apprenant, Gaston pourrait prendre ombrage. Et de rester ainsi distante et réservée, elle éprouvait un grand plaisir : celui de se savoir le devoir de fidélité envers un garçon qui était «son garçon», qui l'avait préférée à toute autre, comme elle le préférait au monde entier.

Elle alla se promener seule après le déjeuner dans le jardin, humide et silencieux entre les grands murs nus, dont le lierre avait été arraché, de peur qu'il ne servît de complice

aux prisonniers en mal d'escalade. Son pas grésillait doucement sur les graviers. De ses doigts, parfois, elle frôlait une tige gonflée par le prochain printemps. « Au printemps, pensait-elle, où serai-je ? » Elle s'imaginait au bras de Gaston, marchant dans cette même allée. Mais ce n'est plus le jardin de la « maison de santé ». C'est leur jardin. Ils sont mariés. Gaston se moque gentiment d'elle parce qu'elle quitte son bras pour courir à travers les massifs détacher une fleur d'aubépine et qu'en sautant elle égratigne sa robe. « Tu te prends pour un jeune garçon ? » demande-t-il en riant. Elle répond : « Je suis un jeune garçon, mon chéri, j'ai été élevée comme tel à grimper dans les arbres pour dénicher les pies.
— Ah ! tu es un jeune garçon, je n'en avais pas l'impression il y a quelques minutes. » Alors, elle rougit et posa sa joue contre la poitrine de son jeune mari…

Une voix claire vient de crier :

— Elle est sûrement par là. Je viens de la voir prendre cette allée…

— Je vais la chercher. Merci, mademoiselle… vous êtes très aimable.

Ayant reconnu l'intonation de Gaston, elle se retourna vivement et aperçut en effet à travers la dentelle dépouillée des buissons la silhouette du jeune homme qui la cherchait du regard. Elle se précipita vers lui, animée d'une colère qu'elle ne cherchait pas à raisonner.

— Pourquoi parles-tu avec cette jeune fille ? Je t'ai entendu. Tu lui faisais des compliments.

Un peu surpris, mais très calme, Gaston la regarda avec un sourire narquois :

— Cette jeune fille avait l'amabilité de me renseigner, et je me bornais à être poli en la remerciant. Ma parole, je crois que tu perds la tête !

La jalousie s'était enfuie du cœur de Caroline aussi vite qu'elle y était née. Elle passa ses bras autour du cou du jeune homme et, câline, murmura :

— Pardonne-moi, mon cœur, mais je pensais à toi, je t'attendais, je faisais des rêves. Oh ! jure-moi qu'un jour nous nous épouserons, je voudrais tant pouvoir t'appeler : mon petit mari adoré.

Gaston ne chercha pas à se dégager, mais haussa imperceptiblement les épaules.

— Voyons, Caroline, sois un peu raisonnable, ne m'oblige pas à te rappeler que tu es mariée à Georges, et que Georges…

— Georges ne compte pas pour moi !

— C'est possible. Mais vis-à-vis de la société…

— Je la déteste, la société, tu entends. Elle n'est bonne qu'à gâcher la vie de ceux qui veulent être heureux. Elle n'est bonne qu'à bâtir des prisons, qu'à construire des guillotines.

— Si Rousseau, du fond de sa tombe, t'entendait parler ainsi, il serait charmé d'avoir une aussi délicieuse disciple. Mais, crois-moi, tout cela n'est guère sérieux. Il ne s'agit pas pour nous, en ce moment, de faire des projets d'avenir, mais bien de conserver notre vie, de traverser une période qui est difficile et dangereuse. Je fais tout ce qui est en mon pouvoir pour te sauver. Quant au reste, nous verrons plus tard.

— Plus tard, plus tard ! Depuis que je suis en âge de comprendre, j'entends toujours cette expression : plus tard… On n'a pas cessé de me promettre que je serais heureuse et comblée, mais cela plus tard. Pour le moment, ajoute-t-on, il faut être docile et résignée. Eh bien ! je ne suis ni docile ni résignée. Mon bonheur, je le veux tout de suite.

Le jeune homme l'embrassa dans le cou, avec tendresse, puis murmura :

— Chère petite folle, à quoi te sert de toujours te révolter ? On m'a appris autrefois, une maxime qui est, je crois, d'Épictète, et qui est celle-ci : « Parmi les choses qui existent, les unes dépendent de nous, et les autres n'en dépendent pas. » Eh bien, il ne dépend pas de nous de vivre comme des tourtereaux. Il dépend simplement de nous de tout faire pour défendre notre vie.

La jeune femme garda un instant le silence, puis :

— Gaston, es-tu vraiment sûr de m'aimer?... Non, tais-toi, ne me fais pas une de ces réponses passe-partout que tu as dû déjà prononcer tant de fois. Dis-moi plutôt si, quand tu m'aperçois, tu te sens troublé, éperdu, comme je me sens, moi, dès que j'entends seulement ta voix.

La tendresse qui éclairait le visage du jeune homme s'évanouit soudain et il répliqua durement :

— Je crois t'avoir donné, il y a peu de temps, une preuve suffisante de mon amour pour qu'il soit de mauvais goût de ta part de m'interroger davantage.

Caroline rougit :

— Une belle preuve, en vérité ! Tu m'as préféré à une autre...

— Je te prie de te taire ! J'ai fait pour toi une chose abominable. Après avoir laissé entrevoir le paradis à une malheureuse jeune femme, qui avait toujours été ce que tu n'es pas, droite, confiante, sincère, j'ai sans explication renier ma promesse, mon engagement, et si elle meurt, demain...

— Eh bien, qu'elle meure ! Le beau malheur, en vérité...

— Oh ! excuse-moi... Je...

Gaston se tenait confus devant la jeune femme sidérée par la gifle qu'elle venait de recevoir. Elle ne disait pas un mot. Les bras ballants, elle l'écoutait :

— Pardonne-moi, Caroline, j'ai sans doute eu tort. Je comprends ta jalousie, mais tu viens de faire un souhait horrible, d'autant plus horrible que cette femme, dont tu appelles la mort, a risqué sa vie autrefois pour...

— Pour me sauver, oui, je sais. C'est à croire qu'on ne rend service aux gens que pour avoir à le leur reprocher ensuite. Moi aussi j'ai rendu des services, mais il ne me viendrait pas à l'idée de m'en prévaloir pour m'attribuer un droit sur ceux auxquels...

— D'abord, cette malheureuse ne s'est jamais prévalu de rien et n'a jamais cherché à se vanter du service qu'elle t'avait rendu. Ensuite, je crois que, si je te demandais à combien de gens tu t'es dévouée d'une façon désintéressée, tu serais bien en peine de me répondre.

Caroline ouvrit la bouche et resta sans voix. Il lui parut extraordinaire qu'en effet elle soit dans l'impossibilité de citer aucun acte de gentillesse pure, de sympathie gratuite. Elle pensa brutalement : « Il a raison, je suis la plus sordide des égoïstes », et s'entendit répondre :

— Je suis ce que je suis, Gaston, mais je t'aime, et je n'aime que toi.

*

Durant la quinzaine de jours qui suivit, aucun événement marquant ne se produisit à la maison Belhomme. On y apprit seulement l'exécution de la duchesse de Bussez. Le médecin lui-même en parut affecté, mais il en profita pour endoctriner ses « malades » en insistant « sur la triste fin de cette personne d'un grand mérite, morte des suites d'une lésinerie faite mal à propos ».

Les visites de Charlotte et de Gaston continuèrent d'une façon régulière. Néanmoins, les inquiétudes de Caroline grandirent de jour en jour devant les difficultés croissantes où se trouvaient ses deux amis au point de vue financier. Sauf la première semaine, qui avait été payée d'avance par Gaston, ils en furent réduits, provoquant par là la mauvaise humeur du docteur et surtout de Chabanne, à verser presque au jour le jour la pension de la jeune femme. Et encore n'y parvenaient-ils que grâce à une série de miracles aussi quotidiens.

L'anxiété de la jeune femme était d'autant plus vive que deux autres détenus, pour des retards de paiement, n'avaient pas tardé à suivre le sort de la duchesse. En outre, elle assistait au calvaire de Marie-Anne qui, chaque soir, lorsqu'elle rentrait des « parties de plaisir » qu'organisaient les deux négociants hollandais, lui avouait en pleurant les nouveaux raffinements de vice de ses persécuteurs. Caroline se demandait si bientôt elle n'en serait pas réduite, elle aussi, à ce jeu horrible et sans issue – sans issue car il était trop évident que les deux Crésus se lasseraient d'elle, comme elle sentait qu'ils étaient en train de se lasser de Marie-Anne.

Elle augura sans se tromper la fin de la triste histoire de la jeune fille, lorsque celle-ci, en revenant à l'aube d'une soirée qui avait dû être très agitée, à en juger par les cris et les éclats de rire qui parvenaient jusqu'au grenier, lui avoua, les dents serrées, qu'« ils » avaient cette fois conclu leurs orgies en se décidant à lui prendre sa virginité. En effet, jugeant sans doute que cette possession couronnait à merveille la série des plaisirs que leur avait procurés Marie-Anne, les deux négociants, trois jours plus tard, refusèrent de lui donner le moindre argent, répondant grossièrement à ses supplications que « pour une putain qu'elle était, elle avait été largement payée ». Le lendemain, avec son frère et son père, elle partait à l'aube vers la Conciergerie.

Caroline fut très frappée par cet épisode qui la toucha d'autant plus qu'elle s'était prise d'affection pour la jeune fille et qu'elle s'était habituée à voir en elle une sorte de sœur, plus malheureuse certes, mais poursuivie par le même destin. Elle n'eut d'ailleurs pas le temps de plaindre sa petite compagne, car ses ennuis personnels l'occupèrent tout entière. En effet, l'après-midi qui suivit le départ de la famille de Forbin, Caroline, fidèle au rendez-vous qu'elle avait tous les jours à trois heures avec Gaston, rendez-vous qui se déroulait dans une petite cabane située à l'extrémité du jardin et garnie de foin qui leur permettait de se livrer à leurs ébats amoureux, eut la surprise de voir survenir, non pas ce cher amant dont la présence suffisait à lui faire oublier toutes les horreurs de la maison Belhomme, mais Charlotte, l'air soucieux. Celle-ci répondit à ses questions pressantes en lui tendant une lettre de l'écriture de Gaston. La missive était brève. Le jeune homme se bornait à lui faire savoir qu'il ne pourrait venir la voir de plusieurs jours, étant très occupé d'une part à rechercher des fonds pour la pension, d'autre part à obtenir une prolongation de sa permission.

Navrée, Caroline s'indigna :

— Mais enfin, il aurait tout de même pu passer, ne serait-ce que quelques minutes ici. Il devrait comprendre que, maintenant où je suis habituée à sa venue, il m'est impossible de vivre sans lui !

Mais, tout en parlant, elle remarqua que Charlotte paraissait très gênée. Aussi insista-t-elle, jusqu'à ce que la jeune fille lui avouât que la véritable raison de Gaston était peut-être la mort d'une certaine Mme de Coigny, exécutée la veille.

— Gaston était avec moi quand il a appris la nouvelle. Son visage est devenu complètement pâle. Ses yeux se sont fermés, et je voyais ses ongles s'enfoncer dans ses paumes. Après, il m'a simplement dit que c'était une amie d'enfance et a essayé de parler d'autre chose. Mais j'ai quand même eu l'impression que…

Caroline eut beaucoup de mal à dissimuler à sa belle-sœur le choc que cette nouvelle lui avait également porté. D'un seul coup, elle éprouva les remords qui jusqu'ici ne l'avaient qu'effleurée. Elle n'avait jamais pensé qu'une issue aussi brutale puisse se produire. Elle était accablée. Elle s'accusait d'être la responsable de l'exécution de sa bienfaitrice. La phrase qu'elle avait prononcée, sans y croire vraiment, lui remontait douloureusement aux lèvres. Elle aurait donné plusieurs années de sa vie pour ne jamais avoir dit : « Eh bien, qu'elle meure, le beau malheur ! » Elle se crispa, les yeux révulsés, imaginant ce beau corps de femme, qu'elle avait entrevu pendant leur aventureuse nuit, le cou tranché et saignant.

— Mais qu'avez-vous, Caroline? On dirait que vous allez vous trouver mal! Peut-être connaissiez-vous aussi cette dame?

— Oui, un peu, murmura la jeune femme en récupérant son souffle.

Après un petit silence, Charlotte reprit :

— Enfin, ma chérie, je tâcherai de remplacer auprès de vous notre bon ami.

Cette remarque suffit pour rappeler à Caroline que Charlotte apparemment n'avait pas pénétré le caractère de l'affection qu'elle portait à Gaston et elle s'inquiéta d'avoir manifesté si vivement sa déception quand elle avait appris qu'il ne pourrait pas venir la voir pendant un certain temps. Aussi se força-t-elle à sourire et à observer avec une petite moue câline :

— Vous ne pouvez pas l'imaginer, Charlotte, mais, en prison, nous sommes comme des enfants. J'étais habituée à la visite quotidienne de Gaston, et cela me fait véritablement du mal de devoir y renoncer. C'est stupide quand on y pense! Quand je sortirai d'ici, je serai une petite fille vraiment insupportable.

Mais, tout en feignant de suivre avec intérêt la conversation, elle cherchait anxieusement à se faire une idée de ce que pouvait être l'état d'esprit de Gaston. Il devait être furieux contre elle. Il devait reporter sur elle la responsabilité de ce qui s'était passé. Peut-être ne lui pardonnerait-il jamais. Peut-être y aurait-il toujours entre elle et lui cette ombre pénible et obsédante. Cependant, elle fut ramenée sur terre par les derniers propos de Charlotte. Celle-ci, avec des ménagements, était en train de lui expliquer que, si l'exécution de Mme de Coigny était pour beaucoup dans l'absence de leur ami, les raisons qu'il avait invoquées n'étaient pas de simples prétextes.

— Maman et moi, poursuivait Charlotte, n'avons plus un liard. Vous ne pouvez peut-être pas vous en faire une idée, mais nous n'avons plus le moindre objet à vendre. Quant à Gaston, il vous est plus dévoué encore que vous ne le pensez. Il a liquidé le peu qu'il possédait, jusqu'à son cheval, ce qui risque de lui attirer des ennuis, car ce cheval appartenait à l'armée. Tous nos espoirs sont maintenant réduits à l'un de ses amis, le capitaine Thiébaut – vous vous rappelez, il était avec nous cet horrible jour de 14 juillet où nous apprîmes l'émeute en rentrant de Vincennes. Mais cet officier est aux armées, Gaston lui a écrit. Nous attendons sa réponse. Ce qui serait terrible aussi, c'est que lui-même soit obligé de quitter Paris pour regagner sa compagnie.

Caroline baissa le front. Elle n'était pas éloignée de penser que le désastre qui la menaçait maintenant de si près était la punition de son égoïsme à l'égard de Mme de Coigny – comme à l'égard du pauvre Albancet, et même de Georges et de tous ceux qui avaient été bons pour elle. Elle ne put retenir ses larmes. Bouleversée, Charlotte, qui était assise auprès d'elle dans le foin, la prit dans ses bras pour essayer de la consoler. Mais, tout en la réconfortant, elle ne put s'empêcher d'observer avec surprise :

— Ma douce, vous êtes nue sous votre robe ! Par un temps pareil, c'est véritablement de la démence ! Je vous ai pourtant apporté toutes les chemises, tous les corsets, tous les jupons dont vous pouviez avoir besoin !

Caroline ne répondit pas. Elle avait en effet pris l'habitude de ne porter que sa robe lorsqu'elle se rendait en ce lieu peu confortable pour les séances amoureuses qui devaient se faire le plus vite possible, de peur d'une surprise éventuelle. Aujourd'hui, cette nudité lui faisait l'effet d'une dérision : Gaston ne viendrait pas. Elle regarda avec amertume les murs passés à la chaux de la petite cabane. Gaston et elle s'étaient amusés, avec un morceau de fusain, à y entrelacer leurs initiales. Ils avaient même meublé à leur façon ce lieu sordide, dont le jeune homme s'était assuré l'usage par une dîme payée à Chabanne, garnissant l'embrasure de la lucarne d'un petit vase où ils avaient disposé quelques branches des premiers chatons, cachant sous la paille une petite bouteille de liqueur qu'ils buvaient tous deux au goulot… Son regard circulait tristement sur ce qui avait été leur « île déserte ». Un pressentiment qu'elle n'arrivait pas à chasser lui disait que c'en était fini et que jamais Gaston n'y reviendrait.

*

Elle se trompait. Gaston réapparut dans la cabane trois jours après. Caroline poussa un cri de joie en entendant grincer la petite porte de bois et en voyant s'y encadrer non pas le visage de Charlotte, mais celui du jeune homme. Elle se leva et alla se jeter dans ses bras. Elle agrippait ses doigts à lui en pensant : « Il est là, il est revenu, toutes mes craintes étaient absurdes, je l'aime, je le tiens contre moi, je ne le laisserai pas échapper. » Mais, en même temps, elle redoutait de l'entendre aborder l'exécution de Mme de Coigny. Il s'en garda. Il répondit avec fougue à l'étreinte de la jeune femme et la renversa dans la paille. Pendant une heure, sans un mot, ils luttèrent l'un contre l'autre avec une telle frénésie que jamais encore Caroline n'avait connu une jouissance aussi furieuse et aussi vertigineuse. Quand elle revint à elle, elle se sentit à la fois merveilleusement délassée, reposée et pantelante, rompue comme un pantin désarticulé.

Gaston se tenait devant elle, debout, se rhabillant en silence. Il se décida enfin à parler :

— Caro, je n'ai pas voulu te gâcher cette dernière rencontre en te disant tout de suite que ce soir j'aurai quitté Paris… Ne m'interromps pas, écoute-moi plutôt. Comprends que je ne peux faire autrement. J'ai déjà outrepassé les droits de ma permission. Il est très dangereux pour moi d'être en situation irrégulière, car, si l'on regarde d'un peu près mon cas, on risque de découvrir ma véritable identité. Cependant, s'il ne s'agissait que de moi, je resterais. Si je pars, c'est parce qu'à l'armée je retrouverai Thiébaut et que, par lui, j'espère obtenir la grosse somme d'argent qui t'est nécessaire…

— Mais Charlotte m'avait dit que…

— … que je lui avais écrit. Ma lettre ne l'a pas touché. Notre seul espoir est que je le retrouve à temps.

— Mais n'as-tu pas d'autres amis que Thiébault? On dirait qu'il n'y a que Thiébault au monde.

— La plupart de mes amis étaient nobles. Ils sont donc morts, émigrés ou ruinés. Thiébault est un des rares bourgeois que je fréquentais. Je ne vois que lui pour nous sortir de cette situation. Je te demande d'être raisonnable. Cette séparation m'est aussi douloureuse qu'à toi.

Caroline renonça à lutter. Elle resta étendue dans la paille, à demi nue. Ce fut Gaston qui la força à se relever et à se rajuster. Il lui prit le bras et elle se laissa conduire comme dans un rêve à travers le jardin. Quand ils furent devant la poterne de sortie, Gaston lui prit la main et la broya dans la sienne.

— Caroline, je n'aime que toi. Tu es tout pour moi. Je suis prêt à tout pour toi… Eh bien! Tu vois, je m'en vais. Dis-moi quelque chose. Tu ne vas pas me laisser partir sans un mot… Veux-tu que je te laisse un souvenir de moi? Quelque chose comme dans les romances que nous chantions autrefois? Veux-tu que je te donne une boucle de mes cheveux en échange d'une boucle des tiens?

Le ton d'infinie tendresse sur lequel le jeune homme avait prononcé ces mots arracha Caroline à sa léthargie. Elle parvint à sourire. Elle passa sa main presque timidement sur la nuque de son amant, puis murmura :

— C'est cette mèche-là que je veux.

Gaston parut tout à coup embarrassé :

— Mais nous n'avons pas de ciseaux!

— J'en ai une paire que m'a envoyée Charlotte. Attends-moi là, je vais la chercher.

Elle traversa le jardin en courant et escalada à toute vitesse l'escalier. Comme elle parvenait au grenier, elle se heurta avec tant de violence à un jeune homme qui sortait que tous deux faillirent tomber. Celui-ci poussa une exclamation de surprise puis s'écria :

— Mais je ne me trompe pas ! Ce jeune taureau furieux n'est autre que notre charmante Caroline Berthier !

Caroline tressaillit et reconnut Boimussy, son compagnon de route entre Blois et la Conciergerie.

— Ah, c'est vous ! Décidément, le monde est petit.

— En ce cas, permettez-moi de bénir le monde et de lui rendre mille grâces de sa petite taille. Peut-on savoir…

— Pour le moment, on ne peut rien savoir. Si ce n'est que je suis pressé, cria Caroline avec impatience.

— Mais encore, ne puis-je…

— Vous ne pouvez rien que m'ennuyer ! Je vous dis de me laisser tranquille !

Le sang aux joues, furieuse contre cet importun qui venait troubler un pareil moment, et, sans se l'avouer, honteuse alors qu'elle faisait ses adieux à Gaston de s'être trouvée face à face avec un homme qui avait été si près de la posséder, elle s'affairait maladroitement, fouillant avec des gestes désordonnés dans son baluchon. Enfin, elle dénicha la paire de ciseaux et repartit, haletante, vers Gaston. En redescendant l'escalier, elle serra les dents d'exaspération à la vue de Boimussy qui, dès qu'il l'aperçut, s'amusa à feindre une terreur panique, se plaqua contre la muraille comme si un cheval emballé le menaçait, simulant des gestes d'effroi et de supplication. Puis, quand elle arriva à sa hauteur, il se jeta devant elle en écartant les bras et en criant d'une voix faussement emphatique : « On ne passe pas ! » Emportée par son élan, Caroline tomba dans ses bras qu'il referma familièrement autour de son dos et de sa taille. Folle de colère, trépignante, les larmes aux yeux, la jeune femme se débattit avec tant de véhémence que, craignant d'avoir poussé les choses trop loin, le jeune homme la libéra, cependant qu'elle lui criait en pleine figure :

— Je vous déteste, je vous déteste.

Elle aurait voulu le jeter à terre, le piétiner, tant en effet elle le haïssait de polluer par ses galanteries narquoises les dernières minutes qui lui restaient à passer avec Gaston. Et, comme, ayant repris son aplomb, le jeune homme, souriant de nouveau, ouvrait la bouche pour ébaucher quelque nouveau compliment, n'y tenant plus, elle se jeta sur lui, le giflant et le griffant.

— Que se passe-t-il ? demanda une voix grave et calme.

Caroline lâcha prise et, pétrifiée, s'immobilisa sous le regard de Gaston, qui reprit avec la même froideur :

— Cette dame m'a l'air beaucoup trop essoufflée pour me donner l'explication que je souhaite. Sans doute, monsieur, pourrez-vous le faire à sa place.

— Mais, je n'ai pas, monsieur… balbutia Boimussy, je n'ai pas d'explications à vous donner. Je ne crois pas d'ailleurs avoir jamais eu l'avantage de vous être présenté.

Comme les deux hommes s'affrontaient du regard, Caroline retrouva tout son sang-froid pour intervenir :

— Ce n'est rien, dit-elle. C'est moi qui suis folle. Comme je descendais l'escalier en courant avec ces ciseaux, M. de Boimussy m'a lancé une légère plaisanterie. Je ne sais pas pourquoi je me suis fâchée à ce point.

Et elle ajouta en se tournant vers Boimussy :

— Excusez-moi, monsieur. Je serais navrée que vous me gardiez rancune.

— C'est moi, madame, qui mérite votre pardon, ayant été assez maladroit pour vous mettre en colère.

Caroline inclina légèrement la tête et se mit à descendre l'escalier comme si de rien n'était. Gaston hésita une seconde, puis les deux hommes se saluèrent sèchement et il la suivit.

Quand ils furent dans le jardin, Caroline s'appuya sur le bras de Gaston.

— Pardonne-moi, mon amour de t'avoir fait assister à cette scène stupide. J'étais si émue, si bouleversée par ton départ, que quand cet imbécile a osé…

— Quelle plaisanterie t'a-t-il dite ?

— Il m'a demandé… il m'a crié : « Alors, bergère, c'est le jour où l'on tond les moutons ? »

Gaston ne put s'empêcher de sourire.

— Ce n'était en effet pas bien méchant. Le pauvre garçon a dû être plutôt sidéré par la violence de son châtiment.

— Oui, mais tu comprends, à un pareil moment, me parler de tondre les moutons, quand avec ces ciseaux, précisément, nous allons…

— Je comprends, je comprends… Mais, si tu te mets à faire payer nos malheurs à nos voisins, la vie de ton entourage ne sera pas très drôle.

Gaston avait prononcé ces mots avec un peu de vanité. La jeune femme sentit qu'il était au fond très fier de l'exaltation où elle était jetée par son départ. Ils s'arrêtèrent de nouveau devant la poterne. Caroline, la première, trancha une mèche des cheveux de son amant et en profita pour, étant montée sur la pointe des pieds, poser ses lèvres dans le cou du jeune homme. Puis elle cacha précieusement son brun trésor dans son mouchoir, pendant que Gaston coupait de son côté une mèche blonde qu'il entortilla dans une poche de sa ceinture.

— Allons, Caroline, soyons courageux, disons-nous au revoir. J'ai donné à Belhomme ta pension pour quatre jours. D'autre part, tu m'as dit que tu avais deux mille livres. Cela fait donc, six jours d'assurés. D'ici ce temps, l'argent sera arrivé. De toute façon, ne crains rien. Si, par malheur, je ne pouvais trouver cette somme, je reviendrais avec quelques amis et nous emploierions la méthode que j'ai réservée pour la dernière extrémité.

— Laquelle ?

Il désigna du doigt le mur et murmura :

— L'évasion. Mais la maison est très bien gardée, je suis décidé à n'y recourir que s'il n'y a pas d'autres solutions. Aie confiance, Caro. Adieu.

— Ne pars pas encore, reste quelques minutes…

— Mon temps est compté. Ne prolongeons pas ces adieux qui nous font souffrir inutilement. En ce moment, nous vivons dans la douleur de nous séparer, mais dès que cette séparation sera faite, nous revivrons dans l'attente de nous retrouver.

— Mon chéri…

Il se pencha, frôla sa joue d'un baiser et, à grands pas, presque courant, disparut sous la poterne.

23
Boimussy

Caroline vécut dans une morne inquiétude les quatre jours qui suivirent. Elle ne supportait qu'avec impatience la visite quotidienne de Charlotte qui ressassait ses propres tourments, la solitude de sa mère, la mort horrible de son père, l'inquiétude où elle était à l'égard de Georges, l'absence de toute nouvelle de Gaston.

Vis-à-vis des autres détenus, Caroline avait adopté tant de réserve qu'elle était peu entourée. D'ailleurs, à l'assombrissement de son visage, tous avaient deviné le mal qui la rongeait, cette plaie d'argent qui, à la maison Belhomme, était, contrairement au proverbe, mortelle.

Seul Boimussy bravait sa mauvaise humeur, sans paraître lui tenir rigueur des coups de griffe qui marquaient encore son visage. Un après-midi qu'elle rentrait du jardin, toute grelottante, il lui offrit de venir boire un punch dans sa chambre. Celle-ci, voisine de celles des deux négociants hollandais, était luxueuse par rapport au reste de la maison. Elle était très petite, mais, faveur presque unique, logeait uniquement le jeune homme. Elle était meublée d'un lit à baldaquins cassés, d'une grande glace, d'une coiffeuse et de plusieurs chaises. Par terre il y avait même un tapis, ce qui apparut à Caroline comme le comble de la somptuosité et acheva de l'impressionner.

— Mais vous devez payer un prix exorbitant ! s'exclama-t-elle.

— Je ne sais plus combien : sept ou huit mille francs par jour, je crois…

— Mais vous avez une fortune colossale…

— Colossale… c'est beaucoup dire… Tenez, buvez ça bien chaud !

Des éclats de rire fusèrent à travers la cloison.

— On s'amuse à côté, observa Boimussy. Pourquoi ne venez-vous jamais à leurs soirées ?

— J'y suis venue une fois, ça m'a suffi.

— Ah oui ! On m'a raconté l'affaire en effet. Les deux Van Kript ne vous pardonnent pas d'avoir quitté leur petite fête en claquant la porte. Au fond ils doivent être furieux d'avoir été privés de la société d'une jeune femme aussi séduisante que vous.

En prononçant ces derniers mots, il avait pris la taille de Caroline, qui se dégagea brusquement :

— Décidément, dit-elle froidement, je suis vouée à claquer toutes les portes de la maison Belhomme.

Et, sans que Boimussy osât la retenir, elle sortit en claquant effectivement la porte derrière elle et remonta, entre les tentures de son grenier, s'effondrer dans la poussière de son grabat pour y méditer sa détresse. Tout était contre elle : la hideur de cette maison, l'insolence des hommes, l'absence de Gaston, l'incertitude financière qui risquait de la conduire à l'échafaud. Son humeur resta si mauvaise qu'elle se roula dans une couverture, ne descendit pas dîner, restant là prostrée, incapable de dormir, forcée d'écouter les chants, les rires, les disputes qui, du grenier au rez-de-chaussée, firent résonner la maison jusqu'à trois heures du matin.

Elle se tournait, se retournait, usant de l'avantage qu'elle avait gagné au départ de la duchesse et de Marie-Anne : être seule sur son matelas. Enfin ses nerfs, exaspérés par les ronflements des dormeurs dans le grenier et le carillon des heures, cédèrent et elle s'endormit.

Elle dormit très tard le lendemain et aurait dormi encore plus tard si, vers midi, Chabanne n'était venue pencher au-dessus du sien son visage dur et compassé :

— Levez-vous. Le citoyen médecin vous attend dans son cabinet.

— Que me veut-il? murmura Caroline, encore tout endormie.

— Il vous le dira. Dépêchez-vous, ma petite. Il n'aime pas attendre.

Caroline prit un air dégagé :

— Je vous prierai de ne pas m'appeler ma petite, n'est-ce pas!

La vieille femme haussa les épaules, sans répondre, puis resta immobile.

Une fois seule, en passant hâtivement ses vêtements, Caroline regretta un peu le ton qu'elle avait employé à l'égard de Chabanne dont elle ne connaissait que trop la toute-puissance dans la maison. Aussi, en descendant avec elle l'escalier, essaya-t-elle de détendre leurs rapports par une remarque sur le beau temps qui, derrière les fenêtres, faisait en effet briller le ciel d'un éclat printanier. Mais Chabanne ne daigna même pas lui répondre et l'introduisit sans un mot dans le cabinet du médecin.

Belhomme resta assis à l'entrée de Caroline. Il lui fit un salut familier et lui désigna une large feuille de papier posée devant lui :

— Je suis en train, dit-il d'une voix goguenarde, de dresser la liste de ceux de mes pensionnaires dont l'état de santé permet le retour à la Conciergerie. À mon grand regret, je vais être obligé de vous classer parmi ceux qui partiront demain matin, car votre pension arrive à son terme, ce soir, à minuit.

Caroline regarda avec colère ce gros homme cynique et satisfait de lui qui poursuivait maintenant d'une voix onctueuse, avec des gestes bénisseurs :

— Vous ne pouvez savoir combien je suis navré de priver ma maison d'une de ses plus charmantes parures. Mais, vous le savez, je suis obligé, pour sauver le plus de vies possibles, d'avoir de gros frais. Il m'est malheureusement interdit de laisser parler mon cœur autant que je le voudrais, car, à partir du moment où j'enfreindrai le règlement que je me suis fixé, je ne pourrai plus maintenir l'ordre ici.

Caroline avait repris son calme.

— Ma belle-sœur vient cet après-midi et elle me donnera la somme nécessaire au prolongement de mon séjour. Vous n'avez aucune inquiétude à avoir.

Belhomme parut hésiter et son regard alla interroger le visage impassible de Chabanne qui se tenait devant la porte. Elle observa :

— Après tout, vous pouvez lui donner encore la journée de demain, à cette petite ! Si elle n'a pas payé, elle en sera quitte pour partir quelques heures plus tard.

Après avoir remonté ses lunettes sur son front, le médecin jeta sur Caroline un coup d'œil protecteur :

— Allons, dit-il, je serai toujours le même. Je ne pourrai jamais résister à mon bon cœur. Je suis sûr que cela finira un jour par me perdre. Cependant, je vous préviens, si vous ne me versez pas l'argent ce soir, vous n'aurez pas gagné grand-chose ; au lieu de partir demain, vous partirez après-demain.

Caroline se leva :

— Vous serez payé, dit-elle simplement.

Quand elle se retrouva seule, elle descendit dans le jardin où elle se promena d'un pas rapide. Elle étouffait de rage et d'inquiétude. Pourvu que Charlotte soit exacte au rendez-vous ! Pourvu que Gaston ait réussi à lui faire parvenir l'argent ou que tout au moins elle ait rassemblé de quoi obtenir un délai de quelques jours ! Son sang battait à ses tempes, une migraine pénible l'assaillait. Cependant elle se força à aller déjeuner en pensant qu'elle devait se tenir en bon état pour faire face aux mésaventures possibles.

Si grande était son impatience de voir Charlotte qu'elle alla l'attendre devant la poterne. Mais quand elle l'aperçut, rien qu'à sa mine, elle comprit que la partie était perdue. Sans un mot, Charlotte l'entraîna dans un coin du jardin :

— Soyez courageuse, dit-elle, il faut surtout que vous ne perdiez pas votre sang-froid. J'ai reçu des nouvelles de Gaston. C'est un échec complet et d'autant plus atroce que notre ami avait réussi sans coup férir à trouver une somme qui permettait de payer votre pension ici pendant deux mois. Il l'a confiée à un ami, ancien noble comme lui, et la malchance a voulu que celui-ci, ayant à peine quitté Gaston, se soit fait arrêter. Naturellement l'argent est confisqué. Gaston vous fait donc dire qu'il tente là-bas un dernier effort et que, d'ici quelques jours, il reviendra soit avec l'argent, soit pour tenter de vous faire évader.

Caroline ne disait pas un mot. Elle pensait : « Je ne me suis pas trompée, j'avais le pressentiment d'une catastrophe. » Enfin, elle articula :

— Dans quelques jours, ma chère Charlotte, il sera trop tard. Dans quelques jours j'aurai déjà eu le temps de rallier cette délicieuse Conciergerie, de passer devant le Tribunal révolutionnaire et de me faire couper la tête.

Puis, en quelques mots, elle acheva de mettre sa belle-sœur au courant de sa situation.

— Il n'y a qu'une façon de me sauver, conclut-elle, c'est que vous trouviez quelques milliers de francs pour que je m'accroche ici jusqu'au retour de Gaston. J'ai une bourse qui contient deux mille francs, c'est-à-dire de quoi tenir deux jours, il faut qu'après-demain vous m'apportiez une somme équivalente qui me permette de tenir jusqu'à l'arrivée de Gaston.

Le visage de Charlotte se crispa légèrement. Elle prit les mains de Caroline dans les siennes :

— Ma chérie, ce que vous me demandez est très difficile, beaucoup plus difficile que vous ne le pensez, mais je vous jure de tout mettre en œuvre pour réussir. Je ne sais quelle est actuellement votre affection pour moi. Mais, pour ma part, je me sens toujours à votre égard l'extrême tendresse que j'ai éprouvée pour vous dès que nous nous sommes connues. Je vais m'en aller tout de suite pour essayer de trouver cet argent. Je ne viendrai probablement pas demain, car cette chasse va me prendre tout mon temps, mais je suis sûre qu'après-demain j'arriverai triomphante. En attendant, je vais toujours vous donner deux cents francs que j'ai dans mon porte-monnaie. Je ne vois pas très bien à quoi ils vous serviront, mais on ne sait jamais.

Les deux femmes s'embrassèrent. Charlotte était si émue qu'elle ne put retenir ses larmes, et Caroline en la voyant pleurer pensait : « Comme elle est meilleure que moi ! Si elle était à ma place, aurai-je autant de dévouement qu'elle ? »

Un peu réconfortée par la promesse de Charlotte, elle remonta d'un pas vif vers le grenier. Son projet était d'aller chercher son argent, de régler Belhomme immédiatement en lui assurant que, d'ici très peu de temps, elle lui verserait une autre avance plus importante.

Elle écarta rapidement les tentures, s'agenouilla sur son matelas et chercha dans son baluchon la fameuse bourse. Peu à peu, elle devenait nerveuse, son front se mouillait de sueur ; elle poussa brusquement un cri de joie. « Que je suis bête, pensa-t-elle, je ne me rappelais plus que je l'avais cachée derrière la poutre ! »

Aussitôt, elle monta sur la pointe des pieds, s'appuya au mur et enfonça ses doigts dans l'excavation. Maintenant elle tremblait de tout son corps. Elle essayait de se raisonner : peut-être la bourse est-elle tombée plus profondément dans la charpente. Mais, malgré l'effort pénible qu'elle faisait, sa main, en s'enfonçant davantage, ne rencontrait toujours que le vide. En touchant le fond du trou, ses doigts rencontrèrent simplement un contact froid et lisse, et elle ramena une mauvaise feuille de papier sur laquelle elle lut :

Ma chère Caroline, si jamais vous trouvez ce papier, c'est que sans doute je serai morte et cela vous aidera peut-être à me pardonner l'horrible vol que je viens de faire. Je vous avais vu cacher cet argent ici. Aujourd'hui, ces deux mille francs me permettent de gagner une journée. J'attends toujours les secours tant espérés. Alors… je n'ai pas osé vous emprunter la somme. Je sais que ce que j'ai fait est très mal. D'autant plus mal que je vous aime beaucoup. Je vous assure que tout ça n'est pas de ma faute. Pardon encore.

Marie-Anne de Forbin.

Cette missive incohérente tremblait entre les doigts de Caroline. Elle ne se sentait même pas de colère contre la jeune fille. Tout cela faisait partie d'une fatalité qui s'acharnait contre elle. Pourquoi se donner tant de mal? Elle n'avait qu'à tendre le cou et toutes ses misères seraient finies une fois pour toutes. Elle pensa : « Je vais aller trouver Belhomme. Pour la première fois, il aura en face de lui une prisonnière qui ne le suppliera pas. Je lui dirai : "Je n'ai pas d'argent. Accomplissez votre triste besogne." »

Elle traversa de nouveau le grenier, descendit l'escalier, alla frapper à la porte du cabinet du médecin. Ce fut Chabanne qui lui ouvrit : Belhomme n'était pas encore de retour, mais il serait là dans une dizaine de minutes.

Caroline descendit l'attendre dans le jardin. Le ciel était très pur et très clair. L'après-midi déclinait. Une poudre d'or dans la direction du couchant enluminait le sommet des toits et la masse encore dépouillée des arbres. Mais dans l'air flottait déjà un avant-goût de printemps dont la saveur fade étreignit le cœur de la jeune femme d'une langueur poignante. Le printemps allait venir avec son cortège de parfums capiteux, de bourdonnements d'insectes… Les belles soirées tièdes allaient surgir au bout du long hiver. Dans les chemins creux de Touraine, il ferait bon marcher comme elle avait rêvé qu'un jour elle le ferait au bras de Gaston, de ce petit mari chéri… Elle s'aperçut qu'elle pleurait et en fut très irritée car, précisément, Belhomme venait de franchir la poterne et, l'ayant aperçue, se dirigeait vers elle.

Promptement, elle sécha son visage avec sa manche, feignit de s'amuser de la tige épineuse d'un arbrisseau et, lorsque le médecin l'aborda, lui sourit avec une parfaite désinvolture. Elle ne lui laissa même pas le temps de prendre l'offensive :

— Mon cher docteur, lui dit-elle, vous allez être très fâché contre moi. Je vous avais promis l'argent pour cet après-midi, mais ma belle-sœur, qui ne le savait pas si urgent, ne l'a pas apporté. Je ne vous le donnerai donc que demain matin. Elle viendra tout exprès avant midi.

Le visage de Belhomme s'était rembruni. Cependant, devant l'air assuré et tranquille de la jeune femme il céda brusquement :

— Avant midi, d'accord. Mais c'est le dernier délai. C'est à cette heure-là que je fais la liste de départ du lendemain. Vous y figurerez immanquablement si je ne suis pas payé.

— Mais vous serez payé, mon cher docteur ! Il faut vraiment que vous vous renseigniez bien mal sur la fortune de vos pensionnaires pour oser douter de la solidité de la mienne.

— C'est que, à l'heure actuelle… hasarda Belhomme, un peu décontenancé, les plus solides fortunes d'autrefois sont souvent dans un triste état.

— Eh bien, ce n'est pas le cas de la mienne, répliqua paisiblement Caroline qui, lui tournant le dos, partit d'un pas apparemment tranquille à travers le jardin.

Elle contourna un massif et s'assit dans la mousse au pied d'un arbre. Si Belhomme l'avait suivie, il aurait pu voir à quel point l'assurance que lui avait montré la jeune femme était feinte. Celle-ci penchait maintenant la tête avec accablement. Cependant, elle essayait de résister au découragement. « Le tout, pensait-elle, est d'examiner clairement la situation. Je veux vivre, je dois donc tout faire pour vivre. Or, pour vivre, il me faut de l'argent. Mon existence est suspendue à quelques milliers de francs. Ces milliers de francs, je ne les ai pas, mais d'autres les ont. Comment les amener à me les donner ? »

Elle eut un sourire amer. « Me voilà réduite au procédé de la petite Marie-Anne maintenant. Et encore, je n'ai pas la chance d'être au mieux avec ces deux négociants qui sont les deux seuls vrais riches de la maison. Ils ne m'ont même certainement pas pardonné ma brutale sortie de l'autre soir. Et puis, Marie-Anne devait avoir pour leur vice l'attrait de sa toute jeunesse, de sa virginité. » Elle serra les dents. « Enfin, j'aime mieux crever, pensa-t-elle, que de servir de jouet publiquement à ces deux pourceaux. »

Elle se leva brusquement. D'où lui était venue cette idée ? Elle s'était rappelée que Boimussy avait négligemment laissé échapper qu'il avait perdu au jeu plusieurs milliers de francs la veille : or, elle détenait les deux cents francs que lui avait donnés Charlotte. Avec de la chance, ne parviendrait-elle pas à gagner la somme nécessaire ? Elle n'avait jamais joué, mais on lui avait souvent dit que les débutants connaissaient parfois des coups miraculeux. Sans hésiter, elle se dirigea vers la chambre de Boimussy. Elle frappa froidement et entra. Vêtu d'une robe de chambre de soie violette, le jeune homme était étendu sur son lit, un livre ouvert devant lui, grignotant de magnifiques pâtes de fruits, posées sur sa table de chevet à côté d'une bouteille de muscat.

Il sauta sur ses jambes et vint vers elle.

— Que me vaut le plaisir de votre visite ? Dois-je comprendre que vous n'êtes plus fâchée ?

— Ah ! c'est vrai, nous étions fâchés… je l'avais oublié.

Le jeune homme sourit :

— En ce cas, tout est pour le mieux. Prenez donc la peine de vous asseoir. Vous boirez bien un verre de muscat?

Caroline supporta impatiemment la conversation pleine de galants sous-entendus à laquelle semblait se complaire Boimussy. Elle finit par lui dire presque sèchement :

— Vous me fatiguez, mon cher, je ne suis pas venue ici pour que vous me fassiez la cour.

— Ce n'est pas vous faire la cour que de vous laissez entendre qu'il m'est impossible de rester insensible à votre beauté, à votre charme…

— Et puis après ? Je pense en effet être assez bien faite pour inspirer du désir à tout jeune homme normalement constitué. Vous ne m'apprenez donc rien en me le répétant. Vous ne faites que m'ennuyer. Or, précisément, je suis venue vous voir pour vaincre l'ennui. Vous m'avez dit l'autre jour que, le soir, ici, on jouait aux cartes et aux dés et j'ai pensé que ce divertissement me ferait du bien.

Boimussy parut très vexé.

— Voilà tout ce que vous voyez en moi : un initiateur au lansquenet. Je serais un très vieux monsieur que cette proposition serait admissible. Mais, dans mon cas, je la trouve passablement humiliante. Enfin, il faut en prendre son parti, puisque vraiment je vous suis indifférent. J'accepte, bien contre moi, de borner mon rôle à celui que vous m'imposez. Le dîner va bientôt être servi. Sitôt après, il y a une grande séance où l'on jouera d'ailleurs gros jeu. Vous y viendrez avec moi, et je vous aiderai à faire vos premiers pas.

Caroline le remercia, remonta dans son grenier se faire une beauté pour affronter la soirée en question, redescendit dîner et retrouva en sortant de la salle à manger Boimussy qui l'attendait. Elle ne fut pas très contente d'apprendre que la séance de jeux avait lieu dans la chambre des Van Kript, mais elle en prit son parti. La seule chose importante c'était de gagner.

Elle entra avec Boimussy dans la vaste pièce où, autour d'une table, était déjà réuni un grand nombre de personnes, parmi lesquelles elle reconnut à peu près tout ce que la prison Belhomme comptait de gens encore riches. Les deux Van Kript firent à Caroline un accueil poli, mais d'une politesse si apprêtée qu'elle en était presque offensante. Caroline feignit de ne pas s'en apercevoir et s'assit à côté de Boimussy. L'atmosphère était très gaie. Tous les joueurs s'amusaient d'une caricature accrochée au mur de la chambre et qui ridiculisait Robespierre. Il y avait de nombreuses bouteilles de vin et même du café, ce qui était fort rare. Le plus jeune des Van Kript déclara qu'il prenait la banque, et le jeu commença. Caroline n'avait jamais touché une carte et ignorait tout du « pharaon », auquel on jouait ce soir-là. Aussi se laissait-elle guider par Boimussy qui lui indiquait la marche à suivre tout en menant son propre jeu. Heureusement d'ailleurs le « pharaon », et Caroline s'en aperçut vite, laisse peu de part à l'intelligence, et ne repose à peu près que sur le hasard.

Elle avait posé devant elle ses deux cents francs. Peu à peu elle sentait son estomac se contracter en voyant la somme diminuer progressivement. Bientôt il ne lui en resta plus que cinquante. Boimussy, au contraire, qui jouait avec indolence, et en paraissant se désintéresser complètement de perdre ou de gagner, avait accru rapidement les mille francs qu'il avait posés devant lui. Caroline pensait : « Il doit avoir beaucoup d'argent ; naturellement, c'est facile de jouer dans ces conditions ; on n'hésite pas à risquer ainsi tandis que lorsque, comme moi, c'est sa vie qu'on sent suspendue à la couleur de la carte qui va sortir du paquet brandi par ce pourceau de Van Kript, on ne peut avoir la même liberté dans son jeu. »

La jeune femme était très rouge. Elle percevait vaguement les cris, les exclamations qui fusaient autour de la table chaque fois qu'un joueur faisait un doublé. On débouchait les bouteilles, on portait des toasts, tout en jouant ; la tenue des convives s'était relâchée. Les deux ou trois femmes qui se trouvaient là et qui n'étaient d'ailleurs pas très jolies, étaient serrées de près et lutinées sans vergogne. Par moments on chantait et tous reprenaient le refrain.

— Eh bien ! vous ne vous plaignez plus maintenant, vous gagnez sans arrêt, murmura Boimussy.

Bien qu'elle ait copieusement bu, Caroline se sentait la gorge sèche et sa salive ne passait plus. Depuis quelques minutes, en effet, le miracle avait commencé : tous les coups lui réussissaient avec une chance insolente. Elle se demandait avec angoisse combien elle pouvait maintenant posséder. Boimussy, comprenant l'intérêt qu'elle portait aux pièces et aux billets qui s'accumulaient devant elle, les jaugea d'un coup d'œil assuré.

— Vous en avez pour plus de quinze cents francs.

— Oh, ça m'est bien égal, je ne joue pas pour gagner, articula péniblement la jeune femme dont le cœur battait à se rompre.

Une fièvre nouvelle l'avait saisie. Elle portait sans cesse son verre à ses lèvres. Elle sentait battre son sang dans tout son corps. « Comment ai-je pu ignorer jusqu'à ce soir cet exercice passionnant ? » se disait-elle, le regard rivé à ses cartes et à celles qu'avec la régularité d'une machine Van Kript sortait toutes les quelques secondes de son paquet. L'attention générale s'était maintenant reportée sur la jeune femme qui essayait de paraître indifférente aux nouveaux gains venus sans cesse s'ajouter aux précédents. Mais elle avait du mal à imiter la désinvolture de Boimussy qui, de son côté, après une courte période de chance, au moment où Caroline avait commencé de gagner, s'était mis à perdre et perdait maintenant sans interruption, mais avec une indifférence de grand seigneur pour lequel le jeu n'est qu'un passe-temps.

Des histoires de jeu revenaient, nombreuses, du fond de la mémoire de Caroline. Combien de fois, quand elle était petite fille, avait-elle entendu ses parents citer des cas extraordinaires qui s'étaient produits dans les châteaux avoisinants et dans les quelques salons de Blois où l'on jouait. Et la même histoire revenait souvent : celle du joueur qui gagnait, gagnait puis, pour n'avoir pas su s'arrêter à temps, perdait finalement jusqu'à sa chemise. « Il faut que je m'arrête, pensait-elle. Je donnerai ces deux mille francs – car j'ai là au moins deux mille francs, si ce n'est plus – au docteur Belhomme demain matin, et ainsi je pourrai me maintenir ici jusqu'à la venue de Charlotte. » Mais en même temps, elle se demandait s'il n'était pas plus sage de parer à un retard possible de Charlotte en essayant d'atteindre les quatre mille francs. « Si je perds, se disait-elle, il sera temps de m'arrêter, je ne m'entêterai pas, mais, tant que je gagne, le mieux est de continuer. »

Elle ne voyait plus rien autour d'elle. Elle n'entendait même plus la voix de Boimussy. Il n'y avait plus que les cartes qui comptaient. Son pouls battait au rythme des doigts de Van Kript distribuant les cartes à la ronde. À chaque nouveau coup une délicieuse angoisse la bouleversait tout entière ; à chaque nouveau triomphe, elle reprenait sa respiration pour se crisper ensuite de nouveau, comme si toute sa chair avait été pétrie par une poigne formidable.

— Ah, ah ! la chance vient de vous tourner le dos et la déveine vous fait des signes d'amitié. Si vous ne voulez pas tout reperdre, faites donc une petite pause, lui conseilla Boimussy lorsque, pour la première fois, elle perdit.

Mais toutes sortes de bonnes raisons lui vinrent pour justifier son brûlant désir de continuer à jouer, de ne pas s'arracher au plaisir enivrant qu'elle goûtait, de ne pas rompre cette cascade d'émotions contradictoires, d'angoisses et d'extases, qui déferlaient en elle. Tout en jouant, elle avait évalué sa fortune qui, lorsqu'elle commença à perdre, était de trois mille huit cents francs. Or l'important était d'atteindre quatre mille. Pour y arriver, elle pouvait sans risque mettre en jeu les dix-huit cents francs qui se trouvaient en dehors du paquet de deux mille francs qui devait demeurer sacré. Elle le poussa donc un peu sur sa gauche, décidée à ne pas y toucher et à s'arrêter de jouer si, par malheur, elle perdait tout le restant

Ce fut ce qui se produisit. Elle perdit les dix-huit cents francs petit à petit, avec des alternances d'échecs et de succès, ces derniers ne servant en général qu'à décupler sa passion. Cette lente chute dura pendant plus de deux heures. La sueur perlait sur le front de Caroline. Mais en même temps elle se répétait que la chance allait revenir, qu'il fallait insister, insister, toujours insister. Et ce fut ainsi que, sans s'en apercevoir, presque inconsciemment, comme elle était arrivée au bout des dix-huit cents francs, elle prit dans la liasse sacrée des deux mille francs quelques billets et quelques pièces qu'elle lança dans la partie.

Ils furent aussitôt perdus. Elle réalisa alors seulement l'imprudence qu'elle avait commise. Jamais Belhomme ne se contenterait, même à quatre cents francs près, d'une somme inférieure à celle qu'il avait fixée. Dès lors, il ne lui restait plus qu'une issue : tout faire pour regagner ces quatre cents francs. Elle se jura que, si elle parvenait à reconstituer les deux mille francs, elle s'arrêterait net. Elle connut de nouveau des hauts et des bas. Une heure plus tard, elle frôlait presque les deux mille francs, quand la malchance s'abattit à nouveau sur elle, avec un entêtement égal au bonheur qu'elle avait connu auparavant.

— Eh bien, voilà ! dit Boimussy, ce que je vous avais prédit est arrivé. Vous êtes à sec.

Hébétée, Caroline regarda le tapis devant elle. Elle n'y aperçut plus qu'une pièce de vingt francs. Un dernier espoir la saisit. En une seconde, elle imagina cette pièce de vingt francs renouvelant le miracle du début et reconstituant la fortune perdue. Elle la misa d'une main qui ne tremblait pas…

— Pauvre petite pièce, dit Boimussy en riant, quand le coup fut joué, elle s'en est allée rejoindre ses compagnes. Après tout, d'ailleurs, vous n'avez pas à vous plaindre, car au départ vous n'aviez mis sur le tapis que quelques centaines de francs. Pour moi, j'en avais mis quinze cents, et je n'ai pas été long à les perdre. Si vous avez encore envie de jouer, il ne vous reste qu'à desserrer les cordons de votre bourse, sinon, et c'est ce que je vous conseille, car il est fort tard, allez plutôt vous reposer.

Beaucoup des joueurs, en effet, avaient depuis déjà longtemps abandonné la partie. Les frères Van Kript, deux gentilshommes provençaux et un publiciste girondin, étaient seuls restés autour de la table en compagnie des deux filles. L'aîné des Van Kript insista sur un ton goguenard pour que Caroline reprenne la partie. Celle-ci, qui ne voulait pas laisser soupçonner qu'elle n'avait plus un sou dans sa bourse, déclina l'invitation en invoquant sa fatigue et se leva, suivie de Boimussy.

Quand elle entendit la porte se refermer derrière eux, elle réalisa seulement que son seul espoir, celui qui lui avait donné un peu de courage, s'était effondré. Demain, Belhomme l'inscrirait irrévocablement sur la liste des départs.

— Vous avez l'air songeuse, dit Boimussy, qui marchait auprès d'elle dans le couloir en tenant un chandelier à la main. Il ne faut pas être mauvaise joueuse. Vous avez perdu ce soir, vous gagnerez demain. D'ailleurs, il ne faut pas jouer non plus pour gagner, mais simplement pour s'amuser, ce que je fais, moi.

Caroline ne répondit pas tout de suite. « Après tout, se disait-elle, il y a peut-être encore une solution. » À la dérobée, elle jeta un regard sur le visage du jeune homme que ciselait et burinait la flamme dansante et trébuchante de la bougie. Ses yeux gris brillaient d'un éclat spirituel ; ses lèvres charnues et sensuelles s'infléchissaient avec une nuance sceptique et assurée autour de ses dents étincelantes. Par instant – elle avait déjà remarqué ce tic chez lui –, le bout de sa langue apparaissait, et il la mordillait. Après tout, pensa-t-elle, il me reste peut-être la chance d'obtenir de lui qu'il me prête de quoi payer Belhomme demain matin. Elle essayait d'imaginer ce que pourrait être sa réponse si elle lui disait : « Mon cher, mes amis se sont mis en retard pour régler Belhomme, voudriez-vous m'avancer deux mille francs ? » Son instinct féminin lui suggéra immédiatement quelle serait l'attitude du jeune homme. Il affirmerait que rien n'est plus facile, prierait Caroline de l'accompagner dans sa chambre pour y prendre l'argent, le lui remettrait puis, sans plus y faire allusion et comme si rien ne s'était passé, implorerait ses faveurs que, dans ces conditions, elle ne serait pas à même de lui refuser.

Tous deux étaient maintenant arrêtés au pied de l'escalier. Caroline hésitait à poser son pied sur la marche, s'interrogeant sur ce qu'elle devait faire.

— Eh bien ! vous ne montez pas ? Faites attention, cette chandelle est au bout de ses forces et je n'ai que le temps de vous raccompagner et de redescendre avant qu'elle ne s'éteigne.

— Je n'ai pas tellement envie de dormir…

Elle avait prononcé ces mots sans les avoir prémédités. Elle était même surprise maintenant de savoir qu'elle les avait dits et attendait avec inquiétude la réponse du jeune homme.

— Il est très tard, cependant ! Et, à moins de retourner jouer avec Van Kript, je ne vois pas ce que nous pouvons faire à cette heure dans cette brave maison Belhomme.

— Non, je ne veux plus jouer. Mes amis paient ma pension, mais ne me donnent pas un tel argent de poche…

Elle essayait ainsi de mettre la conversation sur l'argent, sans cependant très bien voir où cela pouvait la mener. L'attitude de Boimussy était suffisamment significative pour qu'elle ne pût douter d'être violemment désirée par le jeune homme. Le plus simple était évidemment de lui dire : j'ai besoin de deux mille francs et de coucher avec lui ensuite. Mais ce procédé gênait horriblement Caroline qui, au pied de l'escalier, cherchait à gagner du temps, bafouillait en se demandant à quelle décision elle allait s'arrêter.

— Autrement dit, observa le jeune homme, vous ne pouvez pas vous permettre de perdre au jeu tous les soirs. C'est en vérité bien dommage qu'une femme aussi exquise que vous ne puisse satisfaire tous ses caprices. Cependant, il ne doit pas manquer ici d'hommes de goût qui ne soient prêts à vous les offrir.

En prononçant ces mots, Boimussy avait pris la main de Caroline et caressait doucement son poignet. Un trouble violent s'empara de la jeune femme. Un instant, elle y résista, se reprochant, par le plaisir qu'elle éprouvait tout à coup à la pensée de se donner à lui, d'anéantir sa seule excuse en ce qui concernait son amour pour Gaston : ne subir le contact de cet homme que par la nécessité où elle se trouvait d'avoir à sauver sa vie. Mais, quand il la prit dans ces bras et chercha à lui baiser la bouche, elle ne résista pas. Elle se disait seulement : « C'est le moment de poser mes conditions… »

Mais elle ne les posa pas. Le chandelier que Boimussy avait placé sur une marche, en s'éteignant, interrompit leur enlacement. Caroline avait abdiqué toute volonté. Son corps déjà brisé par les émotions du jeu n'avait su que se blottir en esclave avide contre le corps du jeune homme. Quand l'obscurité les eut brusquement enveloppés, Boimussy l'entraîna à petits pas dans le couloir vers sa chambre. Rompue par le désir, Caroline sentit ses jambes se dérober sous elle et ne protesta pas quand, sentant sa taille fléchir, il la saisit dans ses bras, pétrissant avec une tendre ardeur ses cuisses nues, découvertes par la robe. Il la déposa sur le lit. Brusquement elle se sentit seule. Mais, au froissement d'étoffe, elle comprit qu'il se déshabillait. Elle se disait encore faiblement : « Je devrais lui parler de l'argent. » Mais une confortable et voluptueuse sécurité s'emparait d'elle : elle ne lui demanderait pas d'argent ce soir, elle attendrait demain matin leur clair réveil au sortir d'une nuit d'amour.

— Oh ! pourquoi avez-vous allumé la bougie ? Éteignez-la…

À cette brusque lumière ses yeux éblouis s'étaient mis à battre et elle se souleva un peu. Auprès du lit, le jeune homme se tenait immobile, souriant, complètement nu, son corps maigre et musclé extraordinairement étroit de hanches était tout doré par l'éclairage.

— J'éteindrai tout à l'heure, ma chérie, mais, je t'en prie, laisse-moi voir ton corps quelques instants. Et puis aussi, quand tu seras à moi, je voudrais te voir sourire. Voir encore un sourire de femme…

— Vous êtes stupide, éteignez ! Puisque vous êtes aussi indiscret, vous aurez tout loisir de m'admirer demain, quand il fera jour, répondit Caroline avec un soupçon d'amusement et de vanité dans la voix.

— Non. Caroline chérie, ne parlez pas de demain matin. Demain matin est très loin, ce qui compte, c'est l'instant présent.

Caroline ne répondit pas et posa de nouveau la tête sur l'oreiller, fermant les yeux, un peu confuse de s'être laissé aller à regarder ce jeune corps tout nouveau pour elle. Elle sentit qu'il montait à son tour sur le lit et se prêta, ravagée par le désir, à tous les jeux dont Boimussy prolongea son déshabillage. Jamais elle n'avait connu un amant aussi gai. Quand elle fut dépouillée de sa chemise, un réflexe la poussa à écarter le drap et à s'enfoncer dans le lit. Mais il la retint, l'immobilisa, allongea le bras jusqu'à la table de nuit, saisit le chandelier et le promena au-dessus du corps de la jeune femme. Celle-ci, bouleversée d'une honte voluptueuse, avait baissé les yeux, mais entre ses cils elle suivait le regard du jeune homme qui se posait sur elle avec une ardeur presque tragique qui l'inquiéta. Enfin, il reposa la bougie, saisit Caroline dans ses bras et s'enfonça avec elle sous les draps. Elle connut un profond plaisir, qui était loin d'atteindre celui que lui procurait Gaston, mais était d'une autre nature : elle se sentait fondre sous ce corps à la fois doux et anguleux qui la broyait avec une sorte de violence sauvage et mélancolique. Comme elle gémissait doucement, il cessa tout à coup de l'étreindre et, dégageant un de ses bras, le tendit à nouveau vers le chandelier qu'il approcha du visage de Caroline. D'une voix rauque, il murmura :

— Ma petite Caroline chérie, souris-moi…

Étonnée, effrayée, mais docile, la jeune femme s'arracha à son abîme de torpeur, ouvrit les yeux et sourit à ce visage grave penché sur le sien avec une fixité mélancolique. Elle frémit de tout son corps. C'était la première fois qu'elle regardait ainsi dans les yeux un homme auquel elle se donnait.

Les heures passèrent. La passion de Boimussy ne s'apaisait que pour reprendre avec plus de violence. Pendant leurs pauses, il la caressait doucement, la tenait contre lui et elle ne se rassasiait d'ailleurs pas de sentir contre son corps la peau tendre et tiède de son amant. Elle était surprise de l'affectueux émoi, de la câlinerie avec lesquels il lui parlait. Elle se disait : « Je l'avais pris pour un cynique, et c'est un sentimental… » Peu à peu une transparence pâle dégagea de la nuit les stries des persiennes.

— Tu vois le jour…, murmura Caroline.

— Oui, je vois, répondit-il d'une voix basse et rauque.

Et brutalement il la reprit dans ses bras ; mais quand leur étreinte se fut dénouée, il s'écarta légèrement et la laissa en repos ; rompue de fatigue, la jeune femme s'assoupit. Ce fut du fond de son sommeil qu'elle entendit frapper à la porte, puis la voix de Boimussy répondre : « J'arrive. » Encore endormie, presque inconsciemment, Caroline chercha de la main le corps de son amant. Le lit était vide… Cette sensation acheva de l'arracher au sommeil et elle ouvrit les yeux.

Le jour était encore si blafard que Boimussy avait rallumé la chandelle. Il se tenait au milieu de la pièce et achevait de s'habiller. Inquiète, Caroline ouvrit la bouche pour l'appeler et s'aperçut seulement qu'elle ne savait même pas son prénom.

— Qu'est-ce que tu fais? Où vas-tu?

Il tressaillit:

— Tu es éveillée? Oh que c'est bête... Il fallait que tu continues à dormir sagement, Caroline chérie... C'était tellement inutile que tu assistes à mon départ...

— Ton départ!

Affolée, Caroline s'était soulevée et le jeune homme la regardait avec des yeux fiévreux. Il s'approcha du lit. Elle se jeta contre lui et lui passa les bras autour du cou. Il l'étreignit. Elle sentait les mains brûlantes du jeune homme la caresser, tandis que le drap et les boutons de la veste égratignaient sa poitrine. Il parla:

— Je pars... ne m'interromps pas... Je pars pour une raison bien simple: je n'ai plus d'argent pour payer ma pension. Il me restait mille cinq cents francs que j'ai risqués hier soir et perdus. Je donnais l'impression d'être riche simplement parce que, sachant que même en ménageant mon peu d'argent, il ne me mènerait pas loin, j'ai préféré bien vivre et vivre quelques jours de moins. Grâce à toi, Caroline, j'ai connu encore un grand bonheur; je comptais laisser une lettre pour t'en remercier. Cette nuit, tu as été pour moi tout ce qu'il y a de pur, de beau, d'enivrant sur la terre... D'autres t'ont peut-être déjà aimée; d'autres t'aimeront peut-être. Je te jure que jamais on ne t'aimera ni on ne t'a aimée comme moi, cette nuit. On me jugera ce soir et on m'exécutera demain sans doute... Je penserai à toi au moment de mourir. Promets-moi de ne pas m'oublier, de me consacrer une petite place, si petite qu'elle soit, dans un coin de ta mémoire, et comme ça je continuerai à y vivre, je ne mourrai pas tout à fait... Ma chérie, ne pleure pas... je te supplie de ne pas m'ôter mon courage… Il ne faut pas pleurer… Ce n'est pas triste… Je serais mort un jour, de toute façon… ma vie aura été rapide, mais bien remplie, active, enfiévrée, comblée… et grâce à toi j'aurai réussi même ma fin… Souviens-toi bien de celui qui a été ton amant cette nuit… ne cherche pas à savoir autre chose sur ma vie, sur mon passé… moi, je garde précieusement ton sourire de cette nuit, c'est le viatique qui m'accompagnera jusqu'au bout.

Étranglée par les larmes, Caroline suffoquait, le visage écrasé contre la poitrine de Boimussy. Elle ne pensait même pas qu'en lui apprenant sa réelle situation, il lui avait en même temps apporté à elle sa condamnation, que Belhomme la chasserait demain matin comme il le chassait aujourd'hui. Pour elle, la mort de Boimussy dépassait celle du jeune homme : c'était la mort de ce qu'il y avait de viril, de gentil, de désirable sur terre. C'était comme si Gaston mourait. Elle le serrait contre elle de toutes ses forces.

— Alors oui ? C'est pour aujourd'hui ou pour demain ? cria la voix stridente de Chabanne derrière la porte.

— J'arrive…

Avec une douce fermeté, il se dégagea des bras de Caroline et fit quelques pas à reculons vers la porte.

— Adieu, Caroline chérie, j'emporte ce petit mouchoir que tu as laissé tomber. Tu me le donnes ?… Il m'accompagnera… Ne pleure pas… souris-moi comme cette nuit… Notre histoire est parfaite. Si nous avions été de vrais amants, nous aurions peut-être fini, à force de nous connaître, par nous tromper, nous haïr… mais personne, ni rien, ne peut quoi que ce soit contre cette courte nuit. C'est mieux comme ça…

Et précipitamment, détachant son regard de la jeune femme, il ouvrit la porte et se jeta dans le couloir. Mais la porte ne claqua pas tout de suite. Caroline avait poussé un cri et clos les yeux, attendant le bruit sinistre qui signifierait leur séparation. Mais avant de la refermer, il fit un pas en arrière :

— Caroline, je suis sûr que vous échapperez à cet enfer ; soyez heureuse, il le faut !

Alors seulement la porte claqua.

*

Caroline resta couchée plusieurs heures. Elle pleura beaucoup. Elle pleura sur tout : sur Boimussy, qu'elle avait perdu, qu'elle ne reverrait plus, qui allait mourir, sur Gaston qu'elle avait trompé, sur la hideur de la vie, sur son propre sort – car maintenant elle était à bout d'expédients et ne cherchait même plus un moyen de remédier à son sort.

Enfin, elle pensa que la matinée s'avançait et qu'en restant couchée plus longtemps elle s'exposait à être découverte par Chabanne. Il était vraiment inutile que toute la maison soit mise au courant de son aventure avec le pauvre Boimussy ; qu'au moins elle laisse un souvenir intact à Gaston ! Elle se débarbouilla tristement, se rhabilla, se glissa discrètement dans le couloir, non sans avoir jeté un dernier coup d'œil à cette chambre, mélancolique. Puis elle décida de ne pas attendre qu'on vînt la chercher et alla directement jusqu'au cabinet de Belhomme, résolue à l'informer sèchement qu'il n'avait plus qu'à mettre son nom sur la liste de départ du lendemain. Elle frappa et entra.

Belhomme et Chabanne offraient un spectacle qui figea la jeune femme sur le seuil de la porte. Son gros visage congestionné, lippu, l'œil allumé, le médecin était vautré dans son fauteuil, Chabanne assise sur ses genoux, les jupes un peu remontées sur ses jambes osseuses. Celle-ci se leva d'un bond et darda sur la jeune femme ses yeux bigles qui brillaient dans une face anguleuse et couperosée…

— Que venez-vous faire ici, petite traînée ?… Vous ne pouvez pas frapper ?

— J'ai frappé… croyez bien que je suis la première à regretter d'avoir porté ma vue sur vos embrassements. Il y a de quoi être dégoûté de l'amour !

Le médecin tenta d'intervenir :

— La citoyenne Chabanne et moi, quoi que vous en pensiez, étions tout simplement occupés à…

— Tu ne vas pas t'abaisser à rendre des comptes à cette pécore ! hurla Chabanne. C'est plutôt à elle de présenter les siens… Avez-vous de l'argent ?… Sinon, dès demain…

— Demain, c'est entendu, je serai à la Conciergerie, et vous me recommanderez au Tribunal révolutionnaire…

Le médecin se leva :

— En effet, citoyenne, si vous n'êtes pas en mesure de payer, je vais me voir dans la pénible, dans la très pénible obligation de…

— Allons ! Pas de tartuferies ! je n'ai plus d'argent, je m'en vais. Mais épargnez-moi vos hypocrisies. Comme je n'ai pas l'intention de vous supplier ni d'essayer d'émouvoir votre pitié, je ne me gênerai pas pour vous dire que vous êtes sans doute les deux êtres humains les plus répugnants que j'aie jamais rencontrés !

Elle les foudroyait du regard ; la scène qu'elle avait surprise en entrant avait décuplé sa haine à leur égard. Les deux bouffons odieux s'embrassant, pendant que Boimussy et elle s'apprêtaient à mourir…

— Citoyenne, dit Belhomme, la douleur vous égare, j'accepte, par respect pour vos épreuves, d'oublier vos propos, mais je vous préviens que…

— Vous ne pouvez plus rien contre moi. On ne me coupera pas la tête deux fois, n'est-ce pas ? Alors qu'au moins je m'offre le plaisir de vous crier ma…

— Tiens ! Vous ne vous êtes pas offert assez de plaisir cette nuit ? demanda en ricanant Chabanne qui avait repris son maintien rigide.

— Je vous prie de…

— Et savez-vous avec qui, citoyen médecin? continua Chabanne. Avec ce traîne-la-faim de Boimussy! À ses allures, elle avait dû le prendre pour un richard. Au réveil, elle a eu sa déception. À travers la porte j'ai entendu ses cris. Elle n'en est pas encore revenue de s'être prostituée pour rien…

— C'était bien malavisé, opina le docteur. Beaucoup de jeunes personnes, en pareil cas, n'ont pas hésité à avoir recours à moi pour s'assurer, autant que faire se peut, de la bonne solidité financière de nos clients, elles ne s'en sont pas repenties. Et j'ai toujours eu plaisir à les renseigner, car j'aime obliger mon prochain et…

Le visage de Caroline était tout rouge. Elle étouffait de rage et de honte : du fond de son ignominie, la Chabanne lui prêtait un dessein odieux et il se trouvait qu'elle avait raison. La jeune femme rompit l'entretien et se dirigea vers la porte :

— Je ne veux pas vous entendre davantage. Des créatures comme vous souillent l'espèce humaine. Vous êtes mille fois plus infâmes que les plus sanguinaires de la Commune. Eux au moins agissent au grand jour et par passion. Vous vous faites des rentes en monnayant hypocritement la sueur d'angoisse de vos victimes…

En claquant la porte, elle interrompit la réponse de Chabanne qui applaudissait ironiquement :

— Bravo, ma fille, tu as raté ta vocation. À la barre de la Convention, tu aurais fait merveille ; tu essayeras ton talent au Tribunal révolutionnaire demain après-midi et on verra si…

*

Quand elle était petite et qu'elle était fâchée contre ses parents, parce qu'ils lui avaient défendu quelque chose, Caroline allait bouder soit sur son lit dans sa chambre, soit, l'été, sur la première branche du gros marronnier de la pelouse. Sur son lit, elle se pelotonnait dans une couverture, refusait de répondre si on venait lui parler, et passait des heures ainsi à ruminer son dépit, à s'apitoyer sur son cas, à imaginer la grave maladie qui, en l'arrachant à ses tyranniques parents, leur révélerait enfin leurs injustices à son égard et leur donnerait, toute la vie, d'horribles remords. En ressassant ses chagrins, elle comptait les spirales des moulures, les feuilles d'acanthe des boiseries, les palmes mordorées de la tapisserie à ramages. Parfois son frère venait la taquiner en récitant d'une voix emphatique : « Alors, Caroline, à l'instar d'Achille, se retira sous sa tente. » Elle savait que cette fine plaisanterie venait tout simplement de ce qu'Henri s'ennuyait tout seul et cherchait en l'exaspérant à la faire lever, ce qui arrivait parfois. D'autres fois, elle finissait par s'endormir d'ennui, elle aussi.

C'était cet enfantin tableau qu'elle évoquait, pelotonnée comme naguère dans une couverture, non plus, hélas ! dans sa chambre de Bièvre, mais au milieu d'un sale grenier, étendue sur un matelas sordide. Comme autrefois, elle ressassait son dégoût, sa colère… Cependant les temps ont changé. Ce n'est plus sur une robe refusée, une promenade défendue, qu'elle rage, mais sur cet engrenage qui la précipite vers la mort, à travers une succession d'angoisses, d'espoirs, d'illusions, de déceptions, d'insultes, d'humiliations de toutes sortes. Elle n'ose plus porter sa pensée sur rien. Elle est aussi mécontente d'elle que des autres. Elle a trahi Gaston, Boimussy… S'il y a un au-delà et si Boimussy y apprend les véritables raisons qui l'ont poussée à se donner à lui… « Je suis folle, pense-t-elle. Non, je ne suis pas folle, je suis infâme : je mérite ce qui m'arrive, je suis d'un ignoble égoïsme. Ai-je jamais une pensée pour ce pauvre Albancet qui est mort pour moi ; pour Georges qui m'aime et que j'ai abandonné ? Je ne pense qu'à moi. J'ai déjà oublié l'exécution de Mme de Coigny. Je n'éprouve pas la moindre gratitude pour Charlotte. Jamais je ne me demande ce qu'a pu devenir mon frère. Quant à mes parents, c'est comme s'ils n'existaient pas… »

Elle appelait les larmes. Mais ses yeux rougis, fiévreux, battus ne voulaient pas pleurer. Ses mains étaient brûlantes. Elle articula à haute voix : « Je sais bien ce qu'il y a… : il y a que je ne veux pas mourir… »

Elle pensa : « Dans deux jours, je serai morte ! Et on n'a qu'une vie ! Et voilà ce qu'aura été ma vie ! Ratée, gâchée en entier. »

Elle a eu de la malchance d'un bout à l'autre. Ses parents ne l'aimaient pas vraiment, ils préféraient Louise. Louise la jalousait, la détestait. Mlle de Tourville aussi. Quant à Georges, c'était en définitive à cause de lui qu'elle était ici : il l'avait sacrifiée bel et bien à sa stupide passion politique. Et Gaston ! S'il l'avait épousée au lieu de la laisser se marier avec l'autre, rien de tout cela ne serait arrivé ; et, tout en prétendant l'aimer, il n'était pas même capable de trouver quelques milliers de francs qui la sauveraient…

Caroline se mordit les lèvres en se surprenant occupée à chercher des griefs contre Charlotte, Boimussy, Gaston… Tout cela était absurde. Il était aussi faux de s'en prendre aux autres, que, comme elle le faisait quelques minutes plus tôt, de s'en prendre à elle-même. Ni eux ni elle n'étaient les responsables. Dans le fond, les événements devaient être indépendants de la volonté des hommes. « Voilà que je me mets à faire de la philosophie maintenant ! »

En s'étirant, elle s'arracha à sa couverture, souleva la tenture, marcha jusqu'au palier et s'arrêta devant la fenêtre. Que c'était extraordinaire : elle ne verrait pas le retour des hirondelles et elle ne les verrait pas. Elles arriveraient quand même. Elles viendraient quand même d'Égypte en criant. Le monde continuerait ; elle ne serait plus là, c'est tout.

Elle entendit au fond de sa mémoire battre les volets de sa chambre qui s'éclaire brusquement et retentir gaiement la voix de sa nourrice : « J'ai une surprise pour vous. Les hirondelles sont revenues… »

Son visage se crispa. Sa nourrice ! C'était à sa trahison qu'elle devait d'être ici ! Elle fit quelques pas au hasard sur le palier. Surtout, elle ne voulait rencontrer personne. Le bruit de son départ s'était répandu : certains lui avaient apporté d'hypocrites encouragements ou condoléances, d'autres lui avaient tourné le dos, les frères Van Kript avaient ricané, surtout lorsque à table, en guise de déjeuner, Caroline avait eu seulement droit à un bol de soupe. Aussi voulait-elle cacher son émotion, à tout prix, aux autres détenus. Elle n'osait pas descendre dans le jardin. Elle se morfondait devant la vitre : s'évader ? C'était vite dit… Il lui aurait fallu une complicité de l'extérieur, et aussi la vigueur d'un homme. Évidemment, elle avait des possibilités que n'avait pas un homme : sa chance auprès de Belhomme. Il devait être étroitement surveillé par Chabanne qui avait à défendre sa conquête contre les détenues en mal d'argent. D'ailleurs, elle aimait mieux mourir que toucher ce gros pourceau : quand on devait lui appuyer le doigt sur le cou, la peau devait garder un cercle blanc et rose pendant cinq minutes. Non, elle ne le disputerait pas à Chabanne – à cette vieille horreur qui…

Le son de la voix de Chabanne revenait aux oreilles de Caroline : « Bravo, vous auriez un grand succès à la Convention et au Tribunal révolutionnaire ! » Caroline avait pâli. Elle se figea dans son geste : avec son doigt, elle avait écrit dans la crasse de la vitre : « Pourquoi pas ? »

Elle dévala l'escalier sans prêter attention aux pensionnaires qu'elle croisait et parvint devant le bureau de Belhomme dont elle poussa, sans hésiter, la porte. Le médecin était assis, la plume à la main, et écrivait :

— Qu'y a-t-il ? Oh non, citoyenne, ne me faites pas perdre mon temps. Votre nom est maintenant parti sur la liste. Auriez-vous la fortune de Crésus que ce serait trop tard. Votre sort est entre d'autres mains que les miennes et…

Caroline s'assit tranquillement.

— Rassurez-vous. Je ne viens vous demander aucune grâce et ne possède pas un sou de plus qu'à midi…

— En ce cas…

— Je viens tout bonnement vous mettre au courant du petit discours que je prononcerai demain devant le Tribunal révolutionnaire, car c'est bien demain que je passe…

— Hélas, oui ! L'habitude, dès que la liste des « guéris » arrive, est de les inscrire pour le jugement du lendemain. C'est le risque qu'on prend en venant ici sans être sûr de pouvoir payer jusqu'au bout. Quant à votre discours, je veux bien l'écouter, quoique je n'aie guère de temps et que vous auriez tort d'en attendre un miracle. Enfin, je vous donnerai mon avis…

— Merci. Eh bien, je compte dire à ces messieurs que je suis en effet une ci-devant, une girondine, et que je mérite la mort. Mais j'ajouterai qu'avant de disparaître, je veux rendre un service à la République… Vous ne devinez pas lequel ?

— Non…

— Je leur révélerai l'existence d'une prétendue maison de santé pour prisonniers, dont le directeur, grâce à ses relations, tient, moyennant finances, tous ses soi-disant malades à l'abri d'un jugement du peuple et…

— Vous ne direz pas ça !

— Et pourquoi donc ?

— Parce que vous risqueriez de ruiner cette maison et tous ceux qui y sont protégés… et sans que cela vous sauve.

— Il ne s'agit pas de me sauver, je veux me venger de vous. Et quant au sort des richards que vous exploitez, il m'est indifférent. Si vous croyez m'apitoyer sur eux, vous perdez votre temps. Demain, je parlerai ! J'expliquerai publiquement comment, grâce à de l'argent, n'importe quel contre-révolutionnaire, fût-il le pire ennemi du peuple, peut trouver asile, complicité et protection dans votre maison, comment vous…

Elle fut interrompue par l'entrée de Chabanne qui la toisa du regard.

— Que fait-elle ici, celle-là ? Vous venez larmoyer, je suppose ? Eh bien, montez larmoyer dans votre grenier et ne nous cassez pas les oreilles.

Caroline se mit à rire.

— Je ne larmoie pas tout à fait… Ce serait plutôt même notre cher médecin qui aurait tendance à larmoyer.

Belhomme sortit un immense mouchoir à carreaux et s'épongea le front.

— Madame Berthier prétend que demain elle attirera l'attention du Tribunal révolutionnaire sur…

— … ce qui se passe ici, rugit Chabanne. Grand bien lui fasse ! Si elle espère être acquittée de la sorte, elle en sera quitte pour une légère déception.

— Je n'espère pas autre chose que mettre un terme à votre ignoble industrie. Je mourrai contente si je me suis vengée.

Chabanne marcha vers elle.

— Vous n'êtes pas la première à vouloir nous faire chanter, ma petite. De plus gros que vous s'y sont cassé…

— … les dents ? En ce cas, pourquoi vous agitez-vous ? Ne discutons pas plus longtemps, puisque vous ne redoutez rien.

— Non. Nous ne redoutons rien. Nous avons des appuis suffisants pour que votre venin ne…

— Bravo ! Toutes mes félicitations. Peut-être vous faites-vous quelques illusions sur l'efficacité de vos appuis. Leur protection suffirait sans doute si je ne vous dénonçais qu'à Fouquier-Tinville, à un ministre ou à des députés. Mais je le ferai devant la foule qui assistera à mon procès, et je doute que le scandale puisse être étouffé. Néanmoins, je vous souhaite bonne chance.

Caroline ouvrit la porte, mais, avant de sortir, elle fixa Chabanne et le médecin qui se tenaient tous deux figés au milieu du bureau :

— Un dernier détail que je tiens à vous donner parce que je vous sais capables de tout : cet après-midi, j'ai remis à un visiteur une lettre pour un de mes amis assez influent. Elle est sous double enveloppe. Je lui enjoins, au cas où je mourrais ou disparaîtrais avant de comparaître devant le Tribunal, d'ouvrir la seconde enveloppe. Dans cette seconde enveloppe, il y a un exposé très complet du fonctionnement de la maison Belhomme. N'essayez donc pas de vous en tirer en me « suicidant » ; cela ne ferait qu'aggraver votre cas.

Elle leur adressa un sourire assuré et ironique et claqua avec désinvolture la porte derrière elle. Mais dans l'escalier, en remontant vers son grenier, ses jambes se dérobèrent sous elle et elle dut s'agripper à la rampe. Tout son aplomb l'avait abandonné. Elle avait réussi devant Belhomme et Chabanne à conserver un maintien ironique et sûr de soi, alors qu'au fond d'elle-même elle était perdue, sentant que, si cette dernière corde cédait, c'était la mort. Maintenant, la réaction se produisait. Des larmes d'énervement coulèrent sur ses joues ; elle se hâta de réunir ses forces pour atteindre le grenier où elle s'effondra sur son matelas retrouvé à tâtons, car l'obscurité était presque complète. Un brouhaha continu montait du rez-de-chaussée. C'était l'heure du dîner. Elle écarta l'idée de descendre à la salle à manger : inutile de s'exposer à de nouvelles humiliations pour un bol de soupe…

Elle essayait d'espérer encore. Peut-être Belhomme allait-il venir la trouver pour lui proposer de la garder ? Peut-être avait-il peur ? Elle pensa : « Si cette garce de Chabanne n'était pas arrivée, j'aurais peut-être réussi à l'affoler. Mais elle a dû le rassurer. Ils ont des appuis si puissants qu'ils doivent être en train de tout mettre en œuvre pour m'empêcher de leur nuire. » Elle soupira. Ils avaient bien tort d'avoir peur : elle n'avait lancé cette menace que dans l'espoir de se faire garder à la maison Belhomme. Cependant, si elle partait, il était bien inutile de jouer à la dénonciatrice. Elle se tairait, elle ne compromettrait pas les gens qui avaient, grâce à ce repaire, la chance de sauver leur tête.

Peu à peu, elle s'assoupissait. Chaque pas dans l'escalier, cependant, la crispait : peut-être était-ce Belhomme qui, effrayé, venait traiter… Mais, chaque fois, nouvelle déception. Elle finit par s'assoupir, s'enfonçant dans un sommeil fébrile peuplé de visages grouillants, parmi lesquels revenaient ceux de Chabanne et de Mlle de Tourville. Bientôt les deux femmes ne furent plus qu'un seul être habillé comme la nourrice et qui se tenait devant l'hôtel des Postes, à côté du coche, guettant Caroline pour la livrer à des soldats…

— Vous ne m'en voulez pas, petite madame, de vous avoir éveillée?

Les yeux de Caroline battirent, aveuglés par la flamme d'une chandelle qui éclairait le visage de Chabanne agenouillée auprès d'elle.

— Nous avons pensé, le citoyen Belhomme et moi, que, si vous n'étiez pas descendue dîner, ce soir, c'est que vous aviez été fâchée par le menu de ce matin. Mais c'était une méprise… si vous aviez seulement réclamé… Aussi, pour réparer cette erreur, et aussi pour le plaisir de… profiter de votre présence, le citoyen-médecin m'a-t-il chargée de vous inviter à dîner avec lui. Nous dînerons dans le petit salon, bien tranquillement…

Le cœur de Caroline s'était mis à battre. Ou le sinistre couple avait peur et cherchait à traiter, ou c'était un piège. Elle hésita, puis se leva : quoi qu'il en soit, il valait mieux tout risquer qu'attendre comme une bête qu'on la traîne à l'abattoir.

— J'accepte avec plaisir votre invitation, dit-elle avec désinvolture. Justement, je m'ennuyais, et…

Aussitôt Chabanne lui prit le bras et toutes deux descendirent l'escalier comme deux bonnes amies. Ce contact écœurait assez Caroline, mais, dans l'ignorance où elle se trouvait de ce qui se passerait pendant le dîner, elle se garda de manifester sa répulsion. Elles traversèrent le bureau de Belhomme et trouvèrent celui-ci dans un petit salon qui y était attenant. Le couvert était mis sur une table de jeu. La nappe était d'une grande finesse et toute damassée ; porcelaines, cristaux, argenterie brillaient. Le salon était d'ailleurs très bien meublé : rideaux de damas vieux-rose, tapis à fleurs, bonheur du jour en citronnier, petites tables marquetées aux pieds élégamment galbés, glace à trumeau représentant une scène champêtre, fauteuils sveltes revêtus de brocard, haute harpe richement ornée. Ce décor rassura vaguement Caroline. Depuis des mois qu'elle traînait les auberges, les routes et les prisons, elle avait perdu l'habitude d'un tel luxe qui, autrefois, lui eût paru tout naturel. Elle en était bouleversée ; quoi ! pendant qu'elle ne connaissait plus que la crasse et le dénuement des granges, des greniers, des cellules, tant de joliesse et de confort existaient encore… Pendant que Belhomme se répandait en salutations cérémonieuses, elle ne pouvait détacher son regard de tous ces meubles qui lui rappelaient l'existence de cet autre monde dont elle avait été chassée.

Elle s'assit et le dîner commença. Il était servi par le « fou », l'ex-curé de Saint-Germain-des-Prés, qui récitait du Corneille à longueur de journée.

— J'en suis bien embarrassé, expliqua Belhomme. Je l'ai accepté ici en 1785 contre une rente que me verse sa famille. Mais depuis, l'argent a perdu sa valeur. Cette rente est aujourd'hui une sinistre plaisanterie. Cependant mon contrat m'oblige à le conserver. Alors, je l'utilise comme domestique. Ça l'amuse d'ailleurs.

Caroline mangeait de très bon appétit. Sa nuit blanche, sa diète forcée, l'avaient affamée, et elle faisait honneur aux plats, d'ailleurs exquis, qui lui étaient servis, comme aux crus de Bourgogne. Un instant, elle avait craint qu'on voulût l'empoisonner, mais, ayant réfléchi que Belhomme avait dû prendre pour argent comptant son mensonge sur la lettre qu'elle avait envoyée, et de ce fait n'avait aucun intérêt à la supprimer, elle écarta toute inquiétude et se montra même très gaie. Belhomme faisait preuve de courtoisie et de savoir-vivre. Chabanne parlait peu, mais se tenait bien et restait aimable. Ragaillardie par les vins, Caroline reprenait espoir et goût à la vie. Les trois flambeaux illuminaient la pièce. Les plats succédaient aux plats sans qu'aucun des convives abordât la discussion sérieuse qui cependant ne devait pas manquer d'avoir lieu.

Ce fut Belhomme qui, après plusieurs signes de tête de Chabanne, s'y décida. Il était en train d'expliquer à Caroline qu'il avait bien connu son beau-père Berthier, « ce grand cerveau, cet homme de bien, ravi à l'admiration de l'univers savant par un mal atroce… ».

— Je ne me doutais pas, à l'époque où je suivais ses cours, qu'un jour j'aurais sa belle-fille pour pensionnaire… la plus charmante et la plus turbulente de mes pensionnaires…

— Vous pouvez dire de vos ex-pensionnaires, puisque demain je vous aurai quittés.

— Et je suis le premier à en être navré ! N'est-ce pas, Chabanne… Nous nous disions encore tout à l'heure : quel dommage que…

— Allons donc, coupa Caroline, si vous me regrettiez tant, vous me garderiez.

Belhomme leva les bras au ciel :

— Je ne demanderais pas mieux ! Mais votre nom est parti sur la liste… Il est trop tard. Le jury du Tribunal révolutionnaire a reçu avis de votre comparution. Malgré toutes mes relations, je ne puis rien.

La sueur perlait sur le front de Caroline. S'il disait vrai, elle était perdue.

— C'est bien dommage pour moi, articula-t-elle froidement. C'est également dommage pour vous…

Chabanne intervint :

— Quoi ! Vous persisteriez dans votre projet…

— Mais comment donc !

— Songez à tous les malheureux qui sont ici ! D'autres que vous ont songé à faire ce que vous projetez. Ils y ont renoncé par égard pour leurs camarades.

— Pas d'attendrissement superflu ! Il n'y avait ici qu'un être pour lequel j'avais du goût. Vous l'avez chassé ce matin. Je me moque éperdument des autres.

Belhomme rapprocha sa chaise de la sienne.

— Ma chère petite madame, à quoi cette vilaine dénonciation, qui peut coûter la vie à tant de braves gens, vous servira-t-elle ?

— À rien, en effet. Disons que c'est un caprice de jolie femme.

— Si encore vous m'aviez parlé de ça hier… avant que je vous aie inscrite sur cette sacrée liste ! Mais maintenant, c'est trop tard. Vous sacrifiez vos compagnons sans vous sauver…

Caroline ne répondit pas. Elle reprenait courage. En laissant échapper que, si la menace avait eu lieu plus tôt, il aurait cédé, Belhomme avouait à quel point il se sentait vulnérable. Elle redoubla d'indifférence apparente, et, comme ils finissaient leur café, elle désigna la harpe.

— Je ne veux plus penser à tout ça, dit-elle. C'est si triste ! Et, comme je suis plus têtue qu'un troupeau de dindons, vous ne me ferez pas démordre de mes intentions. Laissez-moi plutôt jouer un peu quelques notes…

Sans attendre leur réponse, elle se leva et s'assit devant la harpe. Elle n'avait proposé de jouer que pour faire une diversion et donner une preuve de son assurance et de sa tranquillité d'esprit. Mais, quand elle se retrouva devant l'instrument, les souvenirs de son adolescence affluèrent. Elle se rappela la harpe qui était près de la fenêtre dans le salon du château. En été, les rayons du soleil se décomposaient sur ses doigts aux prises avec les longues cordes et les bariolaient de confetti jaunes, verts, roses, mauves… Les paroles de son morceau favori ressuscitèrent en elle :

J'ai perdu mon Eurydice.
Quel tourment, quel supplice,
Rien n'égale ma douleur…

Elle s'était mise à jouer, remuée, bouleversée par le souvenir de la petite robe blanche qu'elle portait jadis en exécutant ces morceaux, se figurant que c'était elle Eurydice, et que son fiancé la pleurait. Quand elle s'arrêta, il y eut un court silence, puis Belhomme la félicita :

— C'était très joli. Vous avez un beau talent, vraiment. J'aime beaucoup la musique et particulièrement celle de Gluck… c'était bien du Gluck?…

— Oui…

Elle s'était levée et se tenait immobile à côté de la harpe. Redescendue sur terre, elle toisait le couple. Belhomme adressa un coup d'œil à Chabanne qui prit brusquement la parole.

— Nous allons vous faire une proposition qui, je crois, vous fera bien plaisir…

Elle fit une pause. Caroline attendait, essayant de paraître impassible, mais n'arrivant plus, tant elle était émue, à avaler sa salive, et forcée de cacher ses mains derrière son dos pour qu'on ne les vît pas trembler. Peut-être avait-elle gagné la partie? Dans quelques secondes elle allait le savoir.

— Voici, reprit Chabanne. Nous ne pouvons rien faire pour empêcher votre départ, votre passage devant le Tribunal, votre condamnation. Mais, si vous ne faites aucune allusion à notre maison de santé, le citoyen Belhomme s'engage à vous faire reconnaître enceinte par le docteur de la Conciergerie qui est de ses amis. Vous gagnerez ainsi du temps dont nous profiterons pour vous faire revenir ici.

Caroline ouvrit la bouche pour répondre. Certes, elle aurait souhaité un arrangement qui lui évitât un séjour à la Conciergerie et la corvée d'un jugement. Mais, à tout prendre, c'était le salut.

— Ce que vous me proposez me convient très bien...

Mais en commençant de parler, elle surprit entre Chabanne et Belhomme un regard de connivence empreint d'un tel triomphe qu'elle se tut brusquement. Elle essayait de penser le plus rapidement possible. Y avait-il un piège ?... En un éclair, elle comprit quel pouvait être le plan du couple. Il était très simple : sur la foi de leur promesse, elle se laissait condamner sans dire un mot et, le lendemain, on la menait à la guillotine sans qu'au milieu des cris de la populace et du fracas des tambours elle puisse les dénoncer.

— Ce que vous me proposez me convient, reprit-elle, mais laissez-moi y réfléchir encore un instant.

Elle mesurait en elle-même le danger qu'elle encourait en refusant. Il lui apparut minime : le couple avait peur et céderait.

— Et, en y réfléchissant, reprit-elle avec calme, j'en viens à me demander si ce n'est pas ainsi que vous avez clos la bouche à ceux qui vous menaçaient de parler. Ils ont cru vos promesses et sont montés à la guillotine...

— Comment osez-vous...

Caroline fit un pas vers la porte.

— Ne discutons pas davantage. Je refuse votre proposition. Si je pars, je parlerai et c'est tout.

Belhomme s'effondra :

— Mais puisque je vous dis que je ne peux rien maintenant pour empêcher votre transfert et votre condamnation ! Il est hors de mon pouvoir de...

— Tant pis !

Elle avait jeté cette réponse d'une voix à la fois calme et dure. Elle avait peur, mais elle pensait que, si elle n'intimidait pas une bonne fois le couple dont sa vie dépendait, elle finirait par tomber dans les pièges qu'il lui tendait. Aussi, sans leur laisser le temps de reprendre la discussion, s'inclina-t-elle :

— Je vous remercie de votre aimable accueil et de l'excellent dîner que vous m'avez offert. Excusez-moi de partir si vite, mais, comme je pense que je serai réveillée demain très tôt pour être conduite à la Conciergerie, et que j'ai besoin d'être en bon état pour ma comparution au Tribunal révolutionnaire, je pense qu'il est plus sage d'aller dormir tout de suite.

Cette brusque rupture parut dérouter Belhomme et son associée. Ils balbutièrent une vague réponse aux remerciements de Caroline et celle-ci, ayant traversé d'un pas rapide le salon et le bureau, se retrouva dans l'obscurité de l'escalier qu'elle gravit jusqu'à son grenier. Celui-ci était des plus bruyants. Elle ne prêta pas garde au tumulte et, s'étant infiltrée à travers les tentures, se déshabilla, se roula dans ses couvertures et ferma les yeux.

Elle essayait de faire le point de la situation. Ce dîner, l'amabilité déployée par le médecin et par Chabanne, démontraient suffisamment que tous deux redoutaient ses révélations. Mais jusqu'où la peur les entraînerait-elle? Caroline était certaine que, si Belhomme avait pu revenir sur sa décision, supprimer son nom de la liste, il l'aurait fait. Son seul espoir était donc qu'il trouvât une solution qui lui permît de rester dans la clinique au lieu de repartir à la Conciergerie. Par moments, elle avait confiance, puis un morne abattement la gagnait; elle se disait alors que rien ne se passerait, que la nuit s'écoulerait sans incident, que demain on viendrait la chercher pour l'emmener à la Conciergerie, la traîner devant le Tribunal révolutionnaire, puis à la guillotine. Elle passa des heures dans cette alternance d'optimisme et d'effondrement. Elle écoutait le glas lugubre des carillons. Peu à peu, les chants et les discussions s'étaient éteints. Le grenier était silencieux. Elle sentait seulement son pouls battre avec violence. Par instants, elle s'assoupissait, puis reprenait conscience d'elle-même pour retomber ensuite de nouveau dans une langueur voisine du sommeil.

Ce fut de cet état qu'elle fut brusquement tirée par une main posée sur son poignet. Elle tressaillit et reconnut devant elle, une chandelle à la main, Belhomme dont le visage lui apparut soucieux et congestionné.

— Suivez-moi immédiatement, dit-il.

— Vous suivre où ?

Un fol espoir l'avait gagnée. Mais, en même temps, elle se disait : « Est-ce un nouveau piège ? »

— Dans mon cabinet. Ne perdez pas un instant. Si tout marche bien, vous serez très bientôt dehors et libre.

Caroline ne résista pas davantage à son enthousiasme. D'un bond, elle s'arracha à ses couvertures.

— Voulez-vous me passer mes vêtements qui sont à côté de vous ?

Elle le pria de se retourner et s'habilla le plus vite qu'elle put. Belhomme ne disait pas un mot et tapotait le bord du bougeoir avec impatience et nervosité. Enfin elle fut prête à le suivre.

— Ne faites pas de bruit, chuchota-t-il. Il ne faut surtout pas qu'on sache que je suis venu vous chercher.

Avec précaution, ils traversèrent le grenier parmi les ronflements des dormeurs et descendirent l'escalier. La jeune femme avait l'impression d'étouffer, tant son cœur battait fort. L'idée d'un guet-apens la hantait. Elle eut même si peur qu'elle faillit abandonner le médecin et remonter vers son grenier. Néanmoins elle tint bon. Perdue pour perdue, il fallait tout risquer.

Elle fut un peu rassurée en pénétrant dans le cabinet du médecin, qui était éclairé largement et où Chabanne se trouvait assise derrière le bureau. Sans perdre un instant, celle-ci prit la parole :

— Nous allons faire pour vous ce que nous n'avons fait pour aucun de nos prisonniers. Nous ne nous y décidons que parce que nous craignons les conséquences que votre dénonciation pourrait avoir pour les malheureux que nous hébergeons ici. Nous allons vous donner la possibilité de fuir et de gagner l'étranger. Dans ces conditions, nous pensons que vous n'avez plus aucun intérêt à répandre des bruits qui ne serviraient qu'à décimer vos anciens compagnons. Nous sommes bien d'accord?

Caroline était sidérée. C'était trop beau! Jamais elle n'avait escompté un succès aussi complet. Gardant la maîtrise d'elle-même, elle contint cependant sa joie et demanda avec une indifférence apparente :

— Nous sommes d'accord, évidemment. Mais j'aimerais voir plus de détails sur la façon dont vous pensez assurer ma fuite et ma sécurité.

Chabanne se leva :

— Comme le citoyen Belhomme vous l'a dit, nous étions obligés, maintenant que votre nom était transmis au Tribunal révolutionnaire, de vous envoyer demain à la Conciergerie. Il n'y avait que deux façons d'empêcher ce transfert : votre fuite ou votre mort. Votre fuite aurait attiré sur nous l'attention de certains pouvoirs publics et, malgré nos appuis, aurait pu avoir de graves conséquences. Aussi avons-nous choisi votre mort…

— Ma mort!

Elle avait réussi difficilement à prononcer ces deux mots. Tout son corps s'était contracté. Avec un réflexe de bête traquée, elle jeta désespérément un regard vers la porte devant laquelle se trouvait Belhomme. Celui-ci haussa les épaules :

— Allons, Chabanne, dit-il, bornez-vous à cette petite vengeance, et rassurez-la maintenant.

La femme se mit à rire.

— Je veux bien. J'ai vu ses mains trembler, ça me suffit. N'ayez pas peur ; nous avons choisi votre mort, c'est exact, mais nous n'avons nullement pensé à vous tuer. Nous avons simplement décidé que demain, lorsque la voiture de la Conciergerie viendra, elle trouvera pendue à une corde du grenier une jeune femme, blonde comme vous, défigurée par l'asphyxie et vêtue de vos vêtements. La voilà d'ailleurs.

Et, s'écartant brusquement, Chabanne dévoila un corps nu, étendu sur le tapis. Caroline, horrifiée, voulut faire un pas en arrière, mais Chabanne lui saisit le poignet et l'attira vers elle, l'obligea à regarder la chair tuméfiée de la femme morte qui gisait, raidie.

— Vous l'avez tuée ? bégaya-t-elle.

— Cette petite a beaucoup d'imagination, observa Chabanne. Rassurez-vous, nous ne l'avons pas tuée. Le citoyen Belhomme est un intime du directeur de la Morgue qui a bien voulu lui faire cadeau du corps de cette malheureuse qui s'est suicidée cette nuit. Grâce à elle, pendant qu'on vous enterrera, vous pourrez filer en toute sécurité. Nous avons poussé l'obligeance jusqu'à mettre à votre disposition un sauf-conduit de la Convention qui est en blanc, que vous n'avez qu'à remplir au nom qui vous plaira, pour une destination de votre choix. Nous avons à peu près la même taille ; je vous donnerai une robe et vous laisserez la vôtre à votre… remplaçante.

Caroline s'assit sur une chaise. Ces brusques émotions l'avaient brisée. Elle se répétait : « J'ai gagné sur toute la ligne. » Mais, stimulée par ce succès, elle ne perdait pas son temps et mettait au point son plan.

— Je vous remercie de votre offre, dit-elle enfin à Chabanne, mais ce n'est pas d'une robe que j'ai besoin. Je veux une tenue d'homme, si possible, des bottes courtes, un pantalon, une chemise, une vareuse et un paletot. Je voudrais aussi une paire de ciseaux pour écourter mes cheveux.

Belhomme s'étonna :

— Vous allez vous déguiser en homme ?

— On ne peut rien vous cacher !

— C'est bien, dit Chabanne, nous avions ici un jeune garçon, le petit Forbin, qui, dans les derniers temps de son séjour, m'avait vendu une partie de sa garde-robe pour payer sa pension. Je vais aller vous chercher ce qu'il vous faut.

Chabanne sortit et Belhomme, prenant une plume, proposa :

— Voulez-vous que je vous remplisse votre sauf-conduit ?

— C'est inutile, répliqua Caroline, je vais le faire moi-même.

Elle s'assit devant le bureau, établit son signalement, choisit pour nom Gaston Vincennes et, après avoir hésité quelques secondes, établit ainsi son itinéraire : Paris-Quimper-Brest. Elle s'était demandée d'abord si elle ne se déciderait pas pour la Suisse. Son ignorance des régions qu'il lui faudrait traverser et, peut-être inconsciemment, le fait d'avoir entendu dire que Georges se trouvait certainement à Genève, l'en dissuadèrent. Elle jugea que M. Kerleu lui serait d'un secours suffisant pour prendre place à bord d'un de ses vaisseaux voguant vers l'Amérique et que, cette fois, elle se garderait bien de quitter à son escale de Bordeaux. Puis elle plia le papier, se méfiant de Belhomme et, à tout hasard, ne voulant pas qu'il sache où elle avait l'intention de se rendre. Celui-ci, après avoir vainement louché vers le sauf-conduit, avait repris sa bonhomie.

— Eh bien ! grasseya-t-il, encore une qui n'aura pas à se plaindre du papa Belhomme. Grâce à son dévouement elle aura échappé à l'échafaud.

À ce moment, Chabanne réapparut, portant les vêtements du jeune Forbin.

— Mettez-les vite. Il est cinq heures. La voiture de la Conciergerie ne va plus tarder. Il faut que nous ayons le temps de vous faire filer et d'aller rependre la femme sur le palier du grenier.

Caroline ne se fit pas prier. Sans se soucier de la présence de Belhomme, elle eût tôt fait de se mettre nue. La chose l'amusait même, car Chabanne ne pouvait dissimuler l'irritation où la mettait l'intérêt qu'il prenait à regarder sournoisement les formes de la jeune femme. Puis, pendant que les deux autres affublaient le cadavre des vêtements de Caroline, celle-ci revêtit rapidement la tenue du jeune Forbin, coupa ses cheveux et alla jeter dans la glace un regard complaisant.

— Vous êtes un charmant cavalier, observa le médecin, qui achevait d'habiller la morte.

Caroline tressaillit :

— Cavalier, cavalier ! Vous avez bien fait de prononcer ce mot. Vous me rappelez par association d'idées que je suis un cavalier sans cheval et sans argent, détails sans lesquels je risque de ne pas aller bien loin.

Chabanne s'insurgea :

— Non, mais, qu'est-ce qu'il vous faut encore ? Nous vous donnons la liberté, ça ne vous suffit pas ?

— Une liberté qui peut m'être reprise une heure après ne me suffit en effet pas. D'ailleurs, vous n'avez aucun intérêt à ce que je me fasse arrêter. Timide et impressionnable comme je suis, je serais capable de raconter grâce à qui je me suis enfuie.

Belhomme intervint :

— Elle a raison. Combien voulez-vous ?

— Je veux de quoi vivre huit jours. Ce n'est pas excessif !

— Non… Eh bien, je vais vous donner mille francs.

Caroline sourit doucement :

— Sans doute m'avez-vous mal comprise ? Je ne vous ai pas dit un jour, je vous ai dit huit jours.

— Mais, avec mille francs, vous avez parfaitement de quoi vivre huit jours et même plus.

— Vous devez faire erreur. Ouvrez donc le registre de vos pensionnaires pour vous rafraîchir la mémoire, et vous verrez que la vie n'est pas si bon marché que vous le croyez. Si mes souvenirs sont justes (je peux me tromper, mais vous rectifierez sans peine), je payais ici, très exactement, mille francs par jour.

— Mais ici, ce n'est pas la même chose. Vous…

Chabanne lui coupa la parole :

— Ne discutez pas. Cette petite garce nous tient. Donnez-lui ses huit mille francs et qu'elle s'en aille ! Nous en serons quittes à faire demain une quête forcée pour ses obsèques auprès de sa famille.

Belhomme soupira, ouvrit un tiroir et remit l'argent à Caroline qui, sans prendre la peine de le remercier, demanda :

— Et où trouverai-je le cheval ?

— Quel cheval ?

— Vous ne pensez tout de même pas que c'est à pied que je vais en huit jours parvenir à franchir la frontière !

— Vous vous débrouillerez ! Sur vos huit mille francs, vous pouvez très bien…

— Nullement. D'un côté, il y a ma pension, vous me l'avez payée, mais de l'autre, il y a le cheval, je l'attends.

— Mais où voulez-vous que je trouve un cheval ? Est-ce que vous croyez que le gouvernement me confie des chevaux à garder !

Caroline fit une petite moue.

— Moi, je n'entre pas dans tous ces détails. C'est à vous de vous arranger. Si je n'ai pas de cheval, je ne m'en vais pas.

Elle jouissait de sa victoire. Tous deux lui apparaissaient maintenant comme de ridicules pantins dont elle avait cassé les ficelles. Une confiance en elle, toute neuve, toute fraîche, la transfigurait.

— Eh bien, je vais aller en acheter un à côté chez le maître de poste. Je serai de retour dans un quart d'heure.

Comme il s'éloignait, Chabanne demanda à Caroline si elle ne voulait pas l'aider à monter le cadavre au grenier.

La jeune femme, en refusant, craignit de l'exaspérer et de passer les bornes. Aussi toutes deux soulevèrent-elles le corps, roidi et lourd, engoncé dans les propres vêtements de Caroline, et s'engagèrent-elles péniblement et sans bruit dans l'escalier, éclairé par un petit chandelier que Chabanne tenait entre ses dents pour avoir les deux mains libres. La contorsion que sa bouche était obligée de faire achevait de convulser son visage dont les rides étaient creusées par la brûlante proximité de la flamme. Caroline était fascinée par ce faciès de Gorgone qui grimaçait ainsi au-dessus du masque crispé et bleu de la morte. Toutes trois, inextricablement enchevêtrées, formaient dans la lente ascension saccadée de l'escalier un groupe dont l'ombre monstrueuse se ramassait et se déployait sur les murs comme une grande chauve-souris. Caroline ne savait où porter son regard. Elle serrait les mâchoires pour ne pas vomir de dégoût. Le frou-frou soyeux de sa propre robe autour du cadavre la révulsait. Enfin elles parvinrent sur le palier où elles déposèrent le cadavre.

Chabanne avait apporté une corde. Elle monta sur un escabeau et l'assujettit solidement à un crochet qui faisait saillie dans la charpente.

— Ce crochet est là bien à propos, ne put s'empêcher d'observer Caroline.

L'autre pencha vers elle sa face de gargouille et eut un petit rire :

— Vous ne croyez pas si bien dire. C'est un de nos pensionnaires qui l'a planté là. Il devait partir le lendemain. Il a préféré la corde.

La jeune femme frissonna. Mais, malgré l'horreur de l'instant présent, l'avenir chantait en elle. Dans quelques minutes, le jour naîtrait. Dans quelques minutes elle retrouverait ce grand plaisir de galoper, libre, à travers la campagne. Au bout de sa course, il y aurait de nouveau la vie, le bonheur, la douceur des jeunes hommes, le plaisir des étreintes, l'enthousiasme du printemps, les aventures, les robes et… Gaston.

Elle sursauta :

— J'ai oublié quelque chose dans mon baluchon. Je vais aller le prendre.

— Attendez. Soulevez le corps et passez-le-moi que je puisse l'attraper par les épaules.

Quelques secondes plus tard, l'ombre sinistre d'un pendu se balançait lentement sur les murs, pendant que Caroline, fébrile, fouillait ses affaires pour y retrouver la précieuse mèche de cheveux que, dans sa précipitation, elle avait failli oublier d'emporter. Sans lumière, elle s'énervait, déballant, tâtonnant… Une brutale inquiétude l'assaillit : elle se rappelait avoir mis cette mèche dans un mouchoir ; n'était-ce pas précisément celui qui était tombé de sa robe quand Boimussy l'avait déshabillée et que, le lendemain, il lui avait demandé la permission d'emporter ? Elle éprouva une sensation de vertige. Pouvait-on rêver une situation plus ridicule et plus odieuse que celle de Boimussy emportant dans ce précieux mouchoir la mèche de cheveux de l'amant de Caroline ? Elle pensa qu'elle devait être dans le fond une fille infecte pour se mettre dans un cas pareil. Peut-être Boimussy en ce moment-ci respirait-il le parfum du mouchoir, pendant qu'elle, de son côté, cherchait la relique d'un autre homme. « Je n'ai pas voulu cela, se disait-elle, je ne me sens pas réellement coupable, j'aime Gaston, ce sont les circonstances qui m'ont obligée à céder à Boimussy mais, pour lui, j'ai aussi beaucoup de sympathie, beaucoup de tendresse, beaucoup d'attirance physique. Si on savait cela, on n'hésiterait cependant pas à me traiter de putain. »

Elle ne cherchait même plus. Agenouillée, elle restait les bras ballants… Tout à coup, elle se rappela qu'elle avait mis la mèche de cheveux dans une petite poche qui se trouvait dans l'ourlet de sa robe. Elle se releva, retrouva sur le palier Chabanne qui l'attendait et, dominant sa répugnance, monta sur l'escabeau et fouilla dans le taffetas qui vêtait le cadavre, pour extraire de la petite poche la mèche oubliée qu'elle enferma aussitôt dans le gousset de sa vareuse. En faisant ce geste, encore toute crispée par le contact du corps de la morte à laquelle ses recherches avaient imprimé un nouveau balancement, elle s'aperçut que la poche de la vareuse contenait un couteau. Un désir impérieux la traversa. Elle se tourna vers Chabanne :

— Laissez-moi une seconde, je vous en prie, le temps de courir jusqu'à la cabane du jardin.

Sans attendre la réponse, elle prit le chandelier et dévala prestement l'escalier, suivie par des protestations étouffées. Dès qu'elle fut dans le jardin, le vent éteignit la faible flamme et elle dut courir à travers l'obscurité qu'éclaircissait à peine l'aube. Elle tomba plusieurs fois, elle s'empêtra dans des massifs, poussa enfin la porte de la baraque et là, précipitamment, à l'aveuglette, elle traça dans le bois du panneau avec le couteau les initiales entrelacées grossièrement de Gaston et d'elle-même. Puis elle y ajouta la date, à l'ancienne mode, 14 mars 1794, voulant obscurément qu'aux marques que tous deux avaient déjà gravées dans le bois s'ajoutât celle-ci, vestige de la froide aurore de son départ, le cœur rempli par son amour de Gaston.

Mais, en retraversant le jardin, plus lentement cette fois, elle frémit à l'image de Boimussy qui devait être éveillé, lui aussi, qui devait regarder comme elle les premières lueurs du jour à travers sa lucarne en sachant que ce jour serait pour lui le dernier. Elle arrêta net sa marche. Cherchant vaguement à s'orienter, elle se tourna dans la direction probable de la Conciergerie et, portant ses mains à ses lèvres, lui envoya un baiser. Puis elle reprit sa course. Chabanne et le médecin l'attendaient dans l'entrée. Les adieux furent secs et brefs. Quelques minutes plus tard elle trouvait au-delà de la poterne le cheval qui l'attendait, l'enfourchait et faisait sonner clairs et frais sur son passage les pavés de la route qui menait à Saint-Germain.

24
L'auberge de l'Océan

Caroline mit huit jours pour atteindre Quimper. Huit jours de grand air, de liberté, de folle galopade, d'heureuse fatigue… Son sauf-conduit lui assurait une sécurité presque totale ; aussi, pour la première fois depuis bien longtemps, respirait-elle à pleins poumons, sans craindre les regards, sans redouter les vérifications d'identité, entrant dans les auberges avec désinvolture, la tête haute, en faisant claquer sa cravache.

Cette liberté dont elle jouissait, elle ne l'avait jamais connue, même avant d'être proscrite. Son déguisement, en effet, faisait d'elle un jeune cavalier hardi et insolent, qui n'avait de comptes à rendre à personne, trottait à sa fantaisie, couchait où il lui plaisait, regardait les gens droit dans les yeux, sans devoir sans cesse maintenir cette réserve et cette pudeur auxquelles l'avait contrainte toujours sa condition féminine. « Ce que j'aurais préféré être un garçon ! » pensait-elle. Elle se gardait de laisser travailler son imagination, évoquait de temps à autre gentiment le souvenir de Gaston, se demandait évidemment parfois comment s'arrangerait sa vie quand elle serait parvenue en Amérique, mais au fond elle réfléchissait assez peu, enivrée de plein air, saturée d'exercices, éblouie de pouvoir vivre à sa fantaisie, dans ce décor de campagne normande et bretonne qui, animé par le printemps, lui rappelait les meilleurs moments de son enfance.

Cependant, le trajet qu'elle faisait aurait dû éveiller en elle d'autres souvenirs, car il était à peu près celui qu'elle avait accompli un an plus tôt pour aller retrouver Georges à Caen, puis pour gagner avec lui Quimper. Quand elle coucha à Vernon, elle n'hésita nullement à se rendre dans l'auberge où avait eu lieu son aventure avec le postillon, toute fière de se sentir combien plus forte et plus sûre d'elle-même qu'à cette époque. Et c'était en effet le sentiment qu'elle éprouvait sans cesse en retrouvant l'aspect des localités où elle était passée en proscrite dix mois plus tôt : un sentiment de confiance en soi et de confiance dans la vie qu'elle n'avait pas alors. Elle s'étonnait même d'avoir pu supporter la tutelle de Georges, la présence de Louvet, les bons conseils de Lodoïska. Elle venait de se prouver, par la maîtrise avec laquelle seule et sans aide elle était sortie de prison, que rien n'était impossible pour elle. Sa victoire sur ses deux geôliers, sur le médecin et sa mégère, ajoutée à la violence des passions qu'elle avait su inspirer à Albancet, à Boimussy, lui avaient insufflé une énergie et un entrain qu'elle ne se connaissait plus depuis son adolescence.

C'est dans cet état d'esprit que, par un soir clair et frais de printemps, elle entra dans Quimper à franc étrier. Sans hésiter, elle suivit la grand-rue et parvint à la place sur laquelle donnait la maison de Kerleu. Sautant de cheval, elle gravit le perron de deux lestes enjambées et frappa avec le marteau de la porte. Elle attendit, frappa de nouveau, attendit encore, redoubla de coups. Enfin, un peu déçue, elle renonça et, comme la nuit approchait, se dirigea vers une auberge voisine où elle prit une chambre. En dînant, elle interrogea la servante pour savoir si le citoyen Kerleu était pour longtemps absent de Quimper. La servante, une fillette rousse, à la mine vicieuse, et qui n'avait pas cessé de regarder Caroline avec une attention provocante, s'arrêta net en entendant cette question.

— Vous n'êtes donc pas du pays, citoyen?

— Non. Je suis de Paris. Mais ce n'est pas à vous de me poser des questions, répondez plutôt à la mienne.

En guise de réponse, la jeune fille décocha à Caroline un regard brûlant :

— Vous avez eu de la chance, citoyen, de vous être adressé à moi, car une autre aurait bien été capable de vous faire arrêter pour qu'on tire un peu au clair vos relations avec le citoyen Kerleu.

Caroline se troubla :

— Mais enfin, que s'est-il passé ? Je n'ai pas vu Kerleu depuis plusieurs années et je…

— En ce cas, vous n'avez aucune chance de jamais le revoir. Il a été guillotiné à Rennes le mois passé.

De toutes ses forces, Caroline s'attacha à dominer son émotion, à empêcher son visage de s'empourprer.

— Guillotiné ? Lui ! Moi qui le prenais pour un bon révolutionnaire.

— Oh ! il essayait bien de tromper son monde ! Mais il n'y a pas réussi. On a établi qu'il avait reçu l'an passé des proscrits, les avait hébergés et les avait aidés à fuir. C'étaient des députés de la Gironde. Il paraît même qu'ils étaient accompagnés de l'épouse de l'un d'eux. Il a été dénoncé et arrêté cet automne et on a appris son exécution récemment.

Caroline réussit à prendre un air assuré :

— Eh bien ! tant pis, dit-elle, ou plutôt tant mieux, car, si c'était un mauvais patriote, il vaut mieux qu'il soit sous la terre que dessus. J'en serai quitte à m'adresser à un autre armateur. Redonnez-moi donc du cidre.

Une fois dans sa chambre, Caroline se laissa aller à son anxiété. Qu'allait-elle devenir ? Son laissez-passer allait bientôt expirer. Sans Kerleu, comment réussirait-elle à embarquer ? Pauvre Kerleu… Elle écrasa son visage dans ses mains, éclatant en sanglots. « Ils sont fous, ils sont tous fous à lier, jamais le monde n'a connu une pareille époque de furie », murmurait-elle.

Peu à peu, elle reprit cependant son calme. Somme toute, à côté des situations où elle s'était trouvée, celle-ci n'était pas tellement grave. Elle était encore libre. Elle pouvait encore courir sa chance. Et elle la courrait. Le plus urgent était de quitter Quimper, car elle sentait bien que la fille de l'auberge avait des soupçons et que, pour gagner ses bonnes grâces, il aurait fallu que Caroline la satisfasse d'une certaine façon que, malheureusement, son sexe lui interdisait. Elle résolut donc de partir dès le lendemain matin et de gagner Brest où il y avait des bateaux et une chance à courir.

Dès sept heures du matin elle fit sceller son cheval, non sans avoir auparavant embrassé dans le cou la servante en l'assurant de son prochain retour. Pour plus de précautions elle feignit de prendre la route de Vannes mais bifurqua rapidement en direction de Brest où elle arriva en fin d'après-midi.

Après avoir retenu une chambre à l'hôtel de l'Archipel, elle se dirigea vers le port et se mit à arpenter les quais, le nez au vent, comme un flâneur qui musarde. La rade était remplie de bateaux. Le soleil qui déclinait sur la mer dotait les voiles de multiples couleurs roses, vertes, orangées, cependant qu'une nuée bleue commençait déjà à confondre les coques les unes avec les autres et à baigner la ville, dont seul le faîte des toits retenait encore un poudroiement doré.

Des mouettes décrivaient dans le ciel des arabesques aisées et puissantes en poussant leurs cris stridents. « Évidemment, pensait Caroline, il y a des bateaux, mais je ne connais personne dans cette ville, et jamais je ne réussirai à me faire admettre à leur bord. Le contrôle doit être au moins aussi strict qu'il y a un an. C'est un supplice de Tantale. Il faudrait, je crois, que j'aie les ailes de ces mouettes pour réussir à quitter ce sacré pays. » Elle s'était arrêtée sur l'extrémité du quai et, distraitement, écoutait la conversation de deux jeunes garçons assis au-dessous d'elle sur les marches d'un petit escalier qui descendait dans l'eau.

— T'as pas besoin de faire le fendard comme ça. Moi aussi je naviguerai. Le patron de *La Pomone* a promis qu'il me prendrait pour ses courses d'hiver.

— Mais ce n'est point pour l'hiver que je pars. L'hiver prochain, j'aurai peut-être déjà fait le tour du monde. C'est demain. Demain, tu seras encore là à traîner les pavés que, moi, je serai en pleine mer.

Caroline, machinalement, se pencha et jeta un regard sur celui des deux garçons qui venait de parler. Il pouvait avoir dix-sept ans. Ses cheveux courts et touffus étaient d'un blond très pâle sur lequel jouaient les derniers rayons du soleil. Son visage était foncé, semé de taches de rousseur, éclairé par deux yeux gris-vert qu'il fronçait pour se donner plus d'assurance. Ses dents brillaient, très blanches, contrairement à celles de son camarade, jaunes et cariées comme celles de presque tous les Brestois. Il était vêtu d'une petite blouse de chanvre et d'une culotte à rayures blanches et bleues qui laissait ses jambes nues à partir du genou.

— Tu veux jouer au marin et tu ne chiques même pas.

— Possible que je ne chique pas, mais je serai à La Nouvelle-Orléans quand tu n'auras même pas trouvé moyen d'aller à Rennes.

— Pour ce que c'est drôle d'aller en Amérique ! Qu'est-ce que tu y feras de plus, en Amérique ?

— J'y trouverai peut-être femme.

— Une négresse, alors ! Parce que, débrouillard comme tu es !... On ne t'a jamais vu avec une fille.

— Je m'en voudrais de fréquenter vos paillasses à gabier toutes plus sales et plus méchantes les unes que les autres. C'est une vraie femme que je veux, moi. Qui soit belle et bonne. Les roulures, ça ne m'intéresse pas.

— Dis plutôt que tu es trop timide !

— Je suis comme je suis. En tout cas, ça n'a pas empêché le patron de *La Pomone* de m'accepter tout de suite à son bord.

— Pour ce qu'il te connaît ! Il t'a peut-être vu deux minutes, le temps d'inscrire ton nom sur son registre. Tu as eu la chance tout simplement de te trouver là au moment où son mousse est tombé par l'écoutille et s'est cassé le pied. Y a pas de quoi te vanter.

La jeune femme tiraillait machinalement les boutons de sa veste. Elle réfléchissait profondément. Il devait y avoir quelque chose à faire, mais quoi ? Il devait y avoir un moyen de prendre la place de ce jeune garçon que son patron ne connaissait même pas. L'enivrer ? Et demain se présenter tranquillement à bord, après avoir revêtu ses habits ? Mais elle ne voyait guère comment elle pourrait faire sa connaissance et surtout l'amener à passer avec elle sa dernière nuit en France. Avec elle, vêtue comme elle l'était, ce n'était guère possible, en effet, mais avec cette femme « belle et bonne » à laquelle il rêvait tout à l'heure ?

— Et qu'est-ce que tu fais ce soir ?

— Je suis libre… J'ai fait écrire à mes parents que je partais en mer. Le patron de la boulangerie où j'étais m'a réglé mon compte et, comme j'ai aussi touché une avance du capitaine, je t'invite si tu veux à dîner à l'auberge de l'Océan ; je ne compterai pas et, pour une fois, on se régalera comme des milords.

Sans en écouter davantage, Caroline s'éloignait d'un pas rapide, rentrant à l'intérieur de la ville. Elle avisa presque aussitôt la boutique d'un fripier où elle pénétra. Bien qu'elle ait dépensé largement durant son voyage, il lui restait encore six mille francs sur les huit que lui avait donnés Belhomme. Aussi ne marchanda-t-elle pas. Après avoir examiné les toilettes que lui présentait le marchand, elle désigna une robe puce pékinée de rose, un jupon festonné au point d'Angleterre, un corset, des bas, des chaussures de peau et des tresses postiches.

— Où dois-je livrer ?

— Faites un paquet. J'emporte tout cela immédiatement.

Le vendeur eut un léger sourire à l'adresse d'un de ses collègues, et Caroline ne douta point qu'on l'eût prise pour un amoureux fervent décidé à faire une surprise à sa maîtresse. Le paquet était énorme, et, une fois dans la rue, Caroline se trouva fort embarrassée. Heureusement, la nuit tombait très vite. La jeune femme se dirigea de nouveau vers les quais qu'elle suivit sans se presser jusqu'à ce qu'elle fût parvenue sur une jetée écartée et que l'obscurité fût complète.

S'étant encore assurée que nul ne pouvait la voir, elle se déshabilla prestement. Le temps était doux, elle éprouva un plaisir troublant à sentir le vent caresser son corps nu. Mais elle ne s'attarda pas, déballa son paquet et revêtit les vêtements qu'elle venait d'acheter. Elle fixa sur sa tête les tresses, remballa sa tenue de cavalier et la dissimula le mieux qu'elle put sous des rouleaux de cordes qui se trouvaient là. Puis elle reprit le chemin de la ville, s'informa auprès du premier passant rencontré de l'auberge de l'Océan où, dix minutes plus tard, elle pénétrait.

*

Elle avait d'abord été ahurie par le fracas de verres, de tables, qui résonnait dans la salle d'auberge. Des chants, des cris, une fumée âcre où se mêlaient l'odeur amère du tabac et les relents graisseux des viandes qui étaient cuisinées tout au fond en présence des clients. La pénombre régnait, car la pièce basse et grande n'était éclairée que par deux chandeliers à doubles branches et par le feu des cuisines. Il n'y avait presque pas de femmes dans la salle, en dehors des servantes. Caroline en fut presque effrayée, bien que, depuis une semaine, elle fût habituée à de semblables tavernes : c'est que, de nouveau vêtue d'une robe, elle avait beaucoup perdu de son audace. Vainement, parmi tous ces visages qui se tournaient vers elle, et qui l'examinaient, presque tous, avec une insistance insolente, elle cherchait celui du jeune garçon, du jeune mousse qui devait partir le lendemain pour l'Amérique.

Un homme énorme, dont la grosse face était cramoisie, vint au-devant d'elle entre les buveurs et, avec un sourire à la fois complice et obséquieux, s'informa :

— La citoyenne a sans doute rendez-vous avec quelqu'un ?

— Non, je… Enfin oui, j'ai rendez-vous, en effet… En attendant, je voudrais dîner.

Le gros homme obligea un groupe de marins à se presser contre leur table pour laisser le passage à Caroline qu'il dirigea vers un angle de la pièce, encore plus obscur mais assez tranquille. Elle s'attabla, commanda distraitement des coquillages, un poisson et une omelette et reprit, le plus discrètement qu'elle put, ses investigations.

C'était un exercice délicat, car, dès que son regard se croisait avec celui d'un des hommes, elle était obligée de se détourner en feignant de ne pas remarquer le sourire ordurier qui lui était destiné. Les deux ou trois femmes qui se trouvaient là, assises entre les matelots, pour ne pas dire sur leurs genoux, jetaient sur elle des regards mauvais, prêtes pour un peu à lui reprocher une concurrence déloyale. Enfin, assez près d'elle, elle reconnut le jeune garçon qui dînait avec son camarade. Elle arrêta son regard sur lui et ce fut précisément lui qui baissa les yeux. Son camarade, en revanche, croyant sans doute avoir été l'objet de son attention, lui sourit avec sans-gêne et assurance. Incertaine, Caroline se pencha sur son assiette et s'absorba dans l'absorption de son omelette. Elle ne savait que faire. Ce jeune garçon était évidemment très timide et, si elle l'encourageait d'une façon ou d'une autre, elle ne réussirait qu'à l'effaroucher. D'autre part, si elle se bornait à avaler son dîner en silence, elle ne parviendrait pas à entrer en conversation avec lui.

Elle fut tirée de son embarras par une main qui se posa devant elle sur la table. Elle sursauta. C'était le camarade du jeune homme.

— Vous êtes là toute seule, citoyenne, vous ne devez pas vous amuser. Sans compter qu'il n'est guère prudent pour une jolie fille comme vous de boire sans compagnon à l'auberge de l'Océan. Si vous le permettez, mon ami et moi, on va venir s'asseoir à votre table.

La jeune femme, qui se doutait que le jeune garçon devait être en train d'observer la démarche de son camarade, feignit admirablement bien la pudeur, la gêne, ne répondit ni oui ni non, mais ne s'opposa pas non plus à ce que le jeune homme s'assît auprès d'elle. Triomphant, celui-ci, se retourna :

— Viens là, Jean-Pierre, et apporte les couverts.

Caroline eût été bien incapable d'expliquer pourquoi elle fut subitement contente de savoir qu'« il » s'appelait Jean-Pierre. Elle le regarda s'approcher, embarrassé par les assiettes et les verres qu'il portait et qu'il déposa sur la table sans oser jeter les yeux sur la jeune femme. Il y eut alors un long silence. Ce fut Jean-Pierre qui le rompit :

— Peut-être que nous vous ennuyons, citoyenne ? En ce cas, n'hésitez pas à nous le dire, nous retournerons à notre table.

— Non… Vous ne m'ennuyez pas. Au contraire, maintenant que vous êtes là, tous ces hommes me regardent moins. C'était très pénible pour une jeune femme toute seule de se trouver ainsi dans un pareil endroit.

Les mensonges naissaient sur ses lèvres sans qu'elle les eût prémédités. Elle leur raconta qu'elle était la fille d'un capitaine de l'armée de Dumouriez, qu'elle habitait avec sa mère dans un village de la Mayenne, que le bruit avait couru de la mort de son père, en Belgique, que, malgré toutes les lettres envoyées à Paris, elle n'avait pu être fixée, et qu'elle était venue à Brest pour y rencontrer un lieutenant ayant servi autrefois sous les ordres de son père et qui lui avait promis de la renseigner.

— Ce jeune homme, conclut-elle, m'a écrit qu'il serait à Brest en mission cette semaine et je suis accourue pour qu'il me dise la vérité s'il la connaît ou qu'il me promette de faire tout ce qu'il peut au ministère de la Guerre pour que ma mère et moi sortions de cette horrible incertitude.

Tout ce récit était entaché d'une certaine invraisemblance, mais les deux garçons l'écoutèrent sans broncher, avec un intérêt évident.

— Et alors? demanda Jean-Pierre avec timidité. Vous l'avez vu, ce lieutenant?

— Justement non! C'est pour cela que je suis ici, je suis arrivée à Brest cet après-midi, et j'ai pensé qu'en venant dîner dans cette auberge, je le rencontrerais. Sans doute n'est-il pas encore arrivé. Je ne connais personne dans toute la ville. C'est la première fois que je voyage sans mon mari.

— Vous êtes mariée?

— Oui…

Elle resta silencieuse un instant, prenant un air mélancolique qui encouragea Jean-Pierre.

— Et votre mari ne vous accompagne pas?

— Il est à Saint-Domingue. Je l'ai à peine connu. C'étaient nos parents qui avaient décidé ce mariage. Aussitôt après il est reparti là-bas pour vendre ses plantations. Il doit toujours revenir, mais il n'en fait rien.

À ce moment, le chahut redoubla dans la salle. Une dizaine de filles vêtues de couleurs vives, largement décolletées, entraient et étaient accueillies par les vivats des marins qui les entouraient et les pressaient. Caroline baissa les yeux sur son assiette vide, mais réussit à entendre les quelques mots que les deux jeunes gens échangeaient à voix basse.

— On perd notre temps. C'est une mijaurée, cette fille-là. C'est du genre honnête. On va pas se laisser barber toute la soirée par ses histoires de croque-morts. Vois les filles qui viennent d'entrer. Il te reste bien assez d'argent pour qu'on en prenne chacun une.

— J'ai pas envie, répondit Jean-Pierre.

— Tu changeras pas ! C'est ce soir ou jamais, pourtant. Tu ne vas tout de même pas t'embarquer puceau. Allez, viens !

— Non, je te dis. Voilà un assignat, vas-y si tu veux.

— Tu parles !

Gouailleur, il se leva :

— Il ne faut pas que vous m'en vouliez, citoyenne, mais il y a le travail qui me réclame.

Il mima un salut respectueux, jeta un clin d'œil à son camarade, éclata de rire, et se dirigea vers le groupe bruyant qui s'était formé autour des prostituées.

— Il ne faut pas lui en vouloir, expliqua Jean-Pierre, c'est un garçon très…

— Oh ! il n'est pas du tout comme vous, je le vois bien.

Il rougit.

— Il connaît la vie mieux que moi.

— Je ne me sentais pas en sécurité auprès de lui.

Le jeune garçon avala sa salive péniblement et demanda en regardant le plancher :

— Et auprès de moi ?

— Auprès de vous, c'est différent.

Il rougit encore plus fort. Caroline, de son côté, feignait l'embarras. Elle ramassait des mies de pain autour de son assiette, les pressait entre ses doigts, en faisant de petites boules, et semblait concentrer toute son attention sur ce travail.

Elle laissa le silence devenir tout à fait gênant, puis se décida à demander doucement :

— Vous êtes marin ?

— Oui, s'écria-t-il en se redressant, avec un élan de fierté. J'embarque demain sur *La Pomone*.

— Pour une grande traversée ?

— Je pense ! Nous allons à La Nouvelle-Orléans. Nous ne serons pas de retour avant quatre mois… et encore, si les corsaires ne nous font pas prisonniers… ou ne nous tuent pas. C'est très dangereux.

— C'est votre première traversée?

Il hésita. Elle sentit qu'il allait mentir pour se faire valoir, mais la sincérité l'emporta :

— Oui, c'est ma première traversée. J'ai déjà été en mer avec mon père qui était pêcheur. Mais, depuis deux ans, je travaillais ici, chez un boulanger.

Il avait une voix qu'il essayait de rendre grave, mais qui sentait encore l'enfance par ses inflexions tantôt rauques, tantôt féminines. En parlant, il faisait trop de gestes, pour se donner une contenance. Caroline pensait : « Il est gentil, je suis dégoûtante de l'avoir choisi comme victime. » Mais elle dissimula un sourire : après tout, il n'y perdrait pas tellement, il trouverait bien un autre engagement plus tard et, somme toute, la nuit qu'elle comptait lui offrir n'était pas à dédaigner. Cependant, il fallait réussir. « Je suis de nouveau habillée en femme, se disait-elle, et cependant, de ma vie, je n'ai jamais joué un rôle aussi masculin, je comprends maintenant tout ce qu'il faut de patience, d'astuce, de tact pour venir à bout de la timidité d'une jeune fille. »

Elle l'écoutait parler. Il suffisait de temps à autre qu'elle l'interrogeât en le regardant doucement pour qu'il se remette aussitôt à se raconter, à décrire la vie de son enfance, le bateau de son père, les difficultés de la pêche, la passion qu'il avait toujours eue pour l'océan.

— Je passerai ma vie à naviguer! Je connaîtrai tous les ports, toutes les mers. Il n'y a rien de plus beau qu'un beau bateau, n'est-ce pas? Ce que je peux être content de partir demain!

Mais, comme il prononçait ces mots, son regard vacilla brusquement.

— Je veux dire que j'étais très content de partir demain, mais…

Il s'arrêta net, fixa la table, happa une des boulettes de pain que Caroline avait fabriquées et qu'il se mit à triturer à son tour. De sa voix la plus innocente, la jeune femme demanda :

— Pourquoi ? Vous n'êtes plus content de partir demain ?

— Je n'ai pas dit ça… J'ai…

Caroline ne poussa pas plus loin son avantage. Certaine maintenant que sa présence était le seul événement qui ait pu altérer la joie du jeune garçon sur le point de partir, elle affecta de regarder autour d'elle avec inquiétude. La salle était presque vide. Elle était cependant encore bruyante, car les derniers buveurs, rivés à leur table, étaient tous complètement ivres et menaient grand tapage.

— Il doit être horriblement tard, dit-elle. Je suis bien sotte de m'être ainsi attardée au lieu de m'occuper de trouver une chambre.

— C'est qu'il est près de minuit. À cette heure, les bons hôtels… je veux dire ceux qui sont bien fréquentés, sont tous fermés. Évidemment, ici, ils ont des chambres.

— Ici ? Oh ! je n'oserai jamais coucher ici. Tous ces hommes me font peur.

— Oui, mais je vous dis, tout ce que vous trouverez ouvert dans Brest à cette heure-ci sera pareil à l'auberge de l'Océan.

Caroline parut prête à pleurer.

— Oh non ! j'aimerais mieux coucher sur un tas de cordes le long des quais que dans des maisons aussi… aussi…

Le garçon resta songeur. Plusieurs fois il parut prêt à parler, puis se tut. Ce fut Caroline qui attaqua :

— Mais vous-même ? Dans la maison où vous habitez, vous ne pourriez pas me trouver une chambre ? Il me semble que, près de vous, j'aurais moins peur.

Il redressa les épaules, son regard brilla, il était content. Mais ce fut en balbutiant qu'il expliqua :

— Jusqu'ici je couchais chez mon boulanger, à côté des fours. Mais mon remplaçant est là depuis ce matin, et comme le patron n'était pas content que je le quitte, il n'a pas voulu me garder pour cette nuit… J'ai pris une chambre… mais c'est justement dans cette auberge et c'était la dernière de libre.

Caroline poussa un soupir :

— Eh bien, tant pis, dit-elle d'une voix résignée, je vous remercie bien de m'avoir tenu compagnie, je vais sortir et essayer de trouver quelque chose.

Jean-Pierre s'enhardit :

— Mais je ne veux pas vous laisser courir les rues de Brest à cette heure-ci. Tous les marins ont fait leur plein et les mauvaises rencontres sont vite arrivées.

— Je sais bien, mais que voulez-vous, je ne vois pas… comment je puis faire autrement.

Les yeux baissés, les pommettes très rouges, Jean-Pierre proposa tout à coup :

— Écoutez, si ce que je vous dis vous déplaît, ne vous en fâchez pas et ne me croyez pas de mauvaises idées, mais vous pourriez peut-être venir dans ma chambre, vous dormiriez dans mon lit, et moi je m'installerais sur des chaises…

Caroline joua très bien la confusion. Ce fut à son tour de baisser les yeux, de reprendre les boulettes de mie de pain et de les malaxer. Mais elle interrompit brusquement son modelage, dirigea sur le jeune homme un regard franc et ferme :

— J'hésite… mais ce n'est pas pour ce que vous croyez, j'ai confiance en vous, seulement je ne voudrais pas vous faire passer la nuit sur des chaises où vous seriez très mal.

Il haussa les épaules et poussa un éclat de rire vantard :

— Ah là là ! vous ne me connaissez pas. Je suis habitué à coucher sur le dur, ça ne me fait pas peur. Et quand je serai en mer, vous croyez que je n'en verrai pas d'autres ?

— Vraiment, vous croyez que…

— Ah ça, vous n'avez pas à avoir peur pour moi. Et pour ce qui est de dormir, je dormirais dans la gueule d'un canon.

— Alors j'accepte… et je vous remercie. Vous me sortez d'une situation bien embarrassante.

Le visage de Jean-Pierre s'était rembruni :

— C'est que voilà, dit-il, le patron ne croira jamais que nous… enfin, je veux dire qu'il croira que…

— Oh, vous savez, ce que peut croire cet affreux bonhomme…

— Ça vous est égal ?

— Tout à fait. Ce n'est pas l'opinion des autres qui compte, c'est d'avoir une bonne conscience.

Elle donna elle-même le signal du départ en se levant. Tous deux traversèrent la salle encombrée de chaises et de tables éparses, frôlèrent le dernier carré des buveurs et atteignirent la petite porte enfumée qui donnait sur le couloir et l'escalier. Mais cette opération, si discrète qu'elle fût, avait attiré l'attention de l'aubergiste qui, sous prétexte de les aider à pousser la porte, accourut.

— Alors, citoyenne, dit-il, vous avez trouvé la personne que vous cherchiez ?

Et, ravi de sa plaisanterie, il éclata d'un rire épais et referma la porte derrière eux en criant :

— Bonne nuit, et prenez garde à mon sommier !

L'escalier était plongé dans l'obscurité. Jean-Pierre gardait le silence, exaspéré sans doute par le ton de l'hôtelier et très gêné à l'égard de Caroline. Ils montèrent à tâtons. Caroline se fit plus aveugle qu'elle n'était et trouva ainsi un prétexte à accepter de tenir la main du jeune garçon. Il la lui avait tendue timidement et ses doigts n'osaient se refermer sur ceux de la jeune femme. Ils s'arrêtèrent. Jean-Pierre poussa une porte, fureta, alluma une chandelle, et ils se trouvèrent dans une pièce très étroite dont le lit couvrait presque toute la superficie. En fait de chaises, il n'y en avait qu'une, bancale, et qui manqua de s'effondrer quand Caroline voulut s'appuyer sur elle.

— Mon pauvre ami, dit-elle, vous ne pouvez pas passer la nuit là-dessus. Sinon, demain, vous serez éreinté et vous donnerez une mauvaise idée de vous à votre capitaine. Je suis tout à fait fâchée d'être pour vous une pareille cause de dérangement. Le seul parti à prendre est que nous nous étendions tous deux sur le lit, tout habillés, en nous roulant chacun dans une couverture.

— Oh! vous n'y pensez pas, s'écria Jean-Pierre, scandalisé. Avec votre belle robe! Elle sera toute fripée demain matin. Non, non, je vais éteindre la chandelle pendant que vous vous coucherez, et moi je m'étendrai par terre dans une couverture. Mes vêtements à moi ne craignent rien. Ils sont comme leur propriétaire.

— Mais vous croyez que vous pourrez dormir, que vous…

Jean-Pierre souffla la bougie :

— Allez, cria-t-il avec un entrain juvénile, et dépêchez-vous, c'est moi le capitaine. Et on ne doit jamais discuter les ordres du capitaine sous peine d'être mis aux fers ou jeté à la mer.

Caroline ne songeait pas à discuter les ordres du capitaine. Elle pensait que les choses allaient au mieux. Une seule impression la gênait un peu : celle de la ressemblance de cette situation avec celle où elle s'était trouvée en compagnie de Louvet. Elle se déshabillait sans se presser. Comme elle laissait tomber son jupon, ses yeux qui, peu à peu, s'étaient habitués à l'obscurité, lui révélèrent qu'une pâle clarté lunaire tombait de la lucarne, éclairant très vaguement et très faiblement la pièce. Elle aperçut la silhouette de Jean-Pierre qui s'était reculé près de la tête du lit, mais elle comprit que le jeune garçon, grâce à cette infime clarté, la dévorait du regard. Elle ne put s'empêcher de frémir et, au lieu d'entrer tout de suite dans le lit, elle resta quelques instants nue à se tapoter les cheveux, à remettre en ordre minutieusement les plis de sa robe posée sur la chaise. Enfin, elle se dirigea vers le lit et, comme si elle eût été désorientée par une obscurité totale, elle s'arrangea pour venir heurter Jean-Pierre qui, instinctivement, referma ses bras sur elle. Elle se crispa comme si elle avait retenu un cri d'effroi ; plus prompt qu'elle, le jeune garçon l'avait lâchée et avait fait un pas en arrière.

— Excusez-moi, bégaya-t-il, je… vous…

— C'est moi qui… je suis complètement perdue dans ce noir… Oh !

— Vous vous êtes fait mal ?

— Un peu, ce n'est rien.

Il proposa d'une voix étranglée :

— Tenez, prenez ma main, je vais vous guider.

La main que saisit le jeune homme paraissait trembler. Lui était terriblement intimidé car il se tenait à distance, frôlant le mur, pour diriger la jeune femme qui se décida à s'enfoncer dans les draps.

— Et vous ? demanda-t-elle après quelques secondes, je suis sûre que vous êtes très mal. Ne faisons pas les sots. Au lieu de vous étendre par terre, montez donc sur le lit et couchez-vous par-dessus les couvertures.

Elle s'était attendue à une certaine résistance de sa part, mais, après un court instant de mutisme, il accepta. Caroline se poussa contre le mur pour lui laisser une place suffisante, et tous deux se turent. Le silence était rempli par le tic-tac tout-puissant d'une pendule à laquelle Caroline n'avait pas pris garde jusque-là. Jean-Pierre y fut sans doute, lui aussi, sensible, ou bien chercha un prétexte pour reprendre la conversation, car il observa :

— C'est la première fois de ma vie je m'endors bercé par ce bruit. Ça me rappelle le cri des grillons sur les falaises. L'aubergiste a bien voulu me prêter cette pendule pour que je sois sûr demain d'être à cinq heures et demie à bord de *La Pomone* pour le départ.

— C'est vrai, demain vous serez parti… Et c'est auprès de moi que vous passez votre dernière nuit en France… Ce n'est pas très drôle pour vous, vous auriez peut-être préféré suivre votre camarade ?

— Oh ! ne dites pas cela ! Je ne pouvais pas espérer, au contraire, un pareil… une pareille…

Comme il s'embrouillait, Caroline vint à son secours.

— Et moi aussi je me sens très… touchée par votre présence. J'étais si seule dans cette ville ! D'ailleurs, dans le fond, j'ai toujours été seule. Il y avait une si grande différence d'âge entre ma mère et moi que je n'ai jamais rien osé lui confier de ce que je pensais et de ce que je sentais. Mon père est très honnête, très courageux, mais c'est un homme dur qui m'intimide beaucoup. Mon mari… je ne l'aime pas, on me l'a imposé. Il est parti, reviendra-t-il ? Et pourtant, j'avais tant besoin de tendresse, d'affection. Quand j'étais toute petite fille, j'imaginais déjà le beau jeune homme auquel je donnerais toute ma confiance, auquel je consacrerais toute ma vie. Mais il n'est jamais venu… Oh ! je me demande pourquoi je vous raconte tout ça. C'est bien bête.

— Ne dites pas que c'est bête ! Je vous comprends très bien, vous savez. Je voudrais tellement pouvoir vous consoler. Mais je ne suis qu'un pauvre matelot qui, demain, sera sur la mer…

— Il faudra de temps en temps penser à moi.

— Je ne penserai qu'à vous !

Cette exclamation lui avait échappé. Il l'avait prononcée avec fougue, avec violence.

— Vous ne me dites pas ça par pitié, Jean-Pierre ? Vous le pensez vraiment ?

— Vous m'avez appelé Jean-Pierre !

Caroline fut surprise elle-même par la brusque offensive de ce timide, tout à coup jeté hors de lui-même. D'un geste, il s'était dégagé de sa couverture. À travers les draps, il serrait contre lui le corps de la jeune femme, qui défaillit sous les lèvres maladroites mais impérieuses du jeune garçon. Profitant de leur étreinte, elle repoussa draps et couvertures et se blottit nue contre Jean-Pierre qui haletait en promenant sur son corps des mains à la fois peureuses et passionnées. Elle sentit que, malgré son désir, il avait peur, et brusqua les choses :

— Jean-Pierre, mon Jean-Pierre, murmura-t-elle. Embrasse-moi, serre-moi contre toi… C'est toi que j'attendais, et tu vas partir !… Dépêche-toi de m'aimer avant que la vie ne nous sépare… Dépêche-toi, serre-moi plus fort… Oh ! tu me fais mal avec tes méchants habits.

Elle ne pensait plus. Elle avait abandonné ses calculs. Elle ne se félicitait pas de la réussite de son plan. Étendue, abandonnée, elle attendait, secouée par les mouvements brusques du jeune garçon qui, auprès d'elle, dans l'obscurité, se déshabillait gauchement et précipitamment. Elle eut un gourmand soupir de plaisir quand elle sentit contre la sienne la peau du garçon, rugueuse comme une écorce, douce et tiède comme un bain. Il la broyait dans ses bras avec un mélange d'appétit brutal, de délicatesse et de pudeur. Après l'avoir serrée furieusement, il s'arrêtait parfois, comme honteux de sa brusquerie et de sa sensualité, et l'embrassait sur la joue gentiment. Il mêlait à une mâle impétuosité une ignorance telle que Caroline, ravie par cette coïncidence du don qu'elle lui faisait et du rôle actif qui lui était pour la première fois dévolu, dut l'aider à vaincre la maladresse qui l'empêchait d'arriver à ses fins. Alors, toute crainte abandonna Jean-Pierre. Jamais Caroline n'avait connu une possession si violente mais, hélas, aussi brève. Elle était encore vibrante de désir, encore assoiffée de volupté que, rompu, brisé, il reposait de tout son poids sur elle, abruti et éreinté. Avec tendresse, Caroline remonta les draps et les couvertures et se blottit contre lui en lui caressant les épaules et les bras.

Ce fut lui qui reparla le premier. Il paraissait avoir honte de son bonheur. Il lui demanda pardon d'avoir abusé de sa confiance, d'avoir gâté ainsi la tendresse qu'elle avait pour lui. Caroline était contente de le voir si gentil, si affectueux, si sincère. Elle essayait d'éloigner de son esprit la pensée qu'il faudrait, dans quelques heures, le duper abominablement. Mais cette pensée ne la quittait pas. Elle se mit en mesure d'exécuter son plan et réussit, sans attirer son attention, à retarder la petite pendule, éclairée par la lune, de deux heures. Puis, lui en montrant le cadran qui marquait deux heures au lieu de quatre :

— Mon chéri, je suis aussi fatiguée qu'heureuse, dormons un peu, tu as encore le temps.

Blottie dans ses bras, elle l'épiait. Enfin, elle ne put plus douter de son sommeil. Ce fut un long travail pour elle que de s'arracher à son étreinte inconsciente. Petit à petit, elle dut retirer une de ses jambes qui était prise entre les siennes, détacher le bras du jeune homme, qui entourait son cou, et, par de légers mouvements de reptation, s'éloigner de lui pour pouvoir enfin sauter sur le plancher. Cette opération lui avait été très pénible. Elle savait qu'elle devait quitter le jeune garçon, que de toute façon ils ne pouvaient pas se revoir, mais elle souffrait de cette succession de petits mouvements qui matérialisaient l'hypocrisie et la cruauté de sa fuite.

Cependant, après avoir cherché sur le lit et par terre les vêtements épars de Jean-Pierre, elle s'en revêtit le plus vite qu'elle put, les ajustant de son mieux pour que la différence de taille ne rendît pas son travestissement surprenant. Une fois prête, elle s'arrêta et jeta un dernier regard vers le lit où le jeune homme, alangui, dormait avec confiance, le visage et les épaules doucement caressés par les premières lueurs du jour. Elle pensait : « Ma combinaison est réussie, dans un quart d'heure je serai à bord de *La Pomone,* et puisque personne n'y connaît Jean-Pierre, je n'ai rien à redouter ; une fois de plus, j'aurai triomphé des pires difficultés. » Mais, en même temps, elle avait envie de pleurer. Cette aube sur ce lit lui rappelait l'horrible départ de Boimussy quelques jours plus tôt. « Est-ce à cela que je suis condamnée ? se disait-elle, à me donner par calcul, puis à m'attacher quelques heures, puis à être séparée brutalement ? » Elle fixa le visage du jeune garçon. Sa bouche faisait une espèce de petite moue tendre et presque enfantine. Elle imagina l'état où elle le jetait par son mensonge. Dans quelques heures, il se réveillerait. Il s'étonnerait d'abord d'être seul, puis de la disparition de ses vêtements, puis il comprendrait que cette femme sur laquelle il avait porté toutes ses facultés d'amour s'était jouée de lui ; il croirait qu'elle ne l'avait supporté auprès d'elle que pour le duper et prendre sa place sur le navire.

Elle fut comme étranglée par l'afflux des souvenirs. Elle entendit à nouveau la chère voix juvénile crier : « Je ne penserai qu'à vous », et aussi : « Vous m'avez appelé Jean-Pierre. » En repensant à la gentillesse avec laquelle il l'embrassait sur les joues et lui prenait la main, elle se crispa. « L'image d'une garce, voilà celle qu'il gardera de moi, se dit-elle, et il ne croira plus à rien. » Elle s'affala. « Je ne vais tout de même pas renoncer à mon projet, si près du but, se demandait-elle, et cela pour ne pas faire de peine à un jeune garçon qui est charmant, qui est frais, pour lequel j'ai beaucoup de goût, mais qui n'est pas ma vie, qui n'a rien à voir avec ma vie, que je n'aime pas ; je n'ai pas trahi Gaston en acceptant cette combinaison et ce plaisir, mais je le trahirais en sacrifiant ma seule chance de le retrouver pour éviter un petit chagrin à ce gamin. »

Sur la pointe des pieds, elle avança jusqu'à la porte dont elle prit la poignée. En s'entrouvrant, la porte produisit un léger courant d'air qui troubla le dormeur. Il bougea. Une de ses mains tâta le traversin comme si elle recherchait le visage de Caroline.

— Froid... murmura-t-il avec un petit reniflement.

Il dormait évidemment toujours et ne parlait qu'inconsciemment. Caroline cependant avait été figée dans sa fuite, la main rivée à la poignée, ne pouvant détacher son regard du jeune garçon.

— Froid… répéta-t-il, mais toi, chérie, tu n'as pas froid?

La jeune femme s'abattit sur lui avec un cri qui se termina en sanglot. Éveillé en sursaut, hébété, terrifié, il la serrait dans ses bras.

— Mais qu'y a-t-il? que dis-tu? Dis, dis, qu'est-ce qui t'arrive?

Caroline ne pouvait s'empêcher de parler. Un flot de paroles incohérentes s'échappait de ses lèvres. Elle s'expliquait d'ailleurs davantage pour elle que pour lui. Elle se mettait plus bas que terre, s'accusant de toutes les vilenies.

— Mais je ne comprends rien à tout cela, gémit Jean-Pierre, de plus en plus bouleversé, et pourquoi as-tu mis mes vêtements?

— Ah! tu ne comprends pas! C'est pourtant clair: j'ai mis tes vêtements pour te voler ta place sur *La Pomone*… Pour filer à ta place vers l'Amérique. Je suis proscrite, on veut me guillotiner. Hier, j'ai appris que tu partais. Alors je t'ai raconté des mensonges, je t'ai aguiché et puis… attends avant de t'indigner… Au moment de partir, je me suis dit que tu étais si gentil, j'ai eu tellement honte. Je n'ai pas eu le courage de m'en aller, je me suis dit que tu croirais que je t'avais menti tout le temps… Je t'ai menti au début, c'est vrai. Mais j'ai vraiment été heureuse dans tes bras. La meilleure preuve que c'est vrai, c'est que j'ai préféré tout t'avouer, et par là me perdre, perdre une dernière chance d'échapper à l'échafaud.

Il l'avait lâchée et la regardait, les yeux agrandis. Elle continuait de parler…

— Tu ne peux pas me juger, Jean-Pierre… ce n'est pas moi qui ai voulu ma vie. Les événements ont décidé. J'ai été jetée dans un tourbillon. Sans tout ce bouleversement, je suis sûre que j'aurais été une fille droite et fidèle, et non ce que je suis, intéressée, facile, calculatrice. J'aime un homme, ce n'est pas toi, c'est un garçon qui est très loin… et je suis obligée de me donner à d'autres, alors que je ne demandais qu'à lui être constante…

Elle s'arrêta :

— Je ne sais pas, après tout… j'accuse les événements… et pourtant, de toute façon, j'aurais été sans doute… sinon fourbe et intéressée, ça non… mais inconstante. Essaye de comprendre cela, je ne l'ai jamais expliqué à personne, mais j'ai besoin de le dire : tout en n'aimant qu'un seul homme sur terre, je ne peux m'empêcher d'éprouver des penchants, du goût, pour d'autres garçons qui me plaisent, et du moment que « lui » ne sait pas, que mon amour pour lui reste entier, je ne crois pas mal faire en… je ne sais pas pourquoi je te raconte ça…

Jean-Paul fit claquer sa langue :

— Enfin, moi, tout ce que je vois, c'est que tu m'as raconté des blagues pendant que, bonne bête, je buvais ça comme du petit lait…

La chambre s'éclairait peu à peu, exhibant le lit défait, aux draps sales, la chaise bancale, les murs crasseux, suintant d'humidité ; Jean-Pierre avait les cheveux ébouriffés, les yeux chassieux de sommeil. La jeune femme regarda ses grosses mains malpropres. C'était pour ménager les susceptibilités de ce garçon qu'elle avait tout compromis ! Mais il continuait :

— Et pourtant tu n'es pas partie. Les autres me disaient qu'avec les femmes, il ne fallait pas chercher à comprendre… Et tu risques la guillotine ? C'est parce que tu m'aimes que tu n'es pas partie ?

Il avait changé de voix. De toute son attention, il la fixait, essayant de deviner ce qu'elle pensait. Il hasarda un sourire qui, éclairant son visage, le rendit de nouveau charmant.

— Dis-moi ce que tu veux. Je ferai ce que tu voudras, dit-il tendrement.

— Je ne veux rien… puisque je ne pars pas. Je n'ai plus qu'à me laisser arrêter, exécuter.

Il tressaillit :

— Mais alors, il faut partir !

— Mais comment ?

— Sur *La Pomone* ! À ma place ! Vite…

— Mais tu étais si content de…

— Je serai encore plus content de te sauver la vie. C'est beau comme une légende. On s'est aimé toute la nuit, et le lendemain tu as fui sur la mer…

Caroline se pencha vers lui et l'embrassa sur la joue, puis sur la bouche.

— Tu m'écriras ? Tu sais écrire ? Alors tu m'écriras dans mon village, à Plermel, tu te rappelleras : Jean-Pierre Minian, à Plermel, mes parents me donneront tes lettres. Tu veux ? Tu me promets ?

— Oui, je t'écrirai.

Elle jeta un regard vers la pendule.

— Adieu. Merci, Jean-Pierre…

— Reste un peu, tu as le temps… mais si, tu as le temps… regarde, il n'est que quatre heures et demie… reste encore, je serai si malheureux quand je me retrouverai seul…

Il lui caressait le bras. Elle ne comprenait que trop ce qu'il voulait encore. Elle serra les dents, puis :

— J'avais retardé la pendule de deux heures… *La Pomone* doit appareiller…

— Pourquoi avais-tu fait ça…

Il comprit et son regard s'assombrit :

— Tu ne veux pas que je parte ?

— Si, si, pars vite !

Elle posa le pied dans le couloir :

— Oh ! dis-moi encore… je voudrais savoir ton petit nom ?

— Caroline.

— Tu penseras à moi ?

Caroline s'arrêta sur le seuil de la porte :

— Je penserai très souvent à toi.

— Ah, mais dis donc… comment ferai-je… je n'ai plus que ta robe… comment sortirai-je d'ici…

Une brusque impatience crispa la jeune femme.

— Tu te débrouilleras… Fais chercher sur la jetée, dans les cordages. Il y a ma tenue de cavalier…

Elle se jeta dans le couloir et claqua la porte, mais, prise de remords, elle la rouvrit aussitôt, se précipita vers Jean-Pierre, l'embrassa, puis voulut s'enfuir. Il la retint :

— Mais je t'aime…

— Tu crois ça… C'est si facile de confondre le plaisir, l'attachement, le penchant avec l'amour. Si tu m'aimes, laisse-moi courir…

Elle se dégagea, fonça dans le couloir, dévala l'escalier, poussa la porte, traversa la salle de l'auberge en courant :

— Eh là… où vas-tu, et le prix de la chambre !

Elle se garda de se retourner vers l'aubergiste, qui aurait pu la reconnaître, et grossissant sa voix, cria en continuant de courir :

— La bonne femme paiera !

Elle se trouva dans la rue. La mer était enveloppée de brouillard ; des voiles injectaient leurs blancheurs floues dans la grisaille. Elle hésita. Où était la chaloupe de *La Pomone* ? La rade était si grande ! Elle n'osait revenir le demander à Jean-Pierre par crainte de l'aubergiste. De rage, elle enfonçait ses ongles dans ses mains.

— Caroline !

Elle sursauta et se retourna. C'était Jean-Pierre qui se penchait à la fenêtre. Ses épaules brunes dépassaient la barre d'appui. Il tendit le bras, désigna une jetée toute proche et cria :

— La deuxième chaloupe !

Elle lui adressa un geste de la main pour le remercier. Lui, avec une ferveur puérile, lui envoya un baiser. Elle se remit à courir avec encore dans l'œil la vision gracile du jeune garçon nu à la fenêtre, serti par le rayon de soleil qui venait de percer le brouillard, mais elle ne pensait qu'à la chaloupe qui grossissait. Une demi-douzaine d'hommes étaient à bord. Caroline, malgré l'essoufflement, ne ralentissait pas sa course. La chaloupe, brusquement, tourna et décolla de la jetée.

Enfin, Caroline parvint à portée de voix. Elle agita les bras, cria. Le soleil maintenant avait vaincu le brouillard et coques et voiles sortaient de la vase nocturne, brillantes et claires ; les quais, les toits des maisons palpitaient sous une lumière transparente et vaporeuse à la fois. La jeune femme distinguait très bien les hommes sur la chaloupe qui, à son appel, s'était arrêtée. Elle réprima un cri de joie. La chaloupe revenait rapidement.

— Allez, saute vaurien !

Elle se jeta, les yeux fermés, dans le canot où elle fut relevée brutalement. Un grand gaillard, le visage bariolé par une tache de vin, sa chemise ouverte sur un tatouage qui représentait une femme dont les cheveux étaient des serpents, la regardait avec colère :

— Alors, salaud ! Tu te prends pour un amiral, tu te fais attendre !

Une paire de gifles fit vaciller la jeune femme. Elle se crispa, mais ne dit pas un mot et, sur un geste du colosse, s'assit sur une des banquettes du canot. À travers les larmes de douleur qui mouillaient ses yeux, elle regardait ses nouveaux compagnons haleter silencieusement en ramant. Dans la poudre d'or du matin, la silhouette de *La Pomone* se découpait, lourde masse violette. Le ventre des mouettes était étincelant. Derrière elle, les quais de Brest s'éloignaient, pavoisés de fraîcheur et de soleil. Ce n'étaient pas seulement les quais de Brest, c'était la France et l'Europe.

Table

QUATRIÈME PARTIE

Cet ouvrage a été composé
par Atlant'Communication
au Bernard (Vendée)

Achevé d'imprimer sur Roto-Page
par l'Imprimerie Floch à Mayenne
en avril 2013
pour le compte des Éditions de l'Archipel
département éditorial
de la S.A.S. Écriture-Communication

Imprimé en France
N° d'impression : 84650
Dépôt légal : avril 2013